John Updike

TASTE

I have, alas, no taste —
Talleyrand; not ~~[illegible]~~
taste, that ~~[illegible]~~ arbiter of ~~[illegible]~~ ally of the minimal;
between the draped and the ~~drape~~
that ~~[illegible]~~ [illegible] ~~[illegible]~~ [illegible] of
of harmonious [illegible] the drape and the ~~[illegible]~~ draped,
~~that advocate of the right~~
betwixt the ~~the~~ [illegible], the drape, and the draped;
that advocate of the right as it [illegible]
in its [illegible] [illegible] to the object of [illegible],
beneath ~~the~~ airy [illegible] of not quite enough.

My first wife had taste ~~[illegible]~~ [illegible],
~~[illegible]~~ [illegible] [illegible]
[illegible] walls were all [illegible], [illegible], [illegible] [illegible]
to the attic. Nothing pleased her, ~~[illegible]~~ quite,
but elegance and emptiness,
and a ~~[illegible]~~ Oriental rug so full
of dust and virtue it made me sneeze,
[illegible] as it was [illegible] [illegible] [illegible],
exemplary in [illegible] [illegible] in the [illegible] trade.
Yet she was right, ~~and~~ I knew she [illegible] [illegible] all things,
and draped herself in [illegible] [illegible]
of [illegible] [illegible], her arms ~~[illegible]~~ [illegible] white.
(perfect as bones.)

I ~~[illegible]~~ know a man with taste
[illegible] [illegible] alone on the ~~a~~ floor of a [illegible]
and [illegible] [illegible] that [illegible] nothing
but ~~[illegible]~~ [illegible] impressions of [illegible],
of [illegible], [illegible], and [illegible].
The [illegible] in a single [illegible],
[illegible] [illegible] his [illegible] with pencil drawings

厄普代克作品

兔子歇了

John Updike

Rabbit at Rest

〔美〕约翰·厄普代克 著 蒲隆 译

上海译文出版社

图书在版编目(CIP)数据

兔子歇了 / (美) 厄普代克(John Updike)著;蒲隆译.
—上海: 上海译文出版社,2017.8
(厄普代克作品)
书名原文: Rabbit at Rest
ISBN 978-7-5327-7522-4

Ⅰ.①兔… Ⅱ.①厄… ②蒲… Ⅲ.①长篇小说—美
国—现代 Ⅳ.①I712.45

中国版本图书馆 CIP 数据核字(2017)第 104028 号

图字: 09-2004-445 号

兔子歇了
[美] 约翰·厄普代克 / 著 蒲 隆 / 译
策划 / 冯涛 责任编辑 / 宋玲 装帧设计 / 张志全工作室

上海世纪出版股份有限公司
译文出版社出版
网址: www.yiwen.com.cn
上海世纪出版股份有限公司发行中心发行
200001 上海福建中路193号 www.ewen.co
浙江新华数码印务有限公司印刷

开本 890×1240 1/32 印张 16.5 插页 6 字数 386,000
2017 年 8 月第 1 版 2017 年 8 月第 1 次印刷
印数: 0,001—6,000 册

ISBN 978-7-5327-7522-4/I·4594
定价: 69.00 元

译者感言

一

如果说鲁迅的阿Q是中国人的性格典型，那么，厄普代克的“兔子”就应当是美国人乃至美国整个国家的形象代表。索尔·贝娄在《洪堡的礼物》中借主人公查理·西特林的嘴把美国的形象概括为“又粗又大”，并刻画了尤里克·西特林这只“大肥猫”的形象和做派。但尤里克毕竟不是小说的主要人物。作者只是用这位商业巨头与落魄文人相对照，文字也多用漫画笔墨。况且这种人也只占美国国民的少数。厄普代克的“兔子”也是个“又粗又大”的人物。正因为长得又粗又大，他的家乡佳济山镇在国庆游行时请他扮演了一回山姆大叔。可见厄普代克有意让又粗又大但又普普通通的“兔子”哈利当美国人的形象代表。

的确，哈利·安斯特朗太具有代表性了，他算得上是一位WASP，即白人盎格鲁—撒克逊新教徒，当然的美国社会中坚，在犹太人、黑人等少数民族面前有一种下意识的优越感。他是北欧瑞典人的后裔，与盎格鲁—撒克逊种族是靠得上谱的。厄普代克把哈利定为瑞典人，我认为至少有两个用意，一、北欧人一般都是金发碧眼，被认为是最英俊的。贝娄《赛姆勒先生的行星》中的人物认为一张北欧人的脸是美国女孩子追求的三大要素之一（其他两个要素是犹太人的脑瓜和黑人的鸡巴)；二、瑞典人是美国最早的州之一宾州的第一批移民(1643年)。这么看来，哈利是个根基很深的美国人。哈利是美国最庞大的中产阶级的一员。他具有美国人的业余爱好：上中学时是校队的篮球明星，退休后又打高尔夫消闲；谈起棒球、橄榄球、网球如数家珍。就连害的病也是美国人的通病：心脏病(书里患这个病的还有好几个，贝娄的尤里克也是这个病)，医生说他长着“典型的美国心脏”。美国是个车轮上的国度，他做的正好就是人人离不开的汽车买卖。他是世界上最强大的国家的国民，是“一名忠诚的美国人”，具有爱国主义思想，石油危机的年代，临下台的尼克松总统发表电视讲话，号召大家把暖气温度调低，他立即响应了号召。但他又是他的国人创立的实用主义的推行者。他靠卖日本丰田发了财，就把丰田当恩主看，有奶便是娘。他过着普通美国人的日子，吃的大多是冷冻袋装食品，早上读读报纸，晚上看看电视，开车时听听歌曲，无聊时回忆回忆往事，会会自己的情人。在美国社会里，哈利平凡得就像自然界里的一只兔子。人们管他叫“兔子”，固然主要是因为他在球场上跑得快，厄普代克使用这个绰号，更主要的是因为哈利具有兔子的诸多特性。说起兔子，人们首先想到的是它能奔善跑，无攻击的能力，有躲闪的本事。它生性轻狂，没有目标，性欲旺盛。哈利承认“他一辈子都不是个安分的人”，甚至主张“每隔十年左右改变一次身份和家庭”。但没有狮子的雄心，只有兔子的怯懦，主张“一辈子当某个机构的零部件”。他妹妹敢到西部去闯荡，而他宁可死守在自己的窝里。就是打球，他也是中规中矩，教练把冲撞的任务交给他的队友罗尼去完成。在家里，看起来是个大老爷们，一家之长，实际上事情还是由老婆做主，车场经营，老婆让他出山就出山，让他下野就下野。就是屋子装修，老婆想刷成什么颜色就什么颜色，他不喜欢也白搭。

哈利的感觉也完全像个兔子。“他觉得自己具有的是一种无害、消极的精神，一种平稳、渺小的声音，不想搞任何伤害，不想在任何地方落入圈套，也不想死。”遇到惊诧兔子就跑，这是它的本能。哈利在四部曲中亮相时，已经风光不再，用他妻子詹妮丝的话说，“他的花开得太早了”。由于曾经是佳济山镇万人追捧的篮球明星，而今面对无聊沉闷、要过尽人夫人父责任的家庭生活，他茫然不知所措，只有一跑了之。三十年后，因为害怕交待跟儿媳妇一夜风流的尴尬，又一跑了之。跑的动机就像那个与他玩球的黑人少年“老虎”看见他在篮球场上突然倒下，一时不知所措，心里害怕，本能地跑掉，怕承担责任一样。“逃跑”也算是美国文学的一大传统主题。始作俑者是华盛顿·欧文的瑞普·凡·温克尔。瑞普为了逃避凶悍的妻子的责骂，跑到山中打猎，尝了仙酒，一睡就是二十年，等酒醒回到家中，不仅换了人间，殖民地成了合众国，而且老婆已死了多年。马克·吐温的哈克逃跑是为了自由，并帮助黑奴吉姆获得自由。厄普代克的同时代人贝娄的百万富翁汉德森离家跑到非洲，是为了寻找智慧，寻找人生的意义，而哈利的逃跑则完全是为了逃避责任。

批评家们喜欢把“追求”、“悲剧”等大字眼往每一部作品的每一个主人公上套。哈利也受到抬举，他的跑也被称为“追求”，他的一生也叫做“悲剧”。当然，笼统地讲，兔子不能老呆在窝里，它总要跑出来，晒晒太阳，吃吃嫩草，见了异性交合一番，也算是一种“追求”，追求一时的快乐，追求暂时的满足，追求怕被人捆住手脚的自由，可这种跑有明确的目的吗？其实，哈利一辈子很难说刻意追求过什么，跟他发生过性关系的女人接近一个班，他并没有主动下功夫追过谁。他的一切与其说是求来的，不如说是遇到的。他得天独厚，身材高大，金发碧眼，深得女性的欢心。除了享受自己的性满足外，他自己承认除了妹妹以外，对哪个女人也未曾去全力保护。哈利有时反思自己是个“输家”，其实这是一种不满足的心理。在生活的战场上他没有认真拼搏过，有什么输赢可言呢？从事业上讲，由于娶了个有产者的女儿做老婆，当了上门女婿，老丈人死后，自然成了车行的经理。碰上石油危机，经销的丰田车因节油而走俏，大赚了一把，富了。他承认“是詹妮丝的钱把他带进了这个批量生产出来的乐园”。又由于饮食和性生活无节制患了心脏病，五十六岁就死了。没有明确的追求，没有什么未竟之业而抱憾，很难说是悲剧。要说悲剧，哈利既赶不上他的国人推销员威利。威利走投无路时撞车自杀，骗取人寿保险金给儿子作资本。甚至也不如我们的阿Q。阿Q稀里糊涂地去干“革命”，又被稀里糊涂地抓去砍了头，临死前还羞愧自己的圆圈画得不圆。而哈利属于自然死亡，最后说的一句话是“够了”。什么“够了”？活够了，还是弥留之际看到老婆儿子赶来，总算原谅了自己，够了。不管怎样，可以瞑目了。

要说悲剧，哈利的悲剧恐怕就是胸无大志，无所追求，苟且偷生。他一生平庸，你可以说这种平庸是社会的罪过，我倒认为更多的是他的性格所致。哈利后来反省道，“老了才明白过来，除了别人告诉你的，你就压根儿没有自己的一套。”

二

兔子四部曲终结篇《兔子歇了》写哈利1988年圣诞节过后到89年9月几个月的经历。全书分三章。第一章FL（佛州，即佛罗里达），故事极为简单，退休后一年有半载住在佛罗里达消闲的哈利夫妇开车去机场接儿子儿媳和孙女孙子来此度假；第二天哈利打了半天高尔夫；第三天领两个孙子去参观爱迪生故居；第四天领孙女去海上玩“太阳鱼”单帆船，结果致使心脏病突发住进了医院。

这几天的假日活动没有一项让人开心的。一见儿子，哈利就觉得他神态打扮不顺眼，气不打一处来；随即又领上孙女跟别的家人走散了，半天找不见自己的车；打球为了消遣，却白白输了十块钱；领孙子孙女参观，事后孙女惟一记得的是她爷爷吃了鸟食，孙子只记得“尿尿”最开心。本来想吃一顿团圆饭，可遇到的却是纳尔逊“咬啮人心的缺席”；输了钱，想走赢了钱的球友的儿子（在酒店工作）的后门，把输的钱补回来，没想到人家照章办事要九十元（这意味着该给一百元，十元作小费）。他本来怕水，只跟辛迪玩过一次太阳鱼，却偏偏要在儿媳孙女前逞能，结果翻了船，险些儿送了爷孙俩的性命。命虽没丢，却因此进了医院；躺在病床上想在电视上看橄榄球“超级碗”转播，却硬是叫一场大雾搅了。儿子领着孙子来探视，小家伙一把扯下他的输氧管。儿子走了才发现忘了没说“一九八九年快乐”，第一章就此结束。

第二章 PA（宾州，即哈利的故乡所在地宾夕法尼亚）。四月，哈利夫妇回到布鲁厄镇，哈利做的第一件事就是开车周游全市；然后私访情人塞尔玛；突访车场见到莱尔；半夜纳尔逊夫妇吵架，老两口被电话叫醒去调解；纳尔逊去康复中心戒毒，哈利住院做手术，出院后的当天晚上与儿媳发生性关系。

第三章 MI（心梗），是 myocardic infarction 的缩略。由于一套颇有影响的《美国文学史》把它说成“迈阿密州”，这里不妨稍加说明，第一，美利坚合众国现有五十个州，其中没有迈阿密州，倒是有一个城市叫迈阿密，位于佛罗里达州，大家常看 NBA，超级球星奥尼尔和韦德效力的“热队”就在迈阿密。只要你把书粗略看一遍，就知道故事与迈阿密不沾边。本章的前半部分故事仍发生在宾州，后半部分发生在佛州。读者如对“心梗”这个译法仍有怀疑，请查阅 David I. Ristoff 的《John Updike's Rabbit at Rest Appropriating History》PP. 26—27（对此我得感谢香港大学毕业的黄莉华博士，这个佐作是她给我提供的）。这一章发生了这么几件事：哈利接替纳尔逊经营车场；请人查账；扮演山姆大叔参加佳济山镇的国庆游行；参加情人塞尔玛的葬礼，并与罗尼争吵，后来又约他打了一轮高尔夫；丰田总部岛田先生亲临车场，用他洋洋自得的半吊子英语（译文表现为“z c s”与“zh ch sh”不分；清浊辅音不分，语句生硬）把美国人着实贬损了一顿（说得不是没有道理），然后撤销了斯普林格车行的丰田经销权；纳尔逊从康复中心回来；商议还债；

詹妮丝知道了哈利与普露的一夜情，责令他向大家交代清楚；哈利无奈，来了个第二次大逃亡，穿越七个州；只身回到德利昂过着孤家寡人的生活；按医生建议每天步行锻炼；玩篮球时晕倒；妻子和儿子赶到医院见了最后一面。

在这些平平淡淡的事务中，展现出哈利吃喝拉撒睡，服药看病、玩乐口角，梦境思想的纷繁的细节，从中不难看出哈利最感兴趣的是三件事：吃，性，死。书中数十次地描写了哈利在餐馆，在家中，在其他各种场合贪吃的动作和感受。书一开头他和妻子去接机，趁詹妮丝上厕所的当儿，"他忍不住便走进店铺买点东西咬两口，一根农夫酥花生糖四毛五。他本想把断了的一半留给两个孩子吃，可是前半截好吃得不是一般，他索性把后半截也吃了，甚至把糖渣渣从糖纸里倒到手心里，像只食蚁兽一样，用舌头舔了个精光。"刚刚做完手术出院，他出门遛遛弯儿，看见食品店一袋印着"越嚼越有味"的玉米片儿，又忍不住买了一袋，边走边吃，还没到家，"他已经把整整一袋消灭干净了，就连小到一只蚂蚁可以扛回去献给人行道下面在自己迷宫里呆的臃肿的棕色蚁后的盐渣儿、米星儿都没有剩下。"过了一会儿，他把普露做的可口的"健康佳肴"又盖到那块发酵的玉米片儿上面。饭后甜点普露本来给哈利准备了酸牛奶，但哈利又钻了空子挖了一勺朱蒂的黄油核桃冰淇淋，挖第二勺时碰巧被朱蒂发现了。兔子主要因为贪吃得了冠心病，尽管医生和家人严格限制他的饮食，但他还是管不住自己的嘴，这无疑与他的早死有直接关系。《兔子歇了》有一则卷首引语："对懒人而言，食物是毒药，不是营养。"对于哈利，这话再贴切不过了，他自认是个"又懒又软的美国人"。

哈利对性痴迷到了疯狂的程度。本书真正的性行为虽说只发生过一次，但性与相关性的意念却在他脑海里不断翻腾：首先是开马卡罗的可可色黑妞儿超车过去，甚至没有撩他一眼，搞得他"死鬼缠身"一样地心烦意乱，连自己的车停在什么地方都没记住；接着看见黄色杂志，想买一本拿回家去偷偷地欣赏；然后又是儿媳给他的软垫似的正面热吻；回到家里又全身心地体验着他的腹股沟受她的短浴袍蹭擦的感觉；海滩上对普露半裸的身体、脚、腿、趾甲的欣赏；跟球友谈起“太阳鱼”立即想起与辛迪玩时看见她的乳房，比基尼下露出的阴毛；访问塞尔玛虽然两人身体条件不允许乱来，心里却翻腾着多少次颠鸾倒凤的情景；莱尔一提起在“理财通”兑换金银的事，他立即想到的是长红指甲的美人儿；与查利吃饭，故意挑逗女服务员，盯着人家的奶头，给查利说这是他最想操的女人；从小就想看邻居漂亮女孩子脱衣上床的艳景，现在住在医院里向对面窗户凝望，仍想看到这种景象；与女营销艾尔薇拉闲聊，却想着他儿子怎么操她；就连国庆大游行，觉得“路两侧是肉的快乐天真的泡沫”；看电视、广告、报纸，总注视着这一方面的画面；甚至读历史书，还要把前一天看过的有关印第安人生殖器小因此性功能弱的论述再复习一遍；他最后见到的女人是一位犹太小老太，虽然哈利对此时的她已不感兴趣，但借此产生了一连串的联想：“这就是他最后撞上的那种女人，前有玛丽·安，后有詹妮丝，又有鲁丝的丝袋般的笨拙，佩吉·福斯纳希特撇成八字形的眼睛，吉尔的酥胸和神志恍惚的服从，塞尔玛和她黑幽幽的百宝盒，普露在黑暗中发出朦胧的光，宛如一条繁花盛开的粗野的街道，更甭提得克萨斯那个声音里像有砂糖的疲倦的妓女了，还有另外那个他这一辈子掏钱租用过的货，一个您偶尔想起的女孩，有次维里蒂印刷厂在布鲁厄的波兰裔美国人俱乐部搞一次娱乐活动，她精瘦精瘦的，又患了感冒，戴着胸罩，穿着毛衣，就在那间偏向一侧的屋子里，她在一个垫子上等着，好像是一种囚犯，年轻，肚皮和大腿因为感冒而汗津津的，但清纯，苍白，在皮肤包住骨盆的地方有几根婴儿蓝血管，她的毛屄是一种老式的天然的深色蕨草一样的三角形，茂盛张扬，两侧没有像你在黄色杂志上看到的那样剃掉，以适应泳装。”

总之，哈利承认“他这一生似乎是一段向女人身体里钻的旅程”，“做梦都想着屁股”。他还振振有词地说，“这些女人抱怨男人看女人时看见的无非是奶头和屁股，可我们应当看见什么呢？我们就是计划给奶头和屁股的。除了斯利姆和莱尔之流，因为奶头从他们的计划里遗漏掉了。有一件事他心里明白，那就是，如果他非得把自己生活中的某些部分归还，他最不肯归还的就是操女人。”需要指出的是，哈利在回想与如此多的女人的关系时，没有显露出丝毫浪漫蒂克的爱，只有实实在在的性，一种生理需求，人只不过是一种会思想的动物而已。有人嫌书中的性描写太露骨，有人又给它赋予了宗教意义，我认为作者如实描写一个普通人的日常生活，性和吃饭睡觉一样是生理上的需要（当然这里有刺激，有交流，有沟通，有快乐）。如果面面俱到、纤毫无遗的写实大师厄普代克对生活中不可或缺的重要部分不着一字或几笔代过，岂不是不合情理吗？

再说“死”。本书开头第一句：“站在佛罗里达西南区机场圣诞节过后晒黑了的兴奋的人群里，兔子安斯特朗有一种可笑而突兀的感觉：他前来迎接的、在看不见的地方飘浮着即将降落的，不是他的儿子纳尔逊和儿媳普露以及他们的两个孩子，而是某种不祥的东西，而且在内心深处是他的东西：他自己的死亡，像一架飞机一样，隐隐绰绰显现出来。这种感觉如冷水浇头，尽管航站楼的空调又高又远。”于是哈利一再联想到前不久的洛克比空难，想到三十年前幼女的死，想到不久前的亚美尼亚大地震，报纸上又是接二连三的死讯。看见榕树茂盛的气根，脑子里闪出了“它们怎么死”的怪问题。他开车在布鲁厄兜风时，想到的是亲人和情人的死，访问塞尔玛，两个都有“死到临头了”的感觉。跟莱尔谈话，想起那个“理财通”长红指甲的美人儿，一问，自寻短见了。面对患艾滋病的莱尔，哈利想到的是他们谁死在前面的问题。“他们在市景大道上巡行而过时，那坡状的公园似乎脆得像纸糊的一样，被灯光照亮的树木不像真的。这些岩石下面，这些大起大落的草坪和傲然屹立的联立房屋下面，除了原子和空虚，一无所有，正等着他在中间就他合帖的席位呢。”后来遇到的是情人塞尔玛的死，想起的是“挑战者号”的失事，读到的是飞机失踪。逃亡中从广播上听到大名鼎鼎的棒球联盟总干事和耶鲁大学前校长死了，才五十一，死于心脏病，哈利立马与自己挂起钩来：“他块头大，烟瘾也大。至少我不抽烟。”一路上哈利总有“我被拴在我的尸骸上”的感觉。看见公寓走廊里的大花瓶，想着可能装着什么人的骨灰，看到别人的死讯,考虑起自己的讣告大小。詹妮丝送给哈利的圣诞礼物——一本历史书,九个多月才看了一小半,书没看完,作者却死了。哈利最后读到的却是血淋淋的死亡:五颗人头摆在食橱上面,原来的几个石膏像在地板上摔得粉碎。死亡时时刻刻萦绕在哈利心头,最后死亡真的降临了。

哈利的这些思想行为,正好就是弗洛伊德的性本能和死亡本能的体现。中国《礼记》上说:“饮食男女,人之大欲存焉;死亡贫苦,人之大恶存焉。”孟子也说:“食色,性也。”(这里的性指人的本性)。这么看来,哈利在这几方面的表现其实是人性的体现,更具有普遍性。

哈利上中学时是篮球明星,这是他一生最辉煌的事迹,因此他把当时穿运动服投篮的照片放大悬挂在斯普林格车行的业绩栏上方的墙上。他又是个独生子,于是觉得老子天下第一,自己就是上帝,看不起人,又不负责任。他的丈母娘说哈利是她见过的最不负责任的人。我们不用翻老账,只说说本书里他对儿子的态度吧。他爷儿俩互相看不上眼,后来证实了儿子吸毒,偷了公司的钱,他除了责骂,拿不出任何解决办法来。为了不吊销经销权,他一口应承三周内把欠丰田的债还清,但怎么筹款,心中无数。儿子去了康复中心(哈利硬叫戒毒中心),人家组织“家庭医疗”,哈利又是翻老账,怪别人,此后这样的活动干脆不参加了。他关心从康复中心回来的儿子倒不如关心自己,向首先见到儿子的詹妮丝提出的问题,反而是儿子是不是“干脆没有问起我”。随后怎么还账,怎么过日子,儿子提了一些方案,他一概否决,自己又拿不出任何主意。最后跟儿媳的一夜风流败露后,干脆一走了之。

相比之下,哈利看不起的人反而都比他强。罗尼工作上是个干将,更可贵的是,他后来明明知道哈利与自己的老婆塞尔玛自那次交换性交后一直关系未断,但他仍对塞尔玛关爱备至,甚至在她病重时百般呵护,还特意上学习班学习护理知识。哈利约他打高尔夫,想获得一种胜利者的满足,谁知这个像铁匠抡大锤一样挥杆的家伙,居然跟他打成了平手。

詹妮丝一直被他叫傻蛋，但她是个疼儿子的妈妈，因儿子走上吸毒这条路而自责，又怀疑硬叫儿子去康复中心是否有点把金钱看得比儿子还重。相反，哈利总拿疯狂的年代来开脱。儿子惹了乱子她能积极应对，想卖房子还账，退休后坚持上夜大，要当打工女郎，显然对生活持积极态度。她对哈利与塞尔玛等人的关系也采取宽容态度。而哈利“总想当每一个女人的惟一男人，就像他是他妈妈的独生儿子一样”。他个头大，心眼儿小。是他建议詹妮丝与查利商量一下如何处理车行的麻烦，随后又疑心他们旧情复发一起上床，詹妮丝说起她们的夜校老师密斯特李斯特，他就醋意大发。她知道自己的丈夫除了他自己，对什么都不爱。他气詹妮丝学了这些新名词撇下他向外闯进了新天地。

纳尔逊这个儿子哈利一直看不惯，后来证实他有毒瘾，又怀疑他是个“反反”(同性恋)，认为不可救药了。尽管如此，按普露的说法，他是个疼爱子女的好爸爸，而哈利呢，“家庭生活，跟孩子一起生活已是他的一段往事了，把它留在身后，他从来都不感到遗憾。”他们爷儿俩从未平心静气地坐下来谈谈，惟一的一次父子交谈是围绕丰田车进行的。可以看出儿子的看法并不比自以为是的老子差。父子矛盾虽然尖锐，但作为儿子对不太像样的父亲并不是没有一点感情。第一次哈利出事，他已经表示“我还太年轻，不能没有爸爸”。第二次在医院表示出的伤心也是真情的流露。纳尔逊从康复中心回来，见了爸爸拥抱，哈利才意识到“纳尔逊年纪达到两位数后，他和这孩子就几乎没有身体上的接触了”。然后在饭桌上当着孙子的面对纳尔逊就是一顿奚落和臭骂。然而这时的纳尔逊不仅外貌有了很大的变化，心态已不是先前那样紧张狂躁，一切他都能冷静对待。他向妻子坦白了过去的不轨行为，妻子也交待了她与哈利的关系，就连这他也能进行冷静的思考。小两口的裂隙在弥合，他们准备再要一个孩子，一切重新开始。在事业上他也在设计种种方案，显然不可能一条道走到黑。看起来，纳尔逊会有一个比他父亲好的未来，因为康复中心使他有了宗教信仰。这也许是厄普代克的救世药方吧。

三

作为一名译者，往往关心“怎么写”胜过关心“写什么”。首先你得弄明白故事是怎么讲的。我前面提到《阿Q正传》。《阿Q正传》第一章《序》是用第一人称叙述议论的。从第二章开始变为第三人称，但这个给阿Q做传的叙述者的口气是显而易见的：“但真所谓‘塞翁失马安知非福’罢，阿Q不幸而赢了一回，他倒几乎失败了。”这种叙述手法被称作“全知全能式的第三人称叙述”。《兔子》的叙述手法表面上是第三人称，但这个叙事者绝大部分是通过哈利的眼光来叙事，这被称为“第三人称有限视角叙述”。也就是说，故事写的完全是哈利的所作所为，所见所闻，所思所梦。人是看不见自己的脸的，所以哈利的面目也是他在镜子里或橱窗里看见的自己的映像：“他在詹妮丝的形象已经腾出来的镜子里瞅了瞅自己，被他在镜子深处看见的那种块头惊呆了——脸肿得像个月亮，长着一个久经太阳炙烤的小鼻子，冷冰冰的眼睛，上颌上面那张小里小气的嘴巴在中间凸起来，没有骨头的颔拥上来，甚至在耳朵前面形成了一块肥肉垫，而朱蒂在这个部位上只有一块丝一样的光泽。还说纳尔逊呢。——哈利自己的头发，从鬓角起往后谢，它的金黄被夹杂的灰白搞得脏兮兮、阴沉沉的。个头尽管高，但衬衫下面显示出的斜度只有一个松垮垮的大肚子，光这肚子就肯定有一个埃塞俄比亚饥饿儿童的重量。”要么就是他想象或感觉到的面目。世界也是哈利所认知和感知的世界。书中有一处是以詹妮丝的视角写的（第二章纳尔逊去康复中心时她去送别并带孙子的场面）；有两处是全职全能的第三人称叙述，但不排除短暂地换用在场人物的有限视角叙述（第一章哈利送进医院后的场景和第三章哈利晕倒以后的结局），以取得一种客观的效果。

使译者倍感新鲜的是，四部曲是用动词现在时叙事的（哈利回忆中的过去才用过去时),这种时态的特别在译文中是表达不出来的,但不能不提一笔。我资料缺乏,手头只有两三本《美国文学史》。我想看看人家怎么讲这种现象的,其中一本倒有这么一句论述:"《兔子跑吧》是用现在时写的,因为哈罗德脑子里没有过去或将来的印象。"哈利是个平常人,平常人绝大多数都是走一步算一步,过一天算一天,像我们说的"摸着石头过河",对未来没有明确计划。但头脑里不能没有过去,除非你患了失忆症。实际上,哈利满脑子的过去,只消读一读《兔子歇了》的卷首引语就明白了:"兔子晒着那个记忆中的老世界的暖儿,富了,歇了。"我倒是认为:哈利看电视节目时"想看事实报道,不想看幻想故事"。什么样的事实报道真切,当然是现场直播了。书里详细描写了医生给哈利做心脏手术时哈利在荧屏上观看手术进程的场景。哈利既是手术对象,又是电视观众。他又好奇,又担心,手术不完不知道结果如何。厄普代克用现在时要把读者带进的正是哈利的感受。他把四部曲写成哈利大半生的生活纪实。哈利一步一步向前走,没有明确的目标,叙事人借哈利的眼光来叙述,同样不知道结局,读者聚精会神地看,充满了刺激和悬念,身临其境地参与进来。再打个比方,这就像2006年7月10日凌晨两点(让我也学习一下厄普代克的精确),我们开始观看中央电视台直播的世界杯足球决赛,看着画面,听着解说员黄健翔和张路的评述。我们希望自己喜欢的球队赢球,心情比场上的球员还要紧张。球赛进行到第七分钟,意大利球员马特拉齐在禁区内将法国球员放倒,裁判给法国队一个点球,齐达内主罚,他从不失闪,踢出一记漂亮的"勺子"球,1∶0。不甘落后的意大利队攻势更猛,第十九分,马特拉齐高高跃起,将飞来的角球顶入对方球门,把比分扳平。从此就成了拉锯战,尽管都有机会,但打完全场再没有进球。只好打加时赛。眼看只剩下十分钟了,这时场上发生了匪夷所思的一幕,齐达内转过身来用头故意顶了马特拉齐。随后,裁判亮出红牌罚他下场。加时赛后就是残酷的点球大战。跟场上球员一样,我们的心也提到嗓子眼儿上了。第一轮点球双方都成功打进。第二轮法国球员特雷泽盖将球打在球门横梁下沿弹出，随后意大利三球皆中，这样法国队在点球大战中以3∶5告负，总分以4∶6败北，痛失冠军。法国球员、球迷和我们电视观众中法国队的支持者都伤心万分。这场紧张的球赛如用小说形式来记述，一种写法可以用黄健翔做叙述人，把我们看到的场面和听到的解说统统写进去，还可以加上马特拉齐为什么要侮辱齐达内，他说了些什么话，齐达内如何怒不可遏才顶了马特拉齐。叙述者还可以把齐达内被罚出场后的行为、思想穿插进去。甚至时不时地插入巴黎、罗马等地球迷的反应。这就是全知式的第三人称叙述。有人对这种“全知”叙述手法的真实性提出了质疑。黄健翔不是齐达内，你怎么知道他的想法呢？你是直播讲解员，怎么会知道画面外的事情呢？所以西方当代小说已不大采用这种叙述手法了。第二种写法是找一个球员做聚焦人物，比方说，名气最大的齐达内，叙述人提供的场景仅仅局限在齐达内的视野里，跟我们看见的不尽相同。他听见马特拉齐怎么侮辱他，他自己内心有何反应，这就比第一种叙述更真实。按这种写法，齐达内罚出场后，读者还想知道球赛的进展和结果，办法就是让齐达内也去看电视直播（恐怕他未必有这种心情）。也可以再找一个聚焦人物，随他的眼光接着叙述。最简单的办法就是把叙事人仍换成黄健翔做全知式叙事。后面这种第三人称叙事“有限”就有限在聚焦人物不可能同时出现在两个或多个地方，齐内达出场了，我们看不完球赛。哈利晕倒了，故事就无法进展。这种局限只好用全知式叙述来补充才行。需要强调的是，这种直播式的即时、互动的效果用现在式才能达到。如果换成了过去时，那就像一段经过剪辑的录像，叙述人已经知道全过程，读者就算不知道比赛过程和结果，也知道这是昨天的比赛，刺激远远赶不上直播了。另外，这部小说时间层次很多，有正在经历的，用现在时，有哈利回忆的，用一般过去时，还有在回顾事件发生时已经完成的，用过去完成时。如果往后一退，第三层次的时态就不好处理了。

厄普代克的故事就像哈利的宾园住宅里顶到墙根儿上的安纯地毯，是细针密线编织起来的，没有一点破绽和纰漏，也没有一点生搬硬凑不合逻辑的成分。我们常说“无巧不成书”，这说明大多数书都是由编造的巧合情节串起来的。厄普代克有意写一个平常人的平凡的一生，完全写日常家庭事务，要把平常事写得引人入胜，没有非凡的功力是办不到的。在我们看来，这部书最严重的事件莫过于哈利和儿媳普露的一夜情了。其实这件事的发生既不突然，也不偶然。花心的哈利有了老婆孩子很快就腻味了。后来有了一个年轻貌美的儿媳妇，哪怕就是说说话也是件爽心事儿。哈利去接机，没想到儿媳实实在在地热吻了一下他的嘴巴，他把这当作一种暗示。随后，我们前面提到哈利对普露偶而接触的感受和对她半裸的身体的各个部位的欣赏，还有投机的语言。当然，普露觉得这个身高马大的公公比她矮小的丈夫更有男人的“吸引力”。还有一种思想意识上的认同：他们都对纳尔逊不满；两个人都没有斯普林格家的血脉，有种局外人的感觉，不要说普露在家里没有经济地位，哈利也是个吃软饭的；两人都出身下层，哈利瞧不起被炒了鱿鱼的蒸汽管装修工的亲家，其实他自己也是排字工出身；普露由于丈夫吸毒可能又有同性恋，饱受性饥渴的煎熬，哈利夫妇也彼此冷淡，“比自己一生的任何时候都凑合得厉害，他们转过背厚着皮应付着。”而条件的提供也是顺理成章的：纳尔逊去了康复中心，詹妮丝晚上要去夜大考试，把刚出院的哈利一人留在家里不放心，于是把哈利接到普露那里，老两口先住一宿。他们的性行为也是从普露的诉苦使哈利动了怜爱之心自然而然、一步一步发展成的。就连二人在室内云雨，屋外雨骤风狂的陪衬，也不像我们有些影视作品中由编导招之即来，挥之即去的那么神。首先，书中一再提及这是布鲁厄一个多雨的夏季。哈利出院前的一夜就下过大雨；詹妮丝一早开车去纳尔逊家时，一路都是雨水冲刷过的景象；詹妮丝从天气预报中得知今天晚上还有雨；哈利一家吃饭时窗户上已经出现了零零星星的雨点；等詹妮丝出门去夜大时，雨已经下匀了，只好借用普露的雨衣（她只记着给哈利拿睡衣洗漱用具，忘了自己的雨衣）。所以后面的雷雨就一点也不牵强了。他们交合的时间也绰绰有余,绝没有被现场捉奸的危险。事后也没有留下蛛丝马迹:哈利不抽烟,“过了不到一个钟头,詹妮丝来到屋里,闻出了香烟味儿,但他假装瞌睡得要命,没法儿探讨这种事儿。普露把第二颗烟蒂和避孕套一起带走了,可是第一颗淹没在窗台上,等到第二天早晨,水泡透了,又压扁了,可能在那儿呆了多少年了,也许是纳尔逊和梅勒妮的历史遗迹。”那么又是如何败露的呢?原来纳尔逊回来以后彻底洗心革面,将过去的不轨行为全向普露坦白了,深受感动的普露也投桃报李,交待了自己的过错。那么詹妮丝又从何知道的呢?为了还债,詹妮丝想把宾园的房子卖掉搬到原来的老房子一家三代一起住,普露没有别的托词反对,只好拿出杀手锏,说她和公公有这档子事,住在一起不方便(换了我们的一些作者,最省事、最常见的办法就是用“听墙根”来处理)。于是面临“双规”的哈利只好二次脱逃了。后来纳尔逊在电话里说他们准备要第三个孩子,多心的读者以为普露可能怀了哈利的孩子,要往纳尔逊身上推了。其实上面的引文中哈利已经交待过普露将用过的避孕套带走的事儿,在电话上哈利还问了一句不该问的话,“再没用避孕套吧?”可见这种怀疑是多余的了。

公公儿媳间的这种事在中国是大忌,在西方也不光彩,否则詹妮丝怎能认为这是“乱伦”,说哈利“禽兽不如”,并宣称“永远不会原谅”他呢?哈利则说得轻巧:“这算什么乱伦?我们没有一点血缘关系。那只像正常的一夜情。她需要,我已经到了死亡的大门口了。那也是她做护理的一种方式嘛。”话虽这么说,他还是没脸面对,选择了逃避,最后却栽到死神手里,无处可逃。

话又说回来,生活中还是有很多巧合的。本书也没有完全摒弃。巧合也许会改变个别人的命运,但对大多数人只是生活中的一个小插曲。在本书中哈利住院时,负责看护他的护士恰巧就是他和露丝的疑似私生女安娜贝尔,但哈利又没有勇气去认,所以对故事主体没有太大的影响。

这块花毯不仅织得丝丝入扣,而且五彩缤纷。且不说别的,光颜色就多得令人眼花缭乱,而且不是概念性的,全是形象、具体的,如胡萝卜色,红木色,小麦色，赭石色，唇膏色，番茄红，樱桃红，鲑肉色，肉色，莓红，勃艮第红葡萄酒色，桃红色，牛血红，栗子色，蛋壳色，混凝土色，泥浆色，可可色，鼠灰色，油灰色，大象灰，珍珠灰，鸽子灰，灰胡桃色，毡灰色，铁灰色，石板灰，乳白色，骨白色，酸橙绿，烟草绿，电绿，胆汁绿，烟蓝色，婴儿蓝，柠檬色，薰衣草色，电光色，橄榄黄，长寿花黄，还有糊墙纸的糨子的颜色等等。试问一般作家能注意到这么细微的颜色差别吗？作者就是用这些什锦丝线把国内外大事、电影、电视广播节目、报刊新闻等等编织成哈利一家和周围的人活动的背景，时间空间决不错位，以求真实。且不说不别的，电影院正在上演的绝对是89年出的新片。不过真必须由细来表现，粗枝大叶的东西是不会给人留下深刻的印象的。作者用的彩线比头发丝还要细，绣织出一个个人物，一个个场景：机场，海滩，室内的陈设，街道的景观，一场球，一顿饭，一次手术，一次参观，一次海上游玩，一次床上交欢，一次电话交谈，一次正式会见，一个动作，一张脸面，乃至一棵树，一只鸟，甚至一片树叶，都有精微独到的描绘，令人叹为观止。

前面我用了电视现场直播和花地毯作比喻，其实仔细一想，语言艺术远胜过绘画，影视。绘画尽管逼真，但是静态的，影视是流动的，可以看出人的动作表情，但无法反映他的思想意识和内心独白（影视用画外音和字幕来处理，正好说明表情动作和对话取代不了语言描述）。你可以用闪回镜头表示回忆，往往还采用了不同的颜色，如果是彩色片，用黑白画面表示过去，或者像《我的父亲母亲》那样反过来，用彩色表示甜蜜而诗意的过去。但切换镜头总给人一种割裂的感觉，而经历着的人触景生情，联想不断，用语言表达好了，就如同一江流水，打着漩涡，慢慢地流去，那漩涡就是回想，何等流畅，何等自然：

他握着方向盘转向佳济山，这生他养他的城镇，从宾园出发在布鲁厄对面。就是在这个堡垒似的砂岩教堂里，它新添了一个不般配的翼廊，也就是在佳济山福音派路德会里，他领受了洗礼和坚振礼，穿着一件硌脖子的衬衣，好像它在碱水里浆过似的，从这里，再沿中央大道往前走，在一家现在成了洗相馆的糖果店前面，他第一次觉得自己爱上了扎猪尾巴辫子，穿高统鞋的玛格丽特·舒尔科夫。走在人行道方砖上，他的心感到麻木、膨胀，就像你往日在天空看见的那种齐柏林飞艇，水泥方砖好像城市的一个个街区一样远远地在他浮游的童心下面。这个故乡每隔一幢房子就有他曾经认识、现在已经离去的一个人的幽魂，这些平常的住宅都有砖柱支持的门廊和阴暗的前客厅，变化不大，在他看来如同一个收藏家柜子里的一枚枚贝壳那样空；即便他和詹妮丝刚结婚时住的威尔勃路上的那种更像贫民窟的联立房屋，还是老样子，爬山就像上一段楼梯，尽管那些阴沉的老油毛毡墙板，那些像青一块紫一块的创伤和粪土的颜色，已经让位于仿粗凿石条或木头护墙楔形板之类的更加喜庆的东西，有的门面上厚，有的门面上薄，所以当你沿着这一排房屋放眼望去时，边檐上就有点儿参差不齐。

这段文字把现在与过去(原文中有现在，现在完成，过去，过去完成四个时态)，水乳般地交融在一起，充满了怀旧怅惘的柔情，视觉艺术是没法表达的。画家可以画一幅胖女人的肖像，但给人的印象能有“胸脯像个搁架，屁股像随身带着自己的板凳”深刻吗？摄影师可以拍一幅星空照片，但能给你“银河刚能看见，就像长在某些女人肚皮中央的一条淡淡的金色汗毛线”这样的感觉的吗？在影视上你只能看见有人吃得津津有味，但怎么能体会到“咸坚果纹路光滑得出奇，绝像一位少妇的身体”呢？当你读到“晚间新闻插播的广告，一半是兜售轻泻药的，一半是推销痔疮膏的，仿佛看新闻的只是屁眼儿似的”，你能不哑然失笑吗？这些话只可意会，不可言传，如果在影视上用对话说出来那效果就差远了。这些话都是哈利的感受。作者厄普代克把他哈佛才子太强的感受性几乎都赋予了哈利。我国桂林附近的漓江边上有一座“九马画山”，由于山石颜色的不同，远远望去，观察力最敏锐的人可以组合出九匹马的形状，据传能看出九匹马的人就可以当状元，可见一般人就是处心积虑地去拼凑,也很难做到。是谁最先在这些山岩上看出马的形状的,又是谁能组合出九匹来,没有敏锐的观察力和丰富想象力的人是办不到的。哈利如果到此一游,说不定真能看得出,保不齐他从中看出的又是多少个女人的奶头和屁股呢!

作为译者,我在惊叹作者思想深邃、观察力敏锐、描写力非凡的同时,觉得作为现实中的哈利不可能具备作者赋予他的能力,因为他应当是个四肢发达、头脑简单的粗人,只受过中等教育,在校期间过多的时间打了球,泡了妞,想必对学习也不会太上心,以后就是看看电视,听听广播,读读报纸。自称喜欢历史,但一本历史书看了九个月多,才读了一半。可他对人类社会的方方面面,有如此广泛的兴趣,如此超常的记忆,有如此活跃的思想,这个平常人也未免太不平常了。他几乎对社会中的一切现象都有透彻的了解和独到的看法。他和孙子们看动物的时候,竟然产生了这样的想法:“当个动物可受罪死了,比鸟笼子还要严格地困住你的是你自己,也就是遗传指令。”这简直是哲学家的思想了。还好,厄普代克有个度,没有让他的哈利变成贝娄的赫索格、洪堡、西特林,或赛姆勒。话又说回来,要是换了一个麻木迟钝的人,他能发现并嘲讽一个如此纷繁的花花世界上的诸多弊端,能把周围人物的形容神态凸显得那么细致入微吗?

哈利一家是个中产阶级的小家庭,住在美国大多数人居住的小城镇里。这个小城镇位于美国最古老的州之一的宾州,宾州号称“拱顶石州”,因为位于最初独立的北美十三州的中部,可以说是美国“老”的代表。美国人善于流动,尤其最近几十年,美国人,特别是上了年纪的有钱人由于追求温暖的气候,纷纷到加州和佛州买房居住,哈利随了大流。佛罗里达在东部沿海各州中建州最晚,哈利生活的德利昂镇又在该州南端的海边,算得上是“最后的边疆”(法斯特语)了。可以说是“新”的象征。作者让哈利开车或步行,对这一老一新的城镇做了全方位的扫描,又通过哈利的回想与阅读,展示了它们几十年乃至一两个世纪的变迁。哈利“是在一个奇怪的不是战争而是变化的世界里长大的”。相比之下，布鲁厄这个粗野的小镇变化是较慢的，他们的在佳济山的老屋最大的变化就是纳尔逊嫌遮挡阳光把山毛榉树砍了，屋里的家具大多是原先的，包括老丈人的巴卡躺椅，就连丈母娘的嘎吱作响的老床和做衣服用的无头女装试衣模特还在。哈利在宾园买的石灰石小屋不但没有拆迁，反而增值一倍多。布鲁厄十二屋的县政大楼，建于大萧条开始的时候，现在依然是最高的建筑，城市向郊外扩展，中心区成了空心区。与之相反，佛罗里达的德利昂倒是日新月异。五年前他们为了在阳台上观海景特意买了一架望远镜，现在被新起的高楼挡得几乎看不见了。而且人们对住宅就像对汽车一样喜欢全新的，他们的公寓房子要出售连保本都难了。哈利二次出逃时驱车南下，穿越七个州，一路风景民情展现在眼前，州州各有不同。这使人想起马克·吐温笔下的哈克与吉姆漂流密西西比河时沿途各种各样的风物人情。

“越嚼越有味”，这是哈利最爱吃的玉米片儿上的话。这本书如果你耐着性子往下读（别像哈利九个月才读一半），确实越读越耐读。这里有热播的电视剧甚至美国大片都难给你的乐趣。培根说，“有些书可以浅尝辄止、有些书可以囫囵吞下，少数书则要咀嚼消化。”这是一部需要“咀嚼消化”的大书。向生命终点跑去的“兔子”一边经历着现在，一边回顾着过去。这样，作为四部曲的终结篇，《兔子歇了》便有前几部无法具备的内容：兔子完整的一生通过最后的经历和反复的追忆都展现在读者面前。兔子的阅历越深，对世事看得越透，小说也就越耐读。写到第四部，作者厄普代克的技巧更是历练到了炉火纯青的地步。难怪人们普遍认为四部曲一部写得比一部好。

译者

二〇〇七年十月于兰州

章　目

兔子晒着那个记忆中的老世界的暖儿，富了，歇了。

——《兔子富了》

对懒人而言，食物是毒药，不是营养。

——《弗雷德里克·道格拉斯的生平与时代》①

① 道格拉斯(Frederick Douglass,1817—1895),美国废奴及人权领袖,黑奴出身,美国内战时期任林肯总统顾问。著有自传《弗雷德里克·道格拉斯的生平与时代》。

一、佛　州

站在佛罗里达西南区机场圣诞节过后晒黑了的兴奋的人群里，兔子安斯特朗有一种可笑而突兀的感觉：他前来迎接的、在看不见的地方飘浮着即将降落的，不是他的儿子纳尔逊和儿媳普露以及他们的两个孩子，而是某种不祥的东西，而且在内心深处是他的东西：他自己的死亡，像一架飞机一样，隐隐绰绰显现出来。这种感觉如冷水浇头，尽管航站楼的空调又高又远。不过三十年来，面对纳尔逊一直使他如坐针毡。

机场还是比较新的。你驶离 75 号州际公路的 21 号出口，在分道公路上再跑三英里就到了，尽管公路两边是一排排的瘦长条儿棕榈树和修剪整齐、青翠欲滴的平叶草，但似乎仍有种不知通向何方的感觉。这一路没有广告牌，没有自做广告的路边企业，也没有这一带大片大片修建的冷却白瓦盖顶的矮房子。你以为你走错了路呐。一辆急如星火的红色卡马罗折篷车在后视镜里正向前推进。

“哈利，用不着加速。我们反而来早了。”

兔子的老婆詹妮丝在进去的路上对他说了这样一番话。叫人痛心的是她近来采用的那种宽容检点的口气，仿佛他早早地老不中用了似的。他侧过脸来，瞅着她把一缕顽固的飘动着的华发从那张被太阳晒硬的、棕色小榛子似的脸上掠到后面去,“亲爱的,我被后面的车盯上了,”他解释过后便把油门关小开进了右车道,然后让车速里程表指针抖回六十五以下。卡马罗折篷车猛冲过去,驾车的是个可可色的黑妞,戴一顶空姐的灰色毡帽,下巴和嘴唇向前噘着,眼角都没有斜撩他一下。这也叫人痛心。从后面望去,他们把后备厢和保险杠设计成那副样子,卡马罗就好像长了一张嘴,两片肥厚的金属嘴唇分开,仿佛要发出嗞声似的。这样,哈利也许又开始死鬼缠身了。

航站楼终于在望了,这是一座又长又矮的白色建筑物,活像一座座放大了的日照诊疗所——有看牙的,有按摩的,有治关节炎的,有治心脏病的,有搞法律的,有做法医的——本州的大道通衢推陈出新,奉献出了这种行业。你把车停在离那扇棕色玻璃滑门只有几步之遥的一个停车场上:全州都把你当婴儿一样悉心关照。先进门,再上楼,那就是接机的地方,这些空间又长又低,铺着雅致的毛毡,灰得像那个趾高气扬的空姐的帽子,这里弥漫着只有在电梯停下来或者牙医不钻了才能感觉到的那种音乐。弦拨动了,却不出声儿,就是那种常常被忽略了的音乐,一种悬在空中的地毯,要把可能使你想到死亡的那种静默掩盖起来。这些又长又低又雅致的空间,像并未被广告搞得十分凌乱的高速公路,使兔子想起了什么。空调管道,他起初想,转念又觉得是地窖。这些是未来派的空间,像电影里的那些方方的隧道,摄影机玩个戏法,便使它们加速进入宇宙空间挠曲[①],以显示我们从一个恒星走向另一个恒星。《2001 年》[②],他会不会活着?他碰了碰身边的詹妮丝,以消除突如其来的末日感。她的白棉网球裙腰部被汗湿透了,她的腰身更粗了,腰俏更浅了,女人一过中年,身材都成了桶子,腿成了皮包骨,胳膊松垮垮的,就像脱了骨的炖鸡肉,她当然也不例外。她在汗湿了的网球裙上面套了件透孔黄色开襟羊毛衫,没扣扣子,披在肩上以抵御机场空调的冷

① 指便利恒星与星系之间旅行的假想的星际空间间断。
② 一部有名的科幻电影,由著名导演库布里克编导。

气。他引以自豪的是，她那副行头加上晒黑的皮肤，哪怕太阳镜在眼睛周围留下两个白圈圈，看上去也跟别的美国祖母们没有两样，大家都有钱在这块阳光长在、青春永驻的土地上留连，这种自豪感未免天真了点。

“A5 号门，”詹妮丝说，仿佛他那一碰是个技术性问题似的。“从克利夫兰经纽瓦克，”她说，一派生意人的爽快高效，这是她步入中年以后养成的，尤其打她妈妈七年前去世，给她留下那个摊场：斯普林格汽车行和它的资产以后。这家车行是宾夕法尼亚布鲁厄地区仅有的两家丰田代销处之一：全家人说到它时仍叫“摊场”，因为它一开始就是弗雷德·斯普林格拥有和经营的旧车场，死了的弗雷德·斯普林格，又投胎转世成纳尔逊了，他的未亡人贝茜和女儿詹妮丝总是这么瞎想，因为外公外孙俩都是又干又硬的小虾米，还有点儿贼头滑脑的神气。这就是哈利和詹妮丝在佛罗里达要呆半年的原因——这样一来，纳尔逊就可以甩开膀子经管那个车场了。哈利当了十多年的主任经销代理，尽管和查利·斯塔夫洛斯通力合作，连手经营，却在斯普林格大妈的遗嘱中提都没有提一句，她干脆不管这些年来他住在约瑟夫街上她那座阴暗的大房子里、听她瞎吹弗雷德是怎样的一位圣人、听她抱怨她的脚脖子肿得如何厉害这样的情分。什么都归了詹妮丝，仿佛他只不过是斯普林格王朝一桩不值一提的小事似的。约瑟夫街上的那幢房子，让纳尔逊一家搬进去住为的是支付维修费和房产税，由于现在少壮职业人士陆陆续续从布鲁厄东北翻山越岭进入佳济山镇，它准值三十万，就别提波科诺斯湖畔的别墅了，那一带林子里的小木屋也是天价，飙升不止，光那个车场的地皮，在河西 111 号公路沿线四公顷的土地，就可以从最近这十年来到布鲁厄地区的高科技公司中任何一家手里捞到近百万，他们蜂拥而来是要利用这里的空厂房，利用那些技术熟练又无用武之地的劳动力，利用守旧、低廉的生活水准。詹妮丝是个富婆。兔子想跟她分摊他感到的突如其来的冷森，某架天上的飞机的阴影，可是她生出的一种硬壳却让他碰了个钉子。她那腰部的衣裙，他摸上去粗厚非常，没有丝毫反应，简直就是一块湿皮子。他只有把自己的预感藏在心里。

接机的已经聚集了一大群，这是里根执政的最后一年的圣诞节过后的星期二。一个矮个子男人，驼着背，以犹太人似乎常有的那种笨拙的快捷，在他们周围左躲右闪，在他的背后喊老婆，仿佛安斯特朗夫妇压根儿不在那里似的，“过来，格瑞丝！”

格瑞丝，哈利想。一个犹太女人叫这么个名儿，听上去怪里怪气的。也许并不见得。《圣经》上的人名儿嘛，蕾切尔，埃丝特，其实也不尽然，如：芭布拉，贝特。对于这里的犹太人，他还在适应阶段，在向他们学习，在努力吸收让他们紧紧把握世界的那种哲学。那个驼背老头儿上着粉红格子衬衫，下穿唇膏红的宽松裤子，拼命跑着，仿佛要来的飞机是开出华沙的最后一趟火车似的。哈利和詹妮丝打算搬到这里来时，他们的佛罗里达事务顾问，主要是查利·斯塔夫洛斯和韦布·穆尔科特，告诉他们，海湾这边是基督徒的海岸，跟犹太人的大西洋那边形成对照，可哈利并未真正注意到这种现象；就他的交往而言，佛罗里达跟纽约，跟好莱坞，跟特拉维夫一样，都是犹太人的天下。其实在他们的公寓楼里，他和詹妮丝身为非犹太人反而成了某种宠物：大家认为他们稀奇好玩。瞅着那个矬子，起码七十岁了，突然拔腿跑了起来，在有软垫的支柱椅之间拐来拐去，跳腾过去，这样跑到接机口前就不至于累垮。哈利摸着自己这个块头，懊悔不已，二百三十磅呐，最留情的磅秤如是报告，才五十五岁，一身肥膘像这几十年带来的一条又一条的毯子似的裹在他身上。他这里的医生一个劲儿地给他讲，再别喝啤酒，再别吃零食，每晚刷过牙后他赌咒发誓一定要做到，可是第二天太阳一出来，他的肚子又饿得发慌，无论如何要找点咸咸的、方便的东西嚼嚼。他从前的篮球教练马尔蒂·托瑟罗临了给他怎么说来着？人一老，你吃这吃那，什么都不对劲儿。有时候兔子精神上感到，好像把这个身子拖来拖去都要晕了似的。挤压似的小疼痛纠缠着他的肋条，一直到了他的左上臂。他还一阵一阵地感到气短，莫名其妙地觉得胸胀，胀满了某种挤压性的物质。小时候发疼的时候他常常发愁，身边的大人哈哈一笑，他的疼痛也就没了；现在他准确无误地是个大人了，只好自己一笑了之。

一家卖报刊、卖糖果、卖珊瑚纪念品，又卖上面说西南佛罗里达是天堂的式样滑稽、颜色轻淡的T恤的小商铺，模样儿像个八角亭，五光十色的，阻断了机场灰溜溜的空间。詹妮丝驻足说道，“你在这儿等会儿好吗？我看看他们有没有新的《ELLE》。兴许我该回来趁这个空子上个厕所，由于天气一直这样疼海滩。回家的车辆也许会挤得一塌糊涂。”

“你现在才想起来，”他说。“好啊，想去就去吧。”她依然留着的玛米·艾森豪威尔[1]刘海，因岁月的增稠而变稀，因潮湿和海水而拳曲，倒使她由于满脸的太阳纹而显得孩子气十足，又顽强，又可爱。

“我们至少还有十分钟，我不知道那傻蛋着什么急呀。”

“他也只不过是热爱生活罢了，”哈利跟她说完就乖乖儿地等着。她上厕所的时候，他忍不住便走进店铺买点东西咬两口，一根农夫酥花生糖四毛五。农夫原产花生糖，糖纸上写道。在运输的过程中断成了两截，于是他想把一半留给两个孙子吃，因为过会儿他们就要全家开车回家了。届时这将会造成一场小小的轰动。可是前半截好吃得不是一般，他索性把后半截也吃了，甚至把糖渣渣从糖纸里倒到手心里，像只食蚁兽一样，用舌头舔了个净光。随后他想着回去再买一根，好在车上和孙子们一起吃——“瞧爷爷买什么了！”当他们拐上75号州际公路的时候——但又不敢保证自己就不会把它吃个干净，所以就硬让自己站着，向窗外张望。机场设计有观看跑道的大窗户，所以万一有飞机失事，人人都可以大饱一番眼福。那团火球，也就是机身，慢慢地滑动着打旋儿，脱下了翅膀。兔子一边努力用舌头舔牙缝里——谢天谢地，牙齿依然是他的，门牙甚至没有镶齿冠——粘糊糊、脆生生的玩艺儿，那焦糖和玉米糖浆，一边透过玻璃凝望着那宽阔空白的午后。

---

① 美国第34任总统艾森豪威尔的夫人。

跑道由大渐渐变小，形成一个三角形，佛罗里达的一马平川变得棕黄，像灌溉系统的绿色地带之外的茅草。冬天，才把它的影子落到这里，还没有大动干戈呢。每天的气温一直在八十多度。在佛罗里达度过了四个冬天之后，他知道如果你开球早，海湾吹来的风在初打区就会刺进你的肌肤，而厚球衫只有在太阳爬向正午的时候才能脱去，然而今年的十二月除了月中来过一次寒流，其余的时间就像宾夕法尼亚的九月初一样——热，只是七叶树变了颜色，空气里出现了一种疲倦的干燥，知了嗡嗡叫个不休，这才表示夏天过完了。

糖一下肚，一种末日感又长出爪子攥着他的心：活像那些紧紧夹住独粒钻石的小钳子。最近报纸上死讯可是接二连三。全国的第一位而且是惟一的一位黑人国家电视节目主持人马克思·罗宾逊，还有总是一袭黑衣、一副墨镜、能以女人的高音唱《风月俏佳人》的罗伊·奥比森，随后又是圣诞节前泛美航空公司的103航班在苏格兰五英里的高空像个烂西瓜一样裂开，把所有的尸体和火光熊熊的飞机残骸乱扔在高尔夫球场和这个活像格罗卡摩拉[①]的小镇的街道上，它的真名叫什么来着，洛克比。想象一下你坐在自己的座位上，巨大的罗尔斯-罗伊斯引擎嗡嗡地响着，为你催眠，空姐送来了丁当作响的罐装饮料，觉得已经坐到飞机上了，现在除了放松就无事可干。然后，随着一声轰鸣和巨大的撕裂声，散乱的尖叫声，整个温馨的世界在坠落，你的下面除了黑沉沉的空间，什么都没有，你的胸脯遭到可怕的叫人无法呼吸的寒冷的挤压，你简直难以置信竟有那样的寒冷存在，但当你取出你的衣服，那些脏内衣和海滩浴巾，里面仍然带着外层空间来的无情的死亡冷森时，你有时候仍真切地感到它曾被装进了你的衣箱。贮藏在那未加压的舱室里。就在昨天，一架从罗切斯特飞往亚特兰大的喷气机在三万一千英尺的高空裂开了一个十四英寸的洞，报上说，却幸运地降落在西弗吉尼亚。一

---

① 格罗卡摩拉：一个虚构的神话般的地方，源自音乐剧《菲尼安的彩虹》中的一支歌“格罗卡摩拉的情况怎么样?”。

切都在崩溃，飞机，桥梁，里根统治下的八年，这是无人问津储备的八年，是玩空手道大赚一把的八年，是债台高筑的八年，是听天由命的八年。

哈利，这辈子飞来飞去到处参加经销商们的会议，九年前跟另外两对夫妇飞往加勒比地区玩了个痛快，但去佛罗里达，他和詹妮丝总是驾车，所以他们在那里有辆车。纳尔逊很可能会发牢骚，因为只有一辆，尽管那是一辆能舒舒服服坐六个人的佳美旅行车；纳尔逊喜欢做自己的事情，神秘兮兮地花好几个小时到处瞎跑。纳尔逊。真是一块心病。哈利的舌头开始刺痛，于是他不再舔粘在一颗犬牙后面的一块突起的玉米糖渣了。

而且在今早的迈尔斯堡的《新闻报》上有一条消息说在劳德代尔堡有一名孕妇在昨天的一起未遂抢劫案中被枪杀。准保是个黑人，不过报纸上可没有这么说，他们现在不说。孕妇死了，但他们做剖腹产救了孩子。而且那份报纸的头版还登了这么一条对一个被判有罪的家伙的采访，此人被控捡了一个十二岁的女孩，然后让她吸毒，并在强奸后将她活活烧死，他现在竟然还抱怨死囚犯牢房里蟑螂老鼠成灾，并告诉记者，“我一直在尽力而为，但我不是天使。我也不是杀人犯。”他这番话惹得哈利哈哈大笑，激起了他的联想。不是天使，也不是杀人犯。不像邦迪这小子在几十个州杀了几十个妇女，在这里的塔拉哈西一拖就是十几年，迟迟没有正法。裕仁天皇也是逍遥法外。哈利对裕仁天皇和希特勒、墨索里尼在战争宣传中一起在报纸上亮相的时间仍记忆犹新。

他也从来没有忘记，到今年六月就整整过去三十年了，他的幼女瑞贝卡·琼[①]是怎样淹死的，他一个人回到家里，那一浴缸要了她的小命的温吞吞、灰突突的水还在那里。上帝没有把塞子拔开。对他来说这不费吹灰之力，他把日月星辰都摆得各归其所。不要让这种事情发生。或者从宇宙里

① 哈利的幼女瑞贝卡因詹妮丝在哈利离家出走后酗酒失职溺死在浴缸里。瑞贝卡出生于六月，她的中间名“琼”(June，六月)就是由此而来。

抹去在苏格兰上空爆炸泛美747的任何因素。那些心怦怦狂跳的身体在黑暗中跌落下来。当他们落下,穿过浓密得像温吞的水的空气,温吞吞、灰突突的,像这个航站楼,人们从里面吹出来就像通风道里的灰尘一样,那时候,他们知道多少,对航空公司来说,我们大家只不过是电脑上的数字,多一个少一个,谁在意呢?屏幕上的一个光点,然后屏幕上没有了光点。这些人体像湿西瓜籽一样跌落下来。

一颗星星出现在白天的天空,出现在一条条层卷云下面的碧空里,一架飞机闪闪烁烁,越来越低,直向他们冲来。这个闪光,他想,载着他的亲人;他儿子纳尔逊,他的名叫普露的左撇子儿媳妇,尽管她受洗时命名为特里莎,他的八岁的孙女朱蒂,他的四岁的孙子罗伊。罗伊正是哈利和詹妮丝开始在佛罗里达呆半年的那年秋天出生的。孩子其实是按爷爷和外公的名字命名为哈罗德·罗伊,可是人人见他就叫罗伊,哈利对此忿忿不平,因为罗伊·鲁贝尔是个叫阿克伦公司炒了鱿鱼的蒸气管装修工,总是怨气冲天,甚至连女儿的婚礼都不参加,七个孩子饥肠辘辘,他屁也不放一个。普露好像依然有副饥饿相,因为她使哈利想到她爸自己。那颗星渐渐增大,已经成了个盘子的形状,有好多点在闪闪发光,一个长着翅膀的铝制机器在沉闷平坦的灌木丛林地带和让一棵棵棕榈树隔成细丝一样的天边上面滑行增大。他想象着飞机着陆时,被它的一个闪光点燃,突然爆炸,一个红火球笼罩在黑影里,就像你老在电视上看见的那样,他暗自震惊地发现自己想象着这种事情,并不怎么动情,只有一丝袖手旁观者的寒颤,一种对化学品暴烈性质的惨淡的惊奇,同时,感到欣慰的是,他自己不在飞机上,而在玻璃窗这面平安无事,带着他的淡淡的被钳住那样的末日感。

詹妮丝又来到他的身旁。她兴奋得气都喘不过来。"哈利,麻利点,"她说。"他们已经到了,提早了十分钟,从纽瓦克来准保一路顺风。我上罢厕所走到大门口,就是找不到你,你不在那里。你上哪里去了?"

"哪里都没有去。就在这里的窗子前站着。"他心里爆炸的那架飞机压根儿就不是他们坐的飞机。

心狂跳不止，气又短得恼人，他跨着大步跟在瘦小的老婆后面，在宽阔的灰地毯上走去。她那条百褶网球裙在棕色的大腿背上呼扇，她那双白色千层耐克鞋在两条麻秆腿下面，看上去大得离了谱儿，活像穿着一双大船鞋的米老鼠，不过，詹妮丝的这副行头跟这群接机人中的很多人一比，也并不出格多少：男人的浅色头发理得像银行家似的齐整光洁，一张张长脸像银行家似的不苟言笑，上身穿的是日辉牌绿黄色的紧身短背心，上面印的字不是"珊瑚角"，就是"迷魂岛"，下面穿的是番茄红骑车短裤和花样像煎鸡蛋似的百慕大短裤，他们烫了头发、腰身粗壮的女人穿的则是不伦不类的一体运动服，活像丘比特娃娃似的体形上套着或粉或蓝的婴儿色的法兰绒长内衣，他们的服装在给他们发现的青春永驻大做广告，就像现如今出现在电视上的那些滑雪的、打网球的、打高尔夫的人一样浑身都是商标，干脆就像活广告牌。那个风风火火、弯腰驼背的犹太矬子已经接到了他的亲人，一个笑嘻嘻的高个子女人，一个蕾切尔或者埃丝特，头发向外拳曲，侧过来的半张脸显得宽大苍白，一只胳膊上搭着纽瓦克穿过的风雪皮大衣，她的另一边是她那胖墩墩的母亲，名叫格瑞丝，而老爷子则义愤填膺，做出劈剁的手势给这两个女人发表他最新的演说，这种最新的琐碎事情他讲得情绪激昂，她们听得如秋风过耳。兔子满怀好奇地看到，这个成年了的女儿，比父母高出一头，似乎没有配偶。一个高个子黑人，不自然地紧跟在后面，穿一身三件套灰色西服，一副油头滑脑的样子，但决不是那种专注于衣着打扮的人，他对自己的外表表现出一副郑重其事的上层白人的冷漠，拖着一个时髦旅行者用的把头顶的行李架的空间占得满满当当的软沓沓的大包，不过他不可能是个亲属，他只不过想走过去，就像从 75 号公路下来开着红色卡马罗进来的黑妞。人人都成了跟屁虫，这就是时下我们行动的模式。

哈利和詹妮丝走到 A5 号门。乘客乱糟糟地下了飞机，一个自命不凡、手忙脚乱的人带了三个包，一个颤巍巍的老太太拄了根拐杖，跟他们后面的人挤成一团。你心里纳闷我们是不是照顾残疾人走过了头。“他们过来了，”詹妮丝终于宣布了，又小声对哈利补充了一句，“纳尔逊看上去疲惫不堪。”

与其说疲惫不堪，兔子想，不如说贼头滑脑。他的儿子左臂抱着他自己的儿子，纳尔逊的右眼乜斜着，眼皮似乎在跳，仿佛从未加防护的那一边会破天而降一次打击似的。罗伊准保在飞机上睡着了，因为他的脑袋靠在爸爸的脖子上在那里寻找一个枕头，他的眼睛睁着，露出那种水汪汪、乌溜溜的稚气来。但那张胖乎乎的嘴巴不出声儿，口水亮晃晃儿的，显然是受了惊吓。情况一允许，哈利就走上前去要卸掉儿子的包袱，但是纳尔逊似乎不肯放手，仿佛孩子的爷爷是个拐子似的；罗伊也黏糊着不离开。哈利生气地把肩一耸，只好拉倒，只能凑上去亲亲罗伊天鹅绒似的脸蛋儿，比天鹅绒还要细呢，由于睡觉的缘故，依然热乎乎的，然后又握了握自己的儿子的冷冰冰、潮唧唧的小手。近几年来，纳尔逊长出了一嘴小胡子，毛烘烘、褐糊糊的一片，比他的鼻子宽不了多少。下面那两片薄嫩的嘴唇似乎从来都不笑一下。哈利盯着这张怪怕人的长着褐色眼睛的面孔，想找一点他自己蓝眼睛面孔的痕迹，徒然。纳尔逊遗传了詹妮丝紧凑匀称的五官，包括眼睛里她那影影绰绰的回避或者慌乱；那种迷惘的神情在女人眼里比男人眼里好一点。更糟糕的是，詹妮丝高高的脑门和稀疏的细发在纳尔逊头上变成了日益明显的秃顶。他的往后退谢的鬓角之间有一个残发形成的透明三角形，不久就会变成一个岛屿，一块光地，他的后脑勺上，当他转过去亲他妈妈时，一道皮肤正在扩展。他上飞机喜欢穿一件蓝色旧牛仔夹克，里面穿件挺括时尚的衬衣，不过带粉红条子，白领子，白袖子，这样他似乎有几分趾高气扬的派头，像个结了婚的摇滚歌星或者周末歹徒。一只耳垂上戴着一个小小的金耳环。

“嗯——哇！”詹妮丝说着圆满地完成了她的见面吻；她是从这里的那些表情夸张的犹太人娘儿们中间学会这种大呼小叫的。

哈利谨慎地和朱蒂丝和普露打了个招呼。再有一个月就满九岁了，这个瘦女孩已经有了一副女人的大样儿，只是身量儿欠了一点，还没有填圆满。一头红发绝像她妈妈。可爱的肤色，红红的脸蛋，上面点缀着雀斑，她的面孔的细部——睫毛呀，眉毛呀，耳朵呀，鼻翼呀，动不动就翘到牙齿上面的嘴唇呀——完美得怕人，仿佛太容易毁坏似的。躬下身子亲她时，他看见了她耳朵前面的孩提时看不见的绒毛的光泽。她长着普露明澈的绿眼睛和胡萝卜色的头发，然而在她那弱不禁风、亭亭玉立的身架儿上和略长而平静的脸面上，暂且没有生活在某一点上给予普露的那种扭曲，使得普露的美在二十四岁就有点儿笨嗤嗤的样子，好像蹒跚行路似的，这种神态在与纳尔逊结婚生活了九年以后平添了几分怪相，若干笨重。她喜欢哈利，哈利也喜欢她，尽管他们在旁人面前从来没有找到一种表达它的方式。"好一对美人儿，"眼下她是这么说这母女俩的。

小朱蒂皱了皱鼻子说，"爷爷又在吃糖，羞羞。我能闻出来，是种花生糖，我敢说。他牙缝里还粘着一些糖渣渣呢。羞死了。"

对于这一攻击，对它的准确性，以及小姑娘说"羞死了"的那种德裔宾州人的模样，他只好笑一笑了事。当地的口音在逐渐消失，不过很慢，孩子们能如此准确地模仿他们的长辈。朱蒂准是在家里无意听到纳尔逊和普露的谈话，兴许詹妮丝在说他的体重问题和暴饮胡吃。如果他们议论了，他的健康问题或许比他知道的还要糟糕。他一定是气色不好。

"狗屁，"他说，有点不尴不尬的样子。"我干什么都逃不过你了。普露，你怎么样？"

他的儿媳妇可让他大吃一惊，当他欠下身子要吻吻她的面颊尽一尽心时，她却实实在在地亲了一下他的嘴巴。她的嘴唇失当地、惆怅地、羞涩地往下扭了一下，然而热乎乎的，他在心里回味这一吻时，热乎乎，软绵绵，大大方方，宛如两块垫子。很久以前的那个夏天，他在斯普林格大妈房子的阴影里第一次遇见她——一个苗苗条条、低头垂肩的身影儿闯进了他们的生活，纳尔逊的这位有孕在身的信奉罗马天主教的女朋友，来自俄亥俄，名叫特里莎·鲁贝尔，是肯特州立大学的一名秘书，突然变成了把哈利的基因带进永恒的传承者——自那以后，普露过着那种肥得流油的宾夕法尼亚生活方式，身体变宽了，尽管没有变重。仿佛一些看不见的撬杠把她的骨骼稍稍展开了点，把新的钙质挤了进去，肌肉也轻轻地拉展进行配合，现在她展现出更多的正面。她那张脸，曾经像朱蒂的一样窄溜溜的，现在看上去像一副扁平的面具。总是高高的个头，但这些年又当老婆又当主妇，心变硬了，所以把一头又长又直的秀发剪掉，反梳成一对蓬松飞翼，有点儿像斯芬克司的发式。她的屁股和肩膀也变宽了，她上飞机时穿的是花格子套装，三个钟头坐在那里，又要照顾孩子，把一身轻薄套装揉得皱皱巴巴。套装上的图案令人眼花缭乱——棕色、黑色、白色的方块子，钻石形，有意安排成三维的样子。一只塞得鼓鼓的蓝色挎包挎过一只肩膀，两只胳膊上搭着一件灰色羊毛轻便大衣和两个孩子的上装，两只手里捏着几本滑溜溜的儿童读物，都是根据晨间电视节目改编的，还有一个碎布缀的洋娃娃，长着浅棕色的胖乎乎的脸，和一个充了气的塑料恐龙。她的手很大，指关节粉嘟嘟的，带着裂纹。哈利妈妈的一双手就是那个样子，那是洗衣服、洗碗碟造成的。普露怎么会长这么一双手呢？在这个电器时代？亲吻后他懵了半秒钟，站在那里傻看着她。有了老婆孩子他很快就腻味了，但有个活生生的儿媳妇他一直都感到兴奋不已。

为了掩饰刚见面时的局促不安，她说话的口气显得俚俗，“你的气色挺好，哈利。阳光灿烂的南方很对你的味儿。”

那样直截了当地吻你一下是什么意思？来得有点急。那里头有点伤悲的意思。她和纳尔逊一直都不太对碴儿。

“别人却不这么想，”他说完就抓住她的挎包。

“让我帮你拿点东西，我把包拿上。”他动手把包往下扯。

普露把大衣和玩具换了个手，把那条胳膊一伸，让他把包拿上，同时却又问他，“你行吗？”

哈利问道：“为什么人人都把我看成个该死的病包儿？”但他是向空中发

问的；普露和詹妮丝怀着轻松虚假的热情相互拥抱，纳尔逊却沿着灰色的长廊慢腾腾地往前走去，罗伊又在他的肩头睡着了。看样子纳尔逊几天前认认真真地理过一次发，理发师却留下了一条尾巴，活像一根老鼠尾巴，没有剪，耷拉在这孩子的领子上，就在那块扩展着的秃斑下面。看到这种样子，哈利气就不打一处来。他以为他才多大，十七？小朱蒂跟在爸爸后面，但纳尔逊既不等等，也不回头瞟一眼。女孩子大了，也懂事儿了，知道她穿一身飞机上穿的漂亮得体的装束，不应当干有失体统的事儿，跑着去撵。她穿一件藏青冬季外套，下面是一件粉红色的夏季裙装；它的粉红边儿从外套下面露出来，再下面是两条光腿，看上去长长的，比他上次在十一月初见她时又长了一截。然而使他绝倒的却是她的后脑勺，她的亮晃晃的胡萝卜色的头发辫成一条辫子，扎着一条惹眼的硬撅撅的白丝带。那条丝带里有她妈妈天主教教养的色彩，是用来装饰圣母或者圣婴耶稣，或者去招摇过市，去天空遨游的什么人的。朱蒂光油油的后脑勺，那条她尽量不跑时还要一蹦一跳的辫子。她那样乖乖儿地，那样不管三七二十一就扎着她妈妈扎在那里的扎眼的丝带，搞得哈利不禁莞尔。他三步并作两步赶了上去，弯下腰说道，“嘿，好漂亮呀，”说罢就抓她的手，她作为一个孩子，便本能地把手一抬，让他抓住。她的手潮得惊人，就像她妈妈的嘴唇热得惊人一样。她那上面有骨白色的分缝的脑袋高出了他的腰。她向妈妈抱怨，哈利是从詹妮丝那里听说的，说她是三年级她这个班上最高的女孩。那些赖皮男生老是逗她。

“学上得怎么样？”他问。

“我讨厌上学，”朱蒂告诉他。“那些男生个个认为自己是大腕儿。女生是绝对的下三滥。”

“你想没想过你也是个大腕儿？”

她把这个问题沉思了片刻。“有些男生老是骂我，我就给他们讲滚他妈的蛋。”

他弹了个响舌。“三年级学生说这话可粗得够呛。”

“也不见得，”她说。“我们把老师惹急了，老师有时候也说‘该死’。”

“你们怎么把她惹急了？”

朱蒂抬头笑了笑，完全是她妈妈爽快的咧开嘴巴的笑容，舒展得没有一丝蜷缩。“有时候我们全都哼哼，所以她看不见我们的嘴巴在动。两个星期前，她动员大家都唱圣诞颂歌，我给你说过的一个大腕儿男生说这么做违背他父母的宗教，他爸爸是个律师，把谁都能告。”

“听起来他像个屁股上的疔疮，”兔子说。

“爷爷。别说脏话。”

“这不是脏话，它只是切中要害而已。如果你说某人尻子上的一个疔疮，那就更脏了。嘿。这就是我买你闻到的那种花生糖的地儿。要一点吗？”

“你最好先问问妈妈。”

哈利转过身，让两位妈妈赶上来，她们臀并着臀，低着脑袋商量事儿。“普露，”他说，“我给朱蒂买根糖，会不会坏牙？”

她把头一抬，一脸的惶惑，但还记得给他递个笑脸。“我想就这么一回要不了她的命吧，尽管纳尔逊和我尽量不让乱吃零食。”

“不管你给她买什么，哈利，”詹妮丝补充说，“你也应该给罗伊一份。”

“可罗伊在睡觉呀，个子才有她的一半。”

“不过他会知道的，”普露说，“如果你偏心眼儿的话。他正在从她的影子下面往出走呢。”

小朱蒂，投了影子了？难道他也在米姆身上投过影子？米姆肯定离玳瑀德县够远的了，如果那是一种说法的话。进了拉斯维加斯的快车道，那就脱不了身了。

“别老是这样，”詹妮丝对哈利说。“要不把钥匙给我，我们坐到车里去。他们还有两个在纽瓦克托运的包。纳尔逊很可能在那里了。”

“呀，他怎么想的嘛，只顾那样子往前冲？他生谁的气呢？”

“也许是我的吧，”普露说。“我已经不去想到底为什么了。”

哈利把手戳进格子高尔夫宽松裤的一只口袋里，从中掏出来的只是几个球座和一个塑料球标，上面有两个 V 字，代表瓦尔哈拉坞，然后又戳进另一个口袋，把那串套在环儿上的疙疙瘩瘩、沟沟槽槽的钥匙摸了出来。“接住，”他说着就把钥匙向詹妮丝扔了过去。她像一般女人一样慌了神儿，急忙把双手猛地托起，钥匙从手上飞过去砸在肚子上。就用了这么点儿小劲，找了找，扔了扔，他就累得不行了，仿佛他举起的那只胳膊是泡湿的衣服似的。他要给孙女买糖吃，便情不自禁玩起了乐子。她并不像他想象的那样喜欢农夫花生糖，挑的却是天空糖，他认为这种糖对她的牙也许确实有害，五节隆起的纯巧克力填了五种甜糖馅。他把手戳到裤子的屁股口袋里，裤子旧得不行了，太阳把格子晒掉了颜色，每只口袋的边子多年来被手上的汗渍得黑黢黢的，他把钱包掏出来，在糖架上踅摸了一会儿，拿不定主意，该不该再给自己买一块花生仁儿黏在一起的长方形糖，心里又纳闷儿是不是这一回他的运气好一点，不会再买一块断在糖纸里的，决定还是算了，因为正如普露所言，他吃得太多，吃了太多的乱七八糟的东西，普露和他这里的医生，莫里斯老大夫，都是这么说的，到了最后的秒把钟，八角铺柜台后面的那个黑女人正在给他买天空糖给的一美元找零时，他又决定还是把那花生酥糖买下来。他喜欢的不是一口吞进去，一骨碌咽下去，而是口里的头一个糖角儿，头一块直角糖块儿慢慢地化掉的那种砂砂的、锋利的感觉。使他又惊又恼的是，现在他不仅拿不到给那一美元的找零，而且还欠那黑女人——一种十足的无光纯净的颜色，你在美国难得一见，石板似的晦暗，准保是个海地人，要不就是多米尼加人，佛罗里达满四处都是这些乘船出逃的难民——五分钱缴州税。机场价，凡是在没有竞争的地方，他们就宰你。没有竞争，你就有社会主义，人人白吃白喝，经济像古巴和海地的那样。他收住脚把货架上的杂志瞟了一眼。顶上的一排搁的是黄色刊物，用塑料膜封着，一块一块的字纸把张嘴女郎的细部遮住，张着嘴仿佛永远对自己的有形资产惊骇不已似的,《好色客》,《画廊》,《俱乐部》,《阁楼》,《是的》,《生活》,《狐狸》。他想象自己不顾这个海地女人不以为然的态度买了一本——这些加勒比海坯子都是福音教会原教旨主义者,在马口铁皮屋顶的教堂里呼吁世界就此终结——然后偷偷地带回家去,趁詹妮丝睡觉、做饭或者跟她的一帮人出去的当儿好好过把瘾,仔细研究研究那些扩大的照片,粉红的阴唇,勃起的奶头,从后面撅起的屁股,露出那剃了毛的光屄以及它那牡蛎似的颜色深暗的小小的结构,并且黯然预计他不会有多大的冲动,厌烦将会成为他的主要感觉,还有面对这项花销的尴尬,如今这些东西的要价是四元二角五,保证让你看到《洗桑拿的性感魔女》,《辣妹火了》和《口交:美食家指南》。当你想到它——任意处置的肉时,我们是多么让人恶心,但却不顾一切要得到满足。

"过来,爷爷——干什么要费这么长时间?"

他们急忙去追别人,他们已经不见踪影了。看见朱蒂亮晃晃的扎了丝带的脑袋,他就有些紧张,它起初出现在他的这边,随后又出现在那边,就像他好不容易才找到的车钥匙,詹妮丝那个笨蛋接不住,却管他叫老呆瓜。如果他们的孙女儿叫人从他身边拐走了,她才真要叫他老呆瓜呢。"慢点儿上,"他在自动扶梯顶上给朱蒂讲,"抬起脚,站上去。可别站在接缝上,"到了底下又说,"好啦,下来,不要太快,别慌,悠着点,对,好。"

"我在大商场常乘自动扶梯,"她告诉他,把一张噘起的责怪的小嘴朝他一噘,嘴角上粘着化了的巧克力珠子。

"见鬼,大家都上哪儿去了?"他问她,佛罗里达西南区机场航站楼的地板尽管上面有或低或高的顶棚,但它不是那么像管道,不是那么像地窖,却依然回响着一种使他忧心断肠的闷闷的钢铁似的末日的声音,地板上熙熙攘攘着晒黑了的身影儿,他认识的人一个也没有,仿佛他下了地狱似的,全是些生面孔。

"我们是不是走失了,爷爷?"

"不会的,"他告诉她。

突然陷入了这种小小的困境，他才意识到了她的可贵，她的眼睛和睫毛像宝石雕刻成的，耳朵前面油光光的像绒毛，丝一样的浓密的头发熠熠生辉，紧紧地辫成一根粗辫子，用一根假的硬撅撅的白丝带扎着。他才头一回看见她也别着对称的白色条状发夹，形状像蝴蝶。朱蒂抬头朝他脸上一看，面对她看见的一脸的茫然，硬忍着没有哭起来。"这件大衣太热，"她抱怨道。

"我把它拿着，"他说。他把厚重的布衣服搭在他的一条胳膊上，现在她穿着粉红色的衣裙，绝像一只蝴蝶了。在这个灰溜溜的机场的忙乱的场合里，她的绿眼睛在两道红棕色的眉毛下瞪得老大，其中的一道在她那长雀斑的小鼻子的扁扁的鼓起附近有一个小旋儿，把那些眉毛倒旋过去；纳尔逊也有那样的旋儿，而且是从哈利身上遗传来的。哈利上中学的时候老是把中指舔湿，对着厕所里的镜子想把它抿下来。奇怪，这么细小的东西竟然能代代相传。也许我们得到的惟一的不朽，就是一个小小的遗传花样儿不断延续下去，就像你每月的银行结单上的一个电脑打印出来的数字。鬼一样的木雕泥塑似的身形，他不认识的人，从他们俩身边你推我搡川流而过。他们成了一座孤岛，周围是玩笑、喧闹的消息和拥抱的海洋；人们被晒成深沉的红木色，只有成年累月在佛罗里达生活才能出现这种颜色，他们拥抱的初来乍到的人则是糊墙纸的糨子的颜色。哈利说话了，这样朱蒂就会听见她爷爷在说什么，而不是木呆呆地干站在那里，"他们一定在行李区。"

他一抬头，看见头顶有块牌子写着**行李**，于是便抓起她潮潮的小手把她向行李传送带周围的人群中拉去，传送带已经在转动了。然而他们找来找去，普露，詹妮丝，纳尔逊，罗伊，统统不在那里。一张接一张的脸，就是凑不成一张熟悉的脸。他的眼神儿一直挺好，可现在在这些人造光照耀着的地方让他犯了难。普露让他替她背着的蓝挎包比他原先想的要沉；她准保在里面装的是砖头。他的肩膀和眼睛都火辣辣的。

"我猜呀，"他贸然说道，尽管似乎不大可能，"他们已经到车跟前了。"他拍了拍口袋，摸那一疙瘩钥匙，却没有摸着，便开始慌了神儿，随后又想起来他是怎样扔给詹妮丝了。没问题。这会儿树立了信心，他走到褐色玻璃出口门前，但当他的身体触动电眼时，启封滑开的门却不对头。看来是走错门了；朱蒂刚才把他朝正确的方向上拉了一把，那里的一片热烘烘的户外的空气骤然拓宽了。太阳冲破了乳白色的层卷云。它从他的膝边茂盛的、叫不上名字的热带植物蜡一样的叶子上跳开。它令人目眩的从一团移动的汽车上眨眼，汹涌的车流沿着路缘外的进道奔腾。他把朱蒂的手抓得更紧了，以免她决定从路缘上跳下去，我们大家都有满脑子疯癫的冲动。他们穿过去向一片闪光的车湖走去，那就是他停车的地方。准确的位置在哪儿呀？他发现他忘了。车停在哪里，他脑子里一片空白。

一辆佳美豪华型旅行车，珍珠灰的铁皮，装有更强劲的 24 阀 2.5 升 V-6 引擎。由于那辆红色卡马罗盯过他，詹妮丝又对他开车的情况吹毛求疵，他憋着一肚子的气，所以就没有留心车停在哪里了。他还记得那条斑马人行横道线，以及中央带上的那个修剪整齐的小丘，一个欠晒太阳的大学生支起背包把头枕在上面好吸收一点阳光，还有那个多事的老头，他以为自己就是大管家，给你指手画脚，说出口怎么走，缴费怎么走，操的闲心未免太多了，就像机场里的那个老公，对老婆格瑞丝叨叨着，仿佛她没脑子似的，他是来迎接比他们俩都高的那位鬈发、长牙、笑嘻嘻的犹太公主的。可他就是记不得把车停在哪一排了。他是在脑细胞死了、一片空白的情况下停的车，我们一死，大脑都是这样，除非这个宇宙炮制出了什么匪夷所思的惊奇。詹妮丝有时候从温·迪克西商场带回家的《国民问询》周刊不断报导人们弥留之际的经历，然而，对哈利而言，他们跟飞碟上的小绿人儿相差无几。即便是真的，也解决不了多大问题。他正站在停车场边缘的长条儿草地上发懵，朱蒂的手从他手里滑出去了。这一带满四处都是那种宽叶草，由喷洒机灌溉，人们管这种草叫圣奥古斯丁草。他觉得它不像真正的草，太乱，太宽，脚一踩嘎吱嘎吱地响。他的胸口开始发疼了。一种刁钻宽泛的疼痛，像皮肤下面的一条带子，被紧紧地缝在那里。

朱蒂的声音像一条细细的救生索向他飘浮上来。“车是什么颜色，爷爷？”

“你知道啊，”他说，把句子砍得短短的，以免惹起疼痛来。“浅灰色。闪光漆。世界上一半左右的车都是这种颜色。别慌。我把它停在哪里，我会想起来的。”

可怜的孩子尽管强忍着不哭，但就要失声了。“爸爸会把车开走的！”她顺嘴说道。

“把咱们俩扔下？他怎么会做这种事呢？不会的，朱蒂。”

“有时候他平白无故真的疯起来了。”

“也许总有缘故吧，只是他没给你讲。你怎么样？发过疯吗？”

“跟爸爸不一样。妈妈说他应该看看医生了。”

“我想我们都应该时不时地去看看。”兔子的末日感像凉水一样流过他的肠胃。医生。他自己的医生正在带他的儿子行医，这样，万一他死了，孩子就立马继承过来，就不会放过一张保健医疗表了。你只是暂时补个缺，然后就让开；这么做是件体面事：腾出位子嘛。他仔细查看那些摆在自己位子上的一排排闪亮的金属，寻找一条会让人眼前一亮的灰色，同时心里直纳闷儿，是不是他记错了颜色——他这辈子有过的车多得数不清，卖掉的更是不计其数。他宣称，“我想我把它停在左边那儿了。大概是第三排。这么回事儿，朱蒂，这个老头子在这里指手画脚，挥手示意大家该走哪条道儿，这王八蛋把我的心搞乱了。难道你不恨这样一种瞎指挥？他们对什么都比你明白。”

小姑娘油亮的红脑袋无声地朝他这面点了点，愁得说不出话了。

兔子继续呱哒着，想把他们心头的愁云驱散。“每当有人叫我干什么事时，我的本能总是要对着干。这可叫我吃了不少苦头，可我也找到了不少快乐。这个好瞎指挥的老头子给我指了个方向，所以我去了另外一个方向，找了个空位。”有秒把钟工夫，在勒着他的胸口的带子两次束紧之间的一种窗口，他看见了那块空位：挨着一辆奶油色运货车，一辆有水蓝色明尼苏达牌照的福特野营车，大而化之地停在白线上，这又叫人气不往一处来。他当时只好小心翼翼地把车轻轻地插进去，好给詹妮丝腾出足够的地方开她右边的门，而又不致擦上那辆栗色银河左面的挡泥板。而现在他从远处闪动的佛罗里达热光中看见一条奶油色升腾在别的金属车顶上面。第三排，差不多是个打进去的楔子。他洋洋得意地说，“朱蒂，我看见了，咱们走，”说罢便再次抓起她的手，以免她那小小的完美被一辆在一排排车辆中巡游寻找一个停车点的车毁了。在这些白色的大凯迪和奥尔兹中的某一辆上，那个又小又老的司机几乎很难从挡风玻璃外的引擎盖上面望过去，只是趴在方向盘上，身子被骨质疏松搞得蜷缩成了一团；他还没到这种地步，据他所知他还有六英尺三，至少他的裤子还没有拖到地上，但他听见詹妮丝常说这种事，这些日子电视上老放一条有两个坐火车的女人的商业广告，说这种病对女人的影响比男人还要厉害，因为女人的骨骼小，她吃早饭时，喝了橘子汁就把补钙丸和其他维生素丸一起吃下去。上帝啊，她能不健康吗。只是为了烦他，她也会长命百岁的。

他和小朱蒂丝穿过那危险又灼热的柏油路，来到那辆珍珠灰佳美旁边，这车是他的，他认得出来，因为詹妮丝的网球拍和球拍套子就在后座上，分开扔在那里——这个笨蛋，你不把球拍装在套子里，那套子还有什么用处？可是这里没有人，车锁着，哈利又把钥匙扔掉了。小姑娘哭了起来。幸好，他的褪了色的方格子高尔夫球裤的屁股口袋里有块手绢。他把普露的装着砖头的蓝包放到柏油路上，把他一直拿着的那件小冬装搁到车顶上，仿佛证明这车归他所有似的，然后跪下来先擦掉朱蒂嘴唇上溶化了的天空糖点子，再把脸蛋上的眼泪擦去。他自己也想大哭一场，蹲在这里靠在车子日光暴晒着的金属肚子上，可苦坏了他的膝盖，小姑娘惶恐的热气又在火上浇油。心里难过，长雀斑的鼻子便流起鼻涕来了，嘴巴显得硬邦邦的，上嘴唇硬撅撅的那副样子使他联想到纳尔逊小时候害怕或生气的神情。

“我们要么就呆在这儿等别人把我们找着，”哈利给孙女解释说，“要么又回去找他们，也许我们太累太热，没有别的办法，只有待在这里了。我们倒可以玩个游戏，看看我们能找见多少个州的牌照。”

这让她一下子破涕为笑了。“那我们就又会弄丢的。”她的眼皮叫眼泪摩红了，绿色虹膜里闪着细小的光片，宛如那些使闪光漆具有金箔质地的用显微镜才能看见的微小的平面。

“瞧，”他告诉她。“这是明尼苏达，上面有小松树林。万湖州，上面说的。爷爷得一分。”

这一次朱蒂只是微微笑了一下，没有赏给他一声大笑，她知道他在极力想办法让她原谅他丢了别人的错误。

“丢了的不是我们，我们知道我们在哪儿，”他说。“而是他们。”他不再在她这个轻狂的小丫头身边蹲着了，便站了起来，让他的膝盖不要嘎嘣嘎嘣地响，也要消消胸中的块垒。

他看见他们了。正过到斑马线这边，朝这儿走呢，死命地拽着行李箱。他最先看见的是纳尔逊，让罗伊骑在脖子上，活像一个双头怪兽，然后看见的是普露的红头发脑袋，头发蓬出来后活像斯芬克司，然后是詹妮丝的白色网球裙。哈利由于胸部以下的部位被车顶挡着，便前后挥舞着手臂，活像一个被遗弃在荒岛上的人。詹妮丝挥臂回应着，把手迅速一摆，仿佛他与他们说到的东西相去十万八千里似的。

然而重逢以后，纳尔逊却暴跳如雷。他面色苍白，上唇僵硬，胡子撅了起来。“天哪，爸，你跑到哪儿去了呀？行李区不见你的踪影，我们又上楼回去，一直找到那个鬼糖果店。”

“我们就在那里，对吧，朱蒂？”哈利说，对他儿子日渐扩张的谢顶深感诧异，佛罗里达的阳光射穿了那几缕稀薄的头发，把它无情地暴露出来，也对他的小胡子大为惊诧，零零星星、模模糊糊的一片鼠灰色，像聚集在家具下面的那些绒毛球。他早就注意到近几年来的这些发展,但它们依然具有使他感到惊愕的力量,还有时光在他那张娃娃脸上刻下的鱼尾纹和深深的腮颊线,在阳光下更见凸显。“我们在那糖果店待的时间不超过一分钟,然后就径直下扶梯到了行李区,”兔子说着便对准确无误的记忆沾沾自喜起来,那两根棒棒糖,他不得不摸出来五分硬币放到那个站柜台的黑女人翻起来颜色跟擦光的银器一样的手掌里,那些印着女孩子大张着的嘴巴的黄色杂志,他害怕朱蒂可能把脚卡进去的自动扶梯台阶的铰合齿,凡此种种都历历在目。“我们准是在人群里错过了,”他添了一句,极力拿出息事宁人口气。他的儿子让他心里发毛。

詹妮丝打开了佳美。车内熏蒸的热气,像放出来的幽魂似的,拂面而过。他们把手提箱放进行李间,普露把迷迷糊糊的罗伊从纳尔逊的肩头上举起来,放到后座的阴影里;他的大拇指还塞在嘴里,黑眼睛视而不见地睁了秒把钟。纳尔逊的双手终于腾开了,把佳美的车顶拍了一把,气急败坏地嚷道,“真不像话,爸,因为你,我们都急疯了!我们以为你把她丢了呢!”纳尔逊生气或者害怕的时候有一种神情,哈利总看成是“嘴脸刷白”——一种使孩子面无血色、翻白眼儿的紧张。这种神情他是从妈妈那里继承来的,而詹妮丝又跟了她妈妈,黑胖黑胖的老贝茜,在科纳家她可是个火暴脾气,她总爱给他们讲。

“我们可是一直在一起的,”兔子心平气和地说。“别把我那操蛋车砸坏了。你这辈子毁掉的车可不算少。”

“是呀,你这辈子毁掉的命可不算少。现在你又在拐我的讨厌的女儿!”

“这种话我简直难以置信,”哈利开始说。一支疼痛的冷箭突然穿过胳肢窝,往左肩下面蹿。他眨了眨眼。“我的亲生孙女”就是他憋足劲儿说出来的一切。

詹妮丝瞅着他的脸问道,“怎么啦,哈利?”

“没有什么,”他厉声告诉她。“只是这个疯小子。什么事让他心烦,我相信总不是我。”一种奇异的气体的重压裹着他的脑袋和胸脯，尾随着突发的箭，已经落下来了。他跌坐在方向盘后面，感到晕头转向，但还是决心来开车。人一退休，就进入了自己的生活套路，别人，即便所谓的亲人，也成了一种负担。这一家别的成员都一一在他后面就位。普露把她穿着三维格子套装的雅观的宽屁股摆进后座，搁在睡着了的罗伊旁边，纳尔逊爬进来坐在孩子另一侧，正好在哈利背后，所以他能感觉到这小子把气呼到他的脖梗子上。他尽量把脑袋往后转，眼角擦着他说，“我听见‘拐’这个字眼就上火。”

“那就上火吧。那就是我的感觉。突然间我们满四处看，可就是不见你们的影子。”

就像雷达屏幕上的泛美103。“我们知道自己在哪儿，对吧，朱蒂？”哈利向后喊道。这女孩已经滑过她的父母和弟弟进了行李间。哈利从后视镜里可以看到她的脑袋的黑影，还有上面的辫子和硬撅撅的丝带。

“我不知道我在哪儿，但我知道你知道，”她老老实实地回答，把细若游丝的声音掷向前去。

纳尔逊试着赔起了不是。“我不是存心要讨人嫌，”他说，“但要是你知道带两个孩子是多么麻烦，旅行了一整天麻烦还没完，随后自己的父亲又把一个孩子偷走了——”

“天哪，我怎么偷了她呀？”哈利说。“我给她买了一根天空棒棒糖。”他能感觉出他的心在狂跳，一种马儿奔腾的感觉，一条腿还抱了个蹶子。他把佳美一发动，就开起来，车向前一颠又连忙刹车，再往后倒，在车悄然离去时，极力不去擦上那辆明尼苏达野营车的车帮，它突出的侧面后视镜和三种棕色色调的赛车条纹。

“哈利，你想不想让我开？”詹妮丝问。

“不想，”他说。“我干吗想叫你开呢？”

她踌躇不决；就是不看他也知道，她的尖尖的小舌头，从嘴里探出来，舔舔上嘴唇，她努力想事儿时，就是这个样子，他把她可完全吃透了。正因为完全吃透了，所以跟她谈话就像在跟自己搏斗。“看看刚才你的脸色，”她说。“你看上去——”

“嘴脸刷白，”他抢着说。

“差不多。”

那个自以为在做导演的老头指导他们沿着沥青路上漆的箭头向收费亭走。他们正前方的车，一辆棕色的本田雅阁，上的是新泽西牌照，“花园州”，里面的几个后脑勺看上去挺熟悉的：就是迎候室里从椅子中间连蹦带跳回去的那个神经质的矬子，旁边是善良的老格瑞丝，后座上是鬈发头女儿和另一名乘客，一个更高的脑袋，一头更紧的鬈发——那个身穿上层白人商务西服的黑人，哈利还以为此人跟他们没有什么瓜葛呢。老头子一边呱哒，一边打手势，黑人一个劲儿地点头，绝像哈利从前对待弗雷德·斯普林格的样子。就算你的老丈人是同一种肤色，事情也够糟糕的了。哈利兴味十足，险些儿滑进本田的后尾。“亲爱的，刹车，”詹妮丝说，他眼角一撩，看见她从那片模糊的白网球裙里摸出五角钱给他缴停车费。一名东方小子戴着随身听耳套，所以听不见外面的任何声音，他只是随着他能听见的某种节奏把手一扬接过两枚两毛五的硬币，然后条纹档杆抬起来，他们便自由了，可以自由地回家了。

“嘿，”哈利回到那条短短的鬼公路上时说道，“真不像话，自己的儿子指控你拐孩子。至于带两个孩子那件了不得的大事嘛，不好说比带一个能坏多少。不管你带几个，都失去自由了呗。”

其实呀，不管有心还是无意，纳尔逊可是碰到了一个痛处，因为哈利和詹妮丝的确有过两个孩子。他们死去的孩子继续活在他们心里，成了一片罪孽与耻辱的讳莫如深的粘胶，一种压在各种事物底下的无法驱除的酸楚。兔子怀疑自己有个私生女儿，比纳尔逊小三岁，是一个名叫鲁丝的女人生的，哈利最后一次见她时她死活不承认。

纳尔逊依然怒气攻心，憋不住接着往下说，“你领着朱蒂跑了，亲热得不得了，见了小罗伊却不哼不哈。”

“哼哈？——我倒是想把他叫醒，哼哈两声。可他就是睡着不醒来，像上了麻药似的。你还要让他把大拇指嘬多久？难道现在他还没长到不嘬大拇指的年龄？”

“他嘬大拇指关你什么事？怎么招你惹你了？”

“他会长龅牙的。”

“爸，那是老婆婆的无稽之谈。普露问过我们的儿科医生，他说你嘬大拇指是不用牙的。”

普露平静地说，“他确实说他年龄一大很快就不嘬了。”

“你怎么了，见什么都窝火，爸？”纳尔逊哼哼唧唧地说，似乎再找不出一个高亢的声音来。这小子嗓子直痒痒，所以嗓音总显得毛涩。“你过去是个与世无争的老好人；可现在一张口就要把人噎死。”

兔子想引诱这小子继续往下说，想看看他能让这家伙在女人面前显得多么不入眼。“古板，”他笑着附和着。“人越老，就越倔。瓦尔哈拉坞可没人嘬大拇指头。也许有规定禁止这种做法，就像不戴游泳帽不准在泳池游泳；就像戴耳环不准游泳。你都结婚有了两个孩子，戴个耳环算什么呀？”

纳尔逊威严地沉默着，不去搭理这个问题，弄得老爸下不了台。

他们风驰电掣，向前奔去，一面是假草的肩膀，一面是像电杆一样嚓嚓嚓一闪而过的棕榈树。为了引开话头儿，普露从后座上说道，“佛罗里达怎么这么平，我真是难以置信。”

“离开海岸有点起伏，”哈利告诉她。“牧场和橘园之国。红脖子农民和大量的墨西哥人。哪天我们可以开车去一趟内地。看看真正的佛罗里达。”

“朱蒂和罗伊想死了，一定要看看迪斯尼乐园，”纳尔逊说，尽力变得通情达理。

“太远了，”爸爸立马告诉他。“就像开车从布鲁厄到匹兹堡。这是一个大州。你需要预订过夜的房间，一年到这个时候全部客满。绝对不可能。”

这番直截了当的声明使大家无言应对。透过空调扇的哗哗声和轮胎的嗡嗡声，哈利听见行李间他的孙女在哭，这才刚开始半个小时，他已经把她惹哭了两次。普露转过身去，幽幽地哄着她。哈利向后嚷道，“可看的东西还多着呢。我们又能去萨拉索塔的马戏博物馆了。”

“我讨厌马戏博物馆，”他听见朱蒂小声说。

“我们从未去过迈尔斯堡的爱迪生故居，”他向全车人宣布，现在俨然是家长的口气。“公寓里的人说那真是令人着迷，事实证明电视也是他发明的。”

“还有沙滩，宝贝，”普露柔声补充说。“你知道在海滨的时候你是多么热爱沙滩。”她用一种母亲味不那么十足的口气告诉詹妮丝和哈利，“现在她是个可爱的游泳能手。”

“开车到新泽西海滨绝对是我们过去干过的最无聊的事情，”纳尔逊给父母讲，极力要摆脱心头的阴云，融入一种家庭环境中去，现在愿意在回忆中再做一次孩子。

“开车是无聊，”兔子一副倚老卖老的口气，“可我们就是这么干的。美国人的生活大多就是开车去一个地方，然后又开车回来，心里又纳闷儿去那个鬼地方到底为了啥。”

“哈利，”詹妮丝说。“你又开得过快了。你想走 75 号，还是直奔 41 号路?”

* * *

哈利这辈子见过的道路中，就数 41 号路，昔日的塔米亚米小道，始终最令人消沉。它比那些商用的、不限入口的北上公路要宽，而且不知是怎么回事，竞争性的路边企业在恒定的阳光下看上去更不顺眼。就像它永远也不会使其腐烂的塑料垃圾袋。**温·迪克西**。**帕布利克斯**。**埃克德药业**。**K 商场**。**沃尔玛**。**塔科·贝尔**。**方舟车场**。**快乐食品店**。**斯塔文·马文打折食品酒类**。在这些经销汽油、杂货、酒类、药品的不断重复的特许经销区内，混杂着以这一带特有的目无法纪的方式专门为病人和老人服务的低矮、灰白的建筑物。“关节炎康复中心”。“护士介绍所”。“心脏病康复中心”。“按摩治疗”。“法律事务所——专理医疗保健和医疗事故案件”。“助听器和隐形眼镜专业店”。“西海岸膝病中心”。“万能装补”。“全国火葬协会”。蹲在电话线上的不是你在宾夕法尼亚看到的麻雀和椋鸟,而是孤独的鹰和鹫。一家家银行,都是些时尚高大的茶色玻璃建筑结构,拔地而起,比电线还高,各自打出光洁的广告。“第一联邦”。“东南”。有自己的超级付款机的巴尼特银行。公民和南方国民银行声称提供全面服务,为亿兆金钱服务,那是人们拖着疲惫衰老之躯带到此地的血汗钱,是淹没这片低平的沙地、浮起这些巨大的茶色玻璃的超级班轮的广大民众终生奋斗的获得。

沿着 41 号路,在众多的银行、商店、宠物店、喷洒机安装所之间,连绵数英里的低矮的居民房屋都以厚大的白色冷却瓦盖顶。从这条公路往后走一两个街区,在一氧化碳的烟霭中,像西班牙城堡或中国宝塔的粉红色的高大公寓楼像榕树似的向两边铺展。这里的榕树可让哈利着迷,它们把藤垂下又生了根,从而铺展开来,在他看来它们就像粘在鞋上的一大片口香糖。“常用药”。**新景观**。“美国生活与保健”。“星光汽车旅馆”。**耶稣基督就是主**。他的一车家人变得静悄悄、晕乎乎的,他一开就是数英里,时不时头上有灯,表明有条岔路,他便停下来,有一条二级路向西通往海滩和红树沼泽挺过来的灾难,向东通向那片烂糟糟的大草原,它正被剥成大块大块方场,等待进一步开发。好一个开发!我们在朝死路上开发。41 号路的每一条岔路都把一些人带回家,带回他们迷宫里的小小的安乐窝,他们自己的停车场和费尽心血买到的阳光下的地盘。这会儿太阳正低垂在海湾上,把万物染成一片粉红,交通信号灯的红色几乎看不见了。在去安斯特朗家的岔路上,还有两英里的街道在前面伸展,街道有的笔直,有的弯曲,穿过的街区都是独家住宅,小小的前院死气沉沉,装饰着羽毛状的蒲苇和开花的灌木,但到了这种干燥的年头岁尾,结束花季开始度假了。詹妮丝和哈利起初想,他们倒可以买这么一座灰白色的平房，潜藏在热带灌木和橘子树后面，俨然是一座凉爽、幽暗的洞穴，装有自动门的车库背后是隐蔽的游泳池，但那样的房子会勾起他们对宾州别墅区那座房子的不快的记忆。它目睹了太多的婚姻上的痛苦和疏远，后来房屋的一半被大火夷为平地，于是他们便将就着住进一套两居室的公寓，那是一座直插云霄的塔楼，他们住在四楼，从被南美杉树梢遮住的窄窄的阳台可以俯瞰一片高尔夫球场。在哈利这辈子居住过的所有地址——杰克逊路303号；得克萨斯拉尔森要塞第66武装部队营A炮台；威尔勃街447号5号公寓大楼；夏街的什么号数是很久以前的那个春天他和鲁丝·伦纳德亲热的地方；新月林荫道26号；约瑟夫街89号，承蒙斯普林格大妈的好意住了十年；富兰克林路14½号——这显然是最大的数字：品多棕榈大道59600号，B楼413室。他对十三并不十分上心，其实，他认为搞建筑的并不把那个数字当一回事，不过兴许人们如今不像过去那么迷信了。他小的时候，人们有各种各样的忌讳，并不完全是玩笑，忌讳黑猫，忌讳撒掉的盐，忌讳在房子里撑伞，忌讳踢水桶，忌讳从梯子下面钻过去。那时候人们认为空气有眼睛耳朵，需要抚慰。

瓦尔哈拉坞：一块水泥大招牌，字围成一圈刻在一个实为铜环的金环上，环被镶嵌进去，又涂了一层环氧树脂胶，以防破坏偷盗。你在保安亭旁边拐进去，让门卫认一认，沥青路面上有两个空位刻着你的寓所号码，你把车停在其中的一个上面，用钥匙打开B楼的外门，揌数码打开内门，乘电梯，出来往左拐。走廊上铺着桃红地毯，散发着一股空气清新剂的味儿，以遮掩佛罗里达无孔不入的霉菌。清洁大队一周来三次用吸尘器除尘，给地毯涂上皂沫，墙上的卫生一月搞一次，每个有门牌号码的门旁边都有像篮球环一样的小玩艺儿，里面插着塑料花束，一出电梯，对面就是一面镜子，一张形状像大理石弦月的桌子上摆着一只翠绿与金黄两种颜色交融流动的大花瓶，但这依然不是一个你会留连忘返的去处。

他们的行李箱磕碰着银白色、桃红色的墙壁，詹妮丝和普露还在一个劲儿地唠叨，小罗伊既然正好醒来了，就被放下来自己走，每走一步，总要哭一哭，面对此情此景，哈利觉得他们在扰乱一种死一般的平静，尽管这些屋门后面的每个人下午都想出一点事儿去做，或者去打高尔夫，或者去打网球，或者去美容院，或者坐大巴去埃弗格莱兹国家公园。你在这里过日子，仿佛你的公寓只不过是个家庭基地，一种装有空调的前厅，后面才是所有的户外生活构建成的阳光明媚的豪宅。呆在里面，你就开始发霉。五点半左右一种众人同时打盹儿的怪异的寂静就会降临，但四点钟为时尚早。

413 的门有把双保险锁，要用两把钥匙开，其中一把也可以开楼下的外门。全家人挤成一团，很不耐烦，行李又抵在身后，哈利摸摸索索，手一跳一跳的，就像他觉得胸中堵得慌的时候的那副样子，他把锯齿状的钥匙在波状的小槽孔边刮擦了几下，然后插进去一扭，咔嚓一声，门摆开了，他总算到家了。这个地儿可以属于数百万佛罗里达暂住人口中的任何一个，然而实际上是他的，他和詹妮丝的。你走进一个门厅，左边有一扇壁橱门，右边杂色木头做的通透搁架上，詹妮丝摆放着她用贝壳做的花鸟，他们到这里的第一年，她对贝壳还情有独钟，便上了一个学习班，在班上做了这些玩艺儿。对贝壳的热情并不持久，为了跟帮工说话而上的西班牙语课也是如此。这是愣头儿青，也就是那些新来的雪国候鸟们必须经历的过程。小扇贝做羽毛和花瓣，螺旋钻做鸟喙，便鞋状贝壳就像小船。搁架上也有几件斯普林格大妈的小玩艺儿，包括一个里面有个气泡的绿色大玻璃蛋。这些搁架把门厅与厨房隔开，厨房后面是餐厅；正前方则是起居室的区域，摆着电视和几把舒适的藤椅，还有一张玻璃圆矮桌，如果有爱看的节目，他们就在这里吃饭。左边，一张方扶手的浅黄色沙发拉开就是一张床，一个空心门通向主卧室，它带一个浴室和一个贮藏区，詹妮丝在这里保存着一个熨衣板和一辆健身脚踏车。熨衣板她从来不用，脚踏车只是在她认为她在超重的情况下才伴着纳尔逊的一些 Bee Gee 乐队的老磁带骑一骑，这些磁带纳尔逊早都因为年龄大了，不去听它了。客房在右边，从起居室旁边进去，它自带浴室，浴室背靠着厨房管道。前些年的安排一直是:纳尔逊和普露住这间屋子,给孩子摆一张折叠床,朱蒂睡在拉开的沙发上,但这种安排是否仍然合适,哈利心中无数。小家伙们已经长大了:罗伊也许大得能看出眉目了,所以就不好再跟父母共睡一间卧室。女孩子眼看就成大小姐了,应该有一点小小的隐私。

他把计划解释了一番:“我想今年我们可以把折叠床给朱蒂摆在贮藏室里,她可以使用我们的浴室,然后把门关上,让罗伊睡起居室的沙发。”

小孩仰着脑袋瞅着爷爷,拇指却偷偷儿地向嘴巴凑过去。他有种糟嗤嗤的嘴巴,兔子总把它与鲁贝尔家联系起来;无论安斯特朗家还是斯普林格家都没有那种噘起来的厚嘴唇,活像挤成一排的圆滚滚的浆果,但特里莎的爸爸却有,哈利曾经因为去克利夫兰参加一次销售商会议到过阿克伦,见过他一次,要是你能注意到那家伙两天不刮胡子和总衔在厚嘴里的香烟,他的嘴唇正是那样。就好像普露那下三滥的爸爸一直被伪装成一个小孩,打发来刺探他们似的。这小子把一切都看在眼里,但什么都不说。哈利低下头恶声恶气地冲着他说:“喂,怎么回事儿?”

大拇指把根扎得更深了,这孩子的眼睛甚至比纳尔逊和詹妮丝的还要黑,闪着不信任的光。朱蒂主动解释:“宝宝一个人待在这间屋子里,心里害怕。”

普露试图帮一把。“宝贝儿,爸爸妈妈就在另外那间屋子里,就是你没长得这么大时常睡的屋子。”

纳尔逊说,“在进行大调动前,你可以先跟我们商量一下嘛。”

“商量,什么时候能有机会跟你商量什么?我每次给摊场打电话,你都不在,要么就是占线。过去我至少还能找到杰克或者拉迪,现在我找到的只是你雇的那个嗓子腻腻歪歪的伙计。”

“是呀,莱尔告诉我你什么都要盘问个没完。”

“我没有盘问他,我只不过想表现出一种热心的样子来。我对那里还有兴趣呢,哪怕你认为你半年都在那里经营。”

“半年！全年，妈妈说的。”

詹妮丝干预了：“妈妈的意思是，她在车里坐这么久腿疼得不行，如果我们一连五天都要这么说话，她想不如把鸡尾酒会时间[1]往前挪挪。纳尔逊，你爸爸极力要把睡觉问题安排周全一点。我们俩商量过了，朱蒂，你想睡哪儿，沙发，还是熨衣室？”

“老地方就可以了，”她说。

小罗伊在努力弄明白这番讨论的意思，并且把拇指挪动了一下，好让他的糟哇哇的嘴唇说些兔子莫名其妙的东西。不管说什么，只想一想就使罗伊两眼泪汪汪的。哈利只听见在句子末尾是“咿——”

普露翻译了出来：“他说她要看电视。”

“好一个恶心人的小是非精，”朱蒂说，然后快得像蜻蜓点水似的掠过地毯，伸开手在她小弟弟皮球似的脑袋帮子上扇了一巴掌。普露把他的头发理得像个扣下的碗。就像水龙头打开以后先要空呼哧秒把钟那样，他气得一时发不出声来，尽管嘴巴已经张开了。一旦嚎起来，那可是扯破了嗓门；顶着这种声音背景，朱蒂带着一种屈尊态度向大家解释，“只不过在别人睡着后有时候看看约翰尼·卡森[2]，我记得还看过一次《星期六直播夜》。”

哈利问她，“这么说你宁愿待在这儿看臭电视，也不愿有一间自己惬意的小房间了？”

“那里没有窗子，”她怯生生地指出，不想伤他的心。

“好啦，好啦，”哈利说。“我才不管谁往哪儿睡这种操蛋事情，”为了表示自己的漠不关心，他大步流星进了自己的卧室，床是特大号的，他们在这里买的，软垫床头挡板蒙了一层软缎，成龙配套的翡翠绿床罩像宾馆里的一样难以折叠，他从床边走过，进了那间没有窗户的小屋子，提起折叠床，连带

---

① 通常在下午 4—6 点之间。

② 约翰尼·卡森(1925—2005)，美国演员。

上面的床单和婴儿蓝奥纶化纤毛毯，然后拽着它撞着门框和起居室里的一把藤椅，穿过门洞，进了客房。他十分狼狈：他过高地估计了朱蒂成长的速度，他本想把她像公主一样呵护，可他不了解小女孩，他自己的女儿死了，另外那个不是他的。

詹妮丝说，“哈利，你千万不要累坏了身子，医生说的。”

“医生说的，”他鹦鹉学舌似地取笑着。“他看的全都是七老八十的人，他对我说的正好就是给他们说的。”

然而他的气粗起来，普露赶忙跟到他后面去搭帮，省得他费劲去把折叠腿往直拉，那是一种一声不响就折在下面的U形金属管，然后她又把床单和毯子铺展。回到起居室，哈利对又在把小罗伊往怀里抱的纳尔逊说，“现在你和这兔崽子该高兴了吧？”

纳尔逊的回答就是转过去对詹妮丝说，“天哪，妈，我不知道这样子我能不能把五天熬出来。”

但当一切安置停当以后——行李箱打开，衣物放进了衣橱，朱蒂和罗伊喝过牛奶、吃罢饼干、换上了游泳衣，被他们的妈妈和詹妮丝领到了瓦尔哈拉坞温水游泳池去了，詹妮丝得给他们登记——哈利和纳尔逊便一个人拿一罐啤酒坐在圆玻璃桌旁，试图言归于好。“哎，”哈利说，“汽车买卖怎么样？”

“你和我一样清楚，”纳尔逊说。“每月的账项你都照看不误。”他养成了一种紧张急躁的习惯，又是做鬼脸，又是弓肩膀，仿佛身后有人要砸他的脑袋似的。他抽起烟来就像通过一根管子吸食什么东西，又不停地用手指戳弄他从詹妮丝的藏品中借来的一个白色蛤壳边沿上的烟灰的形状。

“你觉得89年的车怎么样？”他问，既然就他和这小子两个，他决计不能敷衍了事。“我还没见过真正的车，见到的只是简介。简介漂亮。你认为这些广告代理弄这些简介能赚几百万？我看过花冠车，人还真得动脑筋想想他们真的把那种轿车和旅行车开进了山，还是瞎编的，反正我只好一笑置之。车在雪地上摆着，可没有车印子表明它们是怎样到那里的。什么时候你看看。”

纳尔逊并没有感到多少趣味。他把烟灰挤兑成一个十全十美的圆锥形，随后又猛然把烟蒂一扭，将那圆锥戳了出去。他的双手抖得厉害，年轻人不应当这个样子。他抿了一口啤酒，在草丛似的小胡子上留下星星点点的泡沫，正眼平视着父亲说，“你问我对89年的车的看法。我想跟88年的一个模式。乏味，爸。盒子样儿。一连十年汽油过剩，他们还给的是惜油鬼似的车子。美国人想回归鳍形车，折篷车，轿式车，可小日本仍然千方百计销售这些四四方方的小盒子。也不便宜。就这么坑人。面对日元，美元情况不妙。在同样的价位下人们可以买一辆野马或者一辆法冠GT，或者一辆马自达MX-6，你干吗要花一万七买一辆GTS呢？”

“一辆赛利卡也不值一万七呀，”哈利说。“我家里的那辆当时标价不到一万五。”

“搞几个附件就值了。”

“别把附件强加于人嘛——你搞附件在县里都出了名了。人家来打定主意要买一辆朴素型的车，你应当卖给人家而不要让人家觉得自己是个铁公鸡。”

“别讲海外奇谈了，”纳尔逊说。“其实他们想出手的全是附加型车。自动凹背式，全车道涡轮发动机型。你想要一辆基本型ST或者GT，按订单照做需要几个月的工夫。豪华型才有大利润，条条道路回东京。你必须卖他们送来的东西——他们造的一款机器，那才真是有动感呢，佳美，你从那些王八蛋身上诱不出多少东西来。他们把咱像粪土一般看待，爸。他们认为我们软。又软又懒的美国人，走下坡路了。再过十年，他们就把全国都买下了。我看过一个电视节目，他们已经拥有了整个夏威夷，半个洛杉矶和内华达。他们正在把内华达成千上万公顷的沙漠全部买下！他们要沙漠干什么？爆炸日本的原子弹？”

“别这样尽找日本人的岔子，纳尔逊。我们跟日本人齐头并进，搞得挺好嘛。”

“齐头并进，你说对了。就像在雄鹰后座上齐头并进一样。你说起他们总是满怀敬畏，好像他们是超人似的。他们不是。你撇开他们安全可靠体小价廉的家用车，他们的有些设计还真是祸害。陆地巡洋舰是一条狗，它压根儿就不能和切诺基竞争，4－跑车也不行，动力太小，他们只好装上V－6引擎，到头来却是个油老虎——一加仑才跑十四英里，我在《消费者报道》上看到的。还有那运货车！荒唐。引擎跑到哪儿去啦，在前排座位中间，要想从后座挪到前座上，只有先出去，再爬进来。冬天在宾夕法尼亚，人们可不喜欢干这种事。所以客户一直怨声载道。最近有一天我自己开了一辆，只不过看看情况，尽管我根本算不上大块头，好家伙，我觉得挤得慌——别说伸不开脚，连搁肘子的地儿也没有。加速性能是零蛋：进了高速路，你的屁股就被盯上了。风把我推了一路，跑完了422号公路，那鬼东西又那么高——我简直就上不去。”

此话不假，哈利想，你根本算不上大块头。他觉得纳尔逊好生奇怪，怎么那样一丝不苟，义愤填膺，焦躁不安，就像一只制作精密的钟表，齿轮上掉了一个齿或者上油时溅进去了一点胶。这小子鼻子一个劲儿的呼哧，又点了一根烟，他不喜欢刚才掐灭的那根。他不住点地摸着鼻子，仿佛胡子扎痛了似的。“嘿，”哈利说，拿出一种松懈的语气想让儿子松懈松懈，“运货车从来就不是看家产品，丰田知道他们有酸软货。91年他们要做一次全面整改。你觉得新款克雷西达怎么样？”

“按照愚见，臭。没有任何新意。啊，是大了点儿，引擎从二点八上升到三，二十四阀而不是十二，这样你的劲头就大了点儿，可是至少要花两万一，你指望的只是一点儿劲头——我的上帝。仪表板一塌糊涂。调温板滑出来像只抽屉，车不点火它是不会动的，这种事荒唐可笑，此其一，其二，他们保留了去年款式上的两套声控这种怪想法，这样一来，你本来按钮多得可以配备一个飞机座舱，这一下你又有了这一切额外的按钮。它是以豪华为代价的，爸，而且你可以说它开的是豪华，但里面看，样子贫气，外面看，俨然是辆假奥迪。丰田，咱们直面它吧，有的大概是一只沙鼠的款式想象。他们的车没有表达任何意义。好车，经典车。——三十年代的派加德，有长长的引擎盖和辐条轮子的小捷豹，五十年代的鳍状车，甚至大众甲虫车都表达了什么，发表了一项声明。丰田没有表达任何东西。只是四平八稳，偷别人的观念。看看他们的轻型货车。轻型货车本来是热门货，现在他们又让福特和通用重新占领了市场。再看看 MR－2。它现在屁也不值。”

哈利争辩说，“高额保险正在伤害大家的双座车。丰田推出了一种良好结实的机器，它们好用，它们耐用，人们知道这一点，并且尊重它。”

纳尔逊打断了他。“而且他们也他妈的管得太宽了——他们一五一十地告诉你卖什么价钱，橱窗里放什么东西，销售人员穿什么衣服，你得有多少平方英尺的这，多少平方英尺的那，才配得上舔他们的唾沫星子。我接手以后，感到惊讶的是这些年来你和查利一直在吃屎喝尿。他们希望你充当他们的机器人。”

兔子这下子可完全给惹火了。“欢迎到现实世界里来，小子。你这一辈子就是要当某一机构的零部件。丰田对我们有恩，对你外公有恩，这点你千万不可忘记。我还能记得弗雷德·斯普林格刚一拿到丰田特许经销权时说，他觉得像个一年四季都在过圣诞节的孩子。”全家的女人总说纳尔逊是他外公转生的，哈利希望通过提起已故的弗雷德的办法把这孩子引入正道。对丰田的这番亵渎把哈利搞得不尴不尬的。

然而纳尔逊还是不依不饶。“外公是个买卖人，爸。他喜欢做买卖。他常说，你对有些人来短平快，而对有些人摆出一副土匪的架势，那就是乐趣。这种景况有戏唱哩，有创造的空间。拆卖旧车是这桩生意中现在剩下的惟一有自发创造性的事情，可丰田告诉你，他们不想让摊场前面堆一堆丑陋的美国破烂。所以你只好偷偷儿地卖旧车。如果你弄到一辆破车，起码你可以多赚千儿八百；卖新车等于白开收款机。干站在结账台旁边，那也算卖车？”

“四万五另加保险金就蛮不错了。”这就是纳尔逊现在一年的赚头。哈利和詹妮丝为这个吵吵闹闹；他说这太多了，她说他有一家人要养活。“我像你这么大的时候，”他跟孩子讲，也许不是第一回了，“当排字工，一年才挣一万三千五，晚上回到家里，脏得不成样子。干这活给我闹了个头疼病，弄坏了眼睛。原来我的眼睛一点毛病都没有。”

“当时是当时，爸，现在是现在。”你当时还处在工业时代。你是个蓝领奴隶。现在人们不再一次一小时地挣钱了；你只要坐到合适的位置上，钱就来了。我认识一些人，律师呀，房地产商呀，不比我大，还没有我聪明，一次交易就赚二三十万。你准知道这里头有大笔的闲钱。致富容易，这个国家整个情况就是这样。”

“这些人准保就是做让你惴惴不安的将内华达出卖给日本人的勾当的。你干吗这么想钱呀？你住的是你妈给你的房了，没有抵押款，你一定省了一大笔。说到旧车——”

“爸，我讨厌向你吐露实情，可你要是生活得有点品位，四万块钱算个屁。”

“天啦，你和普露需要多大的品位？你们白住房子，无非交点儿取暖费和税款——”

“那个谷仓的税不知不觉涨过了四千，自从新的生育高潮以来，佳济山房地价一路攀升，就连你过去住的杰克逊路贫民窟似的那一端的一座半独立住宅都达到了六位数。联邦税制改革对我这档子的人没干一点儿事情，你富了才能拿到保险金。莱尔让我看到在一份空白表格程序上——”

“那正是我要问你的另外一件事。用这家伙取代米尔里德·克劳斯特是谁的主意？”

“爸，她一直是斯普林格车行的人——”

“我知道，问题就在这里。她哪怕睡着了，一切也能干得了。”

“其实她不干了，尽管她很多时间都在睡觉。首先，她从来没有玩转过电脑。当然，她试过了，但屏幕上出现一点小小的扰频或者传发的失误，她就会责怪机器，打电话要公司派维修人员来，一小时收费一百二十元，其实所有的错误就是她读不懂操作手册，把键没有击正确，她老不中用了。她到退休年龄时你就该让她走人的。”

公寓门咔嚓一声偷偷地开了。“是我一个，”詹妮丝的声音喊道。“普露和孩子们想在池子里多泡一会儿，我想，我要回来张罗晚饭。我想今晚我们就吃点零七碎八的东西吧，我看看有没有什么汤好热一热。你们谈你们的，爷儿们。”她没有打扰他们；她抬脚就往厨房里走。她肯定想着他们正在言归于好，爷儿俩。其实呢，哈利正盯着纳尔逊，仿佛那孩子是台电脑似的。有一种低频干扰，一种秘密。他说话太多太快。纳利过去沉默寡言，老阴着一张脸，可现在滔滔不绝，问一答十。什么事儿使他脑子像开了锅似的，什么事儿出了毛病。哈利说到了米尔里德·克劳斯特，“其实她没有那么老吧！六十八？六十九？”

“爸，她都七十出头了，来日不多了。莱尔干的是她过去干的全部工作，可一周只来两三天。”

“他的干法不一样，我从账页上能看出来。这正是我想问你的事情，十一月那一批旧车的数字。”

不知道是怎么回事，这小子又一次嘴脸刷白。他把烟卷儿戳进啤酒罐拉开的孔里，把罐子一把捏扁，这算不了大本事，因为啤酒罐都是由纸一样薄的铝箔制成的。他从座椅上站起来，看样子要到妈妈那里去，她一直在厨房瞎忙活呢。

“詹妮丝！”哈利喊道，十分费劲地把脑袋扭过去，槽头肉把脖子挺直了。

她站在厨房门洞里，穿了件湿漉漉的黑色泳装，又围了件紫色的围裙，好让自己上电梯时得体一些。她一副笨嗤嗤的样子：在领他们几个去游泳池之前她就把堪培利开胃酒的瓶子打开喝了起来，所以赶回来肯定为了再美美地喝上一口。她稀疏的头发湿漉漉的，像丝线一样。“什么事?”她说，满怀愧疚地回应着哈利急切的声音。

“摊场最近的那一堆单据到哪儿去了？不是放在书桌上的吗?”

这张书桌是他们急着给住处配置家具时，在这里买的一件便宜货，款式跟那张浅黄色折拉式沙发两边的茶几和他们卧室的梳妆台一模一样——木头上的是白漆，桌腿每隔一段用金漆漆成条状，模仿的是竹子节。它只有三个浅抽屉，在这种潮湿气候下紧得拉不开，桌面下有几层搁架，票据、请柬就是在那里不翼而飞的。桌面是由像石化的蜂蜜香草冰淇淋那样的一种光洁的大理石似的材料做的，在一般情况下，上面乱放着尚未答复的信件，银行结单，他们的股票经纪人和货币管理基金的报表，高尔夫记分卡，以及“坞内事务委员会”通知的复印件，这个机构简称“坞事委”，这里的生活应该是个永恒的“无事为”。詹妮丝还有个习惯，那就是从一些健康杂志，《国民问询》，迈尔斯堡《新闻报》上撕下一些东西，然后又忘了自己打算把它们寄给谁。她看上去非常恐慌。

“是吗?”她问。“也许我把它们扔了。哈利，你的想法是把什么都堆在桌子上面，明年你要的时候还在那里原封不动地放着。”

“这些上周才来。是十一月的财务总计。”

她的嘴瘪了进去，脸似乎咔嚓一声关上了，决定无论发生什么事情，她不管三七二十一决意撑到底，女人一般都这样。“我不知道它们上哪儿了。我尤其恨你把那些旧高尔夫卡到处乱扔。我留着干吗呀?”

“我在上面记与我相关的情报，我在那一局中的心得。别打岔，詹妮丝。我要的是那些该死的统计账目。”

纳尔逊站在厨房门口的妈妈旁边，手里还拿着捏扁了的啤酒罐，脱下了牛仔夹克后，他的衬衫看上去更具娘娘腔，粉红色的细条子，白色的翻边袖口和圆圆的、尖尖的白领子。小伙子和詹妮丝个头相仿，都是紧张阴沉的小脸。两个都看上去鬼鬼祟祟的。“不是什么大事，爸，”纳尔逊用一种嘴干舌燥的声音说。“过两周你就会拿到十二月份的财务总结。”他向电冰箱转过去，又给自己拿了一罐啤酒，这一下可让兔子看见了他的后脑勺，一副让人伤心惨目的景象——那条精心修剪成的老鼠尾巴，弯弯的耳环，日益增大的秃斑。

普露带着两个孩子从游泳池回来了，个个趿着橡胶人字拖鞋，肩上围着浴巾，头发平贴在脑壳上，两个小孩快乐地哆嗦着，嘴唇蓝兮兮的，小小的手指头被水浸泡得白刷刷、皱巴巴的，哈利用一种新的眼光，把普露看成反对他的密谋中的最薄弱的环节。机场上给他的软垫似的正面的一吻。穿着剪口很高、要不就会十分庄重的白色泳装的骨盆看上去随着岁月的流逝微微地撬宽了一点。

这是他们在这里过的第五个冬天，哈利醒来时发现自己真的在濒临墨西哥湾的佛罗里达，依然惊诧不已。如果严格地讲不是濒临，可在那一排带有装饰性角楼和西班牙瓦屋顶的六层新公寓楼把远方闪烁的最后一点水面挡在外面之前，他至少还在看得见海湾的地方。当他和詹妮丝在1984年买下这个去处时，你还可以从阳台上看见零零星星的海湾，对于露在屋顶上面、夹在像莫尔斯电码的点点和杠杠一样的新毛坯塔楼之间显得支离破碎的那片世界，形成一个平整的边沿，他们便兴冲冲地在品多棕榈大道跑了一英里，在商场里的航海用品商店里买了一架望远镜和三脚架。第一个冬天，在望远镜颤巍巍的小观测圈里，他们常常看见一条帆船，大三角帆涨得满满的，或者一条豪华游艇高高的白色舷侧在悄然破浪前进，或者一条出租渔船，它有翼状的叉鱼台，或者更远的地方，自成一个世界的是，一艘生锈的灰色油轮一动不动地向莫比尔，或者新奥尔良前进，或者返回巴拿马或委内瑞拉。此后的这几年，他们的水景一直被建筑群关在视线之外，摩天大酒店沿着海岸拔地而起。这些建筑物颜色各异，有的颜色像燕麦片，有的颜色像紫莓糊，有的样子像纯粹的玻璃，冷而纯，俨然是海湾蓝绿色的垂直的蒸馏物。

这些塔楼耸立的地方起初只不过是一片沙滩，是一片红树沼泽，是一条条蜿蜒如蛇的咸潮湾，它们在密如蛛网的树根中间滑动，在美洲鳄和水蝮蛇单独滑行的地方泛起涟漪；后来零零星星的刷上白漆的住房和拙劣地模仿南方风格的不刷漆的棚屋向北散落开来，在沙土上抠抠搜搜种点棉花，养些牛羊，内战期间把成群成群的活牛迤逦向北赶去，好到时候宰杀掉给饿得要死的叛军充饥；再后来，房屋逐渐靠拢了，有些房屋是用砖和铸铁建的，有些是用从亚拉巴马采石场由驳船运来的石灰石和花岗岩建的。后来在重建后的时代，在南方的这块附属地带，有了铁路，于是，富豪，病号，满怀希望、落落寡合的人便蜂拥而至，因为这里成了意想不到的方向上的边疆。繁荣之后便是萧条；乐观主义总是不断冲击而来。现在，因为有了喷气机、社会保险和全民的阳光崇拜，他们在这里修建的速度还赶不上需要，这个城市名叫德利昂，是以一个西班牙探险家的名字命名的，1521 年一个西米诺尔人①的毒箭穿透他闪亮的黑色胸甲，把他射死在这里或一个类似的地方，本地人把它念成“戴里因”，仿佛他们主动提出“带你进来”似的。哈利一醒来，过去就像一个梦在他的脑海深处闪着幽光；半退休期间，他开始看起史书来，历史一直模模糊糊地吸引着他的，是那一层阴惨的事实：我们渺小的生命从中产生，尔后又并入了一层，也就是层层叠叠脆弱的、棕色的腐烂着的先前的死者，如果深到一定程度，压得结结实实，就形成了在宾夕法尼亚地下那样的煤的层叠。在一些安静的夜晚，詹妮丝坐在沙发上一边看着傻里八唧的电视节目，一边随口抿酒，不知不觉自己犯起傻来，而他却躺在床上，歪在软垫衬着、锦缎包着的床头板上，捧着一本书，迷离恍惚地凝视着过去，仿佛高踞在一座翠绿的树上小屋里似的。

---

① 居住在美国佛罗里达州和俄克拉何马州的北美印第安人。

闯进他的梦境并把它们驱散的声音是高尔夫球场粗厉刺耳的剪草声，然后又是海鸥几乎同样机械的哭叫声，它们往刚刚喷洒过的球道上聚集，因为蚯蚓正在爬到地面上饮水。他们的床头就在两扇巨大的玻璃滑门旁边，门留开一道缝儿，把冬天早晨的凉爽放了进来，这几个月空调成了可有可无的东西；于是那种凉飕飕、咸丝丝的空气，掺和着清新的球道的气味，有种甜蜜蜜的风味，吹拂到他的脸上，使他想起了他身在何处，詹妮丝的钱把他带进了这个批量生产出来的乐园。她不在床上，尽管当他展开四肢伸进她的窝里时，她的温热依然迎候着他的膝盖。考虑到他六英尺三的身高，他们终于买下了一张特大号床，这样有生以来头一回他的脚不在床尾悬空，也不逼他像漂浮的死人一样趴着睡觉了。他花了好长时间才算适应过来，他的脚不是这样子钩在床垫上，而是迫不得已弯着脚脖子，或者在别的部位侧向一边。他的脚老抽筋。他试着侧身睡，稍稍蜷起来；这给了他嘴巴呼吸的空间，给了他肚子泼洒开来的余地，这也使他的脆弱的心脏不像把脸伏在厚厚的床垫上那么害怕。但他的胳膊却不知道往哪儿搁。一只手弯到脑袋下面就失去了血液循环，手一麻，人就醒，有一种电击似的刺痛感。如果仰面躺着，詹妮丝说，他就会打呼噜。现在她也打呼噜呀，岁数不饶人，但他尽量不要为这事说三道四：可怜的大傻蛋呀，睡着了她自己干什么她就没有办法了，打呼噜，有时候还放屁呢，搞得臭不可闻，他不得不把鼻子埋到枕头里，又一边提醒自己，她也只是个人嘛。女人可怜呀：她们下面有好多的泄露呢，她们的身体也太复杂。他听见她这会儿在厨房里呢，在用一种又高又尖的假嗓子说话，就是我们跟孩子说话的那种腔调。

兔子等着听孩子妈妈的低低的年轻的声音响起，但听到的却是近在耳边的一只鸟儿的唧唧吱吱，它站在那棵从阳台上就够得着枝条的南美杉上。他仍然对南美杉弄不明白，看样子就像你买来的那些塑料圣诞树，树叶像百叶板一样中间留有间距，每一根都是一根羽毛，完美得像一片鸟毛，整棵树是一个完完全全的圆锥形。鸟儿的唧吱听起来绝像两块湿木块有节奏地相互摩擦发出的咯吱声。佛罗里达的自然大多有种人工制作的性质。满地的地毯,水泥人行道上是绿色的户外地毯,道路之间的空地上是嘎吱作声的圣奥古斯丁草,全都强生在沙地表面上,就是你在这儿刮地击球时,会溅满你的鞋面的那种灰扑扑的沙土。

今天是星期三,他约好打一场高尔夫,一场四人配对赛,开球时间定在九点四十:想到这件事,他觉得该起床了,也不能永远干躺在那儿呀,同时又在努力追忆他的梦。在梦里,他一直在伸手够什么东西,可他熟睡的眼睛就是不让他通过眼皮看见,什么东西圆头圆脑,影影绰绰,令人伤心,又腆着个大肚子,具有他白天极力压制住的那种模模糊糊的末日感。

起来以后,兔子审视着南美杉假模假样的枝条,看看能不能看见那只唧唧吱吱的鸟儿。从那神气的声音他指望看见的至少是一只凤头鹦鹉,或者巨嘴鸟,要么就是一只吊着一英尺长的尾羽的夜鹭似的热带鸟儿,可他看见的只不过是一只在宾夕法尼亚到处飞来飞去的棕色小鸟。也许它就是一只宾夕法尼亚鸟儿,就像他一样,是飞到这里的一只候鸟。一只雪国候鸟。

他进了浴室去刷牙小便。有意思,过去小便在马桶里总弄得哗哗四溅,现在出来的却是一种勉勉强强、移游不定的细流,他不得不起一次夜,有时候甚至是两次,像个老娘儿似地坐在马桶上;由于包皮蔫不拉唧地折过来,他从来也拿不准尿会从哪个方向喷出来,像娘儿们一样差劲,她们也是没法儿对准的。他剃了须,称了一下体量。他增加了一磅。这些农夫花生糖啊。他动身要离开卧室,但又意识到不行。在佛罗里达,他是穿着内裤睡觉的:睡衣裤往往拧在身上,到凌晨两点左右热得厉害,再加上膀胱憋得凶,就把他弄醒了。普露和孩子们都在这里,他不能只穿着内裤进厨房去。他听见他们就在外面,磕碰着东西。他要么该穿上他的高尔夫球裤和一件马球衫、要么把浴袍找出来。他决定把浴袍穿上,紫红色的,灰色的翻领,显得更有——中世纪史中不断出现的那个词是什么来着——领主派头。像个做主人的。像个当爷爷的。它发表了一项声明，正如纳尔逊说的。

等兔子把门打开时，一天的第一场战斗已经在厨房里打响。小宝贝朱蒂闷闷不乐；咸咸的泪水把眼皮的边儿蚀红了，尽管她声音打颤，极力不哭出声来。“可我们学校的学生一半都去过了。有的还去过两次，而且他们甚至没有住在佛罗里达的爷爷奶奶！”她去不了迪斯尼乐园。

詹妮丝在解释，“其实那是一个没有丝毫关联的行程，宝贝。如果你想去，你应当先飞往奥兰多。从这里走——”

“就像开车到匹兹堡去，”哈利替她把那句话说完。

“爸爸答应过的！”孩子抗辩道，情绪极其激烈，她四岁的弟弟拳头里正攥着一把小勺，悬在一碗他只搅不吃的“全拌儿”上，看见他姐姐发火，他便深表同情，抽搭起来。两滴牛奶从他松垮垮的下唇上滴了下来。

“而且开车沉闷得很，”哈利接着说。“27号路一路都是红灯。有时候我们也走那条路，开车走。”

普露说，“爸爸说的不是这一次，他说哪次时间宽裕一点我们再去。”

“他说的就是这次，”孩子不依不饶地说。“他总是说话不算数。”

“爸爸忙着挣钱，好让你要什么就买什么，”普露说，用的是两个女人彼此失去耐心时所用的一本正经的语气。她也穿着浴袍，一种短小的薄棉袍，图案是紫色的牵牛花连带着藤蔓。她那双长有雀斑的大腿具有汽车挡泥板那样又宽又冷的光洁。她的脚又长又瘦，趾关节粉嘟嘟的，趾头尖儿白得像纸，趿着软木底唇膏红的木屐。趾甲油剥落了，可兔子发现这也很性感。

“啊，就是的。”孩子答道，带着一种愤怒讥刺的着重语气，那是哈利弄不明白的。家庭生活，跟孩子一起生活，已是他的一段往事了，把它留在身后，他从来都不感到遗憾；对他而言，它绝像后院某个被遗忘的角落里的一株灌木，一丛丁香，或者女贞，上上下下缠满了某种攀援植物，叶子极为相似，卷须缠得很紧，自下而上全面入侵，园丁要想在阳光下把香花和蔓草分离开来，那可是一件头疼事儿。好在他基本上只有一个孩子，纳尔逊，一个草包孩子，尽管他有一天在什么书刊里看到一个男人产生的精子不但能让人口住满地球，而且可以住满火星和金星，如果那里能维持生命的话。想着他今生今世的全部意义就是生产小纳利·安斯特朗，后者又接下去生产朱蒂和罗伊，如此代代相传，直到太阳熄灭，这可是一种令人消沉的思想，太缥缈了，就像他梦中那个够不着的圆东西。

纳尔逊被吵闹声惊起，然后被吸进了厨房。他肯定听见了别人在说他，于是便从客房里出来，袒露着胸膛，胡子巴茬的，穿着皱皱巴巴的灰蓝色睡裤，看样子价格不菲。一看见纳尔逊崇尚华贵的情趣，哈利肚子里就气不顺，这是某种他竭力要想起的有关数目的东西，某种他够不着的东西。詹妮丝说这孩子看上去疲惫不堪，他确实看上去很瘦，肋条之中闪现出一道道淡淡的阴影。跟普露的短浴袍相比，这袒露的胸脯倒是有点儿咄咄逼人的气势，某种一方霸主的派头。睡衣大赛。朵丽丝·戴伊①，还有谁来着，约翰·雷特②？尽管睡衣质量上乘，纳尔逊的面目却显得憔悴，邋遢，猥琐：一脸没有刮的连鬓胡子，还有那一撮小八字胡看上去活像已故的弗雷德·斯普林格生前留的，还有他那日益稀疏的头发像湿麦芒一样竖立着。兔子还记得纳尔逊小时候觉睡得多么的沉，枕在枕头上的脑瓜是多么的热，多么的潮湿。“答应什么了？”这小子气急败坏地问，两眼盯着朱蒂和普露中间的一个空儿。“我从来没有答应这一趟要去奥兰多。”

“爸，在佛罗里达的这块傻地儿无事可干。我讨厌去年看的马戏博物馆，随后在回去的路上交通又那么糟糕，在肯德基停车场罗伊都吐了。”

“41号路是叫你吃尽了苦头，”哈利承认。

“可干的事情多得很，”纳尔逊说。“去池子里游泳。去打钢镚儿。”他几

---

① 朵丽丝·戴伊(1924—)，美国女演员，歌唱家。

② 约翰·雷特(1917—2005)，美国音乐剧明星。

乎立马就没话了，便惶惶然瞅着他妈妈。

詹妮丝对朱蒂说，“村坞里有网球场，咱们可以打打球。”

“罗伊非去把事情搅黄不可，”小姑娘抱怨说，一想到这种情况又使她眼泪汪汪的了。

“——还有海滩——”詹妮丝接着说。

朱蒂现在的回答只有反对，“我们的老师说太阳可以损害你的皮肤，损害得越早，往后得癌的可能性越大。”

“别他妈的猴儿精，”纳尔逊对她说。“奶奶都是为你好。”

他这番话惹得孩子的泪水夺眶而出，通过弯弯的睫毛洒到脸蛋儿上，宛如雨水在窗玻璃上形成的歪歪扭扭的银色雨痕。“我不是——”她竭力想说出话来。

这种年纪，这女孩应当更加快乐，哈利想。“当然你是了，”他告诉她。“干吗不是呢？跟着家里人去一个地儿，离开了自己的朋友，是挺无聊的。我们大家都记得是怎么回事，我们过去老是拽着你爸去泽西海岸，然后又逼他去波科诺斯湖，结果在那些可怕的黑松林里染上了花粉病。痛苦呀。我们名义上是彼此开开心，结果干出了这档子事！好啦。我有个打算。有没有人想听听我的打算？”

小姑娘点了点头。别的人，就连一直小心翼翼地用勺子背把他的全拌儿粥砌成金字塔形的罗伊，都盯着他，仿佛他是个耍魔术的。要回到家庭生活的摆动中来，并不困难。你们只消自己上点儿心就行了。那就像打篮球，开始的两三分钟，又是挤，又是喊，身体发热，观众吵闹，你意识到你得自己干，没有人会替你干。“今儿我得去打高尔夫，”他开始说。

“好啊，”纳尔逊说。“这可大有好处。你可别让朱蒂当球童，如果那是你的打算的话。你会把她的脊柱压弯、变形的。”

“纳利，你怕是得了多疑症了吧，”哈利告诉他。自从二十年前跟吉尔的那档子事以后，这孩子一直在竭力保护妇女，防范他爸。他儿子是世界上惟一把他当危险人物看的人。哈利感到一天的头一次胸痛，一点儿挺好玩的火烧火燎的感觉，就像一个孩子晃动一根划着了的火柴。“那不是我的打算，不过偶尔来一回有什么不行？她可以替我拎轻包儿嘛，哪个后晌，开球时间过了以后，我把两根木头球杆和一根铁头球杆取出来，我们俩可以走两三个球洞的距离。我可以教她挥挥杆。不过四人配对赛，实际上我们都坐车。我倒宁愿走一走，权当锻炼，但那几个家伙硬要坐车。其实，他们都是蛮好的伙计，他们都有孙子，他们爱朱蒂。她可以坐在我的位置上。”他能勾画出这么一幅景象：她坐在那儿俨然是个苗条的小公主，伯尔尼·德雷奇塞尔嘴里叼着雪茄开着电瓶车。

他嘴里念念有词，便渐渐失去了他这位魔术师的观众。罗伊把勺子掉了，普露赶忙蹲下去捡它，这样一来她的短浴袍在一条大腿上张开了。乌黑的比基尼内裤的花边闪现出来，一块亮晶晶的牛痘疤呈椭圆形，位置高高在上，纳尔逊咕哝了一声。“有话就说吧，爸。我得上个厕所。”他在一块纸巾上擤了一下鼻涕。他干吗老流鼻涕呢？哈利在什么地方，也许是《人物》上读过关于山岩·哈得逊①之死的文章，说那是艾滋病最初的征兆之一。

哈利说，“再去不成马戏博物馆了。其实，它给关闭了。要进行翻修。”他注意到一周左右前，萨拉索塔的报纸上登了一条相关报导，标题是《马戏团回归》。他讨厌这种字眼，你随处都能见到，他真不知道怎么理解。就像套汇掮客和鼎革。“我的打算就是这样。今天，我得去打高尔夫，但今晚餐厅里有宾果游戏，我想孩子们，至少朱蒂会喜欢的，我们大家可以开顿真正的洋荤。明天，我们要么去这个莱昂纳尔火车和海贝博物馆，乔·戈尔德说那真叫过瘾呢，要么换个方向，往南走，那里有爱迪生故居。我一直对它好

① 山岩·哈得逊(1925—1985)，原名罗伊·哈罗德·谢雷尔，著名演员，死于艾滋病引发的综合征。艺名来自直布罗陀山岩和哈得逊河。

奇得很，不过对孩子们也许超前了点，我说不准。也许电话、唱机的发明对于由这种电脑垃圾喂养的孩子们来说，似乎并不刺激。”

“爸，”纳尔逊用痛苦的声音呼哧着鼻子说，“对我也不刺激。41号路上不是有他们可以玩电动游戏的地儿吗？要么去打微型高尔夫。要么去海滩和泳池，老天爷。我想我们来这里为的是放松放松，你却要把它搞成一种教育大磨难。行了。拉倒吧。”

兔子脸上挂不住。“拉倒吧，我只不过在努力做一种小小的安排嘛。”

普露插嘴替他辩解了。“纳尔逊，孩子们总不能成天泡在泳池里吧，他们会受到太多的紫外线辐射的。”

詹妮丝说，“一年到这个时候，这种炎热天气肯定会转凉的。天气可是说变就变。”

“这是温室效应，”纳尔逊说着便转身向浴室走去，显现出后脑勺上那根令人恶心的老鼠尾巴和耳环的闪光。这小子多古怪呀？“贪婪的消费社会已经破坏了臭氧，到2000年我们都会被炸成肉干，”纳尔逊说。“瞧！”他指着有人搁在厨桌上的迈尔斯堡《新闻报》。大标题是《1988：干枯景象》，一幅漫画画的是一个面目疯狂的黄颜色的太阳正在从云团里往外榨一滴水。这份报纸肯定是詹妮丝从走廊里带进来的，尽管她只关心《生活方式》版，谁要操谁，谁要离谁。在一般情况下，她只待在床上，让老头子从走廊里取报纸。《生活方式》照送不误。

普露把罗伊的勺子还给他，拿走了他那一小碗讨厌的全拌儿粥，凝结得就像剩下的隔夜狗食。“要根香蕉吗？”她用一种连哄带诱的性感嗓门儿问道。“一根又香又甜的香蕉，妈妈剥开切好怎么样？”

詹妮丝坦白了，“特里莎，我保不准我们还有没有香蕉。其实我知道是没有了。哈利讨厌水果，尽管他应当多吃水果，我昨天打算给你和纳尔逊来一场大采购，可我参加的那场网球赛一直打到第三盘，随后就到去机场的时候了。”她脸色一亮；她的声音也增大了音量；她也想变成一名魔术师。“爷爷打他的高尔夫,这正是我们今儿早上可做的事情!我们大伙儿都到温·迪克西来一番特大采购!"

"别把我算进去,"纳尔逊从浴室里喊道。"不过我倒想什么时候借车使使。"

他要车干什么?这个小大腕儿?

朱蒂的眼泪已经干了,她已经偷偷儿地进了起居室,那里的《今日》节目正在最后一次重播新闻和天气。威拉德·斯科特[①]在阿拉斯加的诺姆播报,惹得简和布赖恩特[②]忍俊不禁。

普露一边向食品橱里查找,一面央求罗伊,"糖爆玉米花怎么样,宝贝?爷爷奶奶的糖爆玉米花可多啦。还有一罐一罐的花生米和腰果。哈利,你知道不知道果仁里有大量的胆固醇?"

"知道呀,大伙儿一直给我说事儿。可后来我见过有篇文章写道:人体需要胆固醇,所有的恐慌都是草鸡毛瞎编乱造出来。"詹妮丝穿一件粉红色鳄鱼衬衫和一条洋红宽松长裤,这里的老娘儿们出去买东西就是这副打扮,她已经楔进来坐到厨桌旁边,拿着《新闻报》、一块切开了的硬面包圈和一塑料盒奶油干酪。在佛罗里达的这个阶段,她已经喜欢上了硬面包圈。还有熏鲑鱼。她已经把报纸的《生活方式》版抽出来了,而从他当排字工到如今从各个方面都能看字的哈利斜瞟了一眼标题(他们用一种"竖式排版"和许多《今日美国》式的彩印)。

魅力男人之最

被男人观察家们

提名选定

---

① 威拉德·赫尔曼·斯科特(1934—),美国电视节目主持人。

② 指美国女新闻工作者兼电视节目主持人简·布赖恩特·奎因(1939—)和电视节目主持人布赖恩特·冈贝尔(1948—)。

顶头大写字母赫然印着**巨大损失**和**着手另一次婚礼的"工作"**。他把头弯得像个曲柄，以便正着看这一页上的字，这才看明白他们指的是《打工女郎》的领衔主演梅拉妮·格里菲斯[①]和亚美尼亚悲剧[②]的幸存者以及他们"无与伦比的悲痛"。有意思，怎么你的老婆看报把每一条消息都看得津津有味，你自己一看就变得味同嚼蜡。布劳恩芳香王渗滤式咖啡壶，在它玻璃造的那一半有点淤泥似的温吞儿咖啡，放在长台子的顶端，普露绕过长台后依然站着想办法给罗伊找点可吃的东西。为了让哈利的肚子容易过去，她踮起脚尖，大腿贴紧台边，憋气时轻轻地哼了一声。一家人就这样贴近，简直像个非洲的茅屋，里面每个人睡觉、戳捣，别人都一览无余。可是，哈利扪心自问，西方人这样注重隐私到底干了些什么？按照史书判断，无非就是发明了枪炮和心理分析嘛。

在这里必须把面包饼干放在抽屉里，装在铁盒子里以防蚂蚁啃，哪怕你住在四楼。但拉开抽屉揭开盒盖挺烦人的，但他还是这么做了，从中找出两个空饼干袋，一个是装"双料白心黑皮"奶油夹心巧克力饼干的，一个是装"水果牛顿"的，他的两个孙子在里面只留下了一些饼干渣，还有一半就连他们也不屑一顾的有一股哈喇味的油炸甜甜圈。兔子拿着它和他的一缸子淤泥似的咖啡从普露身后挤过来，全身心地体验着他的腹股沟受她的短浴袍蹭擦的感觉，然后涌起一阵邪恶的冲动，他用大腿背把厨桌轻轻一顶，使詹妮丝的满满一杯咖啡晃荡得要泼洒出来。"哈利，"她说着急忙把报纸拿起。"讨厌。"

淋浴的喷水声透漏到厨房里来。"见鬼，纳尔逊这么紧张干吗呀？"他冲

---

① 《打工女郎》是1988年在美上映的影片，主演梅拉妮·格里菲斯凭此片获全球奖影后。

② 1988年12月7日，亚美尼亚发生强烈地震，有55,000多人死亡，好几座城镇夷为废墟。

着两个女人大声问道。

普露虽然知道答案，却不予回答，于是詹妮丝边说边用普露递给她的毛巾抹桌子，“他压力太大。汽车世界的竞争要比十年前激烈得多，纳尔逊一人独力支撑，不像你当时后面还有查利照应。”

“他满可以把查利留下嘛，可他就是不想要，查利倒是愿意打个零工什么的，”他说，可是无人搭理，只有罗伊瞅着他说，“爷爷的样子真可笑。”

“嘴倒是挺巧，”哈利恭维起普露来了。

“他不懂自己在说什么，这些说法都是他从电视上听来的。”她说着把脑门上的头发往后一掠，用的是她养成的一种双手轻点的姿势，与发式协调一致。

厨房装饰的主色调是水绿色，一种冷奶油色，四年前他们重刷这个地方时，他和詹妮丝商量过，这看上去在当时的流行涂料中比较淡雅一些。当时他心里直纳闷儿刷上去是怎么个样子，但詹妮丝认为这就像买一套公寓房子一样将会显得轻松愉快，还有点儿大胆，就连电冰箱和塑料贴面的工作台面也是水绿色的，看着这一切，再加上詹妮丝在摆满了面朝门厅的通透式搁架上的海贝做的动物、花草，他不由得感到惊恐、气短。他的恶梦之一就是呆在水下。像隔壁戈尔德家的一种单纯的米色就不会这么压抑。他端着缸子，拿着那一个半油炸甜甜圈和剩下的《新闻报》，走进了起居屋，坐在圆玻璃桌旁边的沙发上，因为朱蒂占着面对电视机的那把藤椅。头版的照片有唐纳德·特朗普[1]（男性呼唤：年度最热），有绞着乌云做怪相的太阳（雨量比平均值低33%；1927年以来最干的一年），还有迈尔斯堡的市长威尔伯·史密斯，看上去是个长发小伙，甚至比纳尔逊还要年轻，上面援引他的话说橄榄球星戴昂·桑德斯最近因袭警而被捕，围观现场的放肆的群众也罪责

① 唐纳德·特朗普（1946— ），美国地产大亨，后来因他的纪实电视节目《学徒》的成功而名扬全美国。

难逃。有一则报导介绍汽车和消费者投诉的卷帙浩繁的政府年度报告：灰色的方框内突出榜上最佳，共分四类：微型车，小型车，中型车，微型货车，丰田均榜上无名。他感到肚子里有一种隐痛悄然滑动。

“哈利，你一定要吃一顿结结实实的午饭，”詹妮丝喊道，“如果你打球一直打到吃午饭的时候的话。莫里斯医生跟你讲过，空腹喝咖啡最容易得高血压。”

“如果有什么事情能让我得高血压，”他回头喊道，“那就是娘儿们一直嚷嚷着我应当吃什么。”他把那哈喇味儿的油炸甜甜圈咬了一口，糖渣哗啦啦地掉在报纸上，撒落到他穿的领主式浴袍的大红翻领上。

詹妮丝接着对普露说，“你考虑过纳尔逊的饮食吗？他那副样子就像不吃什么东西似的。”

“他从来就吃得不多。”普露说。“他肯定就是罗伊挑食的病根儿。”

朱蒂找遍了有线电视网的所有频道，从中找出了一个旧的小妞电影；哈利挪到沙发头儿上，好斜着瞅瞅。迷路了的男孩在干草堆里睡着了，那只柯利牧羊犬把他推醒，领着他回家，沿着一条土路朝一轮紫红的苏格兰夕阳走去。音乐渐渐增强，像嗓子里的一处疼痛；哈利泪眼迷蒙，冲着朱蒂局促地笑了笑。她早先哭过的眼睛已经干了。小妞并不是她一去不返的幼年的组成部分。

等嗓子不再沙哑的时候，他告诉她，“我得去打高尔夫了，朱蒂。你认为今儿能跟这些粗人凑合吗？”

她一本正经地打量着他，对这个玩笑不大吃得透。“大概可以吧。”

“他们都是好人，”他说，但又不敢确信这话的真实性。“什么时候去玩玩太阳鱼？”

“太阳鱼是什么呀？”

“就是坐在太阳鱼单帆船里航行呗。我们到德利昂的一个旅馆海滩上去。这些海滩应当只为客人开放，但我认识一个人，他管海滩上的租地营业。我跟他爸爸一起打高尔夫。”

她目不转睛地盯着他的脸。“你玩过吗？爷爷？太阳鱼。”

“当然玩过。两三次呢。”其实只有一次；但那是一堂生动的课。辛迪·穆尔科特穿着黑色的比基尼，把腿裆的毛都露了出来。她的乳房在小小的黑色吊兜里啪哒啪哒地响着。风在扯，水在拍，太阳挥动着它静悄悄、白花花的锤子击打着他们的皮肤，只有他们俩，几乎是赤条条的。

“听起来挺好玩，”朱蒂贸然加了一句，“我在夏令营的游泳班上因为潜水时间最长得过奖呢。”她的目光又回到电视上，用遥控器快速浏览各个频道——频道冲浪，小孩子就是这么叫的。

哈利竭力想象她那双清澈的绿眼睛看见的世界，每一件生动、清晰、新鲜的东西，把自己包得鼓鼓的，就像一件缎子包的情人节礼物。他不论戴什么眼镜，无论阅读镜还是远视镜，总觉得眼前雾蒙蒙的。他只有在看电视和夜里开车的时候才戴远视眼镜，而且拒绝搞一副双光眼镜；他连着戴眼镜超过一个小时耳朵就疼。镜片上总是灰蒙蒙的，他看的东西似乎都是懒洋洋的；这些东西他以前见的次数太多了。一种干旱笼罩着世界，一种能使旧彩色图片、甚至保存在抽屉里的图片褪色的漂白。

说来奇怪，只有高尔夫球场的第一片球道在他挥第一杆前是个例外。这一片景色永远新鲜。站在开球平台上，穿着“足乐”牌白色肥大钉底鞋，和蓝色防汗袜，从袋子里抽出那根长长的由粗变细的“猞猁克星”钢头球杆，他感到自己又高大了，就像从前他站在硬木地板的篮球场上一样高大，开赛几分钟后，他的冲劲越来越足，他跳的步幅越来越大，整个球场逐渐变小了，宛如小孩的游戏场，小得像一个网球场，随后又像一张乒乓球台，不假思索，他的双腿来来回回，三步并作两步就把整个距离跨完了，精致的、裙子似的篮网从篮环上吊下来等着上篮进球呢。同样，打高尔夫球时，那些距离，尽管有几百码，如果你发现了秘诀，也不过不费多大力气挥几次杆而已。高尔夫总是对他展现出完美的希望，一种飘飘欲仙，一挥而就的希望，因为这种希望时不时地出现,通过一次又一次的击球以三维形式出现。然而,随后他又回到人间,企图强迫希望,企图让它出现,企图多飞十码,掌握它的方向,可它却飞走了,你可以说它是天意,是种合谋的感觉,有种比真正的他还要高大的感觉。当你站在第一发球区的时候,希望就在那里,在你的余生里,希望总是从它存在的地方回来,一场无可挑剔的球赛的无穷无尽的可能性,一场没有一点瑕疵的球赛,离洞两英尺的球从未失手过,击球从不飞动右肘,从不用木杆推,也不用铁杆抽;第一球道就在前面,左边是棕榈树,右边是水塘,平坦如画。你只消简简单单把球杆一挥,让一瞬间缩得小如针尖的球戳到画中央,那是一条进入绝对的纤道。这可能就是希望。

但当他练习挥杆的时候,胸部出现了一阵疼痛,这使他莫名其妙地想到了纳尔逊。这小子总在他心里咻咻。他对着球立正,却觉得堵得慌,但心情又急躁,由于右手用力过猛把球从外向里一击。球开了出去,叫人满怀希望,但越来越向右漏,消失在浮藻覆盖的长长的水塘边沿上了。

"恐怕那是鳄鱼的天下,"伯尔尼悲哀地说。伯尔尼是他这场球的搭档。

"来次加击吧?"哈利问道。

一阵停顿。埃德·西尔伯斯坦问乔·戈尔德,"你说呢?"

乔告诉哈利,"我没有注意到我们来过什么加击。"

哈利说,"你们这些瘫子球都击不远,就碰不上麻烦。我们的起杆球都允许加击。这是老规矩了。"

埃德说,"安斯特朗,要是我们像娇惯小娃娃一样任你加击,你怎么才能发挥你的潜力呢?"

乔说,"一个这样子的草鸡货你认为还有多少潜力可挖?我看他的潜力都钻进他的小肚鸡肠里去了。"

就在他们这样子揉搓他的当儿,兔子又从口袋里掏出一只球来,把它放到球座上,用一种硬撅撅的卷杆,把球送到球道的左侧,还算安全,但很不体面。或许也算不上十分安全:球似乎砸到硬地上,向一棵棕榈树蹦跳过去。

“对不起,伯尔尼,”他说。“我要做做准备活动。”

“我发愁了吗?”伯尔尼问道。同时把脚在电瓶车的踏板上踩了秒把钟,等哈利坐进他旁边的座位上。“有你的劲头和我的头脑,我们会把这两个肉头砸个稀烂。”

伯尔尼·德雷奇塞尔、埃德·西尔伯斯坦和乔·戈尔德年龄都比哈利大,个头却都比他矮,所以通常使他自鸣得意。跟他们在一起,他就是个大块头瑞典人,大家管他叫安斯特朗,一个滑稽的非犹太人现世宝,一大块未受割礼的苍白的美国白面包。反过来他很器重他们的观点;它似乎比他的观点更男性化,更忧伤,更聪明,却不是那么动摇不定。他们悠久的历史把所有的苦难都装进了口袋,迈开大步继续向前。当车子滚过那片夯实的晶莹草地朝球开去时,哈利问伯尔尼,“你对这场关于这个戴昂·桑德斯的风波作何感想?今天早晨的报纸上连迈尔斯堡的市长也替他开脱。”

伯尔尼把嘴里的雪茄挪过去一英寸,说道,“你要知道,把这些黑小子从默默无闻的境地中掏腾出来,然后又这样大肆炒作把他们变成百万巨富,真是件残酷事儿。难怪他们发了疯。”

“报上说群众把警察挡住不让抓他坐班房。他冲着说他偷了一对耳环的一个女营业员撒过野。他甚至向她开了枪。”

“桑德斯的事我不知道,”伯尔尼说,“但知道许多事都是毒品惹的祸。可卡因。这东西无处不有。”

“你心里纳闷人们看中它的什么了,”兔子说。

“他们看中它什么了?”伯尔尼说着把车停下,把雪茄架在那放饮料或啤酒罐的塑料台边沿上,“一时的快活呗。”他摆出他那别扭的姿势准备第二打,双脚并拢,秃脑袋弯下来,轻重变换完全颠倒过来,然后用 4 号铁杆猛击,手臂手腕用尽了全力。不过球径直往前,最终落在果岭前方便切击的范围里。“要快活有两条路可走,”他接着说,又回到驾驶盘后面。“要么日复一日埋头苦干,像你我从前那样,要么走化学式的捷径。世道就是这样,这些小子走的是捷径。长路看起来太长。”

“是呀，路就是长。可路走完以后，快活何在呢？”

“在你身后呗，”对方承认。

“桑德斯和那样的小子之所以叫我动心，”兔子说，而伯尔尼却在太阳烘干的球道上加速前进，左躲右闪落在地上的棕色的棕榈叶子和椰果，“是因为我曾经有过一点儿体会。体育运动嘛。人人都给你加油，个个都喜爱你。要得一点彩头。”

“当然你有体会了。这到处都表现了出来。只消看看你摆动球杆的样子。恐怕你到棕榈树跟前了。你遇到妨碍球了，朋友。”伯尔尼把车停得离球近了点儿，这是为哈利着想。

“我想我可以击个左曲球。”

“别逞能了。来个切击。你知道汤米·阿穆尔[①]说：遇到这种情况，你就悠着打吧，等下一杆再攻果岭。别试图创造奇迹。”

“得啦，你已经攻上去了，超标准杆一杆是十拿九稳了，让我想办法击一个曲线球。这棵棕榈树就是树干的样子像特粗的辫子的那种。它对他哈着气儿，发出轻微的飒飒声，散发出一种幽微的气味，就像一间宜人的阁楼充满了干透了的旧考卷和旧情书的气味。如果你仔细一看，死亡现象在佛罗里达比比皆是。棕榈往上长，下面的树枝却不断死亡，脱落。灼热的太阳加快了生命周期。哈利摆好姿势，屁股几乎碰到那锯齿状的粗糙树干上，他给五号铁杆戴上头罩，想象着那奇迹般的球路的弧线和伯尔尼的欢呼祝贺。

然而事实上，离树太近，也许离车上的伯尔尼太近，妨碍了他的挥杆，他用戴上头罩的球杆把球一抽，球便砸到球道上下一棵棕榈树梢上，然后径直掉进长草区。尽管佛罗里达的长草区跟北方的长草区有所不同；它只不过

---

① 汤米·阿穆尔是高尔夫名将托马斯·阿尔穆（1894—1968）的孙子，曾两度获得美国职业高尔夫球手协会巡回赛冠军，并保持72洞254杆最低总杆数的记录。

是湿软浅淡的草，比球道上的草仅仅高出半英寸。他们把这些球场进行了一番改造，专供年长者和瘸腿人使用。他们在这里把你当婴儿一般呵护。

伯尔尼叹了口气。“顽固不化，”他在哈利回来上车时说道。“你们这些大老爷们认为只要你们吹声口哨世界就会融化。”哈利知道“大老爷们”是“非犹太人”的客气称呼。他兴许错了，就是他吹声口哨，障碍也不会融化，这种想法重新勾起了他在机场感受到的那种闷闷的末日隐痛。他站好位置准备用一根八号铁进行第三打，伯尔尼的不以为然使他的双臂感到沉重，使他击球有点呆笨，足以使球失去清脆的咔哒声，而且使它离目标尚有十码之遥。

“对不起，伯尔尼。来个短切保你的杆吧。”然而伯尔尼切击失误——又是全用腕力，而且太快——于是他们俩都是六杆，把那一洞输给了埃德·西尔伯斯坦通常的高标准杆一杆。埃德是从个托莱多来的精瘦结实的退休会计，一头竖立的黑发，一个纤弱前突的下巴给他一副老是要笑的样子；他似乎从来不把球击到离地面十英尺以上，但他总让球朝球洞运动。

“你们这些大老爷们打这一杆就像杜卡基斯①，”他洋洋得意地说。“吹了。”

“别敲打人家杜克，”乔说。“他给了我们诚实的政府，产生了一番变革。因此波士顿的政客们可饶不了他。”乔·戈尔德在马萨诸塞州的一个名叫弗雷明汉的城市里开着两爿卖酒店。他身材粗壮，皮肤沙黄，戴的眼镜太厚，使一双眼睛看上去好像跳过来跳过去，要想方设法从两只小玻璃鱼缸里逃走似的。他和老婆比尤，比尤是比尤拉的昵称，与哈利同住一楼，就在他的隔壁，他们总是静悄悄的；你还真纳闷儿他们在家里一直在干什么，怎么一点响动都没有啊。

---

① 迈克尔·杜卡基斯，八十年代曾任马萨诸塞州州长，政绩卓著。1988 年作为民主党总统候选人竞选总统，输给了老乔治·布什。

埃德说。“正在紧要关头，他成了脓包，开小差了。他应当挺身而出，仗义执言，‘当然，我是个自由派，我他妈的还引以为荣呢。’”

“对呀，这在南方和中西部会起怎样的作用？”乔问道。“在加利福尼亚和佛罗里达，对于那些只想听见‘不再征税’的老屁虫而言又怎么样呢？”

“恶心，”埃德承认。“可他就是得不到他们的选票。他只不过希望调动起穷人的热情。把那三英尺远的球打进去，安斯特朗。我已经把你的六杆记上了。”

“我需要练习练习，”哈利说，然后把球一击，眼睁睁地瞅着它在左沿上滚开了。今天不顺。他会不会再有一帆风顺的一天？五十五了，日薄西山了。自己的亲儿子也不肯和他在一个屋子里呆。鲁丝曾经管他叫“死神先生”。

“他是要支持这些里根的民主党人的，”乔继续做着解释。“除非没有里根的民主党人了，只有干巴巴的红脖子庄稼汉。既然我到了南方，我就更了解是怎么回事了。全是黑人的事情。亚伯·林肯死了一百三十年之后，共和党人捞到了反对黑人的选票，这可是件民主党的总统候选人应付不了的大事，只有大萧条或水门事件那种规模的嘘声除外。奥利佛·诺思[1]做不到。里根是个壳里空，压根儿就没有做。面对一下现实；这个国家的大部分人对黑人怕得要死。这是我们的一个极其重大的问题。”

二十年前跟斯基特有过那么一段插曲之后，兔子对黑人的感情相当复杂，每当谈起这种话题，他总把嘴闭得紧紧的，省得说漏了嘴，暴露了自己的底细。“伯尔尼，你是怎么想的？”他问，他们一边瞅着另外两个从第二个球座击球，一个136码的三杆洞，要飞越一个浮藻覆盖的池塘。他发现这三个人就数伯尔尼最聪明，性情最冷漠，说话最木讷。他几年前做了个什么心脏

---

① 奥利佛·诺思（1943— ），曾在里根政府的国家安全委员会任职，因参与私售武器给伊朗反政府武装于1989年被判有罪。

直视手术，再也没有完全恢复过元气。他动作迟钝，有肺气肿，还有点儿驼背，具有遵医嘱减肥的胖子那种松松垮垮的模样。他的气色也不行，从侧面看下嘴唇显得松嗤嗤的。

“我认为，”他说，“杜卡斯基当时费尽心思要明智地向美国人民说话，可我们到现在还没有做好准备，布什向我们说话，好像我们是一帮弱智似的，我们把它一古脑儿都吞了下去。你看见我嘴皮子怎么动，就能想象出什么是‘忠诚的誓言’——你能想象在当今这个时代出现这种屁话吗？艾尔斯[1]和别的那些人，他们把他弄进了啤酒商业广告——钻山去了。”伯尔尼把最后这几个字唱了出来，他的嗓音颤巍巍的，但真切动人。兔子对犹太人似乎具备的这种能歌善舞、即兴表现自己的本领印象极深。他们在逾越节家宴上唱歌，他知道，因为伯尔尼和费恩有一年四月，正好在北上之前请他们参加过一次。逾越节。死亡天使逾越而过。哈利以前从来也没有把这个词弄明白。让这杯酒从我这里递过去。伯尔尼总结说，“我看，布什有两种可能——要么他相信自己的话，要么他不信。我不知道哪种情况更加可怕。他就是我们称之为脓包的那种货。”

“杜卡基斯总看上去像是他为什么事恼火，”兔子提出。这简直就是不打自招，在这个四人帮中，只有他投票支持布什。

伯尔尼兴许猜到了这一点。他说，“里根执政八年后，我倒认为恼火的人要比原有的还要多。要是你能让这个国家的穷人投票，你就有社会主义。但是人们想致富。不管你是富人，还是你想成富人，还是你想你应当成为富人，那是资本主义制度的精神。”

兔子喜欢里根。他喜欢那种含糊的声音，那种笑容，那种宽大的肩膀，那种在长时间的停顿中不住地摇头的样子，那种超越事实的样子，因为他知道对政府而言，还有比事实更重要的东西，还有，尽管说他要勇往直前，要从

---

① 罗杰·艾尔斯(1940—)，美国 FOX 新闻总裁。

贝鲁特脱身，要同戈尔巴乔夫套近乎，要增加国债，却又能够见风使舵，改变方向，他也喜欢这种做法。奇怪的是，除了还有一败涂地毫无希望的人，在他的统治下，世界格局大有改善。共产党人分崩离析，只有尼加拉瓜除外，但即便在那里，他也使他们只有招架之力。这家伙有种点金术。他是个梦想家。哈利悍然说道，“你知道，在里根统治下，那就像注射了麻醉剂。”

“做过手术吗？真正的手术。”

“算不上真正做过。小时候割过扁桃体。当兵时切除了阑尾。他们之所以割掉这玩艺儿，因为说不定我会被派往朝鲜。后来却从来没有派我去。”

“三年前我做过四部分流。”

“我知道，伯尔恩。我记得你给我说过。可你现在气色很好。”

“麻醉失效以后，那可把人疼死了。你难以相信你能挺过那种疼痛。为了抓住你的心脏，他们把肋架剖开了，他们把它砸开，就像砸开一只椰果。然后他们把你的一条大腿上能找到的最好的静脉抽出来。手术一完，不仅胸部，腹股沟也疼得要命。”

“哇。”哈利没有眼色，哈哈大笑起来，因为就在伯尔尼跟他在车上说话的当儿，埃德摆开他那副八面威风的架势，手指像在插花一样一根一根地把球杆攥住，然后朝洞穴瞄了五六眼，才把球杆一挥，仿佛他竭力要抖开蜘蛛网或衣领上的一只壁虱似的，在挥杆期间又抬头一望，这样击出的上旋球便转进水里，跳了三次，才沉了下去，在水面上留下三套不断扩大、相互交织的水环。鳄鱼的口中餐。

“我在手术台上一躺就是六个钟头，”伯尔尼冲着他的耳朵说。“醒来以后，我动不了啦。甚至连眼皮子也睁不开。他们把你冷冻起来了，这样你的血液流动几乎减缓到停止的程度。我就像被锁进一口黑棺材里。不。好像我就是那口棺材，然后从这一片漆黑中我听到了这种怪异的声音，一种浓重的印度口音，麻醉师是巴基斯坦人。”

同伴的球落水后，乔·戈尔德力图过快地击球，好使球不成死球，他把球杆往后猛拉了两段，这是他的一贯做法，然后用个头粗短的人常用的那种平挥抡开一个大弧击了出去。他来了个长推，所以将球陷到右边的沙坑里。

伯尔尼在模仿着一种高亢宽广的巴基斯坦人的声音。"'伯尔—尼，伯尔—尼，'这样一种声音说着，对上帝是那样真诚，我还以为那兴许是上帝的声音呢。'手—术—成—功—了！'"

这个故事哈利以前就听过，但还是放声笑了。那是一个在鬼门关转了一圈的动听而又令人毛骨悚然的故事。

"'伯尔—尼，伯尔—尼，'"伯尔尼重复道，"那声音就来自云端，对要割以撒的喉咙的亚伯拉罕说话。"①

哈利问道，"我们是不是还按原来的顺序？"他觉得他前面一洞丢了人。

"你先来，安斯特朗。我想最后打会使你过于心烦意乱。打去吧。让这两个讨人嫌看看怎么个情况。"

这话兔子最爱听。他拿了一根7号铁，尽力想着五件事情：低头、向后挥杆不宜过长，球杆还在最高点时送胯，向下挥杆要利索，球杆面要正对着球，触球点在钟面3∶15的位置上。球从他俯视的视野中央消失。从这嗖地一声神差鬼使的路子他就知道这一击漂亮；他们共同盯着黑点升起，翱翔盘旋了那一点点幽灵似的额外距离，然后径直掉在果岭上，有一丝儿偏左的只不过是看上去有大头针那么高的东西，球却随着碗形的果岭斜面向右弹去。

"漂亮，"埃德不得不承认。

"来一次加击怎么样？"乔问道。"这次我们让你加击一次。"

伯尔尼把自己搡出车问道，"几号铁？"

"七号。"

---

① 参见《圣经·旧约·创世记》第22章，上帝要试验亚伯拉罕的虔诚，要他把独生儿子献为燔祭。亚伯拉罕要下刀时，上帝的使者从天上呼叫加以阻止。

“要那样子击球，朋友，你应当用八号杆。”

“以为我过洞了？”

“过得多了。你在后沿上了。”

算什么搭档。怎么也满足不了他的胃口。就像近四十年前的马尔蒂·托瑟罗。一场比赛得二十五分，马尔蒂想得三十五，把一次未进的上篮球老挂在嘴上。哈利身上的士兵气质，受虐狂基督徒，尊重这样的男人。这是完完全全不分青红皂白的爱，就是女人给的那种，把你搞得软绵绵的，叫你吃不消。

“该我了，我想还是用六号，中段握杆，”伯尔尼说。

然而，由于企图在击球后赶紧收杆，但收得太猛，结果球不到位，倒是越过了水塘，但落在岸边很难摆出击球姿势的地方。“从那里切击可就难了，”哈利说。禁不住要轻轻刺人一下。他仍然怪伯尔尼把车子停得离那个处心积虑的左曲球太近。

伯尔尼接受了这一刺。“尤其在我面前的那杆臭切击之后，是吧？”他说着就把他那喜欢卖弄、又底气不足的驼背老骨头推进了车子，因为哈利已经滑过去坐到驾驶座上了。

攻上果岭的人赢得了驾车的权利。哈利有种气贯长虹的感觉，他们要把这两个肉头砸个稀烂。他从一座拱形木桥上滑过水塘，桥面板上铺着红色橡胶踏步板。“从你所在的地方开始，”下车的时候伯尔尼告诉他，“果岭成了下坡。赶球用力过猛，你就会滑到几英里之外的地方去。”

埃德一球入水，所以已经没戏了。伯尔尼在陡岸上的姿势别扭得不是一般，所以他空挥了一次，下一挥杆头把球击到一边，他只好把球拾起来，然而沙头土脸的乔·戈尔德，正好得心应手，他挪了挪脚，把身子栽稳，成功地从沙坑猛击出一记好球。伯尔尼的劝告把哈利弄得心神不宁，因为与他自己的直觉背道而驰，所以他试探性地来了一个长推，结果球离洞还有四英尺。他用一个瓦尔哈拉坞标记把位置标出，而乔要推两次才能达到他超标准杆一杆的杆数。乔不慌不忙，让哈利有充分时间琢磨他的四英尺球。他看见时来运转了，然后又看不见了。由于极力要避免像上一洞他打的那样：球到洞口又向左边歪去，结果他把唾手可得的保杆推搅黄了，向右偏了一英寸。“狗娘养的龟孙子，”他说，眼睛后面一阵酸楚，憋得厉害，他想他也许会痛哭流涕。“一杆就攻上果岭，真操蛋，赶球却用了三杆。”

“这是常事，”埃德说着用他训练有素的会计的端端正正的字记了个4。“平洞。”

“对不起，伯尔恩，”哈利说着爬进车里，坐到副驾驶座上。

“我把你弄紧张了，”他的搭档说。“应该把臭嘴闭上，不应瞎嚷果岭是下坡。”他又剥开一支雪茄，把踏板一推，把身子往后一靠，去熬漫长的一天。

今天哈利不顺。佛罗里达的太阳似乎与其说是头顶上的一个球，不如说是一组强弧光灯，用均匀的白光处处追逐着你。甚至在棕榈树下，就是贴在把村坞与其余的世界隔开的十二英尺高的松篱后面，太阳也能找到你，把兔子的鼻子尖儿晒红，炙烤着他的一双前臂和一只没戴手套的手的手背，手背上已经点缀着斑斑驳驳的白色角质小疙瘩。他在高尔夫球袋里装着一管15号遮阳剂，他总是在抹它，但紫外线总能穿透，要把他的鳞状细胞烧烤成皮肤癌。和他一块儿打球那三个人却从来不用任何东西，也只不过晒得黑油油的叫人舒心，就连伯尔尼脑袋上的秃顶也光溜溜的像枚鸵鸟蛋，只有他摆出那可怕的逆向换位、双足并拢的姿势躬身击球时，才现出几个小小的斑点。哈利感觉到了伯尔尼一成不变、机械重复的无能——球路短，切击拖沓——今天的一个包袱，因为他不能扶他一把，心里又挺纳闷儿，为什么有人像伯尔尼那样流露出受苦的智慧，却从来不学一点关于高尔夫球的事情，甚至看样子试都不想试一下。对他来说，哈利估计，这只不过是一种游戏，一种活到他这把年纪时在太阳下消磨时光的方式。伯尔尼从前也是个孩子，后来长大成人、赚钱生财生孩子（在皇后区做一桩地毯生意；两个女儿嫁给了实在的好小伙，一个儿子上过普林斯顿和费城的华顿学院，后来在华尔街当了一名心怀敌意的接收专家)，现在他到了人生彩虹的另一头，这也是你的处境；伯尔尼在佛罗里达忍受着退休的乐趣，他这一辈子就是这么忍受过来的，从中咂着同样辛辣的舔湿了的雪茄味儿。他看不见哈利在这项游戏中所看到的——无限，一个无限改善的机会。兔子自己今天也没有看到。围绕着第十一洞——他糟蹋了的一个曲形球道的五杆洞，第二打用斜切，四号木，打爆了，结果球旋转到一座公寓的侧院里去了，落在几个塑料垃圾桶和一片混凝土路面中间，路面上栽着几根生锈了的铁杆子，是拉晾衣绳的(一只用链子拴在晾衣绳上的德国牧羊犬对他汪汪狂吠，向他猛扑过来，扯得那绷紧的铁丝嘎嘣嘎嘣直响，惹得开着车子悠荡的戈尔德和西尔伯斯坦咯咯地直笑，伯尔尼则把嘴里的烟咬得更深了，阴着一张脸)，由于击球出界，只好在原地抛球落地重打，准备来一个四杆进洞，这时狗依然汪汪汪地狂吠不止；于是试着用三号铁挥击，由于用力过猛，在后面挖进去了六英寸，把沙子溅得满鞋面都是，还钻进了短袜口里；随后用铁杆向左抽，球掉进第十二个球座旁边的一个长着枯焦凋零的杜鹃花的花坛里；只好原地抛球落地重打，这次打出一记切击，将球彻底送过果岭(这时三个球友像幽灵一样静悄悄的，感到震惊，替他伤心，还是心里高兴故意保持沉默?)；接下来砰地一声把下一个沙坑球击到坑嘴上；结果它连滚带跳慢慢地返回来；他只好气愤地捡起球，甚至在把沙耙平之后往一边扔耙子时，让耙子碰了自己的膝盖——这一洞完了之后，这场球和这一天开始把他蛀入一种消沉的境地。草看上去油腻腻的，假惺惺的，所有的棕榈树呈现出一副将要干死的样子，僵硬的棕色叶子正在脱落，一座座公寓楼竖立在每条球道的边缘，活像一座座高高的灰泥户外厕所，就连天空，你的眼睛通常可以在那里找到清净，现在也被弄得脏兮兮的，因为喷气机尾气的弧线在扩散，在蜿蜒，最后跟上帝的纯净的云彩混淆起来，难以分辨。

时光堆迭，正午来去匆匆，弧光灯开始黯淡，但热度反而有增无减。他们三点差一刻结束，哈利和伯尔尼输了二十元——双方各下了一股连同十八洞的五元注，还在他们输掉的后九洞上追加了一股。“我们下一回把它赢回来，”哈利向他的搭档许诺，其实自己也不相信。

“你今天不在状态，朋友，”伯尔尼承认。“你跟女朋友有麻烦了，还是怎么了？”

淫棍，犹太人都是：他曾经读过一部关于犹太人玩弄女性的好莱坞历史。哈利·科恩，格劳乔·马克斯[①]，华纳兄弟，他们到了那里，便发了疯，因为有阳光，有游泳池，有为了当明星什么事情都干得出来的中西部非犹太骚娘儿们——她们陪酒助兴，影坛大腕儿打电话时，她们还要品他的“箫”——然而他的高尔夫搭档都娶的是同样的女人，一起过了四五十年，一头大染发，一对粗手镯，两条胖乎乎的棕色上臂，你看见她们打扮得花枝招展出席宴会时，总是喊喊喳喳唠叨个没完，伯尔尼、埃德和乔总是笑眯眯，静悄悄地坐在她们旁边，仿佛他们的女人说的都是性似的，肯定就是——劲头，活力。他们怎么搞的？一身的活力，就像一套完全合身的成衣。“我想我跟你说过了，”哈利告诉伯尔尼，“我儿子一家来了。”

“你的问题在这里，安斯特朗；你觉得跟我们一起鬼混心里不落忍。你应当款待你的亲人。”

“是呀，款待他们。他们昨天刚到这里，已经嫌烦了。他们想叫咱们住在迪斯尼乐园隔壁。”

“带他们逛丛林花园去。上萨拉索塔，从林林博物馆[②]沿 41 号走。费恩和我一个冬天去两三次，从来没有烦过。我可以看那些火烈鸟睡觉，一睡就是几个小时——怎么睡的呢？一条腿站着睡，那腿有两英尺长，比我们的手指头还细。”他举起一根手指头，它好像很粗。“比这还细呐，”他发誓说。

---

① 哈利·科恩(1891—1958)，著名电影制片人。格劳乔·马克斯(1890—1977)，电影演员。

② 林林家族，美国马戏团世家。

“我弄不明白，伯尔尼。我们在跟前的时候看我那小子的表现，好像是他不想让我的亲孙子跟我有任何瓜葛。那小男孩，他都四岁了，简直是个陌路人，可那女孩和我还合得来。她眼看就要九岁了。我甚至在想，什么时候带她出来坐坐电瓶车，让她试着击击球。要么可以租一条太阳鱼单帆船，埃德，要是你那在‘湾景’酒店的儿子把我登记成一名客人的话。”

这个四人帮在十九号俱乐部边喝啤酒，边吃免费小吃。俱乐部紧挨着体育用品店，在瓦尔哈拉坞A楼的底层。里面的黑暗——英国酒馆风格的暗色镶板和横梁——被外面写着“酷尔斯”[①]的伞下面的圆白桌子旁边的亚热带的明亮强化了。你可以听见A楼和B楼之间的泳池里水的溅泼声，和安装在墙的另一侧的发电机的震动声，尽管中间还隔着休息室、镖盘和电视游戏呢。一入夜，有时候哈利就想象着他能透过所有相隔着的公寓，地毯，空调，交谈，垫子和桃红色的门厅壁纸，听见那台发电机的突突声。不知道是怎么回事，那噪音绕过来，贴在墙上，钻进他的大滑窗，因为那儿有为海湾空气留开的缝隙。

“没问题，”埃德说，一边在汇总他们的得分。“只要到前台打听格雷格·西尔弗斯就行。他就是这么叫自己的，别问我为什么。他们会让你穿过大厅下楼到更衣室去。我劝你不要穿着游泳衣到大厅里去；他们极不赞成这种穿着。你要不要定个日子，我叫他等你？”

哈利有一种受宠若惊、事半功倍的感觉。“礼拜五，如果行的话，”他说。“格雷格是不是一定要知道？明天我原先想我们要上萨拉索塔走一趟。”

“丛林花园，”伯尔尼坚持说。

“莱昂内尔火车博物馆，”乔·戈尔德提议。“林林博物馆正对面就是‘贝尔姆昔日汽车、音乐馆’，我想他们就是这么叫的。有一千多种音乐机器，你能想象得到吗？1897年以来的旧车，我从来就不知道那时候就有汽车。你

---

① 啤酒名。

是做汽车生意的，对吧？你和你的小子。你们俩到那儿会神魂颠倒的。”

“我不知道，”哈利开始说，琢磨着想形容纳尔逊那副阴阳怪气的样子，会对任何出游泼上一瓢冷水的。

“哈利，这有意思得很，”埃德说。“第十一洞你捡了球，由于遇到障碍，给了你一个七杆，超标准杆两杆，在十六洞你把两个球击入水中，优待一个六杆，即便这样，你也打了整整九十杆，你打得并不像看起来的那么臭。如果少糟踏几个发球和长铁击，你每次都保持在八十杆以内。”

“我专不下心，我放不开手，”哈利说。“我放不开。”他有一个问不出口的问题要请教这三位聪明的犹太人：死亡是怎么回事？他问他们，“喂，泛美喷气机是怎么回事？”

一阵停顿。“肯定是炸弹，”埃德说。“你看到碎钢片穿透皮箱，残片撒在苏格兰方圆五十英里的地面上，那肯定是炸弹。”

伯尔尼叹息一声，“又是他们。那些什叶派头目。”

“阿拉伯人，”乔·戈尔德说。一种爱国主义的欣喜照亮了他游移不定的眼睛。“一旦我们有了证据，F-111就会再次飞进利比亚。我们应当做的是不断进入‘野浪’，钉住老阿亚图拉。”

然而他们的口齿不像平素那么伶俐；哈利搞得他们惴惴不安，尽管他的初衷不是要问这么严重的一个政治问题。对于犹太人来说，报纸上的一切都要回归到以色列去。

“我的意思是，”他说，“你们想那到底是怎么样的一种感觉？坐在那里，眼睁睁地等着飞机爆炸？”

“嘿，我打赌它会把你惊醒的，”埃德说。

“他们没有一点感觉，”伯尔尼善解人意地说。感觉到了哈利个人的担忧。“零感觉。过去的是那么快。”

乔对哈利说，“你知道以色列人怎么说的，不知道吧，安斯特朗？‘如果我们一定要树敌，感谢上帝，这些敌人就是阿拉伯人’。”

尽管哈利以前听到过这种说法，但他还是装模作样地笑了起来。伯尔尼说，“我想安斯特朗可以搞个新搭档。我让他情绪低落。”

“不是因为你，伯尔尼。我来的时候就情绪不高。”

十九号俱乐部推出了一系列精美的小吃，盛在小瓷碗里。瓷碗上绘有瓦尔哈拉坞的标记，两个海蓝色的交织在一起的 V 字。不仅有花生米、杏干和榛子，而且还有小小的椒盐条、咸南瓜籽和酷似炸玉米片的花卷儿，只是在舌头卷起一片，在臼齿间咔嚓一下的那个惬意的瞬间，口感更香更脆罢了。别的三个人时不时地捏一撮上过粉芡的咸沙拉，但碗很快就空了，百分之八十的东西叫兔子解决了。

“这劳什子含钠太多，”伯尔尼警告他。

“是呀，不过对灵魂有益，”哈利说，他敢于出口的说词的宗教性质大概就这么多。“还有谁再想喝啤酒？”他问道。“这一巡输家买了。”

他开始有种开朗的感觉了；他那黑暗的情绪像喷到温和的酒精溶液里的一股墨水，逐渐变稀薄了。他挥手叫来了服务员，要他再送来四罐啤酒和一碗小吃。那名服务员是个半人半羊的农牧神模样的墨西哥裔青年，戴的一只耳环比纳尔逊的还要大，两只手腕上都戴着金链子，他胆怯地点了点头；他一定觉得哈利块头太大，含钠的水喝多了，白里透红，稀里糊涂，怪吓人的。这个四人帮肯定显得高声大嗓，而且还有无法无天的可能：一帮丑老外。又喷了一股墨汁。哈利又感到沉重起来。佛罗里达的好时光从来都不如他在玳瑀德县的老俱乐部“飞鹰”度过的醉意朦胧的晌午那么迷人，那时候英格尔芬格老弟还没有娶那个瘦高疯癫的嬉皮士瓦莱丽并搬到罗耶斯福德去，那时候塞尔玛·哈里森的狼疮还没有严重到不能露面要退会的程度，那时候辛迪·穆尔科特还没有发胖，韦布还没有跟她离婚，所以还不到谁也再见不着的时候。在佛罗里达人们都谨小慎微，仿佛喝了两罐啤酒，他们就会倒下摔破屁股似的。全州都脆薄得很。

“你那小子打不打高尔夫？”乔问他。

“谈不上真打。他从来都没有那种性情。也没有时间，他是这么说的，”兔子还可以加一句，他从来也没有真心邀请过他。

“那他搞什么娱乐活动呢？”埃德问道。这些人，哈利突然明白过来，是在表示礼貌。再要一巡啤酒，他等于把第十九洞的同志情谊延伸到毫不费力的程度。这些家伙的老骚娘儿们在等着呢。要拉闲话。要看孝顺、出息的子女们的来信。要增添兴趣。要学习律法书。

“敲打我呗，”哈利说。“跟布鲁厄的一帮痞子们鬼混，个个都没个正形。我从来没有看见他搞过多少娱乐活动。他从来不参加体育活动。”

“听你说他的口气，”伯尔尼说，“倒像他是父亲，你是儿子似的。”

兔子兴冲冲地表示赞同；第二罐的酒劲一来，他几乎产生了一种幻象。“是呀，而且是个犯了罪的儿子。这就是他对我的看法，一名老少年犯。他老婆看起来怪可怜的。”这从何说起呀？是真的吗？帮我一把吧，伙计们，告诉我你们是怎样战胜性与死，使它们不再烦扰你们的。他接着说，“全家人，两个孩子也不例外，似乎都紧张兮兮的。我不知道是怎么回事。”

“你老婆，她知道是怎么回事吗？”

那糊涂蛋。哈利没有搭理这个问题。“就在昨天晚上我还试着以亲切友好的态度跟那小子聊一聊，可他不说别的，只是把丰田骂了个狗血喷头。这家公司给我们饭吃，救了他，救了他老爸和他那来路不明的混混矮外公，不致使大家沦为叫花子，他却一个劲儿地抱怨丰田怎么不是兰博吉尼①！天哪，这酒下得好快啊。外面叫人有种戈壁沙漠的感觉。”

“哈利，你不要再喝了。”

“你要回家，给你一家人讲讲贝尔姆。贝—尔—姆。我知道这听上去好像我不会写字一样。你能想到每一种旧车。从没有方向盘的时候起。甚至没有挡的时候。”

---

① 一种意大利豪华车。

“实话告诉你们，伙计们，我可从来对汽车都没有太上心。我开车，我卖车，可我从来没有真正弄懂那该死的东西。在我看来，它们都是一码事儿。能跑就是好的，不能跑就是孬的。”别的三个人站了起来。

“我想明儿下午在这里见到你时，你把小孙女儿也带来。给她教教基本功。低下头，起始动作要慢。”

那是伯尔尼的话；埃德·西尔伯斯坦告诉他：

“还要缩短那向后挥杆的距离，哈利。你不用总是高出肩头。击球点就在这儿，正好在你的鸡巴旁边。我从一名职业高尔夫球手那里得到的最好的劝告就是，想着你是用鸡巴来击球。”

他们感觉到了他无声的呼叫，在寻求帮助，寻求安慰，为了哈利，他们正变得更加富有犹太人的人情，这是他坐在那里的感觉。

伯尔尼已经从桌子旁边支撑着站起来，高踞在哈利之上，一身灰皮，脖子上的垂肉满是阴影。“我们有种说法，”他低下头说。“窝心。我听口气，朋友，你好像有点窝心。还没有成熟，不成熟的窝心，但就是窝心。”

酒力发作，晕晕乎乎，蛮畅快的，胸部又隐隐地像针扎一样，鼻子尖儿开始有点太阳灼的感觉，哈利一点也不想动，尽管周围的世界在动。两个年纪轻轻、尾巴翘得老高的大学生整个下午都在后面逼着他们，现在总算完事了，在那边休息室旁把电动游戏搞得唧唧唧，吱吱吱，嘘嘘嘘，咩咩咩叫闹不休。屏幕上五颜六色、神气活现的机械玩艺儿时隐时现。他看见自己白刷刷的手指头，指甲上有很大的月牙斑，心不在焉地拨弄着盛小吃的碗底，仿佛他要把那两个缠绕在一起的 V 字捡起来似的。那种垃圾食品已经吃了个净光。他也记不清楚，服务员是不是又端来了一碗。

乔·戈尔德，他的头发就像沙土色的鬃毛，他那双放大了的眼睛在快方了的眼镜里蹿来蹿去。他微微躬着身子，仿佛又把两只脚栽到沙坑里似的，说道，“给你说个犹太人的笑话。亚伯和伊齐久别重逢后，他问，‘你有几个孩子？’伊齐说，‘一个也没有，’亚伯说，‘一个也没有！那你发火时怎么办?'"

他们似乎笑得越来越凶,就像啤酒广告里的那种动作;他们这种不自然的齐声嘲笑给哈利敲响了警钟:他把一天白白浪费过去了,现在他必须赶紧,赶紧追赶,就像他小时候要迟到了,一路跑着上学去,胃里面水在晃荡一样。那三个人,要回去实实在在地料理家务去了,告别时拍了拍他,甚至掐了一把他的脖梗子,仿佛要把他从精神麻木中掐醒似的。在佛罗里达,他想,就连友谊也显得淡薄,短暂,因为人们随时可以再买一套公寓房子搬过去,要不就突然死去。

你可以把球杆留给体育用品商店,还有鞋。兔子走路时穿着他的软帮鞋,鞋磨得太松了,他的脚在里面活动似乎都擦不到皮子。他穿过停车场和一段画有条纹的车道,以及一个该综合区的户外绿毯覆盖的小交通安全岛,走到B楼的入口。他插上钥匙,又用力按那块狭窄的空间里面板上的代码,这儿有两台闭路电视的摄像头盯着他,他把门拉开——它不发嗡嗡嗡的响声,而是像消防车倒车时那样叮叮叮地响——然后乘电梯上到四楼。在413,他的远离老家的家,詹妮丝、普露和两个孩子正在玩"红心",其实是三个人打,罗伊正攥着一把牌,他妈妈教他该怎么打,该出哪张牌。他一脸的浮肿样儿,好像一个下午都充满了挫折和失望。大家都欢迎哈利的到来,仿佛他会把他们从无聊得要死的境地解救出来似的,但他感到垂头丧气,只想躺下,让身体浸泡在空灵境界。他问,"纳尔逊上哪儿去了?"

这个问题问得不对槛儿,至少不该当着孩子们的面问。詹妮丝和普露相互瞅了一眼,然后普露自告奋勇说,"他开车出去办事去了。"在这里他们只有一部车,佳美,哈利的赛利卡留在宾园了。这就行了,因为几乎他们需要的一切——药呀,期刊呀,理发呀,泳装呀,网球呀——他们在瓦尔哈拉综合区内都能找到。C楼的小食品店要价和机场一样,所以詹妮丝通常一周在半英里之外的品多棕榈大道上的温·迪克西商场搞一次大采购。大概他们还要一周去一次德利昂城区的银行,它坐落在离海滩两个街区的一个广场上,那里总播放着电梯音乐,无论银行内还是银行外;他们准是把喇叭藏在树上。也许他们一月到电影中心看两次电影,中心位于两英里之外的蒲葵棕榈大道上。然而当车子只是呆在车位上,招引锈迹和一团一团的白花花的鸟粪时,一连好多天就过去了。

"他要办哪档子的事?"

"哈利,"詹妮丝说。"人总是需要东西的。他不喜欢你买的那种啤酒。他喜欢一种特殊的洁牙线,带状的,而不是线状的。他喜欢开车到处转转;他都得了幽闭恐惧症了。"

"我们都有幽闭恐惧症,"他告诉她。"我们大多数人并不因此而去偷车。"

"你看上去疲惫不堪。你是不是输了?"

"你怎么猜得出来?"

"你老输。他跟那三个犹太人一起玩,"她给儿媳妇解释。"他们总赢走他二十美元。"

"别偏见这么深,听你说话的口气活脱儿就是你妈。告诉你吧,我赢的次数比输的多。"

"我从来没听说你赢过。他们总是给你讲你真行,然后就把你的钱掏走。"

"你这呆瓜,其中一个和我一起输了二十元,他是我的伙伴!"

她说话平静,活像她妈妈,不是专门冲着哪一个人说,"他们说不定又还给他了;他们都是一伙的。"

他突然明白:她之所以说这些令人不快的怪话,无非是要免谈纳尔逊无礼而神秘地离开这件事。

朱蒂说,"爷爷,过来接过罗伊的手玩一把。他连个牌都不会拿,还一惊一乍的。”

罗伊倒是主动配合，证实了她的说法，他把牌往圆玻璃桌上一扔，就像早上他扔勺子一样。“我讨厌玩牌，”他说，话准确得出奇，就像一个老式的玩偶，你把它背后漏出的绳子一拉，它就能说一句话。

朱蒂飞快地打了他一下，用的是那只没有拿牌的手。她用拳头砍了砍他的肩膀和脖子，他便大声嚷嚷，替自己辩解，她便对他解释说，“你把一圈牌全搅黄了，现在谁也玩不成。我眼看就要赢了！”普露整整齐齐地将一手牌展成扇形扣在桌子上，用另一只胳膊，一只瘦长可爱、长着寒毛的胳膊，把那又哭又叫的小娃娃拉到胸前，朱蒂顿时妒火中烧，红了眼，女人决定要哭之前都是这样，便向哈利和詹妮丝的卧室跑去。

普露黯然一笑，自己也一脸的疲态。“大家都累了，脾气也大了，”她在罗伊的脑袋上唱歌似地说，好让朱蒂也听得见。

詹妮丝站着，身子晃悠了秒把钟。她用小腿撞了一下玻璃桌，就在她扔掉的一把红心牌旁边，一只橙汁玻璃杯里的半杯堪培利开胃酒晃动起来，那鲜红的小圆圈，使他想到埃德的球跳进去的那个水池。她又穿上了她的网球裙。裙侧胳膊下面干了的汗渍的轮廓像一幅非常暗淡的地图上的大陆。“也许我们让他们干得太多了，”她向哈利解释。“我们买了这么多的东西，去‘汉堡王’吃了午饭，才回到这儿，普露又带他们去游泳，打圆盘，一玩就是两个钟头，后来朱蒂和我又到网球场练击球。”

“她练得怎么样？”他问。

詹妮丝大声笑了，仿佛感到吃惊似的。“棒极了，确实。她会成为一名球痞，就像你一样。”

兔子走进他的卧室。要是詹妮丝在那里，再没有别人，他就会往床上一躺，让眼睛溜几页她送给他当圣诞礼物的那本历史书，听见鸟儿在那株南美杉上干涩地啁啾声便把眼睛一闭，向生存的巨大的沉重屈服。然而朱蒂已经抢在他前面趴在他那张盖着翠绿、合贴的床罩的特大号床上。她蜷着身子，埋藏着脸。他在贴近床沿的地方躺下来，让她把两膝顶着他的身子。他欣赏她的头发，那种令人惊诧的蛋白质的完美，一绺绺又长又淡的头发经太阳一照就颜色变深了，成了亮闪闪的橙色。“好好休息一下，今晚好玩宾果，”他说。

“罗伊去我就不去，”她说。

“别生罗伊的气了，”他告诉她。“他是个好孩子。”

“他不是。我本来就要赢了。我已经拿出了黑桃王后，手里还有红心爱司，杰克和别的牌，他可好，把一切都搅黄了，妈妈还认为这太好玩了。他一出世就受到百般宠爱，就因为他是个男孩！”

他承认，“这不好办。我过去跟你一样，不过倒了个个儿。我下面是妹妹，而不是弟弟。”

“你不恨她吗？”她把脸从两条蜷住的胳膊中间露出来，用一双看样子揉过的绿眼睛瞅着他。

他答道，“不恨。我想，实话实说，我挺爱她的。我爱米姆。”这里面的真情让他感到震惊：他意识到他这一辈子像爱他的精瘦结实的小米姆那样挚爱过的人是多么的少啊，没有一点小瞧的意思，她的脸似乎就是他那张脸的翻版，只是窄了一点，硬了一点，都是一样短的上嘴唇，只不过头发皮肤颜色深一点，是个女孩。他自己的音调也今非昔比，不过旋律依稀可辨。他依然记得爸妈经常在星期天领他们出去走走，他把她的手指头捏在手里，黏唧唧的，他们爬山到了“极顶酒店”，然后沿着采石场的边沿折回；米姆紧紧地抓住不放，于是激发了他的保护意识，也许她把他这种对别人、对别的女人的保护意识用尽了。米姆是他的亲妹妹，所以对他有一种此后任何女人都无法树立起来的自然的权利。

“她是你的妹妹还是姐姐？”

“妹妹。我们相差的岁数比你和罗伊的还大。不过她是个女孩，女孩总比男孩犟得慢一些。可是我想米姆自有一套倔犟的办法。一到十六岁，她就把我的老爹老妈折腾苦了。”

“爷爷，‘犟’是什么意思？”

“噢，你知道，不听话。顶牛。叛逆。”

“就像爸爸？”

“我认为你爸爸并不犟，只不过，怎么说来着？——神经过敏。他比大多数人都容易动心。他敏感得很。”就是正儿八经地说这么一番话也搞得他口齿木讷，头脑模糊。“朱蒂，咱们来个比赛。你躺在那里，我躺在这里，看看谁睡着得最快。”

“谁当裁判呀？”

“你妈，”他说着就把他的软帮鞋从脚上蹬下来，从床沿掉到地板上。他对着招贴画似的佛罗里达的阳光闭上了眼睛，于是脑海里红光融融，他想象着骑着一辆自行车沿杰克逊路飞驰而下，然后冲过波特大道，米姆趴在他那辆嘎吱嘎吱的蓝色老“埃尔金”的车把上，她兴许是六岁，他十二岁，要是他们撞上一块石头，或者一个坑，她就会跟他一起飞出去，自行车就会压在她身上，把她碾进柏油路里去，永远毁了她那张俏丽的脸，女人的脸可是她的命根子，但她却信得过他，她一路唱着，他记不清那支歌了，只觉得断断续续的歌词往后飞来，钻进了他的耳朵，她的黑亮的长发掠着他的眼睛和嘴巴，使自行车骑起来更加危险。他把米姆领进了险境，但总能把她又领出来。“驱蝇馅饼。”那就是她在家里老不离嘴的歌儿之一，天天唱，最后把全家人都逼疯了。驱蝇馅饼和苹果布丁，一看它你两眼就放光明，你的胃口也连忙喊“欢迎！”唱罢就开始挤眉弄眼，惹得全家人大笑不止。

他觉得朱蒂把她的重量从他的身边轻轻地移开，而且以小孩子的那种又夸张又嘎吱作响的蹑手蹑脚的动作，绕过床脚，走出了房间。门咯嚓一声，女人们的声音叽叽咕咕。她们的叽咕声跟一个梦融合在一起，梦见的是一个勺子状的空间，一个圆形剧场，一片不知是怎么回事在看他的演出的观众，尽管梦里再没有别人，只有这种亲临现场的感觉，这种回声四起、严肃可怕的亲临现场的感觉。他惊醒了，惊魂未定，口水从一面的嘴角里淌下来。他觉得像一面刚刚被擂过的鼓。他刚才梦见的空间现在他认识到就是他的肋架，仿佛他变成了自己的心脏，一个呼哧呼哧喘气、扑腾扑腾跳动着的人，等着哨子一响，在球场中央开始跳球。他睡觉的时候，胸部的某一点疼痛起来，一种疲惫悲哀的疼痛，他把它跟今天下午他打高尔夫的那种糟糕得可悲的表现联系起来，既专不下心，又放不开手。他心里纳闷，他睡了多长时间。贴在滑窗外皮上的招贴画似的阳光、棕榈树梢和远处红色屋顶的粉红建筑物的颜色暗了，变得影影绰绰，打高尔夫的声音，目的明确的猛击，穿插着刻意的肃静和因得意与失望引起的情不自禁的呼叫，也消沉下来。外面的空中，宛如一块旧车场上空飘动的花彩，许多成双成对的鸟儿正在彼此呼唤把白天裹起来。当游戏——巷子里车库旁边的最后一轮"马儿走"——最紧张的时候，随着他带着日益衰退的肌肉和不断堆积的脂肪慢慢地向大地沉沦，晚饭前的这一两个小时已经成为小睡时间。他得减减肥了。

起居室里只有朱蒂一个。她不声不响地把电视频道闪来闪去。脸，《杰斐逊一家》中的黑脸，《家庭关系》中的白脸，带着哀求的神色突然闪现出来，然后又消失在往慢动作瀑布里冲的啤酒罐的连续镜头中，乔治·布什扛着一杆枪穿过得克萨斯的林下灌木丛，一名佛罗里达农场主对着他烧毁的田园指手画脚，一名苏格兰场的侦探用一架飞机机舱的图解做着讲解。"他在说什么呀？"哈利问，但就在他问的当儿，画面就消失了，取代它的另一个画面是一头海牛，一个把头发扎成马尾巴的男人，一个保护海牛的怪人，正在给它安放电子跟踪装置。孩子心里涌起一阵怒火，一阵对画面的贪图，把海牛一挥而过。"往回调两个频道，"哈利央求道，"有泛美飞机的消息。"

"那是一颗炸弹，无聊，"朱蒂说。"非炸弹不行。"

孩子们，他们相信新闻提要总是别人的事情。"看在基督分上，让频道转换器歇一歇。让我弄罐啤酒，然后我教你打一把好玩的牌。大家都上哪儿去了？"

“奶奶去她的妇女团体了，妈妈哄罗伊睡个小觉。”

“你爸爸——?”话说了半截，他才想起他不该提这个茬儿，但已经说漏了嘴。

朱蒂耸了耸肩，把话说完，“还没有报到。”

原来她已经知道怎么打“拉米”。当他刚才喝杜松子酒时，她看见他满把要甩的三张同点牌了。看见了。他们的笑声把普露从她的卧室里招引出来，她穿的白色小短裤被她变宽了的屁股绷起了一条一条的平行纹儿。她的脸在枕头上压出了纹路，好像是由于睡觉或者哭了一阵，弄得有点儿模糊、肿胀。女性的肉体多么易受影响啊。她的光脚长长的，涂着有的地方剥落了的趾甲油。他问儿媳妇，“怎么啦?”

她也耸了耸肩。“我想詹妮丝回来后我们就去吃晚饭。我给罗伊喂点苹果泥，先把他稳住。”

他和朱蒂又打了一把拉米，在这期间普露在厨房里轻轻地叮当着，然后又对罗伊喁喁低语。这里的黄昏来时没有多少客套；突然间，阳台外面的空气灰了，仿佛罩上了一层细雾，海洋味儿飘进了滑门，鸟鸣声和打高尔夫的声音已经消歇了。这就是安静。詹妮丝回来时身上带着她的妇女团体给她的那种咄咄逼人的容光。他感到窝火。“啊，哈利，你们男人太不像话！不仅把我们看成财物，而且所有的父权宗教都企图叫我们对行经有种罪孽感。他们说我们不干不净。”

“抱歉，”他说。“这么做确实说不过去。”

“那是夏娃的原罪，那位女教授告诉我们，”詹妮丝接着说，一半是说给普露听的。“说什么苹果是血的颜色，我不大明白。”

哈利打起了岔儿，“说不定你们两位夏娃哪一个就像我，有点饿了吧?”

“我给你们买了很多健康小吃，”普露说。“无硫杏干，无盐的香蕉片。”

“就是那些小塑料袋里的东西吗? 我还以为兴许是做中餐用的，我不该动它呢。”

“对了，”詹妮丝决定，“咱们去吃饭吧。咱们给纳尔逊留个条子。普露，随便换件旧衣裙吧。晚上，他们不兴穿着短裤就座，男人也不兴不穿上装。”

十九号俱乐部上面B楼一层的米德厅是一个将餐厅和业务经营合二为一的房间。一方面，有印着菜名和价格的菜单，有女服务员穿着短露的金色服装，呼应着瓦尔哈拉的金环主题，每当室内装饰家记着的时候，它便在陈设上随处出现，甚至还有一名穿着夏季小礼服的酒类服务员，脖子上套着一种自行车锁；另一方面，你一进去，一块公告牌上贴满了通知、传单、彩印小报，涉及本地区你可以参加的这套或那套课程，或者讲座，或者音乐会，或者方形舞，或者旅行见闻讲座，星期三和星期六的晚上，你吃饭的时候，这房间的另一边自始至终都有宾果游戏进行，从一个平台和麦克风传出来，但这些设置却在支撑该房间的星光四射的拱形屋顶的巨型工字柱后面，所以是看不见的。天花板就是一个天窗，占了它的一部分宽度。他梦见的那个奇怪的、勺子状的、人格化了的空间：难道就是这个大厅，就因为他的肚子想吃饭而神差鬼使般变出来的？兔子觉得就像马尔蒂·托瑟罗一样，瞧着菜单，第一千次面对着一成不变的老花样：小牛排，猪火腿，虾和扇贝，路州法式箭鱼，淡菜蘑菇和洋蓟心炖鱼片。

柱子宽阔的两侧有灰暗的巨幅陶瓷壁画，画的是北欧海盗：宽刃剑，角状盔，龙头船，从五彩斑斓的瓷面上凸显出来，然而挥剑、戴盔、驾船的人却被吞没在乱成一团的胳膊腿儿和闪电之中，一件纪念历史的血腥的编织品。“七十一，”藏在柱子后面的男子哀声唱道。声音又重复着“七一”。

扩音器轰鸣着这些数字，交谈就很难进行。普露疼爱罗伊，哄着他吃了一点烤土豆和一只炒虾。詹妮丝劝朱蒂要了一只龙虾，然后不得不给她教怎么往开剥，怎么用一根手指头从那煮熟了的可怜的动物的屁股里推出那块弯弯的白肉来，怎么咂那小小的尾巴上的节儿，就跟咂洋蓟叶的方法一样。兔子已经要了后腿眼肉牛排，所以就顾不上东张西望了；对他来说，吃龙虾——它的许多长羽毛的小腿，它的肉茎上的眼睛，它的跟其他部位一样烧红了的触须——跟恶梦一样可怕，是向蠕动刮擦的生命之源的一种适当的回归。还有蟹子、牡蛎和蛤蜊：在佛罗里达他看见周围的老人满脸都是这种脏兮兮、粘唧唧、说不清道不明的东西，他们还要告诉你这对你有好处，比他通常要的牛排和汉堡包更胜一筹，尽管他不反对面拖猪排或小牛肉，或者一片火腿带个菠萝环，或几块月亮形的云莓干，边上还有一些油糊糊的德裔宾州人的油炸土豆，活像一摞正在滑落的扑克牌筹码。在宾夕法尼亚，火腿就是这么卖的。在南方这里，你是搞不到火腿肠的，至少搞不到他从小到大吃惯了的那种调料放得很重的猪肉火腿肠，也搞不到用槭糖浆浸透了的碎肉玉米炸饼，也搞不到里面有很多桂皮的苹果馅饼，驱蝇馅饼更是没门儿。詹妮丝几年前的一个冬天到一个营养小组去咨询，回来以后告诉他，说他在怎样用这些脂肪面团堵塞动脉血管。所以在公寓里，有一阵子就顿顿吃沙拉，低热量的意大利面食，鱼和家禽；然而，只要一进米德厅，他想吃什么就要什么。要牛排，你必须明讲要熟透了的，否则端上来就像橡皮，蓝嫩蓝嫩的。叫人恶心。你没有胃口的时候，所有对你的胃口、貌似漂亮的东西统统叫人恶心。想吃就吃、想扔就扔的肉。

朱蒂完美的小手被龙虾搞得油亮油亮的。她向妈妈问了句什么话，他看见普露在动嘴回答，但那上帝般的声音用它庄严的“二十七。二七”把她们的话正好堵住。

“你在说什么呀，宝贝？”他问，一脸的窘态。是他的听觉不行了，还是时下人们说话有点儿异样，比过去要快，要软？在那些有英国演员的电视节目里，有些段落，尤其在他们装出下层人的口音时，他连一个操蛋的字儿也弄不懂。而电影，尤其是爱情场景，在明星向少年观众显酷的时候，纯粹是在玩弄词藻。

普露解释说，“她为爸爸搞不到东西吃犯愁呢，”说罢将嘴向一边一歪。难道这种怪相是在给他递个信息，表示一点儿悲痛，邀他同她一起对付纳尔逊不成？

朱蒂亮晶晶的绿眼睛向爷爷翻起来,仿佛指望他做出一个不表同情的回答似的。相反,他却告诉她,“别犯愁,朱蒂。这里九点以前谁来都有饭吃。九点以后楼下的十九号俱乐部半夜以前一直有三明治。你也看见41号路了,你那饿肚子的可怜爸爸在佛罗里达有的是吃饭的地方。”

女孩的下嘴唇哆嗦着,她脱口说道,“他兴许没有一个钱。”

“他怎么会没有一个钱呢?”

女孩解释说。“好多回他都没有一个钱。账单送来了,甚至人都找上门来了,妈妈没钱给。”她意识到话说得太多,便把眼睛转过来瞅着妈妈的脸。

普露把眼睛转过去,擦掉罗伊嘴上的一星土豆。“情况一直有点儿紧,”她承认,几乎叫人听不见。

哈利想追问个水落石出。“真的吗?不至于吧。他一年要赚五万呢,加上保险金和奖金。我爸爸挣的不到两千元,就养活了我们一大家人呢。”

“哈利,”詹妮丝插嘴说,那声音绝像她妈妈临终时的口气,老寡妇临了养成了发号施令的习惯,“现在的人需要的东西比你爸爸多得多啦。那是一个比较简单的世界。我还记得,我也经过。我们那时候出去约会搞什么乐子?看场电影才七十五美分,去趟422号路的小型高尔夫球场看球赛还要便宜。然后在“宾州超级”买瓶汽水,那就认为玩得很不错了。”

岂止不错,他记得,如果在车里,经过亲吻与摸奶,搞得她热火起来,詹妮丝让他进入她的身内,她里面热乎乎、湿漉漉的,具有一只丝绸拖鞋般的柔软的纹路。如果她处在经期或者感到要坚守贞操,她也许会把他抓在手里,而他只管拉动和排射,白得像龙虾肉。一种叫人震惊的白,真的,擦起来黏糊糊的。他在车里跟詹妮丝最爱干的事莫过于詹妮丝坐在他身上的时候,他双手托着她的屁股,她的奶在他的脸上直蹭。最后干净利落地把他的排泄物随身带走。就像邮走了一封信。

她的思路却与他的相隔万里,她接着说,“纳尔逊得有几套像样的西服,在摊场上有个良好的形象,现在孩子们也不会仅仅满足于一堆积木和一个皮球，他们也得有电动游戏——”

“天哪——五万块钱能买一大堆电动游戏呢，要是他把钱全花在这上头，他很快就能开一家游乐中心了。”

“哎，你真逗，不过妈妈的那座大仓房，花起钱来可是个无底洞，对不，普露？”

赔着笑脸发呆的普露一下子回过神儿来，嘴一咧承认道，“它吞起钱来可是狮子大张口。”

她们把什么事儿瞒着他，哈利看得出来。那个看不见的男人唱道，“五十六，五六，”给人一种不祥的预感，还有一个颤巍巍的苍老的声音，狂热得简直噎住发不出声儿来，沙哑地喊道，“宾果！”F111，乔·戈尔德说过。飞进利比亚。

哈利说，“我不知道在搞什么名堂。”

没有人反驳他。

罗伊就要睡着了，松垮垮的下嘴唇上粘着一小片虾壳。哈利突然心血来潮，想吃山核桃馅饼。他试图勾引朱蒂陪他吃点甜点。“低岛酸橙馅饼，”他对她轻声唱着说。“你只有在佛罗里达才能吃到。一辈子难得有这么一次机会。”

“有什么特别的地方？”

他也没有太大的把握。他就胡诌了一通。“极小的嫩酸橙只有佛罗里达群岛才生长。别的任何地方天气太恶劣，长不出来，太冷太差。”

她同意了，可是随后仅仅啃掉了后面的一层皮，这样一来，除了他的那张顶上有大大一勺慢慢往下渗流的奶油——山核桃冰淇淋的山核桃馅饼而外，由于这是他推荐给她的，所以只好替她吃掉。他们吃着吃着，纳尔逊的缺席显得愈加严重起来。詹妮丝和普露喝的是不含咖啡因的咖啡，由于心事重重，极想彼此谈谈，便瞅着哈利解决掉朱蒂的点心。从某种意义上说，饕餮也是一种体育技巧，一种伸展运动。你的胃口也连忙喊“欢迎！”穿着金色百褶裙的女服务员终于拿着支票来了，在他签上公寓号码的当儿，他感到自己像个随意支配雷电的天神；数目将会在他一月一次的银行结单上显示出来，明年，那时候世界又前进了一大步。步入夜风中时，他感到是多么的饱满充足啊！一个男子飘飘然威风八面，一帮家小追随左右。哈利抱着罗伊，他在吃甜点的时候已经睡着了。詹妮丝和普露在朱蒂的左右，一人牵着她的一只手，由于这顿饭吃得又长又乏味，但她始终都很乖，所以她们就让她在她们中间荡着秋千，她们由于用劲直哼哼，她却格格格笑得开心。

A 楼和 B 楼之间，抛光的高高的铝杆上的钠灯悬在头顶，好几个被神差鬼使般地打碎了；犯罪分子就在外面守候着，一旦保安打个盹儿，酣睡的退休人员的这座城堡就会遭到轰击。在这个华灯不亮的地段，星星从漆黑温暖的天空向他们跳下来。一到夜晚，佛罗里达又恢复了它亚热带的故我，也就是人类制服它的一望无际的平坦以前的状态。呆在这里令人兴奋不已，就像呆在一艘轮船的甲板上一样；空气有一种咸丝丝的味道，有一种腐烂的棕榈叶屋顶的味道，有一种沼泽的味道。这里的星星也更加湿润，更显得紫红。圣奥古斯丁草有着它奇怪的海绵状纠结的肌理，每片叶子似乎铁黑铁黑的；草地把喷水头隐藏得不露痕迹，人类强加在自然身上的皮太薄太薄，所以它慢慢磨得千疮百孔，犰狳七扭八歪就钻了出去，这些可悲的细致复杂的东西黎明时分出现在品多棕榈大道中央，被早晨第一批疾驰而过的车辆压扁，它们连蜷成球的感觉都没有就径直蹦向空中去了。哈利感到罗伊的气息喷得他的脖子潮乎乎的，孩子的脑袋压在他的肩上，重得像块石头，他举头仰望着无垠的天空，心想，*就没有什么慈悲可言*。明晃晃的紫红紫红的星星压下来，深邃的星河的空廓一时间使他有种倒悬着的感觉。B 楼的入口隐现出来，怪诱人的，小屋内有黄光闪现。安斯特朗家的五个人各自处治着自己内心的隐痛：纳尔逊咬啮人心的缺席。他们摸摸索索穿过有人防护的入口，上了电梯，走过桃红、银白相间的走廊，满脸尴尬，回避着彼此的目光。

就在妈妈安顿弟弟上床睡觉的当儿，朱蒂稳坐在电视机前，从《神奇的岁月》闪到《夜间法庭》，又闪到一部法国电影，领衔主演是那个傻兮兮的、到处都在的德帕迪约[①]，这一回讲的是一个来到村子里窃取了他人身份、包括人家的老婆的人。这位受到玷污又深感寂寞的年轻寡妇临时决定认他为夫，这使哈利激动万分；应有这么一条法律：我们每隔十年左右改变一次身份和家庭。可是朱蒂又把这个故事闪过去了，普露终于又冲着孩子嚷叫起来，叫她准备在沙发上睡觉，他们大家为她让出起居室，尽管朱蒂为什么不接受爷爷奶奶给她提供一间小屋的一番好意，普露依然弄不明白。女孩一下子哭了起来，这倒使大家轻松了许多，因为发泄了他们大家共同的未说出口的遗弃感。

詹妮丝告诉哈利，"你去睡觉吧，亲爱的。你一副蔫头耷脑的样子。我叫咖啡搞得太兴奋了，睡不着，我和普露在厨房里坐坐再说。"

"我想那咖啡是脱去咖啡因的。"他一直盼着让她结实的棕色小身体上床躺在他身边；有这些人到这里来，他们一秒钟也没有在一起单独呆过。他的回忆搅得他蠢蠢欲动。五十二了，她依然有个瓷实的屁股。不像塞尔玛，她最近越来越差劲了。

"我要的就是它，"詹妮丝说，"但我从来都信不过他们。我现在老是想，他们说它脱去咖啡因只不过是来搪塞你而已。"

"别呆得太晚了。"他心血来潮又加了一句来安慰安慰她，"那小子没事儿，他只不过在寻欢作乐而已。"

普露惊讶地撩了他一眼，仿佛他说的比知道的还要多似的。

他忍不住还要做一番说明："不知道什么原因我和丰田倒使他如鲠在喉。"

又一次他未遭到反驳。

---

① 热拉尔·德帕迪约（1948— ），法国名演员。

关于美国的幻想产生了两种极其矛盾的结论,它们殊途同归,对这些金色梦想注入了某种谨慎,他躺在床上读道。那是詹妮丝作为圣诞礼物送给他的一本历史书,作者是一位女史学家,内容是美国革命中荷兰人的作用,这一点他到现在为止一直认为不是十分突出。按照一派的观点,美国太大,太分化,很难变成一个国家,它的信息过于膨胀,很难使这个国家统一起来。正是这个句子使他有种大而无当、松散膨胀的感觉。历史的美妙就在于它能让你马上入睡。他又翻到前面一页,寻找他记得昨天夜里读的一些非常有趣的描写。按照1775年译成荷兰语的一本畅销的法文专著,新世界的气候使人无精打采,懒散疲沓;他们可以变快乐,但决不会变强壮。美国,这位学者确认,"建国的目的是快乐,而不是帝国。"另一位欧洲学者则说土著印第安人"生殖器小",所以"性功能弱"。

也许,如果纳尔逊个头大一些,他就会快乐一些。但大未必一定就使你快乐。哈利就够大的了,这是一目了然的。有时候,他那映照在服装店试衣镜或玻璃板橱窗里的身量儿使他大吃一惊。确实让他万分惊恐:竟然占了世界那么大的空间。他又往前翻了几页:商业盈利的前景……海战……纠结的问题……增加的紧张……中立的根基……法国人生气勃勃地……偏远诸州的争论……不加限制的护航可能会作为战争借口又一次检验自我。他把最后一句话读了两遍,才意识到他不知所云,他的大脑就像在梦中做着短路连接。他把灯关上。这就使门底下突然出现了一条细细的亮缝儿,就像磷光发声机。他听见詹妮丝和普露叽叽咕咕,玻璃杯叮当了一声,脚步响了一下,然后是蜂鸣器刺耳地一响,急促的脚步声,一个女人的声音,又高又紧张,当你对着扩音器说话而又信不过它时,用的就是这种声音,然后,就在他不安、膨胀的意识后期的折层中,门开了,纳尔逊的声音,在女人的声音里显得深沉,也最富有梦幻色彩,笑声,他们都大声笑着。

一种磨牙声,孩子们坐在那些又大又丑的复卷剪草机上剪草。兴奋的海鸥叫声凄厉。那株南美杉，它的枝条间隔匀称，活像他的阳台栏杆上的细铁柱。令人万分惊异。他依然在佛罗里达，依然活着。清晨从海湾飘来的咸丝丝的凉风从滑门留开的两英寸宽的缝隙里透进来。詹妮丝在他身边酣睡。她身体的温热有股子淡淡的臭味；夜里的汗水把波浪形的黑发粘在颈背上。她颈背上的头发花白得最少，那里窝藏着她昔日黑丝一样的自我。她趴着睡觉，身子从他身旁扭开，夜一凉便把被子从他身上卷走，一嫌热又统统甩到他身上，她睡着了大概就是这副德行。兔子悄悄地下了他的特大号床，进了有玫瑰色玻璃纤维浴缸和淋浴间连成一体的浴室，往配套的玫瑰色瓷马桶里小便。他坐下，把尿撒到马桶前部，因为这样声音小一点。他刷了牙，但多了个心眼儿，没有刮脸；如果他利用这段时间刮脸，詹妮丝也许会离开他，藏到其他几个人中间去，她一直就是这样。他又溜回床上，尽管蹑手蹑脚，但又希望被单不可避免的窸窣声和床垫轻轻的起伏声会把她惊醒。结果没有，于是他用胳膊肘儿推了推她的肩膀。“詹妮丝？”他悄声说。“宝贝？”

她瓮声瓮气地说。“干吗呀？别吵。”

“你是几点睡的？”

“我没敢看。一点吧。”

“纳尔逊去哪儿了？他是怎么说的？”

她没吱声。她想让他以为她又睡着了。他等着。一往情深地，他抚摸着她的肩膀。昨晚看那部法国电影时，又挨着她那温暖棕色的小身体，使他动了把老婆完全视同陌路的念头，动了径直插入的念头。老婆可以陌生得像个妓女，这就是男女关系的美妙之处。她依然头也不转地说道，“哈利，再碰一下我，我就宰了你。”

他把这话考虑了一番，决定反击。“他到底去哪里了？”他问。

她一翻身，认输了。她的呼吸里带着一股子陈烟草味儿。估计她已经戒烟了，可是每当她看见了纳尔逊抽“骆驼”，普露抽“蓓尔美尔”，她又接过一支抽起来。“他也说不准。只不过开上车兜兜风而已。他说他需要出去一下，佛罗里达太容易导致幽闭恐怖症。”

孩子说得对：这里的生活禁锢在你铺设的窄路上。去温·迪克西，去罗氏影视城，去蒲葵棕榈商业城逛商店，去看医生，去体育用品店，然后回来。在这些窄路中间，可以说一无所有，有的不外乎是林立的千篇一律的棕榈树，仙人掌，干渴的草地，空寂的阳光，你不去入住的旅馆，不许你光顾的海滩，还有没有任何理由前往的内地。在宾夕法尼亚，至少在玳瑞德县，一切都被记忆铺设了坚实的道路，无论你走向何方，都是你已经到过的地方。

詹妮丝舔了舔嘴唇，做了个鬼脸，仿佛喉咙疼了一样，便接着往下说，“他在41号公路上行驶，一直到了听上去好像叫那不勒斯的地儿，肚子饿了，就在一家饭馆前停下，给我们打了个电话，可是没人接，我当时心里直纳闷儿是不是等等再过去，可你说你饿得慌——”

“对。怪我。”

“我倒不是怪你，宝贝。不光是你。孩子们像热锅上的蚂蚁，愁容满面，我想，总得活下去，吃顿饭会让我们开开心；可他说，他当时就是给我们打了电话，那正是我们出门的时候，于是他在饭馆里喝起了啤酒，一杯接一杯，回来的路上有点儿晕头转向，你自己也知道是怎么回事，要是你没注意品多棕榈大道的拐弯，一连多少英里，一切都看上去一模一样。”

“我就不信，”哈利说。他觉得胸中无名火起，便在床上坐起来减轻压力。“他妈的一连八个钟头不见踪影，干吗对谁都守口如瓶？他还真要发疯了。他总是闷闷不乐，可这一回就是发疯的表现。这小子需要人帮帮。”

詹妮丝说，“他回来时，头脑绝对的清醒，而且还带了一串极小的鳄鱼剥制的标本，他们做的纪念品；普露和我还忍不住大声笑了。孩子们一人一个，甚至给你也有一个，他们让它站着，还给它的小脚上插了一个高尔夫球杆。”她一把把毯子从他的怀里撩开，手伸进他那敞开着的睡裤拉链口摸弄他那蔫不拉唧的阴茎。“我们在那里躺下来怎么样？我们再也没有做过爱。”

可现在他没那份心情。他把她的手一本正经地拍了一下，然后把毯子往上一拽，说道，“我们刚做过。就在圣诞节前。”

“圣诞节前老早的时候，”詹妮丝说，头都没有动一下，有秒把钟，他疯狂地希望，她会把毯子又拉下去，干脆利落地把他的家伙放进她的嘴里，最近这十年塞尔玛与他幽会时这几乎是她干的第一件事情；可是嘬舔从来都不是詹妮丝的作风。她必须如醉如痴，可他从来都不喜欢她的醉态，一种狂乱从她身上奔涌出来，给他一种威慑，大有淹没全世界的架势。她说，“好吧，为了你，壮汉，”好给他留下她遭到过拒绝的印象，以防他尔后需要她，于是她从自己那一侧下了床。她的潮乎乎的睡衣贴到腰上面，在她拽下来之前，他欣赏了一番她那黑黝黝的大腿背上面的紧绷绷的一对灰白的屁股蛋子。满怀愧疚地，他听见她在浴室里冲马桶，然后开动淋浴时，哗哗的泻水声有一股怒不可遏的气势。他可以毫厘不爽地想象出她从淋浴喷水中走出来的模样，头发塞在透明的浴帽里，屁股粉嘟嘟的，毛屄白花花的挂着水珠，他感到悔恨的是，他们，他和他的这个矮小的黑女人，他那顽固羞怯笨猪似的斯普林格家的人，必须生活在一个信号基本上迷失的世界里。在这里，他们俩比自己一生的任何时候都凑合得厉害，他们转过背厚着皮应付着。他一个礼拜打三四回高尔夫，而她则打她的网球，会她的伙伴，办她的事务。她从浴室回来时，穿着毛巾布浴衣，他还在床上看书，正看的部分说的是英国人干涉荷兰商船，而法国正需要用荷兰船队运来的波罗的海木材兴建她那破败的舰队。他怕詹妮丝又要尝试性活动，可是这会儿可以听到寓所的另一头孩子们的声音，还听见普露用她那烦闷的做母亲的声音迫使他们安静下来。

哈利对詹妮丝说，“今儿咱们想办法关照关照朱蒂和罗伊。他们好像有点儿闷闷不乐的样子，对吧？”

她没有回答，心存防范。她把这番话看成对纳尔逊为人父的抨击。兴许就是。纳尔逊是个需要父母关爱的人;过去他总是需要,但从来没有得到满足。当你在适当的生物学时刻对什么东西的需求没有得到满足时,兔子在什么地方读到过,你至死都会孜孜追求。他问,“你和普露尽说什么呐?”

她轻嘴薄舌地答道,“啊,女人的事呗。你会发现挺无聊的。”詹妮丝穿衣服的时候,脸上总现出一副可笑紧张而且眉头紧锁的神态。哪怕那只是去温·迪克西穿宽松裤和衬衫,她也横眉冷对着镜子,好像要吓倒顽敌似的。

“也许吧,”他表示同意,便结束了谈话,但又知道这样将会使詹妮丝继续往下说。

果然,她主动说了下去,“她替纳尔逊发愁,”又吞吞吐吐还想说些什么,舌尖探出来压到上唇上苦思冥想着。

兔子却快当地说,“谁不发愁呢?”他转过身去把内裤穿上。他依然穿的是乔基短裤。很久很久以前的那个晚上,鲁丝被这种短裤逗乐了,他总是想到这件事情。今天他想当爷爷,想让衣着符合这个身份。裤脚翻边的蛋壳色亚麻长裤,而不是那条又脏又旧的花格高尔夫宽松喇叭裤,不是马球针织衫,而是一件真正的衬衫,百分之百的纯棉,蓝细条,短袖子。他在詹妮丝的形象已经腾出来的镜子里瞅了瞅自己,被他在镜子深处看见的那种块头惊呆了——脸肿得像个月亮,长着一个久经太阳炙烤的小鼻子,冷冰冰的眼睛,下颌上面那张小里小气的嘴巴在中间凸起来,没有骨头的颌拥上来,甚至在耳朵前面形成了一块肥肉垫,而朱蒂在这个部位上只有一块丝一样的光泽。还说纳尔逊呢——哈利自己的头发,从鬓角起往后谢,它的金黄被夹杂的灰白搞得脏兮兮、阴沉沉的。个头尽管高,但衬衫下面显示出的斜度只有一个松垮垮的大肚子,光这肚子就肯定有一个埃塞俄比亚饥饿儿童的重量。他得开始减肥了。他感觉得出来,每动一下,他的重量就死拽着他的心脏——他那种心急火燎的感觉,就好像体内有个小孩在玩划着了的火柴。

早餐桌上放着今天的《新闻报》,上面有幅生病的一岁幼女的彩照,她于昨天夜里因没有肝移植源而夭折。她的名字叫安珀。另一条标题称苏格兰场认为泛美103航班空难确系炸弹所致,与埃德·西尔伯斯坦和朱蒂的说法一模一样。金属残片。行李间。塑料爆炸物,可以压制成任何形式,也许是叫做塞姆泰克斯的高性能捷克型:哈利简直不忍读有关的文字,一想到那些有意识的人体突然坠落在虚空里,冰冻了、伯尔一尼,伯尔一尼,洛克比,下面隐隐约约繁星点点,一瞬间,万物颠倒,毫无慈悲可言。还有,迈尔斯堡市长现在认为他的警察逮捕戴昂·桑德斯行为正当。还有致命的污染腐蚀了奥基乔比湖。还有,半阴半晴,高温在81°到87°之间。"今天是个好日子,"他宣布,"爷爷要带你们到一些奇妙的地方玩去!"

朱蒂和罗伊看上去半信半疑。

詹妮丝说,"哈利,再吃一块丹麦樱桃酥皮饼,省得搁馊了。我们买的时候,主要为孩子们着想,可他们俩都说他们讨厌红唧唧、软沓沓的玩艺儿。"

"你干吗总想用含糖食品要我的命呢?"他问道,但还是把丹麦酥皮饼吃了,然后用指头尖儿把甜糖渣儿粘着吃了个一干二净。

普露,从哈利坐的角度看去,显得很高,她的屁股与他的眼睛平齐,她犹犹豫豫地问道,"你们俩真喜欢带孙子们出去玩一趟?纳尔逊昨天夜里睡不着,搞得我也大部分时间没法睡。在车里坐一天,我实在受不了。"她确实看上去又苍白又憔悴,那小子哼哼唧唧,折腾了一整夜,搞得她没法儿睡觉。即便她的雀斑也显得苍白,她的嘴唇在机场给人的感觉是那么绵软,温暖,现在却显得无奈,紧绷绷的,向一侧歪着,现出一副怪相。

詹妮丝说,"当然可以了,亲爱的,你先睡一觉,然后你和纳利不妨搞点儿有益健康、改善心情的活动。要是你们到瓦尔哈拉游泳池玩的话,提醒他游泳前后都应当冲冲澡,千万别扎猛子。"

朱蒂大声笑了,打断话茬说:"爸爸搞肚皮拍水呢。"

罗伊说,"爸爸不拍水,你拍水。"

"天哪,"哈利告诉他们,"现在先别开仗了。我们还没上车呢。"

九点半上车，带有一包三筒装的双料白心黑皮巧克力饼干和一盒六罐装的经典可乐，他们开始了漫长的一天，往后好多年，这一天在温馨的家庭传说里被叫做“爷爷吃鹦鹉食的那一天”，尽管那食物并不专门是给鹦鹉吃的，他也没有吃多少。他们先开车上 41 号公路（**庭院之乡**，“吉辛·库津斯”，“方便药品”，**睡乡**）直奔迈尔斯堡，参观托马斯·阿尔瓦·爱迪生故居，这一路可把他们累了个半死。他们把“佳美”停下，从一棵巨大的榕树下面走过去，这棵树（一块很有帮助的告示牌告诉他们）是它还是一根小枝的时候，由一位叫哈维·费尔斯通还是亨利·福特的金融巨头送给爱迪生的，此后它长成了印度境外最大的榕树。在印度，一棵那样的大树就可以庇护整整一个市场。榕树把根悬垂下来，长成新的树干，树干就像拐杖，随着肢体不断向外扩展——这些攀爬的树木如果不受阻挡，将会蔓延数英里。哈利心里纳闷，它们怎么死呢？

原来你不能只是绕着房子和场地瞎转，你必须参加一个观光活动，五元钱一趟。朱蒂和罗伊在听讲的时候想入非非。他们看见自己四周围了几车的退休老人，戴着棒球帽和推起的太阳镜，手里拿着那些小手杖，一打开就成了一种马鞍，可当一把独脚椅。就在他们人数越来越多的观光团等着开始参观的当儿，好几个坐轮椅的残疾人也加入了进来。朱蒂由于穿着粉红的短裤，两条腿看上去长得与年龄不符，颧骨上现出红润霜滑稽的红晕，她说，“我才不管什么狗屁场地呢，我要看的是制造闪电的机器，”罗伊松弛的小嘴染上了白心黑皮巧克力，一双呆滞的棕色眼睛瞪视着，仿佛他要热得融化了似的。

哈利告诉朱蒂，“我看没有什么能制造闪电的机器，只不过是发明出来的头一个灯泡罢了。”他告诉罗伊，“你要是太累，我来抱抱。”

对于某种信号，他未注意，所以他们被裹挟在后面，每个人，包括轮椅，都从棚子里挤出来，进了一片空地，那里有粉末状的灰土，有户外丛林的闷热和刀子似的叶影。他们的导游是一个拘谨的蓝头发老姑娘，戴一顶鸭舌帽，背诵着她死记下来的东西。首先，她给他们指出来的是 Kigelia pinnata，非洲香肠树。“果实像香肠，故名。不可食，但被非洲土著入药，由于迷信，他们崇拜该树的疗效。一过‘记忆园’就是煎蛋树。花酷似鸡蛋，向阳的一侧朝上。它之所以栽种在那里，只是防备你们哪位喜欢香肠就鸡蛋。”

参观团的人笑了，表示礼貌。有些老人笑，还真不光是表示礼貌，仿佛这是他们漫长的一生中听到过的最可笑的事情似的。灰色细胞什么时候开始大量消亡？这种情况什么时候会出现在他身上，哈利心里纳闷。还是已经出现了？你不知道的事情你是不知道的。里面是空无，外面是空无。他们的导游，深受这批好听众的反应的鼓舞，又指出了一些可笑的树木——炸药树，Hura crepitans，果实一成熟就会爆炸开来，而南美洲非常稀有的 Cecropia，懒树，其实是美国惟一成熟的 Ceropia palmata，它的叶子具有麂皮的纹理，永远不会碎裂。哈里心里纳闷，上帝为什么不辞辛苦自个儿跑到亚马孙丛林耍这些把戏？“这些叶子一面是巧克力棕色，一面是白色，由于形状奇特、质地耐久，被大量用于干花插花。诸位可以在我们的礼品商店买到这种树叶。”原来上帝这么做是为了让人们在礼品商店有东西买。

随后我们来到 Enterolobium cyclocarpum，叫做耳朵树。“籽荚，”导游背诵道，“酷似人耳。”人群现在活跃起来了，几乎对于上帝做的任何可笑的事情都要大笑一通，他们窃笑着，导游流露出自鸣得意的微笑；这些树，这些话，这些听话的年迈体弱的游客，她都知根知底。

一只小手带着麂皮般的柔软拽了拽哈利的手。他弯下腰看着小朱蒂的那张姣美、妖艳、长着绿眼睛的脸。他看到普露让她也涂了点儿唇膏。要让她的这次出游更加甜蜜，为了要把它办成一件大事。跟着爷爷奶奶出去观光。你要永远牢记。当他们寿终正寝的时候。“罗伊想知道，”朱蒂尽量说得轻柔，但焦虑还是把她的声音逼了上去，“多会儿完。”

“这才刚刚开始呀，”哈利说。

詹妮丝开始跟他们说悄悄话。她的注意力跟他们一样难以持久。“他们能不能让我们过街前休息一会儿?”

“这是单向参观,”哈利说。“大家都过来。咱们坚持到底吧。”

他把小罗伊抱起来,由于心烦,这孩子的体重翻了一番,然后扛着他,他们大家横过街道。这条街昔日是条走牛的小道,那女人傻笑着一口一个“爱迪生先生,”就好像他是她的一个大鸡巴男朋友似的。“爱迪生先生”心血来潮,在小道两边栽上了王棕。“这些王棕在离我们六十英里的埃弗格莱兹沼泽边缘狂长起来;然而,在 1900 年,把它们用大帆船从古巴运过来,要比牛队把它们拖过我们那些实际上穿不透的佛罗里达沼地容易得多。”

他们在曲曲弯弯的小路上拖沓着脚步,左躲右闪着轮椅,尽量不要踩上小路两旁的仙人掌和花卉,极力要听清导游忽隐忽现的沙哑的声音,极力要对那些谜团似的绿色遮荫植物表示兴趣,因为那是爱迪生不惜动用重金寻找代用橡胶时从远方带来的。这里有丝棉树和爪哇李,有原产于特立尼达的炮弹树和原产于印度的芒果树,有唇膏树和报春花,有恋人兰,它不像很多人认为的那样是一种攀附植物,还有荔枝,它的果实中国人总是垂涎三尺。哈利的腿疼,腰背也疼,还有左肋后面那些令人起疑的部位像扎针一样地疼,可是他不能把罗伊放下,因为孩子睡着了:他准是世界上瞌睡最多的四岁孩童之一。詹妮丝和朱蒂已经密谋好离开了参观团,往前溜达到爱迪生故居去了,那是一座 1886 年用四艘纵帆船从缅因运过来的房子,你可以说是世界上第一幢预制房屋,那是一幢没有厨房的房子,因为爱迪生不喜欢烧饭的气味,那是一座四面都有宽敞的游廊、有佛罗里达第一个现代游泳池的房子,用蓝色水泥建造,加固不用钢筋,而用竹子,至今没有一个裂缝,没有一点漏洞。堪称奇迹! 这么多的努力、机巧、奇特和勇气被压缩进了历史:哈利几乎不堪这些重负,它们压弯了他的骨头,融化了他的头脑,像个改锥一样压在他脑壳的拱体上,使他的肩胛骨下面奇痒难耐,他的百分之百的纯棉蓝色细条衬衫的那个部位湿了又干。他赶上詹妮丝,心嘣儿嘣儿像拨弦似的,便轻声求她,“挠挠。”轻得不至于惊醒孩子。

“那儿呀?”她把香烟换了一下手,一支蓓尔美尔,肯定是从普露那里借来的,然后按他的指挥,上上下下,左左右右,挠起他的背来,直到觉得妖魔被驱除为止。爱迪生故居的这个丛林般的花园还真是个邪地方。他的呼吸又不对劲儿了;他鼓足劲头不做强力呼吸。这番折腾把罗伊给弄醒了,他迷迷瞪瞪地宣告,“我要去尿尿。”

“我敢说你该尿了,”哈利说,又告诉他,“你可不能到这些灌木丛后面尿去,它们可都太珍稀了。”

“这种 scarlet dombeya wallichi 叫做印度粉球树,”导游用一种轻快的节奏给她的比较规矩的学生讲解。“它芳香扑鼻。爱迪生夫人爱鸟,所以总养一些金丝雀,长尾小鹦鹉和别的鹦鹉。这些鸟儿一年到头生活在户外,而且喜欢生活在这里。”

“她怎么知道鸟儿喜欢这里的生活呢?”朱蒂问她爷爷,声音有点儿响,于是几个年高可敬的脑袋转了过来。“她又不是鹦鹉。”

“谁说她不是?”哈利悄声说。

“我要去尿尿,”罗伊重复了一遍。

“哼,你要尿尿并不完全就是他妈的宇宙的中心,”哈利告诉他。这种做父亲的事体他可荒疏得厉害,而且从来就没有在行过。

詹妮丝主动提出,“我带他沿原路回去,我们进来时到过的那个建筑物里面有洗手间。”

朱蒂惊慌地看到这两个要脱逃了。“我要一起去!”她嚷道,声音大得让导游一时间停止了背诵。“也许我也要尿尿!”

哈利一把抓住她的手,紧紧抓着不放,甚至还像个施虐狂似的捏了一把。“兴许你不想,”他说。“来,坚持到底。随着大流走,看在基督分儿上。你会错过世界上最老的灯泡的。”

一个坐轮椅的女人,瘸得并不厉害,她的头发染成橙色,烫成的卷卷跟猴子屁股不相上下。她转过头来,把他们狠狠瞪了一眼。知道何时脱身,哈利想。谁也不知道何时脱身。他们的导游把声音提高了八度说，“这是美洲热带地区的人心果。树胶就是从这种树的树液里提取的，它用来造制口香糖。”

“听见了吗？”哈利问朱蒂，参加这种没完没了的参观，交际的紧张让他喘不过气来，对那伤感情的一捏又感到抱歉。“这种树就是胶姆糖的来源。”

“什么是胶姆糖呀？”朱蒂抬起头来问道，那种清澈的绿眼睛带着一点儿新出现的斜视。现在她有点儿生气，对他心存芥蒂。他利用了她的天真无知。她从来没有听说过胶姆糖，这可能吗？难道这也真的走上了一便士糖果、甜甜圈，以及你在战争期间使用的小小红色配给券的末路？哈利觉得这一切如同昨日一般真实。更加真实。

“爱迪生先生为孩子们栽种了这棵口香糖树，”导游接着说。“他非常疼爱自己的儿女和孙子，和他们一起度过很长的时光，尽管因为他耳聋，话大多由他来说。”出现了一阵嘻嘻的笑声，她顾盼自雄，伸伸脖子，噘噘嘴唇，仿佛对此始料未及似的，其实她肯定胸有成竹，这种滚瓜烂熟的背诵接二连三地进行，她对他们的反响，乃至偶尔冒出的每一声轻笑，都心中有数。现在她领着这群老家伙，他们穿着惹眼的轻便装，神情庄重，有的拖拖沓沓，有的蹦蹦跳跳，走向一道相连的篱墙和他们五元一趟的朝圣的新阶段。他们就要横过的那条道路两边长着直得反常的混凝土色棕榈树干，这是那位令人瞠目的美国伟人爱迪生在这个世纪还是个婴孩时从古巴漂过来的。当然她不给他们再塞一种富有奇趣的植物，是不肯让他们过马路的。“这种长着长长的红流苏的灌木是原产俾斯美群岛的 chenille 植物。chenille 是法语，意思是毛虫。你们一眼就能看出给这种植物命名的用意。”

“恶心死了，毛虫，”小朱蒂尖声向哈利说，他把这看做一个女性要重新弥合他们之间的隔阂的努力，于是他对那个伤感情的一捏更感到难过了。他心里纳闷，他干吗要这么做，为什么他有意干这种下作的事情。大多是冲着妇女来的，仿佛世界成这般模样，充斥着毛虫植物，无情寡义，应当责怪她们似的。他感到虚弱,快要崩溃了。胸中的那个坏孩子在一个劲儿地玩火柴。

导游宣布,“我们现在要过街去参观爱迪生先生做他最后的实验工作的实验室。”

他们终于过了街,在爱迪生微风扑面的老实验室里,在布满灰尘的烧杯、虹吸管、蒸馏器和装有大皮带的黑机器中间,他们与詹妮丝和罗伊又聚到了一起。导游指向一张帆布床,爱迪生过去常在上面打十分钟的盹儿,这样就使他能够坐着,在他那耳朵失聪的大脑袋里一连几个小时做着白日梦。然后又指向他书桌上的那块金花橡皮,正是用迈尔斯堡此地的金花做的,时隔这么多年后,依然弹性十足。最后导游把他们解放了,任他们去漫游,去惊奇,去脱逃。驱车北上时,哈利问他们三个,“那么,你们最喜欢什么?”

“尿尿,”罗伊说。

“你真傻,”朱蒂告诉他,为了显示自己不傻,便回答说,“我最喜欢那台留声机,因为他耳朵聋,为了听得见他便用牙咬着这个木框,你可以看见他的牙印呢。有意思。”

“我感兴趣的是,”哈利说,“他在开发蓄电池时经历的种种失败。你可能认为不会那么艰难吧。多少——九千次实验?”

41 号公路轰轰然从车窗一晃而过。银行。食品和汽油。关节炎诊疗所。詹妮丝似乎心事重重。“噢,”她说,试图加入进来,“我认为老电影机。还有面包烤箱和蛋奶烘饼铁板。我从没想到他发明了这些,你认为它们不需要发明。你还真纳闷儿要是没有他,世界该会多么不一样啊。这是一个非凡的人。”

哈利和詹妮丝坐在前座上,活像木偶爷爷奶奶,只见脑袋露出来,为后座的两个小观众做表演,哈利以权威的口气说,“倒也不是不得了。一切都在技术里面了。只是等着被人捡起来。如果我们没有做,瑞士人或者什么人就会做。惟一的一件不是必然的现代发明,我有次在哪儿读到过,是拉链。”

“拉链!”朱蒂尖叫起来,仿佛她已经决定:既然跟爷爷奶奶在一起的这一天看起来好像永远没有尽头,那就索性开开心吧。

“是啊,它确实非常复杂,”哈利告诉她,“那些小的斜坡和曲线,它们啮合的方式。根据的是一种楔形,一个斜面的原理,金字塔就是用这种方法建造的。”由于感觉到自己漫游得太远了,闯进了金字塔建造的可怕空间,于是他宣布,“再说爱迪生有靠山。看看他那里的朋友都是些谁。福特。费尔斯通。大肥猫。他搞那些点子就是为了卖给他们。说什么他热爱人类,我不由得要笑掉大牙。”

“噢,对了,”詹妮丝说,“我过去很喜欢那辆水仙花-橡胶轮胎的旧车。”

“金花,”哈利纠正说。“不是水仙花。”

“我指的就是金花。”

“我更喜欢水仙花,”朱蒂在后座上说。“爷爷,你认为我们的导游女士怎么样,她说话的那副怕人的样子,让那张嘴就像里面噙了个酸糖弹儿一样。”

“我倒认为她挺性感,”哈利说。

“性感!”小朱蒂尖叫起来。

“我饿了,”罗伊说。

“我也是,罗伊,”詹妮丝说。“谢谢你说这话。”

他们在一家麦当劳就餐。那里出于法律方面的原因——当他们问她是什么原因时,那位不认错的出纳员认为是害怕诉讼——通往游乐场的门锁着,游乐场有旋转滑梯,有诱人的塑料人,人的脑袋比爱迪生的还大,形状像个汉堡包。罗伊看见门锁着,就立马发火了,吃午餐时,自始至终都把伤心流出来的大鼻涕往鼻子里吸。他喜欢把佐料瓶里的盐倒成一堆,然后把炸薯条在里面一蘸,一根接一根。这孩子就吃了一些炸薯条和大约一磅的盐;哈利替他解决了他的巨无霸,尽管他不大喜欢麦当劳在什么东西上都浇上的色彩鲜艳的糊糊——纯粹的化学物质。老式素净的汉堡包到底怎么啦?也遭到了胶姆糖的下场。一场小小的宾果赌正在一个角落里进行;你上卫生间不得不从中间走过去,这些老人在雅座间里躬着身子打牌,一个穿着麦当劳棕色制服的年轻的黑人女郎神情严肃地带着鼻音读着数目。"厄十七……士十一……"

回到热烘烘的车里,哈利撩了一眼手表。才到正午。他真是难以相信,给人的感觉是下午四点了。他一身的骨头疼,在肉的深处。"好啦,"他宣布,"我们有好多选择。"他展开一张他放在手套盒里的地图。去一个地方前先摸清那里的情况:很久以前他就听人说。"往北朝萨拉索塔走有一个林林博物馆,可是它关闭了,有个叫'贝尔姆旧车'的地儿,不过我们在爱迪生故居把旧车已经看够了,还有我的一个高尔夫球友真心推崇的这个丛林花园。"

朱蒂哼了一声,小罗伊从中受到启发,玩起了他的抖下唇的老把戏。"行了,爷爷,"他说,听口气简直像个妈,"再别看毛虫树了!"

"不光是植物,植物是其中最次要的,他们有豹子,还有这些怪鸟儿哩。真正的豹子,罗伊,能把你的眼睛抠出来,要是你让它们抠的话,还有火烈鸟,一条腿站着睡觉——伯尔尼我这位朋友,怎么也弄不明白,它们怎么能用这一条瘦腿站着睡觉!"他举起一根手指头,表示这种现象匪夷所思。一根手指头多难看,多奇怪哟——指关节皱成了疙瘩,还有一个旋儿,指甲虽然好看,但没有用处。后座上的两个孩子看上去脸色泛红,纳尔逊要感冒时往往就是这样——眼睛里有一种烟雾迷蒙的狂乱神情。"要么,"兔子查着地图说,"这里有个叫做'布雷登城堡遗址'的地儿。你们两个运动健将觉得遗址怎么样?"答案他已经心中有数,便紧紧抓住他的主旨不放,"要么我们大家回家去睡上一会儿。"他长年卖车,学会了这么一招:主动兜售买主不要的东西,结果使买主可要可不要的东西显得更好。他偷眼撩了一下詹妮丝,被她的超然神态惹得有点儿气恼。她干吗要让他唱独角戏呢?她是奶奶呀。

她醒悟过来,说道,“我们不能这么快就回去——说不定他们正在休息呢。”

“要么就是干别的,”他说。吵架。操蛋。纳尔逊和普露总有些儿热辣辣的、祸害人的事情把其余的人吓个半死。小两口总释放出这种热劲儿;他们依然在世界事务的中心,制造小孩。像他和詹妮丝这样的老夫老妻释放出的只是花瓶里腐烂的死花梗的霉臭味儿。

朱蒂提议,“咱们去看场电影。”

“好呀。电影,”罗伊说,这几个字不经意地把成人的声音模仿得惟妙惟肖,仿佛他们在后座上载了个客似的。

“咱们先说好,”哈利建议。“我们往北开到丛林花园里溜一趟,要是有导游带着参观,或者你们认为它会让你们憋气,我们立马溜出来,让他们见鬼去吧。要不我们走一趟,看看火烈鸟,然后买一份萨拉索塔报纸,看看有什么电影。罗伊,你这么大了,看完一场电影该没有问题吧?”他发动了引擎,挂上了挡。

朱蒂说,“看《小飞象》时他哭得可凶啦,妈妈只好把他领出去。”

“小飞象的妈妈……”罗伊开始解释,随后就哭起来了。

“是呀,”哈利说着又拐上41号公路,一边开车,一边把他的声音丢到后面,“那可是个难关,关在那辆小囚车里。关于他们的后备厢的事儿,记得吗?不过全解决了。罗伊,你应当呆着看完。要是你看不到完,你心里总是难过得很。”

“他成了一个明星,”朱蒂居心不良地跟她弟弟说。“他对所有的坏蛋扔花生。你都没看上。”

“那个迪斯尼,”哈利说,半对詹妮丝,半对他们的小听众。“他下手可狠啦。你们应当在大萧条年代里长大,才能受得了。甚至纳尔逊,你们的爸爸看重放的《白雪公主》时也受不了。”

“爸爸什么都不喜欢,”朱蒂透露。“只喜欢他那帮傻朋友。”

“什么朋友?”兔子问她。

“噢,我叫不上他们的名字。好像是斯利姆什么的。妈妈讨厌他们,再也不出门啦。”

“她不出门,嗯?”

“她说她害怕。”

“害怕!害怕什么?”

“哈利,”詹妮丝在他旁边喃声说。“对孩子不要刨根问底。”

“害怕斯利姆,”罗伊说,极力要说得响。

朱蒂捣了他一拳。“不,爸爸不是害怕斯利姆,你这小贼样,他害怕别的人。”

“别的什么人?”哈利问。

“哈利,”詹妮丝说。

“算我没有问,”他向后喊道,他的话淹没在尖叫声里,因为罗伊一把揪住朱蒂的头发死不放手。詹妮丝往后伸手把他们拉开时,把她的衬衫缝子撕裂了;他可以听见线断裂的声音,尽管当时一辆十八轮大卡车正在超他的车,它那剧烈颤动的车帮上写着五月花意味着运动,并且创造着一种航空动力学的状态,把他从侧面吸过去,搞得他慌忙把握着佳美的方向盘。日本人搞建造不是为了适应整个美国的状况。关于货车,纳尔逊说得对,风把他一路推过422公路。不过,你活着就得卖点什么。你不能干坐在那里牢骚不断。我们总不能都卖兰博吉尼嘛。

丛林花园的设计好得任何人都不敢奢望。一家大店铺琳琅满目地陈列着贝壳和谷物工艺制品,跟詹妮丝寓所搁架背面的那些玩艺儿一模一样,它通向户外的一片微型的野外世界。你可以从一条路走到“爬虫展”和“基督园”,从另一条路走到“鸟展”。他们都拐向了“鸟展”,观看有一副落魄怨恨相的鹦鹉骑自行车,踩跷跷板,钻圆圈圈。然后有一条弯曲的水泥路,丛林小道，把他们领向前去，你顺从地拖沓着脚步经过一些长满青苔的树根和滴水的岩石，每到一个拐弯处，你都面对着某种新鲜平和的惊奇——三只蜘蛛猿长着毛烘烘的长臂和愁苦的小脸，随后有一笼子金翅雀啷儿啷儿地上下飞腾，栖木对着栖木，像一只结构复杂的钟表在不倦地走动，然后是一棵菩提树，像佛一样在下面被照亮。兔子心里纳闷达赖喇嘛经过多年流亡在干什么。你仍然相信神吗，如果人们一个劲儿地告诉你你就是神的话？

安斯特朗一家四口来到了镜湖，湖上无声的天鹅在浮游，然后是火烈鸟潟湖，正如伯尔尼·德雷奇塞尔所言，那里有大群大群的火烈鸟，颜色是那种失真的橙粉色，站着睡觉，活像一个个长羽毛的大棒冰，每个身子就像个球，那条闲腿，那脖子，那脑袋，都缩了进去，架在一条铅笔一般细的腿和一只宽阔怪诞的皮足上。另一些，几乎一样神奇，却醒着，动着，轻轻地走着。"瞧它们怎样饮水，"哈利压低嗓门给两个孙子说。仿佛是面对圣物一般。"颠倒过来。它们的喙是颠倒着舀的舀子。"他们站着惊叹不已，这四个人类，仿佛遥远的星球之间的间距已经被消除了，这些生物隐现出来，与他们自己是如此大相径庭。地球就是偶尔相交的许多星球。即便他们中间，也插进了片片差异，尽管说的是同一种语言，不长羽毛，都从正面饮水。

看过火烈鸟后，小路把他们带到了一座座亭子里的小吃部和一家贝壳—蝴蝶展，还有一个金鱼池，和一笼黑豹，这正是哈利给罗伊许诺过的东西。这个黑眼珠小孩盯着那只动物无声地踱着步，仿佛踱进一个可以把他咂下去的漩涡的中心似的。那种哈利年轻的时候几乎在每个加油站和食品店供应一把花生或开心果果仁的小机器被装在一个亭柱上，附近是一片地段，一群孔雀在土地上不停地拖着茂密的羽尾走来走去。就是在这里他犯了一个历史性的错误。趁他的三位亲人向前走的当儿他从口袋里摸出一枚角币，塞进机器里，得到了一把棕色的干东西，开始吃起来。这些玩艺儿不完全是花生，也许是某种佛罗里达美味食品，尝起来又干又陈，甚至苦唧唧的；可谁知道这些机器把顾客等了多久呢？他给了朱蒂一点，可她却瞅了瞅，闻了闻，惊奇地抬头盯着他的脸。“爷爷！”她嚷道。“这是喂鸟的！奶奶，他在吃鸟食呐！棕色的小玩艺，活像兔子屎！”

詹妮丝和罗伊围过来看，哈利伸手亮开那丢人的证据。“我不知道，”他有气无力地说。“连个标志之类的东西也没有。”他充盈着一种奇异的感觉；他隐隐地感到麻木，恶心，而且在这一点之外，在他的皮肤裹着的那种温热的体积之外，空气里刮着一种全面的贬损；一瞬间，他把自己的生命看成了一件蠢物，摒弃将会是一种解脱。

只有朱蒂真的笑了，一种从她那长着完美的牙齿的、五官小巧的小脸上出来，变勉强了的笑声；詹妮丝和罗伊只是神色悲哀，还有点儿迷惘。

朱蒂说，“爷爷，这是我见到的有人做的最傻的事！”

他高耸在她的面前，笑了笑，点了点头；他感到气短，勒着他的胸部的紧箍搏动着。嘴里有股酸味在增强。他把手一转，那只长了角质疣的胖手，指头长得可以抓起一个篮球，这时把这些颗粒撒到孔雀可以吃得到的地方。一只脏兮兮的白孔雀，把它透明的尾巴在土地上拖过来，眼睛看见了屎疙瘩一样的食物，却没有啄。说不定它就是人吃的食品呢。不管怎么样，他这一天已经遭受了一次打击，当他们顺着小路向前移动时，只有朱蒂欢喜雀跃；喊喊喳喳，压倒了一声突如其来的惨叫，那是他们身后的孔雀发出来的。

看厌了丛林花园以后，他们便沿着一条小道移动，这条小道经过又一片同样的多用途湖泊，经过一只兽笼，有一只孤独的豹猫在里面打盹儿，经过一片仙人掌花园，经过一个号称有圆鼻巨蜥的黑水池，但他们却什么也没有看见，也许是因为他们不知道圆鼻巨蜥为何物的缘故吧，还经过了一笼又一笼的鹦鹉和金刚鹦鹉，它们靓丽的羽毛和花哨的喙仿佛使它们不堪重负似的。当个动物可受罪死了。比鸟兽笼子还要严格地困住你的是你自己，也就是遗传指令。在最后一个笼子里，一个羽毛蓬乱的高大鸸鹋和一只美洲驼正用它们的喙猛咬护栏上的铁丝，发出一种悲怆轻柔的皮革似的啪哒声。它们睫毛很长的大眼睛从菱形的铁丝格子往外凝视着。啪哒，咔嚓，啪哒，它们伤心难过、锲而不舍的嚎诉说着,毫无效果。它们是不是在抓一些人类看不见的昆虫?它们是不是像老酒鬼一样迷迷糊糊?

哈利就着一根软沓沓、绿蒙蒙小泡菜,重新品尝了一下那酸溜溜的颗粒和麦当劳浇在汉堡包上的黄唧唧、红赤赤的糊糊,并求上帝帮忙,让他不要吃了。詹妮丝来到了他的身边,用她的手背碰了碰他一只吊着的手的手背。“这是个自然的错误,”她说。

“就是我犯的那种,”他说。“自然的错误。”

“哈利,别这样垂头丧气的。”

“我是这样吗?”

“你一个劲儿地想着纳尔逊,”她告诉他。原来这正是她的心事。她的心事,不是他的。

“我想的是鸸鹋,”他承认。

詹妮丝说,“咱们去看孩子们是不是要纪念品商店里的什么东西,然后去买份报纸。我极想在有空调的地方呆呆。”在纪念品商店里,他们给朱蒂买了一个可爱光洁的马蹄螺,给罗伊买了一个黑白分明的骨螺,上面有粗糙的尖刺,他一拿到手就在平滑的表面上刮擦起来——刮通往停车场的油漆栏杆,要不是哈利伸下手来一把抓住这小赖子那条没有骨头似的小胳膊,佳美挨刮也在所难免了。哈利讨厌贝壳。他一看见贝壳,就不由得想到生活在里面的那些黏黏糊糊,磨磨矶矶,饥肠辘辘的家伙,它们有心脏,有嘴巴,有肛门,有触须,有视力不济的眼睛,呆在海下面,一个昏暗寒冷离死亡不远的世界。一想到水下面,想到那些常常光顾水下世界、互相为食、钻通贝壳把彼此的绳子一样的肠肠肚肚吮吸出来的东西,他实在受不了。

他们不在的时候,车里面已经变成了火鏊子。佛罗里达的太阳把那些薄云像熟化的喷气机尾气的弧线一样烧散了,只在棕榈树和西班牙磁瓦上空留下一望无际的纯蓝。炎热和家庭生活的压力已经把两个孩子搞懵了;当他停在一家快乐食品汽油店前买一份萨拉索塔《前哨报》时,他们几乎没有要一件感兴趣的东西。他们大家决定要看的电影是《打工女郎》，两点四十五在什么“公园”上演，结果证明在数英里以外的地方，闪着微光的平坦的佛罗里达公路上，尽是些白色的雾蒙蒙的动力转向大型美国车，开车的是些老人，缩成一团，很难望到引擎盖以外的地方。无论什么时候，你到这一带来，如果没有车迎面相撞，那就算是对这个地区的老年药物，也就是兴奋片、维他命注射剂和血液稀释剂的礼赞了。

尽管朱蒂发誓说罗伊以前看过这部电影，但他似乎弄不懂你怎么不能像在自己的起居室里一样爽爽快快地讲话。他一个劲儿地追问为什么，声调悲悲切切；“为什么她把衣服脱掉了？”“为什么她对那个男人那样疯？”哈利喜欢电影里的情景，你看见穿着妓院内衣的梅拉妮·格里菲思身上还有点实实在在的膘，不像大多数好莱坞形销骨立的厌食女郎，她闯进去扑向自己的男友，他正和一个全裸的女孩在一起，像她一样，那女孩应当是个意大利人，但不像她那样立志当个华尔街上的风云人物，女孩正骑在那家伙身上，她那修长赤裸的体侧滑亮得像马蹄螺的皮，她那深色乳头的胸脯在屏幕上展示了足足有五秒钟。然而，电影情节，男女主人公混进上层婚礼的闹剧，他觉得他在四十来年前的加里·格兰特或者加里·库珀和艾琳·邓恩或者琼·阿瑟的电影里就看到过。罗伊大声问道，“为什么我们现在不走？”他倒乐得带他到前厅里去，这样詹妮丝和朱蒂就可以安安静静把电影看完了。

他和罗伊分吃了一盒爆米花，试着玩了一场叫做“歼灭战”的电子游戏。尽管哈利总认为自己在手眼并用上十分精准，然而空间怪物在电脑图像中抽搐、扭动而过时，他连一个也打不中。罗伊太小，他只好叫人扛着才能够着控制盘，直到他抽搐扭动的体重压得哈利两肩酸疼。还是打不好。“好啦，罗伊，”当他喘过气儿时，他总结说，“要是一切都全靠我们俩，世界就会被空间怪物接管了。”这孩子现在更加习惯了爷爷，便站得很近，他的气息有股爆米花的黄油味儿，熏得哈利有点儿恶心：孩子这种稀薄的无意识的气流使他想到飞机上的舱顶排气孔。

人群从第三影室出来时，詹妮丝宣布，“我想我需要个工作。哈利，如果我是个打工女郎，你会不会更喜欢我？”

“你想在哪个州工作？”

“显然是宾州了。佛罗里达只适合度假。”

他不喜欢这个主意。它有点儿蹊跷，而且令人不大顺心，就像斯普林格车行十一月份的报表那样。“你想干什么工作？”

“我不知道。不是摊场上的工作。纳尔逊讨厌我们插进来碍手碍脚。也许卖点什么吧。我爸爸是卖东西的，我儿子是卖东西的，我干吗不该是个卖东西的呢？当个营销员。”

兔子不知道如何回答。这么多年他总是对她亦步亦趋，现在他无法想像求她对他言听计从，哪怕这是他一时的冲动。他换了个谈话的对象。“朱蒂。电影最后怎么样？”

“挺好。参加过婚礼的那个男人相信了她的故事，而她呢，搞到了一间有窗户的自己的办公室，她的坏蛋老板弄断了她的一条腿，失去了她们俩都喜欢的那个男人。”

“可怜的西戈妮，”哈利说，“她倒是应当和大猩猩黏在一起。”在剧院前厅里，他跟自己矮小的一群家人站在一起，大有鹤立鸡群之势，引座员们拿着绿色垃圾袋和红丝绒绳子走来走去，为五点的一场做准备。“喂，伙计们。下一步怎么办？打场小高尔夫怎么样？开车去圣彼得堡过一下他们神奇的长桥怎么样？”

罗伊的下嘴唇开始哆嗦了，他说话吐字有些麻烦，朱蒂便替他当翻译。“他说他要回家。”

“谁不想回？”詹妮丝表示同意。“爷爷只是在逗乐子呢。你还不了解你爷爷吗，罗伊？他可会逗乐子了。”

是吗？哈利可从来没有把自己想成这样。他有时候说件事想摸摸底，就像个大骗子一样，打开一点回旋的余地。

朱蒂会心地笑了。“他装成下作的样子，”她说。

“呃，”爷爷说。

在佛罗里达西南部高峰期车流中折腾了四十分钟才来到德利昂出口和品多棕榈大道与瓦尔哈拉坞严密防卫的入口。上去进了413室，普露和纳尔逊看上去刚洗过澡，精神面貌焕然一新，一副行若无事的样子。他们听这几个游客的故事，首先是爷爷怎么吃不干不净的鸟食的令人难以置信的故事。普露张罗着做饭，让詹妮丝先歇歇脚，纳尔逊安坐在沙发上，一条腿上担着一个孩子，看晚间新闻，让哈利顿时妒意攻心，感到受了冷落。这乖戾的小子把这个高大的红头发女人操了整整一天，结果反而被哈利累断了筋骨领着玩的这两个小崽子当成英雄对待。

兔子坐的那把椅子与沙发隔着玻璃桌，他巧妙地刺了一下儿子。“总算睡足了吧？”他问。

纳尔逊知道话中带刺，便远远望着他，他那双挤在一起的黑眼睛顶上有点儿平，活像一只坏脾气的猫的眼睛。“昨天晚上我去一个地儿弄点东西吃，在酒吧呆得太久了，”他告诉爸爸。

“你经常这么干吗？”

纳尔逊眼珠子骨碌一转，示意孩子的脑袋就在他这张脸下面，看电视呢，说不定还在听着呢。人小耳朵长。“没有，”他承认，“只是偶尔感到紧张时这样做才可以放松一下。普露明白。没事儿。”

兔子举起一只豁达的手。“与我无关，对吧？你早过了愣头青的年龄了。你总能打个电话吧。我是说一个善解人意的人会打个电话的。我们都没有心思吃饭，不知道你出了什么事儿。我们简直吃不下去。”

“我想办法打电话，爸，可我把你们这里的电话号码没有记住，而我呆的那个地方哪个混蛋把电话簿偷走了。”

“这是你今晚瞎编的吗？今儿一早你妈告诉我你给这里打过电话，可我们下去吃饭去了。”

“那也是。我在路边的电话上试着打过一次，然后就到了这个没有电话簿的地方。”

“那个地方在哪儿？你想我知道吗？”

“不知道是哪儿，”纳尔逊说着便冲着电视的忽闪笑了。“我在这里找不着北了，好像是个大商业地带。佛罗里达有件好事，它使宾夕法尼亚显得清纯。”

当地新闻的评论员正在插放海牛的最新消息，“由于天气晴好，八十度的气温在持续，海牛群继续既在天气温暖的饲养地，也在传统的越冬区生活。一项通用水道警戒已经发布：船速必须减半。整个周末，在西南佛罗里达周围宽度不同的栖息地遇到海牛仍有可能。”

“他们虽然这么说，”兔子说。“可我连一头都没有遇见过。”

“那是因为你从来不坐船，”纳尔逊说。“像你这样住在这里，却没有一只船，也太傻了。”

“我要一只船干吗呀？我讨厌水。”

“你得热爱它才对。你可以满海湾四处钓鱼。你又没有多少事干，爸。”

“要是有一定程度的文明，谁想钓鱼呢？把一块死肉悬在一个可怜的没有头脑的东西前面，然后用一个钩子钓到他的嘴巴里，把他扯上来？人干的最残酷的事情就是钓鱼。”

那位金发碧眼的新闻评论员头发擦了摩丝，硬得如同假发一般，他告诉他们，“据报导，一头带着牛犊的成年海牛星期三中午沿着离比米尼盆地约半英里的珊瑚角的比米尼运河向内陆游来。这种现象表明，尽管有大批卡鲁萨哈奇牛群退回该河的开阔水域和后海湾，但在保护水道或附近水域仍有可能遇到一些动物。如有死伤海牛报告，请拨打 1－800－342－1821。”这个号码滚动出现在一个海牛家庭在水里缓慢翻滚的连续镜头下面。“另外，”他以电视播音员看到商业广告插进来时所用的响亮方式结束，“如有见到海牛的报告，请拨打海牛热线：332－3092。”

为了与朱蒂重归于好，兔子喊道，“你觉得有一颗海牛妈妈那样的大牙怎么样？”但孩子似乎没有听见，她那秀丽的小脸容光焕发，目不转睛地盯着一则广告，上面加利福尼亚的葡萄干像黑人一样载歌载舞。像老火枪手一样排成一排。他们现在何处？自己都已到中年，为人父母了。吉米死了好多年了。他记得读到过这一消息。年纪轻轻的就死了。这种情况经常发生。罗伊嘲着大拇指，头一点一点地抵着纳尔逊的胸膛打瞌睡。纳尔逊依然穿着他在飞机上穿的那件白领粉红条子衬衣，仿佛他没有任何像一件短袖衬衫那么傻气的东西似的。

“明天，”兔子高声许诺，却不知道是说给谁听的，“我要下海去。朱蒂和我要租一条太阳鱼单帆船。我已经跟埃德·西尔伯斯坦在湾景酒店工作的儿子安顿好了。”

“我不知道，”纳尔逊说。“这些东西安全性能如何？”

兔子脸上挂不住了。“哎呀，它们就像玩具。万一翻了船，你只消往中插板上一站，它们又正过来了。十来岁的孩子一直在海湾上玩比赛呢。”

“是呀，可朱蒂连九岁都不到，还差两三个星期呢。别生气，爸，你得破费到两位数。按你的说法，又没有水手。”

“好啦，明儿你跟自己的孩子做点什么吧。你领他们玩去。今儿个我耗了八个多钟头、撂了八十来块钱。”

纳尔逊告诉他。“做一些那样子的事情，你应该求之不得呢。你是他们亲爱的老爷爷，记得吗？”他口气软了点儿。“玩太阳鱼是个好主意。只是一定要让她穿件救生衣。”

“你们干吗不一起去呢？你，普露，这里的睡美人。那是个极好的海滩。他们搞得干干净净。”

“兴许我们会去的，如果我能去成的话。我在等一两个电话。”

“摊场上来的？他们连半个星期都经管不了？”

纳尔逊借电视分散了注意力为幌子，游离开了。正在播放一则新的丰田广告，用一个黑人女子做车辆销售。最后，她和客户都跳到空中，定格在那里了。“不是，”纳尔逊说，声音轻得兔子几乎听不见。“是我在这里定的一个联系人。”

“联系人？哪方面的？”

纳尔逊把指头往嘴唇上一压，示意他们可不要吵醒罗伊。

兔子又话里带起刺来。“说到数字，我一直在努力回想十一月的结单似乎少了点什么。兴许旧车的数目一年这个时候好像下降了。一般是随着新款的推出要上升的。”

“里根一下台，人就害怕钱了，”纳尔逊回答说，口气更是温和。“再说了，莱尔引进了一种新的会计制度，也许这些数目被顺延到了下个月，将会在十二月份的统计中显示出来。别犯愁，爸。你和妈尽管在佛罗里达享清福好了。你辛苦了一辈子。你已经挣够了，该休息休息了。”

这小子，仿佛要把反讽的可能堵住似地，在朱蒂油光闪亮的胡萝卜红的脑袋上亲了一下。电视机上闪出的蓝光穿透了纳尔逊日渐深入的鬓角间那个三角形的愈加稀薄的头发片儿。一个他交给命运的人质。你的孩子在跟时间的战斗中吃败仗似乎比你自己失败更加悲哀。

“大伙儿，开饭了，”普露从詹妮丝的水绿色厨房里喊道。

她的饭菜比詹妮丝的更是经过了一番周密的考虑，一开始是一道味鲜色亮的浓汁菜汤，还有分盘上的沙拉，一条鲜白鱼，是在詹妮丝从来都懒得用的附加的烤架上烤出来的。詹妮丝已经成了在微波炉里热剩饭的大师，也是去温·迪克西采购冻肉糕、填馅辣椒和海鲜砂锅菜的高手。这些菜肴都盛在各自的小铝锅里，小铝锅脏了以后，往垃圾粉碎器里一扔就行了。她过去总是一个最省事的家庭主妇，现在技术又对她产生了恶劣影响。普露上的蔬菜、菰米、小青豆、小洋葱，都有一种鲜美特别的味道，哈利觉得是专门针对他的胃口的，一种个人的信息，别人利用了还不知道。“好吃，”他告诉普露。

詹妮丝向哈利解释，“普露去了埃克德商店后面窄小的鱼店，我从来就没有想到要去那里。我们这一代人，”她给普露解释说，“跟鱼的关系不是那么密切。我只记得爸爸有时带一夸脱剥了壳的切萨皮克牡蛎回家来犒劳犒劳自己。”

普露以她有个人意图的、略显沙哑的俄亥俄嗓音告诉哈利，“多油脂的深水鱼，尤其是蓝鱼，油里含有大量的EPA，那是一种能真正稀释你的血液、降低甘油三酯指数的酸。”

她总惦着我，哈利想。他微嗔道，“为什么人人都操心我的胆固醇指数？我准是脸色难看得厉害。”

“你是个大汉，”普露说，这一评价像一支爱的利箭似的穿透了他的心，“人一老，体内的脂肪比例便随之上升，LDL，即低密度脂蛋白，也就是恶性脂肪的量，随之上升，而高密度，也就是良性脂肪的量，保持不变，这样两者的比率便升高，与你的动脉相关的 Apo B 的危险性也随之上升。我们不像人人种地的时候那样锻炼，所以脂肪就耗不光。”

“特里莎，你知道的真多呀，”詹妮丝说，由于不大喜欢被人冷落，便把普露的教名用作一个小小的制动器，好使她安守本分。

另一个女人便垂下了眼睛，降下了嗓音。“你记得，我在宾州大学布鲁厄分校修过这门课。我想等罗伊全天上学后，我应该有点事情做，我想也许可以搞搞营养学，或者饮食学……”

“我也想找个工作呢，”詹妮丝说，这一下可惹恼了哈利，因为她擅自插嘴，打断了普露关于他觉得是他自己的多脂肪的内脏的正儿八经的论述。“今儿下午我们看的那场电影里面，那些女人都在纽约摩天大楼里工作，让我羡慕得要命。”詹妮丝往日并不让自己演戏。自从她妈妈去世，他们买下这套公寓房子以后，她一直在树立一种恼人的自信，一种自负，认为世界就是她的舞台，她的表演进行得十分精彩。在瓦尔哈拉坞，她还算一个比较年轻的女人，在好几个委员会里充当委员。在这里，只要不是老不中用就被人认为很了不起。他们去参加德雷奇塞尔家的逾越节宴会时，她成了最年轻的一个，所以只好来问那四个问题。

哈利怀着醋意问普露，“纳尔逊享受了这种营养学的好处吗?”

普露说，“其实他并不需要——他不大吃东西，他却精力充沛。他可以食用更多的脂质食品。可是孩子们——人们说现在大多数美国儿童两岁以后胆固醇指数过高。给朝鲜战争中战死的年轻人尸检时，其中四分之三有冠状动脉脂肪过多的现象。”

哈利的胸开始吃紧发疼了。他觉得他的内脏就像海洋，又暗又湿，充满了他不想去考虑的东西。

除了偶尔抽一下鼻子，纳尔逊还没给这场谈话做任何贡献。这小子似乎鼻涕不断，鼠灰色的小胡子上面的那道光光的皮肤线看上去皴了。这会儿他丢开吃了半拉子的鱼往后一靠，自以为是地宣称，“我看这样下去，如果这件事要不了你们的命，那件事一定饶不过你们。”尽管他手掌扶着桌沿，双手还是哆嗦着，神经快绷断了。

“我们发愁的不是什么，而是何时，”他爸爸告诉他。

詹妮丝神色有点恐慌，她的眼睛穿梭似地看看这个，又瞅瞅那个。“咱们都开心一点吧，”她说。

至于饭后甜点，普露端上来的是冻酸奶——对你来说，胜过冰淇淋百倍，因为不含胆固醇。饭吃完以后，哈利在厨房柜子周围踅摸了很久，足以把饼干抽屉深挖细找一番，把三块速制香草压花饼干和一块碎了的椒盐卷饼填进肚里。在这里你搞不到布鲁厄的各式各种的椒盐卷饼，但“阳光”卖的一种盒装的粗的，味道也还凑合。他心血来潮，想帮詹妮丝洗洗碗碟，但又忍住了；那只不过是把盘子往洗碗机一扔了事，她对这顿饭还出了什么力呢？今天走了不少路，他感到脚疼；他有两根脚趾头这些年来一直窝在鞋里，要不是他把指甲剪得很短，它就会硌旁边的指头。普露、罗伊、纳尔逊回了自己的屋。他坐了一会儿看看电视，遥控器在朱蒂手里，花花花跳过来跳过去，《科斯比秀》啦，冰上舞蹈啦，还有一部怪吓人的纪录片，讲的是外国人收购美国企业的事情，然后又在《干杯》和一出关于挽救一名十四岁女孩不要像她妈妈那样沦落风尘的戏剧中间闪来闪去。这么多的紧急情况，哈利想，这么多预录笑声，这么多演员的眼泪，凡此种种努力，要快乐，要勇敢，要被人爱，纯属徒劳。电视不倦的精力咬啮着他的心。他叹息一声，吃力地站了起来。他的身体在他的心周围塌陷下去，如同一个帐篷塌陷在一根杆子周围一样。他告诉朱蒂，“最好把它关上，宝贝。明儿又要大干一天：我们要去海滩坐船。”可他的声音出来时无精打采，也许那是时光带来的最可悲的损失，对任何东西都不太兴奋。这四位客人是个负担；他翘首企盼他们在星期六，1988 年的最后一天离开。

朱蒂继续盯着荧屏，忙不迭地按着频道转换器。“就看看《洛杉矶法律》第一部，”她许诺着，但又闪到 ABC 特别新闻，说的是“美国儿童——他们危险的饮食”。在卧室里，詹妮丝在读《ELLE》，瞅着那些图片，超级苗条名模，一个个神情恍惚。

“詹妮丝，”他说。“我有事要问你。”

“什么事？别把我煽起来，我看看书瞌睡就来了。”

“今儿，”他说。“在进入爱迪生故居的人群中。我看上去是不是合群？”

她过了半天才回过神儿来；然后她看出了他的用意。“当然不了，哈利。你看上去比他们年轻得多。你的样子像是他们的一个儿子，是来看老人的。”

他认定这是他敢于要求的最好的安慰。“至少，”他同意她的说法，“我没有坐轮椅。”他读了几页历史，写的是“好人查理号”与“塞拉皮斯号”的战斗，在血肉横飞的爆炸中，他的主炮手是怎样高呼“饶命！饶命！看在上帝分上！”约翰·保罗·琼斯将一把手枪扔向那人，把他打翻。然而那声呼喊已经被“塞拉皮斯号”司令皮尔逊听到了，他喊道，“你要求饶命吗？”透过战斗的撞击，枪炮的轰鸣，烈火硝烟，隐隐传来那著名的回答：“我还没有开始战斗呢!”胜利的美国船损伤惨重,第二天就沉没了,琼斯把捕获的折断了桅杆的“塞拉皮斯号”带回荷兰,给早已存在的英国人的愤怒火上浇油。这一切愤怒和勇武似乎更显得徒劳无功。兔子觉得好像人类是一场五颜六色、熙熙攘攘、推推搡搡、浩浩荡荡的游行队伍,他一瘸一拐落在后面。他把书搁在床头桌上,把灯关上。门下的一条亮光传来某个电视节目、任何一个电视节目的遥远的射击和呼喊。他一倒下就睡着了,头几乎都没有转到枕头上。通常碍事儿的胳膊像一块毯子似地交叠起来。他做了一连串的梦,其中一个是这样的,他已经来到一个门口,门上有个圆顶,他推了推门。麦当劳的玻璃门,不过不是你能透过它看见汉堡包脑袋的那个。在梦里,他知道门那边有个人,一个他恐惧的人,饥肠辘辘、安安静静,但他还是推门了,恐惧随着推力增加,越来越大,他吓醒了,他的膀胱疼,便去上厕所。这一夜他再也熬不到头了。他的前列腺或者他的膀胱,像金花橡皮失去了弹性。他的错误是朱蒂搞频道冲浪时他喝了一罐施利茨。再睡一觉就不是那么容易了,正当他开始放松,大脑开始胡思乱想时,詹妮丝深沉的呼吸时不时骤变成一种刺耳的鼾声。门下的那道亮光不见了,然而一种泛泛的淡紫色的光,就是猫头鹰和其他昼伏夜出的动物能够看见并凭借以杀伤猎物的光,显露出卧室的各个平面和大物件。一张四方梳妆台上放着纳尔逊中学毕业照的长方形玻璃相框;一把灰白的胖椅子的一个扶手上搭着哈利不穿的亚麻布裤子,布的褶子使人想起一个被扯得像口香糖一样的空眼窝骷髅。阳台上吹来的风从吊下的窗帘的褶子下面钻进来擦过他的脸,入睡的法子就是仰面躺着努力回忆你刚才做的梦。不安像长满鱼鳞的大鹦鹉爪子死抓住他,又把他摔了个狗吃屎。他所知道的下一件事情就是听见高尔夫球场上的剪草机的声响和被惊起的海鸥的哀鸣。

在一个宽阔的酱紫色遮篷下面,穿过大轿车车窗那样的不透明有色玻璃滑门，走进“湾景宾馆总店”休息厅，大厅间架极高，光线明亮，巨大的枝形吊灯璀璨耀眼，喷泉水花四溅，高大的玻璃板后墙涌现出德利昂海湾的景象，前景是沙滩，大海像一面闪光的蓝绿色幕布从串在富人岛这两个陆地橛子之间的一条海平线上挂下来，这一切一下子搞得你晕头转向，眼花缭乱。“哇，”哈利身边的朱蒂轻叹一声。跟在后面的普露和罗伊，没有吱声，不过拖鞋的拖沓声慢了下来，安静了许多。他们觉得像四个擅自闯入禁地的人。黑色大理石前台后面的那位女子有一种异域肤色，她的肤色混合了黑人和印第安人或者东方人的色调，而且在颧骨和鼻梁上面绷得很紧；她的眼皮染成一种金属绿，耳垂上贴着一副肋纹金贝壳。

哈利十分畏怯，竟然在说富有魔力的准入姓名时犯了个错误，说成了“西尔伯斯坦”。

那女人把她的惊异的金属绿眼皮眨了两下，然后好心告诉他，“你说的准是西尔弗斯先生。她是今儿上午的海滩监督。”她一脸的怜悯与鄙夷，指挥他们到休息厅对面去，她那只戴戒指的手的动作就像巴厘舞女在舞手，连一支细细的金笔也不放手。他领着他的一小帮人进入那宽敞的有空调的空间，走过一片黑色大理石地板，大理石里嵌入的铜条像太阳的光辉从管风琴模样的铝制喷泉照射出来，上面高远的天花板是由吊下来的长方形镀金金属条构成的，它们活像农民吊着吓走鸟儿的闪光条。一段下行的楼梯用你在邮局门脸上看见的那种庄重的字体写着**通往泳池与海滩**。由于在底层的奶绿色水磨石走廊里拐错了弯，所以先来到了一扇写着**闲人免进**的门前，后来哈利和他的一帮人才在一个玻璃圈着、铺着草垫的地区找到埃德·西尔伯斯坦的儿子格雷格，这是在去酒店泳池的路上，哈利看见有三个泳池像智力测验中的圆点那样安排在一起，一个是蹚水用的，一个是跳水用的，一个是标有泳道的长形泳池。格雷格是个鬈发汉子，由于成天在海滩外和海滩上工作，肤色棕黄，像个阿拉伯人。因为穿着条欧洲式的黑色小号弹力运动短裤和一件印有五边形的总店徽的带兜帽的汗衫，他站着的高度还赶不上他爸爸,他的从那位会计老爸那里传承下来的尖下巴被母亲的血统和假日辅助工作变柔和了。他笑脸迎人,露出的一嘴牙,像埃德的一样白,但更圆一些:埃德的牙四方四正,看上去像假牙,但哈利从来没有看见它们出过毛病。格雷格说话时,声音显得过于年轻,不像他这个年纪的人;他的鬈发里夹杂着星星点点的灰发,他一笑,饱经日晒的脸庞就会起皱。他不应当在海滩上胡混了。

“我爸说你们要来。这位是安斯特朗太太吗?”他指的是普露,来的是她,而不是詹妮丝。詹妮丝昨天跑了一天,今天想呆在家里,把自己的事赶着办完,还想上上增氧健身班,打打桥牌,趁纳尔逊没有回家跟他一起呆呆。哈利大为吃惊的是埃德的儿子竟然能犯这样的错误,但随后又想他一定老跟那些娶了年轻媳妇的老半茬子打交道。再说普露也不是太年轻。像他这样高个头亮皮肤,她给他做妻子也无大碍。

“谢谢这一番美意,格雷格,”哈利说,话说得很圆滑,很周到,“不过这是我的儿媳,特里莎,”特里莎,普露——跟他一样,她也有两个名字,一个对内,一个对外。“这两个是我的漂亮孙子,朱蒂和罗伊。”

格雷格告诉朱蒂,“这么说你就是想当水手的那个女孩了?”

当她抬眼仰望格雷格的脸时,那双眼睛,由于这里的泳池边洋溢着一种天光,将它们的绿色洗去,使她的瞳孔小得像铅笔芯似的。“有点儿意思。”

埃德的儿子举止言谈彻底放松了,这表明他的一整天都会快乐地奉献给他们。他又把他们领回水磨石走廊,从桌子旁坐的一个小伙那里替他们要了更衣室钥匙——这是一个年轻黑人,他的头发剃成一块松饼顶子,四面刮光,这是他们时下流行的一种难看的发型——然后把他们领到更衣室门口,告诉他们如何出去径直去海滩,他会在海滩上等他们安排太阳鱼单帆船的租赁事宜。“你给我安排这一切,我该给你多少钱?”哈利问,心存五成免费的希望,就算埃德安排来补偿哈利星期三打高尔夫时丢给他的那二十块钱吧。

然而格雷格脱掉了一点亲切，说道，“船仅限于酒店客人使用，费用包在他们的总支出里面，不过我认为你们四个人一百二十元就够了，包括更衣室、进入沙滩和两条太阳鱼，每条一个小时。”

普露爽快地说话了。“我们不想要两条。我会害怕的。”

他把她上上下下打量了一番，说话时声音带了一种新的劲头，干这种工作时常与女人打交道的汉子发出的一种友好的倾向。“用不着害怕，特里莎。它们沉不了，而且必须带救生圈。即便出现了最坏的情况，你觉得自己控制不了啦，只要放开帆，我们就开着汽艇来帮你。”

“多谢，不过还是算了，”普露说，有点儿傲慢，哈利想，但又转念一想，她和这家伙年龄相仿。都是生育高峰期的产儿。摇滚乐，粉儿，《让毕弗去做》[①]，健身。等到后来，他们发现他们俩都是俄亥俄人。

格雷格·西尔弗斯转身冲着他说。“九十应该可以了。”

这个数目似乎是引诱给他十块钱的小费，然而哈利纳闷，这是不是在侮辱人，因为他是作为他们一家人的朋友来这里的，于是便等着格雷格从桌子旁那个松饼顶小伙那里取回账单。当兔子和罗伊俩在更衣室里时，他告诉孩子，“天哪，罗伊，这一下可把可怜的老爷爷的钱包掏空了！”

罗伊抬起头来仰望着他，瞪着一双受了惊吓的黑眼睛。“他们要让我们坐牢吗?”他问，声音高而清晰，就像风铎一样。

哈利大笑起来。“你怎么会有这种想法?”

“爸爸恨牢房。”

“谁不恨呢!”哈利说，心里纳闷这孩子是不是头脑正常。罗伊不懂你应当先松开游泳裤的带子才能把它穿上，就在他摸弄挣扎的当儿，他的小鸡鸡钻了出来，既不长，又不粗，像个蘑菇芽尖儿那样可爱。他是割了包皮的。兔子心里纳闷，如果他割了包皮，他自己的生活会成什么样子。这个问题时

① 1968—73年热播的收视率最高的电视系列情景喜剧。

不时地见诸报端。有的说包皮就像眼皮;没有它,时常暴露着的龟头就变得不是那么敏感。由于一直与布摩擦,它的皮就会变厚,变得迟钝麻木。他曾在一本黄色杂志上读过一封来信,是由一个进入中年后割了包皮的男子写的,他发现他的性快感和性敏感大大下降,以致他割了包皮以后的日子简直不值得一过。如果哈利不是那么敏感,他也许会成为一个更加可靠的人。阴茎一勃起,你就感觉到包皮十分美妙地往回扯,就像老式奶瓶里的奶油冻顶起了瓶上的纸盖。从罗伊鸡鸡的呆钝样子看,他将会是一个实在的公民。他爷爷把手往下一伸,领着他往海滩走去。

哈利和詹妮丝一到佛罗里达倍感兴奋,便买了一架望远镜安置到阳台上,一周有那么三四回开车去德利昂公共海滩,就是不游泳,也要散散步,吃顿野餐,过了一两年后,便逐渐不再去海湾了。所以现在,这浩淼的水,这无垠的天,这被击打成千百万起伏的窝窝的辽廓的流动表面,突然给他一种新鲜的、未曾预见过的印象。这种粗犷辉煌一时间压倒了他胸中纠缠不休的疼痛和烦忧,使他得到解脱,进入忘我的境地。那种阳光照射下的、平旷无垠的壮丽跟他所熟知的宾夕法尼亚景观有天壤之别,那里被林地、山峦、屋顶环抱,一片由于千百年的利用显得荒秽的土地,甚至荒野,采石场、次生林、废弃的工厂和矿井,都经过人的加工处理,尔后又被废弃。而这里,万物给人处子般的感觉,尽管事实上,也有一段历史;印第安人,西班牙征服者,赤脚邮递员,他们都为那些蚊蝇肆虐的海岸居民点做出过贡献。海平面左右两侧都是岛屿,过去百万富翁每到四月常乘私人火车前来捕大海鲢。西班牙和法国海盗一度隐藏在这些海岛中间。他们的沙地里至今仍埋藏着黄金。那些沙地非常平坦,似乎离哈利和罗伊站的海滩堤坝十分遥远。一切都是如此明朗、如此开阔,给人的感觉是世界用合成元素重新创造了一遍。帆船,帆板,在水面上嗡嗡前进的摩托艇,塑料划艇,充气筏,把附近的水域点缀得像超市一样五彩缤纷。海滩远处,另一家酒店前面,有人在放风筝——一对相连的盒式风筝和谐地下降,俯冲又攀升,拖曳着闪亮的橙色丝带。左右各有一英里的距离，一群闪烁着的棕褐色的肉和布片正在聚集起来，沙滩上摆放着鱼叉状的活体。

普露和朱蒂从酒店出来和他们会合，大家便走下了混凝土台阶。十点多了，他们背后高耸的酒店，形状像个S，有十五层高，每一层都装着阳台，样子像红色的细齿梳子，酒店的正面仍在阴影中，尽管酒店本身的影子已经缩回到它的泳池的最深处了。脚下的沙是新耙过的，昨日的脚印、塑料眼镜和用空的涂剂瓶子已经被清除了，木海滩躺椅摞成了一摞。今天的日光浴者正在打点自身和自己的装备，他们的毛巾和推理小说（鲁丝过去常读这些，她从中得到了什么又是一种需要推理才能得知的神秘）和各种颜色和编码的遮光剂。成双成对的人们正在相互涂沫防晒油。已经是皮子色的老油子们正在秃脑袋上擦油。他们的胸毛完全白了。涂剂的味道升腾起来，与咸空气、死螃蟹、海草的气息交织在一起。哈利领着他的一帮人穿过沙滩时，他觉得一个个脑袋抬了起来，太阳镜后面的眼睛溜了过来；被人看见领着这么一个年轻得多的娘儿和两个小孩，他有种自豪和奇怪的感觉。他的第二个家庭。或者第三个，或者第四个。生命在我们中间运动，一家接一家。

在海水拍击、嘶鸣、泛沫的岸边，鹬群跑跑停停，捅进水沫找一嘴吃的，然后又向前跑。它们的足和头快捷异常，好像机器一样。罗伊抓不着，尽管它们看上去像玩具。哈利脱掉他的不系带子的耐克鞋，沙子用一种出人意料的寒气咬着他的光脚丫子——在阳光照射的顶层沙粒下面，夜潮依然料峭。他的脚面上显露出虫子似的青筋，而他的胫部却像粉笔一样白花花的，全是一层脆皮，仿佛他在老年就要跪立在地上了。一种惊恐的战栗出现在他的腿上。海洋，太阳，如此之大：他可能被碾到宇宙的车轮中间。他在玩火。

格雷格在海滩上的一个瓦楞玻璃钢亭子里等他们，它离开海水，在几棵树根裸露的棕榈树附近。他从小亭里拿出来了一个舵，一块中插板和两件黑色泡沫橡胶救生衣。兔子不喜欢这种颜色，这种质地；他要从托马斯·爱迪生的木棉树上取的那种老式的日辉木棉。格雷格问他，“你以前干过这事吗？”

“当然。”

不过哈利口气里有种东西还是导致格雷格要多加指导：“把舵柄从帆上推开。密切注视浪尖，好辨别方向。风从身后吹来时，就松松地抓着主帆帆脚索。”

“好的，当然，”哈利说，没有认真听，倒是愤愤然地在想昨天埃德·西伯尔斯坦的多出标准杆一杆的第一洞，而且全局开场很糟又是怎么赢球的。

格雷格转向普露问道，“你的小姑娘会游泳吗？”

“啊，当然，”她拾起哈利的牙慧说。“她是夏令营她那个游泳班的冠军。”

“妈，”女孩申辩说。“我游了个第二。”

格雷格低下头看着朱蒂，他背上的阳光如此灿烂，以致他脸上的阴影具有了它自己的一种蓝光。“第二和冠军十分接近。”由于依然需要跟普露交谈，格雷格说，“我倒建议你的小儿子不要去。今儿有一股离岸微风，在酒店这里的背风面，你是感觉不出来的，可是风把你很快就吹离海岸。没有艇尾座，很容易滑下去。”

她歪着嘴冲着格雷格露齿怪笑了一下，换了一下身体的重心，仿佛接近跟她同龄的这个男孩子让她尴尬地意识到她近裸的状态似的。她穿着一体式的白泳装，侧口很高，把腿都露到髋骨上了，外面套了一件褐色扎染短袖衫。穿这种款式意味着你必须把毛屄两侧剃光。女人真遭罪。甚至你可以用蜡处理一下让它一劳永逸。可是假如泳装时尚又变了呢？兔子倒是更欣赏前里根时代两件套比基尼的样式，下半部像个小不点儿尿布吊在肚子下面，像辛迪·穆尔科特过去常穿着到处招摇的那种。然而，这种新款使普露已经修长的腿显得更长更美，而且把她粗起来的腰收了进去。“他就跟我呆在沙滩上,"她告诉格雷格·西尔弗斯,而且为了强调,还把身子一躬,致使她的红发往前一甩,把短袖衫也甩开了,露出了她的肩带和点缀着浅色雀斑的又白又宽的肩膀。

"我可以玩多久?"感到被冷落了的哈利问埃德的儿子。这种又紧又小的欧式游泳裤明确地显露出那一疙瘩家伙。

"一个小时,先生。""先生",这两个字只是不经意地蹦了出来,这小伙便努力恢复朋友之间的随便作风。"要是你到时候回不来,那也甭担心。今儿情况不大,很多人不喜欢在这种多风的天气出海。你用十九号,那边的头儿上。"

哈利走开时,他听见格雷格问普露,"你们一家是北方哪儿的?"

"宾夕法尼亚。其实,我是俄亥俄阿克伦人。"

"嘿!你永远猜不着我是哪儿长大的——托莱多!"

船在那边的干沙滩上一字儿排开,一起还有一些别的大型水上玩具——那些水上自行车,还有方方的划艇。哈利扯了一下拴在船头上的尼龙系缆,船身比他想的沉;他把船在沙滩上才拖了四十英尺,就感到气短,那恼人、紧缩的疼痛已经开始在他的右肋上隐隐发作了。他把船又拖了一下,便在沙滩上坐了下来,离普露不远。普露正在往一把沙滩躺椅里坐,那是格雷格替她从那一摞上拉下来的。另一名来海滩玩的人暂时把他叫走了。"你喜欢这些吗?"兔子喘着粗气说。"你喜欢不喜欢沙子在你的——你知道——下面的感觉,有点儿鸟窝的感觉?"

她说,"沙子会钻进泳装里。哈利。它不管哪儿都往里钻。"

这种多余的强调,在这种令人眼花缭乱的强光下,一旦弄明白了那幅画面,就让他兴奋不已。他隐约记得中学时代一个关于女人生珍珠的老笑话。屄像切萨皮克海湾的牡蛎。那个鬼奸溜滑的老弗雷德。他告诉朱蒂,"让我喘一会儿气好吗,宝贝?去到水里快游一阵子,这样我们下水时就不会打激灵。我一会儿就来找你。"

他应该想办法跟普露谈谈纳尔逊。那里头有点令人极不愉快的东西。罗伊已经在挖沙子了,用的是一把詹妮丝在温·迪克西想给他买的塑料铲子。这孩子皱着眉头把沙子装进形状像个倒提着的加菲猫的木桶里。既然哈利似乎难以启齿,普露便说,“你做这些安排真是太好了。他怎么要那么多钱,我真是惊呆了。”

“嘿,”他说,他的光腿吸收着顶层沙子的热量,感觉慢慢好一点了,“你只能当一回爷爷,或者像我这种情况,两回。你和纳尔逊还想要吗?”这给人一种闯劲十足的感觉,但与无孔不入的沙子相比还是不可企及。

“不啦,我的上帝,”她赶紧回答,处在一种静默的波谷里,因为这时又长又低的波浪一层跟着一层,闯进一片泛着泡沫的亮闪闪的缘饰和一群鹬的机械的疾跑中。“我们没有再要的准备。”

“你们没有,嗯?”他说,拿不准怎么理解这话。

她帮了他一把,当他凝神注视着海湾时,她的声音在他耳边响起。他不敢扭头看她的光脚,看脚上粉红的趾关节和开裂的趾甲油,看她的两条跷在躺椅上的长腿,暴露出反差强烈的白氨纶裤衩片儿和下边柔软的肌肉。新款的泳装不能完全包住女人的屁股。她向哈利坦言,“由于纳尔逊是这副德行,我们就会对不住已经有的两个孩子。”

“对呀,他怎么啦?他似乎神经兮兮的,人在心不在一样。”

“说得对,”她说,过于热切地表示赞同。她就说了这么一句。又一层浪破裂了,赶上了沙滩。她已经缩了回来。她在等他凭直觉做出一种猜测。

“他恨丰田,”他主动说。

“噢,哪怕是捷豹,他还是牢骚满腹,”普露说。“照他现在这样,没有他满意的东西。”

照他现在这样。秘密似乎就在这句话里。难道这个嘴脸刷白的可怜孩子要死于什么疾病,像《爱情故事》中的那个女孩死于白血病不成?死于他不知怎么染上的艾滋病——怎么染上的,哈利不忍去想——跟那搞同性恋的斯利姆伙同新来的会计莱尔一起厮混是一部分原因。然而这一切似乎十分邈远，如同那两个海盗在其中埋藏金子、富人捕捉大海鲢的海岛，从这个角度看仅仅是海平面加厚了三英尺而已。烈日当头，他无法定睛细看。他兴许该买一顶帽子，保护保护他那瑞典人的肤色。他总是怀疑他要是戴上一顶帽子，就会显得傻头傻脑，他的脑袋已经太大了。罗伊已经把桶子装满了，而且小心翼翼地，考虑到他才四岁，把它倒扣下，再把它提起。他盼着有一个沙子做的加菲猫，但这形状太难把握，一边已经垮塌了。一种错误的原理，幻想形成的。坚持搞一些简单的城堡，让孩子们发挥自己的想象吧。哈利主动说话，是冲着空中说的，不太敢扭头面对普露的裤衩，她跷起腿，把那些没有名堂的小不点儿暴露出来，“他从来就不是你所谓的一个极其快乐的孩子。我想我和詹妮丝罪责难逃。”

“他倒是乐得怪罪你们呢，”普露承认，用的是她那平板的俄亥俄嗓音。“但我看你不应当用自责来助长他。”她这里使用的语言，正像有天晚上她说到胆固醇时一样，他觉得有所指，令人不快，就像一只宠物的毛皮，很粗，你一摸，比你预想的更加扎手。“我倒不肯，”她坚决地说，“让我的孩子把我送上一条愧疚的路。”

“我不知道，”哈利提出异议。“六十年代末，我们让他经历了一些狂野的场面。”

“狂野场面六十年代末对人人都是家常便饭，”普露说，然后又回到那粗枝大叶的半医学的谈话上去，“由于继续接受他乐得加给你们的怪罪，你和詹妮丝就继续把他当成个小娃娃宠着。三十出头的人了，难道我们还不应该为自己的生活负起责任？”

“说不上，”他说，“我从来就不知道谁为我的生活负过责，”说罢就从他自己的身体暖热的沙槽里撑起身来，但起身之前先回头撩了一眼普露那两片从来没有足够的阳光晒出雀斑的软肉夹的那条绷长了的氨纶裤。小朱蒂已经游完回来了，泡湿的红头发紧贴在脑壳上，她的海军蓝泳装粘在她钉头一般突起的乳尖上。

“你答应过马上来，”她提醒他，水顺着脸往下流，眼睫毛上挂着水珠，活像眼泪。

“我是答应过，”他承认。“咱们玩太阳鱼帆船去！”他站着，佛罗里达的微风钻进了他皮肤的每一个角落，仿佛他是飞过海滩的一只风筝似的。在高迥的蓝天下，他有种高大魁伟的感觉；各种元素都涌现在他的周围——水，沙，空气，太阳的烈火，恣肆汪洋但依然远远填不满无垠的空间的物质——在他身上重新唤醒了一种往日动物的莽撞。他的皮，他的心，永远欲壑难填。“把救生衣穿上，”他告诉他的孙女。

“它给人一种臃肿的感觉，”她争辩说。“我不需要，老实说，我能游好几英里呢。在夏令营里，在湖里游了个来回。累了的时候，一翻身仰面躺着漂着就是了。海水里更加容易。”

“穿上，宝贝，”他宁静地重复了一遍，很高兴他的那种血在一种总是让他丧胆的元素里学会了从容。他把自己的救生衣穿上，觉得套上了铠甲，还像女人似的，而且正如孩子们所说的，臃肿。他的腿和胳膊一直没有怎么发胖，发胖的仅仅是肚子和脸，奇怪，每天早上剃须时，他似乎有数公顷的皂沫要清除，而且斜瞟一眼，看见自己映在德利昂市中心玻璃橱窗里的身影时，对这个填充着木棉的高大苍白的家伙大为惊异。“你把我们瞅着些，”他告诉普露，她已经站起来要隆重庆祝这次下水活动了。虽然近乎裸体，她还是帮他们把船拉到啪嗒啪嗒激动的水边。她让拍动的帆静下来，因为它要摆动帆桁的，而他在把那些绳索理清楚，多年前他曾与穿黑色比基尼的辛迪·穆尔科特在加勒比海上玩过太阳鱼，他记得那时候这些东西没有这么复杂，他然后咔嚓一下把舵装上。他把朱蒂举起来放上去。小罗伊看见姐姐要上哪儿去，把他撇下，便连哭带叫，迈开大步走进一层波浪，结果浪把他打翻了。普露把他提起来夹在腰上。天空如此明亮，所以万物都好像在剪出的图样里，带着你在电影假景里所看到的那种紫色光晕。哈利蹚进齐腰深的水里，把船推出去，然后一鼓劲把身子一举爬上去，脚脖子在缆绳调节器上蹭破了一点皮，他一把抓住拴在铝质帆桁上的绳子。这根尼龙绳子，辛迪怎么叫来着？帆脚索。甜甜的辛迪，她曾经是个靓妞儿。他稳住舵，拉紧帆，离岸微风，在风里面出现的梦似的寂静中，让船离开了坚实的陆地，离开了坚实的海滩，离开了穿着侧口很高的白泳装、腰里夹着哭叫的罗伊的坚实的普露，船儿便浸着、拍着一个又一个的波浪。

朱蒂被安置在桅杆这边，站稳，把中插板推下槽去；哈利则别别扭扭地盘着腿坐在玻璃钢船上，一只手在身后按住舵柄，另一只手紧紧抓着帆脚索。他的脑海里汇总出一幅指向箭头的画面，闪光的风压在拉紧的条纹帆顶上。某些紧张的倾斜先在手中开始，然后成扇形向海面和天顶扩散。像把剪刀，辛迪曾经说过，于是他身上出现了一种漏斗状的看不见的力量的感觉。“中插板往下推，”他发令了，终于当了一名船长，不过只是在五十五岁的时候。他那擦伤的脚脖子生疼，包在又薄又湿的游泳衣里的屁股蛋子对光秃秃的玻璃钢的压力感到忿忿不平。他的体重要比朱蒂的大得多，所以空空的船壳前面便向上倾。波浪一阵紧似一阵，对帆的拉力也更凶了，水比起他在本年代初加勒比海历险放大了的记忆中的绿色显得脏了许多。

然而他的伙伴依然兴高采烈，她那靓丽的脸上挂着水珠。她的细细的小胳膊从黑沉沉的橡皮背心里伸出来，满是鸡皮疙瘩，由于陷进了运动、新鲜和迥异的元素中，她全身直打哆嗦。兔子回头向陆地望去：普露，由于背对着太阳，成了海滩的光辉衬托下的叉形的黑影。沙滩上别的身影纠结在一起，成了一片黑鸦鸦的叠印符号，再过一会儿，她的身影儿就不可能与他们区分开来了。随着距离的增加，就连酒店也缩小了，成了很多建筑中的一个高高的板块，他目光所到之处，在佛罗里达这一溜海岸上，左右两边全是酒店、公寓。他发现他手里掌握的那种要改变景观的力量压到了他的胸口和肚子上。他和詹妮丝沿着滨海路驱车兜风或者到德利昂市中心他们存钱的银行去时，看见过这里的小三角帆，但这并没有给他这么大开眼界的心理准备，就好像看见屋顶或脚手架上的工人并没有让你感觉到踩在那种高度的一块木板上的抓膝的恐怖一样。“朱蒂，”他说，极力让嗓音不要有恐怖的生硬，然后便扯开了嗓子，以免令人目眩的广袤的空间把他话里的意思统统吮吸掉，“我们不能永远朝这个方向走，否则我们就会乘风到达墨西哥。我要做的事情叫做转向。我说——我知道这好像挺傻——‘转向，全下风，’船转向时把头一低，别滑下去。准备好了吗？转向，全下风。”

他并没有下大决心要把舵柄推开，好半天，朱蒂蜷伏成一个小小的杂技球的样子，尽管帆桁已经从她脑袋上掠过去了，他们便一瘸一拐逆风前进，周围一片静寂，水的拍打声听起来懒洋洋的，他觉得他们被向后推，可是随后有一种并没有被他的胆怯驱散的惯性把船头摆过了风线，帆不耐烦地停止了抢风行驶，并朝海平面的方向带着一种沉闷的波动张满，绷紧，朱蒂不再愁云满面，当她感到船又在向前拽，越过那些滔滔的、不透明的波浪时，便开心地笑了。他把帆收紧，他们前进时跟风形成一个直角，与色彩斑驳的海岸平行。在他们的运动受阻的时刻，周围的浩淼仿佛用从海天各个空虚闪亮的角落射来的箭，将他们固定起来，然而，他们借助于运动逃脱了，并将空间加以利用；海湾，小船，风，烧烤着他们露出的耳朵尖儿、晒干他们满是鸡皮疙瘩的胳膊上竖起的灰白的汗毛上的水花的太阳，它们携手共建了哈利在逐渐适应的一种封闭的小气候，一种严格的环境的地洞。他开始不必抬眼斜瞄桅杆顶端褪色的悬条标，就能知道风从哪里来，而且开始凭直觉感觉出他双手控制的力的平面，就像从前偷断或抢得篮板球后的一次快攻，无需考虑传球方式，他就能想象出这个队友到那个队友，以及单手上篮时球滑板进筐的情景。由于更加自信，他又转向朝远方的一个绿岛前进，该岛的顶端有一座粉红色的房子，也许是一幢豪宅，但从这个距离望只不过是一个矮棚，他把帆往紧一收，当船倾侧重新抢风调向时，他并不畏缩。

在他们前进的当儿，他像个好爷爷一样，给朱蒂解释他的行动，又是理论又是实践，他们俩又变得信心十足，操纵自如，于是，这个承载他们的玩具就被这样操纵着前前后后划出一条斜角小道，在玩风戏水，办法却是偷了它们的一部分辉煌宏伟。

朱蒂宣布，“我要掌舵。”

“你掌舵，宝贝，可跟你骑自行车不一样。你只朝着你要去的地方走还不行。你还得把风放在心上，它是从哪个方向吹来的。不过，行，你蹲着，背朝我，抓住舵柄。让船往那边有粉红房子的那个小岛驶。这就对了。很好。现在你要滑开一点儿。往你怀里拉一点，让它到左边来。那叫左舷。左面就是左舷，右舷就是右边。现在我把帆放一放，我一说‘准备转向，’你就把舵柄尽力朝我推，别松手。别慌，反应需要秒把钟的工夫。好了吗？好了吗，朱蒂？好，准备转向，全下风。”

他帮她把最后一部分圆弧推到底，她的小胳膊有点够不着。帆拉松了，随风飘动。帆桁神经兮兮地前后摇摆。铝桅杆在玻璃钢插孔里咯吱咯吱地响。远处一艘货轮呆在海面上，活像一张高高的桌面上的一枚五分镍币。一只弯着翅膀的燕鸥一动不动迎风高悬，歪着脑袋瞅着他们，仿佛在问他们远离自己的生活环境到底在干什么。随后，帆满风劲；哈利往里一收，他把手按在朱蒂的小手上掌握舵柄的角度，准备抢风调向。他们两个人的重量压在船尾，便把船头翘起，使太阳鱼轻轻颠簸起来。波浪拍打着船身，他已经充耳不闻了。她又来了几次换抢，看到就这么回事，便厌倦起来。她那女孩儿的呵欠亮出了花朵儿似的洁白无瑕的牙齿（现在他们的牙膏里加了化学成分，孩子们就永远不会知道他在牙椅上遭的那份罪了）和拱起的娇丽的舌头。有人有天会用上那舌头的。

“到了这里，你有点儿失去了时间线索，”哈利告诉她。“但从太阳的路子看，肯定快到中午了。我们该往回走了。这也要费好长时间的，因为风对着我们吹。我们不想让你妈妈担心。”

“那个人说他要派一艘汽艇出来。”

哈利大笑起来，以缓和他对这名千金小姐呵护疼爱的紧张。她全身铜紫铜紫的，亮光闪闪的，尚无一丝儿损伤。“那只是为了急救。我们惟一需要急救的是我们的鼻子就要晒红了。我们能航回去，这叫顶风航行。你尽量顶着风。我这里把帆往里收，你想办法让我们朝那家酒店航行。不是右边很远的那家酒店。是它旁边的这家酒店，样子像金字塔的那一家。”

海滩上融为一体的身影儿远远望去失去了它们斑驳的色彩，也就是身上泳装的颜色，似乎成了一条灰色的长达数英里的绳子沿着海湾抖动着。这里的水比岸边的水颜色难看，在下面的胆汁绿上面又添了一层浅绿。

“爷爷，你冷不冷？”

“还真有那么一点儿，”他承认，“既然你问起。离岸这么远，冷飕飕的。”

“当然。”

“你的救生衣不保暖吗？”

“黏不拉唧的，难受死了。我想脱掉。”

“别脱。”

时光悄悄地溜走，波浪懒懒地拍击，好奇的燕鸥凝神守视着，然而海岸似乎并未往近里靠，罗伊和普露等候的那个黑点似乎在他们身后很远很远的地方。“咱们转向吧，”他说，由于孩子越来越觉得厌烦，他自己也想回去结束这次历险，他便想过紧地随风航行。一股风从未曾料到的方向吹来，是从低矮的海盗岛，而不是径直从岸上吹来的，太阳鱼非但没有朝他们一直走的方向按直线成小角度固定倾斜，而是倾斜，不停的倾斜，它失去了对水面的把握，对蓝天的把握。桅杆放弃了太阳下的某一点，而且像被一只毒辣的大手推着一样，不停地往海湾倾倒。兔子觉得他的大块头与朱蒂柔软的小身体一起脚在先向下栽进水的深渊里，他的拳头仍然惊恐地攥着绳索，他的脚脖子又被玻璃钢边蹭破了。一种杀气腾腾、密匝匝、冷森森的元素把他的脑袋裹在一种无法叫人呼吸的墨绿色中，这种颜色夹住了他的嘴巴和眼睛，然后又变淡，把他交给了空气、太阳，和停止运动的可怕的寂静。

他的大脑总算搞清楚是怎么回事了。他记得那一回辛迪怎样站在中插板上，太阳鱼又正过来了，它的桅杆顶着天画了几个细水滴形成的弧。所以没有什么大问题。然而却有种怪怪的感觉，错得让人揪心的感觉。朱蒂，她在哪儿？“朱蒂？”他喊道，他的声音在这海天相连的地方不成他的了，他下面没有任何坚实的东西，波浪带着一种揶揄的恶意拍打着他的脸，太阳鱼的船体侧身高卧着，投下一条窄窄的阴影，条纹帆平铺在水面上，像一片五色浮藻。“朱蒂！”现在他的声音完全属于空洞的空气，属于恐怖的高峰；他扯着嗓门大声地喊，结果把水都咽进了嘴里，他泡在水里的身体没有给他提供呼喊的平台，一股熔化了的苦铅，而不是空气，灌进了他的喉咙，他怦怦的心跳与海的拉扯和汹涌交融在一起。他咳啊咳，眼睛都迸出了泪水。她不在这里。这里只有脏绿的浪，踢打着的水，分层堆积在胆汁上面的、太阳照透了的绿玉。西天的云变薄，变斜，预示着天气的变化。太阳鱼空洞、喑哑的船壳赫然出现在他的身旁。他的膀胱要撒尿，也许他正在撒呢。

另一边。她肯定在那里。他和船，还有帆，只占几平方码的面积，却感到有巨大的距离横在他前面。他必须潜进船体下面。快。每一秒都在沉没每一样东西。救生衣把他浮起来，很碍事。水流推着他。他从来就不是个有天赋的游泳健将。空气，阳光，海水，寂静，全在他脑海里冲撞，展示出轰雷般的无情。即便在这豁然开朗的一瞬间，还有时间表现他对把脑袋放到水下的终生的动物般的厌恶，还有时间考虑，再有一秒钟即便什么也不做，也可能奇迹般地恢复正常；孩子的笑脸就会浮出水面，海水在她的睫毛上晶莹闪亮。然而正午的太阳却说机不可失，时不再来，而在他的尖叫中有种神圣的内涵，那就是，一切都可以追回，于是他张开嘴吸下一口恐慌的气，它穿过了胸部疼痛的筛子，然后努力钻过一个阻力重重的不透明的世界，他无法看见，也不能呼吸。他的脑袋受到向上的压力，顶到什么硬东西上了，而他的双手在迟缓地摸索，想摸到一个被钩住了的身体，结果连一个能钩住身体的突起也没有发现。他极力想浮出水面。钢化玻璃像鲨鱼皮似的压着他的背，然后又是舵柄带合页的木头，往下晃着，刮擦着他的脸。

“朱蒂!”这是他第三次喊她的名字,他的声音慌乱;他抬起脸直对太阳,水珠在他的视野里形成了一圈又一圈的彩虹;就在这几秒钟里,船在慢慢地打旋,它与太阳的关系,它投在水面上的影子,正在变化。

在帆下面。她一定在帆下面。帆在水里显得非常之大,一块长长的尼龙棺罩,上面有几道对角缝线。有针缝上去的号码和太阳鱼的侧影。他得行动。他惨痛的内疚使他的五脏六腑都火烧火燎的;他又强迫自己下去进入一种脏绿的泥巴里,在那里他的气泡都成了宝石。顶着背上布片的滑动,他奋力向前开辟一条通道。在这条通道里,他碰上了一条蛇,一条软不拉唧的肢体,他一碰就惊恐不已,所以它极力要缠死他,把他拖到更深的地方去。它揪住他的耳朵,他的脑袋一抬钻进了帆里,于是一道不自然的白光突然照到他的眼睛上,有一股暗藏的湿唧唧的尼龙味儿,却没有呼吸的空气。他的身体猛烈挣扎着要从这个坟墓里脱身;他闭上眼睛瞎乱挣扎着;帆边终于像个鼻子似地蹭过了他泡在水里的脸,他已经把朱蒂拖进了亮光之中。

她的红铜色的湿发在他前面一英寸的地方闪亮;她的脸给他造成了一种模模糊糊、疙里疙瘩的印象,不过她活着,身子在扭动。她一直想办法往他的身上爬,两条胳膊把他的脑袋抱得紧紧的。她的身体在光滑的表层底下给人热乎乎的感觉。黑暗的水不断地弹进他的眼睛和嘴巴,仿佛一只要胀破的蜘蛛总是爬在他和太阳之间似的。他伸出发白的长臂抓住了铝桅杆;尽管它由于增加了重量下沉到一个更陡的角度,可是帆和空壳船却不让它完全沉没。哈利喘着粗气,用了两下猛劲,把它们拉得高一点,这样,桅杆就从水里出来了。由于朱蒂活着,所以快乐涌进了他的心田,这是一种往紧收、又节奏分明地伤人的快乐,就像一只捏着皮球锻炼的手。他内心的空间压缩了,所以当他悬在那里时,他必须把一些细细的气楔逼进一种令人痛苦的拥塞中去。朱蒂一直抱着他的脖子悬着,连连咳嗽,咳上来的是水和惊恐。她的小身体乱动着,从他那单薄、惊恐的胸膛拧出了一阵一阵的疼痛,因为那里有什么活东西在扑腾,发疼,仿佛在这一片海水中间,他的胸是一个同一元素构成的大口杯，里面装着一条躁动的枪乌贼。

他们摔下来以后也许已经过了一分钟。又过了一分钟，她有足够的气力可以试着笑一笑了。她的眼白里面红红的，那是咳出的眼泪蚀的。她的长长的小脸满脸闪光，仿佛撒上了金银箔似的，随后太阳鱼慢慢地一转，把他们的脑袋罩在船身投下的那道窄窄的、湿冷的影子里。在他的眼睛里，她那种喘不过气来的惊恐苍白的样子像普露的少，像纳尔逊的多，骨骼纤细，嘴脸刷白，眼睛下面发青，仿佛一夜没有睡觉似的。

尽管在水下他的疼痛还在继续，但他能够说话了。“嘿，”他说。“哇。到底是怎么回事？”

“我不知道，爷爷，”朱蒂礼貌地说。说这些话又搞得她猛咳了一阵。“我上来了，可这件东西压着我，我想办法游，却没有作用，我从下面出不来。”

他意识到她的惊恐还是有限的；她以为就是在这里，也没有什么凶险的事情，充其量难受一下而已。她有种孩子的永生感，他就是这种感觉的保护神。

“好了，问题解决了，”他气喘吁吁地说，“没有造成伤害。”疼痛非但不肯离去，而且还延伸到抱着桅杆的那条胳膊上，除了疼痛，他的呼吸也很浅，再往下，有一点恶心的意思，也许是晕船的意思，此外就是一种软弱无力，一种休息的深切需要。“风向变了，朝着我们吹，”他向朱蒂解释说。“他妈的这些东西太容易翻了。”

这会儿，他们人在何处，离岸数百码，离海底几百英尺，这种巨大的陌生感开始抓住了她的心。她那双长着间距完美的睫毛的眼睛睁大了，那两片严丝合缝的薄嘴唇开始松弛、模糊了。她的声音开始发颤。“我们怎样把它又翻起来？”

“容易，”他告诉她。“我叫你看个把戏。”他记得是怎么回事吗？辛迪干得太利索了，就往船下面一钻，钻到透亮的加勒比海水下。一根绳子，她必定用力拽了一根绳子。“呆在我身边，可是不要抓我，宝贝。你的救生衣会把你浮起来的。”

“可它刚才没有啊。”

“肯定浮了。可你正好在帆下面。”

他们的声音在海湾这一带听起来降低了许多，突然飞进了空间，而不像在房间里说出的话那样在空气里余音袅袅，不绝如缕。踩水用了他们的全部力气。他可不能晕过去。他必须抓住这阳光灿烂的日子，不让它把关闭器扔到自己头上。他想，如果他从这种境地脱身，他就要在一片坚实、干燥的草地上躺下——他想像得出来，绿色的草叶，久经踩磨的土地一块块茅草般的间隙，宛如在老佳济山操场上——永远不动。轻轻地，他将桅杆放开，又以小心翼翼的划桨动作，极力不去震动他胸中搅起的任何东西，抓住两根松散地漂游着的尼龙绳，他一用劲把它们扔到船那边去，一种反弹把他的脸推了下去。波浪汹涌，所以朱蒂依然抱着他的肩膀，尽管他刚才叫她不要这样做。他向她解释说，“好了。现在我们要用狗爬式游到船那边去。”

“也许刚才喜欢妈妈的那个人会开着他的汽艇来。”

“也许吧。可那岂不是叫人寒碜死了？罗伊瞅着我们让人营救。”

朱蒂忧心如焚，没有笑和回答的心情。他们从舵柄旁边游过去，就是擦伤了他的脸的那件丑陋的木头家伙。那只燕鸥已经飞离天空，只有零零星星的棕色海草漂浮着，活像小丑戴的纸发或假发，提供了别的生命存在的证据。污迹斑斑的白色船壳歪在水里，好似一具他永远不能让它复活的死尸。“退后一点，”他告诉紧抱着的孩子。“我还拿不准这怎么搞。”

只要他在水里，至少他的重量不会太大；然而当他抓住从铝桅杆顶上穿过来的绳子，先用手臂后用脚拼命把他的重量搁到中插板上时，他感到被自己那一堆软沓沓的松肉肥油和肠肠肚肚压了个稀巴烂。胸腔的疼痛集聚成一团殷红的内火，他把眼睛狠命地挤着好把它熄灭，然后，他舒了一口气，莫名其妙地感到帆从水里抬起了，中插板在他身下垂直冲起。船摆正时把他往后撞了过去，松松的湿帆用一团不断抽打的绳索使它的帆桁前后晃荡。他连一点儿力气也不剩了，一时冲动想葬身水底了事，反正这水恨他，又需要他。

可是跟他在一起的孩子欢呼起来。“呀！你成功了！爷爷，你没事儿吧？”

“我棒极了。你能不能先上去，宝贝？我把船抓稳。”

朱蒂想从水里跳出来，跳了几次均告失败，她便扑通一下肚子趴到弯曲的甲板上，她那深蓝色的屁股闪出两条弧线，然后爬上去靠着桅杆成下蹲姿势。

“喏，”他宣称，“鲸鱼来了，”说罢，脑子里一扫肋笼里纹状的搏动挤压，他从水里高高跃起，用他的肚子贴住倾斜的船体。他紧紧抓着一根嵌条。钢化玻璃的假晶粒把它的细网压向他的颧骨。饥饿的水依然咂着他的腿和脚，但他把水踢开，颤巍巍地又把身子安顿到舵柄旁边的位置上。他告诉朱蒂，“我们就要弄明白了，小姐。”

“你没事儿吧，爷爷？你说话有点儿滑稽。”

“呼吸不太通畅。不知什么缘故我可能要吐。让我休息一会儿。再动动脑筋。我们不想。别让这操蛋的家伙再翻了。”疼痛现在向下到了两条胳膊，向上进了下巴。兔子曾经告诉某个人，一个爱刨根问底的牧师，在这一切后面的什么地方，有某种要我发现的东西。不管它是什么，它现在把他发现了，而且正在彻底改造他。

“你疼吗？”

“当然。你揪了我的耳朵。我又擦伤了我的腿。”他想逗她笑一笑，但她对他的不切实际的研究始终如一地庄严。多奇怪，兔子想，他的思想不可思议地受到他的痛苦的启发，孩子们的构造，跟我们一模一样，躯干呀、腿呀、耳朵呀，应有尽有，但按照他们自己的比例——一些专门为一个更好、但更小的星球创造的微型人。朱蒂盯着他，拿不准怎样认真地看待他才对，就像昨天他吃假花生的时候。

“呆着别动，”他告诉她。“别晃船。人家说。”

舵柄在他手里，他觉得大得出奇，尼龙绳又扎又粗不像是真的。他必须把这些处置妥当，在无人管的情况下，船已经完全迎风漂去。辛迪把这叫什么来着？上了铐。他就是上了铐。他摇了摇舵柄，一面摇得狠，另一面摇得轻，好形成一个角度顶着风，然后又胆怯地收了一下帆，惟恐那只巨手把他们又掀翻。令他惊讶的是，海湾里还有太阳鱼，两个男孩踩着飞跃滑水板在波浪上死命地跳，保持着这样的一种距离：他们的喊叫声和啪啪的拍打声过一会儿才能传进他的耳朵。太阳已经过了中午，照在那些高大的酒店的正面。一扇窗户在闪光，它们梳子似的阳台凸显出来，海滩上的人群闪闪烁烁，又一个放风筝的过来跟先前的一个一起放。从这里到岸边的那片水，在闪烁的阳光击打下，水面上到处都是窝儿。兔子的皮肤正在干，他觉得冷飕飕的。他觉得浑身充满了要从毛孔里渗出毒来的灰暗的不安。他把两腿向前伸直，身子向后靠在胳膊肘儿上，怪别扭地歪着。要不是在这里，又有这个他要安然无恙地送回世界的孩子，沉入睡乡倒不失为一个好主意。

趁着剧痛的间歇，他说话又快又清楚，因为不想重复。“朱蒂。我们现在要做的就是尽可能平平静静地完成两次大的抢风调向，到达海岸。不一定就是你妈妈呆的地方，但我们要上岸。我觉得非常累，非常疼，我睡着了，你就把我叫醒来。”

“把你叫醒来？”

“别摆出这样一副愁眉苦脸的样子。这是一次开心的历险。其实呀，我有个开心的事儿要让你干。”

“干什么呀？”她的声音变尖了；她感觉到这并不开心。

“给我唱支歌儿。”他把帆抓紧一扯，仿佛这是在扯他的某个内脏似的；疼痛从他的那条胳膊的柔软的内侧往上蹿到了肘部。

“唱支歌儿？我什么歌儿都不会唱，爷爷。”

“谁都会唱几支歌的。从《划，划，划你的小船》开始，怎么样？”

他把眼睛睁一阵儿，闭一阵儿，人一有疼痛，就服从动物本能想钻进洞去，而她那稚嫩的声音压倒了波浪的泼剌声和桅杆抵抗的嘎吱声，在一连串的歌词中间晃晃悠悠地择路穿行，这些歌词他在二年级的时候老唱，那时候流行的是灯芯绒短裤，玛格丽特·舒尔科夫的辫子和高扣鞋。他在心里唱起来，但他没有力气激活他的喉咙，轻轻地沿河而上，快乐地，快乐地，快乐地……“人生如梦，”朱蒂唱完了。

“好极了，”他说。“《玛丽有只小羊羔》怎么样？你们学校还教这支歌吗？如今学校给你们到底教些什么呀？”处在这种悲惨境地说话就没遮拦了，也就释放出了骂娘的原始需要和他潜伏的政治义愤。他接着往下说。心想这样会使他在孙女眼里显得不是那么怕人，而且幽默活泼，“我知道我们在咂科学教育的后奶头，报纸一个劲儿地给我们讲这种事。感谢上帝，有那些东方人。没有这些中国和越南难民，我们就成了一个全白痴的国度。”

朱蒂还真会唱《玛丽有只小羊羔》和《三只瞎耗子》，还会把《谷地农夫》中的诗一直背到老婆牵母牛，然后他们俩都乱了套。“咱们再唱《三只瞎耗子》吧，”他吩咐她。“看看他们怎么跑。耗子在撵农夫的妻子……”

她没有把诗背完，他的声音逐渐消失了。他们的抢风调向把他们远远地向北方带去，朝着萨拉索塔和坦帕，以及一度海盗出没的富人岛，然而沙滩上的人看上去不太像原先那样一条灰色的绳子，他们的泳装的颜色闪烁得更密了点儿，他能看见一只排球嗖地一下难受地飞了过去。他胸中的压力已经加剧了，除了恶心，他又迫不及待地想拉屎。在他试着描绘他的真实生活，他脚一离开沙滩就抛弃了的那种充满了简单的舒适和一般的挑战的生活的时候，他首先想到的是公寓里有配套的软垫座子的那个玫瑰色的瓷马桶，那一沓《消费者报道》和《时报》，它们搁在那张漆成白色的竹儿的底架上，几面上则放的是詹妮丝的化妆品，竹儿靠在玫瑰色的浴室脸盆的旁边。它似乎是天堂里的一个座位。

“爷爷，我再想不起任何歌儿了。”孩子的绿眼睛，比普露的还要绿，有一丝淡淡的恐慌。

“别停，”他咕哝了一声，极力把一切闷在心里。“你在让船走呢。”

“没有，”她硬是露出一抹模糊的笑容。“风在让它走。”

“操蛋，方向错了，”他说。

“错了吗?”她问道，顿时害怕起来。

“没有，我是在逗你呢，”这跟昨天他像个施虐狂似的捏了一下她的手一样。不能再这么胡闹了。当你呵护孩子们的时候，你得想办法随机应变，万无一失。“我们挺好，”他告诉她。“咱们抢风转向吧。准备好了吗？把头低下去吧，宝贝。”再不说水手的行话了。他猛拉了一下舵柄，船晃了几下，帆松垂下来，太阳也趁寂静的空子射下来把水面锤打出点点火花。船头漂过了一条假想的线，帆犹豫了片刻，然后下定决心张满，于是他们朝另外一个方向，南方，向着那家最远的玻璃酒店，那不勒斯和另一列富人岛扯去。调动时哪怕用一点力，一点担忧，都从他胸部拧出剧痛，疼得他泪水盈眶。然而他内心深处感觉很好。他的天敌总算发现了他，难免有一种满足。过去这些日子盘旋在心头的末日感已经凝结成了实体，如同云凝结成甘霖一样。与痛苦俱来的还有一种轻松愉快的感觉：你的一生的大部分被剪掉了，突然间变得不屑一顾了。你干脆变成一件要交到那人手中的肉身行李。四仰八叉地躺在玻璃钢甲板上，他等于是被平平地钉在这块实体的地板上了。压迫感，难以承受的充实感，他在心里产生了一种节奏，一种偏心冲力，仿佛一个飞轮脱离了它的活塞。疼了，你可以把头一抬、超越一会儿；他更放心不下的是呼吸，他感觉是他通气的渠道已经窄得像个槽孔，一星星黏液就会塞住，要是你把呼吸忘了，似乎倒还好过一点，比呼吸还要糟糕的是，他的脏器的混乱，那种油糊糊、灰溜溜的搅拌，以及那种想吐想拉，而又吐不出拉不下的感觉，以及那种冷汗淋漓，风一吹，太阳一晒就干，就有种冷飕飕的感觉。

“刷刷，哗哗，我当时并不是洗澡，”朱蒂微弱的声音唱道，音乐的小羽翼飞走了,“快到星期六的夜晚……”她从儿歌转向电视商业广告,从开头的几行唱到她记不起来为止。“麦当劳的好时光,好味道……”“我希望我是根奥斯卡·梅尔香肠。那才是我真正的理想。因为我要是一根奥林卡·梅尔香肠,人人都会把我爱上。”还有卫生纸唱的那支,还有加利福尼亚葡萄干仿唱的《站在我身边》,还有作为月球上的人雷·查尔斯①唱的《刀子麦克》,还有那保证:如果你想要,我们就得到,“丰—田……谁还想再要?”那就像不断地转换频道,她的小声音抬高了,又刮回到他的脸上,他闭着双眼,而他的心却在暗中偷偷地探访他胸中那剧烈的、奔腾的、不匀称的失调,然后又睁开眼睛,检查他们的方位和帆的张力,测试蓝天的虚幻和他坚定的信念:她的声音正在驱动太阳鱼走向海岸。“可乐正是,”朱蒂唱道,“天下最爽的味道,可乐正是,永远不会让你烦恼,可乐正是,你发现的最呱呱的味道!”

他还得再来两次抢风调向,那时候,他的孙女已经发现自己心里就有她已经看了很多次的电视歌曲的宝库,这些都是兔子在它们新上映时就看过的儿童经典中的歌曲,那时候那些老电影院有阿拉伯装饰和拉到后面的长毛绒幕布,休息厅里有巨大的镜子。都是一些离别歌曲,“我们离开去见巫师,神通广大的奥兹国巫师”和“嗨—嗬,嗨—嗬,我们离开是去工作,”还有讲天上的什么东西的悲伤歌曲,目的是使我们把大萧条忘掉,“彩虹那边”,和“当你希望登上星星的时候”,蟋蟀吉米尼到了那里,戴着高顶黑色大礼帽,收起伞坐在月光如水的窗台上。那个迪斯尼,他可真是出手狠。

“好啊,朱蒂,”兔子咕哝着。“棒极了。你真的进入状态了。”

“那挺逗,你就是那么说的。瞧,妈妈在那里!”

哈利放开帆脚索和舵柄。太阳鱼在浅水的碎浪里快速摆动,朱蒂则拉起中插板,跳进深及她亮晃晃的屁股的水里,把小船像驳船似地拖过最后的几码,直到船头擦到沙子上。“我们翻船了,爷爷病了!”她喊道。

---

① 雷·查尔斯(1930—),美国歌唱家。

不仅普露和罗伊，而且格雷格·西尔弗斯也来迎接他们，离他们出发的沙滩足足有六号铁杆美美挥击一下的距离。看见哈利四仰八叉躺在无用的舵柄旁边，又看见哈利看不见的什么东西，或许是他的脸色，格雷格太阳晒得太黑的脸上抽搐了一下。他情况有多糟糕？他看了看他的手掌；上面青一块黄一块的。格雷格赶快从朱蒂手里接过系缆并且问哈利，“想呆着不动？”

哈利等到一阵疼痛过去后才说，“哪怕这操蛋的破船要了我的命，我也要下去。”

他站起来，慢慢地从倾斜的太阳鱼上下来，蹚过几英尺的水，这点儿动作就对他错位的内脏造成了不良影响。他觉得自己在穿越空气，走在板结的沙子上，顶着明显的阻力。他在普露脚边的沙地上躺下了，她长长的光脚丫子，破裂的红趾甲，粉红色的趾关节活像他妈妈洗盘子次数太多洗红了的指关节。他仰面躺着，望着她的白色氨伦裤衩。小罗伊心想哈利的姿势挺好玩，便摇摇摆摆走过来站在爷爷的脑袋上方，给兔子的耳朵里，咬紧牙关的嘴巴里，睁开的眼睛里掉进了沙粒。他眼睛一挤便紧紧地闭上了。

天空红彤彤的一片，普露真切的俄亥俄声音从上面落下来，带着一种关切的音调。“我们看见你们翻了船，可格雷格却说这是常有的事情。可后来似乎时间长了，他正准备开汽艇出来呢。”

那片红色带着一种像肋条似的有间隔的疼痛跳动着，一条一条的疼痛，中间的间距是慈悲的空无。高高的上方，慢慢地、飞过一架飞机，后面拖着一股噪音。“朱蒂掉到帆下面了，”他听见自己的声音说。“把我吓坏了。”他躺在那里，活像一只冲上岸的水母，鼓鼓的，打着颤儿，满怀着要追回失去的元素的渴望。另一个复杂的热乎乎的东西，用指头摸着他的手腕，在给他号脉，急救训练肯定是格雷格的一部分工作。为了协助他的诊断，哈利主动说，“对不起，这么兴师动众的。在那里我就极想这么躺下。”

“你尽管躺着就是了，安斯特朗先生，”格雷格说，声音突然变得又响又脆，还有一种过于专断的口气，就像他爸爸加高尔夫的得分一样。“我们把你送到医院去。”

在他这个红色的看不清的世界上，这条消息是个极大的宽慰，让他睁开了眼睛。他看见朱蒂站在他上方，显得高大，罩上了太阳的光环，支离破碎的彩虹与她纠结的正在干的头发混在一起。兔子强装着露出宽慰的笑容，告诉她，“肯定是我吃那鸟食吃出的毛病。”

十一点了，纳尔逊还在睡觉，然而詹妮丝并不急于去面对。哈利、普露和孩子们走了又回来了两次，取忘了的东西，最终还是忘了两双拖鞋和一瓶防晒油，此后她在外面阳台上坐了一会儿，她发现有一块地方，就从遮挡视线的南美杉往左边一步，从那里你可以看见一片，一小片海湾的似方非方、闪闪发亮的蓝绿色的水，夹在一座装饰性的公寓角楼和一块西班牙瓦房顶中间。当然，看见他们的帆是没有希望的；从这么远的距离，要是一只今年九月他们驶离圣迭戈去参赛的那样子的帆船才看得见，那次美国人用一只双体船巧胜了驾着自己漂亮、无望的大船的新西兰人。从阳台上望远总使她有点儿心绪黯然，因为总要勾起某种埋藏在心里的东西，那种他们从威尔勃街寓所的窗口望见的城镇全景，下面佳济山的斜街热闹而安全。那时候就像现在一样，哈利出去了，家里只剩下她和纳尔逊两个。

当纳尔逊最后穿着他价格不菲的烟蓝色睡衣裤出来时，发现她在这儿，不由得感到惊讶、气恼，尽管他努力不让这种情绪表现出来。“我以为你会跟大家一起出去的。他们走的时候肯定闹了个鸡犬不宁。”

“没有，”她告诉儿子，“太阳我已经晒够了，就想在你赶回去之前跟你呆一会儿。”

“那好，”他说，然后又回到屋子里去，过会儿出来时穿着他的浴袍，她想是为了在自己的妈妈面前显得端庄稳重。你心里总想着你给他们换尿布、洗澡的情景，可随后有一天，你却被关在了门外。这是一件夏令浴袍，一种淡紫色的旋涡花呢做的，这使她想起小时候电影里的有钱人穿的东西。浴袍，吸烟衫，高顶黑礼帽，白领带，松垂的白袍，如果你是金杰·罗杰斯①的话，穿的鸵鸟羽毛服直顶到下巴上，要么是白狐皮？时下的年轻人并没有那种标准去看齐，去奋斗，摇滚乐歌星只穿脏兮兮的蓝牛仔裤，甚至篮球运动员，她从哈利的肩膀头儿上望过去从电视里注意到，都懒得刮胡子，活像阿拉伯恐怖分子。她小时候，谁都没有钱，但大家都有梦想。

她提出给纳尔逊做他一度最喜欢吃的早餐：法式吐司。在新月林荫道的那些年，在他们卷进那种麻烦之前，她认为星期日的法式吐司必不可少，吃完才让纳尔逊去上主日学校。他当时确实是个信赖人的孩子，容易讨好。眉头上有个小旋儿，一双棕色的眼睛在她和哈利之间焦急地滴溜过来滴溜过去。

他说，"不了，谢谢，妈妈。给我弄点咖啡就行了，别弄吃的来烦我。一想到抹满糖浆的煎面包我就想吐。"

"近来你的胃口似乎差得很。"

"你要咋办，让我像爸爸一样肥得像口猪？他应当掉五十磅才是，这样下去会要他的命的。"

"他太爱吃零食了，所以他发胖。咸东西招水。"

"香霸"咖啡机剩下的黏渣，足足可以盛半杯。詹妮丝记得她和哈利刚来这里时在41号公路上的K Mart买那个渗滤式咖啡机的情景；她本来有意买克虏伯十杯"煮霸"，可是哈利仍热中于《消费者报道》，说布劳恩十二杯"香霸"更好。纳尔逊做了个他小时候加鳕肝油时做的那种鬼脸，然后把第十一杯半倒进了洗涤池。他长长地吸了一下鼻子，从透明窗下面的柜台上

---

① 金杰·罗杰斯(1911—1995)，美国电影、舞蹈女明星，1940年在影片《女人万岁》中的表演获奥斯卡最佳女演员奖。

拿起了《新闻报》。他大声读道："本市对橄榄球星指控减少。奥基乔比湖的救治或许难以下咽，"然而，他们俩都心里清楚，他们必须认真谈谈。

詹妮丝说，"你在起居室里坐着看一会儿报，我去再煮一壶咖啡。你喜欢不喜欢我们买的最后一块丹麦面包？要是你不喜欢，你爸爸会把它吃掉的。"

"不，妈妈，我说过了。我不想吃任何乱七八糟的东西。"

渗滤式咖啡机里的水烧开的时候，他在起居室里独自大笑起来。"听着，"他喊道，然后高声朗读起来，"'珊瑚角警察缉毒队备受赞扬的头头将被开除，因为一项调查表明他对从萨尼伯警察局借来的价值近一千美元的可卡因处理有误。这些借来的可卡因，警方说，放在局保险柜里却不翼而飞，取而代之的却是一把小苏打。'"纳尔逊加了一句，仿佛她笨得不明其意似的，"这里人人都吸毒、行窃，就连缉毒队的头头也在所难免。"

"你怎么样？"詹妮丝问。

他认为她指的是咖啡，便说了声，"没问题，"然后伸出杯子，眼睛仍然没有离开报纸。"上面说西南佛罗里达这里是昨天全国最热的地方。"

詹妮丝把咖啡壶端过来，放在玻璃桌上的一块报纸上，那是她叠起来做成的一个隔热垫。她有点迷信，怕一遇热，玻璃就炸，尽管哈利笑她说，你就是用一个喷灯也烧不炸它。男人们拿这和电之类的东西取笑，但并不全明白。坏事时有发生，于是男人们又竭力装出他们并不知底的样子，要么那得怪别人。她坚定不移地栽在纳尔逊坐的藤椅旁边的折拉式沙发上，把两条大腿摊开，好让膝腿范围加宽，她常常看到，她妈妈下决心要坚定不移时就是这么坐的，然后告诉他，"不，我指的是你和可卡因。到底是怎么回事，孩子？"

他远远望着她时，使她想起了他十二岁的那整整一个夏天看她的那种惊恐诡秘的样子。她有好多无法原谅自己的事情，其中一件就是他常常骑自行车来到艾森豪威尔大道，站在查利家外面，希望瞅她一眼的样子，他妈妈跟另一个男人跑了。他问,“谁说有那么回事?”

“你老婆说,纳尔逊。她说你上钩了,你抽的钱多得你拿不出来。”

“这个血口喷人的疯母狗。你知道为了营造一种戏剧效果,她什么都说得出口。她什么时候把这屎盆子扣到你身上的?”

“话别说得这么难听。人一眼就看得出事情不对头。前天晚上你半夜后才回家,特里莎透露了一点情况,昨天你爸爸和孩子们在前面走,我们说话的机会更多了。”

“哟,他到底要干什么,他在我的孩子身上玩起了这种可爱的了不起的大块头爷爷的老套?他可从来没有这样子对待过我。”

“别一个劲地打岔。也许他是在他们身上弥补对你犯的过失。反正你爸这些年从来都不关心我。我们年轻的时候,他放弃了自由,日子十分艰难,不过现在似乎心平气和了。我不能说你就是这种情况。你一惊一乍的,野腔无调,你把这屋子里任何事情都不往心上放,或者说对家庭不闻不问。你每时每刻都在想别的事情,从我读的书和我看的电视来判断,我只能认为那是毒品。普露说那是可卡因,现在说不定是强效纯可卡因呢,她相信,你跟海洛因不沾边,不过,显而易见,在叫作强效兴奋剂的东西里这两样东西都混在一起。”

“你需要注射这个,妈,可我从来都是不接近针管子的。这一点你放心。老天爷,那样一来,你会得艾滋病的。”

“是啊,艾滋病。如今我们对这个已经到了谈虎色变的地步。”她闭上了眼睛,默默无言地想到性给世界造成的全部苦难,仅有宝贵的点滴快乐作补偿。纳尔逊也许有他的弱点,但她对他的感觉是,他从来不像他父亲那样对性那么狂热——他这一代人老早就享受够了,这种魔力已经失效了。她的可怜的哈利,直到最近他才开始收敛,他每天晚上跳到床上,总盼着创造奇迹。也许,她这一辈子,一度也是一样的蠢。那时候,她觉得她用这个把查利从坟墓边缘拉了回来。用的是纯粹的爱。对于一个女人来说,它就是力量,直到最近还是他们让你拥有的惟一的力量。

纳尔逊钻了她沉默的空子,发动了一次进攻。"万一我真要是在周末过了点儿瘾,那又怎么样?它不见得就比你喝酒糟糕。打我记事那会儿起,你在厨房里还是别的地方,总是一个小杯不离身。你知道,妈,酒最终会要命的。种种科学表明,可卡因对人体的危害比酒精小得多。"

"得啦,"她说着便把她的卡其布短裙从大腿上拉下来,"也许危险小,但好像贵得多。"

"那是因为白痴法律把它定为非法的缘故。"

"说得对——不管酒精有多坏,起码它是合法的。你外公斯普林格年轻的时候,酒也是非法的,他也从来没有染上酒瘾,要不,他也不可能一生创造出那样美好的东西让我们大家享受。"她看见他嘴巴张开要插话,便抬高嗓门继续说,"在很多方面,你非常像他,纳尔逊。你有他充沛的精力,你总要谋划点什么,每时每刻,我不想看到你那种精力被浪费到这样一种自我毁灭的东西上。"她看见他要插嘴,便索性把话说完,"现在你必须给我说说可卡因,纳尔逊。你必须帮一个老太太弄明白。到底有什么必要这样挥金如土?普露说你欠的账单快堆成山了,肯定值的钱老鼻子啦。"

纳尔逊气急败坏,身子啪地一下向椅背猛靠过去,压得藤条嘎吱了半天;她听见什么东西绷断了。"妈。我不想谈我的私生活。我都三十二啦,天那。"

"哪怕八十二,你还是我儿子,"她告诉他。

他告诉她,"你想做事说话都像你妈妈,可你我都知道,你没有那么精,没有那么凶。"不过说这话使他感到十分内疚,所以他望着别处,朝着阳台外面阳光明媚、微风习习的佛罗里达的白天望去,听见鸟儿喊喊喳喳地唱,高尔夫闷声闷气地打,这一天正爬近中午,气温八十五六度,全国最暖和的地方。他妈妈目不转睛地盯着他的脸。经光照的冲洗,他的皮肤看上去玲珑剔透,被不健康的体质、被不自然的损耗磨薄了。感到手足无措,他用一根食指摸了摸耳环，抹了抹两撇泥浆色的小八字胡。“它能让我放松，”他终于告诉她。

詹妮丝等他再往下说，所以激了他一下，“你似乎并不是那么放松。”她补了一句，“你本来是个爱紧张的孩子，纳尔逊。你什么事都看得认真。”

他急忙说，“那你还要怎么看呢？把它看成一个天大的玩笑、像爸爸那样，好像这操蛋的世界只不过是写给你忠实的人的一封情书？”

“咱们还是接着说你的事吧，别管你爸爸。正如你说的，我是个简单的女人，不精，不凶，我对很多事情都一无所知。关于这件最简单的事情，诸如它要多少，它值多少。我甚至不知道你是怎么服用它的——放到鼻子上，还是吸它，还是你把它放进什么里边再吸，还是怎么弄。我对可卡因的知识全是《迈阿密风云》和脱口秀上面的，他们又不怎么解释。我从来没有想到这种东西竟然会改变我的生活。”

他更加手足无措了，她看得出来，就像他六岁那年生了病，她问他大便的情况时一样。或者他十四岁那年有次她提及他床单上的污斑时那样。不过他想说说，她也看得出，这些细节，以卖弄他这个男子汉大丈夫所获得的知识。他叹息一声表示屈服，然后闭上眼睛说道，“很难形容。你知道关于醉了酒的说法，‘感觉不到痛苦’吗？吸上一口，我就感觉不到痛苦了。我猜，这意味着在其余的时间，我是感觉到痛苦的。一切从黑白变成了彩色。一切都更紧张热烈，更富有希望。你看见的世界就是理想中的世界。你感到力大无穷。”最后这句掏心窝子的话太私密了，这孩子不由得眨了眨眼睛，他的睫毛像女孩子的一样长，脸刷地红了起来。

被引得离儿子的性机能中的某种中性的、不确定的因素——某种从他身上吓走了的因素——这么近，詹妮丝感到有点儿恶心，于是把腿收到沙发上，压到身子下面，短裙抽到膝盖上面去了。五十二了，她的腿依然结实修长，这是她当女孩、当女人最美的一点，因为她的头发一直稀少，乳房又小，脸也没什么特别的地方。她在佛罗里达尤其钟爱自己的腿，因为在这里它被晒成了棕色，与别的女人的腿一比，优势是明摆着的，她们那些人已经把自己弄得不成样子了，或者一开始就没个样子。这些犹太女人一般都是钢琴腿，吊屁股。为了让儿子欣赏一下她的无知，詹妮丝问，“你一次需要吸多少才能感觉到那些鲜艳的颜色？”

他大声笑了，一副高人一头的样子。“要是你吸食，妈，那就叫线儿。你通常用一个刀片把这种粉儿刮到一面镜子上，然后刮成大约八分之一英寸宽，一两英寸长的线。你用一个麦秆儿或者玻璃喇叭儿吸进鼻子，这玩艺儿你在布鲁厄大桥附近的很多地方都能买到。有些爷儿们用的是一张卷成筒儿的钞票；如果是一张百元大钞，那才叫酷呢。”他笑了笑，想起了这些脆生生亮闪闪的进程，在背向佳济山的布鲁厄东北高区公寓里的朋友们中间。

他妈问，“普露是不是和你一起干这个？”

他脸色阴了下来。“她干过，但怀上罗伊以后就停了，后来再没有动过。她变成一根筋了。她说这把人毁了。”

“她说得对吗？”

“有些人是这样。其实也不见得。那些人总会栽在什么上面。就像我说的，对你的身体健康而言，它比酒精强。上班时你可以在厕所里很快吸上一条线，谁也说不出有什么异常，除了你觉得像个超人。搞销售也像个超人。当你觉得无法抵挡时，你确实很难抵挡。”他又大声笑了，露出一嘴像她的一样的浅灰色小牙来。他的脸也像她的一样小，仿佛不想在世界能伤害它的门面上展示过多的东西。而哈利一到中年就膨胀起来，脸尤其成了一轮满月。这里的人，这些精明的犹太人，喜欢取笑他。捉弄他，就像那四人帮中的三个一样。

她用舌头舔了舔上嘴唇，拿不准现在把这次谈话引向何方。她知道她不可能很快再把纳尔逊的嘴撬得这么开了。他明天下午就要飞回去，举办一个新年聚会。她问，“你也吸强可吗？”

他提高了警惕。他点起一支“骆驼”，脑袋往后一扬把咖啡喝光。鬓角上的一根神经，在灰色透明的皮肤下抽搐。“强可只不过是让你加热吸用的精炼的可卡——小颗粒，大家叫块儿。通常你用一种管子吸。”他手舞足蹈的；烟雾缭绕着他的脸。“一下子就上了天，比鼻子吸来得快。可随后你跌得也快。你就还想要。你就得连轴儿转了。”

“这么说，你也这么干了。吸强可了。”

“我已经上瘾了。有什么区别？方便，这两年满大街都是，贼便宜，因为团伙之间竞争激烈。一个块儿十五元，甚至十元，人家管它叫糖。妈，不是什么大问题。你这种年纪的人谈毒色变，可这只不过是一种放松的窍门儿，追求你的刺激的窍门儿。穴居野人都得有自己的刺激。鸦片、啤酒、海洛因、大麻——已经风行了多少年了。可卡因是其中最干净的，服用它的人大多都是成功人士。其实是它让这些人成功的。它能保持我们的锐利。”

她的手搭到放在沙发垫子上的自己的光脚丫子上。她把脚趾头捏了捏，然后又展开，通通风。“那你看我就是个大傻帽了，”她说。“我本来以为它在贫民窟里无孔不入，是我们读到的大多数犯罪的幕后指使。”

“报纸总是耸人听闻。它们把一切都搞得耸人听闻，无非是扩大销售嘛。政府也在耸人听闻，让我们不去考虑他们是多大的弱智。”

她凄凉地点了点头。爸爸过去最恨政府了，因为那时候人们纷纷指责它。她先把一条腿伸开，把脚后跟搭在圆玻璃桌上，然后把另一条平行伸开，于是光光的腿肚子就碰到一起了；她拱起她的棕色多筋的脚背，仿佛要诱人欣赏似的。她的腿样子依然年轻，脸却从来不是这样。她把双腿往下一屈，脚踩到地毯上，又一本正经起来。“我去热一热咖啡。你不想和我把那块陈丹麦面包分着吃掉？无非是不让它进你爸爸的肚子。”

“你一个吃光算了，”他告诉她。“普露不让我吃那样的劳什子。”詹妮丝发现这话好生无礼。她是他妈，不是普露。她站在厨房里等着咖啡热好，纳尔逊像个没事人似的向她喊，因为又发现了一个话题，“这里有一个下了班的消防队长助理，驾着他的消防车，开着闪光灯和警报器，撞了一辆摩托——八成儿是喝高了。他们认为元旦会下雨。”

“我们需要雨，”詹妮丝说着便端着“香霸”和盛着切成两半的丹麦面包的盘子回来了。“我喜欢天气暖和，可这个十二月一直有点儿离谱。”

“你在厨房里注意没注意几点了？”

“快中午了吧，干吗呀？”

“我在想这里只有一辆车，多难挨呀。要是没人反对，他们一回来，我就办点事儿去？”

“要办什么事儿？”

“你知道。药店买点东西呗。我得弄点安眠药才行。罗伊在那种含氯的水里游过泳后，还把湿唧唧的泳装穿在身上，所以生疹子了，有没有什么油膏我可以给他弄点？”

“你该不是去找前天夜里在鱼肉餐厅里混的那伙人吧？是那些能卖给你线儿块儿或者你说的什么名堂的人？”

“得啦，妈，别像个特务似的。你不能盘查我了，我是个大人了。我后悔把我干的一半儿事情都告诉你了。”

“你没有告诉我我真正感兴趣的事情，那就是这种习气要花你多少钱？”

“不多，老实话。你知道吗？电脑和可卡因大概是经济界惟一价格下滑的商品？从前它花的钱可是老鼻子了，除了流行乐歌手谁也买不起，可现在，你掏七十五元破钱就弄整整一克。当然，你不知道它杀了多少价，但你得学会找一个信得过的贩子。”

“你今儿早上用过了吗？在你从卧室出来见我之前？”

“嘿，收起你那一套吧。我一直在说实话，可这太荒唐了。”

“我想你用了，”她不依不饶地说。

令她失望的是，他连这也没有否认。孩子嘛，他们干吗要害怕我们呢？“也许吸了一些残留在信封里的东西，好让我兴奋起来。我不喜欢爸爸带小朱蒂去乘小帆船这个主意——扬帆他会个屁，这些天好像糊里糊涂的。他似乎灰头土脸儿的，你注意到了吗？”

“我哪能一眼把什么都注意到。我倒是注意到你，纳尔逊，你完全是一副魂不守舍的样子。用我妈的说法你如坐针毡。这个贩子你也太信任了吧，你欠他钱了吗？欠了多少？”

“妈，这与你有关系吗？”

他倒是自得其乐了，她伤心地发现；他倒高兴让人把它从他心中套出来，把这个丢人的包袱让她扛上。他倒是落得个轻松，看他那副声音放松、肩膀在高级佩斯利旋涡纹花呢浴袍下面溜下去的德性。她告诉他，“你的钱是从摊场上来的，而摊场还不是你的；那是我的，我和你爸的。”

“是呀，猪眼看才是他的。”

“多少钱呀，纳尔逊？”

“到了赊购的最高线，是呀。”

“你干吗不能付账呢？你一年挣四万五，又有房子。”

“我知道按你的想法那钱海了去了，可你是按通货膨胀前的美元想的。”

“你说这种可卡七十五元一克，或者十元一块儿。你一天用多少克，多少块儿？告诉我，宝贝，因为我想帮你。”

“帮我？怎么帮？”

“说不上，除非你告诉我你有什么麻烦。”

他迟疑了一阵，然后说，“我可能欠了一万二。”

“天哪。”詹妮丝感到脚下裂开了一道深渊；她本来把这次谈话想象成坦白和悔悟，最后，她慷慨地拿出一两千元挽救钱。可他说出一个大得多的数字的那种轻松劲儿表明了一种全新的态势。“你怎么能这样呢，纳尔逊？”她软弱无力地问道，贝茜·斯普林格所有的义正辞严的倔强从她身上吓没有了。

纳尔逊的小白脸，察觉出了她的震惊，开始慌了神儿，开始发红了。“这有什么大不了的？一万二连个朴素型佳美都买不来。你想你们一年喝酒花了多少?”

“没有的事。你爸从来都不是个酒鬼,尽管与穆尔科特来往的时候试着喝过。”

“与穆尔科特来往的时候——你知道那时候对他意味着什么,不知道吧? 往辛迪·穆尔科特的裤裆里钻,这就是他一心想的事情。”

詹妮丝两眼一瞪,差点儿放声大笑起来。他多年轻,那是多咱的事儿,跟纳尔逊想的有多大的区别。她感到心里空落落的。她希望有点什么抿一口,一小橙汁杯的血红血红的堪培利开胃酒,不用苏打稀释,这里的女人吃午饭或者出来在游泳池边躺躺,总喜欢喝汽酒。她那半块填樱桃的丹麦面包在胃里有种沉甸甸的感觉,现在她心里烦躁,便忍不住把纳尔逊那半块的糖霜往下抠。他就是不吃——他对她和哈利喜欢的这些软毒品不屑一顾——这是他身上最恼人的东西。她告诉他,语气生硬,“我们花多少钱,我们掏。我们有的是钱,也花得起。”她向他伸出一只手来,两根指头比划着。“能给我一根烟吗?”

“你又不吸烟嘛,”他告诉她。

“我是不吸,除非我在你和你老婆身边。”他耸了耸肩,把他那包“骆驼”从桌子上拿起来给她扔过去。他们已经串通好了。这一切的轻松——香烟本身,她吸烟时鼻孔里干巴巴的刺痛感——把事情恢复到了她可以掌握的范畴。她问,“你不给钱时,这些人,也就是这些贩子,怎么办?”她可能咬破她的嘴唇——她已经进入了他的领地,在那里他是一个无辜的受害者。

“噢,”他说,一面对摆出的一副漫不经心的勇敢架势沾沾自喜,一面在他用作烟灰缸的一个可爱的贝壳沿儿上把他的烟灰捏成形状,“主要是说说而已。他们说他们要打折你的腿。威胁要绑架你的孩子。也许正因为这,才让我为朱蒂和罗伊捏着一把汗。要是他们老是威胁你,最终他们不得不动真格的。可是,话又说回来,他们不想失去一个好买主。那就像银行。你欠的够多的了,可他们总想把这个客户留住。”

詹妮丝说，“纳尔逊。要是我给你一万二，你能发誓永远不沾毒品吗?”她努力盯住他的眼睛。

她盼着他至少急忙发誓，先把她的礼物抓到手，这孩子胆子大，脸皮厚，稳稳坐在那里说，眼睛都不瞟她一下，“我可以试试，但说老实话，我没法答应。为了让普露高兴，我以前也试过。我爱可卡，妈。它也爱我。我说不清楚。它对我的脾胃。它让我觉得对我的脾胃，那是别的东西办不到的。它就像银行。你欠得够多的了，可他们总想留住你这个客户。”

她发现自己哭了，没有抽泣，只是嗓子眼里像塞了干草那样疼，面颊上湿漉漉的，好像一名丈夫在平静地坦白他爱上了另一个女人。当她憋足了劲儿能够说出话来时，她一清二楚地说，“那好，我就犯傻帮你毁掉你自己吧。”

他转过头来，直愣愣地盯着她的脸。“我会把它戒掉的，没问题。我刚才只是在自言自语呢。”

“可是，孩子，你行吗?”

“肯定行。我经常一连好几天不吸。没有脱瘾过程，是一件美妙的事情——没有一阵一阵的呕吐，没有震颤性谵妄，什么也没有。那只是个下定决心的问题。”

“可你的决心下定了吗？我的感觉是没有。”

“肯定下了。就像你说的，我掏不起钱。你和爸爸是摊场的主儿，我是你们的打工仔。”

“这是一种处理办法。另一种办法可能是我们向后退，给你一份要负责任的工作，独当一面，不许我们干涉。你爸爸在这里烦得要命。甚至我也有点烦了。”

纳尔逊突然拿出了一个新招。“普露帮不了忙，你知道，”他说。

“是吗?”

“她认为我是个脓包。她总有这种看法。我只是她走出阿克伦的门道，现在她出来了。我得不到一点一个男人该从老婆身上得到的东西。”

“什么东西?”詹妮丝还真产生了兴趣;她从来没有听到一个男人说过这些事儿。

他做了一个反感的、让人莫名其妙的鬼脸。“你知道——别装天真。安慰。关爱。让男人觉得自己了不起,即便他并不咋样。”

“我也许是天真,纳尔逊,可是难道没有我们只为自己做的事吗?女人有自己的自我需要维护,她们有她们自己的问题。”她在这儿参加的每周妇女讨论小组可算是没白费工夫。她感到义愤填膺,一腔的独立精神,便愤然起身扬长走进厨房,打开橱柜门,拿下堪培利开胃酒和一只橙汁杯。炉子上的水绿色瓷釉钟显示着 12:25。正好在她旁边墙上的电话响了,把她吓了一跳,手里的瓶子往上一蹦,一些堪培利酒洒了出来,溅在福米加塑料台面上,水红水红的,活像稀释了的血。

“是……是……我的上帝呀……”纳尔逊坐在藤椅里,正在策划下一步的行动,心里纳闷要一万二是不是数目太少,比他欠的少,这是铁板上钉钉的事儿,却听见她妈的声音做每一声回答时紧张得喘不过气来,又从她挂上电话急忙向他走来时的脸色看出事态有变;出现了一种新情况。他妈的佛罗里达黑不见了,留在她脸上的是一层绿灰色。“纳尔逊,”她说,说起话来像新闻播音员一样高效,“普露来的电话。你爸心脏病突发。他们把他送进了医院。他们马上回来,好让我用车。你用不着去了,除了我,不许任何人探视他,而且每小时只准五分钟。他处于特护状态。”

德利昂社区总医院是一套现代的白色矮建筑群附加在一个灰黄色的中心上,建成于三十年代,西班牙瓦盖顶,窗户上装了弯曲的格栅。这个建筑群占了罗望子路南侧的两个街区,这条路与品多棕榈大道向北平行了一英里左右。詹妮丝昨天的大部分时间就是在这里度过的,所以她知道去停车库的路，罗望子路在地面上漆有箭头，一出停车库就按箭头所指走，跨过一座玻璃封闭的双层步行桥，桥把他们往前领去，下面是停车库票房、一条宽阔繁忙的柏油路和一个铺六角形瓷砖的庭院，院子里有夹竹桃篱墙拱门和坐在亮闪闪的钢轮椅里的康复期的病人，然后走下半段楼梯进入一个大厅，那里有街头浪人，种族繁多，但其中的白人手上脸上都染上了一种长期在户外活动造成的深棕色，这些街头浪人都在打盹儿，旁边放着捆扎整齐的包包捆捆和塑料垃圾袋，里面装着他们的全部所有。大厅里弥漫着夹竹桃、小便和空气清新剂的气味。

詹妮丝穿着一套软料子的鲑肉红跑步服，袖子和裤子上的条纹是粉蓝色的。她在前引路，纳尔逊、罗伊、普露、朱蒂紧随其后，全是飞机上的那副行头。仅仅一天的工夫，詹妮丝就养成了寡妇的利索，也就是一个女人没有男人给她定步调的行走速度。而且旧爱的残余——在这个熙熙攘攘的机构里又复活了旧日的动物磁力，这种环境跟中学的走廊大同小异，她就是在那里第一次感觉到兔子安斯特朗的，他当时是个全校闻名的毕业班学生，身材高大，金发碧眼。她才是个貌不惊人、才不出众的九年级学生，黑不溜秋的——把她拉向自己的男人，因为他的动物的脆弱性唤醒了她对他的身体的意识。他的，还有她自己的。由于他一落千丈，她便趾高气扬地，连续不断地意识到她自己身体富有弹性的健康，腰杆笔直，显得盛气凌人，功能顽强，富有奇迹。

孩子们可吓坏了。罗伊和朱蒂不知道他们这次探视会看到什么样的情景。也许他们的爷爷被童话里的凶恶巫婆那样的人，兴妖作怪变得没有一点儿人样，成了一只癞蛤蟆，或者一个热气蒸腾的水塘。要么他本来就是个妖怪，给他们摆出一副和蔼可亲的样子，装出一种可爱诱人的声音，就像那穿着外婆衣服想吃小红帽的狼。甜丝丝的抗菌剂味儿，比比皆是的电梯，关闭的门，指示牌，穿着白大褂、白袜子、白鞋、戴着塑料徽章的人，他们自己繁乱的脚在油地毡地板上发出的空洞而目的明确的声响，地板经过擦洗打蜡，油光闪亮，自己都有了水一样流动的涟漪，凡此种种，都扩大了他们孩子肚子里的不祥的感觉，扩大了他们的怀疑：好像有一个无法逃脱的迷魂阵，有一个光洁滑溜的陷阱，门和阀只向一边开着。人们为自己建筑的世界似乎是一个居心险恶的奢华创造。一进医院，你的感觉是再没有别的世界。你通过窗户看到的棕榈树、喷气机的尾气线，松垂的电线和蔚蓝的天空似乎是窗格的一部分，陷阱的一部分。

有拱顶的大厅里有两幅壁画——一头，肤色各异的快乐的人们在橘园里工作，上面的太阳似乎是一个更圆的橘子，另一头，一群身穿铠甲的大胡子西班牙人像木头似的跟近裸的印第安人交换没有名堂的礼物，一个印第安人手持弓箭蹲在一簇尖尖的丛林灌木后面。这个印第安人居心险恶，眉头紧锁。那个探险家将死于非命。

总台上一位瘦骨伶仃、一丝不苟的女人查了一下电脑打印输出，告诉他们楼层，指了指该上的电梯，这一家五口便一拥而上。电梯里有一个捧着一束花不断清嗓子的男子，有一个西班牙裔男孩端着一盘丁当作响的药水瓶，一个下巴大、头发密的中年女人推着一个只是头发没有那么密、染得没有那么亮、坐在轮椅里的她自己的老年版。她把妈妈拉出去让别人上下，然后又把轮椅推进来。朱蒂向天上翻着她的绿眼珠，抗议大人们怎么这么讨人嫌，这么手脚笨。

他们的楼层是四楼，也是顶楼。詹妮丝感慨的是，这里的护理所怎么远远没有心脏特护区那样周密。那里，统一着装的妇女被挡在一堵堤坝似的众多心脏监视器后面坐着，每个监视器用一条抽动的橙色线表示从一排排单间病房里传出的不完善的心跳，三面都是病房，有玻璃前墙，有些门开着，你可以看见一个昏迷的病人在他的细面条似的管子下面坐起来，有些门闭着，但帘子没有拉，所以你可以看见一个失去知觉的脑袋上的两个黑洞洞的鼻孔和三角形的垂死的嘴巴，还有些门帘子凶多吉少地拉着，把正在进行的凶险的医疗进程遮住。她生过两个孩子，把父母双双护送进了坟墓，所以对医院并不完全陌生。在四楼这里，却只有一个高高的柜台和几张桌子，一个候视区，摆着一张硬木长靠椅和一张咖啡桌，上面放着《现代保健》，《妇女节》，《瞭望塔》，《救星月刊》。一个高大的黑人女子嫣然一笑，把心急如焚的安斯特朗家的这群人堵住。她的一头编得很紧凑的油光光的玉米辫盘在白帽子下面。"一次探视只进两人。安斯特朗先生今儿一早刚从心脏特护区出来，他还不能太激动。"

她那张闪亮的宽脸和精心辫成的头发让小罗伊呆住了；他受不了越来越生疏的压力，突然嚎啕大哭起来。他乌黑的眼睛睁得圆圆的，然后又闭得紧紧的；他的橡皮似的嘴唇好像被一种可怕的味道扯了下来。他一哭，走廊里的许多脑袋应声转了过来，因为护理和大夫正忙着在走廊里处理下午开始的日常事务。

普露把他从纳尔逊怀里抱过来，把他的脸贴到她的脖子上。她告诉丈夫，"你干吗不把朱蒂带进去呢？"

纳尔逊的脸也拉得老长，一脸的不快和惊慌。"我不想第一个进去。假如他胡言乱语还是怎么了。妈。你应当先进去。"

"天哪，"她说，仿佛哈利对他们惟一的一个活着的孩子的愤怒的包袱已经转移到她身上了。"我两个钟头前给他打过电话，他完全正常。"但她还是牵着小姑娘的手两人一起顺着亮光闪闪、浮着涟漪的走廊，寻找326房间。这个数字勾起了詹妮丝隐约的回忆。在以前的什么地方？是哪辈子的事情。

普露坐在硬邦邦的长靠椅上——没有垫子，也许是不鼓励闲人逗留——又是絮叨，又是摇晃：想办法让罗伊安静下来。过了五分钟，随着一声打嗝似的啜泣，他睡着了，抵在她身上，又重又热，把那套她在东北的冬天下飞机时穿过的花格子套装弄得皱巴巴的，觉得更加闷热。给人的感觉是这里的空调关掉了；本地的气温攀升到八十多度，比一年这个时候的正常气温暖了十度。他们已经买来了今晨的《新闻报》，要给哈利当礼物，趁他们在凳子上坐着等候的当儿，纳尔逊开始看起报来。里根、布什收到传票。普露的眼睛从他的肩膀头儿上望过去读着。1988年地区性凶杀下降。球队老板掏钱安葬安珀。跟布鲁厄《旗帜报》不同，这份报纸页面上总有彩印，今天在显著地位刊登了一幅绿色的英国地图，把洛克比醒目地标出，还套印了一只行李箱和一架正在爆炸的飞机。报导描述高级炸弹。“纳尔逊，”普露柔声说，以免吵醒罗伊或者让护士听到她想说的话。“一直有件事让我心烦。”

“是吗？彼此彼此。”

“我指的不是你和我，换个说法吧。你会不会认为——？我都没法说。”

“说什么？”

“嘘。小声点。”

“见鬼，我在专心看报呢。他们认为他们现在完全知道炸毁泛美航班的是哪种炸弹。”

“昨晚我马上想到了，可我一直努力心里不去想它，然后我们还没说话，你就睡着了。”

“我累垮了。那是我几个星期睡的头一个囫囵觉。”

“你知道原因，对吧？昨天是你几个星期没服可卡因的头一天。”

“这跟睡觉无关。我的身体和鼻子都好了。我难受，是因为我爸爸突然快死了。这他妈的太让人丧气了。我的意思是，假如他走了，下一个该到谁？我还太年轻，不能没有爸爸。”

“你难受是因为那种化学品离开你的身体寻找一种变化。你一直处于可怕的神经紧张下面，那是毒品在起作用。”

“那是我操蛋的全部神经生命在起作用，而且自从你我拴到一起以后一直在起作用；那是因为有了一个虚情假意的老婆，自从要了她想要的孩子，性冲动就像冻酸奶一样。”

普露一生气，嘴巴就绷紧了，这样，上嘴唇便硬撅撅的，出现了几乎像小胡子一样的一条条垂直的皱纹。你看见她还真是一嘴轻纱似的小胡子；正朝像连鬓胡子的方向前进。她一伤心难过，脸就变成一块盾牌向他逼近，她的眼睛下面绉纱般的皮肤像她的发缝一样寡白寡白的，她的低语变得怒气冲冲，用它的老调子弹了出来。这种话他以前就听过：“我干吗不顾自己的性命和你睡觉，你这个毒鬼，你以为我想染上艾滋病，不是在你用速效时从你的脏针上，就是从你一直搞到凌晨两点的你那种贱可卡婊子身上？”

罗伊抵着她的脖子啜泣，接待区柜台后面的两个护士故意把纸张弄得哗啦哗啦的响，仿佛为了避免无意听见别人的交谈似的。

“你这臭婊子，”纳尔逊说，声音轻柔，面带微笑，仿佛他在说中听的话似的，“我不用针，我也不操可卡婊子。我不知道可卡婊子是什么，你也一样。”

“你想怎么叫就怎么叫，只是别把她们的病弄到我身上。”

他声音依然很低，几乎成了卿卿我我的态势。“你他妈的从哪儿学的，把尾巴翘得这么高，我倒想领教领教。什么叫你变得操他娘的这么纯洁，当你过瘾的时候，你不讲纯洁了，让自己怀上胎。然后就把梅勒妮打发回家到布鲁厄跟我在一起。一个劲儿地撅屁股好把我缠住脱不了身，为你自己的女友拉皮条，那真是件冷血动物干的事。”

纳尔逊看着妻子皮肤白皙、越来越宽的脸，上面因愤怒而生的皱纹像小胡子一样，三角形的脑门也气皱了，这张脸向他紧逼过来，限制了他的视线，他反而从上面发现了一种慢性的安慰。这张脸把所有的威胁都关在外面，不让沾边。她结结巴巴地说，仿佛她知道她正在经受磨难似的，“这个我们已经说过一百万回了，纳尔逊·安斯特朗，我真没想到你竟然和梅勒妮跳上床了，我真傻到家了，还以为你爱上了我，在想办法和你的父母商量着解决问题呢。”这一番牢骚，内容陈旧，怨气冲天，但仍然是种他可以偎依进去的熟悉的安乐窝。夜里，两个人都睡着以后，正是她把绒绒的长长的胳膊弯过来，搂住他那汗津津的胸脯，而他却蜷得紧紧地，成了胎儿的姿势，把屁股挤进她毛茸茸的胯裆里。

“我就是爱嘛，”他说。这会子显然在调笑，“我就是解决了嘛。你刚才要说什么来着?”

“哪方面的事?”

“你正要告诉我,可是又没法讲,因为我睡着了,因为按你的说法,我不像平时那么兴奋。”他把脑袋靠到长椅的头靠上,带着他这种新的血流干净了似的疲惫,叹息一声。下来你才会意识到平常你是多么地高高在上。“上帝,”他说,“回到真实的世界真好。你关于昨天的话有点儿道理,你一回来,妈妈就把车抓住,我可抓瞎了。瓦尔哈拉坞里里外外你能买到的就是健力多。”

她的声音在夫妻同情中变软了。“我喜欢这样子的你,”她坦言。“仅仅是你自己。没有添加剂。”他那整洁紧凑的侧影像加盖到他那些疲沓的思想上的章子,他的日渐稀疏的鬓毛受到日渐突出的小胡子的平衡,所以看上去简直可以说是个漂亮人。他那耗子尾巴发型里散乱的灰发触动了她,仿佛她是这些灰发的罪魁祸首似的。

在普露宽恕的声音里,他疲倦地听见她还不准备让这桩婚姻付之东流。他还有充分的余地。“那东西我有也行,没有也行。昨天,也许你做得对,不管是出于对老头子的尊重,还是别的什么原因。我只是决定将就过去。似乎谁也弄不懂,那不是毒瘾。”

“高,”普露说,声音里的绵软退了。“我老公却是证明规则的例外。”

“难道我们没有别的话可说?”

“朱蒂,”她决定说了,“被套在帆下面的这件事。帆不是小得很吗?你知道她水性有多好,你会不会认为——?”

“认为什么?”

“认为她只不过是装的,跟你爸玩藏猫猫,后来就把握不住了?”

“就这样差点儿要了他的命?胡想些什么呀。可怜的爸爸。”纳尔逊的侧影笑了;他的小胡子撅到他那直愣愣、红滋滋的小鼻子底下。“我不这样认为,”他说。“她不会那样酷的。想想看她觉得那儿离岸多么远,周围到处有鲨鱼。她不会玩藏猫猫的。”

“我们其实不知道那里是怎么个情况，这种情况又持续了多长时间。孩子的头脑想事跟我们不完全一样，你爸对她的那种样子是要逗着玩玩，就是跟她说话的那种样子。她做的事情不是想使坏，而仅仅是个孩子的想法，你知道，也逗他玩上一回。”

他又笑了笑，露出了一嘴向里弯的小牙，看上去总有点儿灰，不管他刷得怎么用劲，又是用洁牙线剔，有次还用塞进睡衣里的有橡皮尖的把儿擦磨。“我知道那是个馊主意，他对船屁都不懂，却硬是要把她领到那儿去，”他说。“你说还因为救了她的命显得洋洋得意？”

“在海滩上，在医护人员到来之前——好像永远都来不了啦，可他们说仅仅用了七分钟——他好像挺高兴，总算一块石头落了地，即便疼得要命，呼吸费劲，他还一个劲儿地想办法说笑，逗我们笑。他还告诉我应当给脚趾甲涂上新的趾甲油。”

纳尔逊睁开双眼，他凝视的不是对面的墙，尽管上面还有个已故的赞助者的油画肖像洋洋自得，而是视而不见的过去。“我有过那个宝宝妹妹，你知道，”他说，“她淹死了。”

“我知道。我们谁能忘记这事呢？”

他又瞪视了一小会儿，说，“兴许他高兴救了这一个。”

哈利仰面躺着，上了麻醉，被管管线线绑在似乎一片白茫茫无涯际的地方，确实，对这时候的他而言，看见小朱蒂活着，每一根红棕色的头发，每一个雀斑都完好无损，她的长长的睫毛仿佛是被一台莱诺铸排机以两点的间距一根一根分开，看见这种景象，真是一种纯粹的喜悦。她触了霉头，然后又活了下来。她将活蹦乱跳地离开佛罗里达这个死神偏爱的州。

二十六小时前他的虚脱倒是因祸得福，一开始无奈而瘫软地躺在一片红色的天空下，感觉到自己听凭别人的摆布，成了一个关切和专业的世界上看不见的、显示痛苦的焦点，这在某种程度上真有种走完了他一生轻率的旅程后回家的感觉。在沉没的过程中,他发现周围的世界像气体一样在升腾,医护人员、大夫、护士们的严肃而关爱的脸像被他的紧急情况释放了的如云的节日气球。在这个灯光浸透了的医院里,在这个奇迹即便算不得廉价也不过是常事的高效商场里,他的许多包袱被卸掉了。他们已经取掉了他的导管,现在他惟一的问题是想小解——他们不断滴进他体内的所有液体——侧进一个床用便盆里,而不致扯松这些连到心脏监视屏上的静脉注射的管管线线和鼻孔里的氧气管。

另一个小问题是雾:他一直盼着看的一场橄榄球赛,在芝加哥大校场进行的鹰队和熊队之间的一场全国橄榄球联合会季后赛,这场比赛正在由架在离他的脸不到两英尺的一只棕褐色瓷漆金属手臂上的电视机上播放,可是这场十二点半开始的比赛图像越来越模糊,最后被从密歇根湖上吹来的一场空前的大雾吞没了。电视覆盖范围已经局限在边线摄像机前;看台上面的人和播报间的播报员甚至比上了麻醉躺在这里床上的兔子看到的还少,"有人接了一个绝好的球,"一位有色人种评论员说,其实就是特利·布拉德肖[1],就是在八十年代初的超级碗赛中被那个走运的硬撅撅的斯塔尔沃思用一个杂耍般的接球闪开了的那个布拉德肖。人群高高地隐现在雾里,与电视活动可怜巴巴地同步咕哝,呻吟,想办法要在电子记分牌上读出比分。两个播报员——一个是长着青蛙眼的黑人,也许正就是那个娶了比尔·科斯比的电视里的老婆的那个家伙,一个是长着一张疙里疙瘩的脸的白人——似乎感到义愤填膺的是,上帝竟然干这种事,把哥伦比亚广播公司给搅了,把一场赞助商每分钟掏一百万、有数百万观众在看的电视节目抹掉。他们怨声载道,为什么官员们不取消这场比赛。哈利发现雾发了善心,因为起雾之前鹰队情况不妙,坎宁安绝佳地抛过来的两个可触地得分的球

---

① 特利·布拉德肖(1948—),著名的橄榄球运动员,曾率领匹兹堡钢人队四夺超级碗。

都被判无效，就因为安东尼·托尼愚蠢的犯规，然后又是这个雏儿杰克逊在球门区一英里无人盯防的情况下居然把传来的球脱手了。比赛在雾里闪闪烁烁，垫衬得鼓鼓囊囊的人从虚无中赫然突现，然后又渐渐淡出，有一种奇特的美对在一个新世界的新的宁静的中心的兔子的新的处境产生着影响。两个主播一个劲儿地说他们从来没有见过这样的景象。

起初他还不容易意识到他得为探视者表演一番，不容易意识到光躺在这里，像看另一个频道的电视那样接受他们的出现是不够的。电视在播放商业广告，那个米勒公司的广告播放的是一个黑人大汉把台球台举起，于是所有的球大概统统滚进了球袋，在此期间，他把视线移低，看着朱蒂急切的脸，它明亮、精细得像无尘无锈的手表零件，然后对她说，“我们学会了，对吧，朱蒂？我们学会了怎样抢风转向。”

“那就像剪刀，”女孩说，还用手比画着。“你朝着帆推进。”

“对，”他说，要么是离开？他的思绪也雾蒙蒙的。他的声音，鼻音浓重，发沙，听上去不像是他的；他的嗓子酸疼，那是他被送到医院时他们给他上了什么手段造成的，什么带氧东西吧，他从中出来了一半，然后全出来了，多亏了在昏迷中他们溜进他体内的什么东西。

“哈利，你这情况医生是怎么说的?”詹妮丝问。“会有什么问题?”她坐在他的床边的一把椅子上，一种新式的塑料垫轮椅，像是弗雷德·斯普林格宠爱的巴卡躺椅的快速版。她的脑门有那种焦急的剥去了皮的样子，嘴巴成了一条木呆呆的槽口，黑洞洞地开着，有半英寸。她穿着那套双色运动服和一双又大又笨的阿迪达斯鞋，看上去活像老年联合会保龄球冠军，她的脸，被太阳晒硬了，颧骨上面生出了两绺鞭痕似的小疙瘩。眉毛下的嫩皮开始起褶。人岁数越大，毛病也就越多。

他告诉她，“一位大夫告诉我，我有颗运动员的心脏。太大。外面太大，也就是说，里面太小。肉太厚。显然心脏不像你想的那样是一张漂亮的情人卡，它是一块肌肉。它怦怦地扭动着，就像这样。”他抽搐着一个拳头向他的小观众演示:跳、停、跳、停。朱蒂的脸被他看不见的心脏监视屏吓呆了;不过,他估计他做小小的演示一用劲就会在他的心电图上显示出来。詹妮丝也瞅着,她们的四只眼睛的闪动反映着电子线的抖动,她们的两张嘴都张着,形成两个同样的黑洞洞的槽口。他以前从未看到她们之间有任何遗传体征。他接着说,“他们要给我的心脏里加进一些染料,办法是把一根长管子往腿上面的某根动脉里一插,这样他们就能准确地看见有什么情况,不过他们想都不想,就认为至少有一条冠状动脉被堵。小时候除了在球场上奔跑,还吃了太多的猪排。不过,没问题。他们什么都可以分流,现在天天都搞这个,简单得就像安个塑料水管一样。他们告诉我,他们是在最近十年学会做这一切的,真是不可思议。”

“你要做开心手术?”詹妮丝问道,一副大惊失色的样子。

模仿心脏的那只拳头有种闷闷的、重重的感觉;他把它小心地放下来搁到躺在床单上的身体一侧,一时间把眼睛闭上,免得看见愁眉苦脸的老婆。“眼下不做任何事儿。也许最后还得做。这是一种选择。另一种选择是这种导管里有个气球,当管子插进被堵的动脉时,他们就让气球充气。气球就把蚀斑爆裂了。他们就是这么叫的,蚀斑。我还以为说的就是你当了冠军得到的饰板呢。”兔子不得不使劲儿憋着不要笑,因为自己无法与詹妮丝共享他肋笼里麻醉引起的平静,那种终于处在宁静的中心的感觉。止痛剂,血液稀释剂,镇静剂,血管舒张剂,利尿剂统统从上面滴进他的体内。给医院世界涂上了仁爱有趣的玫瑰色彩。他喜欢这种经常不断的活动,不断有人来抽血、量血压、检查器械和打点滴的情况,喜欢身体结实、没有气味的年轻女性来回招摇,个个穿着上过浆的棉布衣服,展现出各大洲的不同肤色,她们服侍着他的无助的肉体,把敬重和屈尊性感地结合起来,她们像女演员或艺伎那样的漂亮脸蛋上带着那种训练有素的神情。他那间白墙小屋在他神志恍惚时显得像座舞台,到处是不可预见的出口和入口。半私密,它甚至还有一块幕,把他的室友挡住,此人今日一早又是唠叨,又是呕吐,又是呻吟,但打那以后陷入一种兴许是死亡的沉寂里。但对哈利而言，戏还在往下演，到时候另一个演员就会登场。“大夫来了，”他对詹妮丝宣布。“你想问什么尽管问他好了。我看比赛，朱蒂看我的心脏监视屏。要是它停了，就告诉我，朱蒂。”

“爷爷，别开玩笑了，”可爱的孩子嗔怪地说。

心脏病医生是个大个子红皮肤的澳大利亚移民，名叫奥尔曼大夫。他长着一个粉嘟嘟的鹰钩鼻子，一嘴白灿灿的牙齿和一头白苍苍、直撅撅的硬发。多年在佛罗里达养尊处优在他嘎巴溜丢脆的原籍口音上盖上一种南方的拖腔。他把詹妮丝窄窄的棕色小手握进他那肉囊囊的红手里，这样一来，在兔子的眼里，他们变成了他的心脏父母——愁眉苦脸的栗棕色的矮妈妈和外表沉静、实事求是的爸爸。“他一直是个病包儿，”奥尔曼大夫告诉她，“我们得教他如何更好地关照自己。”

“他的心脏到底怎么了?”詹妮丝问。

“一般问题，夫人。疲劳，僵硬，充满了污垢。就他的年龄、经济状况等等而言，是个典型的美国心脏。”

播放起了紧张得出奇又令人有点儿尴尬的加乐酒广告，一个男的盲目地和一个女孩约会，结果才发现那女孩原来正是那个建议他约会时该带什么酒当礼物的该酒的推销员。

“我们尽量不用心脏导管插入术，”奥尔曼大夫说，“主要的狭窄现象是标准情况，左前降，系统重负荷。幸好，他好像具有相当健全的附属部件，它们在维持着他的活动。你看，夫人，每当心脏渴望氧气的时候，它就想办法开发替代路线给肌肉供血。还有，从杂音上，我想我们听到了主动脉瓣膜周围有些狭窄。情况不太妙，但决不是我们见过的最糟糕的。”

詹妮丝看着老公，几乎有点自豪了。“啊，哈利！你常提一些小疼小痛和呼吸上的问题，我从来没有把你太当回事。你还是抱怨得不凶。”

“太棒了，”广告中的女孩叹息着说，约会完了，星眼闪烁，而焦点柔和；你看得出他们要干起来了，不是这次约会，就是下次，还要结婚，婚后生活永远美满,全托加乐的福。

奥尔曼大夫估摸詹妮丝还算块可教能学的料,于是便循循善诱,步步深入。“喏,如果他的运气还行,损伤不在分叉的部位,钙化不十分严重,许多医生就会建议你开始阶段性保守治疗,先做个血管成形术,再等等看。不过按照我的想法,你得弥补创伤和花销的相对不足——我们不能忘记花销,鉴于老年医保要当缩头乌龟,这位新哥儿又许诺再不增收新税,难道我们就要置花销于不顾?——我们必须用这些心理上的正面优势来抵消负面的反弹,即再度出现狭窄的可能性与再做手术的必要性,实话实说,这方面的可能超过百分之五十。就我们收取的费用而言,就不必拐弯抹角了,动脉分流术就是收费的吸嘴。你们美国人怎么说来着,能派大人就别派小孩顶差?好了,夫人,你想了解多少有关心脏的信息?”

“样样都想,”詹妮丝说,很敬慕此人愿意向她说明情况,她准备集中精力谈谈,舌头却只出溜了一下。

“情况是这样的,”奥尔曼大夫放开胆子说,一只手攥成一个拳头,用另一只手的指头开始向她显示冠状动脉是如何贴在心脏表面的,它们的枝杈钻进了干劲十足的肌肉。哈利当天早些时候就已看到了这一演示,因此示意朱蒂靠床近一点儿。她穿的是她下飞机时穿的那件粉红色的聚会装,辫子上扎着那条硬撅撅的白丝带。昨天的海上经历使她的鼻翼和清澈的绿眼睛下面晒红了,那里恰好是她的雀斑最稀的地方。她目不转睛地盯着他的心脏监视屏。

“你看见什么啦?”他沙着嗓子问她。

“像只一抽一抽的小虫子,只是一个劲地走。”

“那就是生命,”他告诉她。“那就是你爷爷。”

朱蒂顺从了一种冲动:靠着床想把老爷子抱一抱,结果把他身上插的管管线线拉扯乱了。“爷爷啊,”她坦言,“全怪我!”

他的脖子感觉到了她的热气。他用没有被静脉注射扎的那只胳膊尽力抱着她。“别说傻话。怎么能怪你呢?”

“昨天。在那儿吓出你的魂儿来了。”

“你没有吓着我,宝贝。墨西哥湾吓着了我。你没有吓着吧?”

眼泪汪汪的,她摇头表示没有。

这似乎又让他摸不着头脑。“为什么?”他问。

她那光滑的小脸上浮现出那种翘企的神色,一个成熟女人一有这种神色,就表示她要撒谎了。她有点扭捏地说,“那里有你陪着我,爷爷。周围还有好多船呢。”

他再次紧紧地搂了她一下,她的娇小的身体没有抵抗,有什么东西从里面消失了;他的嗓子有种粗糙的感觉,也许是昨天呛了几口海水的缘故吧。由于热泪盈眶,他眼睛迷糊了。电视上,宽肩膀窄屁股的男人的动作像奥林匹斯山上云中的神祇一样。你连谁是白人谁是黑人都分不清楚。尽管什么也看不见,主播还在一个劲地声嘶力竭、激动万分地高喊。一则广告展示一辆苏巴鲁颠颠簸簸地往堆积如山的废车架上爬的画面。

“想换频道吗?”他问朱蒂,问完就把她的手从他扎绷带的手腕上拿开,因为她的手在那里捏得他生疼,然后把它搁到米色金属臂上的电视机的手控器上。他躺了回去,感到白色的墙壁向他四周延伸,恰如昨天的海洋,他的床活像一只木筏。朱蒂闪换着电视频道,一场摔跤比赛,一个游行场面,一个吓人的商业广告,卡尔·马尔登[1]狂叫:持有美国运通旅行支票你就不会被抢被盗,一对黑衣男女在一片闪烁的冰上滑动,一部虚假的恐怖电影,讲的是一个十多岁的伦敦狼人,又是一部电影,他们从频道间歇中得知叫作《李小龙拳术》。这部功夫暴力片能引人入胜,朱蒂看了几分钟。奥尔曼大夫推心置腹地、用那种劲头十足的澳大利亚口吻、声音清楚地给詹妮丝讲着,其中的只言片语穿插进电影情节里——凶恶的踢打被导演转换成慢动

---

① 卡尔·马尔登(1913—),美国电影演员。

作，优雅朦胧的东方色彩。“……初步检查……心肌梗塞后常见的肺出血……大出血，漏进肺组织……肼苯酞嗪……心包炎……苯妥英钠……皮疹，腹泻，脱发……这个年纪的男人讨厌用起搏器……”

李小龙一阵猛踢，一下、两下，三下，三个衣着漂亮的恶棍慢悠悠地飞向屋角，家具像好运饼干似地碎了，突然之间，朱蒂又换频道了，碰上一则哈利喜爱的广告，宣传的是哪一种护肤霜，名字他永远也记不起来了，但他永远也忘不了那模特儿溜到浴室门后面时她脸上的那种表情和从裸肩上回眸一笑的那种风姿，然后当她出来时，表情里那种满足顽皮的颤音，她的湿发用一大块软毛巾包着，乳房只露出中间的胸槽，但乳头刚好不在屏幕上，要是屏幕再宽一点点，如果他能像功夫电影里那样把该动作放慢哪怕三十分之一秒，也会看见一个乳头，还有她软绵绵地跌进蓝天鹅绒沙发的那种样子，仿佛满足到家了似的，油润的眼皮一眨，一双媚眼闭上了，眉毛浓了一点儿，酷似辛迪·穆尔科特的眉毛，然后放的是她着装准备出门消夜的情景，她金色的锦缎下面一切依然滋润……“不，等等，宝贝。”他感觉到朱蒂就要换频道，便伸手去阻止，但没有成功，又回到狼人电影上了，那孩子蹲在电话亭里时，脸上长着皮毛，然后是滑冰的人，小裙子猛地一张，那女人向后冲着你滑来；然后，哈利由于扯动了静脉注射，腕背感到刺疼，于是昨天那个疼痛的轻佻鬼又在他的胸部嬉耍起来。杜冷丁准是要失效了。他们把一小棕瓶硝酸甘油放在他床头桌的电话机旁边，还搁了一杯陈水，然后他按人家教他的那样，摇摇晃晃地颠出一粒药，把它压在舌头下面。药在舌头下面发烫，然后，滑稽的是，过了一两分钟，肛门像针扎一样疼起来了。

“他吃了多少垃圾食品？”奥尔曼大夫在问。

“噢，”詹妮丝热情满怀地说，“他可真是个吃不饱。”哈利突然觉得，他老婆可是个换不了的频道。同一个有点儿过高的脑门，同一个木呆呆的嘴巴槽口，日复一日，时间不变，频道不变。她抬眼盯着大夫的白里透红的大脸，仿佛在观看一轮美得富有启迪的落日。这两个人构成了一对搭档，把他剖开了。一个拿的是瓤儿，一个拿的是皮儿。

这时一辆碧绿的苏巴鲁沿着汽车广告制作商所喜爱的那种又陡又尖的西部风景盘旋而上。一位流光溢彩的模特儿，瘦得像根麻秆儿，一笑就浮现出一对酒窝儿，方方的下巴，像《蒂凡尼的早餐》①那个时代的奥黛丽·赫本，不过个头更高一点，她从车里出来，羞答答地微笑着，戴着一顶赛车手的蛋形头盔，长裙好像是由闪光绳制成的。也许纳尔逊是对的，丰田是家愚钝的公司。它的广告画面是人们跳到空中，只是为了省一枚小钱。频道又跳回喜庆碗游行。年轻人，鲜花，一只巨形加菲猫威风凛凛、摇摇摆摆向前行进。哈利体内的麻醉药气候和药物的后续影响似乎正经历着一场远方风暴，就像太阳黑子或者木星上轻微遥远的飓风。除了历史，哈利对天文学的兴趣达到了迷信的程度。我们在天上的父②……

"……体内脂肪堆成山，"奥尔曼大夫说，"流成河，其中有一些就非堵不可了。五花肉呀，猪肉香肠呀，肝泥香肠呀，大红肠呀，热狗呀，花生酱呀，咸果仁儿呀……"

"这一类玩艺儿他没有不喜欢的，他零嘴吃得可凶啦，"詹妮丝连连附和，急于讨好，大献殷勤，把老公也出卖了。"他可爱吃果仁儿啦。"

"对他可糟糕透了，绝对糟糕透了，"奥尔曼大夫回应着，他的声音加快了速度，失去了拖腔，"全是脂肪，更不用说钠了，还有腰果，澳洲坚果，这东西最糟糕，澳洲坚果，不过，这些没有一样好的，没有一样好的。"由于说得起劲，他已经开始往她身上伏过来，仿佛伏下身子要推球入洞似的。"凡是带氢化植物起酥油的东西，椰子油啊，棕榈油啊，奶油啊，猪油啊，蛋黄啊，全脂牛奶啊，冰淇淋啊，奶油干酪啊，农家鲜干酪啊，任何下水，所有的冷冻电视

---

① 美国小说家杜鲁门·卡波特 1958 年出版的桃色传奇小说，1961 年拍成电影，奥黛丽·赫本饰演女主人公霍莉·戈莱特利。

② "主祷文"的开首一句。

便餐，广告上宣传的烤制货色，你买的小包里装的、蜡纸袋里装的任何东西，几乎无一例外，夫人，都是毒物，该死的毒物。我给你开一个单子，你可以拿回家去。”

“你可以开，不过我的儿媳妇在研究营养学。她已经开了不少单子了。”恰巧在这个时候，普露出现了，犹豫不决地用她那穿着三维格子的绒毛旅行装的女人的宽身体填满了门洞。浑然不觉的詹妮丝继续拍着奥尔曼大夫的马屁。“这些年，她给哈利把你说的话都说了，可他就是听不进去。他以为他天不怕地不怕，他以为他还是个十几岁的娃娃。”

大夫哼了一声。“即便是十几岁的娃娃，由于过度的新陈代谢，也消耗不完这个国家的食品业泵进他们体内的脂肪和糖。我们的少年心脏病患者”——他的声音又软化成南方口音——“覆盖了上帝的绿色创造。”

普露走上前去，三围非常显眼。“詹妮丝，很抱歉，”她说，仍然不好意思对婆婆直呼其名，我知道他不应当一次见太多的客，但是纳尔逊快急疯了，他担心我们要误飞机了。”

詹妮丝站起身来，忽地一下屁股下面轮椅的弹簧弹了回来。她打了个趔趄，但还是站稳了。“我走了。你问候去吧，出来的时候把朱蒂带上。哈利，等我把他们送上飞机，回来时再顺路过来看看你。不过今晚村坞里有个日本折纸展览，我不想错过。那人专程从日本来。”她退下，电视正在播放一个特别有趣的迈达斯消声器广告打闹片，朱蒂把它一关，也随她退下。

奥尔曼大夫狠狠地握了握普露的手，并告诉她，露出一嘴鲨鱼那么白的牙来，“夫人，要教会这个老顽固吃东西。”他转过身，在哈利肩上松开拳头砸了一下。“朋友，半个世纪以来，”他说，“你一直往肚子里倒烂泥。”说完，他也走了。

突然之间，就剩下他和普露俩了，两人都觉得不好意思。“那家伙，”哈利说，“一个劲儿地攻击美国。如果他不喜欢这里的饮食，干吗不哪儿来的回哪儿去,吃袋鼠去呢?”

他那个高挑儿身材的儿媳妇摆弄着一双又长又红的手,拧着她的婚戒,但还是向前磨蹭到床脚边。“哈利,”她说。“听着。你出了事我们可吓坏了。”

“你还有谁?”他问,决心要显出一副无忧无虑的样子——卡萨布兰卡机场的博吉①,小大角河上的弗林②,在垮塌的大衮庙旁的乔治·桑德斯③,把柱子推开的维克多·马彻尔。

“显然是纳尔逊了。我想他昨天夜里一夜没有合眼,他对你是非常上心的。他嘴上不说,但他爱你。”

哈利笑了起来,只是轻轻的,因为他体内的这个情人卡会撕开的。“我和这孩子之间是有点儿什么的。不一定就是你说的爱。”她一时不知道如何回答,只是瞅着他,瞪着一双含有泥斑似的浅绿色的眼睛,朱蒂那双更加明澈更加浅淡的眼睛就是从这里提炼出来的,于是他接着说,“我没问题是爱他的。不过也许那是很久以前的他。一个小不点儿,当你把他从怀里往下放时,他立即抬头瞅着你——你是永远忘不掉这种情景的。”

“爱还是有的,只是藏在那一切下面。”普露要他相信,却没有说“那一切”到底是什么。她那头斯芬克司式的头发有点儿蓬乱,哈利在灿烂的医院灯光下看见无色的游离的细丝满头奓着。他觉得她有一肚子的话要说,但就是不敢开口。他记得他躺在海滩上呼吸困难时,她怎样地旋在他上方,穿着她的白泳装,氨纶裤衩,焦急万分,完全是女人的特点,她的脸在阴影里,

---

① 即在电影《卡萨布兰卡》中扮演男主角的影星汉弗莱·博加特(1899—1957)。

② 埃罗尔·弗林(1909—1959),美国影星,以演勇武的角色闻名。蒙大拿州的小大角河由于1876年在这里进行过一场激战而出名,美国骑兵将领乔治·卡斯特贸然出击印第安人而全军覆没。

③ 在根据《圣经》故事拍的影片《参孙与大利拉》(又译《霸王妖姬》,获1951年第23届奥斯卡奖)中,维克多·马彻尔(1913—1999)演力士参孙,乔治·桑德斯(1906—1972)演迦萨的巨人。大衮是非利士人的主神,上半身是人,下半身是鱼。

人没法子看，就在那张脸旁边雷雨云砧似的悬着埃德·西尔伯斯坦的儿子的脸，他那头盐渍硬了的鬈发，他那身灰胡桃色皮肤，他的家伙在紧绷绷的黑色游泳裤里面形成一个隆起，旁边就是五边形的“总”字徽标——一个向女人大献殷勤的人，肆无忌惮，气焰嚣张。嗨嗬，西尔弗斯。

“给我讲讲你的情况，普露，”兔子说。这句话从他沙哑的嗓子里滑出来，仿佛他的卧床和化学药品造成的放松已经把他们推向一个新的亲密层面似的。“你过得怎么样，与那小子？与纳尔逊。”

令人吃惊的是，人们对单刀直入总会有所反应，仿佛我们就在洞里等着被人搜查出来一样。她毫不犹豫地说，“对孩子们他是个出色的爸爸。我说的是真心话。呵护，关心，投入。在他思想能够集中的时候。”

“他为什么不能一直集中呢？”

现在她犹豫了，不动脑筋，只是旋转着指头上的戒指。

好像佛罗里达的一切都是由互换部件装配成的，他所在的医院窗户外面耸立着一棵南美杉，上面有一只看不见的鸟儿，发出湿木头般的吱吱声。他今儿一早就听见这种声音，现在他又听到了。他的胸膛似乎用一阵疼痛进行回应。为了安全，他又服了一粒硝酸甘油。

普露脱口而出，“摊场让他操心，我想。最近几年由于美元疲软等原因，销路一直下滑，他说的都是令人心烦的车型，我想，他害怕丰田会吊销营业特许权。”

“让他们干这种事那得扔个炸弹才行。这些年来，我们对得起丰田。弗雷德·斯普林格拿到特许经营权的那会儿，日本产品还被当作笑柄对待。”

“那是老早以前的事了。事情不是静止不动的，”普露说。“纳尔逊总是耐不住性子，说实话，我认为周围再没有一个老人手，搞得他心里发憷，先是查利，后来是曼尼，现在又是米尔里德，尽管他把她开除了，你又在这儿一呆就是半年，杰克又去了金黄鹂那家新商场附近的沃尔沃—奥尔兹，拉迪在

422 号路上开了自家的丰田——马自达经销点。他感到成了孤家寡人，给他做伴儿的只是那些从北布鲁厄来的怪模怪样的人物。”

想到“这些怪模怪样的人物”，一时激动，她更多的头发，就像这里佛罗里达荧光灯里的通电的灯丝闪着亮光，从脑袋上奓起来。她想告诉他有些东西，有些东西正在悄悄地溜走，然而，一个无助地绑在床上的男人怎么能理得清呢？兔子有他需要呵护的心脏。这是生死攸关的问题，麻药肯定就要失效了。他的可怕得要命的处境开始在嗓子里浮起，火烧火燎的，像反胃的酸水。他的屁眼儿生疼，来得分秒不差。他身上有种邪恶、软弱的东西随时都会把他诱进伯尔尼说过的那种冰冷的黑暗。

普露在延迟回答他问的情况怎么样的问题时耸了耸她的宽肩。“生活应当怎么样？他们没有再给你一个做比较。我喜爱那幢大房子，还有宾夕法尼亚。在阿克伦，我们住来住去，还不是公寓套房，租金老是往后拖，好像马桶总是漏水。”

兔子试图向她看齐，摆脱他暗自对黑暗的恐惧，那种反胃的味道。“你说得对，”他说。“我们应当表示感激才是。但表示感谢，谈何容易。这就好像从一开始你就在这里被置于一种饥饿恐惧的困境，惟一的出路也好不到哪里。嘿，听着。听我说。你还年轻。你十分漂亮。笑一笑。给我笑一笑，特里莎。”

普露笑了笑，然后绕到床头，弯下腰亲了亲他，这一回不像在机场，亲的不是他的嘴，而是避开那些给他鼻子里输氧的管子，亲了亲他的面颊。她这一贴近，给他的感觉是又大，又花，像块布，像片云向他飘来，绝像当时冷热混同的海湾上侧身的船体的影子。他觉得恶心；他这种病例的种种情况不断想涌上他的嗓子，火烧火燎的，简直要让他吐了。“你是个可爱的男人，哈利。”

“是呀，当然，春天我去那里看你。”

“我们这样子离开，似乎太不像话了。可是布鲁厄有个纳尔逊决定今晚参加的聚会,改变飞机的订票是不可能的,一年这个时候哪儿都挤得一塌糊涂,就连去纽瓦克也是这样。”

“你能有什么办法呢?”他问她。“我会挺好的。这说不定是因祸得福。让我的旧脑筋长点见识。让我减减肥。多走路,少胡吃。医生说我会变成一个新人的。”

“我也会把脚趾甲涂一涂。”普露又高高地立直,用一种他以前没有真正听到过的又平又低的声音,只把他当作一个男人,径直冲着他说,“别变得太凶了,哈利。”她补充说,“我让纳尔逊进来。”

“要是这小子急着要走,告诉他尽管去吧。我以后到那里去找他。”

觉得他的建议不大得当,她的嘴巴向一角一歪,脸有点儿板。“他非得看看爸爸不行,”她说。

普露退场了;哈利周围白净的世界变宽了。趁没人的当儿,他让自己尽情按铃叫护士来,再要一些杜冷丁。再看看鹰队在大雾中战况如何。然后闭会儿眼睛享享清福。

纳尔逊进来时怀里抱着小罗伊,尽管不满六岁是不许探视病人的。这小子把孩子像件铠甲似的穿在身上:只要他抱的是自己的孩子,你怎么好对他说三道四呢?罗伊瞪着哈利怒火万丈,仿佛与一大套机器连在一起躺在床上的爷爷是个吓人的花招似的。哈利极力对他笑了笑,挤了挤眼,罗伊却脑袋骨碌一转把脸藏在他爸爸的脖子里。纳尔逊也好像感到震惊;他的眼睛一直盯着监视屏,上面有奔流的生命的橙色的抽搐,然后又战战兢兢地回到他爸爸脸上。纳尔逊笨重地紧紧抓着铅块一样沉的两眼发呆的孩子,迈步走到床前,把一份折起来的《新闻报》放在铬边床头桌上,那上面已经放着水杯、电话和装有硝酸甘油的棕色小瓶子。“这里有份报纸,你想看时就看看。上面有你很感兴趣的泛美大爆炸。他们认为现在他们完全弄清楚了是什么样的炸弹——是一种带气压装置的,达到一定高度时,定时器就开始启动。”

升,升;当飞机紧密地钻穿黑暗,飞行员在无线电报话器上唠嗑,而座舱灯在他周围燃着,闪着,乘客坐在他们淡色塑料夹缝里喝着饮料点头赞许的时候,空气稀薄了,气压计做着记录,定时器开始滴答起来。这种景象,就像一粒种子最终冲破它在湿土里的壳,在哈利的脑海里唤醒了这么一种意识,那就是即便现在,当他躺在这片抗菌的白雾中,纠缠在管子和血缘、婚姻的羁绊中时,他也跟那些他为之难过的从爆开的飞机上坠落下来的人一样:他也在坠落,朝死亡无奈地坠落。在这片医护的面纱后面等待他的命运,跟那迎接像装满水的垃圾袋一样砰地一声掉到多沼泽的苏格兰土地上的人体的命运一样绝对。砰,啪,人体呼啸地穿过浸泡在夜色里的洛克比的高尔夫球场和欧石楠丛生的阡陌。迎候他们的跟等待他的一模一样。当乘客们坐着用剥去包装纸的餐具切割航空公司的鸡肉,或者管子把巴里·马尼罗[1]的歌声送进他们的耳朵,催得他们昏昏欲睡时,现实突然降临到他们头上,而同样的冰冷的黑色的现实已经突降到了他的头上;死亡并不是生命的一只家养的宠物,而是一头野兽,它吞掉了安珀宝宝,贝娅宝宝和所有的锡拉丘兹大学的学生以及正在回家的士兵,也将会吞掉他,其实它正在他的身子底下,广袤得像夜空里的行星,硕大无朋,完全归他所有。他的死亡。纯属他自己。那种火辣辣的感觉在他发疼的嗓子里加剧了,他感到快被恐怖憋死了。

“谢谢,”他沙着嗓子告诉儿子,“你走了我就看。这些该死的阿拉伯人。我担心你会误了飞机。”

“别担心。我们还有的是时间。妈妈不会迷路的吧?”

“从这里向东上75号路,然后向南走21号出口。那条路给人一种不知去向的感觉,但走上三英里就看到机场了。”哈利还记得他自己在那条怪异的公路上开车的情景,缺少广告牌,棕榈树瘦骨伶仃活像一绺绺滴下来的油

① 巴里·马尼罗(1946—),美国歌唱家。

漆，开着卡马罗折篷车、戴着空姐帽子的那个椰子色的小妞尾随着他，随后过去时都没有把他斜瞟上一眼，她那个翘起来的鼻子，两片噘出来的嘴唇，笼罩在一种像亮漆一般、像他们在电视节目上用摄影灯制造的黄色阳光那样的假阳光下，开车走那一趟似乎不像是真的。当时他没有为以后的世界担心。他人在天堂却并不知情。现在他觉得他吓出了一身汗，他闻见了自己的汗味儿，黏糊糊的，冷冰冰的，宛如井底的什么东西，而且看见纳尔逊站在那里，沐浴着那个还没有冲进死亡里去的世界的人造光，穿着淡灰色的西服，而不是那件下飞机时穿的牛仔服，显得整齐紧凑，但他的衬衣领子依然敞着，所以样子像个摘掉领带通夜打牌的赌徒，到这里呆了快一个礼拜，却几乎没有看见太阳。他那一抹污迹似的小胡子使哈利颇为气恼，这小子还一个劲儿地引人对它的注意，吸着鼻子，摸着鼻子下边，仿佛他闻见了他爸爸冷汗淋漓的恐惧似的。

他说，“还有，爸，我注意到戴昂·桑德斯一案正在往回推到体育版上，在B栏的什么地方有一篇关于减肥的文章，会让你开心的。”

“是呀，肥。我连内脏都肥囊囊的了。”

这对儿子来说是个提示，他一脸的真诚，问道，“你的情况到底怎么样?”这小子嘴脸有点儿刷白，仿佛害怕他爸真会把情况告诉他似的。他的发型也让人看不惯。——天灵盖上短，后脑勺上又嫌长，那条可怜兮兮的耗子尾巴。还有那只小小的耳环。

“挺好，总的来说。”

“那好。这个又大又壮、口音滑稽的大夫出来跟我们聊了聊，他说第一点是许许多多的人都保不住性命，你现在的情况，至少一时半会儿，只不过是稍稍改变一下你的生活方式的问题。”

“那家伙对薯条和热狗怀有偏见。要是上帝不想让我们吃盐和脂肪，他干吗把这两样东西搞得这么可口呢?”

纳尔逊的眼睛变阴暗了，像一片沼泽，爸爸一提起上帝，他的眼睛就变成这样。谈话一直黏黏糊糊，不能流畅地进行，哈利总想着他在怎样坠落，这小子像是压在他心口上的一块石头。好啦，他心里说，试试吧。你只能活一回。

“普露告诉我你愁得一夜睡不着。”

“是呀，嗯，她也说得太玄了，不过是有点儿。我不知道为什么我一到这里就睡不着。我觉得这里的一切都是假的，布鲁厄那里还有一大堆我该照料的事情呢。”

“比如摊场上的事？一般来说节日之间是一个清淡的礼拜。圣诞节后人人都有一个子儿也不剩的感觉。”

“嗯，是的，还有别的事儿。我总觉得气咻咻的。”

“这就是生活，纳尔逊。气咻咻的。”

“也就是。”

哈利说，“我一直在想我们的谈话，关于丰田车呆钝的事儿。要相信他们，他们正在努力使款式富有性感。明年秋天他们就要推出这款凌志豪华轿车。甚至配 V-8 引擎。”

“是呀，可他们不会让我们这些正规经销商来做。他们正在建立一整套新的零售网络。随他们去吧，这款车无论如何会砸锅的。日本人不是意大利人。豪华不是他们的拿手好戏。”

“我倒是忘记那个剥离开的凌志网络了。我告诉你，纳尔逊，我弄不大明白。我还真是一头的雾水。”

“随大流吧，”纳尔逊说。

“还有，噢，对了——那些报表。我一直在想这事儿。你是不是搞旧车有麻烦？心不要太贪。标高售价的百分之十就是你指望的全部，削减利润维持库存流通也值。”

“好，爸。既然你这么说。我会核实的。”

谈话又卡壳儿了。罗伊在他爸爸的怀里蠕动着。哈利在坠落，光明只不过是黑暗的皮,比飞机的皮还薄,比铝造的啤酒罐还薄。总得抓点什么,什么都行。“事实证明她是个挺好的女人,普露,”他主动对儿子说。

这孩子一脸的惊诧。“是呀,她是不错。”他也主动提出,“我应该尽量对她更好一点。”

“怎么个好法?”

“噢——你知道。根除我的不良习气。努力表现得更成熟些。”

“我觉得你似乎总是挺成熟的。也许成熟得嫌早了点。也许我没有做好成熟的榜样。”

“那就更有理由了。我是说,对我而言。”

是哈利的想象使然,还是真有响动,一声轻微的干咳,在他旁边的帘子后面,在他看不见的那张床上?他的幽灵室友还活着。他说,“我真的担心起你赶飞机的事了。”

“对了,这事儿实在对不起。我觉得离开太不像话。普露和我昨儿晚上还说是不是应该多呆几天,不过,我不知道,你拿主意吧,你出不了院呢。”

“我也不知道。你们呆着,又能怎么样?你老爸挺好。他受到能手的处置。我得学会依赖一个不太棒的心脏来生活。滴答得怪稀松的。查利这么坚持了二十年,我也能坚持。”然而随后兔子又加了一句,大有变得酸溜溜、黏糊糊、悲戚戚的势头,“不过,他是个短小精悍的希腊人,而我是个高大肥胖的瑞典人。”

纳尔逊已经十分紧张了。他表现出一种急于换个地方的愿望。“好了,爸。你说得对,我们还是开路的好。亲一下爷爷,”他告诉罗伊。

他把孩子斜过来,像是在铲一个扭动的橄榄球,让他去亲爷爷的面颊。可是罗伊非但没有去亲,反而一把抓住插在哈利鼻子里的双筒婴儿蓝氧气管,猛地把它拔了出来。

“天哪!”纳尔逊说,终于心情激动起来。“你没事儿吧?疼吗?”他拍了一把儿子的屁股,把他蹾到地板上。

这还真有点儿疼,这么猛准狠地来了一下,可哈利只好笑笑了事。“没事儿,”他说。“它只不过是搁在那里,像倒扣着的玻璃杯子一样。氧气,我其实并不需要,只不过又是一种优待而已。”

罗伊气得腿都软了,于是瘫倒在床边亮闪闪的地板上。他扭动着身子,气急败坏,大吵大闹,纳尔逊便弯下腰把他又揍了一顿。

“别打孩子,”哈利告诉他,语气并不重。“他也是想帮我一把。”他尽力用那只空着的手把挂在身后墙上的氧气箱里出来的两根浅蓝色的管子重新架到耳朵上面,再把那带着温和中听的耳语的夹子夹到他的隔膜上。“他也许认为那就是像帮我擤擤鼻子。”

“你这屎蛋子,你这样会把爷爷的命要掉的,”纳尔逊低下头对那乱折腾的孩子解释,不得不把他从床下面拖出来时,他还是乱踢一气。

“现在谁把话说玄了,”哈利说,“我还硬棒着呢,不至于就这样把命要掉吧,”而且开始相信这番话了。罗伊跟他爸一样嘴脸刷白,这时又能出声扯破嗓子嚎了,而且死命地从纳尔逊手中往外脱挣。护士们的橡胶鞋跟儿急匆匆地从走廊向他们赶来。那位看不见的室友突然在他的白帘子后面呻吟起来,就是那种絮絮叨叨的患深位肺疼痛的呻吟声。罗伊踢腾着,活像一只扔到陆地上的鱼,肯定是踢着纳尔逊的肚子了。想到孩子的这种举动,哈利忍不住笑了起来。一抓就着:机灵。兴许在他四岁的心目中,他认为那些管子是些正在吃他爷爷的脸的毒蛇,也许他只是认为它们丑得不中看。

尽管两条胳膊脱不开,纳尔逊还是想办法从那团维持生命的连接线旁凑过来,在哈利的腮帮子上来了一个本来要让罗伊给的快吻。小胡子热乎乎的一碰。海胆的一蜇。床帷后面的那个水怪又从深处释放出一声絮叨,叫人心碎的呻吟。惊恐万状的护士们走进病房,满面通红。护士长出现了,一绺绺辫起来的光滑的秀发,宛如一根根黑面条或者一串串小鞭炮。

"啊,呀,"纳尔逊急匆匆地扛着他那大喊大叫、扭动折腾的包袱离开了,沿着走廊朝宾夕法尼亚去时,哈利想起要加一句"1989 年快乐!"

二、宾　州

太阳,月亮,升起,落下:大自然磨损了的车轮在佛罗里达沙滩与大海相会的地方冲撞轧辗,在宾夕法尼亚却声音闷了,势头软了,沾满了泥沙,堆满了积习。在詹妮丝和哈利十年前弄到手的宾园的那四分之一公顷土地上,靠近邻居那幢缸砖房的地方,有一棵婆娑的樱桃树,他喜欢在四月十号前后樱桃花烂漫时回来。那时候,北方的棒球比赛也开始了——施米特①在今年的头两场比赛中就打出了两个本垒打,平息了他完了的说法——草地上正有一簇簇大蒜冒出来。木兰和榅桲正在盛开,连翘正好开放,它快活清凉的黄花步步为营发出召唤,好像突然宣告贯穿每个人生命的秘密活动的涌现。一片红色蓓蕾的轻雾笼罩着路边的枫树,一直穿过新旧开发区边缘的树林,树林到处还有,不过越来越稀。

刚回来的几天,兔子喜欢开车兜兜风,复苏复苏记忆,看见布鲁厄地区几乎每一个角落都残留着他的故我的碎片,不禁黯然神伤。街道还是他小时候的街道,不过有轨电车已不复存在了。铁桥和调车场在如今的环城旁道的套索里面生锈。车牌中间仍然有个橙色的拱顶石②,但现在还写着:你在宾夕法尼亚有了个朋友,他总觉得这句话傻兮兮的,但更傻气十足的是那些可以上到前保险杠上的戏拟性的牌子,说什么:你在**耶稣**这里有了个朋友。电话簿封面上还大言不惭地写着宾夕法尼亚非州。他握着方向盘转向佳济山，这生他养他的城镇，从宾园出发在布鲁厄对面。就是在这个堡垒似的砂岩教堂里，它新添了一个不般配的翼廊，也就是在佳济山福音派路德会里，他领受了洗礼和坚振礼，穿着一件硌脖子的衬衣，好像它在碱水里浆过似的，从这里，再沿中央大道往前走，在一家现在成了洗相馆的糖果店前面，他第一次觉得自己爱上了扎猪尾巴辫子、穿高统鞋的玛格丽特·舒尔科夫。走在人行道方砖上，他的心感到麻木、膨胀，就像你往日在天空看见的那种齐柏林飞艇，水泥方砖好像城市的一个个街区一样远远地在他浮游的童心下面。这个故乡每隔一幢房子就有他曾经认识、现在已经离去的一个人的幽魂，这些平常的住宅都有砖柱支持的门廊和阴暗的前客厅，变化不大，在他看来如同一个收藏家柜子里的一枚枚贝壳那样空；即便他和詹妮丝刚结婚时住的威尔勃路上的那种更像贫民窟的联立房屋，还是老样子，爬山就像上一段楼梯，尽管那些阴沉的老油毛毡墙板，那些像青一块紫一块的创伤和粪土的颜色已经让位于仿粗凿石条或木头护墙楔形板之类的更加喜庆的东西，有的门面上厚，有的门面上薄，所以当你沿着这一排房屋放眼望去时，边沿上就有点儿参差不齐。哈利总是忘记在一马平川的佛罗里达难以想象的景象：斑斑驳驳、熙熙攘攘，稀奇古怪、拥挤不堪的建筑，远处青山隐隐，逼着前景上有山墙的房子攀附在高高的街道两侧，也就是大钉子似的挡土墙和顶上有小檗篱墙或郁金香花坛的陡坡上，这些山坡日渐不再栽植草坪，而是改栽常青藤种杜松之类的地面覆盖物，这样你就不必每个星期用那种老式卷筒剪草机剪一次草了。那时候有些人常常把绳子拴在剪草机把儿上，把机器咯噔噔滑下来，用完又咯噔噔扯上去。兔子在车上不禁莞尔，因为想起

---

① 迈克·施米特(1949—)，费城队三垒手，有四个赛季本垒打列全国棒球联盟之首，曾三次当选最有价值球员。

② 宾夕法尼亚州别名拱顶石州(因为它正好在独立时的北美十三州的中部)，所以拱顶石是该州的标志。

了这些木头把儿的老剪草机，还有杰克逊路上他们死了多年的卫理公会教派的老邻居，沿他们两家的地基墙各有一条水泥路，两条路之间有一条两英尺宽的草带子，妈妈常为剪这条草带子与邻居吵嘴结仇。这对卫理公会教派的老两口是从搬往克利夫兰的西姆家买的房子。卡罗琳·西姆可漂亮啦——就像秀兰·邓波儿，只是没有那酒窝儿，更有戴安娜·德宾[①]的撩拨气势，就这个小姑娘的身体——那位先生和太太闹个没完没了，妈妈说，太太吃醋了。他常常猴在自己的窗前想在那温馨的夜晚隔着那小小的间隔撩上一眼卡罗琳脱衣上床的艳景。他的房间：他依稀记得那墙壁纸，在暖气上显得格外的黄，那个放他的泰迪熊的刷清漆的架子，那只一蒲式耳容量的篮子，里面的住户是他的装配式玩具的辐条和轮毂，他的橡皮士兵和铅飞机。那间屋子，有一种味道，像油布味儿，也像发热了的窗台上的油漆味儿，像妈妈烤蛋糕时的香草和肉豆蔻味儿，他几乎又闻出来了，但不大靠得住，它飘进影子里去了，它滑到涂银漆的暖气后面去了，那暖气脊梁上还印压着模模糊糊的浅浮雕涡卷形图案呢。

还有布鲁厄，那个蛰伏的蜂窝，给他讲述着他自己，讲述着他已经变得深沉得可怕的过去，所以他亲自记得的事情，二战欧洲胜利日，杜鲁门对北朝鲜宣战的那个星期日，现在都成了历史，这些事件当今世界上的大多数人只能从书本上知道。布鲁厄是他童年时代的城市，他当时知道的惟一的城市。置身于其中，依然使他心潮澎湃，它那平平常常的花盆点染的街区，它的砖墙工厂和联立住宅以及高大阴森的教堂纷然杂陈，一切都厚重结实，是用一种陈旧的装饰热情建成的。几乎被遗弃了的闹市区，宽阔的韦泽街，他记得灯光辉煌，圣诞节期间就像集市一样热闹非凡，现在却杂乱无章，这里一片瓦砾堆，那里一块停车场，几座新建的玻璃幕墙大楼，也算是几项复兴

① 戴安娜·德宾(1921—)，加拿大女演员，在 30 年代末到 40 年代极为走红，1948 年退出艺坛。

的尝试，主要被一些银行和政府部门占据着，还有一些拒绝从布鲁厄市郊商场搬回来的商店。老巴格达，一度是韦泽街上五六家头轮影院之一，现在孤零零地立在两块空场地中间，阿拉伯风格的瓦已经从它的挑出式大招牌上剥光了，最后打出的三X级双片连影广告，正在剥落，生锈，只剩上半个**邦**字，下面的一行剩的是**求 我**——一种呼吁历史复原的残留。他童年时代的电影宫殿，甜蜜的气息，黑天鹅绒帷幔，窃窃的细语，咯咯的嬉笑，紧紧的握手，已都是陈年旧事。**帮救我**，往日，休息室里有一种摩尔式喷泉，五彩的灯光嬉弄着激越的喷水。那家名叫"弦乐和唱片行"的音乐商店，二十年前由奥利·福斯纳希特经营，离"巴格达"影院只隔几个门脸，后来改为"高保真乐器行"，现在依然是一家商店，名叫"轻幻"，经销跑鞋，陈列了整整两个橱窗。少数民族里肯定有市场。抢了就跑。

根据兔子有限的经历，他们给跑鞋的改进越多，给的支撑垫、加力楔、设计科学的六层鞋底等等越多，鞋就越硬，穿上越不舒服：跟普通鞋一样糟糕。而现在的年轻女人穿的那些赛跑紧身裤把她们的样子搞得像太空侠女一般，有莓红的、有电绿的，紧紧地绑在身上，把通到沟槽子里的每根肌肉都暴露无遗，这算哪门子事呀？展示展示呗。小动物需要展示展示。奥利·福斯纳希特分居的妻子佩吉大约八年前死于乳腺癌转移。兔子寻思，她是他睡过的第一个死了的、其实是咬碎了牙往肚子里咽的女人。然后，又意识到这并不正确。还有吉尔。那个疯狂的夏天他常常操吉尔，尽管他看得出她并不喜欢这么干。太年轻，不知乐趣在哪里。也许得克萨斯那个婊子现在也死了，她怪里怪气，拖拖拉拉，彬彬有礼地让他告别了处男。她们都活不长，要陪时间，要狂饮，要挨打。

她们大多数还要吸毒，还有艾滋病。可话又说回来，谁又能长生不老呢？我们都要挨打的。肯定就像她们估摸的那样，只是个早晚的事情。她们跟我们一模一样，只不过更突出一点而已。如今蹲大牢的那些爷们咬看守，想用唾液把艾滋病传给他们。我们正在变成疯狗——人类是病毒的一大沼泽。

从布鲁厄空心的中心区回来，在一个世纪前建的挤得紧紧的一排排砖结构联立房中，生活像以往一样活跃，尽管色调更显阴暗。那时候，那些现在已经废弃或变成工厂直销店的大工厂仍在冒烟，震颤，纺纱织布，浇铸钢材。他喜欢在这些街道上游逛。四月，至少它们洋溢着纯真的劲头。四个长腿黑人小伙凑在一辆正在修理的自行车周围。一个西班牙裔女孩在晌午的斜阳下，迈出她那细条儿似的房子，穿着丝面高跟鞋和紫丁香色的聚会装，系一条斜纹紫腰带，腰部是一朵很大的布玫瑰：她是一朵花，按时下的说法，于是一群男孩子凑上来，推推搡搡，跌跌撞撞，个个穿的是铁灰色风衣，绿色军裤，什么团伙的制服吧，哈利估摸着。在布鲁厄，人们仍然有利用街道的习惯，他们出来坐在台阶上或小小的门廊上，一副翘首企盼的样子，这是你在德利昂绝对见不着的。这些宾夕法尼亚联立住宅都是直出直进，跟你上小学一年级时老师让你把燕麦片盒子排整齐、用剪刀在上面剪开门、用蜡笔画上窗户，再垒成的城市区别不大；哈利在佛罗里达过了一个冬天，又见到这种景象心里乐滋滋的，因为那里是与高尔夫球场交织在一起的公寓楼，是瓷瓦盖顶的塔楼，里面是分时享用的度假套房，是虚有其名的村坞，是成千上万的房地产商曲曲弯弯、轻薄无聊的修饰。

秋天，他和詹妮丝在南方开着珠灰色的佳美旅行车时，他们把那辆石板灰的双门赛利卡锁进了车库，现在他又开着它悄然滑行时，感到十分安全，而且又不太引人注目，尽管在贫富分界线附近的犯罪暴力频发地段，在一家用木板钉起来的酒馆棱角磨圆了的台阶上，穿汗衫的圆碌碌黑唧唧的小女孩坐在一个小男孩腿上，尽管春寒料峭，他已经袒胸露怀，那女孩张开慵懒而又坚定的嘴巴吻吻他，又厚着脸皮瞅瞅川流不息的车辆。那半裸的男孩神智过于恍惚，无法凝视，也许，但她却透过赛利卡侧窗撩了哈利一眼，大有把他撩飞之势。操她。操他，她的眼睛说。她似乎早就感觉到他驾着车子滚过去时他在干什么，只不过想从南布鲁厄的场景中为自己偷一点儿生机，在他的生命衰老沉沦的地方;这里的生命全都像树液一样年轻昂扬。

这些疲惫的街道又焕发出了不少生机。老联立房屋已被重新油漆,重新装修,使老旧了的铝遮篷和铁栏杆更新换代。见缝就可插针,建筑商在门上面嵌进了彩色玻璃扇形窗门牌。这些街区建筑已经固定,永远不会有换号的问题。他曾经就在这么一幢房子里——326号,他的病房的号码使他想起来的——和鲁丝同居,经常在那里的那家街角商店买日用必需品,现在店名叫**罗萨食品杂货店**(Tienda de Comestibles),还透过窗户凝望一座石灰岩教堂的玫瑰花窗,现在教堂已变成**宾州拉丁人社区中心**/Centro Comunidad。一个个街区一闪而过,这座城市比他记忆中的快,变换更加迅速,小时候觉得间距很宽的楼房现在好像连在了一起。止咳糖厂,摩天楼县政大厦,青年馆,他试着在那儿上游泳课,结果头发未干就跑到冬天的街道上,得了肺炎,这些地方都彼此相隔不远,也离邮局很近,邮局的大厅又怪又长又空,只有一头开着一两个格栅,还挺热闹,亮着灯,附近还有"本·富兰克林",一家傲气十足、金碧辉煌的城中酒店,现在成了一家"罗摩达汽车旅馆"。他那个班级,佳济山51级在那里举行过一次高中班晚会,他穿着夏季小礼服,玛丽·安穿的是淡紫色无肩带礼服,它的硬衬布衬裙在车里给他们添了不少麻烦,后来他们一说起就笑,她的迷失在那些窸窸窣窣的褶子和边子里的圆溜溜、白生生的大腿,像一个纸窝里的两颗复活节彩蛋,跳舞跳得发潮了的内裤,成了一个海绵般松软的棉枕头,填的是她的毛草,有一股浓郁的潮潮的麝香味儿,玛丽·安是第一个女人,他把她的气味当作他自己的,把她的一切都当作他自己的,每一条缝隙,每一种情绪,后来他走了,在部队里干了两年,而她连招呼都不打一声,就嫁给了别人。也许她感觉出他身上有点那个。一个输家。尽管十八岁时他看上去像个赢家。他和玛丽·安一起出去,知道坐在那辆温暖的车,那辆蓝色家庭型朴利茅思里面,她就是他的要收割的庄稼,每当这个时候,他感到像个赢家,随便,平静,他的一生定格在一种不可抗拒的前斜面上。

从本·富兰克林酒店朝山的方向走两个街区，艾森豪威尔大道通过时拱起一个包，两边设有木栏杆，在大道下面，从前的工人手工挖了一条大壕把铁路引进了市内，现在这条铁路已经废弃，而开挖出的壕沟，用石灰石堵了起来，成了一个扔啤酒罐、汽水瓶甚至整袋整袋的垃圾、床垫等杂物的坑；布鲁厄过去一向是个粗野的城镇，一座铁路城镇，铁路沿线的街区到处是粗野的男子，睡眼惺忪的流浪汉，他们为了一个小钱会赏你一顿老拳，到处是煤烟熏得乌黑的旅馆，那里进行着日夜不断的牌局，到处是酒吧，它们前窗的玻璃被过往的火车震碎，一英里长的运煤车拖拖拉拉正好横穿韦泽街，挡住了所有的车辆，有一次他和鲁丝就等着这么一列车通过，一家早就关门大吉了的中国餐馆的霓虹灯在她五颜六色的头发上闪闪烁烁。

这些红漆砖，这些仿造的灰石头，目睹了多少伤心事却不知其然。从鲁丝的老街——夏街，尽管他们是春天住在那里的，住到夏天就结束了——朝山的方向走了一两个街区，兔子突然驶进了一条白色的隧道，街道两旁的树都很年轻，形状椭圆，相互像云一般融合在一起，上面的天，高迥的碧蓝，点染着树梢的白花，就像它点染着白天的月亮一样。在树梢上，光照最多的地方，叶子开始展开，亮亮的，小小的，像个心尖尖，这他知道，因为他深受触动，忍不住把赛利卡开到路边上停下，下车扯下一片叶子研究起来，仿佛它将是这一切光辉景象的线索似的。沿着人行道，在这种光辉灿烂的长长的林荫里，影影绰绰的人们推着婴儿车，站在自家的台阶前交谈，仿佛对悬在头上、围在四周已经在零落的五彩花瓣的美景浑然不觉；他们在天国。他想问问其中一个人这都是些什么树，它们怎么被种在布鲁厄这里的硬砖头里，竟然像佛罗里达那不勒斯的条条大道两旁的橡胶树那样枝叶葱茏，但在众目睽睽之下又感到怪难为情的，自己反而成了这种经过过滤的隧道似的花光里的一个黑影，一个来自过去的不速之客，他估摸他们未必知道，即便知道，他们也认为他是个怪人，怎么会问这种问题。

然而詹妮丝知道。当他向她描述这一段经历时，她说，“那些都是布拉德福梨树，这个城市在老榆树和梧桐快死的地方就把它们栽上。它只开花不结果，在城市环境中非常皮实。二氧化碳之类的东西它无所谓。”

“为什么我以前从来没有看见过呢？”

“你见过，哈利，肯定见过。至少十年来他们一直在栽这种树。报纸上老登有关的文章。俱乐部有个女孩的丈夫就在‘改进委员会’里工作。”

“我从来没有见过这样子的东西。它弄得我不知所措。”

她在宾园的住宅忙着重新安家，把冬天的蜘蛛网扫除，把她妈妈留给她的科纳家的银器擦亮，她颇不耐烦地从他身边走开。“你见过，只是你现在看的眼光有所不同罢了。”

自从他心脏病发作以来，她的意思是。自从闯了一回鬼门关以来。现在他隐隐地同情詹妮丝，就像他们常说的死而复生后瞅着活着的人的一个死者，就像墙洞里的耗子，跟这些人生活在一起，只不过他们看不见罢了。她似乎常常对他的话充耳不闻，要么就是不当一回事儿。她穿过布鲁厄去看望住在佳济山的纳尔逊和普露以及他们的孩子，或者与她在飞鹰乡村俱乐部的女友们叙叙旧，那里的硬地网球场正在碾压，做着准备，而高尔夫球场已经草色青青，接纳赛事了。而她在找工作。他还以为她只是由于看了《打工女郎》之后闹着玩玩而已，但不是这么回事，现在像她这种年纪的女人几乎都在干点什么——她的一个网球搭档是个理疗医生，胳膊和肩膀上的肌肉你真是难以置信，而另一位，多丽丝·埃伯哈特，过去叫多丽丝·考夫曼，摇身一变，成了钻石专家，差不多每周坐巴士去一趟纽约，拎着价值数万美元的珠宝跑来跑去，她认识的还有个女人在一种新兴的部门工作，清除家居和工厂、学校之类的建筑物里的石棉。搜索旧石棉的工作似乎永无止境。詹妮丝认为她可以从事房地产。一个朋友的朋友主要在周末工作，一年光回扣就赚五万。

哈利问她，“干吗不过去帮纳尔逊管管摊场？那里有些事情都乱了套。”

“别逗了,让我去打工。你知道纳尔逊对我们插手的主意有多敏感。”

“是呀——那是为什么呀?”

詹妮丝既然又回来和飞鹰俱乐部她那帮自以为无所不知的女同胞呆在一起,她对一切答案都胸有成竹。“因为他是在一个霸道的爸爸的阴影里长大的。”

“我不是霸道。我是个好说话的人,我认为。”

“你对他就是霸道。心理上的霸道。你当然要高出一头。还一度是个运动健将。”

“一度是对的。一个运动健将,可他的医生说他非得坐高尔夫车不行,别搞比快走更剧烈的运动。”

“可你没有走过,哈利。我看见你最远就是走到汽车跟前,再走回来。”

“我一直在搞点园艺劳动。”

“亏你说得出口。”

他喜欢在一天快完的时候出去走进他们的院子,把去年的枯花梗和骨白色的老美洲商陆折断,用当天的报纸布鲁厄《旗帜报》点起一把火,把它们烧掉。他们刚回来,草坪急需修剪,球茎的花床在三月份就该移去覆盖物了。他们还在佛罗里达时,这里的雪莲花和番红花开了又谢了;风信子正在巅峰期,郁金香往上蹿,但仍然带着尖尖的绿脑袋。天色暗下来,婆娑的樱桃树在暮色中熠熠放光,它的小花活像细小粉红的矢车菊,而樱桃树整个枝杈低垂的女人似的宽容厚道的形状在阴影变长变湿之时,给自己聚集了一种霓虹灯似的苍白;一天到了这个时候,兔子感到心情格外平静;地球的公转再前进了一点儿,四月的天空拖曳着一股一股喷气机的尾气,映衬着一株一株冷冰冰的问荆,天空下,一片一片的阳光留连得更久了点儿,只不过像几片金色的破布钩挂在邻近的那座薄黄砖修建的豪宅旁毛烘烘的银翘上,以及那株奋力拼搏的铁杉上,还有你从厨房窗户上看到的尖桩栅栏旁的那株最高的杜鹃上。几年前的一个秋天,詹妮丝在那株铁杉上安装了一个喂鸟器，尽管多丽丝·考夫曼或者别的什么爱管闲事的人告诉她，你冬天不在那儿，却安装一个喂鸟器，这对鸟儿有点残酷。那是一个塑料球体，像木星那样有点儿倾斜，他想起来时，就给它装满葵花籽。安装喂鸟器是她妈妈过去常干的事情，在他们年轻、老贝茜还活着的时候，詹妮丝从来没有想到过干这种事。只要活着，我们的基因总在不断地披露。哈利的牙齿里有股子酸味儿，那是他爸爸呼吸中令他十分不快的东西。可怜的老爸。最后他的脸黄得像块杏干。贝茜在她约瑟夫街后院的电线和电杆上都安装了喂鸟器来刁难松鼠。他们老卧室旁边的那棵紫叶山毛榉上的坚果彻夜啪啦啪啦自爆不休，招引来了松鼠，她会说，同时双腿并拢，并把双手搭在两膝上，仿佛上帝炮制出松鼠来对她行害似的。哈利倒是挺喜欢贝茜，尽管她在遗嘱里可亏待了他。从来没有原谅他59年的那次离家出走。死于糖尿病和循环系统并发症，刚好在戴安娜王妃生下小威廉王子的第二天，贝茜生前感兴趣的最后一件事情，会有一位未来的英国国王吗？——除了这，还有欣克利①受审案，她认为他们应当把这小子绞死在国会大厦的台阶上，就在那阳光灿烂的地方，以精神失常为由把他从宽发落是个丑闻。临了，老太太可吓坏了。因为她的双腿也要像她妈妈那样截掉。哈利甚至能记得贝茜妈妈的名字。汉娜。汉娜·科纳。很难相信他会像汉娜·科纳那样死掉。

在四月的夜幕降临之前，大大小小的鸟儿被喂食器招引过来，拍拍打打，蹦蹦跳跳，在蓝底水泥池塘里，有的喝水，有的把身上的羽毛溅湿，池塘是这个地方早先的主人修的。这座舒适的石灰石小屋夹在大一些的宾园住宅中间。水泥池塘开裂了，但还能装水。就像他一样，兔子想，一边拐向他那幢窗户亮着灯的房子，这些窗户似乎远得厉害，又近得出奇，小时候在杰克逊路他们狭长的院子后面是一条小巷，小巷里有个车库，他同米姆和邻居别的孩子在车库后挡板旁边玩“二十一点”或“马儿走”，看他父母的房子时

---

① 1981年3月30日，欣克利向里根总统开枪，击伤胸部。

就有过这种感觉。那时候，就像现在一样，从朦胧的白日梦中醒来，他发现自己比他想象的更接近一个闪亮的所在，近得足以在院子里他前面几步远的地方投下一个金色的影子；当时，那是他的未来，现在，那是他的过去。

在夏街和鲁丝在一起的春天的几个月里，他常常心里纳闷，跑到极目望得见的街尽头会是怎样一番景象。此后的三十年里，他常常把车开到这边，走到布鲁厄西北边缘甚至更远一些，那里有汽车旅馆（经济旅馆、冠冕、安全港）的高速路融入农田，而指向哈里斯堡和匹兹堡的路标开始出现。一个又一个农场以及它们的石头建筑，用木橛和木梁拼凑起来的倾斜的谷仓，建得四方四正的农舍，墙有两英尺厚，现在要在房地产开发中摧毁了。过了收费卡再走两英里就到了“处女泉”，穆尔科特夫妇离婚前就住在那里，那里有一个相当新的开发区叫做“箭谷”，这名字从老“箭头农场”而来，农场原来的主人是在那里生活了多年的一个老处女，她本想把它留给某个电视福音传道者当解度园，一个摇喊派教徒的隐居处，但她的律师一直劝她改变主意，最后就被她的侄儿侄女卖掉了。最近这些年，兔子注意着那片被铲平的土地失去了它原始的面貌，树和灌木长了起来，所以简直就像房子一向就在这里一样。街道弯弯的，跟穆尔科特夫妇的开发区的情况一样，然而房子更普通——牧场式平房和错层房屋，铝制护墙板的侧墙，砖砌的正面，但有的带石板小门廊，有的带斑驳陆离的砖石饰面，所以不是千篇一律。水泥小道穿越小小的前院，观景窗下的杜鹃含苞初绽。树皮覆盖物比比皆是，有配套的门廊家具，还有一种一丝不苟的整洁，那是佳济山和西布鲁厄老一些的蓝领阶层多的老城镇所没有的。

罗尼和塞尔玛·哈里森的三个孩子长大离家以后，他们就搬到这么一处平平常常的新宅里去了。老大阿历克斯在旧金山南部什么单位做电子工程师；老二乔吉由于上学读书不成器，现在在纽约市努力拼搏要在舞蹈音乐方面一显身手;老小小罗恩一直在本县呆着,当兼职建筑工人,尽管他在利哈伊上过两年大专。塞尔玛对儿子、对房子都从不抱怨,不过哈利觉着,对于像塞尔玛这样有头脑而且根据他的体验又有激情的女人而言,两样似乎都令人失望,平凡得令人失望。

多年以来,塞尔玛的病,全身性红斑狼疮花的钱可老鼻子了,即使有从罗尼的保险公司健康计划支付的保险金。这就意味着儿子走了以后,她一直不能像她原先希望的那样,回小学去教书;她的身体状况没有定准;这就不敢让她出门,所以哈利通常都能在家里找到她。今天中午,他从布鲁厄打了个投币公用电话,他盼着是她来接电话,果然她接了。他问她他可不可以开车过来,她说可以。听到是他的电话,听口气她并不高兴,但也不烦恼:只是听其自然吧。他把赛利卡停在那条弯弯的路缘前面,尽管这些年来她都在厨房用电子遥控把车门替他打开,关上,以隐瞒证据。可现在既然他和她一样都有病,就算病得没有她厉害,他不知道还有多少好隐瞒的。中午左邻右舍家里都没有人,直到放学以后校车才把孩子们送回家。在箭谷某个看不见的去处,有一台呜呜的引擎在转动,空气里弥漫着从处女泉收费站传来的车辆的震动和轰鸣。也是在看不见的去处,一些鸟儿发狂地筑着巢,嘁嘁喳喳,叫声都哑了,不过这种树上的开发就有点抠门儿。一只旅鸫在塞尔玛的水泥道旁边的那点儿草坪上蹦蹦跳跳,哈利一过来,就翅膀一拍飞上了天空。他记得旅鸫没有这么大,这么凶;这一只看上去个头像只乌鸦。他爬上两级石板台阶,穿过一个小小的门廊;他还没来得及按铃,塞尔玛就把门打开了。

她似乎小了点儿,头发也灰了点儿。她那张规规矩矩、平平常常的脸总有一种灰黄的色调,她敷用化妆品以淡化她的蝶形疹,但他仍看得出来,这种黄疸加深了她的疾病在她的鼻子上、眼睛下造成的像一道疮一样的红印。然而她那叫人了如指掌的形象的出现仍然叫他怦然心动。她已经关上了门,一条长长的绿色遮光窗帘拉下来挡在斜面玻璃窗中间的一格上,他们轻轻地吻了吻。她的嘴唇凉凉的,有点儿油腻。她在他的怀里呆了一会儿,仿佛等着再发生点事儿,她的身体松松地顶在他身上,表示着说不出口的忏悔。

“你瘦了,”她说,身子终于抽开了。

“稍稍减了点肥,”他告诉她。“要达到医生和詹妮丝的满意,我还有一段长路要走呢。”提提詹妮丝似乎再自然不过了,可他还得逼自己的舌头说出来。塞尔玛知道其中的底细,而且一开始就知道,全盘都是她的主意,不过这么多年他逐渐习以为常,也就随遇而安。她离开他向起居室移动,步态显得僵硬,还有点儿蹒跚;关节炎是狼疮的组成部分。

“詹妮丝,”她重复道,“那个万能女人咋个样儿?”有次他交底说他是那样子叫詹妮丝的,于是塞尔玛就永远忘不了。女人不忘事,尤其不忘你希望她们忘掉的事情。

“嘿,还不是老样子。她在佛罗里达一直忙着参加各种团体,她可以说是我们公寓里的娃娃,又是一个非犹太丫头。你简直摸不透她,她可有能耐啦。她的网球打得棒极啦,打网球的人告诉我的。”他开始来劲儿了,他意识到。“但我们还是很高兴离开。天气冷了。三月很难受。至少在这里你料得到,有的是衣服。”

“你从未告诉过我们你有心脏病的事。”这个“我们”是对他提及詹妮丝后马上给的一点儿回报。你身后拖着你的像影子一样的配偶,一直拖上床;他们总干一些败兴事。

“这似乎不值得到处张扬。”

“我们是从小罗恩嘴里听到的,他认识一个认识纳尔逊的小伙。小崽子的关系网。想想我知道情况后是怎么个感觉。我的情人险些儿没命了,却从来都不告诉我。”

“我们,我,不管是谁,怎么告诉你呀?那又不是人们在杂货店买卡片祝贺的那种事儿。”

最近几年，他和詹妮丝见到哈里森夫妇的机会越来越少。兔子和罗尼都是在佳济山长大的孩子，又一起在马尔蒂·托瑟罗当教练的校篮球队打球，在他们上高中的三年里，球队夺了两次联合会冠军。可他从来都不喜欢罗尼：叽里呱啦，好出风头，五大三粗的，总在更衣室里搞手淫，把毛巾甩得啪啦啪啦的，玩红肚子鱼的下流动作，吓唬队友。跟哈利一样，女人们不喜欢这种鸡巴。塞尔玛之所以让他着迷，部分原因就是她能够忍受这家伙，忍受他的种种性把戏，表面上仍然是那种规规矩矩、平平常常的小学老师的模样。并不是真的平平常常，衣服一脱，不知怎么地，她的身体要比她的一身衣服让你期盼的更够味儿。他们头一回睡觉时，她的乳房好像是《花花公子》里的女郎的——乳头像完美的小门铃。

“我可以给你拿点什么？”塞尔玛问。“咖啡。啤酒？”

“我已经换了个人，两样都不行。你有健怡可乐或百事可乐什么的吗？”他记起了在那次绕来绕去开车去海滩的长路上，朱蒂的小小的颤音唱可乐正是的情景。

“当然有。我们再不怎么喝了，因为我们退出飞鹰俱乐部了。”

“你想不想回去！”

“不想。我们听说会费又涨了，你们可能没有留意，你们有的是钱，追加了对道路附近那两块总遭破坏的果岭的整修费。甚至三年前罗尼就估计打一轮要花他八十多块。根本划不来。飞鹰现在就来了一伙子年轻人，什么事都是他们说了算。他们已经把调子给变了。太雅皮了。”

“糟糕透了。我挺想念跟老罗尼打球的日子。”

“为什么？你又受不了他，哈利。”

“我喜欢把他打败。”

塞尔玛点了点头，仿佛承认她对哈利打败罗尼功不可没一样。不过她没有办法，她爱这个男人，爱他温柔苍白的那副呆样子和那颗又冷又硬的心，爱他未割包皮的鸡巴，爱他随随便便的做派，而且在她慢慢走向死亡时，一直也没有放弃表达这种爱的快乐，即便哈利能够承受住她这种放弃。她一直把自己最强烈的感情憋在心里，这起奸情丰富了她与上帝的沟通，给了她一些可以因此感到有罪、可以与他探讨的内容。如果她是个通奸的淫妇，这似乎就说明了她得红斑狼疮的缘由。如果她应当受到惩罚，这也让上帝处置起来容易一些。

她走到厨房里去拿软饮料。兔子在起居室里静静地转悠；准备他的来访时，她不仅把前门上窄窄的遮光帘拉上，而且把观景窗上的宽帘子也拉上了。他怜惜这间屋子——这屋子好幽暗，仿佛连微弱的窗户光也会穿透她的皮肤，加速她细胞的坏死似的，还有这屋子静悄悄、悲戚戚的谨小慎微的样子。塞尔玛虽然也能表现出一副野性，摆出天不怕地不怕的架势，但她仍然保持着一种循规蹈矩的地方装饰格局。有宽木头扶手的花面软椅，长毛绒巧克力色沙发，摆着几个刺绣小枕头，罩着花边开始泛黄的背套，刷过清漆的小几小凳，一只脚凳上面绘着一架老水磨，对称的灯，瓷底座表现的是镀金的椭圆形跑道上的英国猎犬，一墙图案压抑的泥土色的新殖民主义风格的壁纸，而且每一个平面上，边沿都吊着流苏，上面摆放着半珍贵的玻璃和瓷器的精灵、鹦鹉，婴儿的和毕业的儿子的相框，小盘子，锤打加工而成的铜壶和锡镴壶，这些物品，只是除除周围的灰尘，从来不重新摆放。一台电视拙重地摆在它的胡桃木柜上，粉尘状的灰绿色脸上戴着一片假发似的小饰巾和一些叫不上名堂的东西，要不是这台电视，这间前屋，可能就是哈利少年时代的产物，那时候他一个劲地战战兢兢地找女孩子，她们的妈妈从厨房里出来，在围裙上擦着手，接待他的就是这种塞得满满当当叫人动弹不得的屋子。他和詹妮丝住过的房子，相比之下，显得乱糟糟的，这儿一个空隙，那儿一个豁口，但给了他呼吸的空间。这间屋子如此完满，他在里面有种该死的感觉。它散发出罗尼为买它的装饰品而卖掉的保险单的气味。

"那就给我说说，"塞尔玛说着回来了，双手端着一个圆漆盘，盘上放着两高杯闪亮的深色软饮料和两小碗配套的果仁。她把盘子放到像一个空着的长画框似的玻璃面咖啡桌上。

他告诉她，“首先，我不应该吃这种东西——咸果仁。还是澳洲果仁呢！对我来说是最要不得的东西，而且又贵得要命。塞尔，你真坏。”

他弄得她下不了台；她的黄疸病皮肤设法发起红来。她那张基本上还算清瘦的脸今天看上去肿泡泡的，也许是服了可的松的缘故吧。“罗尼买的。刚好就在手边。不能吃就别吃呗，哈利。我还不知道呢。我不知道怎么招待你，好长时间不见了。”

“吃两三个要不了我的命，”他安抚她说，为了礼貌起见，便用指头撮了几颗澳洲果仁。金块，它们就像裹了一层毛茸茸的盐巴的又小又轻的金块。他尤其喜爱这么一种情况：当他放一粒到嘴里含上几秒钟，然后在镶了牙冠的臼齿中间嚼一嚼，它就碎成两半，裂开的表面舌头舔上去，光滑得像玻璃，像婴儿的皮肤。“还有腰果，”他说。“对我来说是次坏的东西。又是干烘的。”

“我好像记得你喜欢干烘的。”

“我敢说你好像记得很多事情，”他说着淡而无味地抿了一口健怡可乐。首先，他们要把里面的可卡因剔除，然后又是咖啡因，现在又是糖。他抓了一小把腰果往后一坐；干烘的，它们有点儿酸酸的刺激味儿，那种强烈的毒味儿。他可喜欢了。他坐的是那把摇椅，黑漆底上印着红色图案，一个黄红相间的扁枕头绑在合适的位置上让人坐，而她坐的则是那张长毛绒棕色沙发，不是全身陷进去，而是栖在边沿上，两膝并拢，抵到咖啡桌突出的沿儿上。他们在那张沙发上做过爱，沙发不够长，在上面展不开身子，但双方膝盖一蜷长度完全可以了。他倒是更喜欢沙发不喜欢床，因为她到一张真正的床上，她一家人用的床上，似乎有种愧疚感，放不开手脚，而她的不自在又会扩展到他身上。把咖啡桌挪开，他就可以在沙发旁边跪下，有个绝好的角度亲她的屄。一鼓作气，越来越深入到她的黑暗中，那里有些东西开始颤栗、回应，它是能够成为一种目的本身的。当她把他的脸夹在她潮乎乎的大腿中间,活像一把坚果钳子夹着坚果,并且达到高潮时,他喜欢这种做法。他心里纳闷,是否有男人就这样被夹断了脖子。

塞尔玛的脸上掠过一层阴影,一种畏缩,仿佛他把她交给了单纯的记忆,交给了那种封存了的无法重复的过去,就像那无声的电视机上的照片。但他本来想把事情办得更舒心一点,坐在他的摇椅里,面对着这么一个惟一的女人,她在最近这十年来满足了他的需求。性。精神食粮。

"你,"她说,低下眼睛瞅着盘子里她还没有动过的东西,"有些东西需要记住,我希望。"

"我正好在记呢。你好像心里难过,"他说,大有嗔怪的意思,因为不管怎么样,他的到来应当让她高兴才是。

"你似乎不大像过去的你了。你似乎——小心了许多。"

"天哪,你也会的。我再吃几个澳洲果仁,如果我这样做你高兴的话。"他一粒接一粒地吃着,大肆咀嚼着,感觉着它们毛茸茸的金块如此光滑地在嘴里碎裂,抽空子告诉她他心脏病发作的事——小船,海湾,小朱蒂,躺在海滩上觉得像个软蛋,医院,医生,医嘱,他遵循医嘱的努力。"他们极想给我开刀做个分流术。不过有这种保守点儿的选择,他们先做做再说,我今年春天应当去看看这里圣约瑟医院的老兄,问问做这种手术的情况。它叫血管成形术。他们在你的腹股沟下面那里的动脉上切开一道口子,把一根至少有一码长的导管往上穿进你的心脏,导管的一头有一个气球。我可以说在佛罗里达做过了这种手术,不过他们放进去的不是气球,而是一捆染剂,目的是要看看我可怜的老滴答到底怎么样。这是一种挺好玩的经历:还真不疼,但你觉得挺逗,好像挺没劲儿的,正做的时候就是这样,可是做完后好几天难受死了。他们把染剂放进去时,你的胸膛里火烧火燎的,活像你钻进了一个火灶。深,给人的感觉太深了。像是怀了个孩子,可后来并没有孩子,只是一大堆电脑提供的有关你的冠状动脉的坏消息。而且心跳看得清清楚楚,他们首先透过你的胸骨观察"——他摸了摸胸口,却想到了塞尔玛的乳房，那一对乳头咂起来太美了，在她的衬衫后面等着，等他采取行动——“然后让你的血流过一台机器，一流就是几个钟头。我是说，眼下那台机器就是你。它一停，你就一命呜呼了。一个在那里跟我一起打高尔夫的家伙做了四部分流，装了替代瓣膜和起搏器，这些东西还管用，他说他完全变了，那就像一辆卡车从他身上碾过去，又倒了回来。他的挥杆也一塌糊涂；他再也恢复不到原先的状态啦。不过，行了，对吧？你怎么样？你身体好吗？”

“我气色怎么样？”她呷了一口可乐，但把那一对碗里的果仁全留给了他。碗上的图案模仿刺绣，蓝粉两色的方墩墩的花样。

“我看挺好，”他撒了个谎。“有点儿苍白，有点儿浮肿，可冬天一完我们都是这样。”

“我是越来越不行了，哈利，”塞尔玛告诉他，抬眼望着，直到他迎上她的目光。一双比普露的灰暗、但也是人们叫的榛子色的眼睛，一双把他看了个纤毫无遗的眼睛，一双极尽女人所能对他了如指掌的眼睛。老婆在黑灯瞎火中摸索着找到你；情妇你要在光天化日下在沙发上来迎接。她常取笑他说他的鸡巴戴着一顶帽子，因为包皮还在上面。“我的肾每况愈下，类固醇含量不能再高了。我严重贫血，在房子里拖着身子走动走动干点活儿几乎都不行了，每个下午都得打几次盹儿——其实，你刚好赶在我正打盹儿的时候。”他做了一个动作，双手把椅子两面的扶手往紧一捏，把身子扯起来，可她的声音抬高了，几乎要发火了。“不。别走。你不敢。看在上帝的分上。我近半年没有看见你的人影儿，你来了一个星期了，也懒得打个电话。”

“塞尔玛，她跟前跟后的，我没法儿脱身。我在重新适应。现在我干什么都得悠着点儿。”

“你从来都没有爱过我，哈利。你爱的仅仅是我爱你这一事实。我不是抱怨。我也活该。你在生活中自己惩罚自己，这一点我相信，我可以向上帝保证。你完全是自作自受。上帝为证。瞧我这双手。过去我有一双很漂亮的手。至少我认为很漂亮。现在有一半手指头——你看看！变了形。现在我连婚戒都摘不下来了，使劲儿也不行。”

他探过身去看，这样一来下面的摇椅倾斜了。他仔细观察她伸出的双手。指关节肿得亮晶晶的，长指甲的那一截，有几个有点儿歪，但如果不是她让他特别予以注意的话，他是看不出来的。“你并不想摘掉你的婚戒，”他告诉她。“我记得你和罗尼是如胶似漆、唇齿相依的。你们有时候甚至连胶水都吃了，我好像记得你告诉过我。”

塞尔玛的手已经让她气不打一处来，他却来了个反唇相讥，好像她把手的毛病归罪于他似的。她说，“你耿耿于怀的是我是罗尼的老婆，只是在合适的时候伺候你。可你算老几呀？死死抱住詹妮丝和她的几个臭钱不放，却对那个耿耿于怀。我从来都没把你从她身边夺走的企图，尽管有时候这易如反掌。”

“是吗？”他又摇了回去。“我不知道，那小傻瓜身上还有点儿东西仍然对我起作用。她是不肯放弃的。她从来都没有真正弄明白这个世界是怎么凑在一起的，但她仍然在努力。现在她打定主意，想当个打工女郎。她已经在松树街那儿的宾州大学附设班报了名，要上房地产经纪人资格证的课。在佳济山高中，我想她的考分没有超过C的，哪怕是家政学。想起来了，我打赌她的家政学也不及格，这在该校历史上女孩子里面是空前绝后的。”

塞尔玛勉强笑了笑；她那张黄脸在她幽暗的起居室里亮了起来。“那对她有好处，”她说。“要是我身体好，我也会出去工作。这样子当家庭主妇——当时在家政学上他们给咱可兜售了一大堆货色呢。”

“对了，罗尼怎么样？”

“老样子，”她说，带着该县的妇女注入她们恬淡岁月故事中的那种慵懒悲凉的乐调。“现在稳住了老客户，就不用太急于拉新客户了。孩子们的教育包袱卸下来了，惟一的经济负担就是我了，还有医疗费用。并不是说他不愿意供小罗恩上完利哈伊，如果他想上的话；叫人失望，是的，他变成了一种随心所欲的嬉皮士。有意思的是上学的时候他是三兄弟中最聪明的。只是他觉得事情来得太容易了，我想。”

这话哈利以前就听过。塞尔玛的声音很本分，有意显得平静，拉着家常，可是两个人都知道她想讨论的是她的老问题，它一分钟前突然爆发，那就是他到底爱不爱她，或者至少为什么他不像她需要他那样需要她。然而他们的关系从一开始，也就是他们第一次一起睡觉的那个加勒比海滨的夜晚，就是由于她追求他建立起来的，此后多年的幽会，结束这种关系的明智的决定，以及又神魂颠倒，无可奈何地跌进性泥潭，凡此种种都未曾打破这样一种基本格局，那就是，她授他受，她比他更害怕关系结束，她难以割舍，又讨厌她的难以割舍，所以想因为她的讨厌而惩罚他，而他却耸耸肩，继续晒着她的爱情的太阳，这个太阳天天都在升起，不管他在不在那里。他简直不太相信这种爱，所以只好不断地考验她。

“这些孩子啊，”他说，口气粗率，仿佛他们是在大庭广众之中闲聊，而不是在“箭谷”拉上的帘子后面享受这种偷香窃玉之乐，“他们可把你的心伤透了。纳尔逊在佛罗里达不得不在我那儿住几天的时候，你应当见见他。这可怜的孩子简直魂不守舍。”

塞尔玛做出一种烦恼的手势。“哈利，你其实不是上帝，你只不过有那样的感觉而已。你真以为纳尔逊因为你才神经兮兮的。”

“还为什么？”

她知道一点情况。她几经踌躇，但也许忍不住想报复一下，因为他总把她看成理所当然，因为他来宾夕法尼亚过了一个礼拜才打电话。“你必须了解了解纳尔逊。我的孩子们说他是个吸食可卡因上了瘾的人。他们都服用，这一代人，可纳尔逊，他们告诉我，可真的给钩上了。就像他们说的，毒品控制着他，而不仅仅是他服用毒品。”

哈利往后一摇，摇到摇椅允许他鞋尖不离地毯的极限，久久维持着这种姿势，搞得塞尔玛急了，因为她知道此人内脏不太好，会突发心脏病的。终于他又往前一摇，眼睛若有所思地盯着她说道，“这就把很多问题说明白了。"他从他的灰色花呢运动服里面的口袋里摸出了一个棕色的小瓶子，娴熟地把一粒小药丸泼进手心里，再往嘴里一放，压到舌头底下。那动作真有种挥洒自如、风度翩翩的派头。"可卡要花钱对吧?"他问塞尔玛。"我的意思是，成千，上万，你都花得完。"

她悔不该告诉他，因为震惊他，惊醒他，让他再次意识到她的存在的那种满足已经过去。她内心深处依然有太多的教师的习气；她喜欢上课。"我不相信詹妮丝不知道，没有跟你议论过这事，或者纳尔逊老婆跟你们俩从不提起。"

"普露嘴很紧，"他说。"我见他们的次数不多。即便我们都在县里的时候，也在布鲁厄的两边。詹妮丝往她妈妈的老地方去的次数不少，可我不常去。她是那里的主人，可我不是。"

"哈利，别这么一副目瞪口呆的样子。这都是谣传，而且其实是他的事情，他和他家的事情。我们都干一些我们的父母不会赞同的事情，他们也知道，但又不想知道，如果你明白我的意思的话。噢，哈利，真该死！我一心想让你高兴，反而叫你伤了心。你干吗不喜欢我让你高兴呢？你干吗老是从中作梗?"

"我没有。我没有作梗，塞尔。我们过得开心极了。只不过，我们从来都没有完全做好过快乐日子的准备，而现在——"

"现在，亲爱的?"

"现在我知道这些年来你的感受了。"

她要他解释一下，可他没法解释，他突然为嘴拙所苦。她提示道，"死到临头了?"

"是呀。近在咫尺了。我的意思是，事情都磨得薄如纸了，你简直都能看穿了。"

"包括我。"

"不包括你。打住吧，把我一直这样子他妈的穷折腾。你认为我为什么要到这里来?”

“做爱。戳捣我。去你的吧。我是说过来干吧。你认为我为什么要开门?”她把身子从咖啡桌上探过去,两膝抵着桌沿的部位白刷刷的,而脸上已经展现出女人决意要干、不顾一切操一次的那种化了的疯劲儿,这现在可让他心惊肉跳,因为它的意思是心甘情愿地滑进死亡。

“等等。塞尔。咱们想想这事儿。”正好在这个当口,硝酸甘油渗透进去了,他感觉到了那种刺激。他往回一坐,把它压制住了。“我应当避免激动。”

竟然需要来一番谈判,可笑,她问道,“你和詹妮丝做过爱吗?”

“也许有过一两回吧。我记不大清了。你知道,那就像晚上刷牙,你往往忘记刷了还是没刷。”

她接受了这种说法,便决定取笑他。“我为我们铺好了阿历克斯的旧床。”

“你过去是不喜欢用真正的床的。”

“我已经变得思想非常解放了,”她笑着说,从他的推托中能提取多少快乐就提取多少。

他动心了,想象着塞尔玛赤条条地躺在床上,她那凝脂般的积极的身体,那对喂过三个男孩和至少两个男人的乳房仍像处女的一般,呈现出婴儿的拇指尖儿那样的玫瑰红,不像詹妮丝的那样凹凸不平,久经咀嚼,黑不溜秋的,她的屁股富有玻璃的质地,不像詹妮丝的像细沙,她的阴毛泛红,稀少,可以看穿那道口子,不像詹妮丝的如同密不透明的灌木林子,还有她的不羞不臊一本正经的嘴巴,塞尔玛的嘴巴,她那坦白幽默的饥渴,由于一再陷进淫欲的陷阱里而乐不可支,并不因为这些年的分分合合、进进出出而对他有不满情绪。但随后他想起了罗尼——谁知道那讨人厌的家伙的家伙一直在哪里戳捣,兔子很难相信他就像塞尔玛想的那么忠实,从他过去在更衣室里的表现,从他抢在哈利之前就戳捣鲁丝,从那次在加勒比海就勾到了辛迪,从这些方方面面就知道,他不是个省油的灯——还想到了艾滋病。那种病毒小得无法想象,却在我们的体液里,甚至在一星半点的唾沫或者尿水里游弋,而且用它的小镐撬开我们抗体的门锁,这样我们的内脏失去了平衡,我们便栽进了肺炎里,栽进了饥饿里。爱与死,它们再也不能被撬开了。但这事儿他不能告诉塞尔玛。那等于啐她坦荡的脸面。

她自己也看出他力不从心。她问,"再来一罐可乐?"他已经喝光了,他看见,而且想都没有想就把两小碗多油脂又经过钠浸泡的果仁解决了。

"不。我该开路了。不过让我在这儿再坐一会儿。跟你在一起是那样的轻松愉快。"

"为什么?好像我也提要求,跟别人一样。"

一阵像小小的闪电般的疼痛掠过他的胸部,变窄了他呼吸的幅度。要求沉重地挤压着他。现在是一个未得到性满足的情妇,又一个包袱。然而他撒了个谎,"不,你没有。你一直挺有味儿,塞尔,我知道这难为你了,不过你一直棒极了。"

"哈利,行了。别这么婆婆妈妈的。你还年轻。多大了?五十五?连限速的年龄都没过呢。"

"两个月前就满五十六了。对有些人来说,这不算老——对像罗尼这样的矬墩子来说不老,他会勇往直前。可如果你像我这么高,体重又超标,心脏拖着身子,疲于奔命。"他已经把自己的心脏的形象,他意识到,显现为胸膛里的一个心不甘、情不愿的囚徒,一个划桨的奴隶,一匹被蒙上眼睛拉磨的马。他觉得塞尔玛在用一种新的眼光看着他——临床似的,带着一种远离那种化了的疯狂目光的超然的鉴定目光。他因没有操她而失去了什么:他已经失去了完全的地位,她甚至不知不觉地正在把他往出推。天公地道。因为她有红斑狼疮,他早已把她推了出去。如果塞尔玛身体健康,他干吗在最近这十年里不扔下詹妮丝和她好上呢?他把她所有的窟窿眼儿都使用过后,又风风火火地回到他那一年开的什么型的丰田车上,回到身体好得顽固、愚蠢的詹妮丝身边。詹妮丝身上有什么好的？他们的关系肯定是合乎教规的，再不大有别的意思。

两个有病的老朋友，他和塞尔玛，坐了半个钟头，谈着病症和子女，说到两个都认识的人的命运——佩吉·福斯纳希特死了，她听说奥利去了新奥尔良，辛迪·穆尔科特胖了，在金黄鹂郊外的那家新商场里的一爿时装店工作，不怎么顺心，韦布娶了第四任太太，是个二十几的女人，然后从布鲁厄高地的那座时髦现代的住宅里搬走了，带着他的全部家用木器，去了县南的一幢老石头农舍，在加利利附近，他对农舍做了全面的翻新。

“那个韦布。他想干什么就干什么。他真的知道怎么个活法。”

“其实未必。他给我的印象从来都不如你和詹妮丝。我总认为他是个自作聪明、自以为是的人。”

“你认为詹妮丝给你的印象好？”

塞尔玛有点慌了神儿，躲着他的目光。“呃，至少那天晚上不错。她没有抱怨，对吧？”

“我也没有，”他殷勤地说，尽管他主要记得的是第二天一早他是如何的累，高尔夫又显得多么的怪，球道旁竟然是难以置信的丛林和深深的珊瑚洞。詹妮丝和韦布搞到一起，罗尼和甜甜的辛迪，塞尔玛那天夜里告诉哈利她爱上他已经好多年了。

她点了点头，对这一恭维表示出一种带有嘲讽的认可，于是又回到了早先的一个话题，“说到死到临头——我想它的作用因人而异，但对我来说，从来就没有薄弱的时候。只要活着，不管病得有多厉害，我总有种绝对的感觉。你绝对的活着，当你活不了的时候，你绝对就是别的什么。你和詹妮丝去教堂做礼拜吗？”

他并不感到惊异，因为塞尔玛总按自己的方式信仰宗教，这与她的循规蹈矩和偷鸡摸狗并行不悖，于是他回答，“其实很少去。那里的教堂有那种随便的南方色彩。我们的大多数朋友恰巧都是犹太人。”

“我和罗尼现在每个礼拜天都去。一个回归基要原则的新教派。你知道——我们失落了，尔后我们又得救了。”

“啊，是吗?”这些边缘宗派使哈利心情郁悒。至少这些老八辈子的教派还有点来历。

“有时候我相信，”她说。“当你想到你总朦朦胧胧地认为你可能做的永远都不会做时，这可以根治恐慌。诸如去葡萄牙，或者拿硕士学位。”

“哎，你还是做了一些事情嘛。你满足了罗尼，也满足了我，而且满足到家了，你养大了三个儿子。你依然可以去葡萄牙。人家说去一趟不贵，相对来说。我一直想去的惟一的一个地方就是西藏。我不相信我就去不了。也不见得就当不了我十岁时就想当的试飞员。就像你说的，我依然认为我就是上帝。”

“我那样说没有恶意。挺迷人的，哈利。”

“也许除了对纳尔逊。”

“对他也一样。他不会想让你变个样子。”

“有个问题想问问你，塞尔。你很聪明。达赖喇嘛到底怎么啦?”

有了她那种临床鉴定情绪，什么事都不会让她吃惊，然而塞尔玛大声笑了。“他还到处跑，对吧？其实，由于西藏人又在闹事，他不是还上了点儿新闻吗？怎么啦，哈利？你成了他的信徒了？那就是你不上教堂的原因?”

他站起身来，不喜欢叫人拿这个开玩笑。“我总觉得跟他有点儿缘分。他和我年龄相仿，我喜欢关注这老兄。我心里觉着今年是他得时的年头儿。”他站在那里时，摇椅反弹回来敲击着他的腿肚子，药效使他感到晕糊糊的。“谢谢你的果仁，”他说。“我们可说的还多着呢。”

她也站了起来，艰难地抵抗着沙发上长毛绒的吸抓，然后迈着害关节炎的蹒跚的脚步，绕过小桌，把她的身子贴到他身上，脸抵到他的翻领上。她抬眼瞅着他，满脸都是你操过的女人们的那种傲慢的严肃。她鼓动他，“相信上帝吧，亲爱的。有好处。”

他内心里蠕动着。“我并不是不相信。”

“恐怕那还不够。哈利，亲爱的。”她喜欢叫“亲爱的”的这种声音。“你走以前，至少让我瞧瞧他。”

“瞧瞧谁?”

“他，哈利。你。还有他的帽子。”

塞尔玛跪下来，在她到处是饰边的、死水般的、幽暗的起居室里，拉开了他的裤门襟的拉链。他感觉到了她的手指临床性的凉凉的触摸，看见了她头顶的灰发从分缝处往开辐射；他的心在奔驰，像过去一样等待着她温热的嘴巴。

然而，她仅仅说了一声，“就是可爱，”说罢又把半软半硬的它塞回他的乔基短裤里，然后把裤门襟的拉链拉上，再挣扎着站起来。她有点儿上气不接下气，仿佛刚干过一件挺重的家务活一样。他拥抱着她，这一回是他贴上去的。

“我之所以没有离开詹妮丝，现在也决不可能，”他坦白，突然几乎是眼泪汪汪的了，正如她说，婆婆妈妈的，“是因为，没有她，我就是一团狗屎。我不能就业。我年龄太大。从此以后我能做的只能是做她的老公。”

他期待的是同情，不过他提起詹妮丝也许显得多余。不知怎么地，塞尔玛在他的怀里像个死人。“我不知道，”她说。

“不知道什么?”

“你能不能再到这里来。”

“啊，让我来吧，”他央求道，最终违反常情地觉得跟这次相会合拍了，而且被她搞激动了。“没有你，我没有活头。”

“也许自然正设法给我们讲点儿道理。我们老了，再不能老犯傻了。”

“根本不对，塞尔玛。你我都不老。”

“你似乎不想要我。”

“我想要你，我只是不想要罗尼的小病毒而已。”

她把他的胸脯一推，挣脱开来。“罗尼没有任何毛病。他像我一样安全、干净。”

“是呀，嗯，不用说，你们俩一直就这么搞。我怕的就是这个。我告诉你，塞尔玛，你不了解他。他是个疯子。你看不出来，因为你是他的贤妻。”

“哈利，我想我们把话说到这个分儿上了，再说得越多，事情就越糟。性已经今非昔比，你说得对。我们都得格外小心才是。你一定要小心。坚持刷你的牙吧，我也会刷自己的。”

直到他从塞尔玛门外的弯道上走出去，拉着帘子、装着斜面玻璃的门关上以后，他才明白她对刷牙的影射了。又打了他和詹妮丝的脸。你不能对女人说一句实话，她们的心就像联邦调查局一样。那只旅鸫还在那儿，在那片小草坪上。兴许它病了，我们周围的这些动物也都有自己的疾病，有它们自己的病历。它那珠子似的眼睛瞅了兔子一下，然后在塞尔玛蜡一样的四月的草地上跳开了一点，但不屑于展翅飞走。旅鸫，跳一跳。这一周刚开的蒲公英黄得刺眼，开始与黄水仙和连翘争媚斗妍。一目了然。花儿吸引着蜂儿，就像我们彼此吸引着对方。我们的信号。气味。只要他回到她的家里，他会不顾一切危险去操她。但他反而在他灰色的赛利卡中找到了安全；正当他悄然滑去的当儿，箭谷的安静被回来的笨重的黄校车和下车的孩子的尖叫、呼喊打破了。在那些弯弯曲曲的街道的每个拐角上，都有下车的孩子。

丰田风范，111 号公路上斯普林格车行陈列窗里的一面大蓝旗上写道。36 个月/36,000 英里 · 所有新款有限担保，一条小些的海报宣称。另一条上写着全新**克雷西达** · 强力新型 3.0 升引擎 · 190 马力 · 4 速电子控制超速换挡 · 新款安全换挡锁。纳尔逊不在，哈利轻松了许多。这一天是个随便的星期二，场面上的两个营销都是年轻人，他一个都不认识，他们两个也不认识他。去年十一月以来,这里发生了不少变化。办公区重新油漆过了,颜色更为鲜亮,粉红翠绿两色,像个中国茶馆,原来这里挂着一幅哈利的放大照片,那是当篮球明星的辉煌年代拍的,照片下面的标题称他为“兔子”,现在照片已经取下了。

“安斯特朗先生一点左右出去吃午饭了,他说下午可能不回来了,”一个矮胖子营销告诉他。杰克和拉迪过去常把他们的办公桌沿墙摆到外面露天下,朝着那家迪斯科俱乐部的方向,它后来倒闭了,七十年代末变成了器具租赁中心。纳尔逊的花花点子之一就是把这些办公桌搬走,沿着对面的墙隔一些隔间,就像一家餐馆的雅座间那样。也许这可以在签单的敏感瞬间营造买卖双方之间的更多的亲切感,但这种安排似乎远离了总的商务运作,而且深受服务车房的噪音之苦。在这个方向,以及后面朝河和布鲁厄的地方,就是那个破烂不堪、未铺地面的车场地区,不知什么缘故,哈利总把它想成巴拉圭,哈利最近从报纸上读到,这个国家其实已经把那个德国名字的独裁者赶下了台。

“好啊,”他告诉这位陌生的胖子,“我也是个安斯特朗先生。这里有知情人吗?”他不想粗声大嗓的,但塞尔玛的揭发让他不安;他能感到他的心在狂跳,胃正在挣命地消化那两碗果仁。

另一个年轻的营销,瘦点儿的一个,从巴拉圭尽头的一个雅座间出来朝他们走来,他这才看清:这不是个男人;她的头发从耳朵旁边紧紧地扯过去,穿着一件棕黄色夹层外衣,出去到车场上向一位客户走过去,这种装束刚才欺骗了他。这是个女的。一名女汽车营销。就像那则丰田电视广告中的一样,只不过是个白人。他极力控制着他的脸,好让他的大男子主义不要流露出来。

“我是艾尔薇拉·奥伦巴赫,安斯特朗先生,”她说,然后和他紧紧地握了一下手,半小时前塞尔玛面团似的、冷冰冰地碰了碰手,这一下子只是叫人觉得热乎乎的。“即便没有他挂在墙上的那些照片。我也知道你是纳尔逊的爸爸,你的模样儿非常像他,尤其是嘴巴周围。”

难道这个小妞儿在逗他？她是个瘦削精干的年轻女人,锻炼过度,现如今很多人都是这样,眼窝深,而且四周的骨头十分突出,声音深而直,薄薄的嘴唇涂成浅亮的粉红色,活像反光带,脖子太细,所以下巴显得很宽,几乎延伸到她爹出来的无遮掩的白耳朵耳垂下面了。她戴着一副金耳环,形状像一对蜗牛壳。他对她说,“我想自从我上次来这里以后,你就来干这工作了。”

“才从一月干起的,”她说。“但在这以前我在 819 号路的达特森干过三年。”

“你觉得卖车怎么样?”

“我挺喜欢的。”艾尔薇拉·奥伦巴赫说,就再没话了。她不常笑,她的眼睛有点儿紧盯不舍的习惯。

他开门见山地告诉她,“你不认为这是女人常干的活儿吧。”

她有点来劲儿了。“我知道,其实当事情十分自然的时候,就没有什么奇怪的了。女人来这里不会感觉到有咄咄逼人的胁迫,男人来这里不像跟男人打交道那样害怕暴露自己的无知。我喜欢这工作。我爸爸爱车,我想我是跟了他了。”

“蛮有道理嘛,”他承认。“我不知道为什么这种事拖得这么久。我是说女营销。生意怎么样?”

“迄今为止,是个热销的春季。人们喜欢佳美,当然花冠立马就火起来,不过在豪华型上,跟我们听说的别的销售商情况相比,我们的运气好得惊人。经过这么多年以后,布鲁厄的经济看好,甩掉了僵化的企业,新企业、小型特色和高科技工厂正在兴起,当然工厂出路好,产品热销。它们是全盘振兴的关键。”

“好极了。旧车那一头情况怎么样？一直不景气?”

她的一双深嵌进去的眼睛——影影绰绰,活像纳尔逊的,但不郁悒,不痛楚——莫名其妙向上一撩。“哪儿的话，没有的事。纳尔逊之所以要雇一名新营销，原因之一就是他要把自己更多的注意力放到旧车上，而不想把它们大量批发出去。过去有个人干这个，是个希腊姓——”

“斯塔夫洛斯。查利·斯塔夫洛斯。”

“完全正确。自他退休以后，纳尔逊觉得旧车一直起着自动导向的作用。纳尔逊的哲学是，你要迎合低收入年轻人或少数民族买主，办法就是开出他们出得起的便宜价格，否则你就失去了一批未来五至十年购买新型高档车的潜在客户。”

“听起来蛮有道理的。”她似乎满身的纳尔逊气息，这女孩。女孩，她说不定三十开外了，不过在他看来，四十岁以下的人都像孩子。

那名矮胖子营销，男的那个——一个可爱的司空见惯的典型的意大利人，布鲁厄仍在出产几个，沙哑的声音，毛烘烘的手腕，老式发型，短短的，留在耳朵以上——觉得有必要表个态。“纳尔逊确实正在把旧车盘活。广告上了《旗帜报》，挡风玻璃上的标价隔两三天杀一次，付现打折。有些人天天过来看看能捞点什么。”他一副急急燎燎的样子，站得太近，吐字又快；他的腮帮子能用掉一把剃刀，他的气息能用掉一两支赛尔特口腔喷剂。大蒜，无论什么他们都用大蒜。

“付现打折，嗯？”哈利说。“纳尔逊到底去哪儿了？”

“他告诉我们他要放松一下，”艾尔薇拉说。“他想躲电话。”

“电话？”

“有个人一个劲儿给他打电话。”艾尔薇拉说。她的声音降了下来。“听上去有点儿像外国口音。”哈利开始有了这么一种印象，她不像最初的印象表现出的那么聪明。她那紧盯不舍的眼睛捕捉到了这种想法的苗头，因为她自卫似地补充说，“我兴许不该说什么，不过既然你是他父亲……”

“听上去像个不满的客户，”兔子说，帮她解了围。

“丰田这样的客户不多，”另一名营销插话了。“一年接一年，他们推出路上维修费最低的车子，再加免费维修期长得叫人难以置信。”

“别蒙我，我叫人蒙惯了，”哈利告诉他。

“我是热心肠。对了，我叫本尼·莱昂内，安斯特朗先生。本尼是本尼迪克特的昵称。看见你来这儿十分高兴。按纳尔逊给我们的说法，你洗手不干汽车生意了，而且乐得一个清闲。”

“我半退休了。”他们知道不知道，他心里纳闷，按照法律，詹妮丝拥有这一切？他估计他们多半了解情况。生活中大多数人都了解。人们知道的多，外传的少。

“纳尔逊把一切看得太认真，”艾尔薇拉补充说。“我告诉他，别让事情影响了你的情绪，可他没有办法。他是那种正直得铮铮作声的人。”

“他一向是个爱操心的孩子，”哈利告诉他们。

“除了你们俩，这里还有谁？说到自动导向——”

“有杰里米，”本尼说，“他一般周三到周六上班。”

“还有莱尔，”艾尔薇拉说着向那边斜瞟了一眼，那里有一对穿着磨白牛仔裤的夫妇在一片丰田车的闪光的海洋里游弋。

“我以为莱尔病了呢，”哈利说。

“他说已经缓解了，”本尼说，脸上露出一副谨小慎微的神情，兴许就像哈利刚才竭力不要在艾尔薇拉的眼中表现出一个大男子主义者时露出的那种表情。至于她本人，则穿着春季夹层外套突然向明亮的户外走去，那对潜在的客户正在那里乱看呢。

“那就好，”哈利说，跟本尼一个人谈话就觉得轻松随便了许多。“我还以为他的病没有任何缓解呢。”

“从长远看没有。”此人的嗓音沙了些儿，有股子匪气，仿佛那女人在场也让他放不开似的。

哈利唐突地把脑袋向门外一扬。“她到底干得怎么样？”

本尼往近凑了一英寸，怪机密地说，“她让到一定程度，就僵住，只好让到手的买卖溜掉了。好像她怕我们大家说她心太软似的。”

哈利点了点头。“就像女人给小费从来都最抠门儿一样。钱像死鬼一样缠着她们。不过，”他说，认了时世的变迁和儿子的革新。“我认为这是个好主意。像女牧师。她们有种人气。”

“是呀，”这个下巴上吊着垂肉的矮子小心地附和着。“给这地方鼓点劲儿。有点儿非同一般的东西。”

“你刚才说，莱尔在哪儿呀？”他挺纳闷儿，这两个人为了保护纳尔逊，向他隐瞒了多少实情。他们谈话时他觉察到了他们使的眼色。一个谜团，这个经销处是1975年以后他按自己的形象建立起来的，那一年的一个夏日，斯普林格老头突然像一支加热过度的温度计一样爆了。汽车生意隐患不少。险情多多，你有太多的固定开支。

“十分钟前他还在纳尔逊的办公室里。”

“他用的不是米尔里德的办公室吗？”哈利解释说。“米尔里德·克劳斯特在这里当了多年的记账员，那时候你还是个小不点儿。”说到斯普林格车行，他肚子里可有一本账。他能记得路上头的那家器具租赁店什么时候挂出**迪斯科**的大招牌，上面还仿造了个落花生先生①，脚蹬鞋罩，头戴高顶黑色大礼帽，挥舞着霓虹灯手杖。

不过本尼似乎知道他想知道的一切。他说，“现在那是一种会议室了。那里有一张长沙发，以备有人出乎意料需要打个盹儿。莱尔过去常在那里，可现在他大多在家里工作，因为有病。”

“他病了多久了？”

本尼又拿出那种谨小慎微的样子，说道，“至少一年了。等你知道，那种HIV病毒已经在你身上呆了五年至十五年了。”他的嗓音沙下来，他凑得更近了。“纳尔逊把他带来当会计时，两个机修工不干了。可你总得承认纳尔

---

① 落花生先生是一家美国零食公司“农夫”公司的商标兼吉祥物。

逊的长处，他告诉他们走吧，不干就不干吧，如果他们要疑神疑鬼的话。他讲清楚随便的接触你是不会染上它的，而且告诉他们要干就干，不干就走。”

“曼尼走是怎么回事？”

“曼尼？噢，是呀，维修部的曼尼先生。我的看法是，那也是他最终离开的原因。他一直做采购，我听说，在别的一些销售点上，可在他那个年纪，跳个槽很难。”

“你说得对，”哈利说。“喂，好像又来了一位客户，你最好去帮一帮艾尔薇拉。”

“随他们看吧，这是我的格言。要是真感兴趣，他们会进来的。艾尔薇拉也太使劲了。”

兔子走过展览场地，经过演示板、零部件橱窗和通往修理车间的有碰撞护栏的门，走向原来是他的办公室的那个绿色门道，这门道嵌在随意打过槽的旧梅森奈特纤维板里，现在被漆成了一种土玫瑰色。艾尔薇拉说得对；他打篮球的重大新闻上配发的照片的放大和网目版剪报没有被扔掉，而都贴在纳尔逊的墙上，这地方这孩子天天都得瞅瞅，墙上还有基瓦尼斯俱乐部①和扶轮社的徽标和一条大布鲁厄商会的语录，还有丰田几年前发给代理机构的总裁的风范奖，还有一幅《花花公子》挂历，当月的画页女郎装扮成一个光屁股复活节俏妞，凡此种种是否完全是正确的基调，哈利没有十成的把握，但至少说明整个代理机构还没有太离谱。

哈利还没有进屋，莱尔就在纳尔逊的办公桌后面站了起来。他瘦得厉害。他在灰西服下面穿了一件厚红毛衣。他伸出一只形销骨立的蓝灰蓝灰的手，露出一脸出乎意料的憨笑，一嘴牙咧在萎缩的脸上，大得出奇。“你好，安斯特朗先生。我敢打赌你不记得我了。”

---

① 一个企业家和律师、医生等自由职业者的会社。宗旨是振兴商业道德，同时也是一个社会慈善团体。

但他确实看上去有点儿面善，好像是四十年前跟你赛过球的什么人。他的脑壳极窄，理的平头金黄金黄的，没有一根杂毛，看样子是染过的；鼻子上架的会计师专用的半边眼镜是细细的金框。他苍白得不是一般，光线好像就要穿透他的皮了。乜斜了一眼，哈利握住那只伸过来的手草草摇了两下，极力不去想那些小 HIV 病毒，它们像微小的宇宙飞船一样复杂精细，滑到他的手掌上，爬上他的手腕和胳膊进入胳肢窝里的汗孔，钻进他那里的血流里去了。他在茄克皮子上把手掌抹了抹，希望给人一种拍口袋的样子。

莱尔告诉他，“我从前在韦泽街上的‘理财通’工作，那时候你和你太太常来兑换金银。”

哈利想起来了，大声笑了。“我们拖着一袋银元到那操他娘的银行里去，差点儿挣断了脊梁骨。”

“你精明得很，”莱尔说。“你总是及时脱手。我有印象。”

最后这句话似乎有点儿失礼，但哈利还是亲切地说，“触了霉头。那地方还在营业？”

“业务非常有限，”莱尔说，为了哈利的钱，把“非常”二字说得过重。好像如果是个同性恋，你得把什么都夸大，才能达到正常的音调似的。“整个金银热早冷下来了，真的。这些东西眼下非常不景气。”

“那倒是个漂亮的小地儿。那个做真正的买卖的美人儿。我一直没有弄明白那么长的指甲她是怎么操作电脑的。”

“噢，玛西娅。她自杀了。”

兔子惊呆了。她那样子就像个天使。“是吗？为什么？”

“噢，平常事。个人问题呗，”莱尔说着就用他那透明的手背把问题拨到一边。在兔子的眼里，模模糊糊的光点在莱尔的边沿游动，活像电影里的天外来客。“与金银狂跌没关系。她只是前台人物，台后的钱来自费城。”

莱尔谈得海阔天空，哈利能听见他的吸气声，那是一种轻微的喘息，跟太阳穴上灰蓝的阴影步调一致，给人一种他从太空来、要回太空去的感觉。这家伙情况比我还糟,兔子想,反而因此喜欢起他来。不过,他看不出有任何皮肤血斑的痕迹,只不过是一个抗拒生命、拒绝营养、拒绝跟自己的系统一道生活的身体的泛泛的放射气息。有一种甜丝丝的腐烂味儿,绝像你在一个度假住处打开了一个未曾使用的冰箱的门闻到的气味,要么,也许兔子想象是这样。莱尔冷不丁地软沓沓地坐了下来,仿佛站着太费力气似的。

哈利坐到办公桌对面的那把椅子上,那儿通常是客户坐着、讨要优惠的价格的地方。"莱尔,"哈利开始说。"我想查查账。银行结单。收据,支付,借贷,库存,相关的一切。"

"到底要干吗呀?"莱尔的眼睛,由于脸面的其余部分消瘦,就显得格外突出,比健康人的眼睛显得更圆。他坐得笔直,灰色的衣袖里一只没有肉的前臂扶在纳尔逊的办公桌上,与桌沿正好平行。要么是为了保存精力,要么是为了隐瞒实情,他下定决心尽量少作回答。

"啊,人的好奇心理嘛。说白了,我在佛罗里达拿到的那些结单有点儿蹊跷。"哈利欲言又止,但还是看不出在这个问题上明讲有什么不好。他依然希望一切都会有个满意的解释,希望他可以放心回去,不再去想摊场上的事。"按比例,旧车销售量不足。"

"不足?"

"你尽管可以辩解说这是个变数,里根统治下经济形势大好,人们买得起新车;但我在这儿的那些年,总是有一定比例的,过两三个月,情况就得到了平衡,可自十一月份以来的结单上,这种情况一直没有出现。其实,事情越来越怪了。"

"越怪了。"

"越可笑了。越虚假了。什么词儿用上都不为过。我什么时候能看看账目?我不是会计师;我要米尔里德·克劳斯特跟我一起查。"

莱尔鼓了鼓劲儿,把那条胳膊从办公桌上挪开,把两只手放到大腿上,叫人看不着了。他的这一动作使哈利想起了战后新闻短片中布痕瓦尔德[1]的那些懒洋洋,软沓沓的尸体被搬动时的阴森森慢腾腾的景象。赤条条的身子,松垮垮的关节,腿裆叫人看得明明白白,说到下流,这就是他们一定要展示给我们的下流透顶的东西,好让我们相信。莱尔告诉哈利,“我有很多资料放在家里,存在电脑里。”

“我们这里有一套电脑系统。顶尖产品,一台 IBM。我记得我们安装它的情况。”

“我的是兼容机。一台小苹果机,干什么都行。”

“那倒是。你知道,坦白地说吧,不能因为你有病,不得不在家呆着,斯普林格车行的账就应当在玳瑀德县满四处撒开,我要把它们都集中到这里。我要它们明天集中到这里。”

这是第一次正式确认莱尔有病了,莱尔快死了。这小子僵持住了,他的嘴唇向外稍稍一噘。他笑了笑,那是骷髅似的露齿爽笑。“我只向权威人士出示账目,”他说。

“我就是权威。还有谁比我更权威?我从前就是这地方的主管。那边满墙都是我的照片。”

莱尔的眼皮,由于睫毛比头发黑,便往下一垂盖住了突出的眼珠。他的眼睛眨巴了好几下,极力要显出一副善解人意的神态,要维持两人之间的礼貌。“我从纳尔逊那里得知,这家公司归他母亲拥有。”

“是呀,可我是她丈夫。她拥有的一半是我的。”

“在有些情况下,也许,如果你愿意咨询一名律师——”他的呼吸困难起来;哈利打断他几乎是行了个善。

“我不需要咨询任何律师。我需要的只是让我的太太给你打个电话,叫你让我看账目。我和米尔里德,我要让她过问这件事。”

---

① 德国的一个村庄,1937—1945 年间在此设立集中营,杀害了数万名反法西斯战士。

“克劳斯特小姐，我相信，现在住在一家疗养院里，宾园的邓格勒疗养院。”

“好啊。那离我家只有五分钟。我明天把她接上到这儿来。咱们定个时间。”

莱尔的眼皮又低了下来。狼狈之余他把一条胳膊又搁到桌子上，“只有我接到你夫人的授权，还有纳尔逊的许可——”

“你是得不到他的许可的。在这里纳尔逊是个问题，而不是解答。”

“我说，哪怕就是这样，我还要几天的工夫把数字汇总起来。”

“干吗要那样？账目应当一直记到目前。你们这里的这帮人是怎么弄的？”

令他惊讶的是，莱尔没有吱声。也许挣扎着呼吸太费劲。一切都是那么耗人。他的凹陷的太阳穴看上去更蓝了。哈利的心在狂跳，胸也一阵一阵地疼，然而他硬扛着没有再服硝酸甘油，他不想上瘾。他在客户椅子上腰弯得更低了，仿佛谈判这时候已经走到了尽头。他试着换个话题。“告诉我，莱尔。感觉怎么样？”

“什么感觉？”

“你知道，接近那仓房的感觉。我之所以问这个，是因为我在佛罗里达心脏出了点问题，现在还没有习惯，当时我可走得好近啊。我的意思是，大部分时间，它似乎是不真实的，我就是我，周围的一切混得如鱼得水，可后来突然在一天夜里，尿把我憋了醒来，或者正在看一个傻得要命的电视节目时，它突然揍了我一下，哇。底儿立马掉了。我想爬回娘老子的肚子里，可他们已经死了。”

莱尔噘起的嘴唇在哆嗦，或者好像在哆嗦，他在琢磨这番谈话转过来的这个新弯儿。“你会向它屈服的，”他说。“人都会死的。”

“但有人早一些，有人晚一些，嗯？”

一阵愤慨激起了莱尔的劲头。“他们正在研制新药。从未间断。法国人。中国人。天花粉蛋白。TIBO诱导剂。最终食品及药物管理局不得不把它们放进来，哪怕他们是一伙里根法西斯同性恋恐惧症患者，看见我们死光也无所谓的家伙。那是一个坚持等待的问题。我有希望。”

“好啊，了不起。对你有更大的功效。但药物的能耐就这么大。这是我正在了解到的事情，难办。你知道，莱尔，那并不是好像我从来没有想到过死，也不是从来没有与我亲近的人死去过，但不妨这么说吧，我嘴里可从来没有真正尝到过它的滋味。我是说，它不是开玩笑。它什么都想要。”他想用那种药丸。他心里纳闷纳尔逊是否像他自己过去做的那样，在办公桌里保存一卷筒救生糖。你只不过是一紧张往嘴里一塞就没事了的玩艺儿。哈利发现每当他想到死，他就想吃——这就是他减肥再减不下去的原因。

另一个人要拿他开刀，这种努力使莱尔在办公桌后面腰杆儿坐得更直，情绪更加敌视。他盯着哈利，两眼周围受到了侵蚀，上面的眉毛和头发一样呈现出金属般的金黄，“它也有一大好处，”他主动说，“那就是你变得胆子大了，什么都不害怕。不怕鸡毛蒜皮的琐事。比方说，不怕像你那样的威胁。”

“我没有做任何威胁，莱尔，我只不过是想弄清楚他妈的到底是怎么回事。我开始想这家公司正在叫人往光里剥。如果我错了，它反而在蒸蒸日上，那你就没有什么可害怕的。”可怜人哪，他在咬碎牙齿往肚子里咽，而且不到哈利岁数的一半。在他这个年纪，哈利在干什么呢？用老式办法排字，做梦都想着屁股。屁股，在某程度上可把我们害惨了：膜太薄，这些小小的艾滋病病毒就偷偷儿地钻了过去。空无一物的黑匣子里，就是跟塞尔玛在一起时它给人的感觉。可笑的胃口，要一种固定的饮食。当“反反”[①]可未必百花烂漫。

莱尔又带着那种脆生生的谨慎把两条胳膊挪腾了一下。他的身体已经成了一捆枯柴秆儿。“别做任何断言，安斯特朗先生，你是不想出庭抗

① 原文为 queer，意为“反常”，“怪异”，男性同性恋者的俗称，故译为“反反”。

辩的。”

“嘿，你拒绝让我和一位不偏不倚的会计查账，这是断言还是事实?”

“米尔里德并不是不偏不倚。她对我接替她暴跳如雷。她之所以暴跳如雷，是因为我和我的计算机几小时就可以干她花整整一个礼拜才能干完的工作。”

“米尔里德是个诚实的老人。”

“米尔里德是个老不中用。”

“米尔里德不是这里的关键问题。关键问题是你这是挑衅我，看我能不能保护自己的儿子。”

“我不是挑衅你，安斯特朗先生——”

“你叫我哈利好了。”

“我没有挑衅你，先生。我只是告诉你我不能接受你的命令。我只能接受纳尔逊或安斯特朗太太的命令。”

“你会接受的。先生。”莱尔的表情里旋着一丝挑衅的冷笑，刺得哈利不禁问道，“你还有怀疑?”

“我正在洗耳恭听，”莱尔说。

“听着。你也许知道我不知道的很多事情，但你对婚姻连个屁都不知道。我告诉我夫人干什么，她就干什么。叫她去干。在这样的生意问题上，我们绝对是一个人。”

“咱们走着瞧吧，”莱尔说。“其实，我的父母都是结过婚的。我是婚生婚养的。我对婚姻的知识并不少。”

“可没有给你带来多少好处。”

“它让我看到了该避免的东西，”莱尔说，然后像哈利进来的时候那样露出满脸的憨笑。满嘴牙都露了出来。现在哈利真的回想起昔日“理财通”时代的他——成堆成堆的金银，无瑕、冷峻的玛西娅留着长长的红指甲。可怜的美人儿，寻了短见。她和梦露。兔子心里承认“反反”的特殊魅力，一种男孩子般的空灵，一种超越女性那种孕育生命的污烂的升华。

“斯利姆还好吗?”哈利问，随即从椅子上站了起来。“纳尔逊过去常常说到斯利姆。”

“斯利姆，”莱尔说，不是太虚弱就是太粗鲁，站都没有站起来，“死了。圣诞节前的事。”

“听到这个消息令人难过，”哈利撒了个谎。他把手从办公桌上面伸过来让对方握，而对方几经踌躇才勉强握住，仿佛害怕玷污似的。热辣辣、松垮垮的骨头：兔子捏了一把说，“见了纳尔逊告诉他一声，说我喜欢这新装饰。有点儿时装店的样子。乖巧。合乎营销新时尚。你不要紧张，莱尔。但愿中国能为你出把力。我们会保持联系。”

在回家的路上，他从收音机上听到整整两年前，即1987年4月18日在三河体育场对匹兹堡海盗队的比赛中打出他的第五百个本垒打的迈克·施密特，在正逼近里奇·阿什伯恩2217次安打的总数，成为费城队安打次数最高的人。兔子还记得阿什伯恩。兔子读高中最后一年的那个秋季，他是奇才少年队的成员，打败躲闪者队夺标的。库尔特·西蒙斯，戴尔·恩尼斯，狄克·西斯勒在中场，安迪·塞米尼克在垒包后面。在那个赛季最后一场打败躲闪者队，然后又给扬基队连输四场。1950年兔子十七岁，在他的少年赛季中以817分位居全县乙级联赛榜首。回想这些统计数字有助于安定见塞尔玛和莱尔煽起的激动情绪，一种煽动起来未得到满足的渴望的情绪，在它的边缘翻卷着这样一种令人消沉的观念：什么都无关紧要，我们很快都会死的。

詹妮丝对他的低钠饮食的一种观念，就是买这些塑料袋里装的所谓的“低卡”冷冻餐。这种预先做好的鸡肉和牛肉大部分饱含着化学药品，所以搁着是坏不了的。为了把它消化吸收，他一般要喝两罐啤酒。詹妮丝这些日子静不下心来，由于上宾州大学附设班的房地产课程而激动万分。“我拿不准我全懂了，尽管松树街——自从你和你爸在维里蒂印刷厂不干以后，那片街坊并没有下山吧！——那边办公室里的那个女人——对我的问题回答得极有耐心。课每周三个钟头，共上十周，要拿到文凭，上两门必修课和四门选修课，但我认为你参加执照考试并不需要文凭，因为执照考试是营销员必须参加的——我就是要当营销员——每月考一次，要当代理，这我以后可以试试，每个季度才考一次。但问题的关键是我可以从这个四月开始上两门，从七月到九月再上两门，要是一切顺利，九月份就可以拿到执照，替多丽丝·埃伯哈特新的小叔子当股东的这家公司做营销了，最初按规定拿回扣。她说她向她的小叔子说起过我，而且他很感兴趣。显然你的优势是已到中年，客户认为你有经验。”

“宝贝，你何苦要干这个呢？你有摊场。”

“我没有摊场。摊场是纳尔逊的。”

“是他的？我今儿顺路过去看了一下，他就不在那儿，只有他雇的几个小伙计。一个同性恋，一个意大利崽，一个穿裙子的娘们。”

“哈利。现在听听谁有偏见？”

他没有再往下讲他的故事，他要留着等他们俩都有心思的时候再说。晚饭后，詹妮丝喜欢看《险情！》问答赛节目，哪怕她压根儿就不知道任何答案。而那时候11频道费城队正在与碰撞队赛球。黄昏时分，逐渐拢来的北方的暮色（在佛罗里达太阳突然关门歇业，由月亮来接班）渗进那些依然光秃的树木，平息了鸟儿的歌声，那幢大钢砖房嶙峋的烟囱那边，西天的一片柠檬色深化成一种火烧似的橙色，然后再变成余火的深红，这时候，富兰克林路上那座有分数门牌号的小石屋暗暗地把夜色拢到他们周围，而且只有他们周围。再过几个星期，树木就会长出叶子来，当他把目光从电视荧屏上转过来时，从他的安乐窝窗户的菱形格窗玻璃上再也看不到落日了。

在第三局，已有两个人在垒上，施密特打了个本垒打，他在这个刚开始的赛季的第四个本垒打,他的职业生涯的第五百四十六个。他使费城队以五比零领先,这时兔子开始换频道了,没有发现篮球季后赛,只有连续剧《马特洛克》和《神奇的岁月》。詹妮丝跟他在一起时,她跟他不在一个房间里时,或者当他忍受不了她在厨房里、或者在头顶上到处敲得叮叮咚咚时,他心烦,这会儿他同样不自在。他把电视关上去找她,因为满眼全是一些让他烦恼的消息,就像他一度满眼都是克鲁格金币一样。

早晨,他正在想办法再睡一觉,她已经穿上睡衣上楼了,她一走动那双令人火冒三丈的佛罗里达拖鞋就啪嗒啪嗒响起来。他不像年轻时甚或四十多岁那样一觉睡到很晚很晚。六点左右,他就惊醒了,自从他犯心脏病以后,胃总是一阵一阵地疼,什么原因,他弄不明白,后来他才意识到那是他日益衰竭的身体里面对落入圈套的恐怖,就像怕在牢房里跟一个可能随时杀他的疯子关在一起一样,她啪哒过来啪哒过去,拿着一小摞叠好的衣服,那是她从后楼梯上抱上去的已经洗好了的东西,方方的一摞,他认为是叠好的手绢,另一摞,不那么齐整,是他的乔基短裤,腰上的松紧带伸缩不灵,第三摞是她自己的内衣,这东西依然让他兴奋,但穿在她身上反而不如空着洗净时那么让人动心。他不知道如何开始。他把自己肥大的身体斜抛到床上,让床单的粗糙表面搓他的脸。受过电视不停的滑动的光点刺激之后,闭上的眼皮后面一片红糊糊的空白,十分平静怡人。"哈利,有什么麻烦吗?"詹妮丝的声音听上去很是恐慌。他的虚弱反而给了他一个控制她的新手段。

他翻过身来,看见她穿着睡衣的那副疙里疙瘩的怪样子,不禁哑然失笑。她的样子跟朱蒂穿上睡衣的样子区别不大,也高不了多少。她的稀稀拉拉的刘海不大遮得住高高的脑门。佛罗里达晒的黑皮肤淡了下来,那双倦眼看上去盯在别的地方。他开始了,"那边摊场上出了点问题。我今儿到那儿要看看账目,可纳尔逊安插进去顶了米尔里德当记账的那个得了艾滋病的同性恋告诉我,他不能让我看,除非你授权。你是老板,按他的说法。"

她的小舌头尖儿伸出来,压在上唇上。"那就可笑了,"她说。

“我想也是，但我保持冷静。可怜的家伙，他不过是替纳尔逊捂盖子。”

“替纳尔逊捂盖子干吗呀？”

“嗯”——哈利沉重地叹了口气，把自己安置在床上，大屁股向躯干扭过去，活像个土耳其宫女，你真想听？”

“当然。”但她仍托着她的一小摞一小摞的衣物在屋子里走来走去。

“我有个新看法。我想纳尔逊吸食可卡因，因此显得躲躲闪闪、神经兮兮的，老是疑神疑鬼。”

詹妮丝小心翼翼地向衣柜移动，啪哒一声，接着又啪哒一声，手里拿的哈利认为是她的鲑肉色的运动服，蓝袖子和蓝条子，这衣服她从来没有在这里穿着上街去，因为这里的中年人更加在意，不要弄得怪模怪样的。“这是谁告诉你的？”她问。

他在床上蠕动着，蜷起腿把他的绒面皮鞋脱掉，以免蹭脏了花点子白细布床单。“谁也没有告诉我，”他说。“我知其一便可知其二。可卡因满四处都是，纳尔逊这个年龄段的婴儿出生高峰期的雅皮士正好就是服用它的人。这要花钱。花老鼻子的钱才能真正过把瘾。普露不是老抱怨那些他们支付不起账单吗？”

詹妮丝走到床边站住了；透过她的棉布睡衣，他看见了她的乳头和阴毛的影子。从他这个角度她看上去大得出奇，他斜躺着，却经受了一种站得过猛才有的那样的一阵子眩晕；还弄不清谁直立着，谁没有。她的身体依然保持着他们年轻时在克劳尔干活时的那种硬朗干练，但下巴底下却有几道难看的褶子，像枝杈似地延伸到脖子上。她下决心不能长得像妈妈那样胖，可年龄不饶人啊。詹妮丝谨慎地说，“大多数年轻夫妻都有付不起的账。”

他坐起来，想摆脱脑袋里的眩晕，因为她的身子就在那里，便双臂抱住了她的屁股。随后一想，他又把手伸到她的睡衣下面双手捧住她的两个结实但沙嗤嗤的屁股蛋子。他抬起眼睛从她的乳房望过去瞅着她的脸说，“最糟糕的是，宝贝，我认为他一直在亏公司的血本。我想他一直在偷，莱尔却一直在帮他，所以他们才让米尔里德走人。”

他手下面的她的屁股蛋子紧张起来；他觉得它们挤在一起，变得更像两个球了，具有比规定压力低几磅的篮球的张力。一种水样的亢奋的微光在他的腰下面忽闪。她迷蒙的双眼低下来阴沉而专注地盯着他，她脸上的皮从骨头上吊下来。他蹭着一个乳房又把眼睛闭上，闻着有淡淡的汗味儿的棉布味儿，躲开她俯视的目光。她的声音问道，“你有什么证据？”

这话惹恼了他。她真笨。“我说了。我今儿要查账，要看银行结单，他们不让，说除非你授权。你只消给莱尔挂个电话就行了。”

他听见她胸中有一种奇异的宁静，感到她身上有一种强忍的紧张。她的睡衣是透明的，但她却不透明。“如果你看了这些数字，”她问，“你就能弄明白吗？”

他隔着棉布用舌头撩着她的乳头。下面闪灼的微光增强成一种稳定的光辉，一种膨胀的热情。“也许不全明白，”他说。“但即便我们在佛罗里达收到的每月结单我也觉得不大对头。我要带米尔里德和我一起去，要是她离得太远——他说她老不中用了，住在那边的邓格勒疗养院里——我想我们应当雇个人，一个布鲁厄的专业会计师。你不妨给我们的律师打个电话，看他会推荐谁。这事儿说不定最后会动用警察。”一阵宜人的四月的阵雨在外面下起来，被缓缓西下的夕阳点燃。

她的身体僵硬起来，猛地往回挪了一英寸。“哈利！你的亲儿子！”

“对呀，”他说，又被惹恼了，“他的亲妈呢。从他亲妈那儿偷。”

“你又吃不准，”詹妮丝告诉他。“那只不过是你的看法。”

“那今儿莱尔还会隐瞒什么呢？现在他们会风声鹤唳的，所以我们应当趁早下手，省得他们像奥利·诺斯[①]一样，把什么都毁掉。”

---

① 诺斯（1943— ），“伊—尼事件”（即美国国家安全委员会违反国会禁令和政府公开政策进行秘密武器交易等的美国政治丑闻）的中心人物之一，参与向伊朗秘密军售活动。

现在詹妮丝气恼起来了，她往后一挪，摆脱了他的手臂，站在地毯中央。用一只手搓着另一只手的手背，他看到性生活没希望了，几个星期来他第一次真正有了这种冲动。该死的纳尔逊。她说，“我想我应当先跟纳尔逊谈谈。”

“你应当？干吗不是我们？”

“按照莱尔的说法，我是惟一说话算数的人。”

这话伤人心。“你对纳尔逊心太软。对于你，他想干什么就能干什么。”

“哈利啊，那一回我跟查利私奔太不像话了！纳尔逊才十二岁，他常常骑自行车一直骑到艾森豪威尔大道，在街对面一站就是一个钟头，抬头瞅着我们的窗户，有两次我看见他了，可我躲起来了，我躲到窗帘后面，让他尽管站着去，直到站乏了才骑车走了。”从哈利的脑袋上面望过去，看见她的小男孩在街对面，那样耐心，那样迷惘，又是那样满怀希望，她的黑眼睛泪水盈眶了。

“好啦，见鬼，”兔子说，“谁也没有叫他到那儿去钉你的梢。我在照料他。”

“你和那个可怜的疯女孩和十足的黑人恶棍呆在一起。房子没有把里面的纳尔逊一起烧掉就算万幸了。”

“我会把他救出来的。如果我在场，我会把他们都救出来的。”

“你不知道，”她说，“你不知道你会干什么。你现在也不知道真情实况，仅仅是你一厢情愿的怀疑，有人在毒害你的心，与纳尔逊作对。我打赌都是塞尔玛。”

“塞尔玛？我们再也没有见过她，我们应该什么时候请哈里森两口子过来坐坐。”

“呸！”她把这个拒绝啐了出来，他只好赞赏起她的狂怒，那种头发奓起来的动物模样来。“过来给我收尸。”

“只不过是一种想法。”这不是一个惬意的话题。他反唇相讥：“我不知道真情实况,你知道,对吧?纳尔逊给你说了些什么?”

她把嘴一噘闭上了,这样一来,她好像压根儿就没有嘴唇了,活像斯普林格大妈从前的模样儿。“其实倒没有什么,”她撒了个谎。

“其实倒没有什么。好吧,那就好。你比我清楚。吉星高照。剥光的是你,他和他的‘反反’伙伴要搞垮的是你爸的公司。”

“纳尔逊不会从公司偷钱的。”

“宝贝,你不懂毒品的厉害。读读报纸。看看《人物》,理查德·普赖尔①把一切都讲得明明白白。就在前不久他们抓了“瑜伽修行者”贝拉②的孩子。有可卡瘾的人为了过一次瘾宁肯杀了自己的祖母。过去认为海洛因就算到底了,可现在与强可一比,海洛因,就是毛毛雨了。”

“纳尔逊不用强可。几乎。”

“噢。谁说的?”

她差点儿告诉了他,但心里发起毛来。“谁也没有说。我只是了解自己的儿子。普露透了一点口风。”

“普露说了,是吧?她说什么啦?”

“她很可怜。孩子们也是。小罗伊行为古怪得很,你也一定注意到了。朱蒂常常做恶梦。要不是为了孩子,普露给我坦白说,她早就离开纳尔逊了。”

哈利感到扑了个空。“咱们谈正题。普露有她的问题,你有你的问题。你最好把你的大孩子撵出斯普林格车行。”

“我跟他谈谈,哈利。我不想让你插嘴。”

“他妈的为什么?我插了嘴有他妈的什么不好?”

---

① 理查德·普赖尔(1940—2005),美国喜剧演员。

② “瑜伽修行者”贝拉(1925—),棒球运动员,纽约扬基队接手,曾三次被评为“最有价值球员”。

“你说话太冲。你会逼得他更加内向。他——他把你看得太重。”

“可不看重你吗?”

“他信得过我。他知道我爱他。”

“我就不爱?”想到这里,他泪汪汪的了。外面的阵雨已经消歇,在水沟里留下一股细流。

“你爱,哈利,但还有别的因素。你也是个男人,男人总有这种地盘问题。你认为摊场是你的。他却认为是他的。”

“有一天总归是他的,如果他不蹲大牢的话。我在佛罗里达瞅着他,心里突然浮现出罪犯这个字眼。他的头形有点问题。我讨厌他快要秃顶的那副样子。他的样子会像罗尼·哈里森的。”

“你愿不愿意让我跟他谈谈,你不要去管?”

“你只会让他推得一干二净。”其实他并没有亲自面对纳尔逊的愿望。

这一点她心中有数。她说,“不,我不会的,我保证。”她不再用一只手的指头搓另一只手的手背,便又向他凑过来,啪哒——啪哒,而他则坐在床上。她把手指头搭到他的耳朵上方,揪住那里的短发,把他轻轻地向她拽过来。“我喜欢你想卫护我的那种样子,”她说。

他由着她生拉硬拽,又把他的脸贴在她的胸口上。她的睡衣上有一块湿点子,那是他用舌头舔弄她的乳头的地方。她的乳头一副久经咀嚼的模样,不如塞尔玛的完美,却比她的真实。由于小,詹妮丝的奶子仍然翘着,就是四十年代在中学礼堂里顶起安哥拉羊毛衫的那种勃勃上扬的姿态。透过那棉布,她的身体散发出一种气味,一种被撩拨起来的烟味儿。“这里面为我准备了什么?”他问,他的嘴抵住那块湿布。

“噢,一件礼物,”她说。

“我什么时候能得到它?”

“很快。”

“用嘴?”

“到时候再看吧。”她把他的脸从她有烟味儿的暖暖的身子上推开，用手指在他的下巴底下扳着，让他抬起头来看她。“但要是你再提纳尔逊一个字，我就不干，你休想得到任何礼物。”

他的脸热辣辣的，他的心狂跳不止，不过以一种稳定甜蜜的节奏，装在他的肋笼里，情况就像他那硬家伙，装在裤子里一样；他感到高兴的是，血管手术也许弄得他眩晕，但仍然使他有足够的血压偶尔应付一次这些未曾想到的事态。“好吧，一个字也不提。”兔子答应，变得雷厉风行起来。“我立马去浴室刷刷牙，准备准备，你把灯关上。有人还该把电话从挂钩上取下来。下楼去，这样就听不见响动了。”

莫名其妙的电话一个劲儿地打来。带着黑人男子特有的那种贵重木材的纹路清晰的声音问纳尔逊·安斯特朗在吗。哈利或者詹妮丝回答说纳尔逊不在这儿住，这是他父母的家。“算我倒霉，他给我的号码说是家里的号码，打到他工作的地方，这里的秘书老说人不在。”

“你想留言吗?”

一阵停顿。“你只告诉他朱利叶斯来过电话。”要么是路德。

“朱利叶斯?”

“对。”

“有什么事，朱利叶斯? 你是不是想说?”

“他知道是什么事。你只告诉他朱利叶斯来过电话。”要么佩里，要么戴夫。

要么来电话的连名字都不留就挂断了。要么说起话来有一种细细的、隐隐约约的外国人的一丝不苟的口气，有一回还不想对纳尔逊说，就是要对哈利说。“我很抱歉打扰你，先生，但你养的这个儿子让我没有办法，只好向你本人汇报。”

“向我汇报什么?”

“向你汇报你儿子债台高筑,和我交往的那些绅士,不听我的劝告,扬言要放放血。”

“放纳尔逊的血?”

“甚至他的某个近亲的。说来遗憾,而且我真的十分抱歉,但这些人未必就是那种绅士。我自己只不过是个坏消息的传达人。别怪我。”这声音似乎越来越接近话筒,越来越接近哈利的耳朵,变得真诚得可悲,在努力策划一种密谋,要变成哈利的朋友和联手。这间熟悉的屋子,这个窝及其霜面的电视,两把银粉红的翼状靠背扶手椅,和摆放着少许图书其中大多是历史书的书架,上面几层摆了一些瓷玩艺儿(伞菌下面的仙女啊,圆脸秃头和尚啊,瓷草窝里的旅鸫雏鸟啊),这些玩艺过去是摆在斯普林格大妈的断层式橱架上的,这些体面的家具变了质,变得灰头土脸的,不稳了,无用了,原因就是耳朵里塞进了这种威胁性的悲戚的声音,是这样一种声音,它具有一颗平常心,带着一种可以理解的人类的使命,一种要履行的令人不快的职责,从一种广阔滑溜的地下发出的召唤:就像墨西哥湾上空温馨蔚蓝的空气对他产生了变化一样,仿佛太阳鱼翻了以后一个滤色镜滑到眼睛上面似的。

哈利问,有种踩水的感觉,“纳尔逊怎么欠下这么多的债?”

那声音喜欢把他自己的话又奉还。“他欠债,先生,是由于追求他的满足,那是他的特权,但他或者代表他的什么人必须掏钱。我的伙伴确信你是一位非常优秀的父亲。”

“其实,不是那么玄乎。你说你叫什么名字来着?”

“我没说,señor。[①]我没有自报家门。重要的是安斯特朗这个姓。我的伙伴渴望与姓这个优秀的姓的任何人达成协议。”这个人,哈利突然想到,喜欢把英语当作一种充满许诺、充满未曾勘探的资源的工具。

---

① 西班牙语:先生。

"我儿子,"哈利告诉他,"是个成年人,他的财务跟我没有任何关系。"

"这话可是你说的？你的断语?"

"就是。听着,我这半年住在佛罗里达,才刚回来,而且——"

但对方把电话挂了,留给哈利的是这样一种感觉:他的坚固的石灰石小屋的墙薄得像节食饼干一样,他脚下顶到墙根的地毯泡在水里,一根水管爆了,却没有管道工可叫。

* * *

他去找他的老朋友和老同事查利·斯塔夫洛斯,后者原来是斯普林格车行高级销售代表,现已退休,从他在艾森豪威尔大道的老住处搬到本市北头的一个新的公寓开发区了。那里本来是铁路上的一片旧货场,有二十英亩地,铁路把它卖了。铁路在它们的全盛时代拥有多少土地真是令人吃惊。哈利吃不准他就能找到那块地方,所以建议他们先在闹市区的约翰尼·弗赖伊吃午饭;韦泽广场上的这家餐厅原本叫约翰尼·弗赖伊餐馆,七十年代变成了巴塞罗那饮食店,七十年代末又变成了薄烤饼屋,现在再次倒手,起名为沙拉乐园,外面的招牌上标明:本地低卡饮食店,独创鲜汤、有机鲜食健康菜肴,以吸引关心健康的雅皮士。这些人都在克劳尔对面拔地而起的玻璃幕墙办公楼里上班。克劳尔依然空空荡荡,它巨大的陈列橱窗里面粉刷过了,朝山的没有窗户的光墙暴露出粗砂浆砌合的砖来,下面是一直延伸到老巴格达的毛石停车场。邦求 我。

闹市区现在主要成了停车场,可说来奇怪,这个停车场还是满满当当。闹市区再没有多少购物的地方,除了几家打折杂货店,还有一家麦克罗利廉价小商品店还在向 1942 年以来不曾换过衣服的老人兜售鹦鹉食和条状发夹,尽管如此,穿轻便西服和紧身亚麻布裙的年轻潇洒的职业人士的数量已经急剧增加;他们在银行、保险公司、州和联邦政府部门工作,这种人反正是无穷无尽的。每逢阳光明媚的日子,这种人就挤满了林木葱茏的公园,那是城市规划者——不是当地的,而是一家时尚的建筑公司,它的人带着设计前来竞标，中标之后又飞回亚特兰大——从韦泽广场建造出来的。这一带从前都是嘎嘎作响、闪闪发亮的有轨电车排队等候乘客的地方。这些拨弄公文、单据的年轻人，坐在抽象风格的水泥喷泉旁，晒着太阳，读着《华尔街日报》，他们把外衣脱掉，叠得整整齐齐放在旁边经过阳极氧化、严防破坏的凳子上。这个种族的女人尤其让哈利着迷；她们穿的是跑鞋，而不是高跟鞋，可她们的腿却束在透明的连袜裤里，脸上戴着又大又圆的眼镜，给了她们一种滑稽性感的模样，仿佛她们的乳房正在上面用硬角质边和涂膜塑料予以仿造似的。她们的模样活像受了简·方达影响的戈尔蒂·霍恩。[①]时下的风尚使她们个个都肩膀宽得像男人，屁股被健身车和把每一条肌肉弄得像电光色油漆似的抱臀裤削小了，挤硬了。这些女人似乎来自一个苗条的未来社会，在那里性只不过是另外一种锻炼，我们大家都生活在封闭起来的小隔间里，通过电脑进行交流。

你可能以为查利现在已经成了古人。可这些地中海坯子好像连头发都没有白，肚皮也没有大。他们在五十上下达到了一个稳定水平，然后再也不会变化，直到八十多岁突然腿一蹬，走了。他们把身体使用干净，就像把一只菜盘子用面包擦干净一样。查利小时候害过风湿热，但是，尽管心脏有杂音，而且容易犯心绞痛，但从来没有出过哈利在海湾发生的那么严重的事故。“你他妈的是怎么搞的，查利？”兔子问他。

“你要学会避免生气，”查利告诉他。“如果什么事看上去惹人生气，你就一走了之。那边摊场上的事非惹人生气不可，所以我就溜之大吉。天哪，现在我真高兴离开丰田！我做的第一件事就是给自己买一条老式的美国船，一辆奥尔兹·托伦纳多。柔软的减震器，一根指头就拨动的转向装置，油老虎，我爱得死去活来。五升 V-8，番茄红，白色加垫半车顶。”

“听上去好棒哟。你就停在附近？”

---

① 简·方达（1937— ）和戈尔蒂·霍恩（1945— ）都是好莱坞女明星。

“我试过，但不行。绕了春街两圈，最后拉倒了，把它扔在老巴格达过去的一个停车场上，搭了一辆巴士，坐了三个街区。这样花了几个钱。避免生气，伙计。”

“我还是弄不懂。布鲁厄闹市区被认为死气沉沉，却设有一个停车的地儿。这些车都是哪儿来的？”

“车养的呗，”查利解释说。“这些车也像十几岁的小年轻一样怀孕、享受福利。他们才不管呢。”

关于查利，哈利总有很多赞赏的东西，其中之一就是此人对大局的感觉；早上寂寥无事，他们俩往往站在摊场的陈列橱窗旁边，评讲当天的新闻。兔子从来没有弄明白新闻会对他意味着什么。他们坐在一张瓷面桌旁，那是这地儿还是巴塞罗那饮食店的日子保留下来的。他说，“施密特昨晚怎么样？”在三河体育场对海盗队的比赛中，这位费城队三垒老将两次双杀，超过了里奇·阿什伯恩的球队总的安打纪录。

“现在还是春天，”查利告诉他。“等投手的胳膊热劲儿上来再说。施密特会走下坡路的。他老了。当然跟你我相比还不老，但打比赛，他老了，在漫长的赛季里是躲不过年轻投手的。”

哈利发现把他对施密特的崇拜得到遏制，是有好处的。你不能为这些运动员而活着，他们是不知道你的存在的。对他们而言，只有别的选手存在。他们走进球场，那里有三万观众，一宣布他们的名字，就乱吼一通，这就是他们需要你做的一切。“你是不是觉得，”他问查利，“最近灾难频频？泛美飞机爆炸。前不久英格兰球迷踩踏，现在又是军舰上这门大炮爆炸，找不出明显的理由。”

“‘明显’就是关键词，”查利说。“凡事都有某种微小的理由，哪怕我们看不出来。哪儿有一点火星，金属上面有个小小的裂缝。还有，伙计，瞧瞧这些争执。现在世界上有多少人，五十亿，世界挤成这个样子，我们没有更多的人被踩死才怪呢。还会有踩踏事件发生，情况好不到哪儿去的。”

想到按纳尔逊的观点，他自己就是这种拥挤的一个很大的组成部分，兔子的心沉了下去。那次他在新月林荫道26号失火的房子外面尖叫，我要杀了你。他并不是真要那么干。一点火星，金属里一个裂缝。一点毛疵。你死了就等于给世界做了件好事。

查利低下头对着菜单直皱眉头，字很大，用绿墨复印在粗糙的带斑脱酸纸上。这些东西他们现在用复印机就干了。谁还用维里蒂印刷厂那样一个地方？先是凸版印刷消失了，随后照相平版胶印又淘汰了。查利不再戴那种眉毛上横一条黑杠杠的厚墩墩、方棱棱的角边镜了，用的是飞行员的金框，把他那厚厚的薰衣草色的镜片扶到鼻子上，活像手指夹着一只酒杯。查利过去体格粗壮，但年龄把他削细了，所以他的希腊骨头便暴露出来——楞楞的鹰钩鼻子，深深的发线下面是宽宽的八字眉头。他的络腮胡子花白了，但他把它剃短了。他琢磨着菜单，不禁咯咯咯地笑了起来。"牛排沙拉，"他读道。"烤猪肉串沙拉。这算什么样的沙拉呢？"

女服务员来时，查利就此跟她开了个玩笑。"全是高卡高脂，这肉是怎么回事？"他问。"你给我们一块牛排，边上点缀一点生菜？"

"肉是穿插、搀和进去的，"女服务员说。她高挑儿身材，面目几乎可以说是漂亮，头发经过褪色处理，做成一种茸茸的莫霍克人的发型。一排小耳环绕在一只耳朵边沿，眼睛后面暗红暗红的斑点涂了胭脂。她的舌头在嘴里有点麻烦，她的嘴唇活动的那种认真刻意的样子怪有意思的。"人们发现对这些东西有需求，你知道，需要更加丰盛的原料。"

这样看来，各样底下，兔子想，还是约翰尼·弗赖伊餐馆。"给我讲讲澳大利亚坚果和腊肉沙拉，"他说。

"那是人们最喜爱的品种之一，"她说。"腊肉脆而入味，像鲨鱼片。大部分肥肉都被挤压出去了。还有苜蓿芽，一些切得真薄的萝卜片和黄瓜片，还有两种生菜，我忘了各自的名字，别的我就不知道了，也许有些白鲑——那是沙丁鱼干。"

“听起来蛮好，”兔子说，省得还有不中听的，又得重选。

查利指出，“坚果和腊肉正好不是医生叮嘱的东西。”

“你听到她说了嘛，肥肉被挤压出去了。再说那么一星半点也要不了你的命。那更是个体内平衡的问题。来吧，查利。放松好了。”

“特色海菜有些什么？”查利问服务员，因为两个男人都喜欢听她说话。

“噢，当然有鹿尾菜，若芽，还有红皮藻和石花菜，搀杂有鹰嘴豆和扁豆，还有绿叶菜，要是你们真要长寿食品而且不在意淡淡的苦味，你们知道，海菜往往带点儿苦味，那就绝了。”

“让你这么一说，我反而不想要了，珍妮弗，”查利说，她们在沙拉乐园穿的制服是酸橙绿的连衣裙，上身缝有服务员的名字，所以他顺嘴念出来。“我要菠菜蟹肉。”

“沙拉调味酱，我们有俄国型的，罗克福尔型的，意大利型的，奶油味意大利型的，罂粟籽型的，千岛型的，油醋型的，还有日本型的。”

“日本型的里面是些什么？”哈利问，不仅仅是要看她的嘴唇绕着嘴巴里那个小难办儿又是撇又是噘的，还因为他对日本人有职业上的兴趣。当美国钻进死胡同时，日本人和德国人是怎么搞的？

“噢，如果你真想知道，我可以到厨房里问问，但有酸梅，我想，当然还有酱油——我们不用那种次等酱油——还有麻油和米醋。”当她意识到这两个男人用调情的手段浪费她的时间，她的眼光顿时硬了下来。他们俩都感到不好意思，便要了奶油味意大利型沙拉酱，安下心相互交谈起来。

他们的关系已经生锈了好长时间了。你一看，查利确实好像老一点，干一点。那副飞行员的细细的金框从他脸上夺走了许多男性的果断，这一定是二十年前吸引过詹妮丝的东西。“这孩子怪有意思，”查利说着便把他盘子两边的银餐具往整齐摆了一下，跟纸垫的边沿形成直角。

“梅勒妮怎么样了？”兔子问他。十年前，他们也在这家餐馆坐过，当时的女服务员就是梅勒妮，她是纳尔逊和普露的朋友，那时候就住在斯普林格大妈家。后来她成了查利的女朋友,尽管他年龄大了些。至少他们一起去了一趟佛罗里达。这大概就是使佛罗里达好像魅力无穷的事情之一。可是那里并没有小妞儿主动投入哈利的怀抱。他得到的媚眼只是他那个年纪的女人送的,看上去老气横秋的。

"她当医生了,"查利说。"肠胃病医生,准确地说,在俄勒冈的波特兰。那是她爸爸了结的地方,你会想起来的。"

"几乎没有印象了。他是种后发的嬉皮士,对吧?"

"他和第三位太太定居下来,对梅勒妮是一大支持。其实回到磨坊谷发疯的是妈。酗酒,和爷儿们胡搞。吸毒。"

最后这个字眼伤了哈利的脾胃。"这你是怎么知道的?"

查利极其轻微地耸了耸肩,但没有压制住得意的微笑。"我们一直有联系。每当她需要推一把时,我就来到她身边。我告诉她,'试试吧。'她依然有点儿'我好可怜啊,我只不过是个小女孩'的习气。需要时,我就推她一把。我告诉她,到她爸和他婆娘住的地方去快活快活。"

"你叫我避免生气,你叫她去试试。"

"情况不一样,年龄不一样。你要是她那个年龄,我也会告诉你'试试吧。'我会告诉你的。只要你避免生气。"

"查利,我有个问题。"

"是新闻?"

"其实是两个问题。其一,我应当为我的心脏想想办法。我总不能一直游来晃去等下一次心梗。"

"你要撇下我了,伙计。"

"你知道。心肌梗塞。心脏病。幸好我上次逃过了一劫。医生告诉我应该做个开心手术,一种复合分流术。"

"试试吧。"

"当然。你说得轻巧。做这些事情要死人的。我注意到你从来没有经过这种事情。"

"经过。87年。12月,你正好在佛罗里达。他们换了两个瓣。主动脉瓣和二尖瓣。你小时候患风湿热时,心瓣就出问题。它们合不严。正因为这样,你的心脏才有杂音,血流方向不对。"

兔子简直忍受不了这些形象,他的体内的这些细部,什么心瓣呀,滑动啊,管道痂呀。"他们是用什么替换的?"

"猪心瓣。要么是机械心瓣,一个装球的防气阀,就这两种选择。装上机械玩艺儿,你就一直嘀嗒去吧。只要有办法,我是不想嘀嗒的。他们说,这会叫你睡不着觉。"

"猪心瓣。"兔子尽力掩饰着他的厌恶。"挺怕人的吧?他们把你的胸膛剖开,让你的血在一台机器里流过?"

"小菜一碟。你叫人家麻翻了。让你的血从一台机器里流过去又什么大不了的?你以为你是老几,伙计?"

一个上帝造的具有一种吹进去的不朽灵魂的同类。一个天恩的载体。一片善与恶的战场。一位见习天使。凡此种种都是他们在主日学校里努力教给你的,或者并没有真正努力教给你,只是让它们从小册子里飘出来,又飘回在他的脑海里埋得比防空洞还要深的教堂地下室里去。

"你只不过是台软机器而已,"查利断言,说完就抬起他的一双方手,连同手后面的白色的袖口和一条条长方形的金链,让珍妮弗把他的沙拉放在他面前。好像脑袋后长了眼睛,他看见她来了。她轻手轻脚地绕过桌子——这两个男人在给她做事,她却不知道做的是什么——然后在哈利面前放了一个点缀着腊肉的绿包子,比一个大乳房还要大。看样子挺油腻的,量也比他该吃的多。这位局促的高个儿女孩仍然旋着,她的奇怪的白流星花在空中颤动,兔子坐在那张瓷面方桌旁试图表达他的困境时,她的绿制服上的浑圆压迫着他的感觉。

"二位先生还要点什么?"珍妮弗问,她的嘴唇轻轻地挣扎着把字吐清楚。她还不是个咬舌儿,好像是个大舌头。“喝点什么?”

查利要一客加酸橙的毕雷矿泉水。她说他们只有圣佩莱格里诺。他说对他都一样。高档水就是高档水。

经过一阵内心的斗争后,哈利问他们有什么样的啤酒。珍妮弗叹息一声,觉得他们又拿她开涮,然后背了起来,“施利茨,米勒,低度米勒,百威,低度百威,米歇罗泊,洛温布劳,花冠,酷尔斯,低度酷尔斯,散装巴兰坦麦芽酒。”这些名堂由于在她嘴里有了点儿磕绊,一出口反而魔力有加。哈利没有看查利的眼色,选了一罐米歇。珍妮弗点了点头,没有给笑脸便走开了,如果她不想挑逗中年人,那她何必戴这些耳环,这么浓妆艳抹呢。

“小菜一碟,你说的,”他对查利说。

“他们把你冷冻起来。你什么都不知道了。”

“我在佛罗里达认识一位老兄,年龄比我们人不了多少,做过一次开心术,他说那受罪死了,康复工作要永远进行,再说就算康复了,看上去也不是很棒。他挥起高尔夫球杆来,就像个残疾人。”

查利干练轻微地耸了一下肩。“你得有操作的基础。也许这位老兄走得太远了。可你,你情况挺好。可以损失几磅,不过你还年轻——多少,五十五?”

“五十五倒好了。今年二月就满五十六了。”

“那还年轻,伙计。我也快了。”查利和詹妮丝同岁。

“照我这个样子,能奔到六十我就挺高兴了。我在佛罗里达看那些老不中用,全是一些干缩的木乃伊,穿着短裤子和矫形运动鞋,往九十岁上蹒跚,神气得不得了,我想问问他们‘什么东西把你们弄得这么棒?你们这是咋搞的?’”

“过一天算一天,”查利建议。“过一天算一天,别垂头耷脑的。”哈利看得出他懒得说安慰话了,可既然和塞尔玛暂停来往了,查利就是他惟一的朋友了。他不好意思给她打电话,因为他好像没法儿讲。他说:

“现在他们还有别的办法。血管成形术。他们把你腹股沟上的一根动脉切开——”

“喂。我在吃饭呢。”

“——把它一直戳到你的心脏上,你信不信。然后他们把这个气球在冠状动脉狭窄部位爆掉,把那该死的东西炸掉。没有空气,倒是有盐水。它使蚀斑破裂。它把动脉伸展到原来的状态。”

“要是运气好,它是做得到的,”查利说。“可一年以后,你又是老样子,又被澳洲坚果和啤酒堵塞起来了。”

啤酒挑在珍妮弗的瘦胳膊头儿上来了,盛在一个冰花玻璃缸子里,金黄金黄的,顶上一层泡沫泛着气泡,嗞嗞有声。“我要是不能时不时地喝上一杯啤酒,还不如死了算了,”哈利撒谎了。他抿了一口,弯着一根食指把鼻子底下的泡沫擦掉。这是纳尔逊的姿势。他挺纳闷儿,珍妮弗操的时候是怎么保护那弯弯曲曲的莫霍克发型的。有些骚娘儿,他在书刊上读到,在她们的乳头上装了安全别针。

“你该做一做冠状动脉分流术,”查利告诉他。“这些气球,它们一次只能炸一条动脉。分流移植,一旦做起来,一次就可处理四五六条。要是他们把你的肋笼扯开了,你还在意什么呀?你又不在那儿。你脱开了场面,做梦去了。其实呀,你也做不成梦。太深沉,做不了梦。那可是个大大的空无,就像死了一般。”

“我不想做,”哈利听见自己厉声说。他把这种口气软下来,“反正现在不。”查利用的扯这个字让他大为不安,把这种体力活动说得太真切了,把这些硬撑着的骨头门扯开,这样他的精神就会飞出去,而一些戴着淡绿色口罩的人就拿着钩子、钳子和亮晃晃的刀子,在这潭稀糊糊的红水里抓捞。公共广播公司关于分娩的一个节目有一次他从詹妮丝的肩膀头儿上望过去从电视上看见了,真是一个错误——他们不会把那种恶心的货色放到电视网上的——他看见他们开始切开一个女人的肚子做剖腹产。戴橡皮手套的手里的刀子画了一条直线,黄澄澄的肥肉向两边卷起分开,活像两条泡沫橡胶。这个女人的肚子,里面有个婴儿,是用一种绝像泡沫橡胶的材料做衬里的。“在佛罗里达,”他说,“我做过导管插入术”——这个词儿在他嘴里磕绊起来,仿佛他变成了那名女服务员似的——“但不是那么糟糕,也不比别的事情令人烦心。你完全醒着,然后他们把这样的一个大碗扣到你的胸口,看里面有什么动静。在染剂泵进去的地方热烘烘的,热得你简直招架不住。”他觉得他让查利失望了,因为他对分流术显得如此怯懦,为了加深他跟对面这个眉头紧皱、咀嚼不止的人接触,便说起了掏心窝子的话。“最糟糕的是,查利,我已经有种半死不活的感觉。这名女服务员是我几个月来想操的第一个女孩。”

“奶子,”查利说。“一对大奶子。长在瘦骨伶仃的身体上。挺性感。活像做了移植术的波·德里克。[1]”

“叫我着迷的却是她的头发。她本来就高,那发式又让她平添了六英寸。”

“高并不坏。高个儿不演小巧玲珑的妞儿的戏,可对你玩得花头更多。再说,瘦骨伶仃也有瘦骨伶仃的好处,不会有那种肥肉搀和在你和阴蒂之间。”

男人之间的这种一拍即合超出了兔子的需要。他说,“不过那些耳环,不是看上去挺疼的吗?那些骚娘儿们是不是真——”

查利耐不住性子,便把话打断了,“疼正是骚娘儿们求之不得的。肢解,痛恨自我,跳踢踏舞。对今天的孩子来说,丑就是美。他们的说法就是,我们给他们的是个多么龌龊的世界。再没有雨林。一片毒荒原。你知道这一套。”

“我这个春天回来后,开车在市里兜了一圈,各个地区都去过了。有些

---

① 波·德里克(1956—),美国女影星和模特儿。

西班牙后裔实际上就在街上戳捣。”

“毒品，”查利说。“他们不知道拿五分之四的时间怎么办？”

“《旗帜报》上说，某个从西迈阿密来的西裔卡车司机在处女泉附近被抓了，他们估计带了价值七千五百万美元的可卡因，有五百公斤重，装在装橙子的板条箱里，上面写着‘易碎物品’，你看没有看到？”

“毒品他们是堵不住的，”查利说着把刀叉搭到他的空盘子的边沿上，“只要有人肯出大价钱去买。”

“那家伙显然是个古巴难民，我们放进来的一个。”

“这些国家走共产主义，把他们搞坑蒙拐骗的乌龟王八蛋统统让我们收留下来。”查利的语调平平，但一言九鼎，可哈利觉得他就要把他扔下。这不大像从前那些日子，他们在陈列室消磨光阴的时候了。查利已经把他的菠菜蟹肉吃完了，兔子才刚刚在堆得高高的沙拉上挖了个坑儿，他巴不得有人劝他几句。他把一叉滑溜溜的东西送进嘴里，发现在油噜噜的生菜和苜蓿芽中间有一颗囫囵的澳大利亚坚果，便小心地用牙劈开，于是他的舌头感到那纹路光滑得出奇，绝像一位少妇的身体，又像一个大理石桌面。

咽下去以后，他用了好大劲儿才说，“还有一件事让我揪心。我想纳尔逊沾上了可卡因。”

查利点了点头说，“我也有所耳闻。”他把刚刚放好的叉子又拿起来，把它伸向哈利那个腊肉装点的绿色大乳房上。“让我帮你把它全收拾掉，伙计。”

“你听说他沾上可卡因了？”

“嗯，是呀。他像他的姥爷一样，神经兮兮的。他需要扶持。我早就发现这小子不是好对付的。”

“我也有同感，”哈利急不可耐地说，话便哗啦哗啦滚了出来。“我上个礼拜过去想从他嘴里套出可卡因的事儿，结果只得到一点风声，他跑到哪儿去了，但总是东跑西颠的，可他雇的这个会计是个患艾滋病快死的家伙，你信不信,他在那儿,我要看账时,他却给我翘起了尾巴,说什么得让詹妮丝发话。而她呢,那个大笨蛋,却不想发话。我想她是害怕会发现什么情况。她的亲儿子蒙着她的眼睛打劫。旧车销售往下滑,一连几个月每月的报表我都觉得挺蹊跷。"

"真想不到。听上去情况不妙,"查利表示同意,又把叉子伸了过来。一颗澳洲坚果——现如今一颗就值两毛五——逃到哈利这面来,不过他幸好反应敏捷,没有让它掉到他的腿上,赤褐色宽松长裤上没沾上沙拉油的点子。这条裤子今天他才从干洗店的衣袋里取出来,才头一回穿,因为今年春天这是他感到真的暖和的头一天。这突然的动作搞得他肋笼后面火辣辣地疼。那个坏小子仍然在那儿玩火柴呢。

他尽力装出若无其事的样子,继续往下说,"现在倒好,在莫名其妙的时候总有电话给我们打过来,一些家伙操着莫名其妙的声音找纳尔逊,甚至还告诉我他们要钱。"

"他们玩硬的,"查利说。"毒品可是大买卖。"他又一次伸过来。

"嘿,给我留一点儿嘛。你怎么搞的,这么瘦?你看我该怎么办?"

"也许詹妮丝该跟纳尔逊谈谈。"

"我正是给她这么说的。"

"那就好。"

"可那婊子不干。至少据我所知她到现在还没干。"

"这个好,"查利说,"这是健康食品,不过它都像中国食品,是把你填不饱的。"

"那你有何高见?"

"有时候,夫妻之间,这些陈年旧事会碍事的。想让我试探试探老詹一詹,看看她的来龙去脉吗?"

哈利简直没有一点儿犹豫,就说,"查利,要是你有办法,那就太好了。"

"二位先生要什么甜点吗?"

珍妮弗已经在眼前显现。她的声音不甚流畅，反而更甜美动听，听见她说话，哈利惊讶地转过头来，由于她离他的眼睛只有几英寸远，他看到还是查利一贯正确：大奶头，尽管她其余的部位却显得笨拙，有种自怨自艾的味道。她的父母肯定把大量的蛋白质、大量的奇力奥麦片和维他命丰富的面包投入了这一对奶子。他情绪软弱沉重，这对奶子似乎在他的大脑上又加了两个包袱。她的绿色连衣裙绷展的胸口往上一提，因为她吸了口气说，"今儿我们的特色食品是干酪饼，低脂山羊奶做的，上面盖的是鲜美的奶油醋栗。"

兔子的眉毛仍然被女服务员的乳房抬得老高，眼睛却望过去瞅着查利。"你看呢？"

查利无奈地将肩一耸。"看来你是不要命了。"

电话丁零零，丁零零一声紧似一声，好像刺骨的凉水灌进他梦魂茸茸的、暖暖的缝儿里。他梦见在往什么东西里面蜷缩，梦见发现了一个刚好合身的缝隙。电话在詹妮丝那边；他隔着她睡死的身体摸着了电话，由于用嘴呼吸，嗓子发干，他沙着嗓子说，"喂？"床边的钟好像只有一根针，后来他推断是两点十分。他等着那种男人的声音，而且心想，每当上床睡觉时，他们应当把电话从楼下的挂钩上拿下来。他的怦怦的心跳声似乎充满了这间黑暗屋子的旮旮旯旯，令人窒息。

一个颤巍巍的年轻女人的声音说，"哈利吗？我是普露。原谅我叫醒了你，可是我——"羞耻、恐惧把她的声音压沉默了。她有种被暴露的感觉。

"往下说呀，"他柔声催促着。

"我绝望了。纳尔逊发疯了，他打起我来了，我怕他会拿孩子杀气！"

"真的？"他傻头傻脑地说。"纳尔逊不会干那种事的。"可是人们一直都是这么干的，都见报了。

"到底是谁呀?"詹妮丝气咻咻地问,她的美梦给搅了。"告诉他们你没有钱。挂上算了。"

普露在线那头抽泣,"……再也没法儿忍了……真要人的命……都多少年了。"

"是呀,是呀,"哈利说,仍然觉得傻头傻脑的。"詹妮丝在这儿,"他说完就把这颗烫山芋塞到她从被子下面伸出来东摸西抓的手里。这么突然窥进普露,窥进她那颗热烈明亮不快的心扉,他感到有点违法。他把床头灯打开,仿佛这会有助于澄清这一切似的。他正在努力读完的那本历史书的白色护封,一片椭圆形的云和海之间有一艘快艇,在打褶的灯罩下弹起了亮光。去年圣诞节下午他开始读这本书,现在作者已经死了,似乎这本书也有些枯萎了。然而他觉得永远读不完是个不祥之兆。

"是,"詹妮丝对着电话说,时间隔得很长。"是。他是真的? 是。"她说,"我们马上过来。离他远点。到朱蒂的屋子里去跟她呆在一起,把你们锁在里面怎么样? 妈妈在门上装了个插销,肯定还在那里。"

普露的声音还在裂帛似的一声接一声,像酸一样蚀进夜的寂静,蚀进十分钟前屋子里充溢着的祥和。他那被打断的梦又零零落落回到他的脑海里来。出游一个期盼已久的地方,交通工具好像是有轨电车,对,就是一辆从前的有轨电车,紧密编制的藤条座位,它们的样子他已经忘了,依稀记得太阳一晒,发出一股暖烘烘的气味,还有吊下来的瓷环。安的瓷按钮,窗户上落满灰尘的铁丝格栅,透进来的气和光,戴着老式草帽,草帽上别着纸花的妇女,都是前往一个热闹地方,一座娱乐公园,一个集市,跟他同去的是何人? 他旁边的座位上有过一个同伴,一个约会对象,但他怎么也想不起她的面目。爱的隧道。有轨电车变成了一种把他们,把他,送进一个惬意的爱的隧道的载体。它合格。

"邻居能不能帮帮忙?"

又是裂帛似的声音,又是呜咽抽泣。兔子给了詹妮丝一个你在电视上看到的“切断”手势——一根手指头横到喉咙上——便下了床。他的一双光脚丫子一落到地毯上，他的老朽的身体味儿便扑鼻而来，一种像肉味又像干酪味的陈味儿。在这幢石灰石住宅里，他们的卧室铺的是米色的安纯牌宽幅地毯；他们定购这一切时，他觉得满房子没有图案的顶到墙根的地毯似乎显得舒适而现代，但在这里住了十年以后，某些地点——前门的里面，门厅到地下室，卧室的床两边——已经积满了鞋垢和脚汗，变得灰突突的，任何地毯洗涤剂都洗刷不掉，成了你的一生留下的一块又脏又大的指印。他小时候人们铺的那种花地毯——有棱有角的花呀，蔓呀，曲曲弯弯呀，他的眼睛总是想看出个道道来，直到最后他觉得迷失在一片丛林中了——不知怎么地，把尘垢吞食掉了，然后杰克逊路上上下下的家庭主妇们一年这个时候，便把它们搭在后院的晒衣绳上打土，搞得四月凉爽的空气里云朵盘旋，然后又消失在大千世界里的尘埃之中。他从衣橱里取干净的内衣和短袜，然后有点儿犯难，不知道该穿什么去迎接一次突然袭击。正规好，还是随便好？哈利的脑子在向前滑行，就像块随他怦怦跳动的心脏前进的冲浪板。

“嗨，宝贝，”詹妮丝说话换了口气，提高了嗓门儿，一副做奶奶的态势。“别害怕。我们大家都爱你。你爸爱你，对，他爱，非常爱。爷爷和我马上过来。你总得让我们穿上衣服我们才能来。顶多二十分钟，宝贝。我们会赶紧的，对。这一段时间你要乖，听妈妈的话。”她把电话挂上，眼睛从又稀又乱的刘海下面瞪着哈利。“天哪，”她说。“他认为他把可卡因藏到他需要的地方，可死活找不着，便一拳打在普露的脸上，把浴室里的东西统统砸了个稀巴烂。”

“他需要，他需要，”哈利说。

“他告诉她我们大家都在偷他的东西。”

“哈，”哈利说，意思是说情况恰恰相反。

詹妮丝说，“那是你的亲儿子，你怎么能笑话呢？”

这个女人，这个死硬的小妇人是谁呀，竟然整治起他来了？他还真有种被整治的感觉。他没有回答，而是用一种四平八稳、不急不躁的态度说，“唉，这事儿一摊牌，如果我们大家能应付得了，兴许是件好事。至少把问题摊开了。”

她穿上她在北方白天从不穿的衣服，她那套有粉蓝色袖子和条纹的鲑肉色运动服。他选了一条刚从抽屉里拿出来的熨得平平整整的丝光黄斜纹布裤子，和那件卡其布衬衫，那是他在院子里打杂时穿的，还有他那件最旧的茄克，绿色的粗条灯芯绒做的，扣子是皮革的：一副周六下午的随便样子。一退休他们俩反而比以前更留意衣着；在佛罗里达，退休人员每天都讲究穿着，仿佛他们都变成了自己的纸娃娃似的。

他们开着石板灰的赛利卡，那辆更像蝙蝠车的铁灰色的车，在死寂的半夜去执行这起极其严重的使命。在宾园寂静弯曲的街道两旁，橡树才刚刚发芽，但枫树正在浓密，颜色不再发红，而是半透明的新生的嫩叶密密实实。有些地方的房屋楼上亮着夜灯，或者后阳台灯，使猫和浣熊不要来翻腾垃圾，不过只有街灯与月亮争辉。整洁的庭院里修剪齐整的大灌木，紫杉，金钟柏和杜鹃，在夜色中看上去挺警觉的，就像丛林动物来到坑边饮水，被照相机灯光忽闪一下捕捉到了。想起来似乎有些不可思议，我们睡觉时，这些灌木都醒着，吸着氧气，生长着；它们不睡觉。星星不睡觉，而是在屋顶上，在树冠上，像一种冷冷的拱形的毛毛雨似地闪着光。我们为什么睡觉？我们怎么回答呢？他的梦，它与他贴合的那种情况。在某些角度上看，灯光下的沥青路在他的眼角里的感觉就像雪。宾园变成了西布鲁厄，一两部车依然醒着，在变白了的空荡荡的宾州大道上活动，宾州大道是韦泽街的延伸，一边是一家超市的停车场，另一边是三十年代修的一排低矮的砖结构商铺，一些窄小的店铺，卖的是扣子呀，婚纱呀，糕点呀，齐普夫巧克力呀，索尼电视机呀，还有做飞机模型的配套元件——他们仍然在这个地区制造、销售这些东西，尽管时下所有的儿童被认为是窝在沙发上看电视的懒虫，飞机都是打滚儿的宽身喷气机，长着熊猫那样的黑鼻子，而不是像零式、梅塞施米特式、喷火式、野马式那样的造型优美的杀人机器。想起来挺逗，那时候尽管在全力以赴支援世界大战，可厂商们依然得到认可，做这些小模型，振奋孩子的精神面貌。这些商铺都在睡觉。一家花店显示出紫罗兰色的逐渐增强的灯光，一家宠物店展示着灯光朦胧的养鱼缸。沿着路边停的汽车展示出一系列超凡脱尘的色彩，不再是红、蓝、米，而是余火的弱色，跟你白天看见的甚至想象到的任何东西都不一样。

哈利服了一粒硝酸甘油，嗔怪地告诉詹妮丝，“医生说我应当避免生气。”

“半夜三更叫醒我们的又不是我，而是你的儿媳妇。”

“是呀，那是你的宝贝儿子在痛打人家的缘故。”

“那是她的一面之词，”詹妮丝声明。“我们还没听到纳尔逊这面的说法。”

他的舌头下面火辣辣的。“你怎么会认为他有他的说法？你这话是什么意思，你认为她在撒谎？她干吗要撒谎呢？她干吗半夜三更把我们叫起来撒谎呢？”

“她有她的小九九，就像人们说的那样。当初她自己肚子叫人搞大了，他就是她的如意算盘，可现在他有了点儿小麻烦，他这把算盘就不像当初那么好了，要是她想给自己再找个男人，她就得趁早下手，因为她的模样儿不会永远不变的。”

他双手一拍，哈哈大笑起来。“你把什么都算出来了。”隐隐地，远远地，他的屁股眼儿有种刺痛感，那是药丸儿造成的。“她模样儿端正，是吧？还是这样。”

“在有些男人眼里，她好像是这样，那种不讨厌粗大女人的男人。我可从来没有喜欢过她，因为她让纳尔逊矮了三分。”

“他就是矮嘛，”哈利说。“这可叫我想不通。我的父母都高。我们全家一直都是高个子。”

詹妮丝暗自思量她对纳尔逊的矮小所负的责任。

穿过布鲁厄到达佳济山，路有好多条，然而今晚街道全都空荡荡的，交通信号灯闪着黄光，他选了一条最直截的路，径直跨过跑马桥，这桥他和吉尔曾经踏着月光步行过一次，不过不像今夜这么晚，直上韦泽街，经过拐角上的那座大楼，那里过去开过金博友好娱乐厅，后来跟警察闹翻了，最后关门大吉，现在已被漆成柔和的公寓的颜色，改造成一套办公室，供雅皮士律师和金融顾问们租用，再经过施恩鲍姆丧葬事务所，它的雄伟的白砖大楼在左边，还经过擦鞋店，那里还卖纽约报纸和烤热花生。那可是全城最好的花生，从他不比现在的朱蒂大多少一直卖到现在。他那时对快乐时光的想法就是星期六早晨乘有轨电车绕山转一圈，进一趟布鲁厄城，买一毛钱一大袋的刚出烤炉的热花生，边走边剥，在韦泽广场的人行道上，他脚走到哪里，顺手就把壳子扔到哪里。有一次一个老年流浪汉抱怨他乱扔果皮；那年头儿，就连流浪汉也讲公民道德。现在老城区成了鬼蜮，阴森森的颜色，空空荡荡，第五大街车辆禁止通行，因为亚特兰大来的城市规划人员在那里种了一片小森林，弄成了一条步行街，强烈的蓝光下隐现出狰狞的树枝。之所以安装蓝光灯，是为了防止在树下抢劫、嫖娼和毒品交易。这些树一年比一年高大，却搞得城中心一年比一年阴暗。到了第五大街兔子向左拐，经过邮局和罗摩达旅店，这里过去叫本·富兰克林旅店，里面有大舞厅，它总是让他想到玛丽·安和她的圈环裙，以及她两腿之间的香气。又驰过艾森豪威尔大道，1204号楼上就是那一回詹妮丝和查利躲藏的地方。再拐一个钝角朝右，向前穿过西班牙裔居民区，这里过去住的是德裔工人阶级。横过冬街，春街和夏街，街上有炫目的灯光，偶尔还有活动的影子，西班牙裔人出来找某种买卖，把街头垃圾全部带出来，这样的夜里还嫌凉。再奔向洋槐街到了布鲁厄中学前面，一块刻有拉丁文的大萧条纪念碑，雄心勃勃提倡为全民造福，就像是共产主义者常常宣扬的东西，三十年代全国都倾向共产主义，那时候人不像现在这么自私，立碑的那年正好哈利出生，1933年，看起来碑的寿命要比他长。碑是淡黄砖的，碑角是花岗岩的，贴在绿草山坡上活像一个大鬼影。

“你认为她是什么意思?”他问詹妮丝,“‘发疯了’? 服用可卡因能疯到哪儿去?”

“多丽丝·考夫曼,我指的是埃伯哈特,有个小叔子,这小叔子的前妻生的孩子不得不到本州中部附近的一家戒毒中心去。他疑神疑鬼,认为希特勒还活着,把特务派到各地去抓他。他是犹太人。”

“他痛打老婆孩子吗?”

“他就没有老婆,我想。我们也吃不准纳尔逊是不是威胁到了孩子。”

“普露就是这么说的。”

“普露心神不安。我想让她心神不安的是钱,而不是别的。”

“钱就没有让你心神不安?”

“不像对你和普露那么严重,钱不是我操心的东西,哈利。爸爸嘴上的口头禅就是‘要是我没有两块钱一块儿磨,我就磨两分钱。’他相信他总能挣够的,果真是这样,我估摸着我是传承了他的哲学。”

“就因为这你就一直让纳尔逊杀人后逍遥法外?”

詹妮丝叹息一声,口气比以往任何时候更像她妈贝茜·科纳·斯普林格,她可拖着不堪重负的身子过了一辈子,除了干点家务活,一丁点儿活动都没有,成天价坐在大房子里,放下遮阳帘,以免窗帘和沙发椅子套被太阳晒着了,整日为腿疼唉声叹气。“哈利,真的我能怎么办呢? 他又不是个小孩子,都三十二了。”

“首先你可以把他从摊场上开销掉。”

“是啊,我是不是把他开销掉再不把他当儿子看——告诉他我很难过,他不成器? 他是我爸的外孙,你别忘了。爸爸白手起家撑起了摊场,他会让纳尔逊经营它的,哪怕纳尔逊搞得出了格也罢。”

“真的?”这样一种惨相让他吃了一惊。人一有钱就无法无天。拿一百万赌。垃圾债券。“你就不能临时把他开销掉,等他有了个正形了再说?”

詹妮丝的口气有些不耐烦，有一些疲惫。“这一切你说来轻巧——自从莱尔告诉你我是真正的老板，你就一肚子酸水，你是想叫我坐腊。你干去吧，你认为摊场上该干什么，你尽管去干，告诉他们是我说的。我吃不消了。你和纳尔逊打不完的老仗，把我夹在中间，我吃不消了。”

赛利卡风驰电掣般地穿过城市公园，跨过网球场和那辆经历过第二次世界大战的坦克，街灯在他的手上闪得更快了。那辆坦克涂了厚厚一层绿漆防止生锈，由于漆了又漆，所以丧失了哈利记得的纯正的军人绿。他们叫什么来着？橄榄黄。他有种在街灯轰击网下的感觉，布鲁厄似乎死气沉沉，好像战后狂轰滥炸过的德国城市。“他们不会相信我的，”他不怀好意地告诉她，“他们仍然会来找你的。我就像你，”他告诉她，语气变温和了，“害怕我要煽动起来的事情。”

过了公园，出现了一盏红色交通信号灯，接着是一幢本地闻名的有塔楼的老屋，屋顶上盖着圆圆的鳞斑石板色木瓦，然后是一座商场，那里的电影城广告牌上写道：**看你们梦之队可说什么失控的话**。随后他们上了422公路，一片铭心刻骨的地区：他们小时候一年四季来回必经的街道，中央大道，杰克逊路，约瑟夫街，像纽扣一样紧扣着他们的生活，他们真正生活的佳济山区的消防龙头和邮箱，在深沉的夜色中失去色彩的一切，在燃烧的蓝色水银灯下看上去像面包一样浑圆、又盖了一层雪皮的街道，在小块平坦、洼陷下去的草坪和郁金香花坛后面安插得悬乎乎的砖柱门廊。约瑟夫街89号，斯普林格家的灰泥大房子，灯火通明，像一艘下沉到该城静悄悄、黑沉沉的树顶和屋脊中间的轮船，在这里兔子穿着他的旧纳什装追求詹妮丝时，他总是讨厌到这里来，因为跟它一比，杰克逊路上他家半独立式的房子就显出一副寒酸相。哈利和詹妮丝原来的卧室所在的左侧有一棵铺天盖地的紫叶欧洲山毛榉树。这棵树，枝繁叶茂，一丝阳光也透不进来，整个秋天山毛榉果劈里啪啦，爆裂声不断，吵得哈利睡不着觉。现在树不见了，使那一面光秃秃的，窗户暴露出来，被照得火辣辣的。纳尔逊把它砍了。爸，它快把整个房子吃掉了，那边木头结构上的油漆老掉，太湿了。草坪上的草也长不起来。哈利没法儿争辩，也没法子告诉孩子那棵大山毛榉上的雨声是他这辈子最有宗教色彩的经历。这件事，还有击出一个纯正的高尔夫球。

他们把车停在外面的枫树下边，一年到这个时节，枫树正在脱淡绿色茸毛和黏糊糊的东西。他一向讨厌把车停在这里的主意，星期一他得把车洗一洗。

普露一直眼巴巴地瞅着他们到来。他们脚一踩到门廊上，她就把门拉开了，仿佛有一只电眼似的。绝像那个星期的塞尔玛。朱蒂和她在一起，穿着什么毛茸茸的奥什科什布戈什睡衣，她穿已经嫌小了。这孩子的脚显得又长，又白，又瘦，令人吃惊，脚脖子露出一大截。

"罗伊在哪儿?"哈利立马问道。

"纳尔逊正安顿他睡觉，"普露说着把嘴的一边往下一拉，算是道歉。

"睡觉?"哈利说。"你把孩子交给了他?"

她说，"噢，就是。我打电话以后他就平静下来了。我想他把我揍了一顿，下手这么狠，自己也感到震惊。这对他反而是件好事。"在前厅明亮的灯光下，他们看见了她一边的颧骨上有一道红印子，上嘴唇肿泡泡地歪着，眼边上红滋滋的，仿佛用钢丝绒反复刷搓过似的。她穿的是短截截的薄棉花睡袍，但不像在佛罗里达那样露出两条光腿；她在下面还穿了件蓝色长睡衣。不过透过薄薄的布料，你仍能看见腿的轮廓，像两条在浑水里游动的鱼。假毛皮里子的拖鞋护着她的脚，所以你没法儿核实她的脚趾甲是不是涂过油。

"嘿，该不是虚惊一场吧?"哈利问。

"你一见纳尔逊恐怕就不会这么想了，"普露告诉他，然后转向另外那个女人。"詹妮丝，我受够了。我想走。我一直尽力把盖子捂住，可现在实在忍无可忍了!"泪水本来一直沾在眼皮儿上，现在又开始往出流了，詹妮丝刚弯下腰去吻抱朱蒂，还没直起腰，普露就把这位年长些的女人抱在怀里。

哈利的心抽了一下，他感觉得到普露在努力全面拉关系；他感觉到他的妻子并不买账。普露是个天主教徒，爱炫耀，动作大，而詹妮丝却是个拘谨矮小的新教徒。

朱蒂抓着哈利的指头尖儿。他弯下腰跟她挨亲儿时，她的头发撩进了他的眼睛。小姑娘咯咯地笑着咬着他的耳朵说，“爸爸认为他浑身上下全爬着蚂蚁呢。”

“他老觉得痒，”普露说，感觉到她想把詹妮丝卷进她的脱逃计划的努力泡汤了，她得再多抖搂一点情况。“那是可卡。他们管它叫蚁走感。他的神经传导功能给操崩了。想问什么尽管问吧。我通通知道。我到布鲁厄的戒毒中心都跑了一年了。”

“嘿，”兔子说，不大喜欢她那凶狠的口气。“他们还告诉了些什么？”

她直勾勾地盯着他，一双绿眼睛闪着泪花，露出惊恐，嘴角又往下一歪，想办法扮出了一张笑脸。今晚她的上嘴唇肿泡泡的样子平添了一种悲戚的怪异。“他们告诉你那不是你的问题，瘾君子自己可以解决。但那终归还是你的问题。”

“说确切些，今晚这儿到底发生了什么事儿？”他问。他总得把话说爽快点儿。他觉得詹妮丝在打退堂鼓，想靠边站，真令人气不打一处来，就像他们坐着佳美带孩子们去丛林公园那次一样。

朱蒂发现爷爷奶奶不像平时那么好玩，便离开哈利跑过去靠在妈妈身上，把她胡萝卜色的脑袋贴在普露的肚子上。普露拿出一副保护的架势，用一条有绒毛，长雀斑的前臂环绕着孩子的喉咙。这会儿一双绿莹莹的眼睛一瞪，仿佛哈利和詹妮丝不是救援队，而是入侵敌似的。

普露的声音听上去凶狠而疲惫。“还不就是平素那堆垃圾。他一点以后才回家，我问他上哪儿去了，他说我管不着，我估摸，我没有像平时那样逆来顺受，因为他说假如我要这样子下去，他就需要打一针来平静平静他的神经了。当时可卡不在浴室里，可他认为他就是把它藏在那里的一个阿司匹林药瓶子里的，于是他就乱砸东西，我表示不满，他就追出来开始把我浑身上下一顿乱打。”

朱蒂说，“都把我吵醒来了。妈妈躲进了我的房间，爸爸一脸的傻样，好像他真的什么都看不见了。”

哈利问，“他拿刀子或什么东西了没有？”

一听这话，普露的眉毛拧到了一起。“纳尔逊从来不会拿刀的。他见不得血，从来也不进厨房帮人一把。他都不知道刀子该用哪一头才对。”

朱蒂说，“后来他又说他实在对不起。”

普露一直把朱蒂的红头发从脸前往脑后掠着，现在，她只用两根中指点了一下她的脑门和双颊，把自己的头发往后一撩，她已经让司芬克司的模样儿相形见绌了，头发松塌塌地披在肩头上。“我给你们打过电话后，他就平静下来了。他说，‘你给他们打电话了？这叫我难以置信。你给我的父母打了电话？’好像他都给搞懵了，不知道发火的了。他不住地点头说，这就算了结了，他出了这档子事是多么地难过呀，他叫人莫名其妙。”她做了个怪相，把朱蒂轻轻从身边推开，哆嗦了一下，把睡袍在腰里往紧一收。一时间，大家似乎都忘了台词。一到危机关头，我们的本能中就有什么东西刮削起来，它想方设法把大事削小，小事削了。“我想喝杯咖啡，”普露说。

詹妮丝问，“我们该不该先上楼看看纳尔逊？”

朱蒂喜欢这个主意，于是便领头上楼。跟着她乳白色的光脚片踏上楼梯踏板，哈利满心的愧痛；他的孙女还得穿因个儿长了而嫌小的睡衣，而他们在佛罗里达所有的熟人一周七天穿的便裤颜色天天不同，总有二十来件运动服装在洗衣店的袋子里挂着。这幢房子，他从很久以前斯普林格夫妇占用的时代就记得，那时候他们比他现在还年轻，现在他一看，似乎寒伧得可怜，还摆放着旧时的遗物，包括那把破旧的棕色巴卡躺椅，它曾经是弗雷德·斯普林格的宝座，还夹杂着没有名堂的新一点的家什，不是从沙科那家具店买的，就是从市区郊外公路两旁冒出来的破家具市场里的哪一家买的，那一带还混杂着众多汽车行和快餐店。楼梯上还是磨成光板子的土耳其长条地毯，那还是四十年前斯普格林夫妇钉上去的。房子是传给了纳尔逊和普露，可他们从来没有把它当成自己的家产。你千方百计要为孩子办点好事，给他们的生活提供一条捷径，给一点铺垫，可到头来好心办坏事，反而害了他们。这就不是小两口住的房子。

灯齐刷刷地亮着，这给屋子一种惊慌、过热的氛围。他们依次上楼，朱蒂打头，哈利、詹妮丝居中，普露断后。现在普露也许后悔给他们打电话了，而倒是宁可护理一下自己的脸，独自谋划谋划下一步棋怎么走。纳尔逊在走廊里向他们打招呼，怀里抱着罗伊。“啊，”一见他爸便说，“贵宾驾到。”

“别跟我耍贫嘴，”哈利告诉他。“我宁肯在家里睡觉。”

“打电话叫你可不是我的主意。”

“打老婆，吓孩子，要么耍死狗，这可是你的主意。”哈利在他的丝光黄斜纹布裤子一侧的口袋里摸揣了一阵，确信那一小瓶救心丸装着。纳尔逊极力玩酷，依然穿着进城时穿的黑便裤和白衬衫，一只胳膊上架着孩子，越来越稀的头发在脑袋上奓着，一双眼睛在刺目的走廊灯光下显得异常狂野，充满了反射出来的火花，就像站在新月林荫道26号火势熊熊的房子外面的那一次一样。即便灯光辉煌，他的瞳孔显出放大了的样子，黑亮黑亮的，有种颤栗向他作怪，时不时哆嗦一下，仿佛时近五月的这个夜晚还冰冷刺骨一般。他那模样儿甚至比在佛罗里达时还要瘦，那撮半半落落、模模糊糊的小胡子上面，还是那个叫人腻味的烂鼻子。还有那只耳钳子。

“你是哪门子的爷，大放厥词，谁在耍死狗?”他问哈利，随后又加了一句，“嘿，妈，欢迎到家里来。”

“纳尔逊，这可不是个办法。”

“把罗伊给我，”普露说，声音冷冰冰的，没有一点儿感情，然后就从安斯特朗老两口身边挤过去，连丈夫的脸都没撩一眼，把睡着的孩子一把从他怀里拽了过来。身上加了码子，她不由得哼了一声。走廊里的灯，由于带着个面子琢成糖果盘一样的玻璃罩,她从下面经过走进罗伊的房间时,给她的脑袋戴上了一顶光冠。那是纳尔逊童年时的房间,从前那些日子,兔子常常躺在床上睡不着,听见梅勒妮从她自己的房间沿着走廊蹑手蹑脚走到这间屋里来,她住的就是房前部的那间小屋,里面有试衣模特。现在她成了什么肠胃病专家啦,被刺目的顶灯一照,纳尔逊的脸,腮帮周围白刷刷的,表现出一种电击了的惨相和一副盛气凌人模样,而詹妮丝阴沉沉的,一脸的迷惘,一副退进内心的阴影里的模样;她动不动就显出一副迷惑的样子,这种习性总使哈利害怕。他意识到他仍然处在掌权主事的地位。小朱蒂抬起头来,粲然望着他。因为自己没有睡觉,有机会目睹大人间的这些是是非非,兴奋得不得了。"我们总不能站在走廊里呀,"他说,"到大卧室里坐下怎么样?"

哈利和詹妮丝的老卧室现在成了纳尔逊和普露的。床罩换了——他们的旧宾州德国式的被子,上面是小三角块块,现在已让位于一床泡泡被,图案是黄玫瑰,普露可喜欢花花布啦——但床还是老样子,一碰就嘎吱嘎吱直叫,还是那上过清漆、上面有个圆疙瘩的床头板,你想靠着它看一会儿书,总是对不上碴儿,咯得脊背怪难受的。床头桌上的杂志也变了——《赛车》和《滚石》取代了《时代》和《消费者报道》——但原来哈利那一侧还是那张樱桃木床头桌,抽屉老粘住拉不动。梳妆台有不少撑起来搁着的照片,有一张是他和詹妮丝的,眼神恍惚,颜色浅淡,那是1981年3月拍的结婚二十五周年纪念照。他们看上去经过了防腐处理,兔子想,悬在时光的有色气泡里。这间屋子天花板上的顶灯,像走廊里的灯一样,也是玻璃罩,同样火辣辣地照着。他问,"我可以把灯关上吗?灯全开着刺得我头疼。"

纳尔逊酸溜溜地说,"你是贵客,请便吧。"

朱蒂解释说,"妈妈说爸爸追着打她时把灯通通打开。她说如果情况再坏下去,我就扔把椅子打破一扇前窗喊救命,警察就会听见的。"

灯一关,兔子向外一望便可以看出紫叶山毛榉砍去后空出来的那个黑沉沉的峡湾。他在这里一住就是十年,邻居的房屋比他过去想的靠得还要近。他们楼上的灯亮着。他能看见一段一段的墙壁和家具,但看不见人。也许他们正想着打电话报警。说不定已经打了。他把樱桃木桌上的灯打开,这样邻居就可以望进来,看见一切已经得到了控制。

“她纯粹是大惊小怪,”纳尔逊解释说,还时不时地指指手,画画脚。“我刚要表明一个看法,普露就坐不住了。我再说她也不听。”

“保不齐你没有怎么说她想听的,”哈利告诉儿子,这小子穿的是白衬衫黑裤子,看上去活像个魔术师的小伙计,而且不住点地拍拍胸膛,打打颈背,又隔着白布搓着胳膊,仿佛要变出个把戏似的。这孩子神情尴尬,心里发虚,却总是打不到点子上,兔子觉得;对他来说,这屋子里除了床和家具,他的父母和女儿,还有别的东西,也就是一群只有他才看得见的鬼魂。他身上散发出一股气味,酒味儿和一种带电后的臭氧味儿。他在冒汗,他的嘴巴湿漉漉的。

“好啦,好啦,”纳尔逊说。“今晚我犒劳了一下自己,过了一把酒瘾,我承认。摊场上这一星期真要命。加州配合一次狂轰滥炸的电视广告发动这次全国性丰田大促销,他们指望看见由于打折,新的销售量增长百分之二十。他们通知我他们对我们最近的数字一直不满意。”

“他们,还有谁?”哈利说,“你的伙计莱尔是不是告诉你我前几天到过那里?”

“上星期打探了一圈,是呀,他当然告诉了。从此他不来上班了。谢谢你了。你使出你那一套性别歧视的调情本事搞得艾尔薇拉坐卧不安。”

“我没有性别歧视,我也没有调情。我只不过是看见一个女人卖汽车感到吃惊而已,只是问了问情况怎么样。这张骚屄,我只是尽量表现得殷勤点儿罢了。”

“她可不这么想。”

“那就好好操她一顿得了。我看,她是能关照自己的。你发的哪一门子火呀——你想操她?”

“爸，你什么时候才能不动操的脑筋？你多大年纪了，五十七了吧？”

“五十六。”

“——你还像个他妈的小年轻儿。世界上的事情多着呢，不光是谁操谁这一桩事儿。”

“那给我说说看。说说看这老子天下第一的一代怎样醉生梦死。你总不能靠每半个钟头吸一次这玩艺儿来维持飘飘欲仙的状态吧，你的鼻子都要烧烂了。你一副蔫巴巴的样子。你拿强可怎么办？你怎么服用？那只不过是些小小的晶体，对吧？你是不是需要他们在电视上展示的那一套高级燃烧工具和针管？那你在什么地方干这活儿？你总不能把全部器材带到逍遥宫去吧，不管现在人们是怎么叫它的，你能吗？”

“哈利，行啦，”詹妮丝说。

朱蒂凌晨三点还两眼放光，她在推波助澜了，“好玩的小管子，爸爸可多啦。”

“宝贝，把嘴闭上不行吗？”纳尔逊说，“找妈妈去，她会安顿你睡觉的。”

哈利转向詹妮丝。“让我问问他。我们大家干吗都要踮起脚尖绕着弯儿，熟视无睹，永远装出这孩子不是毒鬼的样儿。面对事实吧，纳利，你现在是一塌糊涂。你不仅糊涂，而且危险。你需要人拉扯一把。”

一时间自怜情绪涌上这孩子的眉梢。“人都说我需要拉扯一把，可我发现谁都不拉扯。有个老婆吧，可屁事不管，有个老爸吧，可压根儿没有个当爸的样儿，而且一直都没有。有个老妈吧……”他不了了之了，不敢得罪他惟一的盟友。

“有个老妈吧，”哈利替他把话说完，“眼睁睁地让你把她洗劫一空。”

这话有点儿击中了他的要害，在他的双眼里飕地一下蹿过了紧张的火花。“我没有洗劫任何人，”他说，一副木呆呆地样子，仿佛他脑袋里有个声音告诉他说这话似的。“一切都弄明了。嘿。我觉得恶心。我想我得吐出来。”

哈利高抬了一下贵手。“去吧。你知道浴室在哪儿。”

浴室门就在那梳妆台右边，台上面摆着孩子各个阶段的彩色快照，还有哈利与詹妮丝看上去经过防腐处理的颜色浅淡的那张，他们俩眼光迷茫地死死盯着同一个地方。哈利往里撩了一眼，看见地板上乱七八糟。普瑞尔香波，佳洁士牙膏，药丸儿。幸好现如今大多数东西都装在塑料瓶儿里，不容易弄破。门关上了。

詹妮丝告诉他。“哈利，你说话太冲了。”

“哎，见鬼，别人都不吭不哈的。你等着自生自灭。没门儿。这孩子已经被钩上了。”

“咱们不要谈钱的事好了，”她央求道。

“干吗不谈？难道钱是什么鸡巴太岁头上的土，谁都动不得？”

她的舌头尖儿从两片忧愁的嘴唇中间探了探。“一扯上钱，你就陷进官司里头去了。”

朱蒂依然和他们在一起，一直在听他们讲话，她那双清澈年轻的眼睛，白眼仁儿带一点儿蓝色，金红金红的眉毛有一点小旋儿，一张小脸苍白得像钟表面儿，这一切对于哈利的怒气起了精准的拉扯作用，把他该发的火收敛了许多。这会儿浴室门后面的干呕声可把她吓坏了。哈利解释说，“这会使你爸爸好受些。他在往出呕毒呢。”但一想起纳尔逊恶心，他也难受起来，他胸膛上一圈一圈的紧箍儿，胸膛深处恶作剧般的烧燎又一次发出了威胁。他在裤兜里摸那宝贝棕色小瓶儿。谢天谢地，他可记着随身带来了。他拧开瓶盖儿，磕出一粒又小又白的硝酸甘油丸儿，就像他往日点香烟那样轻松愉快地把它放到舌头底下。

朱蒂仰起脑袋笑了笑。“这些药能修好我给你的那个坏心脏。”

“我的坏心脏不是你给的，宝贝。我希望你再不要有这种想法。”他被詹妮丝关于钱和官司的说词、以及这些东西萦回在他们的脑际的暗示所困扰。**安斯特朗，遭监禁的儿子**。合谋摧垮了家庭关爱。邻居家楼上的灯熄了，这减轻了某种压力。他能感觉到斯普林格大妈在九泉之下震惊辗转,万一她的老屋搞得左邻右舍鸡犬不宁的话。纳尔逊从浴室出来了,一副哆哆嗦嗦的样子,圆睁着双眼。这可怜的孩子年纪轻轻,已经见过一些可怕的事情,吉尔的尸体装在橡皮口袋里从烧毁的房子里抬出来,他妈妈死抱着他幼小的妹妹的尸体不放。你确实不能事事都怪他。他洗过脸了,梳过头了,所以他的苍白就有了这种闪光。他一个激灵从头上打到身上,活像从水沟里跑出来的狗抖干自己的身子一样。

尽管动了恻隐之心,哈利还是发起了又一轮攻击。"是呀,"他说,甚至没等孩子把浴室门关好,"那里还有一个新进展,尽管我并不耿耿于怀,就是你雇的那个意大利胖子。你干吗把黑手党都拉到摊场里来了。"

"爸,你偏见太深了吧。"

"我没有偏见,只有事实。黑手党是个事实。它受到打压,正在退出暴烈的毒品贩卖,就经营起越来越多的合法生意来了。这全是《六十分钟》里说的。"

"妈,叫他离开我。"

詹妮丝鼓起勇气说,"纳尔逊,你爸说得对。你是需要拉扯一把了。"

"我挺好,"他哀声哀气地说。"我倒是需要睡觉,这才是我需要的。你们知道现在几点了吗?——都三点多了。朱蒂,你该回去睡觉了。"

"我太亢奋了,"孩子笑着说,露出一嘴完美的椭圆形牙齿。

哈利问她,"你从哪儿学的这个词儿?"

"我太癫狂了,"她说。"在学校里孩子们都这么说。"

哈利问纳尔逊,"有人没日没夜给咱们家打电话。要钱,他们都是谁?"

"他们认为我欠了他们的钱,"纳尔逊回答说。"没准儿我欠了。这是暂时的事儿嘛,爸。没有解决不了的问题。来,朱蒂,我安顿你上床睡觉。"

"别急着走,"哈利说。"你欠多少,你怎么个还法?"

"我不是说了嘛,我会解决的。他们不该把电话打到你那儿,不过都是些粗人嘛。他们不懂定期信贷。你们不爱听电话响就回佛罗里达去。换个号码,我就是这么干的。”

“纳尔逊,什么时候才有个完?”詹妮丝问,只是看了他一眼,就泪水涟涟泣不成声了。穿着白衬衫,动作像电击了似的,纳尔逊具有一只困兽的脆弱和命定的警觉。“你必须戒掉那玩艺儿。”

“我戒,妈。我戒。从今晚开始。”

“哈,”哈利说。

纳尔逊坚持对她说。“我能把握住。我没有上瘾。我只是吸着开开心。”

“是呀,”哈利说,“就像希特勒杀人也是开开心一样。”准是那撮小胡子让他想起了希特勒。假若这孩子把胡子剃掉,将耳环摘去,他也许会有些许恻隐之心,他们也会重新开始。

可是,哈利心想,他还剩下多少重新开始的机会呢?这间屋子,他在里面跟詹妮丝一起睡了十年,听她打呼噜,闻她爽心的淡淡的女人的汗味儿,还有她睡得不省人事后放的屁,有时候惊天动地地做一场爱,那真是流金岁月,有的时候,他满心厌恶地瞅着她一天夜里在楼下呷了几口雪利酒或者堪培利开胃酒,然后醉眼蒙眬、跌跌撞撞进来,这间屋子,窗户外面的那棵紫叶山毛榉叶子长密了,把光线也改变了,后来叶子一掉,把光线又还回来,山毛榉坚果劈里啪啦爆裂开来,像小鞭炮似的,斯普林格大妈的电视咕哝咕哝没完没了,节目一到末尾,乐声澎湃,达到一定音量震得床头灯也颤动起来,大妈睡得死死的,从来都听不见,这间浸泡着他的生命的屋子,他还能再看到它多少回呢?他没有想到今晚会看见它。现在,突然之间,就像在他这把年纪时常发生的那样,疲惫像一股在体内漫衍的水让他有一种浑身湿透、肮脏龌龊、心乱如麻的感觉。小小的火星儿总在眼角上冒。避免生气。他还是坐下为妙。詹妮丝已经在床上坐下了,他们的老床,纳尔逊已经把那张有黄玫瑰图案的软垫凳子抽了过来,普露准是穿着内衣内裤翘在上面对着梳妆台的镜子梳妆打扮好了，才跟着他去逍遥宫，或者参加东北布鲁厄某个雅皮士哥儿们的聚会。他儿子有这么一个身高体大臀肥的漂亮娘儿戳捣，他还该为儿子犯哪门子愁呀？

纳尔逊已经改变了腔调。他向妈妈凑过去，手指头拧在一起，以阻止哆嗦，嘴唇绷得紧紧的，好把恶心噎回去，一双黑眼睛充满了一种漫衍的迷惘，跟她自己的一模一样。他用开脱自己的极不连贯的口气做着解释："……惟一的一次我觉得有个人样儿，就像我想别人时时刻刻都感觉到的那样。可是今儿夜里我那样子追打普露的时候，就好像有个妖怪或什么东西附了我的身，我站在身外瞅着，觉得事不关己。就像是电视上的事儿一样。你说对了，我是得悠着点儿了。我的意思是情况已经到了这种地步，如果不来一针……就没法儿开始一天的工作……我成天价一门心思地想……那也不像个人样儿。"

"你这可怜的孩子，"她说。"我知道。你说的我全知道。那就是缺乏自尊。多年来我深有体会。记得吗，哈利，我们年轻的时候，我喝酒喝得多厉害呀？"

也想把他拉进去，把他打造成一个父亲。他才不吃这一套呢。他不买这个账。"我们年轻的时候？我们中年的时候又咋样，现在又如何？嘿，你看看，这算是哪档子事呀。搞会诊？这小子刚刚打罢老婆，现在又要把我们骗得没有裤子穿，你还在让着他！"

朱蒂斜躺在奶奶身后的床上，眼睛颠倒过来研究他们，这时候插进来说，"爷爷一生气，上嘴唇就硬撅撅的，跟妈妈一个样。"

纳尔逊已经走出自怜的迷雾，于是对她说，"宝贝，我相信你是不该听到这些话的。"

"我去安顿她上床睡觉，"詹妮丝主动发话，可就是不动屁股。

哈利不想和纳尔逊单独留在这里。他说，"不用了，还是我来吧。你们娘儿俩接着聊吧。聊出个头绪来吧。我该给这个嫌犯说的都说了。"

朱蒂尖笑起来,她的脑袋仍然在床上颠倒耷拉着,眼皮倒过来显得怪模怪样的。"这个词儿挺有意思,"她的嘴在说话,牙齿全不对劲儿了,下牙大,上牙小。"'嫌犯'。你说的是'囚犯'吧。"

"不对,朱蒂,"哈利一边告诉她,一边拉住她的一只手,想把她拽起来。"先是嫌犯,然后才是囚犯。你一进囚牢,就成了囚犯了。"

"她妈妈到什么鸡巴地方去啦?"纳尔逊冲着脸前的空气问道。"那个该死的普露,老说我是个大饭桶,可她自己一半儿工夫都泡在外面吃午饭上啦。瞧不见她那越来越宽的大屁股吗?那是喝酒喝的。孩子们放学回家,发现她睡得像个死猪似的。"他这话是冲着詹妮丝说的,目的是安慰她,办法却是对自己的老妈说自己老婆的坏话。随后他冷不丁地转向哈利。

"爸,"他说。"想不想开一罐啤酒?"

"你疯了。"

"它会帮我们杀杀火气,"这孩子卖起乖来了。"它会帮我们睡个好觉。"

"我正在抗觉呢;老天爷。我可没有亢奋或者你们叫的什么鬼名堂。过来,朱蒂。别让爷爷坐蜡了。他浑身都疼。"孩子的手捏到他的手里好像潮唧唧、黏兮兮的,他把她往床下拉时,她却耍了个花招,硬是赖着不下来,结果累得他觉得胸腔里一阵紧缩。等他把她弄到床边站下时,她又腿一软想瘫在地毯上。他真想扇她一个耳光,但硬是忍住了。对詹妮丝,他却厉声说道,"十分钟。你和孩子谈吧。别让他蒙了你。拿出一个计划来。我们得给这个操蛋家庭立几条规矩才行。"

他把卧室门半掩上时,听见纳尔逊说,"妈,你怎么样?半罐都不行吗?我们有米克,还有米勒的。"

朱蒂的房间,曾经是斯普林格大妈打盹儿和装样子看电视的地方,从几扇前窗望出去,透过黏糊糊的挪威枫树,可以看见零零星星的约瑟夫街,荒凉得像北极的苔原,被街灯照得白刷刷的。屋里挤满了填充玩具,泰迪熊啦,长颈鹿啦,加菲猫啦;但哈利的感觉是这些统统是旧玩具,好长时间没有人给这孩子送过玩具了。她的童年还没有好好享受一下就快要消磨完了。一月份她就九岁了,可谁注意过呢?詹妮丝从佛罗里达给她寄过一本苏斯博士①的书和一顶花花游泳帽。朱蒂毫不犹豫,二话没说就爬上了床,钻到印满了《花生豆儿》人物的破旧的红色泡泡被下面。他问她是不是需要先去尿个尿。她摇了摇头,眼睛从枕头上朝上瞪着他,仿佛觉得真逗,他怎么对她的体内的事情知道得这么少呀。街灯的斜光从百叶窗周围射进来,他问她要不要把窗帘拉上。朱蒂说不要,她不喜欢把屋子全遮黑了。他问她过往的汽车是不是搅扰她,她说没有,只是有时候把房子震得哗啦啦的大卡车才会搅扰她,有条法规说大卡车不该走这条道儿,可警察懒得去执行。"要么太忙,"他指出,他总是个官方权威的维护者。说来奇怪,他竟然有这种本能,因为他一辈子都不是个特别安分的人。他自己就当了两三回嫌犯。不过现如今官方似乎太无奈,太稀松。他问朱蒂是不是想祷个告。她说不,谢谢了。她正抓着一只填充动物,他觉得就没个正形,又没胳膊又没腿。像个妖怪。他向她问了一下情况,她向他表示,这是一个填充的玩具海豚,灰脊背,白肚子。他拍了拍它的涤纶毛皮,把它塞到被子底下还给她。她把下巴贴在戴飞行员眼镜的史努比的白色侧影上。莱纳斯抓着他的毯子;皮格彭脑袋周围有一些土星儿,查理·布朗②正在他的投手墩上,然后被一个火箭球打了个倒栽葱。哈利坐在床沿上心里纳闷,朱蒂是不是临睡前想听个故事,可他叹了口气,叹得那么可怜,那么疲软,搞得他们俩都吃了一惊,接着又神经兮兮地大笑了一通。她冷不丁地问他会不会没事儿。

"你是啥意思,宝贝?"

"就是妈和爸的事。"

---

① 苏斯博士(全名特奥多尔·佐伊泽·盖塞尔,1904—1991),美国儿童读物作家和插图画家。

② 这几个名字都是《花生豆儿》里的卡通人物。

“当然了。他们爱你和罗伊,他们也相亲相爱。”

“他们说他们不爱。他们打架。”

“结了婚的人打架是常事。”

“我朋友的爸爸妈妈就不打。”

“他们肯定打,只是你看不见。他们装出一副亲亲热热的好样子,那是因为你在他们家里。”

“打来打去就打离婚了。”

“是的,有这种事儿。但那可要老打老打才行。你爸爸以前像今晚那样打过你妈妈吗?”

“有时候妈妈打爸爸。妈妈说爸爸把咱们的钱都糟蹋光了。”

哈利听了无言以对。“没有解决不了的问题,”他说,这正好是纳尔逊说过的话。“事情通常都会解决。情况不一定都是那样,但一般都会解决的。”

“就像那次你倒在沙滩上起不来一样。”

“那样子不是挺好玩吗?是呀,你看看,我在这儿好得像新的一样。问题解决了。”

她的脸在黑暗中变宽了;她在笑。她的头发在黑暗的光线下在鲜艳的枕头上披散开来。“你在水里真好玩。我在逗你呐。”

“你怎么逗我?”

“藏在帆下面。”

他心神疲惫地回想了一番,然后告诉她,“你不是在逗我,宝贝。我把你弄出来时,你浑身发青,喘着粗气。我救了你的命。然后你又救了我的。”

她再没说什么。她那双眼睛的黑坑儿吸纳了他的说法,他的成人的记忆。他低下头亲了亲她那温热干燥的脑门。“你别瞎操心,朱蒂。奶奶和我会照看好你爸和你们大家的。”

“我知道,”稍微停顿了一下,她说,然后就随它去了。我们每一个人就像我们这个蓝色的小行星,悬在漆黑的太空里,支持它的仅仅是我们相互的安慰，我们爱的谎言。

兔子出现在老缝纫间关着的门对面，这间屋子过去是梅勒妮睡觉的地方，然后他偷偷儿地沿着走廊从主卧室半掩着的门口经过——他可以听见詹妮丝和纳尔逊在谈话，他们的声音交织在一起——来到后面的那间屋子，从那里可以看见后院和他过去经常侍弄的那片篱笆围起来的小花园。这老早以前是纳尔逊的屋子，那时候纳尔逊还在上中学，蓄着长发，束根头带，像个印第安人，学着弹吉尔留下的吉他，花了一笔小小的积蓄收集摇滚乐密纹唱片，现在唱片已经过时，什么都是磁带，磁带眼看也要过时，什么都将成光盘。这间屋子现在是罗伊的。门开着个缝儿；哈利把三根指头尖儿顶到它凉飕飕、白花花的木头上，把它推开了。进来的光不像约瑟夫街上方最近的街灯射出来的那样刀片儿似的刺目，而是显得比较迷蒙，是从城里散乱的灯光照过来的，一种从枫树、山墙、电线杆的轮廓上像雾一样升起的淹没星斗的黄光。借着这种幽光，他看见普露的长身子可怜兮兮地横在罗伊的小床上睡着了。一只脚已经踢掉了它的假毛皮拖鞋，从睡衣里光溜溜地伸了出来，睡衣又薄又透，所以紧贴在那条蜷得全成了大腿的腿的轮廓上，她的短截截的薄棉睡袍推到腰上，皱成一个一个的褶子，在微弱的灯光下面褶谷似乎没有底儿。她的一只又长又白的手伸开搭在皱起来的睡袍上，另一只呈半握拳捂在嘴唇和下巴中间；颧骨上的伤痕像附着在那里的一只水蛭，她的头发，在黑暗中呈现出那种胡萝卜色的黑色，显得凌乱不堪。她一呼一吸，发出一种浅而无力的刮擦声。他用鼻子深深一吸，好闻闻她的气味。在她受过伤的气息中飘浮着淡淡的香水味儿。

弯下腰做这番检查的当儿，兔子被一双眼睛的两道寒光吓了一跳，罗伊醒着呐。妈妈把他搂在床上，给他唱一支歌，唱着唱着倒是把唱歌的人唱睡着了，这孩子好生奇怪，他瞪着眼睛，竟然摸着黑伸手抓住了他爷爷那张隐隐靠近的脸上的松皮，拧了起来，他那又小又利的手指甲抠了进去，哈利强忍着才没喊出声来。他把几根手指头逐一掰开，把这只凶狠的小螃蟹似的手从自己的腮帮子上扯开,报复性地掐住把它搁到罗伊的胸口。身上一疼,哈利就大声嘘了一下;看见普露动了动。好像要醒来了,她的一只手做出一种急躁的动作向她那一头乱发伸过去,他急忙退出了房间。

詹妮丝和纳尔逊正在明亮的走廊里找他呢。都是日渐稀疏的头发,都是闷闷不乐、愁眉不展的表情,他们倒像是姐弟俩。他悄没声儿地告诉他们,“普露在罗伊的床上睡着啦。”

纳尔逊说,“那只下贱的母狗,一不管我的事儿,她就好了。”

詹妮丝告诉哈利,“纳尔逊说他现在感觉好多了,我们也应该回家睡觉了。”

刚从罗伊房间雾蒙蒙的寂静中出来,他们的声音似乎很大,所以他有意把自己的声音压低。“你们俩怎么处理了? 我可不想这种事情再发生。”

在纳尔逊原先的屋子里,罗伊哭起来了。该哭的倒是他,疼的是哈利的腮帮子。

“不会的,哈利,”詹妮丝说。“纳尔逊已经答应去咨询一个专家。”

他盯着儿子,看看这是什么意思。这孩子显然由于安抚女人的需要,收敛住了一脸串通的笑容。哈利告诉詹妮丝,“我说过,别让他蒙你。”

她的脑门,由于刘海没有遮住,不耐烦地皱了起来。“哈利,该走啦。”她是老板,莱尔就是这么告诉他的。

开车回家的路上,他发泄起了满腔的愤懑。“他是怎么说的? 钱的事情怎么样了?”422 号公路被一辆辆横跨大陆行驶的十八轮大卡车压得瑟瑟发抖。趁夜深人静,它们可以跑得更快些。

詹妮丝说,“摊场他在管,从他手里夺过来就太不像话了。我管不了,你又要去住院处理那血管的事情。整形术。”

“那是下下星期的事儿,”他说。“我们总是可以往后拖一拖的。”

“我知道你就爱这么做,可我们总不能老装成你健康无事的样子。新年过去快四个月了,在佛罗里达他们说你三个月就该恢复得挺好。布雷特医生告诉我,你没有按要求减轻体重,也没有少吃含钠的食品,所以太阳鱼上发生的事情随时都有可能再次发生。"

布雷特医生是布鲁厄圣约瑟医院的心脏病专家——一个气色好、雀斑脸的小伙,戴一副肉色塑料边大眼镜。詹妮丝跟他说这番话时用的就是母亲的那种实事求是、说一不二的口气,这么一说就在他的心里刻下了一道可怕的空槽。他们在市景大道上巡行而过时,那坡状的公园似乎脆得像纸糊的一样,被灯光照亮的树木不像真的。这些岩石下面,这些大起大落的草坪和傲然屹立的联立房屋下面,除了原子和空虚,一无所有,正等着他在中间就他合帖的席位呢。亲爱的上帝,往下伸伸手吧。把我这颗坏心脏从我身上扯出去吧。塞尔玛说祈祷能起作用。詹妮丝的思想离祷告十万八千里,正在向前运行。她的声音果决,还带点儿挑衅的味道。"至于钱嘛,纳尔逊倒是允许来点财务改革。"

"改革！凡是没鼻子擤的人张口闭口就是这种话。南美各国,那些得克萨斯的储蓄贷款社。他真的说过'改革'的话了?"

"反正这不是一个我会想起来用的词儿。尽管我估计我开始听课以后,这将是他们教的东西之一。"

"你听课,天哪,"他说。那辆坦克漆的绿颜色走了样儿,还要过多久,才无人记得把它搁在那儿的缘由呢——才无人记得定量供应券、防空演习、每天早晨醒目的八栏大标题、上帝与撒旦对垒只是个每天在通径亚琛①的路上推进多少英里的简单事儿呢?"他是怎么说他和普露的?"

"他认为她还没有外遇,"詹妮丝说。"所以我们认为她不会真的一走了之。"

"哼,你们俩倒好,心可够狠的。可她呢?她的活路呢?她的烂脸今晚你也看见啦。她还要挨多少?面对现实吧,这小子可疯到家啦,你看没看见

---

① 德国西部边境城市,这里指二战后期美军向德国本土逼近。

他一直抽搐的那副德性？还有呕吐的那副丑态？你听没听见他要我喝罐啤酒？一罐啤酒，天哪，其实该来的是警察，不是我们。邻居没打电话报警算他狗东西运气好。"

"他正在努力和好呢。哈利，你这样子没有同情心，可够他受的了。"

"没有同情心！有什么好同情的？他骗人，他又流鼻涕，又打喷嚏，又是这又是那的，还是个酒鬼，看他在摊场上雇的那些人，不是歹徒，就是艾滋病患者——"

"其实，你应当亲耳听听才是。我真希望当时带个录音机。"

"我也希望这样，把我的话录下来；我在说真话。他把毒品怎么办？"即便在这个时辰，快四点钟的时候，公园里已有人穿着运动鞋和牛仔裤活动了，树背后交谈的，板凳上等候的。"他答应戒了吗？"

"他答应找专家咨询，"詹妮丝说。"他承认他可能有问题。我看今晚收获不小。普露一直在参加戒毒中心的各种会议，那里的人员和机构的情况她统统掌握。"

"人员，机构，我们不能指望社会养活我们，把我们像婴儿一样从摇篮娇惯到坟墓，那是共产党人试图干的事情。总有你承担责任的时候。"他用指头摸了摸裤兜，以确定那硬硬的圆圆的小瓶儿还在那儿。现在他不想吃药，留着回到家里再吃。在厨房里用一小杯牛奶冲服。再来一块果仁黄油饼干蘸牛奶。形状像个大花生，一块果仁黄油饼干蘸牛奶吃可香啦，第一嘴先咬到花生腰上，第二嘴把剩下的吃光。

詹妮丝说，"我倒希望我的爸妈还活着听你念责任经。我妈认为你是她见过的最不负责任的人。"

这一下脸上可有点儿挂不住。临了儿他还是喜欢斯普林格大妈的，以为她也喜欢他。在波科诺斯湖炎热的夜晚出来在有遮掩的门廊上打皮纳克尔牌，他们俩都发现詹妮丝出牌慢。

出了公园，他驾着石板灰的赛利卡直奔韦泽街，穿过布鲁厄的心脏。在空旷冷清的市中心上面“葵花啤酒”钟指着 3:50。在这寂静的时刻,什么东西醒着清扫来清扫去。这是一个新世界。一个蹲着的活影子——一只猫,会不会是一只浣熊?——被他的车灯一照,两只眼睛瞪得像一对圆形反光镜,它坐在一个干涸了的喷泉的水泥阶梯上。就在城市规划者创造的小树林边缘。在韦泽街和六马路的交叉路口,兔子只好向右拐。要是从前你可以照直往桥上开。中学里的野小子就喜欢沿着乘客上车的站台中间的电车轨道开。

由于他沉默的时间太长,詹妮丝便安慰他说,“难道孩子们不让人心疼?哈利,你总不想让他们生活在一个可悲的单亲家庭里吧。”

什么东西塞进体内,兔子总是感到恶心——牙钻呀,压舌板呀,清耳屎的耳挖子呀,肛门栓呀,一年一度量你的前列腺的医生的手指头呀。所以把一根导管在你的右腿根上插进去,向前推,导航的是一个柔韧的小尖儿,活像你刚咬了一口苹果,却发现从里面蠕动出来一个没眼睛的虫子,一想起这种情况,他就膈应透了,不过更让人起鸡皮疙瘩的是叫人家冰冻到半死不活的状态,再用锯子拉开,你的血通过一个复杂的机器流动,而人家却把你腿上的一段滑溜溜、热乎乎的血管往你那颗瑟缩抖动着的心脏的表面缝着。

在德利昂的那家医院,他们给了他几篇文章试着读读,甚至还让他看了一段录像:那颗心脏坐在保护囊里,也就是心包里,这东西要被切开,被“噌”地一下剪开,录像说得轻松愉快,像是在上一堂缝纫课。它把整个情况演示了一遍:一把冷飕飕、窄溜溜的手术刀向那没个正形的血疙瘩杀将过去,它是躺在你的胸腔里的,就像一个活东西掉在热腾腾的水坑里,俨然是一大锅烂糟糟、稀糊糊的焖肉,伴随着一阵接一阵的啜泣,抽搐着,哆嗦着,竭力躲闪着刀子的围剿,那个卫生的豆荚被剥掉了,那可是上帝或任何人从来没有打算让人手去碰的。然后血被改道流进那明晃晃的泵里,绝像鲍里斯·卡洛夫①演的老弗兰肯斯坦恐怖片里的情况,心脏停止跳动。你眼睁睁地瞅着事情的经过:你的心脏躺在它的汤水坑那儿死了。你,作为自然人的你,从严格的法律意义上说,成了死人。一台机器替你活着,而外科医生手上戴着安全套那样的乳胶手套,一个劲儿地捣鼓,切割,编织。哈利怎么也难以相信他的命怎么会拴在这台机器上——而且一直在他身上说话的那个我居然像个点水大步疾行的水蝇在这潭体液的池塘和它滑溜溜的渠道里快跑。他的生命的火焰怎么能在这样湿淋淋的草秸里点燃呢?

血管整形术似乎远不如冠状动脉分流术那么违碍。手术定在一个星期五。年轻老到的布雷特医生皮肤白得让人心痛,一副塑料边眼镜架在一只纽扣鼻上大得令人难受,他把手术解释了一番——程序,他喜欢这样叫它——用的是那种夜总会歌手催眠性的声音,由于他把同样一些抒情歌曲唱得太熟,所以唱着唱着就心猿意马起来。心脏病专家的真正喜好就是分流术,哈利心里明白。对布雷特而言,不下刀,血管整形术只不过是小菜一碟,小孩子过家家儿。"三个月之后再狭窄的比例是百分之三十,"他警告哈利,在他的办公室里,有一些装在镜框里的彩照,上面有一个身材矮小,面色苍白的女人,她和他的模样儿就如同两只仓鼠一样,简直像绝了,上面还有几个小孩按个儿大小排在父母前面,好像一架小梯子,个个都是金黄鬈发,斜眼儿,粉红小鼻子,"还有百分之二十经移冠整的病人到头来还得做冠动分移。对不起,——就是经皮移腔冠状动脉整形术对冠状动脉分流移植。"

"我猜出来了,"哈利说。"不过咱们还是先做那爆气球的玩艺儿吧,把刀省下以后再说吧。"很久以后,他心想。

---

① 鲍里斯·卡洛夫(1887—1969),好莱坞名演员,生于英国。《弗兰肯斯坦》是他主演的一部著名电影,1931年出品,是根据诗人雪莱的第二任妻子玛丽·雪莱(1797—1851)的同名小说改编的。弗兰肯斯坦是一位科学家创造出来的人形怪物,后来居然把他的创造者杀死了。

“那敢情好，”布雷特医生说，半似唱歌半似说话，口气像是快刀斩乱麻，稳重而顺从。就像个打高尔夫球的，这场球你输了，下周还会再来的。“百分之九十的心脏病人都是你这种想法。他们喜欢经移冠整这个主意，心脏病专家再说，他们也不会改变。这是非理性的，但整个人类何尝不是如此。你听我说，哈罗德。”没有人告诉过他：哈利从来没有被人叫哈罗德，尽管这是他的法定教名。兔子随他的便；这样叫使他觉得又成了孩子。他妈妈过去就管他叫哈西。“我们给你优待。你可以在电视上观察整个程序。你处于局部麻醉状态，这样有助于你打发时间。”

“非看不可吗？”

布雷特医生一时不知所措。这么一个白皮肤的人，他居然大汗淋漓，上嘴唇总是汗津津的。“我们通常是把显示器隔开的，因为我们认为病人不是太容易激动，就是心理过于脆弱。总有一点冠状动脉闭塞的可能，眼睁睁地瞅着发生这样的情况总不太好。可你呀，你不脆弱。你不是个孬种。我估摸你是个铁汉子，哈罗德，思想上又十分好奇。我没说错吧？”

这就像你已经现付了三十元，再要你追加十元。你是没法儿拒绝的。“没错，”他告诉这位年轻大夫，“我能行。”

其实布雷特医生并不操作这一程序：这需要一位专家，一个五大三粗、凶神恶煞似的人，长着两只粗壮的棕色前臂，雷蒙德医生。但布雷特也在场，他的脸像个月亮似的，大眼镜闪着光，上嘴唇渗出神经质的汗水像露珠儿一样——从雷蒙德医生大山一样的酸橙绿的肩膀头儿上和护士们的手术帽上面窥视，手术需要两名专职护士；这可不是个小“程序”；哈利已经成了赶上架的鸭子。这一程序占用了医院的两间屋子，一间手术室，一间监视室，里面有几面电视荧屏，把他转化成抽筋似的亮线，生命征：“兔子安斯特朗表演秀”，有一群不固定的观众，那位周旋着的护士，布雷特医生，还有一些叫不出名字的人，身着酸橙绿的额外人员，过来看一会儿又走了。他不经意地听说，甚至还有一个手术小组站在一旁，以备他需要立即做分流手术。

还有一个圈套:他们事先也不打招呼,把要插导管的那一侧的阴毛剃掉了。他们给了他一粒药丸,搞得他晕乎乎的,然后趁他在手术台上毫无办法的当儿,他们在齐明的灯光下,把他腹股沟和耻骨右半部的毛给刮掉了,他本来就没有多少体毛,所以心里挺纳闷儿,他到了这个年纪,刮掉的毛还会不会再长出来。接着来的那根针给他的感觉是比牙医用来打麻药的针更大,更厉害;它那一"掐"——雷蒙德医生喃喃地说,"现在你会有掐了一下的感觉——并没有很快过去。不过随后就不痛了,只是尿越来越憋,叫他难受,因为这时候不断注射到他体内的染剂越来越多,有一种热浪滚滚的感觉,就像他的胸膛正在微波炉里往熟里烤。天哪。他闭了几次眼睛要祷告,可这好像不是个对头的场合,这个真正的物质世界过于熙熙攘攘,《圣经》上那个年老单薄的上帝是不敢干预的。在这三个半小时的煎熬中他所依托的惟一的宗教安慰就是这么一种信念:雷蒙德医生皮肤棕黄,鼻子长得忧伤,虎背熊腰,是个犹太人:哈利有这么一种非犹太人的偏见:犹太人做事要比别的民族好一点,由于他们世世代代都埋头读经,修表,不像别的教民那么心驰旁骛,他们也不想有那么多的玩乐。他们不酗酒,不吸毒,只有一个毛病(如果他曾经读过的那部好莱坞史可信的话),就是爱泡妞。

医生们和围着他们转的辅助人员喁喁哝哝地猫着腰,伏在哈利蒙着单子、在刺目的灯光下暴露出关键部位的身体上方。这是圣约瑟医院四楼的一间屋子,瓷砖是俄式沙拉酱的颜色。几十年前他的两个孩子就是在这家医院出生的——纳尔逊,活了下来,瑞贝卡,死了。那些年修女们经管这地方,黑夹白、杯形蛋糕似的皱边围着一张张面团般苍白的脸,可现如今修女们混杂到别人中间去了,或者逐渐消失了。天职感枯竭了,再也没有人无私无欲了,人人都想能行乐时且行乐。再没有修女,再没有拉比。再没有来世享乐的善人。有关来世的事情,它使今生有所约束,就像俄国人。可现在只有日本,技术,利益驱动,能捞就捞,多多益善。

把头向左边一侧，兔子就能越过挤在他身体周围绿棉球似的肩膀看见X光显示器上他的心脏的影子，一个不停抽搐着的浅灰色鬼魂被影影绰绰地网在它分隔成多少个小室的结构里，由于注入了越来越不透明的染剂，变暗了，出现了蛇皮纹，和球茎状的椭圆体。导管细细的铁丝尖儿，遵照雷蒙德医生机灵的手指在探寻，鼻子向前拱，然后又像鳗鱼一样慢慢地蠕动，小心翼翼，一颠一颠地往前戳，斜着向下钻进了一条乳状的斑斑驳驳的通道，那是他体内的一条河或一根触角，在导管漆黑果断、边沿硬邦邦的像杆枪的地段呈现出有机的、试探的形态。哈利瞅着要看看他的心脏是不是会把入侵者衔住并想办法吐掉。就像有根手指头伸到嗓子眼儿里，他想，感到一阵恶心，又感到像个试验飞行员，脱离了荧屏上这幅好似一段气象云图的白茫茫的、难读难解的图像，和他周围的商讨声。“到家了，”布雷特医生喃声说，仿佛不想吵醒什么东西似的。“这是你的左前降，就是你的左心室前部降支动脉。寡妇制造者，人们是这样叫它的。最常见的损害部位。看见管壁多么狭窄了吗？蚀斑多厚？那些小小的凝集斑点——那就是蚀斑。我敢说你的腔窄接近百分之八十五了。”

“锅巴，”哈利想说，但嘴太干，声音沙哑。他无非是想承认：是的，他全看见了，他看见他一团乱麻似的影影绰绰的自我，像一个图解展示了出来，他看见了那恼人的蚀斑，像X光下的锅巴。他微微点了一下头，觉得比剃毛或检查前列腺时更加紧张。如果点头使劲过大，他的心脏，说不定就开始出乱子了。他心里纳闷儿，这是不是就像怀孩子一样，难道说雷蒙德医生在你的体内不成？一怀就是九个月，女人是怎么挺下来的？且别提首先要挨戳捣？她们还真喜欢这种事？不是“反反”们也喜欢自己的门子让人家戳捣？这可是个你从来没看见真正探讨过的问题，甚至连“奥普拉”[1]电视节目上也没有。

---

① 由著名女主持人奥普拉·温弗里(1954—)主持的影响极大的脱口秀节目。

“现在到了棘手的部分了，”布雷特医生屏住气说，就像个高尔夫讲解员针对一个关键的推杆，冲着麦克风那样子说话。哈利感觉到了，然后在显示器上看见他的心跳加快了，拧着仿佛要逃跑似的，就是以奥尔曼大夫在佛罗里达用拳头所演示的那种一抽一抽的螺旋式的动作拧着；那只影影绰绰的拳头在生气，接二连三地生气，一分钟生了七十回的气；生气就是他的生命，他的灵魂，压倒了物质的精神，胜过了体力的电力。那根像机械一样精准的黑鬼似的导管就是他体内的死亡之虫。无神的技术正在操我们从乌贼那没有骨头的海屄身上继承来的搏动的湿管子。他再次感到恶心那种羽毛似的触碰。他可能呕吐吗？那样一来就会把事情给搅了，就把将他埋在下面的集中的绿色山丘弄崩了。他绝对不能。他必须安静。

他在显示器上看到，在那探索的尖儿后面有一截虫子粗起来了，肿起来了，把些惨白的锅巴压到一起顶挤，流下他的心脏的那条又薄又透的卷曲的河流的轮廓，它仍然在膨胀，又是挤压，又是填充；已经给他解释过，如果左前降没有出现任何附属动脉，血流就会停止，就当着摄像机心脏病复发。你就在那儿呢。

“三十秒，”布雷特医生屏住气说，雷蒙德医生把气球里的气放了。“看上去好着哩，雷。”哈里感觉不到疼，只有尿泡里的那种刀子似的甜甜的压力，嗓子背后很远的地方有种酸疼，仿佛是在墨西哥湾吞咽那些海水所造成的。“再来一次，哈罗德，我们就要完事了。”

“你咋样？”雷蒙德医生问他，用的是那种嘴里滚弹子的声音，一身横肉的壮汉有时候就用这种声音说话，尤其是宾夕法尼亚人。

“还在这儿呢，”哈利说，用的是一种勇敢的声音，自己听起来怪高的，仿佛是从一个女人嗓子里发出来的。

紧张的吹气法一再重复，电视荧屏上的形象也是如此，悄无声息，就像一个自然节目上显微镜下面的分子碰撞，又像保险广告里的电脑图形显示，那里七零八碎的东西闪闪烁烁形成了标识，它离他的身体就像离天使们保存的他的罪孽的档案一样遥远。他的心脏会不会停止，那纯粹是皮影戏。他看到，当导管的膨胀再次减小时，锅巴又经被推到他的左前降的两侧。他觉得血液更加顺畅地流进了他的心脏，血里有的是可燃的氧；由于感激涕零，大喜过望，他的头都晕了。

“看上去好着哩，”布雷特医生说，听起来挺紧张的。

“你啥意思？”雷蒙德医生反问了一句——“看上去棒极了，”绝像电视上争论米勒啤酒各种优点的声音。

那天晚上护士来到哈利的房间（一间私人病房，一天160多元，不过这也值；在佛罗里达他旁边的病床上的那个家伙成天价哼哼唧唧，后来还拉了一身屎，算是最后表了个态，终于一命呜呼了），给他测体温，量血压，一个小纸杯里端着规定他要服的药丸，她长着一张慈眉善目的圆脸。她有点儿超重，但收拾得干净利落。看上去有点儿面熟。她的浅蓝色的眼睛所在的眼窝在颧骨上面挖了一道槽，所以他只能看见她眼睛的四分之三，她的上唇噘起来，那种样子正是他喜欢的，就像米歇尔·菲佛[①]。她的头发在护士帽下面露出来，棕红棕红的，又杂有别的许多颜色，甚至有一点儿灰白色，尽管她年轻得可以当他的女儿。

她从他嘴巴里把塑料体温计拿出来，它形如火箭，怪模怪样的，上面是红色数字刻度，然后她又把维克牢尼龙刺粘搭链血压袖带裹到他的左臂上。她边充气边问，“丰田买卖怎么样？”

“还行。美元疲软，鼓不起劲儿来。现在基本上是我儿子管事。你咋知道我是卖丰田的？”

“大约十年前，我和我的男朋友从你手里买过一部车。”她抬起那双泛白

① 米歇尔·菲佛（1957—　），好莱坞女明星。

的蓝眼睛，像是在嘲笑。“你不记得啦？”

“是你呀！对。当然。我当然记得。一款橙色花冠。”她是他的女儿；或者至少他想象她是，尽管鲁丝出于恶意死活不会承认。姑娘靠床站着的时候，他看了一下她的工作牌：**安娜贝尔·拜尔；注护**。她仍然用的是婚前姓。

安娜贝尔眉头一皱，把血压袖带里的气放了，它像只警察的手死死抓着他的胳膊，“过会儿再量一次。由于我们说话了，所以它飙升上去了。”

他问她，“那部花冠跑得咋样？你那个男朋友又咋样？他到底叫什么来着？大个子，红耳朵，乡下小伙子。”

“不要说话，等我量出结果后再说。我要安静。努力想点惬意的事情。”

他想起了鲁丝的农场，拜尔田庄，上面是一溜儿灌木，他常常躲在后面窥视，然后一个斜坡直通果园——那座小小的、方方的石头房子，一些废弃的校车的黄壳儿，那只总想把他领到下面去的深色牧羊犬，好像他知道哈利跟那里的人是一伙儿的。那狗叫弗里奇。牙齿利，牙床黑。啊哟，乖乖，好吓人哪。静下来。想一想得克萨斯辽阔的天空，下面是拉尔森要塞又热又矮的营房，他穿的是新卡其布衣服，带着通行证想住一宿。自由，一阵和风，低低的地平线上一轮绿色的落日。想一想跟金黄鹂中学的篮球赛，那个小小的乡下体育馆，篮板贴在墙上，那时候所有的中学还没有合并成不管肤色的地区性大学校，商场还没有开始吞噬农田。想一想跟戴着皮帽子的米姆一起滑雪橇，在帽厂后面的佳济山上，那是一个冬日，天太短，离回家吃晚饭还有一个钟头，街灯就亮了。

“这一次好一些，”护士说。“一百四，九十五。不是很好，但也不算坏。现在回答你的问题：车比男朋友持续的时间长。八年以后我折价贴换了一辆新的。里程表上说跑了十二万英里。我们搬进城过了大约一年，杰米就走了。他回加利利去了。布鲁厄太苦，他受不了。”

“那你呢？你不嫌苦？”

“不，我喜欢这地儿。我喜欢刺激。”

像她妈妈当年得到的那种刺激？你是个真正的辣妹子？暮色和五月浓浓的绿叶给他的私人房间平添了几分温柔；晚饭已经吃过，下班后探视的高潮已经过去，正是医院这层楼上的安静时刻。哈利壮起胆子问，“现在你结婚了？还是和一个男人一起过？”

她笑了，她天生的善良一时间极力抵抗着他的好奇和揣测引起的惊讶，随后又把她的脸安抚平静了。暮色似乎把她脸上苍白浑圆的幽光拢得更紧了。但她的声音揭露出一种城市的干巴，一种可能引起的防范。“没有。其实我和妈妈一起过。杰米走了以后她把我爸爸留下的农场卖了，就搬来和我一起过。”

“我想我知道那个农场。我曾经路过那里。”信息这么多，哈利那颗烦乱、疲惫的心脏不堪重负，因为在做完血管成形术以后的几个钟头里，他的腹股沟一直往下垂，简直是吊上了沙袋。想起了那另外一个世界，草木葱茏，寒来暑往，青翠的日子，棕黄的时节，这孩子在没有他的情况下过她的生活。“鲁丝——”他刚一张口又赶忙打住，“她在做什么？你妈妈？”

姑娘瞟了他一眼，然后爽快地回答，仿佛问题已查验过关了似的。“她在一家州外的投资公司里工作，就是金融市场共同基金之类的机构，它们在市场中心那座新玻璃大楼里设有分支办事处，就在从前的克劳尔商店对面。”

“速记员，”兔子想起来了，“她能边听边打。”

姑娘真的放声笑了，他居然对底细摸得这么透，实在让她惊讶不已。她开始轻狂起来，放下了护士的架子。她从床边往后退了一步，只见她的两条大腿整个儿贴在白制服挺括的前摆上，所以即便站着，腿根上也有一道槽。鲁丝干吗把这姑娘变成了个老处女？她告诉他，“所以就雇用了她，又因为她年龄比别的女职工大得多，人家就让她多负点责任。她现在是个下层管事儿的。你认得我妈，曾经？”

“说不准，”他撒了个谎。

“你肯定认识，在她还是单身的时候。她告诉我，在遇到我爸爸之前，她认识不少男人呢。”她莞尔而笑。就算恩准他认识她妈妈了。

“我猜她是认识不少，”哈利说，但对这个想法黯然神伤。他总想当每一个女人的惟一男人，就像他是他妈妈的独生儿子一样。“我见过她一两回。”

“你应当见见她，”安娜贝尔轻狂地说。“她苗条多了，穿着也时髦得很。我逗她，说她的男朋友比我的还多呐。”

兔子闭上眼睛，努力勾画着他们这种年纪做事的情景。来。干。穿着时髦。一旦成了城里姑娘，永远都是城里姑娘。她的头发，他第一次见她时，霓虹灯的红光给罩了个边儿，活像蔫了的花儿。

那姑娘，他认为是他的女儿，接着说，“我会告诉她你在这儿的，安斯特朗先生，”尽管现在他极力想退缩到他傍晚的恍惚境地，但他们之间一种逐渐觉醒着的亲情已经煽得她有点儿放肆了。“也许她要比你记起的多。”

医院密封的窗户外面，暮色慢慢地浓了，活力渐渐地激扬，即便在这里，空气弥漫着花粉的气息，给人一种懒洋洋的感觉。哈利身不由己又把眼睛闭上了。“不用了，”他说，“这就行了。给她什么也别讲。我怀疑她会不会记得什么。”他突然累了，累得不想管鲁丝了。即便这姑娘是他的女儿，那也是老掉牙的故事，讲了又讲，就像一台收音机，没人听。

* * *

他们让他在医院住了五个夜晚。詹妮丝星期六来探视。她在外边忙得不可开交；她要当房产营销员得上的课已经开课，“房地产及转让法”一晚上三课时，另一门课“抵押与筹资程序”在另一个晚上，三个小时。白天她还要花几个钟头陪普露和孙子，查利·斯塔夫洛斯还给她打电话约她出去吃过午饭。

兔子抗议了，“那狗杂种，他居然干起这种事了？我还没死呢。”

“当然没有，亲爱的，谁也没有盼你死。他说那是你的主意，你们一起吃午饭时提出来的。查利是关心咱们，没有别的意思。他认为我们不应当眼睁睁地看着让事情一落千丈，而应当请个外面的会计跟我们的律师一起查查摊场上的账，这正是你想做的事。”

“查利说了你就信，我说了等于放屁。”

“亲爱的，你是我老公，老公总让老婆犯糊涂。查利只不过是个老朋友，旁观者清嘛。再说了，他爱我爸爸，觉得维护公司利益他是责无旁贷的。”

哈利忍俊不禁，咯咯咯大笑起来，尽管他现在不想出声儿笑，也不想做任何可能晃动心脏的事情，也就是他在手术期间在射线显示器上看见的那个细网般的跳跃着的影子。有时候，当像《科斯比》、《素昧平生》或《金色女郎》开始把他逗得死去活来的时候，他就把电视关掉，以免笑瘫了他的心脏。这些节目尽管愚不可及，但比起时下人人吹得天花乱坠的这个新玩艺儿《罗莎娜》来，真是小巫见大巫了。它的领衔主演是个胖女人，他认为她惟一的能耐就是能不动嘴皮子把话说得飞快。“詹妮丝，”他严肃地说，“我认为惟一爱过你爸爸的人就是你。也许起初还有你妈妈。尽管这种情况难以想象。”

“别拿死人开涮，”她告诉他，并未发毛。她看上去有点儿发福了；没有了瓦尔哈拉坞提供的网球和游泳这样的减肥便饭，她没准儿就要胖起来了。他们仍然是飞鹰俱乐部的成员，但已经不像往年春天活动那么频繁了。他们一度在那里交朋友，寻乐子，玩得很开心，却没有意识到这种好日子也有个到头的时候。再说，心脏成了这样子，哈利胸中无数还有多少再打高尔夫的劲头。就算以车代步，你能坚持到第七洞，然后就晕倒在地，等他们不顾别人的四人配对赛，穿过球场把你送来，大脑缺氧已经十分钟了。可只需五分钟，你就变成植物人了。

“嗯，你准备这么干了？要再请一名会计。”

“我已经请好了！”她宣布，这是个她一直等着利用谈话来吐露的引以自豪的秘密。“查利主动给米尔里德打了电话，我们便到我们家附近的那家挺像样子的养老院去了一趟，她是绝对明白，能干，就是走路不太稳当。我们又到摊场上去了一趟，对你态度极为恶劣的那个莱尔不在，我给他家里打电话把他找着了。我说我们要查查十月份以来的账目，他说账目大部分他都存在盘上放在他家里。可他今儿个病得厉害，不能见我们，于是我说，可能他病得当不了我们的会计了。”

“你是这么说的?”

“就是。他们在这门转让课上给你教的第一件事情就是千万不可态度暧昧。对人也好，对生意也好，含糊其词比直言不讳害处更大，尽管一开始人们可能不爱听。我告诉他他被解雇了，他回答说你不能解雇患艾滋病的人，那是歧视，我说他明天必须把账本和盘拿过来，要不就会有警察上门去拿。”

“这话你都说了?”她两眼放光，头发从那张小栗子似的脸上奓蓬开来，脸又晒黑了，由于开始发胖，有一点双下巴的迹象，哈利赞赏她，就像你赞赏你养大的孩子，他们一有成就，就把他们拉走，成了世界这台大机器的齿轮和螺丝钉，进入了遥远疏离的天地。

“也许没有我现在给你说的这么流畅，但我全盘儿端出来了。不信可以问问查利，他正好在场。我不喜欢那些‘反反’给纳尔逊干下的事情，他们已经把他毁了。”

“欢欢，”①哈利疲惫地说。“现在我们管他们叫‘欢欢’。”他仍然极力要与美国齐头并进，随着它改变时尚、服装、语汇，随着它跃进，年轻，年轻，更加年轻。“莱尔又是怎么说的?”

“他说咱们走着瞧。他问我是不是这一切我跟纳尔逊商量过了。我说没有，而且我也吃不准这些日子纳尔逊是不是适合让人去商量。我说我看他和他的朋友不把纳尔逊榨干决不罢休，而且已经把他变成了人渣、毒鬼，查利在一个纸本本上写了‘冷静’两个字让我看。艾尔薇拉和本尼都在外面的展厅里奓着耳朵听着呢，尽管办公室门关着。噢，那相公可把我气疯了，”詹妮丝解释说，“他电话里的声音盛气凌人，极其厌烦，仿佛跟我这样的女人

① 原文为 gay，是男同性恋者的又一个俗称。

打交道他那娇嫩的身体可真受不了似的。”

兔子开始明白莱尔的感受了。“他八成儿是累了，”他倒是充当起莱尔的辩护士了。“他得的那种病你还真拿他没辙儿。你的肺都要憋破的。”

“嘿，他本就应该管住自己的屌，别戳别的男人的尻，”詹妮丝说，不过压低了声音，免得叫护士和勤杂人员听见。

尻。塞尔玛。那空无一物的百宝盒儿。刺探虚无。“我也不知道，”兔子疲惫地不依不饶地说，“像纳尔逊这种情况，到底是谁毁了谁。也许是我毁了这个可怜的孩子，二十年以前。”

“哈利呀，别这么跟自己过不去。看见你这个样子叫人丧气。你的变化可大了。他们把你怎么办了，那些个医生？”

他很高兴她问这种问题。他告诉她，“他们把一个又长又细的东西戳进了我的身子，我能在电视上看见它就在我的心里头。自己可怜的心脏，就在荧屏上面呐，它正一泵一泵地维持我的生命呢。不应当允许他们那样子进入你的心脏。他们应当让人死了算了。”

“亲爱的，说的什么傻话呀。这是现代科学，你应当感激才是。你会好起来的。米姆打来电话说把心都操烂了，我告诉她，小毛病一个，还把你这儿的电话号码给了她。”

“米姆，”一听这两个字他就笑了。他妹妹。杰克逊路那幢房子里的另一个闯过鬼门关的人，爸妈在那里摩擦不断，又热火朝天，又喜剧连连，日子过得有声有色。十九岁那年，米姆带着她的骨感美貌去了西部，到了拉斯维加斯。在她红颜即将不再的时候，一个还有点儿情分的团伙哥儿帮她开了一家美容院，现在她除了那家美发厅，还拥有一个自助洗衣店。拉斯维加斯肯定是座开自助洗衣店的理想城市。没有常住居民，只有匆匆过客，总要留下一点污垢，就像富兰克林路 14½ 号后面灰突突的安纯地毯留下的那样。七八年以前，哈利和詹妮丝曾经看望过米姆一次。这些洞穴似的亮闪闪的老虎机，哪儿都没有钟，永远都是凌晨两点，可一走到外面，令你吃惊的是，太阳火辣辣的，人行道烫得狗都下不去爪。由于西纳特拉和韦恩·牛顿[①]，他指望有很多耀眼的场面，可事实上那里的赌棍并不比你在大西洋城看见的扯独臂强盗机的那类人更气派。只是有一种西部风味，他们的嗓子和脸总有那么一丁点儿沙。米姆的脸和嗓子也不例外，尽管她整过一次容，把她所谓的“肉垂”拉紧了。生活是座山，你越爬，它越陡。

“哈利，”詹妮丝一直在跟他说事儿。“我刚才说什么来着？”

“不知道，”他气哼哼地加了一句，“既然起码可以说你把查利弄回来给你出主意了，你何苦白费口舌说话给我听呢？”

她有点儿冒火了；她嘴唇往进一噘，脸往前一凑。“他无非是给我出出主意，他这样做是因为你求过他。因为他爱你。”

在去佛罗里达和参加那些妇女小组活动之前，她是不会这样子把“爱”当成汽车加速时滴下来的油点子那样比比皆是的东西。她在想办法鼓动他，他隐隐地认识到，回到生活中来；回到争吵中来。他也努力来了个妇唱夫随。“我？”

“对，你，哈利·安斯特朗。”

“天哪，他到底要干什么呀？”

“我不知道，”詹妮丝说。“我从来弄不懂男人彼此是怎么看的。”她试着开了个玩笑。“兴许他老了要过把‘欢欢’瘾吧。”

“他倒是从来没有结过婚，”哈利承认。“你认为他有兴趣回来给斯普林格车行再干事儿？”

她收拾起她的东西来了——一个黑皮手包塞得鼓鼓的，像颗炸弹，就是过去人们扔的老式的圆圆的那种，而不是恐怖分子偷偷装在手提箱里带上飞机的扁扁的塑料炸弹，还有她的房产教材和装订在一起的复印样品文件，

① 弗兰克·西纳特拉(1915—1998)，美国歌星和影星。韦恩·牛顿(1942—　)，美国歌星。

都是她今晚上课用的，还有一件她给自己买的新春装，长寿花黄的华达呢料子，宽宽的腰带，肥肥的肩膀。她模样儿像个女孩子，蓬松的头发有点儿装模作样。“我问他了，”她说，“他说绝对不可能。他说他跟几个表兄弟合伙经营几桩买卖，城北头老集贸市场附近有财产租赁店，他侄子和另外一个小伙开张了一个地毯清洗生意，他们需要扶持，查利说这就够他忙活的了，要是他回去干一份拿工资的工作，还有预扣税，更严重的是还得天天到像摊场那样的什么地方上班，他死活受不了。他喜欢自由。”

“我们都是这样，”兔子叹息一起。“嘿，詹妮丝。就在前些天我还考虑着咱家的那些顶到墙根的地毯该洗一下了。那不怪你，不过实在够脏了，亲爱的。”

星期天早晨，布雷特医生进来告诉他，“哈罗德，你的样子再没得说了。雷可干了件漂亮活儿。手术室周围的人交口称赞说，‘他都能用那根导管搔涤虫的下巴颏儿呢。’”布雷特医生抬眼透过他那毛烘烘的睫毛瞅着要看看所期望的咧嘴大笑的样子，不料却白等一场，只好半个屁股担在床沿上再套套近乎。“我们反复看我们自己拍的片子，还有德利昂社区医院草草记录下来、最后费了好大劲总算送给我们的那些材料。你的左前降的管腔已由正常状态的百分之十五上升到百分之六十，但我还不能说我对你的右冠动，也就是右冠状动脉十分满意；看情况，我认为已出现了百分之八十的堵塞，不过只要那发育完善的侧突从旋绕向右心室供血，情况就蛮好。但一种损害正在旋绕和左前降的分叉上形成，而分叉上的损伤用整形术处理就更艰难了。同样，我们估计你对这个是有兴趣的——如果损伤过长，或者是在一种运动剧烈的房室沟里，或者程序进行到半中间你由于没有足够的侧循环，可能把你搁浅。遇到这种情况，那就叫人发毛了。”

他的腿有点儿短，所以半个屁股担在床上很难受；他把半个屁股往哈利的腿跟前挪了挪，于是哈利感觉到血在他仰卧的体内晃荡了一下。布雷特笑容满面，声音也变得怪机密的，就像那次他在雷蒙德医生的肩膀头儿上咕哝一样。“实事求是地说，经移冠动整只是个不痛不痒的小手术，尽管我说这一程序眼下似乎产生了良好的效果，我倒是想你趁这几天在这儿躺着的机会，认真考虑一下，既然你已经试过水的冷热深浅了，还不如一鼓作气，把冠动分移做了算了。不是马上就做，我们是说四五个月以后，我们才能再来一次。我们准备把右冠动和侧旋支都分流了，左前降还得看狭窄的情况，到时候，你就成了一个新人，有个他妈的几乎新崭崭的心脏。我们做的时候，还想看看那个渗漏的主动脉瓣，再考虑装起搏器的问题。说白了吧，我们可能会遇到一点儿手术后出现的心肌梗塞；你的心电图显示出某种新的 Q 波，肌酸磷酸激酶同功酶升高，混匀带呈阳性。”

“你的意思是，”哈利说，还没有完全被蒙住，“我就是干躺在这里也一直犯着心脏病。”

布雷特医生丰姿绰约地把肩一耸，他一举手一投足都有一种与他白生生、粉嘟嘟的皮肤相辅相成的绰约。他的声音有点儿尖，像是从长了燎泡的嘴唇里吹出来的。他说，“经移冠动整是个侵害程序，没有人否认过这一点。有一点创伤是意料之中的事。你的心脏表明很早以前就有心肌疤痕。心脏病无非就是某种心肌坏死。轻微的坏死你是注意不到的，我们大家都有这种情况，就像人到一定年龄总有某种程度肺气肿一样。这叫老化过程，谁也逃不过。这一辈子是逃不过的。”

哈利对下一辈子挺纳闷儿，但决定还是别问。他怀疑布雷特知道的未必比《国民问询》多。“你是要告诉我我来到这家医院做一个不疼不痒的小手术要花我说不上的成千上万块钱吧？”

“罗马不是一天建成的，哈罗德，你的心脏也不是一周之内会再造好的。整形术起一定的作用，至少在一段时间，在百分之八十的病例中是这样。但分流术一次成功率高达百分之九十九。你看。这中间的区别就等于一个用一把长刷子刷马桶，另一个实际上把管道换了。有些地方你用刷子是够不到的，还有经过化学变化粘结成的陈垢。人到你这个年纪，身体总的来说还好，对这是不应该三心二意的。你做它不仅为了自己，而且也为了老婆孩子。我听说还有两个乖巧的小孙子呢。"

布雷特嘴上说得越快，哈利的胸口觉得越堵。他忍不住说道，"让我看看我是不是能弄明白。他们从你的腿上扯出几根血管，然后又把它们缝到你的心脏上，就像水壶把儿一样？"

眉头一皱，年轻医生的脸顿时阴了下来。他都超过了规定的查房时间，兔子估计。他带着明显的耐心舔了舔看样子发疼的嘴唇解释说，"他们从你腿上取一根浅静脉，有些情况下，取的是乳房的胸动脉，因为在动脉压力之下动脉比静脉承受力更强。不过这一类问题你甭操心。你不是外科医生，那是我们的地盘。这种手术美国一年要做几万次——相信我，哈罗德，这不过是小菜一碟。"

"你们就在这里做？"

戴着肉色眼镜又长着肿泡泡、粉嘟嘟的眼皮，布雷特的眼睛成了两道毛烘烘的怪缝儿。"这家医疗机构设施还不具备，"他承认。"你得去一趟费城，我怕我们不一定能把你安排到兰开斯特去，他们已经预定到几个月以后了。"

"如果你们需要这么多设备，这就不可能是小事一桩了。"兔子很小就对费城很是反感。世界上最脏的城市：人们喝的是有毒的水。兰开斯特更不像话——阿门教农民把牲口往死里使唤，近亲结婚的现象严重，一半人生下来不是驼背，就是侏儒。他是在电影《证人》里看到他们的，古怪得很哪，凯丽·麦克吉利①用一块海绵擦着自己的光奶头，建马棚时大家有钱出钱，有

① 凯丽·麦克吉利（1958— ），美国女演员。她在 1985 年出品的《证人》中扮演了一个说话轻声轻气的阿门派寡妇。

力出力，但这电影骗不过他。“没准儿佛罗里达倒是个合适的地儿，”他向布雷特医生提出。他一到这儿，总觉得佛罗里达不是真的，在那里做手术也许跟干脆不做是一码事儿。

布雷特医生样子发疼的嘴巴变严厉了；他的上嘴唇儿出汗了。他干吗兜售得这么卖力？难道说他每月都有定额，就像州里的警察有一定数额的超速驾驶的罚单一样？“我们跟德利昂打交道时给我的印象不是那样，”他说。“不过你考虑考虑，哈罗德。要是我处在你这种境地，我就这么干——毫不犹豫。要不，你干脆就在玩命儿。”

是呀，医生出去以后兔子心想，可你没有处在我的境地。命不就是玩儿的吗？

米姆来电话了。他听了好一阵子才听出了她的声音，这么干涩，鼻子又这么齉，完全是抽烟喝酒造成的沙哑嗓子。“现在他们要拿你怎么办？”她问。她总是抱着这么一种态度：他在玳瑀德县就是狼群里的一只小羊，他早应该像她一样跑出来了。

“他们把我弄到医院里了，”他告诉她。他差点儿哇地一声哭起来，就像个孩子。“他们把一个气球穿过我的腿插进了我的心脏，然后给它泵满盐水，把一根被我吃进去的老脂肪堵住的动脉炸开。然后他们把一个沙袋放在我大腿根的刀口上，叫我一连六个钟头不要动腿，要不就会流血丧命。医院就是这么回事；他们告诉你他们要干的事简单得就像剃个头，可干到半道儿上，他们又告诉你，你有流血致死的可能。今儿早上医生过来告诉我那只不过是个不疼不痒的小手术，简直不值得犯愁。他要我破罐破摔，干脆做一个复合分流手术算了。米姆，他们把你像一颗椰子果一样劈开，把你腿上的血管扯出来。”

“对了，我明白了，”她说。“你是要做了？”

兔子说，“我估摸他们最终会说服我的。我的意思是你的脖子儿在他们手里攥着呢。你只有提心吊胆的份儿，还有什么法子呢？”

“我这里认识的几个人都做过剖心手术，对它蛮相信的。我看不出做了与不做有多大的差别，他们仍然成天价大屁股坐得稳稳当当地修指甲，打电话，以前倒还没有那样起劲呢。到我们这把年纪，哈利，能活着就算赚了。”

“行啦，米姆。你才五十岁呐。”

“对这里的女人来说，这就等于老不中用了。就是奶牛打进草场的时候。如果你是个女人，那就是高高挂起的时候。谁也不撩你一眼，好像你成了个看不见的人。”

“好家伙，你从前可没少让人撩啊，”他骄傲地说。他记得她十九岁时的模样儿——头发染成金黄色的条纹，宽宽的红腰带束得紧紧的，性感的软毛衣，瘦瘦的胳膊头儿上有悬垂装饰的手镯丁铃作响，一笑就露出一嘴龅牙来，嘴唇上涂了唇膏，就像刚吃过果酱三明治一样，一个细腿马驹似的小丫头死活要冲出布鲁厄，要踢倒或者撬倒围栏闯天下。她居然心想事成了。兔子若要到那儿去，可没门儿。那时候他是个软蛋。就是佛罗里达也能把他的元气烘干。他需要呆在他没多大情况时人们还记得他的地方。“这么说你什么时候到东部来？”他问米姆。

“哎，你情况到底是怎么个坏法，哈利？”

“没有多坏。我只是牢骚多。我要做的无非是远离动物脂肪和盐，少生闲气。”

“谁会惹你生气呀？”

“还不是老班底儿。”他说。“纳利一直有些问题。嘿，你万万想不到我躺着动不了时谁又回到台上鞍前马后地服侍詹妮丝呢。你的老相好，查利·斯塔夫洛斯啊。”

“查斯算我的哪门子老相好啊。那时候我悠着他，只不过是为了把他从你老婆的脊背上扯开。在这里你起码得把人家姑娘安顿到一套公寓房子里，才算得上是个相好。”

他极力要维持她的兴趣。凡是像她这样事业有成的人，都容易感到厌烦。“维加斯的鬼天会咋样?”他问。“那里还热得要命吗？到东部来呆两个礼拜，躲躲热浪怎么样？我们把你安顿到安乐窝上面的客房里，你可以认认你的侄孙子和侄孙女。朱蒂现在都是个真正的小姐了。她会长成一个美人儿——比不上你，但还是个美人儿。”

“哈利，上回我到宾州来，差点儿把我潮死。我不知道你们天天这样，是怎么过的；那就像是裹在热乎乎的浴巾里头。把你搞垮的正是那阴沉湿重的气候。花粉都从鳞苞上脱落了。”

“是呀，”他有气无力地表示赞同。电话抓在手里湿唧唧的。他自己的兴趣也难以为继了。现在他可以随便在走廊里溜达了，你经常看见一些令人咋舌的事情：就在不到一个钟头前，他看见一个叫人为之咋舌的探访者，一个年轻的布鲁厄姑娘，她不会超过十五岁的，一袭黑衣，黑茄克，黑紧身裤，黑尖皮靴，头发却染得黄白黄白的，剪得短截截、乱糟糟、脏嗤嗤的，所以她的脑瓜儿使他想起了一只复活节的落汤鸡，这还不算，就在她的一只眼旁边还文着一个十字架形的花儿。不过他的心潮不会为它起伏的，他有种似曾相识的感觉，女孩子们总给自己搞些恶作剧，相信自己的青春会永远闪光，一切都会水到渠成。

“也许我秋天会来一趟，如果你能挺到那个时候的话，”米姆告诉他。

“啊，我能挺到的，”他说。“你不会轻易丢掉大哥的，”但连线给人一种紧张的感觉，他能感到米姆说话一顿一顿的，显然在寻思下面该说什么。“喂，米姆，”他说。“你记得爸是不是抱怨过胸口疼?”

“他患的是肺气肿，哈利。因为他不肯戒烟。你戒了。你聪明。我，我减到一天一包了。不过我认为我就从来没有真正吸进去过。”

“我似乎记得他抱怨胸口堵得慌。他老是偷偷地把手伸进衬衣揉胸口。”

“兴许他痒得不行,哈利,爸是因为气接不上来死去的。妈是因为患了帕金森病死的。我想临了他们的心脏都不行了,不过人人都逃不过这一关,因为这就是生命:劳累心脏。”

他的小妹竟然变得如此教条,什么都成了老八板儿。还动不动发脾气。简直就是个小罗伊。“喂,”他说,但并不想就此拉倒,“还有一件事儿我挺纳闷儿。还记得你老唱‘驱蝇馅饼和苹果布丁’吗?”

“是呀,有点儿印象。”

“‘一看它你两眼就放光明,你的胃口也连忙喊“欢迎”’下面一句怎么唱来着?”

静默中他能听到后面人们叽叽咕咕,那是美容院的叽咕声,还有吹风机在呼儿呼儿地响。“我操他娘什么都记不起来啦,”她最后说。“你能肯定我经常唱这支歌?”

“那还用说,不过不要紧,你日子过得咋样?”他问。“有什么新鲜事儿吗?我们啥时候才能把你嫁出去呀?”

“哈利,去你的吧。在这个地方谁要娶我这样的老梆子,惟一的理由是想打什么马虎眼。要么就是想逃税,假如会计能想出个点子的话。”

“说到会计,”他刚开始说,可能要把纳尔逊、莱尔和詹妮丝的事一古脑儿倒给她,可是电话上有声音,她不想再听他的了;她急忙压低声音说,“哈利,来了一名真正的特殊客户,连你都听见她的声音了,我只好挂了,现在你要多加保重。听得出来,你情况好多了。什么时候,他们搞得你受不了啦,你可以到这里晒晒太阳,寻寻乐子。”

有什么乐子呀,他倒是想问问——从前,她总说如果他一个人出来,她就给他找个妞儿,不过他从来没有一个出去过——他倒是再想听听为什么她认为他情况好多了。但米姆已经挂了。她有生计要讨。他一只胳膊弯着举了半天电话,把胳膊都举得酸疼酸疼的。自从他们用染剂和气球侵入他的动脉,他浑身的关节总是隐隐发酸,随意乱疼,仿佛他的血不再纯粹是他自己的血了。一旦你把姜汁啤酒瓶盖儿打开，再也不会有多少嗞嗞的冒泡儿声了。

那名长着一张苍白的圆脸——一种乡下人的脸——的护士星期一晚上再进来跟他说，“我妈今晚要来给我送点东西。我该不该叫她上来看看你？”

“她说过愿意见的话了吗？”我一想到你打算把她认成你的女儿，这就像往她身上抹臭狗屎一样，这话是最后一次他们说话时鲁丝说的。

这位戴着折子帽的年轻女子嫣然一笑。“有天晚上我随便提了一句，说你在这儿，我想她是愿意来的。她没说任何难听的话，什么也没说。”她脸上有一丝儿红晕，一丝儿傻笑，一丝儿秘密。要不是很快她遇到了点事儿，那就变成一张空空的傻脸了。天真只不过是愚笨的初级阶段。

这可不是哈利最好过的一天。外面街道上又恢复了车辆与工作的喧嚣，这才使他想起他依然是多么地背时。詹妮丝没有前来探视，现在她晚上已经开始上课。整天灰云堆满天空，一长卷儿一长卷儿的雨云，随着砖砌的烟囱上面一绺一绺的黑烟飘去，但实际上并没有下雨。向窗外望去，只见几座窄条儿楼房的三楼顶上有好几条砖工装饰，凹凸不齐，错综复杂，楼房街面上的一层有一家咖啡馆，一家干洗店，一家办公用品铺。角儿上的那幢楼房漆成灰的，中间的是蓝的，窗框最华丽的第三幢，则是米色的。布鲁厄的住户慢慢地才明白过来，你可以把砖墙漆成你喜爱的任何颜色，不仅仅是砖红色。人们就住在街对面的上层楼的窗户后面，可哪怕哈利怎么一心一意地瞪大眼睛瞅，也没有赏他一个女人脱衣服的艳景，甚至连有人来到窗前向外张望的景致也没有。更让他情绪低落的是，自从三天前住进圣约瑟医院以来，他一次大便也没排成。头一天，他怪便盆太别扭，又嫌自己对会端走他的排泄物的护士牵肠挂肚，第二天，规定的饮食变了，不再是他平素爱吃的东西——医院的饮食专家们像变魔术一样变出来的食物中看不中吃，尝起来就像泡湿的硬纸板，嚼起来就像麸糠，清汤寡水，淡而无味，连唾液腺都给堵死了——第三天,他倒是可以在走廊里溜达了,也可以在自己屋子里关上门使用卫生间了,可他又怪自己,怪自己老不中用,怪自己干涸,怪自己内脏功能衰竭。甚至屁都没得放了。

说来奇怪,昨天夜里他梦见了鲁丝,今天这姑娘(简直不好这么叫了,她可能只比纳尔逊小三岁)竟然主动提出把她妈妈给他领来。由于他周围的世界变得灰暗,他的梦便呈现出强烈的色彩。鲁丝——从前的那个鲁丝,他们一起过、一起睡的那个春天,他们俩都是二十六,她肉乎乎的,傲兮兮的,有种粗枝大叶式的媚态——穿着一件海蓝色的连衣裙,上面有小白圆点子,他把身子紧贴在上面,里面就是她的身子,给她说这件衣服穿在她身上,颜色显得多么可爱,而她一头的浓发闪着红光、棕光和金光,就在他的眼皮子跟前。鲁丝把头扭到一边,他觉得,不是因为反感,而是面对此情此景,难免有点忸怩,因为她似乎跟他和詹妮丝三个人一起过,而詹妮丝就在他们附近的什么地方——就在楼上呢,尽管周围的家具都是太阳晒透了的花式藤编,就像从佛罗里达公寓套房里搬来的,不过那套房子没有楼上楼下之分。他拥抱鲁丝时有种半推半就的感觉,就像有合法关系的一种拥抱,他夸她的裙子靓丽,无非是想煽惑她进入他自己销魂的感觉中去,进入他这样的一种感觉:他们的爱终于到了水到渠成的境界。他把脸藏在她的喉咙旁边,藏在帘子似的缤纷的浓发里,并且知道他可以把她永远操下去,永无底止地把自己泼洒进她那实实在在的洞天美境中去。他醒来的时候,还处于那种绝对坚挺的状态,这是他平常醒来时几乎从来没有过的现象,这是服了降压药和情绪总是灰暗造成的。就在这美梦初醒、梦境化为天蓝色的碎片儿依然萦绕在脑际的当儿,他看见那些白花花的圆点子就像一个月前布拉德福街人行道上梨树缤纷的落英,不远处就是夏街,那是他和鲁丝同居过的地方,还看到那泼水似的阳光,就是昔日倾泻到斯普林格大妈那一铁台蕨草和非洲紫苣苔上的阳光,这些花花草草养在那间小小的日光浴室里,穿过门厅就到了那间阴暗的起居室。尽管梦里的家具是佛罗里达的,他们合住的房子却肯定是斯普林格的老屋。

哈利问圆脸护士,“你知道多少我和你妈的事情?”

红晕又深了一点。“噢,一点儿也不知道。她对她和我爸成家前那一段时间的事从不松口。”鲁丝打单身的那段日子现在听起来倒蛮规矩的;但那时候她放荡不羁,是个迷魂,在佳济山这个小天地里可谓声名狼籍。“我估摸你是个特殊的朋友。”

“兴许并不是那么特殊,”哈利告诉她。

他感到歉疚,因为对他的谎话她没有好说的,只有噘着上唇礼貌地站在那儿,一名护士对一名病号可不能犯急。他这是在让她下不了台呀。他爱她;爱在他浑身上下流淌,就像一股潜流,一种麻醉。他告诉他这个疑似女儿,“你看,这倒是个呱呱叫的主意。可如果她来了,那是因为你叫她来的,而不是她主动要来的,而且,说白了吧,安娜贝尔”——他以前从来没有直呼其名——“我倒不情愿她看见我成了这副模样。你说她变苗条了,样子时髦了。可我肥哼哼的,成了一个病包儿。也许她会叫我受不了的。”

姑娘的脸恢复了原来的苍白和规矩。正当他要品出做父亲的滋味时,壁垒又设置起来了。“那好,”安娜贝尔说。“如果她问起的话,我就说你已经出院了。”

“她会问吗?等一等。先别摆谱儿。告诉我,你干吗要把我们往一块儿拉呀?”

“你好像对她蛮有兴趣的。我一提起她,你的脸就来劲儿啦。”

“是吗?说不定是因为看见你的缘故吧。”他夯着胆子往下说,“不过我一直在纳闷儿,你是不是应该还和她住在一起。兴许你应当从她的卵翼下走出来了。”

“我倒是出来过一段时间。我并不喜欢,一个人过日子太艰难,男人们会变成下三烂。”

“我们真的会那样?听见这事儿挺难受。”

她的脸软化出一片可爱的笑颜，这笑颜卷起了她上嘴唇的边儿，把中间肥厚的部分压服贴了。“倒也巧了，她的话正好和你说的一样。不过眼下我喜欢这样过，好像她不再是我的妈妈了，倒成了一名同屋。相信我，在这个城市里女人单独过会遇到坏事儿的。布鲁厄不是纽约，而且也不是宾园。”

那还用说。她可以从床尾的记录表上看到他的住址。对她而言，他正就是他一直讨厌的一个宾园势利鬼。“布鲁厄是个粗野的城镇，”他同意，边说边跌落到枕头里去了。“一直都是。煤和钢。我年轻的时候沿着铁路到市中心一路都是酒吧和窑子。”他往旁边瞟了一眼，看了看那些砖工装饰，匆匆飞去的干燥的黑云。他告诉护士，“你最清楚怎样过自己的日子。告诉你妈，要是她问起的话，兴许我们会另找个时间见见面。”在梨树下，在天堂里。

这些日子躺在那里，哈利一往情深地想到那些已成古人的砖匠，他们操心尽力，让街对面三幢楼房那几排房顶随着那些喜庆图案的凹凸不平、斜直交替而变化错落，一天早晚不同，投下的影子也各异，另一个世纪的这些工人站在脚手架上讲的是宾州德语，还是即便那个时候，意大利人也包揽了所有的砖石泥瓦活儿？躺在这儿，想着那些徐徐升向佳济山整齐清洁、有棱有角的街道上垒起来又拆掉，拆掉又垒起来的砖，他试图把自己的一生看成一块普普通通的砖头，于 1933 年啪地一下放到适当的位置上，打那以后就越来越硬，只不过是众生的一排排房、一堵堵墙、一个个街区中的一条生命。在这种概观中有一种满足，一种淡远的、共同的刺激，但面对他那原创的、持续的印象却难以维持，他的印象是：布鲁厄乃至全世界只不过是他身上的边饰，就像一个鼓鼓的锦缎礼包周围的花边，他自己则是宇宙的中心，就像达赖喇嘛，最近的新闻——经过中国近四十年的统治，西藏依然动荡不安——报导他已经提出辞呈。但请求一经提出，他的门徒立即惶惶不可终日，因为对他们来说，达赖喇嘛难辞神性，就如同哈利难辞人性一样。

他电视倒是看了不少。机子就在那儿，他的脸前；电线从他身后的墙里出来，绝像氧气管子。他发现他想看事实报导，不想看幻想故事：AMC① 有线电视上的老电影都是些黑白片，光照刺眼，图像硬撅撅、皮棱棱的，而NIK上的老电视节目听见的是一阵接一阵的傻笑声，看见的是五十年代的浪花儿头，干巴到无以复加的地步，就连持续不断的体育节目（爱尔兰的橄榄球赛呀，加拿大的冰壶赛呀），也纯属浪费时光，讲给要消磨时间的人的故事，可他只剩下了解真人真事的时间了，DSC 或 12 频道的真人真事，麦克尼尔—莱雷尔②神情严肃地穿插播报纽约和华盛顿新闻，或者是《史密森世界》中的爬行动物在火烫的沙漠忽闪着它们分叉的舌头，或者是《幸存者的世界》里的加拉帕戈斯群岛上的巨龟在拼个你死我活，或者是第二次世界大战俄国人与纳粹战斗的跳跃式的电影剪辑，由劳伦斯·奥利维尔爵士解说（“两千万人死亡”，他在片尾用拖腔说道，当画面定格、然后出现电脑模糊，冷彻骨髓的主题音乐突然响起时，哈利打了个激灵，以为他就在那儿，也就是北半球的对面，在罐头盒子上跳蹦子，把它们踩成锡箔团儿，算是他对反希特勒斗争的一点儿贡献，历史上还真有一名十岁的参战者），还有《核时代的战争与和平》、《天道》、《能力写照》、《世界奇迹》、《野生动物纪事》、《活体》、《行星地球》、挣扎、死亡，猎豹在撕咬角马，狼蛛与蝎子周旋，在自然景物摄影机刺目的灯光下小负鼠在争抢合适的奶头，多少织布鸟在营造复杂得要命的窝，只是为了吸引一个吹毛求疵的小雌鸟，聪明绝顶，变化多端，精力无穷，到头来还不是一场空，一种他给自己上的关于世道的速成课。这种课永无止境，信息永无止境。

晚间新闻里有许多有关中国的消息——戈尔巴乔夫访华，天安门广场

---

① 美国电影经典。

② 罗伯特·麦克尼尔和吉姆·莱雷尔联合主持一个名为“麦克尼尔—莱雷尔新闻一小时”的晚间电视新闻节目。

学生抗议，但不是抗议戈尔巴乔夫，其实学生倒挺喜欢他，全世界都喜欢他，尽管他脑袋上有那块形状像日本国土的可笑胎记。中国学生似乎要的是自由，他们想跟美国人一样，不过他们看上去已经像美国人了，下身蓝牛仔裤，上面T恤衫。同时，有关美国本土的消息是，不仅乔治·布什总统，而且第一夫人布什夫人也和他们的小狗米莉一起洗淋浴。如果这都是中国人想要的，我们倒是能够把它拱手相让，或者什么相近的东西都照送不误，不过这使哈利有点儿思念里根，起码他有尊严，有那种可望而不可即的距离；他作为总统的能耐就是你从来也不知道他到底知道多少，一无所知还是无所不知，在这一方面他就像上帝，你只好自己勉为其难了。可这位新总统，你知道他知道什么，但似乎就是一丁点儿。兔子不想非要去想象一下这位总统和中年夫人光着身子跟狗一起洗淋浴的情景。里根和南茜有他们的尊严，有他们的电脑模糊，哪怕在万目睽睽之下把肠道息肉和乳房切除的时候。

詹妮丝星期二六点来了，这时他正在吃他最后一顿清汤寡水的晚饭——明天他要出院了。她穿着新外套、新裙子和领口开得很低的洋红色衬衫，颜色鲜得几乎赶得上他梦见的鲁丝穿的白点子连衣裙了。他老婆看上去劲头十足，作风干练，一头花白头发由一名美发师新做过，定了发型，把原来的刘海废了，而用发胶把它们向后固定，成了软软的奓毛团儿，低低地分到一边。詹妮丝使他想起了电视上那些播报新闻的增高变艳了的、讲话极快的女人。其实她才有一肚子的新闻呢。她的眼睛似乎戴着一种闪着不自然的光的隐形眼镜，直到后来，他才意识到那都是眼泪，准备在新闻中断时给他流的。

“啊呀，哈利，”她开始了，“比我们想的还要糟糕！数以万计呀！”

“什么数以万计了呀？”

“纳尔逊偷的钱数！查利，我，还有他侄子认识的那个会计——米尔里德说她年纪太大，干不了查账的事了，再说她在疗养院里忙得脱不开身——今儿我们仨过去了一趟，查利说我必须在场，只他和会计两个是不行的，我要看账本儿,纳尔逊这一次居然破了例也在那儿,他看着我,这种令人心碎无望的样子,叫我终生难忘,他问我,妈,我到底想知道什么呀?他一古脑儿都端给我们了。起初,他急需钱买那个,你知道,那个可卡因的时候,他只是给自己开张标明“支出”或“周转现金”的支票,可是米尔里德,她当时还在那里上班,对此提出了疑问,他害怕了。可是,这些小数目,一次一百两百的,实际上满足不了他的需要,于是他想出了这么一个招儿,人们买旧车用现金支付,或者直接把支票开给他,就给他们打折。”

“我告诉过你结单上的旧车销售数量不足,”哈利说,得意倒是得意,但给人一种有气无力的感觉。自从他们把那根导管戳进去后,他的情绪上的反应就一直有种耗干了的味道。“他把多少车耍了这种花招?”

“嗯,他还真记不清了,但是查利说我们可以从 NV-1 等记录中把它整合出来,只是需要时间。当然,纳尔逊不是用这种见不得人的手法对付每一个客户,他也得挑选一番,挑那些看上去穷嗖嗖的,没法儿吹毛求疵的人。干这种事他可精着呢,纳尔逊,比你原先想的精明多了。”

“我从来没有说过这小子不精明的话。”

“啊,不过哈利”——眼泪又盈眶了,一双棕色的眼睛扑簌簌洒出泪珠儿来,亮闪闪地连成串儿从她那小疙瘩似的鼻子两侧往下流,那是一只跟抽屉拉手一样没有什么个性的鼻子。她从医院搁到床头桌的盒子里抽出一张纸巾——她往前一凑,他这才透过洋红宽松罩衫的松领瞥了一眼她那对匀整的乳房的顶儿。这衬衫他可从来没有见过,是她特意买来在没有他的情况下,穿上上房地产课,与查利见面,全面步入花花世界的。他感到一阵灼热,怪难受的,就像做导管插入手术时一样。自己老婆的奶头,竟然让他这样惊诧,詹妮丝轻轻地擦巴擦巴脸,她那张弄得一塌糊涂的糊涂虫的脸,甚至凑得更近了,他都感觉着她的热气扑到他的脸上了,有救生糖的一股淡淡的薄荷味儿。为了压住她口里的烟味儿。她的泪花儿在他的眼睛下面闪着;她那颤巍巍的声音很低,只有他能听见。“——还不止这些呢。眼下他又在吸强可，花掉的钱就多得难以置信了。他和莱尔两个搞的鬼，很有一套——”

“等等，”他告诉她。厨房里打下手的来取他的盘子。她是个胖乎乎的西班牙裔女人，长长的红指甲，还有一嘴清清楚楚的小胡子。

“你还没吃饱，”她嗔怪地说，腼腆地一笑露出了一嘴珍珠牙。

“饱了，”他说。“现在是饱了。很好。Bueno①。”

她有个笔记本儿，她在上面记下他吃掉的食物的比例。三分之一的煮得过烂的嫩刀豆，半块儿椭圆形的稀烂无味的小牛肉，不到一叶淹没在橙色油里的绿色粗生菜，一小口木薯淀粉布丁，给他一种晃悠悠的口感，“早点是，”她看着写字夹板念道：“菠萝片儿，麦乳精，全麦面土司，脱咖啡因咖啡。”

“我都等不及啦，”他告诉她。

“那现在就再吃一点，”她建议。

他口气坚决。“不，谢谢，现在太凉。我太太在这里。”

她看着记录表念道。“说明天是最后一天。”

“怎么着？”哈利问她。“广阔天地。我会想你们的。还有你们所有的健康吃喝。你们的食品。”

她拿走他的塑料盘时，她的长长的红指甲在底儿上吱地一声刮了一下，搞得他牙根子发酸。这使他想起了以前在理财通敲电脑键盘的那个淡金色头发的妞儿。她的指甲也未免太长了。死了。莱尔说的。如果真有来世，死者都在那儿团聚：他还有机会加深他们的了解吗？可是手边没有钱，他们谈什么呢？

那女人一走，詹妮丝就接上话茬儿说下去。她的舌头尖儿从唇缝儿中间探出来秒把钟，仔细琢磨着。“我拿不准我就全明白了，不过你知道我们怎样有滚滚而来的存货——一月要从马里兰的中部大西洋丰田进那么多卡

---

① 西班牙语：很好。

车、货车、轿车。”

“一月二十到二十五辆，一直都是这种情况，”哈利告诉她，好让她知道他人可以躺下，但心里有一本买卖账。我们一年以来没有卖出过三百部新车，除了86年那一年，那是纳尔逊刚接手的第二年。强势的日元一直把咱们往死里坑，本田和日产趁势咬了一大口。福特漫游去年又在我们的一吨轻型货车上砸了一个真正的坑。”

“哈利，尽量谈正题吧。我听到的解释是这样的，加利福尼亚的丰田汽车赊销公司直接通过中部大西洋公司给我们的库存垫款，我们卖出去一辆车，就返还一辆车的垫款，我们给摊场订购一部，它就在我们的赊账上加一辆的款。纳尔逊的做法是，每月比实际销售量少报一两部，这样丰田就会把这些赊报车的欠款越滚越多，而他和莱尔却把这些收入存到他们以公司的名义开的一个单另的账户上，你知道现在银行总是怎样巧立名目，什么储蓄账户啊，支票加储蓄账户啊，有限支票资本账户啊，等等等等。这样我们每月欠的丰汽赊的车数比摊场上的实有车数多一两部，我们欠人家的钱越来越多；而我们的实有存货却越来越少；过上两三年就算不出事儿，我们手里就连一辆新车也没有了，而欠的中部大西洋丰田的钱都海了去啦！”

“我们到底欠人家多少？”他的心思还没有完全放到这些鬼丰田的事情上。他仍然在动着医院的脑筋——给他许诺用菠萝当早点，晚上的洋地黄喝了没有。

“谁知道，哈利。纳尔逊没记住确切的数儿，莱尔说他上面记着很多账的磁盘不小心给抹掉了。”

“故意不小心吧，人们常说这话，”他说。“狗屎蛋子。一对狗屎蛋子。”

“我知道，事情可怕极了，”詹妮丝说，“莱尔在电话上就怪可怕的。他说他活不了几天啦，所以才不管我们拿他怎么办！听口气他脑子进水了；是不是这种事非出不可？”这些事非同小可，对她打击太大，使她突然歇斯底里大发作；一时间声泪俱下，极力要把泪脸贴到他盖着毛毯的胸口上，但她个儿太矮，身子挑到他的高床边旁的椅子上还是差半截，结果只是把眼睛和嘴巴抵到那硬邦邦的床垫边儿上，咕咕哝哝地说她简直不相信他会对她干出这种事儿来。

“他”指的是纳尔逊；这一次哈利总算脱了钩。她伤心得整个脑袋都起火了，天灵盖上也是这样，像一只要开了的水壶。他隔着她那小小的新发型，揉着她的脑袋，表示安慰，并且尽量忍住没有笑。两个都活该，他想。斯普林格一门子人。她的黑发太细，像蜘蛛网一样粘在他的指头上。整整有五分钟他用指头尖儿按摩着她那热乎乎的郁闷脑袋，眼睛却瞅着那没有图像的电视荧屏，心想他要错过六点的新闻了。六点半还有全国新闻呐。他无论如何也不能相信詹妮丝要告诉他的东西还真能与全国新闻相提并论。她可以是他老婆，但决不是宗毓华，更甭说是黛安娜·索耶[1]了。黛安娜长着一双相距很远的蓝眼睛，一张甜嘴儿，一副愣神儿，活像一头美丽的金色的牛。“那打算怎么办呢？”他终于问詹妮丝了。

她抬起泪迹斑斑的脸，令人惊讶的是，居然还有一些答案。查利肯定一直在指教她。“嗯，一旦我们查出我们欠丰汽赊多少，我们就得把窟窿填上。我们一直在为存货付息，所以他们不会太在意的，那就像抵押，只是纳尔逊瞒着他们把房子卖了。”

“要是他伪造了什么签名，那可是伪造罪呀，”哈利说，当他看见自己儿子的事业一败涂地时，一种绝望的黑色染剂开始进入他的心脏。人渣，当年他爸爸就是这么说他的。他问，“这小子该怎么办？”

詹妮丝把泪水浸湿的睫毛眨了两下。她非说不可的事情似乎非同小可，因为她憋了一会儿。她的声音又狠又准，斯普林格大妈下了决心后说话正是这种声音，“他同意去一家康复中心。马上。”

“那敢情好。他怎么同意了？”

---

① 宗毓华（1946—　）和黛安娜·索耶（1945—　）均为电视新闻播报员。

“我说要么去那儿,要么从摊场上走人。还要起诉。”

“哇!你说这话了?起诉?”

“对,哈利。我自己决定的。”

“对你的亲生儿子?”

“我也是逼的。他越陷越深,这他也知道。他还真有了感激之心。我们在摊场上谈妥的,就在长满野草的那块地方,查利和会计在里面没出来。然后我们打了几个电话,在你原来的办公室里打的。”

“这个康复中心到底在哪儿呀?”

“费城北。那是他咨询的专家推荐的,如果他能把纳尔逊弄进去的话。这种地儿统统超员,你知道。社会支撑不下去了。布鲁厄倒是有一些白天治疗项目,但他的专家说,重要的问题是远离这毒品作祟的整个环境。”

“看来跟普露闹过以后他还真的找了个专家。”

“对,人人都感到吃惊。更令人吃惊的是纳尔逊似乎还喜欢他。尊敬他。是个黑人。”

哈利突然感到剧痛攻心,那是妒火与怒火同烧造成的。他的孩子被人领走了。他这个父亲当得不太像样儿。他们找专家去了。“康复得要多长时间?”

“整个疗程是九十天。头一个月是解毒和集中治疗,然后他就在一家过渡疗养所里住六十天,多少找点事儿干,不外乎社区服务之类的工作,为返回正常世界做准备。”

“整整一个夏天他不在。摊场谁来管?”

詹妮丝把手放到他的手上,这种姿态给他一种老谋深算的感觉。“你呀,哈利。”

“亲爱的,我管不了。我是个狗娘养的病篓子。”

“查利说你的态度要不得。你是叫心脏搞垮了。他说最好的办法是精神积极,多多活动。”

“是呀，要是他是这么操蛋地积极，干吗不回来把摊场管上？”

“这些日子他还有别的鱼儿要炸。”

“是呀，你好像就是其中的一条。我听见把你都炸得吱吱地叫呢。”

她扑哧一声笑起来，尽管还有一脸要干的丑泪。“别说傻话。他只不过是个老朋友，他在这场危机中一直身手不凡。”

“而我是个大草包，对吗？”

“你不是在住院嘛，亲爱的。你也一直有你自己的勇敢表现。不过我们都知道，有些事你是不能替我做的，只能靠我亲自动手。”

他想就此争论一番，话听起来倒还虔诚，不过这种新派说法他却信不过，但假如他要重操旧业的话，他必须悠着点儿，避免发火。他问，“纳尔逊对你的粗暴怎么对待？”

“我说了，他喜欢。我们去接管，他简直求之不得呢，他知道他完全失去控制。普露想到他有救了，十分激动。朱蒂也激动。”

“罗伊激动吗？”

“他太小，不懂事，不过你自己也说，那房子的气氛就有毒嘛。”

“我说过有毒的话了吗？”

她懒得回答。她已经直起腰来用一张舔湿的面巾擦脸呢。

“孩子走以前我是不是该见见他？”

“不用了，宝贝儿。他明儿一早就走了，等不到我们接你回家。”

“那也好，我还真不知道我能不能面对他。你想想他干了些什么，他把我们一古脑儿，不光是你和我，还有他的孩子，每个人，冲到马桶里去了。他把我们大家出卖给一种倒霉的毒品了。”

“哎呀，哈利——我知道你这一辈子都表现得自私。”

“是呀，不过不是为了一点儿白粉。”

“他们也拿它没有办法。它都成了他们生活的组成部分。不过明摆着的，他们也为莱尔买粉儿，我指的是给他治病的粉儿——治艾滋病的药粉，你在这个国家还买不到，贵得怕人，非走私不可。”

“这可是个悲惨的故事，”经过一番停顿，兔子说道。墨一样的忧郁在他的血管里周游，他在医院里呆得太久了。他已经忘了生活是什么模样。他问詹妮丝，“你穿着那件时髦的衬衫要去哪儿呀？”

她对着小包里的镜子匀面，一听这话，眼珠骨碌一下向他转过来，然后脸就变得木然，倔犟，一副气势逼人的模样。“查利说他要带我出去吃饭。经过这么一番打击，他担心我会精神崩溃。我需要调整调整。”

“调整？”

“把事情说说清楚。”

“你跟我就可以说说清楚嘛。我正好躺在这里没事儿干，我已经把体育新闻错过了。”

她把嘴一抿，女人涂了唇膏后都要来这么一下，把双唇在一起滚一滚，显出一副自鸣得意又郑重其事的样子，然后告诉他，“你不公平。在这件事情上，你对纳尔逊有你自己的一套，对我也是。”

“查利的公平又在哪里，他又想往你的裤裆里钻。如果还没有钻进去的话。”

她突然把唇膏往她那炸弹形的手包里一戳，然后从不同角度对着镜子照了照，用指头把她的新发型拢了拢，最后啪地一声把包盖儿关上。她说，“你也太可爱了，哈利，竟然动什么歪脑筋，认为我在那种事情上还能引起什么人的兴趣，其实我没有那种本事，除非偶尔对自己的丈夫还起点作用，我希望。”

他不尴不尬地说，因为心里明白最近在这一方面他一直让人失望，“当然，不过你知道，对于一个男人，那有个血压的问题，还有——”

“这事儿等你回家以后再说吧。我告诉查利七点见面——”

“在哪儿？沙拉吧，就是从前的约翰尼·弗赖伊酒家？离这里只有两个街区。你可以走着去。”

“不是的。处女泉那儿新开的一家越南餐馆，他想去尝个新鲜。要开车去，你知道我这个人，很可能找不到北。顶顶要紧的是，我还有五十页的书要看，关于英国房地产法的，尽是些可笑的过了时的老字眼儿，明晚上课前必须看完。”

“你明儿晚上不在家？我回家的第一个晚上？”他嘴上在抱怨，显出一副得理不饶人的样子，心里却巴不得她赶快走，让他一个人安安静静看电视。

“到时候再看吧，”詹妮丝说着站起身来。“我倒是有个想法。”然后她问，“你难道不为我骄傲？”她向前一凑把她那张热辣辣、急赤赤的脸往他的脸上一挨，“我自有一套办事的手段吧？”

“是呀，”他撒了个谎。他宁肯她没有能耐。她把她那件长寿花黄的新外套往胳膊上一搭走了，他想她后面发胖了，她有该县女人志得意满后常有的那副臀肥背丰的模样儿。

* * *

哈利在看汤姆·布罗考[①]主持的节目的剩余部分，正准备调到七点钟的南极生活节目，这时候偏偏哈里森两口子来探视了。不是塞尔玛一个——她把罗恩也带来了，或者说罗恩把她带来了，她又瘦又黄，他可从来没有见过她这般模样，仿佛每走一步就有可能折断一根骨头似的。她抱歉地笑了笑；她的眼睛在道歉，因为她成了这般模样，因为罗尼跟她来了，因为她没法子一个人出来。“我们来这家医院是我找医生来看病的，”她解释说，“小罗恩听说你在这儿住院。”

“为了他们说的一个小程序，”他说，并指了指詹妮丝拉到床边的那把椅子，八成儿还留着她的肥臀的余热呢。“罗恩，那边旮旯里还有那把大软椅子，想坐就拉过来，带轱辘的。”

---

① 汤姆·布罗考，NBC晚间新闻节目主持人，在他主持的后半期，该节目成为美国收视率最高的新闻节目。他一生获得过许多奖项和荣誉。

“我站着吧，”他说。“我们只呆一分钟。”

他把脸一沉，但兔子并没有请哈里森两口子来看他，所以不明白他干吗要看人的脸子。“那就请便吧。”他问塞尔玛，“你怎么样？”

塞尔玛叹了口气，表示一言难尽。“你是知道医生的底的。他们从不承认他们心中无数。我一个星期在家做两次透析，罗尼是个圣人，一直由着我。他还上了一门关于怎么操作那台机器的课。”

“罗尼向来就是个圣人，”哈利告诉她，屋子里谁都知道罗尼·哈里森恰恰是世界上他最不喜欢的人，尽管他从上幼儿园起就认识他。他五岁时就是个无赖，张嘴就是脏话，现在脑袋秃得像鸡巴尖儿一般，耷拉下来的大耳朵上面抿着几丝灰毛。罗尼上中学和毕业后已经有点肉囊囊的样子，步入老年后把这种肉囊囊的模样儿扯得像太妃糖一般，脸瘪成了坑儿，喉头周围又是疙瘩，又是串串，看着都叫人痛苦难受。哈利说，好像她还不知道似的，“詹妮丝也在上课，学的是怎么卖房产。我估摸这样一来她就有个营生，以防我一下子蹬腿走了。”

塞尔玛的眼皮子直跳，一只戴着婚戒的骨瘦如柴的手把这种可能挥开。她病得越重，样子就越干巴，也越像个当老师的。她居然当了他的情妇，这也是笑谈之一，她看上去文雅规矩，一上床却狂野无度，也许真正的她是那位老师，另一个她是纯粹为他装出来的。“哈利，你不会一下子蹬腿走了的，”她急赤白脸地告诉他，心里为他发憷。女人真怪，真正关心的总是自己管不着的什么人。“他们现在弄心脏的办法可神啦，他们缝呀，补呀，活像在处置布娃娃。”她硬是挂出了一丝儿笑颜。“想看看我的东西吗？”

他认为他知道她的全部所有，里里外外，但她解开了袖子上的扣子，用她典型而实在的裸露作风，塞尔玛把她的光胳膊下侧抹给他看。细支支的手腕儿上两块青紫的伤痕被一个半透明的塑料U形管连了起来，一条胶带把管子平贴在黄疸病人似的皮肤上。“这就叫我的分流术，”她说，把最后一个词说得很小心。“它把一根动脉和一根静脉连接起来，做透析时，我们就把它取下，把我连接到那台机器上。”

“挺好，”似乎他再无话可说。他给他们讲他做血管整形术的情况，但他对这已经烦透了，懒得再给别人讲那叫人起鸡皮疙瘩的事情，怎么看见像根蛇一样的食指的导管的黑影儿一点一点地，越来越亲切地，钻进他心脏的浅淡一些的、颤巍巍的阴影中去。“我的冠状动脉可能会堵死，我也会进入心停状态。心脏停搏。”

“可你没有啊，你这肉头，”罗尼说，站得笔直，把影子扔在墙上。“老法师，”他说，这是当年他们打篮球时他取笑哈利的一句风凉话。也真够逗的，哈里森一辈子给哈利投下阴影的就是他这一身丑肉，这使兔子想起他终生见了就恶心、总想滑过、避开的所有要出汗、费大力的东西。“谁也不会在老法师头上动土的。他会把事办成不费吹灰之力的样子。”罗尼当年总是愤愤不平，每当对方暗使手脚的球员对哈利下毒手时，马尔蒂·托瑟罗怎么总要派他上场，来个以毒攻毒。蛮子，他们现在是这么叫的。

“我从来没有把事办成不费吹灰之力的样子，”兔子告诉他。他转向塞尔玛，想显得温柔些，因为她把丈夫带到这里来已经冒了他发火的危险了。哪怕羞辱了罗尼她也要毫不犹豫地把爱的礼物送给哈利，的确，尽管这一对情人疾病缠身，但她的亲近却给了他你从有些女人那里才有的那种用杆头承口部位击球的感觉，那种美妙的感觉你是不会亏待的。“你咋样，塞尔？你的医生是不是认为这病他们会一把抓？”

“噢，他们从不言死，可身子是疲惫得不行了。你只能拼这么久。疼痛我倒能忍受，还有没完没了的虚弱，可肾脏真的不行了。如果你没法儿把这些事情看成理所当然，那你活着就失去了乐趣。哈利，你知道在《圣经》被宣布非法之前①，他们常在集会上给我们念的那一段关于凡事都有定时的话

① 1963年美国联邦最高法院裁决：不许在公立学校中做任何祷告或念《圣经》。

吗？堆聚石头有时，抛掷石头有时？[1]我开始考虑放弃有时了。”

“塞尔，别说这话，”罗尼说，带着一种他自己的急切。他也爱这个女人，也管她叫塞尔。哈利突然想到两男爱一女，或者两女爱一男，大概也是对的，就像我们需要两种日子，工作日和休假日、白天和黑夜一样。她总说放弃放弃的，罗尼的口气有些愤愤然，然而这个五月的黄昏正在慢慢地把他融进影影绰绰的墙里，开始有点儿只有哈利和塞尔玛两个人的感觉了，就好像在那么多偷情的午后，他们的心在狂跳，校车在外面那条弯弯的街道上刹车，发出了他得走了的信号，也好像在加勒比海滨的那间屋子里，他们头一次在一起，直到天亮还醒着，后来，当百叶窗板间的热带蓝空变淡、棕榈树停止了它们夜间的骚动时，他们才合成一体睡着了。罗尼，不见其人，只闻其声，愤怒地冲着她说，“你有三个儿子都想看见你活到老呢。”

塞尔玛向哈利诡秘地笑了笑，从窗户望去，花哨的砖工檐口和烟囱清晰可见，五月的白日正在上面消逝，这时她面无血色，一脸蜡黄。“他们干吗想看到那样呢，罗尼？”她问道，意在调侃，眼睛却盯着哈利的脸不放。“他们都长大成人了。我们能做的都做了。”

可怜的罗尼无言以对。也许他被噎住了。兔子心生恻隐，冲着他说，“保险生意咋样，罗尼？”

“平平，”他的声音气哼哼地说。“不坏，也不好。储贷银行的乱子害了一些公司，但没害到我们身上。至少人们不再像过去那样凭他们的保险单按五厘利息借款，又按十厘利息投资。那办法原来一直杀我们的数额。”

“人变成我们这把老骨头，”哈利说，“有意思的事情就多了，其中一件就是你们这号人不给我卖保险了。”走廊里响起了脚步声和锅盆的丁当声，灯似乎唰地一下亮了。夜来了。

“不一定，”罗尼在说。“我倒可以给你们搞一笔好生意，二十次支付的

---

① 这一段文字见《圣经·旧约·传道书》第3章。

终身保险，如果你和詹妮丝有兴趣的话。我认识一个医生，他看样子不是太严谨，你已经挺过一次冠状动脉，这对你有好处。让我算一算。”

哈利没有搭理他。他冲着塞尔玛说，“你们的几个孩子情况都好吧？”

“我们觉得还可以。挺好。阿历克斯在弗吉尼亚的一家高科技单位工作，在华盛顿郊外。乔吉想，今年夏天他要参加卡茨基山的音乐喜剧团。”

“有件事儿詹妮丝才刚刚告诉我。她让纳尔逊签约去一家戒毒中心。”

“那好啊，”塞尔玛说，在幽暗中她的声音是如此温柔、真诚，仿佛它不在空中，而是插入静脉，流进了他的血液。他们的身体拧在一起交流体液的那个下午，并没有消逝，而是在他的身心里安家落户，他的细胞都牢记不忘。

“你这么说真是太好了，”他说，然后壮起胆子抓住了那只冰凉的手，就是没有做分流的那只，并把它从她的腿上拉起来，结果他自己的手背蹭了一只乳房。

罗尼的声音从墙上传过来。“我们得走了，塞尔。”

“罗恩，谢谢你把她带了过来。”

“为老法师效劳嘛。我们本来就在这幢楼里。”

“现在成了空头老法师了。”

罗尼哼了一声。“谁敢说？”他并不是百无一是。

塞尔玛硬撅撅地站着，又在他床边弯下腰，就在罗尼的面前问道，“亲爱的，你能轻轻吻我一下吗？”

他可以想象这一吻的情景，然而塞尔玛苍白、冰凉、若即若离的脸，把他的脸飞快地挨了一下，他们的嘴唇歪歪地一碰，却散发出一股淡远的尿臊味儿。屋子里又剩下他一个时，他记起他在她家里与塞尔玛吻别时怎么有时候她的嘴里会有股子他的鸡巴的酸奶味儿，分泌在他的包皮下面的奶酸般的阴垢味儿。她常常依然被他们的做爱搞得浑身酥软，污迹斑斑，却是浑然不觉，而他却极力掩饰他的厌恶，对留在她的嘴唇上他自己的气味的厌恶。那就像又一件一想起就伤心的事情，那时候尼克松正因为水门事件败露闹得狼狈不堪，恰好又处在一次石油危机期间，他在电视上露面，诚挚地要求我们把自己的暖气温度调低，因为这样做不仅省油，而且科学研究表明冷一点的房子有益于我们的身体健康。电视上的那张大脸眉头紧锁，惶恐不安，嘴唇湿唧唧的，笨嗤嗤的。他们的总统，无论走得歪还是行得正，行将蒙羞下台，但还在努力说该说的话；哈利作为一名忠诚的美国人，还真去把暖气温度调低了。

詹妮丝心情紧张，醒来得很早；对她来说，这将是漫长、繁忙的一天，九点把纳尔逊送走，中午把哈利接来，七点参加英国财产法考试，考试地点是宾州大学的布鲁厄分校，设在南松树街一所废弃后又翻修过的小学校里，她夜里在那个地段停车还真不太容易。五月中旬的宾园，跟佛罗里达一样，白天一开始还凉丝丝的；那幢石灰石小屋，由于周围的树木绿叶长齐，所以更显得惬意。她一直欢天喜地，都不由得感到内疚了，因为这些天哈利在住院，她来去自由，勿需解释，早睡晚睡无人妨碍，想看什么电视自己做主。譬如说，每到星期三晚上，她就爱看《莫测高深》，可哈利总是坐在她身边，无论在书房还是在床上，总唠唠叨叨地说这些所谓的高深可笑死了，只要你动脑筋一想，就发现他们取证的对象不是精神失衡，就是有谋财之嫌。哈利岁数越大，就越玩世不恭；从前他信教的样子就有点儿可笑。要是节目没有什么真实可言，他们是不能在电视上播放的，而且那个罗伯特·斯塔克①似乎总是那么料事如神。昨晚，由于跟查利出去在处女泉公路收费处那家越南馆子吃饭（挺好，但她就是弄不明白该怎么对付那些像卷饼似的、泡泡一样酥的米饭，吃到嘴里一点味道也没有，你总该蘸点什么吧），她把所有的节目都错过了，只看了后面十分钟的《三十出头》，她喜欢星期二看这个节目，因为这跟她三十出头迥然不同，她一人得担当各种角色，又当妈妈，又当老婆，又当女儿，后来又当了

① 罗伯特·斯塔克（1919—2003），美国演员，是电视节目《莫测高深》的主持人。

一阵子查利的情妇，但感到不伦不类，又问心有愧，没有真正意义上的女性朋友，就是一个佩吉·福斯纳希特，她稀里糊涂跟哈利睡过一阵子，现在死了，想起来怪怕人的，一切烂了干了，好像她棺材里的一具木乃伊，恐怖得脑子都难以把握，可它就是发生了，甚至就撞到你的同龄人头上。哈利不在，要是她愿意，她可以凉着吃罐头里的坎贝尔鸡汤面，再掰几块里茨饼干泡进去，再用不着操心给他做低脂低钠、平衡适当的饭，省得他抱怨少盐无醋了。兴许当个寡妇也坏不到哪里去，不过这是个她极力不去想的念头。

昨晚下了一个钟头的大雨，丁丁当当敲打着空调，吵得她怎么也睡不着，他们说今晚还有阵雨，尽管太阳正把一种黄褐色的雾透过邻居家的大树，斜穿过院子射向哈利伺弄的小菜园，那是仿照他父母在杰克逊路的后院的那个园子搞的，他种的无非是莴苣，胡萝卜和撇蓝，他倒还真喜欢咬几口呢。她边喝咖啡边看《今日》节目，布赖恩特的私人备忘录在各家报纸上来了个大曝光，经过这桩不幸后，布赖恩特和威拉德①的情况有所改善，现如今确实再没有什么私密可言，流言贩子从来没有闲过，希望再来一次水门事件，她总觉得她爸爸的死就是水门事件引起的。新闻大多都说的是中国和戈尔巴乔夫，你永远不能相信共产党国家就不会联手收拾你，还有巴拿马，那个麻子坏种诺列加②死活不肯下台，宾夕法尼亚的选民昨天把凯西州长希望的税务改革顶回去了；人们认为那就意味着增税，如果说这十年你对美国人能指望点什么的话，那就是自私。

她想办法给自己找一件行头，穿上既适合送儿子去戒毒所，又适合一个早上照看罗伊，因为普露要开车送纳尔逊到费城北去，普露对这件事儿显得十分紧张，谁又不会呢，人们现在尽干些可怕的事情，故意追一下你的尾，你

---

① 见第50页注①。

② 1989年5月7日，巴拿马选民投票选举总统，原来执政的军人诺列加宣称取得了胜利，但外国观察家们说反对派赢得了压倒性的胜利。

刚一下车，他们就把你的车子开走了。再也没有费城好邻里那样的美事儿了，对于普露那样惹眼的年轻女人来说，事情就更麻烦。普露希望中午前赶回来，好让詹妮丝到医院去接哈利，最迟十二点半，值班护士打过招呼，他们不想在病人出院的一天还给他们管午饭，过来收拾床的女工也不愿意让什么人躺在床上把床单弄脏后再走人。一想起哈利和他的心脏，她就胃里难受，到头来男人竟然都是这样的菜货，尽管那可爱年轻聪明的布雷特医生似乎对气球干的事儿非常满意，但哈利在自己心目中的形象已经改变了，他说起自己时仿佛他是个他很久以前认识的什么人，他似乎比以前更像个小娃娃，什么都让她拿主意。她不知道他刚出院的第一个晚上怎么能把他一个人撇在家里，可她也不能把考试错过，由于要这样来来回回的折腾，孩子们对爸爸离家去康复中心又心神不安，所以把自己的工作基地转移到妈妈的屋里，再穿上那件时髦的毛料轻装就更显得顺理成章了。这套衣服是她两年前在商场外面的瓦纳制衣店里买的，那里是从前的老集贸市场（如果嫌学校里不过瘾，就逃一天学，玩骑驴，你们四个一拨儿，手搭背弄成一个圆筒，对面的男孩子会骑到你上面，然后又到了你下面，真是天旋地转，找不着北，你的裙子天知道在干什么，锯末的味儿，棉花糖的味儿，怪物，动物等各种奖品引诱人扔小圈圈套橛子，可橛子看上去小，实际上大），这是一件海军蓝与白色相间的套装，新款的蓝色百褶裙，米色缎子紧身衫和蓝色无扣宽肩茄克，从洗衣店取回来，垫肩不是歪着，就是弯着，再不就扯得松塌塌的，干洗能洗成这模样，真是太不像话。她头一次穿上这套衣服摆了姿态让哈利看，他说穿上活像个小警察——肩膀和口袋上的滚边，她估计，使它的样子像制服，不过穿一整天总行吧，她想，从跟纳尔逊道别不要哭天抹泪的，到参加这次满是奇怪的老词儿的考试，什么宅地呀，宅院呀，农役租佃呀，不限定继承的不动产呀，限定继承的不动产呀，不动产承受人呀，副本保有土地呀，习惯土地保有权啊，永久管业呀，不动产遗赠呀，物所在地法呀，等等等等。小学又小又旧的课桌被连根儿拔起来搬走了，取而代之的是铝管和橙色塑料合成的单臂写字椅，但老黑板还在那里，多年来擦进去的粉笔灰把它染得灰突突的，高高的窗户你得用一根竿子才能推上去放下来，那些高高的吊灯有的像扁扁的月亮，有的像从细梗上倒挂下来的大钟花。詹妮丝很高兴重返课堂，努力听老师讲课，学习新东西，但也意识到别的学生，他们在呼吸，他们的脚在地上蹭，他们不声不响在用心听讲。班上女学生占四分之三，大多数比她年轻，但不是个个如此，感到欣慰的是，她不是班上最老的，也不是最笨的。他们在摊场上伤心断肠、惨淡经营了这么多年，总算学会了一些东西；她希望自己的父母还活着，看见她和另外二十五个学生坐在一起学习考证，高窗外面是城市的喧嚣，西班牙音乐，按顾客要求改装的西班牙风格汽车引擎在松街点火轰鸣。她坐在课堂上，手边是笔记本，铅笔，黄颜色的荧光记号笔（他们上中学时还没有这种东西）；但话又说回来，他们要是还活着，她就不会干这种事儿了，她也不会有这份心思。他们是呱呱叫的父母，可从来信不过她独立办事的能力，她跟哈利结婚更加深了他们的不信任。她总是做出错误的决定。

老师李斯特先生，人高马大，不修边幅，老丧着张脸。又长着一副双下巴，让人一看像只狗。上次的考试给了她一个良，她敢说他是喜欢她的。别的学生，哪怕是年轻一点的，也喜欢她，八点半在洗手间休息时借给她烟抽，十点下课以后，还请她出去喝罐啤酒。她没有答应，但等哈利的情况更加稳定以后，她也许会答应的，无非是表明自己并不是翘尾巴什么的。至少她没有像班上她那个年纪的有些女人那样放开让自己往胖里长——看见一身肉堆得像小山，着实吓死人哪，也不想想办法减一减，只管杠着这几百磅走来走去，连课桌都快挤不进去了。你心里真纳闷儿这样的人到底能活多久。上帝赐给詹妮丝的天福屈指可数，其中一个就是匀整的身材，她极力把它保持住，不仅为了自己，也为了哈利。他们年纪越大，他似乎越为她感到骄傲。他有时候盯着她看，仿佛她刚从月亮上掉下来似的。

即便今儿一大早就赶着出门，她还是被堵在布鲁厄高峰期密集的车流中慢慢往前挪。这么多车，都要上哪儿去呀？公路盘山而上，你可以看见路边昨夜大雨冲刷的情况——冲成了曲里拐弯的大红泥沟，夹杂着野草什么的。在约瑟夫街，她把车停下，走上便道，生怕又是一片狼藉，惨不忍睹，但纳尔逊已经穿好了一套淡灰色西服，普露穿了条棕色便裤，一件土色的男式衬衫，上面套一件红开襟毛衣，膀子松松地缠在肩头，一副开车穿的行头。她和纳尔逊都面色苍白，拉着张脸；你几乎能看见焦躁的心在他们脑袋周围盘旋，就像哈利挖苦的《莫测高深》上的一种显灵那样。

在厨房里，普露把她按照罗伊所喜欢的办法做的特制花生酱蜂蜜三明治（要不他就把一切统统扔到地上，哪怕是当甜点的香饼）让詹妮丝看，她也许认为这位年长些的女人发现她举止有点儿不对头，便急忙压低声音解释，"纳尔逊把一些可卡藏在家里，觉得他走以前我们应该把它用完。即便对于他，量也未免过多，所以我也吸了几溜儿。老实说，我不知道他图的啥——点着了，我打几个喷嚏，然后就睡不着觉，要不然什么感觉也没有。什么也没有。我告诉他，'如果就是这么回事，我看戒掉该没有什么问题，'让我不吃赫尔希巧克力比这还要难受。"

然而，她话这么多，坦白得这么随意，指头尖儿哆嗦着，两只手用一种爱抚的动作把那一头平直的红发往脑门后一捋，这本身就向詹妮丝表明存在着一种化学后果。她儿子是毒根。什么东西他一碰就带了毒。她苦口婆心辛苦了一场，却给世界带来了灾难。

纳尔逊一直呆在前屋，坐在那把巴卡式躺椅上，怀里搂着罗伊，给孩子喁喁哝哝，还给他的耳朵呵痒痒。他抬头看了一眼妈妈，挂着一脸的气愤。他对她说，"你知道不知道我为什么要这么做？"

"为了救你的命，"詹妮丝说着就把孩子从他腿上提起来。罗伊一天比一天重，她把他放到地上站着。"你该叫他走一走，"她向纳尔逊解释。

"就像你叫我走到那个鬼地方去一样，"纳尔逊说。"我要把话说清楚。我去是因为你叫我去，不是因为我承认我有什么问题。"

一股沉重的倦意涌上心头,仿佛她到了这一天的末尾,而不是处在这一天的开头。“从你捣腾钱的样子来看,我们大家都有问题。”

这孩子几乎没有畏缩,但一时间把眼皮子往下一低,只见两道美丽的睫毛,对个男孩子来说,未免嫌长了点。她总发现这些睫毛令人伤心。“不就是一点儿债嘛,”他说。“要是莱尔的病不是那么重,他会给你有个更好的交代。我们只不过是凭将来的收入借钱。完全可以算清楚的嘛。”

詹妮丝想起她今晚必须面对的考试,想起可怜的哈利,他们把那条铁虫子放进了他的心脏,她告诉儿子,“宝贝儿子,你一直在偷啊,而且不是零钱罐里的几个钢镚儿。你是个毒鬼。你已经昏了头。你已经不是你自己了,我也不知道有多长时间了,我们大家惟一的希望,就是你把自己找回来。”

他的嘴唇,像她的一样薄,这时紧紧一闭,干脆就消失在胡子下面了,他那一撇胡子似乎要长出来、垂下来了。“我只是吸着解解闷儿,就像你喝酒只是应酬人一样。我们都有这种需要。我们输家需要提提神儿。”

“我不是输家,纳尔逊,我希望你也不是。”她感到心里紧绷绷儿的,但她极力把声音压低,抹平,就像查利常做的那样。“我们在佛罗里达也说过这样的话,你答应了,可随后又放水了。你的问题太大,我吃不消,你妻子也吃不消,你爸也吃不消——他吃不消得厉害。”

“爸才不当回事呢。”

“不对。别打岔。你的问题连你也吃不消。你需要到那个地儿去,人家有办法,有经验。你咨询的专家要你去的。”

“艾克说那统统是蒙人的。他说什么都是蒙人的。”

“那只不过是黑人的一种说法而已。他替你联系好的,他要你去的。”

“假如我撑不住呢?”她和哈利从来没有送他去过夏令营,怕的就是他撑不住。

“你好歹也要撑下去,要不——”

“怎么,要不什么,妈?”

“要不就咎由自取了。”

他想尽力挖苦挖苦她：“原来是这样。你，查利和老哈利要拿我怎么办，送我进大牢？”这可是个实实在在的问题；由于紧张，他大声吸了一下鼻子，然后又搓了搓粉红色的鼻孔。

她想尽力给他一个实实在在的回答，用平稳轻柔的声音说，“我们不是干这事的人。丰田公司和警察倒可能会干，如果有人请他们的话。”

他又吸了一下鼻子，表示怀疑。“你们干吗要请他们呢？我会把钱还上的。我总是在想办法还回去。我在你的眼里还不如那个混账摊场。”

他的口气是想开个玩笑轻松一下，没想到她自己的态度已经强硬起来；她突然感到怒不可遏，而且又有得理不让人的势头。“你偷我，且不说。可你偷的是你姥爷，你偷的是他老人家一辈子的辛苦。”

纳尔逊有所防范的眼睛睁大了；在昏暗的客厅灯光下，他的脸像个囚徒一样苍白。“姥爷总想让我管那摊场。我的两个孩子怎么办？要是你把这些威胁动了真格的，那朱蒂和罗伊怎么办？”罗伊早就哭哭啼啼的，一屁股蹲到地板上，而且还靠在她的脚脖子上，希望分她的心，因为他讨厌这样子说话的声音。

“你早该想到他们了，”詹妮丝说，口气冷如铁石。“你也一直在偷他们。”她对自己的这副铁石心肠有种充满倦意的自豪；看到从自己肚子里吐倒出来的东西在脚下乞怜、扭动，她脑袋发麻，但依然清楚。她感到的这种麻木一定就是她在佛罗里达参加的妇女小组上议论的那种力量，那种男人总有的力量。

纳尔逊也想出口恶气。“啊，操蛋，妈。甭跟我来这一套，什么‘你怎么能这样对待自己的父母？’你们是怎么对待我的，贝姬一死，我永远没有了妹妹，家里乱成了一锅粥，可你倒好，跟上你那个老油子希腊人跑了，疯爹却把吉尔，后来又把斯基特领到家里来，我还是个小不点儿，可他们想方设法让我吸毒。”

詹妮丝意识到，尽管她摆出一副铁石心肠的架势，但实际上一直在哭，她的嗓子生痛，泪水一直在傻兮兮地顺脸往下流。她用手背抹了一把，颤巍巍地问道，“他们叫你吸了多少毒?”

他身子一扭，退缩了一点。“我不知道，”他说。“他们时不时地让我吸一口大麻。可他们还干更坏的事情，也不想瞒我。”

她用团成一疙瘩的纸巾往干里沾一沾眼睛，心想她给这一天开了个烂头，穿了这样一套服装，本打算演好良母、贤妻、疼孙子的好奶奶，勤奋好学的学生、未来的打工女郎各种角色的。“你的童年我估计不是很理想，”她承认，手在眼睛底下乱戳，心里又是一团乱麻，准备扮演下一个角色了，“可谁的理想呢? 你不应该坐堂审判自己的父母啊。我们已经尽了自己最大的努力，我们也是人啊。”

他抗议了，“也是人!”

她告诉他:“你知道，纳尔逊，你小时候认为自己的父母就是神，现在你长大了，应当有能力面对这样一个事实:他们不是神。你爸爸身体不好，我也来日无多，还想做点什么，我们不能像你认为应当的那样，一门心思地关顾你和你的不轨行为。现在你也有一把年纪，该为自己的生活负责了。对于认识你的人，这是明摆着的，你惟一的机会就是坚持完费城的这个计划。我们大家在这里想办法坚守三个月，但八月份你一来，就要靠自己了。至少从我这里，你是得不到任何照顾了。”

他嘲讽起来了。“我还以为当妈的应该不顾一切爱自己的孩子呢。”仿佛要动手向她发难似的，用力一推从外公的那把巴卡躺椅上出来往近一站。他比她高三英寸。

她感到又开始嗓子生疼，两眼发热了。“要是我不爱你，”她说，“我会随你把自己毁掉算了。”她再也没有什么说辞了;她向那张讥笑的白脸扑过去，把孩子拥入怀中，他抗拒扭捏了一阵之后，勉强做出回应，抱住了她的背，用哈利的妈妈所谓的“斯普林格小手”拍了拍她的肩胛骨。这一下可好，詹妮丝想，倒成了一个可恨的妈，可她一辈子也没给儿子说过一个“不”字。

纳尔逊咬着她的耳朵说他会好起来的，什么都会好起来的，他只不过铺得太宽了点儿。

普露拎着两个大皮箱走下楼来。“我不知道他穿西装的机会有多少，”她说，“不过我想他们会有大量的理疗，所以我把能找到的短裤和运动袜都装上了。还有蓝牛仔裤，他们让你擦地板时穿。”

“爸爸再见，”罗伊在他们的腿中间说。由于普露两只手都占着，詹妮丝就把他抱起来，跟爸爸吻别，尽管他身子又重，腿又长。这孩子分开时还使劲揪了一下纳尔逊的耳朵，她心里直纳闷儿这孩子从哪儿学来的这种点子，用让你痛来表示对你亲。

看见爸妈坐着纳尔逊平时开的勃艮第红葡萄酒色超级赛利卡走了，罗伊便把奶奶领进了后院，那里原先是哈利的菜园子，四面是轻质镀锌六角形网眼的铁丝网，他一抬腿就能跨过去，现在则是一套滑梯秋千，那是五年前为朱蒂买的，眼下已锈迹斑斑，没人使用了。尽管刚刚入夏，它的铁脚周围野草却已经长得又高又旺。詹妮丝想，她在车前草和蒲公英中间认出了胡萝卜和撇蓝蕨草似的叶苗，蒲公英的黄花现在已经成了结了籽的白绒球，小罗伊像挥舞日本军刀一样把把儿上缠着胶布的破曲棍球棍一挥，蒲公英的绒毛到处飞扬。斯普林格家搬进这幢房子时，詹妮丝才八岁，从后院看，由于没有了山毛榉，她觉得房子光秃秃的。满天飞驰着胀蓬蓬的云团，中心紫黑紫黑的，看样子会下雨的。今天天气预报说还要下雨，但不像昨晚的阵雨来势那么凶猛。她领着罗伊在约瑟夫街的人行道的方石板上溜达了一会儿，有些石板已经换过了，但她记得有的地方还有缝儿没有修好，两块石板仍然被一棵悬铃木树根顶得翘了起来，成了一块隆包，给滑轮滑的女孩子造成了隐患。她给罗伊讲了这样一些情况，还说了从前这一带房屋里住户的姓名，可没走完一个街区他就闹起了别扭，累得走不动了。如今的孩子似乎没有她记得的那种体力，那种探索的热望，不管男孩还是女孩，当年她自己的膝盖总是蹭掉一层皮,脏得不像样子,她妈妈老抱怨她的衣服简直没法儿说。一路溜达,只有他们在人行道缝儿中间碰上一串儿像咖啡渣儿似的软软的小山般的蚂蚁窝,罗伊的兴趣才闪现了一下。他把蚁窝统统踢开,然后给那些突然涌出来保卫蚁后的乱哄哄、急匆匆的大军一顿乱踩。就是这样的大屠杀也把他累着了,蚂蚁还在源源不断地涌出来,最后她只好把这傻蛋抱起来送回家,他的运动鞋一路懒洋洋地敲打着她的肚子和百褶裙。

有一个有线频道,一上午全播放卡通片。一帮一帮只有个大轮廓的超级英雄,一次只动身体的一个部位,说话只用下嘴唇儿,在太空与别的星系上来的哈哈大笑、乱喊乱叫的恶棍大战。罗伊看着看着就睡着了,一手攥着掰成两半儿的舔湿捏碎了的燕麦麸低糖饼干,那是普露吃剩下的一块。这幢詹妮丝住过这么长年月的房子——盆栽的紫罗兰,各种小摆设,那把开裂的棕色巴卡躺椅,老爸总喜欢躺在上面,闭上眼睛等一轮头疼平息,那张老妈常常抱怨被懒惰的女清洁工毁了的餐桌,因为她每次在上面喷清洁剂,由于胶蜡集结,毁了上面的罩面漆——加深了她对纳尔逊的负疚感。他那张苍白恐惧的脸似乎仍在昏暗的起居室里放光:她把遮阳窗帘往起一拉,意外地发现一群睡意蒙眬的黄蜂在窗台上爬动,绝像患有关节炎的老人。街对面,在昔日的施梅林家住房的位置上,一棵粉红的山茱萸已经长得比门廊顶还高了;繁花盛开的树形向侧面飘动,如同我们依然很怕俄国人的那些年月原子弹试验的蘑菇云的旧照片。想一想,不就是因为钱,她对纳尔逊竟然如此残酷。一想起她对他的冷酷,她就不寒而栗,把骨子里仅存的一点温柔都冷却了,使她因厌恶自己而全身痉挛,像你刚刚呕吐过那样。

然而没有人会跟她分摊这种感受。哈利不会,普露不会。普露回来时不是正午,而在一点以后。她说交通状况坏得谁也想象不到,几英里宽的收费站减到一个车道放行,费城北大极了,联立房屋一个街区连一个街区。康复中心悠闲自在地给纳尔逊办入院手续;她一抱怨,他们就告诉她他们刷掉三个才能接收一个。普露好像成了个半生不熟的人,詹妮丝当婆婆以来,记得她的个头从来没有这么高,态度从来没有这么凶。她们之间的链条已经割断了。

“他怎么样?”詹妮丝问她。

“气得不行,头脑还清楚。交代了一肚子的摊场上的具体事务,要我转告他爸爸。他还让我统统记下来。好像他没有意识到场面再也不会由他打理了。”

“出了这档子事我难受极了,饭也吃不下去,罗伊在电视椅上睡着了,我也不知道该不该把他叫醒来。”

普露疲倦地把头发往后一拨。“纳尔逊昨晚上让两个孩子睡得太晚了,他跑来跑去亲他们,要他们一块儿玩牌。他对这事儿心神不安,所以不让任何人清闲。罗伊一点上游戏小组,我最好赶紧带他过去。”

“对不起,我知道他参加游戏小组,但不知道地点,也不知道是不是星期三。”

“我本该告诉你的,可谁会想到去一趟费城打个来回竟然这么艰苦,在俄亥俄你憋足劲儿一口气就去一趟克利夫兰,来回没有任何麻烦。”詹妮丝误了带孩子去游戏小组,她没有直接责怪,但她的气恼在她那三角形的脑门儿上表现了出来。

詹妮丝仍然想得到这个年轻一点的女人的宽恕,便问道,“你是不是认为我应当这么难过?”

普露的眼睛一直在逐一巡视着这个就使用和占有而言属于她的房子里的物物件件,这会儿又把满眼冷隽明澈的目光集中在詹妮丝身上。“当然不是了,”她说。“这是纳尔逊惟一的机会。你是惟一能让他这么做的人。谢天谢地,你这么做了。你做得完全正确。”

然而这话说得太刺耳,詹妮丝发现心里并不踏实。她舔了舔上唇的中心,舔上去给她一种干涩的感觉。那里有个小口子,从来没有完全愈合。“不过我觉得太——是怎么说来着?——认钱不认人了。好像我对公司比自己的儿子还要关心。”

普露肩一耸。“事情就是这么个路数。你有两下子,我,哈利,孩子们——纳尔逊只有嘲笑我们的份儿。对他来说,我们都不算数。他有病,詹妮丝。他现在不是你的儿子,他过去是你的儿子,现在是个手段高超的大骗子。”

可这话似乎太不中听了,詹妮丝哭了起来;可她的儿媳妇,不但没有主动过来安慰,反而扭过头去,气哼哼地三下五除二把东西一拾掇,把罗伊叫醒来,给他换上干净的灯芯绒裤子准备上游戏班了。

“我也迟了。我们会回来的,”詹妮丝说,有种被人扫地出门的感觉。她和普露原先就说好,哈利出院的头一天她要把他接到这里住一宿,她在宾州分校参加考试的三个钟头不能冒险把他一个人丢在宾园的家里。她开车回布鲁厄去,心里盼着他又站起来,盼着跟他分摊她对纳尔逊的负疚。

然而,他就像普露一样使她失望。在圣约瑟医院的这五宿,把他变得心里只有自己,懒散疲塌。突然一下子,他似乎显得毛躁、牛气起来了;他的头发,仍然是一种晦暗的金黄色,被他梳成有一垄一垄隆起的大包头,他上中学打完球从更衣室出来梳的就是这种头。他的头发灰白的很少,但鬓角越谢越高,那里的皮肤,在眉毛角儿上的塌陷处干得皱起来了。他像一个慢撒气的气球,天长日久,便越来越皱,最后掉到地上。他的茶色便裤和蓝棉运动衣穿在身上显得松塌塌的;医院的饮食从他体内挤掉了好多磅水。精神也耗尽了,所以嘴巴吞吞吐吐,眼睛眨巴眨巴,她爸爸最后五年就是这副模样,躺在巴卡躺椅里,双目紧闭等着头疼过去。这让人感觉不太对头:他们结婚后,过去这么多年,哈利的活力总是胜她一筹——他的一时冲动的需要,他的对受人抚爱的感知,他随便伤害她的能力,他嘴上不说动不动就要离开的威胁。这让人感觉不对头,因为她是开车来接他的,他却穿得整整齐齐,头梳得湿唧唧的,俨然像个前来跟你约会的男孩。他规规矩矩地坐在床边的那把椅子上,他的那个旧运动包,里面装着药和脏内衣,夹在一双穿着大号翻皮轻软鞋的脚中间。她搀着他的胳膊，护士们喊着再见，他一步一步、谨小慎微地向电梯走去。一位胖乎乎的年轻护士看见他走了，似乎格外难过，那西班牙裔厨房下手忽闪着眼睛对詹妮丝说，“让他吃合适点！”

她期望哈利有更加感激的表示；可是一个男人哪怕生点小病也认为女人总会扶他一把，因此在这一方面，男人对女人的感激之情从来都流露得不多。一上车，他张嘴就糟践人：“你把警服穿上啦。”

“今晚考试我需要感觉像回事儿。我怕我思想不能集中。我没法子不想纳尔逊。”

他已经一屁股跌坐到副驾驶座上了。膝盖抵着仪表板，脑袋仰到头靠上，一副自命不凡的样子。“有什么好想的？”他问。“他躲着不走？我以为他跑了呢。”

“他压根儿就没有跑，这才叫人伤心呢。他走了，就像他当年上学去一样。哈利，我挺纳闷儿，我们这样做是不是合适？”

哈利的眼睛闭着，仿佛在抵御透过车窗看见的景物的袭击——布鲁厄，它的油漆砖房，它的厚重的砂岩教堂，它的高大的县政府大楼，它的新修的小小的绿玻璃摩天楼，还有树木过于茂密的公园，那里曾经是韦泽广场，现在成了毒鬼和无家可归的人的家，他们就住在纸板箱里，把衣服放在偷来的购物车里。“我们还能干什么？”他懒声懒气地问道。“普露是怎么想的？”

“噢，她没有意见。这下倒是把他甩开了。我敢肯定最近他就管不住。你看得出，她思想上已经是个单身了，一副独立、轻松的样子，对我还有点儿冲，我想。”

“别神经过敏。查利怎么样想？你们昨晚的越南大餐吃得怎么样？”

“我不大懂越南饭菜，不过挺好。又脆又甜。我回家还赶上看《三十出头》的结尾。这是阶段性的结局——霍普发现苏珊娜从社会服务中心行窃，便给一家杂志写文章揭发，加利要极力保护苏珊娜不让那家杂志登载。”说这些无非是防止他认为她跟查利睡觉了，说明没有时间，可怜的哈利，他就不相信你能不干那种事情。

他哼了一声，仍然闭着眼睛。“听起来怪吓人的。听起来就像真的。”

“查利还真为我骄傲呢，”她说，“我竟然敢顶起了纳尔逊。今儿一早，我们板着脸谈了几句，我说的是纳尔逊和我，他说我爱公司胜过爱他。我真的纳闷儿他是不是说得有理，是不是自从你认识我以后，我们变得太重利忘义了。他显得那么小，哈利，那么伤心，干脆破罐子破摔，绝像我跑掉跟查利一块儿过时的那副样子。遗弃了那样一个十二岁的孩子，该蹲大牢的是我，我当时是怎么想的？他说得对，我算什么人，教训起他来了，把他送到那个鬼地方去？我干事的时候也正好是他这个年纪。年轻得很呢，真的。”她又哭起来了；她心里在纳闷儿你是不是对流泪也能上瘾，就像对别的一切上瘾那样。她这一生的阴暗世界，偷鸡摸狗，奇耻大辱，感到在这止不住的咸丝丝的倾泻中又涌了出来。她简直看不清车往哪儿开了，对自己这种一把鼻涕一把泪的样子不禁哑然失笑。

哈利的脑袋在头靠上松塌塌地滚来滚去，仿佛是在晒着一个看不见的太阳。云团正挤满迷蒙的天空，它们的一个个黑暗的中心正融成一片低垂下来。“你那时是在尝新鲜，”哈利告诉她。“你是趁活着的时候要尝出个生活的滋味。”

“可我没有权利，你也没有权利，做我们做过的那些事情！”

“天哪，别又哭又叫的。时代不同嘛，”他说。“那是六十年代。当时全国上下都疯了。我们还不算太坏。我们又一起改邪归正了。”

“是呀，可有时候我心里纳闷，那是不是仅仅自我放纵过了一点。我们没有让对方快乐，哈利。”

她想和他共同面对这一点，可他笑了笑，仿佛是在睡梦里。“你让我快乐了，”他说，“听到双方并不都觉得这样，我很抱歉。”

“行了，”她说。“别死占便宜不吃亏。我是认真的。你知道我一直都爱你，或者想爱你，如果你让我爱的话。打上中学起，至少从克劳尔商店那会儿起。那就是查利告诉我的事情之一,我对你简直发疯了。”她的脸热辣辣的;他毫无反应,弄得她脸上挂不住;她加紧往前开,在艾森豪威尔大道向左拐。乌云裂开了一条缝儿,照得佳美车引擎盖发出刺目的光;然后它又泡进更深的云影中去了。“那家餐馆还真不错,”她说,“装潢,样样都行,那些越南女子娇小玲珑,让我感到自己就像高头大马。但她们的英语棒极了,还带宾州口音——会不会是第二代?越战结束有那么久吗?什么时候我们也去一趟。”

“我才不做侵扰别人梦的事呢。那是你和查利的自留地。”他睁开眼睛,往直一坐。“嘿。我们往哪儿走呀?这是去佳济山的路。”

她说,“哈利,现在先别急。你知道我得去上课,今晚要考试,可是你刚刚出院,把你一个人扔在那里干等三个小时,我觉得不像话,所以普露和我安排你和我睡妈妈的老床,妈妈的屋子归朱蒂以后他们把那张床搬到走廊对面的缝纫间里去了。这样,我不在的时候你就会得到大家的照顾。”

“我干吗不能到自己那操蛋房子里去呢?我还一直盼着呢。我在你妈那个鬼牛棚里一住就是十年,都住够了。”

“只住一宿,亲爱的。求你了——要不我的心都操烂了,考试准放水。要你知道的都是些拉丁词和古里怪气的英文词儿。”

“我的心脏好着哩。比什么时候都好。就像洗涤池的U形弯管,所有的毛发和牙膏垢都清除完了。我看见那些狗杂种搞的。你把我一个人扔下,屁事也不会有,我保证。”

“那个挺好的布雷特医生告诉我,他们做以前,有冠状动脉阻塞的可能。”

“那是他们插进导管正做的时候。导管现在取出来了。取出来都快一个星期了。好了,亲爱的,送我回家。”

“就一个晚上,哈利,听话。就算给大家行个好。普露和我认为孩子们由于自己的爸爸不在,这样可以让他们少惦记。”

他又跌进座位上，就此拉倒了。“那我的睡衣裤怎么办？我的牙刷怎么办？”

“都在那里了。我一早就送过去了。我可以肯定地说，这一天。我真得计划一番。等把你安顿停当，我必须学习，没得商量。”

“我不想跟罗伊住在一个房子里，”他说，一脸幽默的愠色，无可奈何，只好回佳济山过一宿，冒一次小小的险了。“他会伤害我的。在佛罗里达，他就把氧气管子从我的鼻子里一把拽了出来。”

詹妮丝想起了罗伊乱踩蚂蚁的情景，但还是说，“我跟他呆了整整一个上午，从来没有这么乖过。”

普露和罗伊不在家里。詹妮丝把兔子领到楼上，建议他躺下休息。大妈的老床新铺过了；他那套米色的睡衣裤叠得整整齐齐放在枕头上。在那幽暗的远角上，他看见一台老式木框辛格牌缝纫机旁边的那个女装模型，土灰土灰的，永远没有脑袋，腰杆永远笔直。大妈的大床把屋子挤得满满当当，只有靠窗户的一边有几英寸的空隙，另一边就靠在贴了壁板的墙上。缝纫间的壁板上过清漆，小珠装饰的木板，竖直装的，齐胸高，上面边上有装饰线条。墙角一个进深很浅的壁橱的门也是同一种板子做的。他把壁橱门一开，门砰地一声撞在大妈老床的床柱上，怪恼人的，床柱被车成圆形，顶上有一个扁疙瘩，像一个漆成棕色的硬蘑菇，上面的漆面龟裂成无数的小长方形，活像一个干涸了的水坑。他打开壁橱门，把自己的蓝色外衣挂起来，那里塞满了挂着蜘蛛网的老熨斗，旧烤箱，叠起来装在发黄的玻璃纸防虫袋里的床罩，还有一架弗雷德·斯普林格的再没用过的领带。哈利把衬衫袖子往上一挽，开始觉得情绪正常起来，回到佳济山过一宿的主意开始让他开心起来。“也许我还可以遛遛弯儿。”

“合适吗？”詹妮丝问。

“绝对没问题。这对你最合适，住院那几天人人都这么说。他们让我在走廊里溜达呢。”

“我以为你想躺一躺呢。”

“过会儿吧，也许。你去学习。去，你这个考试把我都弄神经了。”

他把她扔在餐桌旁看她的书和复印材料去，自个儿直奔约瑟夫街向波特大道走去，过去这里的制冰厂把水排到路旁的水沟里。水沟早就干了，水沟的水泥面子却永远成了绿的。兔子从市中心走开，那里有不少的干洗店，有“火鸡山零碎市场”，有“必胜客比萨店”，有“森诺科”润滑油铺，有打折立体声和新电视商店，本来这是一家鞋店，有增氧健身班，他小时候下面是一家面包店。门缝里透出来热腾腾的面团和糖霜味儿往往让他馋得直流口水。他往山上走，走到波特大道和威尔勃街的交叉路口；这里过去有个绿色邮箱，靠在一根混凝土柱子上，现在却立着一个大盒子似的家伙，圆头圆脑的，还被漆成了蓝颜色。一个消防栓在七十年代为纪念二百年大庆被漆成红白蓝三色，现在涂了一层鲜亮的橙色，就是你在救生衣、跑步背心和猎装上看见的那样颜色，仿佛一种潜入到我们的生活方式中的雾正把一切都变得更加难以看清。他走上威尔勃街，觉得这道陡坡在拽他的心脏。这条街地势低一些的街区都是斯普林格家的那种气派的大房子，粉饰灰泥，砖，石板，山墙，宽阔的屋顶，俨然像一座座要塞，有的已经劈成公寓，从样子破旧的户外木楼梯出入。这里有一条巷子，很久以前那里有一根电杆，上面固定着一块篮板，一过这条巷子，兔子的胸就感到堵得慌，肋骨就像铁箍一样挤压，他往舌头底下扔了一片硝酸甘油，等着轻松兴奋的感觉出现，这时候冷飕飕的云影迅速滑过他头上林木葱茏的山沿。他原本希望会少吃几片药，也许还得一段时间手术才能生效吧。

他继续一个人沿着坡道往上走，来到了他和詹妮丝刚结婚时住过的那个街区。一排全是三十年代建成的半独立式木板房爬上山去，活像一座楼梯。跟消防栓一样，这些房子也变鲜亮了，漆成花里胡哨的故事书的颜色，淡紫与黄绿，水绿与橙黄，都是些哈利年轻时的体面人家绝对不会采用的颜色。那时的生活不仅大气，而且严肃。那时候的发砂的壁板指头一摸沾上的颜色像伤痕，像大粪，底下的干脆像柏油。

他自己的房子，第七排，447号，原来是老旧的木台阶，现在已被水磨石取代，里面还嵌有形状乱、颜色杂的碎磁砖块块，走人的中间还铺了一长绺绿色户外地毯；通向门厅的楼门门心板漆成一种亮晃晃的赭石色，门梃漆成酱紫色，这样，一个醒目的双十字便突显出来，门上还装饰着一个狐狸脑袋形的铜门环。门前停着几辆卡马罗和宝马；玻璃纤维帘子和斑驳抽象的印花布装饰着窗户。这一排，哈利、詹妮丝和两岁大的纳尔逊住在这里的那会儿，还是一种贫民窟，现在可阔气得很呐：快乐的雅皮士的钱把它接管了。这些公寓楼现在非常时尚，因为高踞在城镇之上。三十年前从三楼向外一望，下面的沥青屋顶、尖顶房子、停放的汽车，尽收眼底，这种景象俨然是他们的不满、他们的失败的一种扩大，现在经过一阵子貌似胜利的生活以后，岁月又把一种失败感带回他的心头。站在这里使他回想起昔日的景象，原来窗户上是廉价的滑动纱窗，门厅里有一股锈炉子的味儿，在前门廊的台阶下面，哪个孩子在土地上扔下了一个塑料小丑，现在水磨石、绿地毯，绝像瓦尔哈拉坞的那些交通安全岛。

这排房子过去是威尔勃街的尽头；开发到一个砾石回车场就终止了，一个废弃的采石场形成了一段到草木丛生的山后的过渡。现在一双排木瓦盖顶的公寓，占据了更高的地盘。它们不太新，有夸张得出奇的烟囱和山墙，活像儿童故事读物上的房子。这些公寓的门窗和整洁的墙板都有一种浅淡和好玩的颜色。栽种的花木和小小的草坪还弱不禁风；昨夜的倾盆大雨从大片砍伐掉树木的山坡上冲刷下来的红泥浆，已经沿着新修的路缘堆积，变硬，并漫到街道蓝黑色的柏油路面上。我们正在把一切耗光，哈利想。整个儿世界。

他转身下山。在波特大道，他继续往前，经过约瑟夫街，进了一家火鸡山零碎市场，为了抑制自己的郁闷便买了一袋九毛九的玉米片。净重6¼盎司，177克，拱顶石食品生产公司出品，地址：美国宾州伊斯顿18042。成份：玉米，植物油（含一种或多种下列油类：花生、棉籽、玉米、经过部分氢化处理的大豆），盐。听起来倒不错。**越嚼越有味**，沙沙作响的南瓜色包装袋上向他建议。他就爱这咸丝丝的玉米味儿，还有那种口感，厚厚的一片，一英寸左右的方块儿，比一般薯片儿硬实，比"福利多"土豆片平，不像搀了红辣椒的"多利多"三角薯片儿那么辣舌头，放进嘴里像刀刃儿，然后一咬就碎，一嚼就化。有些东西你总爱往嘴里送——"昵普"，"好又多"，糖果，烤花生米，煮熟了又不太软的利马豆——别的多多少少让你讨厌，不是不用嚼的稀糊糊，就是费牙嚼不烂的肉，想起来都反胃。打小时候起，兔子对于吃就有种复杂的感受，尤其吃那些不久前还像你一样活蹦乱跳的动物。有时候，他想象从一片鸡肉里能尝出斧头的杀气，从猪肉里品到滚打哼哼的快意，从牛肉里嚼出牛无聊单调的一生，从羊肉里又能吃出一丝像塞尔玛脸上在医院里喷出来的尿臊味儿。她现在做的透析和他们热带的小屋里的一夜情，体液，但身体做事也有个限度，考虑到詹妮丝，考虑到罗恩，考虑到孩子们乃至考虑到全玳瑀德县吹毛求疵的客厅，牵扯也有个限度，其实他自身也有局限，除了他自己，对什么他都不爱，或者不想爱。而她也一样，事后她老是对他严厉得出奇，好像她吃过以后，他就变恶心了，他那股酸味儿玷污了她那张过足了瘾的嘴。他的肉已经被她吃了，现在她正在被那种细微的咀嚼从体内吞噬。狼疮就是狼，她告诉过他，一种自体免疫病，患了这种病，身体就进行自我攻击，抗体攻击你自己的组织，算是一种自我仇恨吧。想起塞尔玛，哈利感到无奈，一无奈，心也就硬了。他沿着人行道一路走去，玉米片儿开始在他的胃里积成一疙瘩，一个小酸球，但他还是忍不住要往嘴里再放一片，在口水膜中用舌头感受它咸咸的卷刃儿，用牙齿体会它清纯的嚼劲儿。等他回到约瑟夫街89号走到街上墙一样的黏唧唧的枝繁叶茂的挪威枫树后面时，他已经把整整一袋消灭干净了，就连小到一只蚂蚁可以扛回去献给人行道下面在自己迷宫里呆的臃肿的棕色蚁后的盐渣儿、米星儿，都没有剩下；他已经给自己身上裹了6 ¼盎司的纯毒，动脉里充塞了纯泥，嗓子里、牙缝里一股油味儿。他恨自己，却别有一番滋味在心头。

詹妮丝还在餐桌旁学习，为了方便记忆列了不少单子。她抬头一望，一副眯眼蹙额的样子，嘴张成一道黑缝儿。他最讨厌看见这种模样儿了，讨厌看见她为了不显笨而拼上老命的样子，他遛了一个大弯儿，搞得疲于奔命，只好上楼脱掉便裤以保持裤棱儿，然后躺到斯普林格大妈床上的床罩上，不过盖了条阿门教徒的被子，一条百衲被，扑鼻而来的是一种对大妈临终时的味道的记忆，一种肉体上旮旮旯旯没有洗的渺远的霉味儿。他发现自己突然害怕起来，因为离开了那种医院的洁白，那种抗菌设施，那一条条轻柔地丁当着把关切集中到他……患病的他身上的走廊。

他准是睡着了，因为他睁开眼睛时，透过房间惟一的窗户，看见这一天变了色调：冷森森，黑沉沉，怪怕人的。雨快来了。乌云和树冠融为一体。听楼下的声音，普露和两个孩子都回家了，外面走廊里的脚步声来来往往，活像若干年前他常听见梅勒妮和纳尔逊夜里蹑手蹑脚来回走动的声音。天还没有黑，只是傍晚时分。孩子们放学回家，已经得到吩咐要安静点，因为爷爷在睡觉；但他们忍不住要喊叫，要欢笑。生活就是喧闹。兔子的肚子疼了起来，他忘记了是什么原因。

他们听见他走过走廊去了一趟卫生间，便上楼来看他，可怜的没爹的小娃儿。他们的四只眼睛，两只绿的，两只棕的，从床沿儿上尽情地盯着他。朱蒂的脸似乎比在佛罗里达时长了一点，严肃了点。她会长成安斯特朗家的瘦条身段儿，一副万目追慕的模样儿，她的衣裙是紫丁香色的，配着褶饰。他是不是想给她的嘴唇填一点儿红？普露允许这么做吗？肯定孩子的头发已经做了点儿波浪，一头胡萝卜色的鬈发。她问，“爷爷，在医院里疼不疼呀？”

“不太疼，朱蒂。呆在那儿主要是心疼。”

“他们是不是把那玩艺儿安进去了？”

“噢，就是。别为这发愁。我的医生说，我比什么时候都好。”

“那你怎么在床上睡着呢？”

“因为奶奶在学习准备考试，我不想干扰她。”

“她说你想睡一宿。”

“看样子就是，对吧？一次睡衣晚会[1]。朱蒂，你出世以前，奶奶和我在这里住了很多很多年，跟你的太姥姥斯普林格住在一起。你还记得她吗？”

孩子两眼一瞪，里面的绿色被窗外的枫树加深了。“一丁点儿。她的腿很胖，穿着厚厚的橙色长袜子。”

“对。”可是难道大妈在孩子的记忆中就这么一点？难道我们这么快就几乎化为乌有了？

“过去我最恨她的长袜子了，”朱蒂接着说，仿佛感到他还需要再听下去，于是就尽量去满足这种需要。

“那是特大长统袜，”哈利解释说。

“她还戴一副可笑的小圆眼镜，从来就没摘下来过。她总让我玩眼镜盒。它嘣地一声就合上了。”

尽说的是一个他从未见过的女人的事儿，罗伊听着听着就腻了，于是也开始发言了。他的圆脸憋足了劲儿向上抬，仿佛在用力吞咽什么硬得难以下咽的东西似的，两道拱起的眉毛把一双又黑又亮的小眼睛扯得那样开，看着都叫人难受。“爸——爸不要——”莫非他说的是“走了”；他似乎没法儿把想法理出个头绪来，所以又从那个费劲的字儿“爸”开始。

听得不耐烦的朱蒂推了他一把；他撞到一根床柱上，就在床垫边儿和带珠饰的壁板中间的窄巴巴的空隙里。“不会说话就把嘴闭上，”她告诉他，“爸爸在一家康复中心恢复健康。”

孩子碰着了头；他两眼一瞪瞅着爷爷，仿佛等着听招儿。哈利替他“哎哟”了一声，便坐起来靠在斯普林格大妈的棕色老床头板上，向孩子张开双

---

① 小朋友穿着睡衣举办晚会，结束后就在主人家睡下，床不够就睡沙发，打地铺。

臂。罗伊钻进他的怀里，放声嚎叫起来，哭诉他头疼得不行了呀。他的头发，哈利抹的时候，又黏又细，绝像昨天詹妮丝哭的时候的头发。可以聊以自慰的是，在床上尽管无奈，人们还要求你的同情。他们已经在需要的地方用上你了。

罗伊尽管哭闹，朱蒂还是说她的。“爷爷，想不想跟我一起看看我的录像？我有《小飞象》、《音乐之声》和《脏舞》。”

“什么时候我倒爱看看《脏舞》，别的两个我已经看过，可吃饭前你不是该做作业吗？”

孩子笑了笑。“这是我爸说的老话。他从来不想跟我看个录像。”她瞅着罗伊被搂在怀里，便在他胳膊上扯了一把。“行了，呆子。别尽靠在爷爷的胸口上，你会伤着他的。”

他们走了。刚才朱蒂站在床头时，有那么一个暗鬼忽现的瞬间使他想起了吉尔，又一个他的已故的熟人。这种人的数目越来越多。人生就像他们从前在小学操场上玩的一种游戏，“早晨的狐狸”。你们大家都排队站在画好的柏油游戏场的一边。一个人就是“它”，那个人喊，“早晨的狐狸，”你们都跑向另一边，而“它”就从人群里抓一个牺牲品，把他或她拽到柏油地面上画好的圈子里，于是就有了两个“它”，这两个在下一轮从安全区到安全区成群奔跑的人中又抓两个，这四个再来一次，就成了八个，不一会儿，大伙儿全游进了中心圈；人数比例完全颠倒过来了。最后一个没有被捉住的就成了下一场游戏里的“它”。

窗玻璃上出现了稀稀落落的雨点。他的眼皮有了沉重的感觉；体内腾起了一股雾，要把大脑吞没。当你瞌睡的时候，一个比阳光下的种子还小的内心世界就会打破意识的壳扩张，变得势不可挡。真奇怪；肯定还有另外的活法，不光是这样的吃饭睡觉，这样的炙热冰冻，这样的太阳月亮。白天黑夜相互交融，但仍然各不相同。

开饭的吆喝从远处传来，透过了层层厚厚的板条、灰泥和空气，靠它的尖声重复着。他不相信自己睡着过;时间没有过去,只有一两个想法在转弯时具有了一种奇怪灵活的形态。他的嘴有种毛茸茸的感觉。窗户上的雨点儿依然少得屈指可数。他回想起今天记起他们在威尔勃街公寓房子里装的窗纱,就是在被组合外重窗淘汰前你在五金商店买的那种。那种窗户从来不会严丝合缝,多多少少开一些亮缝儿,蚊虫从那里爬了进来,但这并不是可悲之处。悲惨的是:它们还是放进来了某种经过过滤的暑气,阳光沿着一截又一截的网孔闪耀,这份热劲儿被忽略了,尽管细节无可挑剔——弯了的窗纱,上面有生产厂家名字的可调节滑动窗框,窗户本身稳固不动的铸件,就像那些砖,它们在全布鲁厄忠实地保持着自己的形状,尽管砌砖的泥瓦匠早已辞世。事物有可悲之处,那就是,不管我们的苦难多大,它总是那样子漠然观望。贝姬死后的当天他就回了公寓,一切照旧。浴缸里的水,炖锅里的肉块。开饭的吆喝又重复了一遍,来得更近了,是詹妮丝的尖嗓门儿,就在楼梯下面:"哈利。吃饭。"

"来啦,老天爷,"他说。

吆喝的是詹妮丝,饭却是普露做的;清淡可口,符合健康要求。烘鱼,用欧芹和细香葱装点,用胡椒和柠檬调味,盛在长方形的微波炉盘子里的是热气腾腾的芦笋,大木钵里是沙拉,包括芹菜,胡萝卜片儿,枣子和绿葡萄。沙拉钵和微波炉设施是斯普林格大妈死后新添置的。

人人只顾吃饭,大家没有多少话可说,只有詹妮丝悍然大侃她的考试,她的班,她班里的人,其中有些是她那样的妇女,到了中年才谋求职业,有些是年轻人,很像我们五十年代的情况,用起钱来战战兢兢,做什么都求个安全保险。她提到她的老师密斯特李斯特,朱蒂一听这个名字便大声笑了,重复着这个名字,重复着它的韵。"别笑,朱蒂,他总是哭丧着脸,"詹妮丝说。

朱蒂讲了个杂乱无章的事情:他们要在地板上画一幅海报,那男孩不小心把用的颜料泼了,老师责骂了他几句,他顿时提起那泼了颜料的罐子对着她晃荡,把一些颜料弄到她衣服上了,这时候班上惟一的一个黑人男孩,他全家刚从巴尔的摩搬到佳济山,他正在给自己抹个大花脸,还说那些花样有种种神秘的含义。她说的有点儿像她激动时哗哗哗乱换频道的情况,哈利心想,她这是在瞎编,要么就是把自己课堂里发生的事情和她在电视上看的课堂节目混为一谈了。

普露问哈利感觉怎么样。他说挺好。自从动了手术——“程序,医生们喜欢这样叫它”——他的呼吸觉得顺畅多了,他的记忆力也增强了。他直纳闷儿,怎么不知不觉,他一天天脑子就那样发潮了呢。真的,他说,为给她添乱而道歉,又感谢她做了这顿健康佳肴,他想办法吃下去,盖到那一块发酵的玉米片儿上面,还说他今晚一个人呆在自己家里绝对不会有事儿的。

詹妮丝说她知道这样做也许傻气十足,但她在上课时万一他有个三长两短她就一辈子没法原谅自己了,再说心里想着他回到那房子里会不会淹死,她怎么能一门心思地考虑留置权,宅地和地方法呢?

听到这一口误,饭桌旁别的成年人都屏声息气了;沉默令人难以忍受,哈利便轻轻地说,“你的意思不是淹死吧,”詹妮丝问,“我说淹死了吗?”现在才明白她亲耳听见自己说过。哈利看出来了,她只是好像忘了瑞贝卡,其实在内心深处她一直是,而且永远是那个淹死了自己的孩子的女人。正是一年的这个时节,晚春,到六月他们又到忌日了。詹妮丝站起来,慌里慌张,一脸的红潮,满心的羞愧。

“除了我,还有人要咖啡吗?”她问,所有的眼睛都盯着她,就像一个必须编出一句台词来的演员。

“还有甜点黄油核桃冰淇淋,看谁想要,”普露说,她的平平的俄亥俄声音多年来已具有了当地风格,那种宾夕法尼亚的体贴的说话方式,仿佛要在一片令人昏沉的迷雾中把事物弄明白一样。她已经把开襟毛衣脱掉了,把她那男式卡其布衬衣的袖口挽了起来,于是她那双长绒毛和雀斑的前臂就在餐桌边、在磨面玻璃的顶灯下展露出来。

“我最喜欢的味道,”哈利说着可怜起自己的老婆来,想帮她退出这个聚光的舞台中心，就连小罗伊的黑眼睛也在瞪着詹妮丝，感到有点异样，估计是一句谁也不说的诅咒。

“哈利，这对你可能是最糟糕的东西，”詹妮丝说，感谢他给了她这么一个吵闹的机会，“冰淇淋和果仁。”

普露说，“我记着给哈利弄了一些酸牛奶。我想是桃子和香蕉味儿的。”

“那不是一回事儿，”哈利说，装出一副傻样儿，吸引两个女人的注意力。“我要黄油核桃的。再加点什么。弄点老式的好吃的苹果馅卷饼怎么样，里面有壁纸糨糊的那种？要不，来点黏唧唧的小面包？要不驱蝇馅饼？吁：呵，罗伊？”

“啊，哈利，你是不要命啦！”詹妮丝喊道，声音高过了头，但她另有隐痛。

“有一种叫冰奶的东西，”普露说，他觉得她的心也在另外的地方，觉得这顿饭自始至终她都在想方设法绕过纳尔逊不在这个捂起来的窟窿，谁也没提这事儿，甚至瞪大了眼睛的孩子们。

“驱蝇馅饼，”罗伊说，用的是一种深沉得出奇的大男人似的声音，他们连忙给他解释，其实没有什么驱蝇馅饼，那只不过是爷爷的一个笑话，这时他才觉得自己犯了个错误，他成天学着要更加独立，实在学累了，于是开始抽抽搭搭地哭起来。

“一看它你两眼就放光明，”兔子对他唱道，“你的胃口也连忙喊‘欢迎’。”

普露把罗伊领到楼上去，詹妮丝给朱蒂端来了黄油核桃冰淇淋，然后把碗碟摞进了洗碗机里。哈利的勺子没放手，趁詹妮丝转过身去的当儿，便挖进了朱蒂的盘子。他最爱舌头把冰淇淋顶到上腭上的那一刻，核桃渣儿就像傍晚的星星一样显现出来。“啊呀，爷爷，你不该吃。”朱蒂说，眼睛盯着他，心里直打鼓，尽管她的嘴唇倒想笑。

他用一根指头按了按自己的嘴唇，许诺说，“就一勺儿，”说着又去挖第二勺。

孩子求救了:“奶奶!”

“他逗你玩呢,”詹妮丝说,但又问他,“要不要给你来一盘?”

她这么一说,倒使他从桌子旁边站了起来。“我不该吃冰淇淋,那是我最要不得的东西,”他告诉她,看见她把碗碟在洗碗机里摞得乱七八糟,又责骂起来,“天哪,你办事就没有个章法——看你把地方全浪费了!”

“那你摞好了,”她说,俨然一个现代妇女的派头,他把碗碟紧紧挨在一起,像一排一排的耙片一样,而她却从餐厅桌上把她的草稿、书本和钱包收拾到一起。“该死,”她说,然后又来到厨房告诉哈利,“今儿一早尽想着穿什么,可偏偏忘了带件雨衣。”外面雨已经下匀了,把房子裹在一片潺潺声中。

“也许普露能借你一件。”

“那就拖到地上了,”她说。但她还是上楼找到普露安顿罗伊上床睡觉的地方,她们叽咕了几句,哈利听不见,下来时她穿了一件樱桃红防水塑料外衣,大翻领,长腰带,灯光一照还有闪光的曲线图纹。“我的样子是不是很可笑?”

“也不尽然,”他告诉她。这种换位又使他兴奋不已:你顺着那些曲线图纹往上看,等着要看见红头发的普露回眸一顾,结果却是詹妮丝的那张中年女人的脸,框在一个也不是她自己的印花大头巾里。

“还有,该死,我把自己气疯啦,我把自己的好运笔落在家里楼上的桌子上了。开车回去取也来不及了,又下着雨。”

“也许你把这一切看得太重了,”他说。“你要给老师证明什么呀?”

“我要向自己证明点什么,”她说。“告诉普露我走了,十点半回来,也许十一点,如果我们考完决定出去喝罐啤酒的话。你上床歇着去。你看上去累了,亲爱的。”临走时还给他一个尖尖的,轻轻的,恋恋的吻,表示为什么事情心存感激。乐得走呢。一下子有这么多男性参谋——查利,密斯特李斯特,新会计——似乎是一种侵犯,拐弯抹角,活像电视荧屏上的那根导管,向前推推搡搡,最后进入了他那颗影影绰绰蛛网似的心脏。

先是詹妮丝的脚在门廊上响，然后又是佳美启动的声音，此后，房子周围的潺潺声听起来更响了。她开车总是慌里慌张，没挂好挡就让引擎猛转，通常像个短程高速赛车手一样猛蹦出去。詹妮丝裹着普露的樱桃红雨衣，他是普露家里的男人。

在起居室的电视机前，他和朱蒂看六频道美国广播公司新闻的尾巴，(那是彼得·詹宁斯，他在这里正向美国人讲关于美国的事情，他依然把“关于”说成“国于”，他的加拿大口音太重)，然后，朱蒂把遥控器一阵猛摁，他们便在《险情！》、《西蒙和西蒙》和七点各台联合重播的《科斯比秀》和《干杯》等节目中间跳来跳去。普露把罗伊安顿睡下了，从楼上飘了下来，进了厨房给詹妮丝干了半拉子的活儿擦屁股，然后穿过餐厅检查所有的窗户，将它们一一关紧，以免雨潲进来，然后再走进日光浴室把斯普林格大妈的老铁台上摆的花草上的几片枯叶掐掉。最后她才来到起居室坐在他旁边的旧沙发上，而坐在巴卡躺椅上的朱蒂在搞频道冲浪。又调回到《科斯比秀》，上面的赫克斯泰布尔一家正遇到一次养育孩子的危机，它肯定会像一块糖一样化解在他们热情友好的幽默、他们彼此的恩恩爱爱里：瓦妮萨和她的朋友们正因为要参加当地的一次跳舞比赛而兴奋不已，对口型假唱，他们还接受一名夜总会黑人钢琴师的指导，该在自家起居室里给自己的父母表演时，他们又是挺肚子，又是摆屁股，带着一种令人吃惊而又草率的性感动作，搞得赫克斯泰布尔太太，克莱尔——真实生活中的大美人菲丽西娅·拉沙德[1]，嫁给了青蛙眼的黑人体育评论员——重新庄重起来，关掉录音机，打发女孩子们回楼上去，却带着她那特有的微笑，那种嘴咧得大大的、牙齿白白的、嘴唇厚厚的黑人女子的微笑，表示只要在适当的地点，明智的时间，不庄重也是可以的，就像这些眉来眼去的赫克斯泰布尔一家子贴到一起那样，许多《科斯比秀》都是以这种方式收场的。坐在他旁边的沙发上的普露凝神注视着电视

---

① 菲丽西娅·拉沙德(1948—　)，美国女演员。

荧屏，可朝向他的那只眼角却含着一颗宝石，一滴闪光的泪。朱蒂在巴卡躺椅上猛地一下把频道调向一个镜头，上面是热带的天空，一只色彩斑驳的巨龟慢悠悠地转着脑袋，而一个上帝似的画外音以特殊的音调说，“……决心捍卫自己生息的地方。”

“该死，朱蒂，马上调回到科斯比一家子上，”哈利说，这样发火与其说因为自己，不如说因为普露，对她来说，这个节目似乎是一种对失去的可能的憧憬。

就像节目中的女孩子们那样，朱蒂吓了一跳，便调回原来的频道，可现在变成了广告，她觉得自己挨了骂，便哭了起来，“我要爸爸回来！别人都对我凶得很。”

她一哭，普露便站起来抚慰她，兔子脸上挂不住，就退开了。他在房子里转了一圈，听着雨声，对自己曾经住在这里感到惊奇，想起了死人和跟他曾在这里一起住过的活死人，发现厨房的一个高高的搁架上有半罐干烤的腰果，而且，在厨房的电视上，一个有线节目在重播昨晚的尼克斯队和公牛队的季后赛。他讨厌迈克尔·乔丹跨步扣篮时把粉红的舌头在嘴里滚一圈的那副样子。他见过乔丹接受采访，他是个聪明人，干吗像个弱智似的把舌头转一圈呢？场上为数寥寥的几个白人球员看上去赤条条地可怜，他们糨糊似的汗水，他们毛茸茸的腋毛；哈利似乎难以相信他自己当年也出场参加这种赤条条的比赛，尽管那时候短裤长一点，背心臂洞也没有这么大。他不知不觉已经把那瓶腰果收拾干净了，突然，篮球——乔丹在半空里转向不是一次而是两次，然后投中了一个别扭的仰身跳投，尤因的巨手正好打到他脸上——使他疼痛难耐，手用的是橡胶活动，一种肉体运动的极致，那是他的神经而不是他的肌肉所能记住的。他需要一片硝酸甘油，小药瓶儿在楼上的那个浅壁橱里的外衣口袋里。楼下闹鬼似的烦扰开始使他惴惴不安。他把厨房里的灯关掉，屏声息气在黑糊糊的餐厅里走过斯普林格大妈的断层式橱柜，雨水顺着窗户流下去，经过街灯的投射，壁纸也在爬动。

在楼上的走廊里，他从大妈的老房间，现是朱蒂的，听见一台电视机的嘁嘁声，便壮起胆子敲了敲门，然后推开进去。小女孩已经穿上了无袖睡衣，抱着她的填制的海豚靠在两个枕头上坐着，她妈妈挨着她坐在床上，在床尾忽闪着的电视机上显露出淡淡的补片——朱蒂的眼白，她的光肩膀，海豚的肚子，普露搭在孩子平平的胸脯上的长长的前臂。他清了清嗓子说，“嗨，朱蒂——对不起，如果我在下面有点儿凶的话。”

她做了一个别嚷的不耐烦的手势，示意她的爷爷已得到原谅，应当进来和她们一起看电视了。在闪烁不定的蓝光下，他挑出一把儿童直背椅，把它搬到床边，曲下身子坐到上面；他其实是蹲着。雨点在约瑟夫街的灯光照耀下在窗玻璃上闪闪烁烁。他瞅着普露的侧影想发现一滴闪烁的泪，但她的脸十分安详。她的鼻子尖尖的，嘴唇闭得紧紧的。他们在看《莫测高深》：苍白、过胖的美国人飘进镜头，急切地讲到他们在甜菜地里，在商场上面，在纳瓦霍人的居留地上空看到的不明飞行物的情况，而他们家里的屋子、家具暴露在摄像机需要的强光之下，具有在显微镜下看到的硅藻的复杂坚硬的怪异。哈利感触良深的是，当指挥不明飞行物的高智商生灵决定着陆采集地球动物样品时，那些小镇的治安官员，拖车式活动房屋停车场的家庭主妇，甚至碰巧在一个废弃的野餐场地服毒品正在产生幻觉的流浪汉和退学青年，真是说得多么棒啊——一国的表演家，一国的侃家特写头像在摄影灯光下冒出来，人人都为举国瞩目三十秒做过排练。播放广告时，朱蒂又连连跳向别的频道，调到穿潜水衣的雅克·库斯托[①]，调到穿着大纽扣蓝马甲的“肉墩子猪”（奇了怪了，这些老卡通动物统统光着屁股到处跑），调到一个头发辫成一根根细绳的摇滚歌手，嘴贴着麦克风，一脸的紧张与痛苦，活像一个女色情影星要去嘬鸡巴的样子，调到一个开庭审判的场景，法官的眼睛骨碌碌乱转，立刻表明他在做一笔交易，一只蜂鸟以慢镜头动作拍打着它灵活

① 雅克·库斯托（1910—1997），法国海军军官，海洋勘探家。

得惊人的翅膀，安吉拉・兰斯伯里[1]一副震惊的表情，格莉尔・加森[2]在黑白片里看上去有点模糊不清，又调回《莫测高深》，这会儿讲的是一个新生儿从一家纽约医院失踪了，引起身穿秘教色彩雨衣的罗伯特・斯塔克[3]极度的好奇。由于刚才要过横了，兔子再不吱声。他觉得很虚弱。那些忽闪忽闪的图像向他逼来，像心跳一样持续不断。虽然这个婴孩的失踪之谜尚未解开，但他还是站起身来向朱蒂吻晚安，他的脸从她的脸旁边的那张大一点的脸旁边滑过。"爱你，爷爷，"孩子机械地说，原谅了，或者忘记了。

"楼下的灯都关了，"他对普露喁喁哝哝地说。

"我反正还得下去一趟，"她说，轻柔地，他们俩都怕打破孩子和电视机之间存在的魔力。

她的脸，在他的脸滑过去亲另一张脸的途中，渗出一股香味，香波——香粉的香味，就像房子外面的树木向雨献上一股绿叶清新的树香一样。

这种湿绿的芬芳也出现在他的房间里，也就是立着无头的女装试衣模型的老缝纫间里。他换上干净的睡衣裤，詹妮丝居然给他带来了，这种先见实在是一反她的常态。一种棉花开花的困倦突然涌上全身，像雨一样把他裹住了。在这间褊窄的屋子里，雨声比别的地方显得更为清晰，繁复，一种会话，介入的有门廊顶，旁边的排水沟，回声不断的落水管，百依百顺的枫树叶，一辆嗖地一下飞驰而过的汽车。最靠近他的，外重窗与木窗框之间，过一阵喷一股滴水，过一阵喷一股滴水，表明在往墙里渗水，最终会有腐烂的麻烦。与他无关。事情越来越少了。为了透气，窗子开了个缝儿，他站了片刻向外张望，溅进来的雨点儿刺痛了他手上的皮。佳济山变化不大，至少在老区这里，但已经落到他生命的底下，就像落到一架起飞的飞机下面一样。

---

① 安吉拉・兰斯伯里(1925—　)，美国女演员，生于伦敦。
② 格莉尔・加森(1904—1996)，好莱坞女明星，生于北爱尔兰。
③ 罗伯特・斯塔克(1919—2003)，美国演员，《莫测高深》的节目主持人。

他的生命曾在这条闪光的柏油路上流淌，从这些倾斜的草坪和砖柱门廊边经过，没有留下任何痕迹。这个城镇从来没有像他儿时所想象的那样了解他，每一块卵石，每一个奶箱，每一片郁金香花坛像瞎子一样，干瞅着他过去了；每一幢房屋都被向里转，转向自我。街对面灯光朦胧的窗户展现出一把空着的安乐椅，一套铜头炉具，一个砖砌炉台上面摆着一对早被人遗忘了的烛台。

兔子光着脚急匆匆地跑过走廊上了一趟厕所，然后回来上了床，还不到九点。在医院里，到这个时候，最后的探视人员早都走了，他们离开后的一阵上厕所、服药的忙乱消停下来，走廊里灯光和护士的声音也减弱了。他房间里没有台灯，只有一个纸罩的头顶灯，他懒得开它。他早就注意到壁橱里有一摞旧《消费者文摘》，但估计他们标价的那些产品现在市场上可能脱销了。詹妮丝给他的那本历史书他是看不完了，尽管看了一半多一点，现在还在宾园的窝里。街灯的亮度是读不成书的。它在雨滴颤动着汇聚到一起，然后又突然一股一股向下散开时，投射出窗玻璃长菱形的幢幢鬼影，抽筋似地撒着欢儿。活像他看过的一个教育电视节目上的生命的起源，分子乱哄哄地聚了又聚，然后电光石火般地抽了一下，成了生命。他的脑袋后面，在带有用线锯锯成的漩涡饰的老棕色床头板和蘑菇顶床柱的那边，他的故去的丈母娘的缝纫机等着她那只肿了的小脚把它的踏板踩动，等着她又短又胖的指头把一根舔湿了的线穿过它生锈了的针眼。出现这种局面的可能就像分子里冒出生命一样。一声闷震，远雷，在布鲁厄响起，树冠在动。哈利的脑袋往上枕到两个枕头上，这样一来他胸里的憋堵有所缓解。他的心脏没有给他添痛，只是受了伤，在退去的时光的海面上漂浮。时光流逝，他不知道过了多久，门把手转了一下，然后咔嚓一声，一柱走廊里的斜光刺进这间借住的小屋的羊膜般的孤立中来。

普露的脑袋，发顶上罩着红铜色的强光，探了进来。“你还醒着？”她问，几乎是一种耳语。她的声音似乎变粗了，她的脸是一个奶色的心形影子。

“是啊，”兔子说。“只是躺在这儿听雨呢。你把朱蒂安顿好了？”

“总算好了，”年轻女人说，而且带着一种恼怒的强调语气，整个身子进了房间，笔直地站着。她穿着她那件短截截的浴袍，两条腿被裹在下延到她的脚脖子上的一个白蒙蒙的影子里。“自然，她为纳尔逊心里犯愁。”

“自然。对不起，我骂了她，”他说。“可怜的孩子最见不得这个。”觉得自己好歹还算个主人，便双肘一撑坐了起来。看见这种陌生景象，他的心像打雷似地咚咚直跳，尽管他在医院住了好些天，应当习惯人们看见他卧床了。

“我不知道，”普露说。“也许就该这么待她。要该有点正形了。她以为她有权霸占全世界所有的电视机呢。我可以抽根烟吗？”

“当然可以。”

“我是说，我看见窗子开了点缝儿，要是——”

“没事儿，”他说。“我喜欢。别人抽烟。几乎跟自己抽一样有味儿。三十年了，我还恋恋不舍呢。你怎么没有戒，戒烟保健康这么时兴？”

“我戒了，”普露说。她的脸在必克打火机——一个小管管，像一管唇膏——的蓝绿色摇曳的火焰照耀下，看上去像燧石一般，坚决，一张剥得本质毕露的脸，一条长长的影子从鼻子跳过面颊。火苗灭了。她大声吐着烟。她的声音在恢复了的阴影中继续。“只是夜里抽一两支，防止再吃零嘴。可现在出了纳尔逊这档子事儿——不抽又何苦呢？有什么大不了的事儿呢？”她那张盘旋的脸只现出一面的侧影，然后又是一面。“这儿也没有个坐的地方。这屋子实在不像样子。”

他闻到的不仅是她的香烟味儿，还有她的女人味儿，那种用了护肤霜、香波的沾在女人身上的淡淡的百货商店的香甜味儿。“倒挺舒适，”他说，然后挪了一下腿，好让她坐到床上。

“我以为你睡着了呢，”普露说。“我把这根烟抽完就走。我只是需要和一个成年人一起呆一会儿。”她吸起烟来像个男人，深深地吸了一口，然后烟从嘴巴和鼻孔里细细地喷出来两股,而且几口才能吐净。“我希望纳尔逊走后安顿孩子睡觉不要每晚都成这样一次恶梦。他们需要太多的安慰。”

“我以为他经常夜不归宿呢。”

“夜里这个时候通常都在。逍遥宫那边的活动十点左右才开始。他下班回家,吃饭,跟孩子们玩玩,然后就坐不住了。说老实话,我认为大多数晚上他并不打算再出去来两针,可是瘾一上来他实在把握不住自己。”她又长吸了一口。他听见她吸的声音了,像一声多层次的叹息,于是回想起抽烟是怎么一种情况。那是从空气中创造出一种你的自我的延伸。“对孩子们来说,他还是有用的。不管对于别人他是一泡多臭的狗屎,他从来不是个坏爸爸。现在也不是。我不应该这样谈论他,好像他死了一样。”

他问她,“到底什么时候了?”

“差不多九点一刻。”

詹妮丝最早十点半才能回来。把这事儿说完有的是时间。他放松了,靠回到枕头上。幸好他下午睡了一会儿。“你是这么看的?”他问。“对你来说他是一泡狗屎?”

“绝对是。可怕极了。夜不归宿,天知道在干什么,事后就鼻涕眼泪,恳求原谅。我认为这比玩女人更可恨;我爸爸又酗酒,又玩女人,可他不会为这向妈妈哭哭啼啼,他至少让她去干哭哭啼啼的事儿。纳尔逊的这种孩子气的依赖,我完全没有经历过。”

她的烟头发着红光。远处的一声雷震越来越近。普露在这儿,哈利的心里有种热辣辣的感觉,在他的意识的囊里她大得别扭,一身的尖角。她说的话似乎也又尖又硬,阿克伦人的粗硬又加上一层从专业马贩子那儿学来的轻狂语汇。他不喜欢听见把自己的儿子说成“孩子气”。“在肯特你就认识他有些时日了,”他指出,几乎怀有敌意了。“你当时知道你要的是什么。”

“哈利,我不知道,”她说,烟头全然画了一个激动的弧。“我以为他会长大的,我做梦也没有想到他和你们俩缠得多么紧。我还想搞清楚你们俩对他做了些什么,好像世界上你们是惟一的一对不把孩子的屁股擦到三十岁决不罢休的父母。我告诉他:现实点,纳尔逊。下三烂的父母是正常现象。天哪。就没有理想的事情。于是他生气了。说我是一条冷鱼。他指的是性生活。与可卡形影不离的一件东西就是无耻,那些被毒钩住的女人什么事都干得出来。我跟他说。你可不要把你那些可卡婊子身上的艾滋病传给我。所以他又出去鬼混去了。这是一种恶性循环。这种情况已经持续了好几年了。"

"有几年了,你能说清楚吗?"

她把肩膀一耸,大妈的老床晃了一下。"比你想的年成多。斯利姆周围的那伙人总是服用大麻和兴奋剂——'欢欢'们屁事都不管,他们把这笔钱全归他们自己了。也许在两年前纳尔逊瘾大了,自己的钱不够,只好偷了。起初他只偷我们的,也就是家里日常花销的钱,然后就开始偷你们的——公司。我真希望你把他送到大牢里去,真的。"她一直把一只手蜷在香烟下面接烟灰,这会儿她到处找起了烟缸,找不着,索性把烟蒂朝窗子猛地一下扔过去,它碰到窗纱上,火光一闪,然后在雨打湿的窗台上吱地一声灭了。她的嗓音越来越沙哑,却找到了某种冲劲,一种喷涌。"我对他再也没有用处了。我害怕操他,我害怕和他有法律上的牵连。我荒废了自己的一生。你不知道那是什么滋味。你是个男人,你是自由的,你一辈子想干什么就干什么,到了六十岁,你起码是个买主。女人是卖主。她只有这样。她最好还是别讨价还价的时间过长。我三十三了。我已经下过注了,哈利。我把它浪费到纳尔逊身上了。我有一小把牌,打出去了,可现在底也扣了,玩儿完了。我丈夫恨我,我也恨他,我们甚至没有任何可分的钱!我怕——怕得要命。孩子们也怕。我是垃圾,他们也是垃圾,他们也知道这一点。"

"哎,哎,"他不得不说话了。"行啦。谁也不是垃圾。"但他虽然嘴里这么说,心里却明白这是一种他难以说圆的老观念。我们大家都是垃圾,毫不含糊。如果上帝不抬举我们,把我们变成天使,我们统统是垃圾。

她一抽泣,床就晃动得很厉害,他手术后还弱不禁风,所以感到恶心难受。为了让她高大的身子平静下来,他伸出手把她拉到自己身边。仿佛等着他的触摸似的,她缩成了一团,尽管他们之间隔着一条毯子和一条被单,而且继续凄苦、低声地哭泣着,他的一颗睡衣扣子开了,她呼出的气扑在他胸口上,热乎乎的。他的胸口。他们想把它剁成块块。"至少你身体健康,"他告诉她。"我呀,他们需要做的就是把棺材盖子钉下去。我跑不了,操不成,又不能吃想吃的东西,我一清二楚,他们就是要说服我做分流手术。你害怕啦?你还年轻。你手里还有的是牌。想想我有多害怕。"

在他的怀里,普露用平静的声音说,"现在人们一直都在做分流术呢。"

"是啊,你说得轻巧。就像我告诉你的那样,人们一直跟臭狗屎结婚。或者像你告诉我的那样,人们一直把他们的孩子养成毒鬼盗窃犯。"

小声一笑。外面电光一闪,过了秒把钟,一声雷响。两个人都听着。她问,"詹妮丝说你操不成了?"

"我们不谈这事儿。我们只是最近不常干了而已。别的事儿太多了。"

"你的医生是怎么说的?"

"我忘了。我那个心脏病医生跟纳尔逊年纪相仿,我们都不好意思谈这个。"

普露吸了吸鼻子说,"我恨自己的生活。"他觉得她安静得不近情理,就像一只车灯照射下的兔子。

他让他那只揽着她的宽背的臂膀的手往上摸,摸过那件薄棉浴袍的凸起,进入她的丝滑的颈背窝,玩弄起那里暖暖的头发。"我知道那种感情,"他说,对玩弄感到满足,浑身上下感觉到一种软绵绵的睡意正等着占有他。

她告诉他,"你是我喜欢纳尔逊的几个原因之一。也许我认为纳尔逊会长成你这样的一个人。"

"也许他已经长成了。你没法看见我可能成为什么样的混蛋。"

"我可以想象,"她说。"不过那是有人惹你。"

他接着说,“我在孩子身上看见了自己的很多东西。”她的颈背在他的手指抚摸下颤动起来,她的柔软的头发向他的电流竖了起来。“我很高兴你让头发长得长长的,”他说。

“太长了。”她的手已经伸过来搭在他的胸口上,就是那粒扣子没扣的地方。他想象着她的手粉嘟嘟的指关节,一副娇嫩的样子。她是个左撇子,他记得。这种怪异使他兴奋不已。没等细想,他就用他那只空着的手把她的手从他的胸口上抬起来,把它放到下面一点,在那里,从他剃去半边毛的腹股沟上已经惊人地忽地一下竖起一根硬杆子来。他的这种动作具有一个孩子与另一个孩子共享一种有趣的发现——一块会动的石头,或一只身子粗壮得惊人的蝴蝶——的性发育成熟前的特质。离枕头上自己的脸只有几英寸的那张朦胧的脸上的眼睛睁圆了。微小的光点在她的睫毛上闪烁。他让自己的脸在他体内涌起的血潮上漂游过这几英寸的距离,仔细地测定角度,要把他们的嘴贴在一起,而她的手指用一种比他怦怦的心律还慢的节奏抚摸着他。当中间的距离拉近、消失时,他警惕起自己的心脏,他的犯罪同伴了。他们的吻给他一种她精心制作的鱼上面的柠檬和细香葱的味儿,以及芦笋味儿。

雨打着窗纱。漏向窗台的水加快了它的放水量。一道又亮又近的闪光震动了整个天空,不过一秒钟,一声叫人心跳停止的炸雷,从上面要把房子击碎。好像就在这种自然放肆的洪流中,普露说了声“操蛋,”便从床上跳下来,砰地一声关上窗户,拉下窗帘,把浴袍扯开脱掉,手又往下一伸,把她的睡衣拉起来从头上扯下来。在遮暗了的房间里,她高高的、苍白的、宽屁股的身子,赤条条的,可爱得宛如上个月布鲁厄那个街区繁花盛开的梨树,这一切似乎都是他的,一片偶然碰上的天堂,难以置信。

三、心　梗

到了六月中旬，成了野草的天下：牛蒡和菊苣沿着111号公路两旁石砌的干路肩竖立着，高达三英尺，那道苦苦挣扎的小小的紫杉树篱原本想装点装点斯普林格车行展览橱窗的底部，现在马唐和马齿苋穿过两三年未换、正在腐烂的树皮覆盖层蔓延开来。哈利念念不忘要做的事情不少，其中一件就是给环境美化服务公司打电话，更新覆盖层，把大约三分之一枯死的紫杉换掉，这些死树实在难看得要命，活像一口牙掉得七零八落。四车道的公路上车流更密，车速更快，尽管州上仍坚持五十五英里的车速限制，公路对面那家叫"饮食"的外卖餐馆已经被一家"必胜客"餐厅所取代，这是眼下布鲁厄六七家中的一家。人们在这里看到的是什么呢？全是那些面团和奶酪做的胶一样的楔子，你试着咬一口，它就在你脸前拉起了长丝。然而，每逢星期六，处于周末心情中的本尼跑过去，谁要就给谁带一份回来，哈利要一份意大利重辣硬香肠，只要带胡椒和洋葱的，听我说，不要带鳀的。那像陷在泥里的小蜗牛。

今天不是星期六，而是星期一，昨天刚过父亲节。没有人给哈利送贺卡。他和詹妮丝看过纳尔逊两次，在费城北那家阴森森的大康复中心参加家庭医疗，那里满四处都是栏杆和布告栏，充斥着一种油墨未干的印刷材料的味儿,让他想起他小时候上过的底楼的主日学校。两次都像是围着厨桌吵架,只不过有了一名裁判,一名消瘦、苍白的有色女子,戴着一副别致的眼镜和一脸做礼拜去的甜甜的笑容,哈利联想到那种条件较好的费城黑人。他们又翻了一遍老账——孩子的死,六十年代的那桩乱七八糟的事儿,詹妮丝跟情人出走,吉尔和斯基特乘虚而入,纳尔逊死活闹着跟这个肯特州立大学的秘书结婚,这秘书比他还要高一英寸、大一岁呢,何况还是个天主教徒,莫名其妙地让小两口搬进了斯普林格的老屋,老两口搬了出来,实际上一年有半载住在佛罗里达,这下可倒好,这小子逮住车行跑了野马;哈利按他的观点进行解释,说纳尔逊是怎么被他妈妈宠坏的,那是因为她有种负罪情结,所以这孩子便觉得可以名正言顺地生活在虚幻的理想世界,搞同性恋,吸毒,让老婆孩子破衣烂衫满四处跑。他说着说着,那位咖啡色皮肤的医师的笑脸愈加显得虔诚,耐心,然后转向其他人中间的一个,纳尔逊,或者詹妮丝,或者普露,问他们对刚才听到的有何感想,仿佛他的话不是描述事实,而是在乱弹琴,最后就汇成吵吵嚷嚷的一场闹剧。治疗医师们喜欢干的这一切"说透"、"加工"的手段,使世界上的事实变成了廉价货;它把人们当时能做出的最好的决定贬成了梦游,贬成了反射,那是在千千万万的先例中"加工"过的,就像多得数不清的脆麦片条儿。他觉得他说啥也是白搭,那些话别人早就说过,没有多大价值了,于是越来越窝火,到临了便告诉詹妮丝和普露下次要去她们自己去,反正他再不去了。

哈利站在窗口向外眺望,本尼跑过来问,"父亲节你是咋过的?"

哈利倒是乐得回答。"纳尔逊的妻子下午把孙子们带过来了,我在户外的烤架上给每人弄了一份烤肉。"听起来倒是理想的美国风味,但显得底气不足。首先,他们的那个烤架是个金属球体,《消费者报道》若干年前说是经典产品,可哈利从来就对它没有太大的耐心,你必须等煤砖变灰才行。但他害怕等的时间太长,大家都眼睁睁地瞅着生牛肉饼半天烤不熟,孩子们简直要被蚊子活吃了,詹妮丝就提出到厨房里给他们做饭,弄得他更窝了一肚子的火。再说了,孩子们给他送了漂亮的爷爷贺卡,这本来挺好,两张都出自这个新派美术家加里·拉尔森[1]之手,此人别人都认为很有意思,但这种千篇一律——两张都是同一支红笔签的名,朱蒂签名中的"y"有种女孩子气的花体,罗伊的签名则是不会写字的手紧张地乱戳成的一团——表示缺乏计划,是从飞鹰俱乐部回来的路上在那家杂货铺赶着买的。普露和孩子们来时头发还湿着,显然从游泳池里爬上来没有多久。她带来了一盆沙拉,那是她在家里做好的。

"听上去蛮好的嘛,"本尼说,还是他那沙哑的小声气。

"是呀,"哈利附和了一声。仿佛他看到的普露头发湿着,把一大木盆莴苣和萝卜片儿夹在腰上的样子,他们俩都看得见一样,于是又解释说,"我们在那家乡村俱乐部给纳尔逊的妻子办了个临时会员证,他们一天大部分时间在那儿游泳。"

"好啊,"本尼说,"她好像是个挺好的女孩,特里莎。很少到这摊场上来,不过我讨厌看见那样一家人日子难过。"

"他们正在想办法,"哈利说,随后便换了个话题。"你看公开赛了吗?"还真该有人出去把从"必胜客"刮过来挂在那排苦苦挣扎的小紫杉树篱上的包装纸捡一捡。但他不爱弯腰,又觉得不好叫本尼去捡。

"没看,我觉得看比赛没劲儿,"矬墩墩的年轻销售代理说,口气比问题所要求的更咄咄逼人。"就是棒球看一两场我也烦了。你知道,那有什么看头?那又有什么法子呢?如果你明白我的意思的话。"

111号公路对面过去有棵伟岸的老枫树,后来为了扩展它红屋顶的方便,"必胜客"把它砍掉了。屋顶的形状像个高统礼帽,有两个斜面。他应当感谢了,哈利想,在这一小条苦苦挣扎的公路两旁的商铺带中,生意还算兴旺。"嗯,"他告诉本尼,并不想争论,"就是费城名次垫底,你也少不了多少。

---

[1] 加里·拉尔森(1950—),著名的美国卡通画家。

棒球史上最差的记录，现在又把两个老全明星队员转让掉了。贝德罗西安和塞缪尔。再没有忠诚那档子事了。”

本尼继续做自我解释，其实大可不必。“我嘛，遇到一个好星期天，我倒想自己干点事儿，而不想坐在那里像个沙发上的土豆，你知道我的意思吧？跟我的小姑娘出去在邻近的游泳池里泡泡，或者带上一家子爬爬山，如果天气不太热的话，你知道。”

这种人开口闭口“你知道”：仿佛他们不把你的注意力一直钉在自己的话上，它就会溜掉似的。“那是我过去的做法，”哈利告诉他，随着普露在腰里夹大盆的令人不安的形象消失，他也放松了，向这个大橱窗外凝神眺望，又有了他经常有的那种哲学家似的忧伤得惬意的感觉。头上的那面又大又蓝的纸旗上写着鞷罗田丰，由于太阳晒透了，开始从玻璃上往起翘。“小时候总爱搞点运动，直到最近还到高尔夫球场上去，打几杆臭球。”

“你还可以打嘛，”本尼说，带着意大利人的沙哑口音，有点儿上气接不上下气。“其实，我敢说你的医生是劝你这么做的。我的医生也是这么劝我的，锻炼锻炼。你知道。我得减肥。”

“我也许该做点什么，”他表示同意，“保持血液循环。不过，我不知道，高尔夫好像突然臭得不行了。我意识到，在这一方面，我是不会有什么长进了。过去我们打四人配对赛的搭档几乎全搬走了。俱乐部里全成了金发碧眼、粗壮结实的雅皮士坯子，他们打球全坐车。他们急急忙忙像鬼撵，要赶回去捞钱，所以坐着球车跑，把球场上的草都碾掉了。我喜欢自己背球具步行。你可以增强腿力，挥杆击球靠的就是腿上发力，信不信由你。腿力。我主要靠胳膊，我知道正确的打法，我从别人身上，从电视上的职业球手身上看得出来，但我自己就是学不会。”

这一番长篇大论内容扎实，搞得本尼坐立不安。“你应当锻炼锻炼，”他说。“尤其你还有来历。”

兔子不知道他说的是最近瞧病的来历呢，还是他老八辈子以前中学当运动员的来历。他那些装在镜框里经过放大的篮球旧照已经搬出了纳尔逊的办公室,又回到业绩栏上方的墙上,尽管都成了玫瑰色。那可的确是他完成的一件任务,不像那正在腐烂的树皮覆盖层。**安斯特朗独中四十二分**。“施米特离队时,我的感触可深了,”他告诉本尼,尽管此人一再说他不是个体育迷。也许他就喜欢用这个把他镇住,惹得他心烦。他心里纳闷本尼在纳尔逊的鬼把戏中参与了多少,但他回来主管摊场时,却无心或无力将他炒掉。挨过一天,车总会卖掉自己的。尤其是佳美和花冠。谁还会再要什么呢?

“为了再挣五十万,”他向本尼解释说,“他得做的就是在名单上呆到八月十五号。赛季一开始,他刚做完肌腱套手术回来,像个火球,头两场就来了两个本垒打。但正如施米特自己说的,最后到了力不从心的时候。他知道他该怎么办。但就是办不到,于是他面对现实,你得相信他。这年头儿,这个岁数,他把荣誉看得比金钱重。”

“八次错,”艾尔薇拉·奥伦巴赫喊道,她深沉的嗓音从她那靠着朝向巴拉圭的那堵墙的工作隔间传过来,她正在那里填一辆象牙色的花冠 LE 销售单和 NV-1 表,昨天有几个小娘们进来要向她买车,她就把这辆车卖给了其中的一个。她们有工作,有钱,就连那些从前呆在家里生孩子的年轻娘们都是这样。如果你留个心,这样的人越来越多,你看见女人有开公共汽车的,有开送货卡车的。情况糟糕得跟俄国一样了;下一步我们就要有女采煤工了。保不齐已经有了。这两个老牌超级大国惟一的不同就是,他们从不同的方向把自己的树木卖给日本。“上两场对巨人队的比赛,每场犯一个错,”艾尔薇拉无情地数落着。“安打率.203①,最近四十一次击球只有两个安打。”她的脑袋夹在小巧玲珑的罐子状耳朵中间,满脑子的数字。她爸爸有体育瘾,她解释过,为了和他交流,她就追随这类玩艺儿,现在已经积习难改了。

“是呀,”兔子说,他感到软弱无力,向写字台走了几步。“不过,这还是

---

① 这是一个很低的数字,大牌球星安打率有时超过.400,主力队员都在.300以上。

需要魄力的。就在一个星期前，你看见没有，某家费城报纸上有这么一篇采访，他说他感觉自己是多么棒，他只是状态有点低迷，求胜过于心切的小伙子谁不是这样？他有男子汉的魄力，改变了主意。当时他只要闲呆在那里就可以把整整一百五十万收入囊中。我喜欢他出局的那种方式，”兔子说，“快当，自觉，自愿。”

艾尔薇拉忙着填写表格，写字的时候一对金耳环摆来摆去，头也没有抬，说道，“照他这样打下去，人家八月份就会裁掉他的。他算是没让自己掉价丢分儿。”

“完全对，”哈利说，依然软弱无力，又想跟这位女流结盟，又心里痒痒，想制服她叫她安守本分，因此举棋不定，颇伤脑筋。并不是她和本尼一直不好对付。他们倒是很听话，仿佛自己也会跟莱尔和纳尔逊一起从摊场上扫地出门一样。哈利最省心的办法就是把他们留下来，权当他们两袖清风，不要对车行造成比原先更大的震动。他们俩在布鲁厄都有关系户，都开丰田车，如果懒散的时候——如今年轻人叫“没劲”的时候——谈话不像从前跟查利·斯塔夫洛斯的谈话那么舒心、那么明了，也许是时代不是那么容易、明了的缘故吧。里根把大家都扔在云里雾里，现在共产党国家也乱起了套。“波兰的选举怎么样?”他说。“把党给选掉了——谁想到我们还能活着看到这一天？老戈不是告诉全世界，在亚美尼亚①修沙堡的承包商统统都是骗子吗？在中国，令人吃惊的不是镇压，而是让娃娃们闹腾了一个月，谁也不知道该怎么办！就像那里再没人管了一样。我可留恋了，”他说。“冷战。它给你一个早上起床的理由。”

他说这些事想惹火本尼或者艾尔薇拉，可是他的话如同秋风过耳，跟他小时候听老人们在门廊上聊天一样。自从回到摊场上来，他不止一次有这样一种感觉：其实他自己人不在这里，他只不过是个让大家由着性儿的鬼魂

---

① 参见第51页注②。由于地震，那里的房屋倒塌过多，所以戈尔巴乔夫才有此说。

而已。他的话只不过是放空炮。在纳尔逊从前的办公室旁边的米尔里德过去的办公室里,詹妮丝按查利的建议聘用的会计师正在查账,这项任务涉及的范围太广,他带来了一名全日助理。这两个还算年轻的男子都穿着灰西装,来了以后就把上装挂起来,走的时候又把它穿上,给人的感觉像是真正的经理。

"艾尔薇拉,"他说,总是喜欢叫她的名字,"你看今早的报纸了没有,上面讲四个男人被控犯了重罪,因为他们把自己链到一家人流诊所前面的汽车上?还指控有教唆少年犯罪的罪名,因为他们一起还有一个十七岁的男孩?"他知道她的立场:主张人工流产合法。这些独立自主的娘儿们统统如此。他摆出反对人工流产合法的架势来羞辱她,但其实他的心并不在这里,她也清楚。她离开办公桌,大步流星向他走来,瘦得叫人心惊。拿着填好的NV-1表,宽下巴的小脑袋,由于一头向后梳的亮晃晃的棕发,才在纤细的脖子上得到了平衡,她那副晃来晃去的大金耳环形状像巴西果。他往后退了一步,这样他们仨就一起站在窗口,哈利站在中间,比他们高出一个头。

"你难道不知道,"她说,"全都是男人多事。他们干吗管得这么宽?他们干吗对一些他们素昧平生的女人怎么处治自己的身体那么热中?"

"他们认为那是杀人害命,"哈利说,"他们认为胎儿从行房事以后就是一个单另的小人了。"

他这种说法惹得她嗤之以鼻。"去,他们就不知道自己在想什么,"她说。"如果能把男的肚子弄大了,这就没什么争头了。对吧,本尼?"

她要把他扯进来以冲淡哈利试图用这种挑衅性的话题对她的任何刺激。本尼小心翼翼,沙着嗓子说,"我的教会说人工流产是一种罪孽。"

"你不想做就相信,想做就不相信,对吧?给我们讲讲你和玛丽亚的事——你们采不采取节育措施?结了婚的年轻天主教徒百分之七十都这么做,你知道不知道?"

他与普露的那次交合时有件怪东西,哈利想起来,就是她从她那短截截的浴袍口袋里掏出的避孕套。要么就是她总在那里备有一个，要么就是进屋之前她早就预见到操他的事儿了。他不习惯这玩艺儿，打当兵的那会儿起就不习惯，但还是二话不说随它去了，那是她的表演。那东西有种夹挤，他怕是他顶着这玩艺儿，他自己的压力挺不下来，而且他的阴毛，在血管成形术后，还剩下一些，就是人家剃掉的那种情况，展开时在底部被挂住了，在那里还实实在在忙乱了一阵子，在幽暗的光线下她帮着放了进去，这也许会使他慢一点达到高潮，倒不是件坏事儿，她两次达到高潮，一次他在下面，然后又骑在上面，雨在拉上的帘子的后面打着窗户，她的屁股在他的手里又大又宽，他倒觉得自己不怎么胖了，她晃动着寻求第二次高潮，两个奶头亢奋不已，他又发愁摇坏了他那有毛病的心脏，都快愁晕了。普露某种实打实的不羞不臊的表现有点儿贬损他最初看见她那赤裸、苍白、如同满街放花的树木般的诗意。她浑身的招儿都使出来了，但做起来显得钝，又有点儿木，仿佛他身后黑暗中的女装试衣模型长出了四肢和脑袋，还甩着胡萝卜色的头发。为了保持自己锥子的锐利，他一再告诉自己，我这是头一回操一个左撇子女人。

本尼脸红了。他不习惯这样跟一个女人说话。“也许是吧，”他承认。“如果不是滔天大罪，你也用不着忏悔，除非你想忏悔。”

“这就省去了神父的许多尴尬，”艾尔薇拉告诉他。“假如你们俩不管采取什么措施，玛丽亚还总是腆起了大肚子，你怎么办？你又不想叫你那宝贝女儿感到拥挤，按眼下的情况你可以给她最好的东西。什么最重要，你现有的家庭生活质量，还是一小疙瘩白蚁那么大的蛋白质？”

本尼有种一激动就冒出来的女孩儿似的尖嗓子。“拉倒吧，艾莉。别让我想这种事儿。你这是诋毁我的宗教。再有两个孩子我倒无所谓，有什么大不了的。我还年轻。”

哈利想帮他下台。“谁能说得清什么是生活质量？”他问艾尔薇拉。“说不定那多余的孩子正好就是将来发明留声机的人呢。”

“少数民族贫民区是出了不少人才的。出的就是十六年后掐住你的脖子要买毒钱的那种小子。”

“你不必在这种事上搞种族主义嘛,”哈利说,因为某种意义上已经被一个白人小子,自己的亲生儿子,掐住脖子了。

“恰恰相反,这叫现实主义,”艾尔薇拉告诉他。“那些疯狂的原教旨主义怪物千方百计想剥夺的,正是可怜的十几岁的黑人妈妈的打胎权。”

“是呀,”他对应道,“想要孩子的正是那可怜的十几岁的黑人妈妈,因为她从来都没有一个洋娃娃玩玩,她喜欢向纳税人再坑一笔福利款的主意。往上操吧,白鬼们——出生统计就是这么说的。”

“现在听听谁是种族主义?”

“现实主义,你说的。”

做爱后松弛下来,谢天谢地你还活着,他问过普露,既然纳尔逊成天跟莱尔和斯利姆鬼混,她认为他“反反”到何种程度了。她的气,叫从窗户里射进来的水光一照,被她吸烟卷喷出的细细的两股烟搞得清晰可见,这会儿她被这个问题搞得有点儿狼狈,她边想边回答,“不对,纳尔逊喜欢女孩子。他是妈妈宠着的男孩,可在这方面却跟了你。只是她们对他摆的谱儿比对你摆的更大些而已。”过了不到一个钟头,詹妮丝来到屋里,闻出了香烟味儿,但他假装瞌睡得要命,没法儿探讨这种事儿。普露把第二颗烟蒂和避孕套一起带走了,可是第一颗淹没在窗台上,等到第二天早晨,水泡透了,又压扁了,可能在那儿呆了多少年了,也许是纳尔逊和梅勒妮的历史遗迹。兔子叹了口气说,“你说得对,艾尔薇拉。人们应当有一个选择,即便选错了也罢。”从他和普露一起呆过的那间屋子,他的思绪又移到他和鲁丝合住的那间,在夏街上一段楼梯就是,以及他最后一回在那里的情况,她告诉他她有了,还管他叫“死神先生”,他求她把孩子生下来。留下吧,留下吧,你说得倒容易,可怎么个留法?你会要我吗?她把他嘲笑了一番,但也恳求了一番,临了,对,必须面对现实,也许真的给做了。

如果你解决不了这个问题，那就只当我死了，只当我和你的这个孩子都死了。圣约瑟医院的那名护士，圆圆的脸庞，甜甜的性情，跟他没有关系，就像鲁丝十年前在她的农舍里他最后一次看她时说的那样。他有过一个女儿，可她死了；上帝再不给他一个。他大声说，“施米特干了罗斯[1]笨得干不了的事儿；一走了之，当你不受欢迎的时候。把你的苦药咽到肚子里去吧，尽管有这些律师，别延长痛苦了。”

本尼和艾尔薇拉瞅着他，惶恐的是他的思想怎么跑起了野马。但他倒喜欢自己内心漫游的感觉。弗雷德·斯普林格死后，他第一次到摊场上来当营销主任时，他还怕难当此任呢。可现在，上了年纪，满脑子的记忆，走马上任完全是轻车熟路。

透过玻璃板，他看见一对夫妇三十来岁，也许刚过四十，现在他看人人都年轻，在外面摊场上的车中间，猫着腰窥视车内的状况和车窗上厂家标签。女的胖胖的，白白的，穿件袒肩露背胸衣，露出两只猪油条儿似的胳膊，男的黑一些，黑得多呢——西班牙裔人真是各色各样——瘦得皮包骨，穿一件葡萄色的露腰短背心。他们低着的脑袋小心翼翼地移动，仿佛害怕大草原似的闪光车顶里面会有印第安人伏击似的，一对独具一格的开拓型的夫妇，至少在种族不大合得来的这片世界上。

本尼问艾尔薇拉，“你要接待他们，还是我来接待？”

她说，“你去吧，如果女的有什么额外要求，把她领进来，我跟她套套近乎。但别只是因为她是白人就老瞄准了她。你要是把男的慢待了，就把两个都惹翻了。”

“你把我想成什么啦，一根筋？”本尼以调笑的口气说，不过他从有冷气的房子走进六月湿热的露天时，态度悲凉而坚定。

---

① 皮特·罗斯(1941—)，美国棒球名将，曾三获全联盟击球王称号，在全国棒球联合会中安打次数最多。

“你不应当拿人家的宗教取笑他，”哈利告诉艾尔薇拉。

“我没有呀。我只是想那该死的教皇，他应当为他给女人干的事蹲大牢才是。”

佩吉·福斯纳希特，兔子想起来了，对教皇一直气得七窍生烟，后来她把一个乳房切除了，然后扩散了，最后死了。生气就是叫你致癌的原因，他曾在哪里读到过。如果你混久了，他心里琢磨，你就听的多了，新闻评论两不误，搅和在一起，就像垃圾处理机里不外流的垃圾，新闻媒体夜夜都想着招儿把你煽得如醉如狂，你身不由己跑出去，把他们广告的那些令人丧气的劳什子统统买下来，什么轻泻剂呀，托牙粘膏呀，福星固牙剂呀，速眠灵呀，太能息痛片呀，痔疮散呀，清晨漱口香呀，等等等等。晚间新闻干吗把观众都当成病包儿，塞管儿？够了，赶紧换个频道。商业广告真叫人恶心，苦口婆心地在那些朴实梗直嘻嘻哈哈的人中间唠叨着，直肠不是痒抓抓的难挨，就是火辣辣的疼痛，一个年轻的或者年老的漂亮娘儿在软焦镜头里穿着白浴袍纵情地伸着懒腰，因为刚拉过屎，“易轻松”通便剂广告一声接一声地说着“早安”，你情不自禁地想象着这个世界堆满了我们笑容可掬的美国人的粪便，我们不久就得给第三世界的穷国付钱把它倒掉，就像倒有毒废料一般。“干吗偏要挑教皇的刺儿？”哈利问。“布什还不是一丘之貉，反对选择。”

“也是，可是当妇女投票要把共和党人赶下台时，他会改变的。可没有法子投票把教皇赶下台呀。”

“你有没有这样一种感觉，”他问她，“布什上台以后，我们好像是靠边站了，我们有点儿像个大加拿大，我们干的事与别人关系不大？也许事情应当这样办。不当大拿，我猜，倒也省心。”

艾尔薇拉决定吃个开心丸。她拨弄着一只巴西果耳环，仰起脸斜盯着他。“你与人人都有关系呢，哈利，如果你指的就是这个的话。”

这是她给他说过的最像女儿的贴心话。他觉得自己脸红了。“我想的不是我，我想的是国家。你知道我怪罪的是谁？老阿亚图拉①，竟然管我们叫大撒旦。好像他一只毒眼总盯着我们，我们畏缩了。真的。他还真把那顶帽子给我们扣上了。”

“别在一个梦幻世界里生活，哈利。我们还需要你下凡到这儿。”

她出去往车场上走了，那里来了个四人帮，都是十几岁的女娃，清一色的石磨牛仔服。谁知道呢，现如今十几岁的娃娃都有钱买丰田。保不齐是个女子摇滚乐队，买辆面包车巡回演出时坐。哈利荡进那间办公室，临时聘的两名会计天天窝在那里的纸堆里。管事儿的那位脸像轮胎似的，黑眼圈儿，打下手的好像是个低能儿，反正说话像个直筒子，就不怎么走脑子。仿佛为了弥补什么欠缺似的，他总是穿着一件白衬衫，领带扎得紧紧的，用一枚领带夹别到胸口上。

“啊，”管事的一个说，“正是我们要找的人。安格斯·巴菲尔德这个名字对你有什么意义吗？”他的眼睛下面的圈儿很深，又有很深的淤伤，因此把眼窝给圈住了；他的样子活像一只浣熊。尽管一脸饱经风霜的样子，但头发黑得像鞋油一般，平贴在脑袋上，仿佛在适当的部位画上去的。会计师得讲究整洁，他们写下的数字，千千万万，决不能写的是五，叫人看成三，也不能写的是七，叫人误认为一。就在他乜斜着一只有黑圈儿的眼睛看哈利等回答的当儿，他的橡皮嘴以一种自作聪明的人的不停的动作一圈一圈滑动着。

“没有，”哈利说，“不过先等一等。有一点印象。巴菲尔德。”

“一个好人，你应该认识，”会计师说，做了一个鬼脸，拧了一下嘴唇。“从十二月到四月，他一月买一辆丰田。”他核对了一下衬衣袖子裹住的前臂下面的一张文件。他的手腕上有很长的黑毛。“一辆四门花冠，一辆五速仓

① 阿亚图拉，对伊朗等国伊斯兰什叶派宗教领袖的称呼，意思是“安拉的象征”，“真主的反映”。

门式后背小雄鹰，一辆佳美旅行车，一辆豪华两客4型跑车，四月份他真是异想天开，赊了一辆带活动车顶的丰田'速霸'，售价两万五千七，总共刚好不足七万五。全用的同一个名字，同一个地址：柳树街。"

"柳树街在哪儿？"

"洋槐街上面的一条横街，你知道。那个地区也时髦起来了。"

"洋槐街，"哈利重复了一遍，挖空心思苦想。他倒是听到纳尔逊嘴里念叨过"安格斯"这个怪名字。去北布鲁厄参加一次晚会。

"单身白人男子。信誉评价极好。不大砍价，每次按价目表付款。作为一名客户，他惟一的麻烦就是，"会计师说，"按照城市记录，他已经死了六个月了。圣诞节以前就死了。"他把嘴唇噘成一撮儿，顶到一个鼻孔底下，眉毛抬得老高，所以两个鼻孔就随着张大了。

"想起来了，"哈利说着心里咯噔一下。"那是斯利姆。安格斯·巴菲尔德是个大家管他叫斯利姆的人的真实姓名，他是个，是个'欢欢'，我猜，和我儿子岁数相仿。在布鲁厄城里有份像样子的工作——主管住房和城市发展部为辍学的中学生开设一个培训项目。他是科班出身的心理学家，我想纳尔逊曾经告诉过我。"

那个弱智助理一直脑袋扬起，瞪着眼睛鼓足劲头听着，那是一个一次只能装一件东西的脑袋。听到这里他吃吃地傻笑起来：癫狂的幽默向心理学家们泼洒而去，另外那个人把下半截脸拧成一副新样子，仿佛在演示挽疙瘩。"银行贷款负责人喜欢政府工作人员，"他说。"他们保险、稳定，懂吧？"

既然人家似乎等着表态，哈利就点了点头，会计师像演戏一样拍了一下满桌子上摊开的整齐而又混乱的文件。"十二月至四月，布鲁厄信贷给这位安格斯·巴菲尔德放了五笔购车贷款，转到斯普林格车行的账上。"

"怎么能这样，贷给同一个人？常识——"

"自从有了电脑，我的朋友，常识就扫地出门了。它就随你的玛蒂尔达婶婶[1]的鸵鸟羽毛帽子去了。银行的自动贷款部只不过是把小珠子往杯子里弹的儿戏；电脑核查一下他的信誉情况，满意了，贷款就批准了。支票一兑现，在公司的账面上就显示不出来了。我们认为你那个伙计莱尔在什么地方用假名开了一个账户。"那人把一摞银行结单戳了一指头，指关节中间长着黑毛，指头向后弯得那么厉害，兔子眼睛一眨，把目光移开了。这位橡皮老兄是位天生的好为人师的人，兔子出于本能一辈子见这种人就躲。"咱们打个比方吧，一台电脑就像一个法国人。你不懂那种语言，它还真像是聪明，你一旦懂了那种语言，你才意识到它笨得要命。快当，没得说。但快当跟聪明不是一码事儿。"

"不过，"哈利瞎摸着说，"不至于是莱尔和纳尔逊吧，尤其是莱尔，可怜的斯利姆尸骨未寒，他就盗用人家的名义，人还没有入土呢——他们就这样狠心？"

面对这种天真的重压，会计师有点儿招架不住了。"这些人都是饿狼。死人是没有感觉的，我是听人说的，此人的账一直没有从电脑上消掉，在布鲁厄信贷的借款和从中部大西洋丰田骗来的存货清单中间，有二十来万用这种手法撇掉了。我们只能查到这一步。这可是不小的甜头呢。"

助手又吃吃地傻笑起来。兔子听到这个数目，吓出一身冷汗，这笔债可是泼天大祸呀。这是他过去的办公桌，当时总在左手中间的抽屉里放一卷救生糖，现在就在上面这一大堆文件中间，一个要命的洞正在形成。他拍了拍上衣口袋，硝酸甘油瓶儿硬硬地还在。一离开他就要吃一片儿。那一夜他和普露操时，两个人都没劲了，对自己的命运也不大顾及了，在下面嘎吱的老床似乎成了另一种窝，一种交织在一起的家运的残余，由于这突然的跳动从斯普林格大妈一个人睡了多少年的床垫上释放出的老太太的霉味儿，

① 一个儿童故事中的人物。

一种贮存在阁楼的雪松木柜子里、又搁了樟脑球的旧毯子的陈香，而且柜子周围又堆满了绒面家庭相册、破藤座摇椅和装在圆帽盒里的带面纱的帽子；一种陈香，它的来源不仅是那张被滥用的床，而且还有储藏在这里的老缝纫工具、壁橱里弗雷德那些被人遗忘了的领带和这张老古董四柱床下的灰尘绒球。家庭的这一切遗迹全沦落到这一步，雷电交加中的这种交合了。现在好像从来没有过这种事儿一样。现在他和普露彼此客气得厉害，詹妮丝，愈加成了打工女郎，已经不再创造多少家庭团聚的机会了。父亲节露天烤肉餐是一次例外，到肉饼最终烤好吃完的时候，孩子们累了，发起脾气了，也叫蚊虫叮够了。

哈利大声笑了，傻得和会计助理一个样儿，"可怜的斯利姆，"他说，极力与会计师的市井俚语成龙配套。"原来莱尔还真是个好伙计呢，居然给他买了那么多他用不上的轱辘子。"

七月四号，看在朱蒂的面子上，他参加了一次佳济山游行。她的女童子军也参加游行，童子军领队的丈夫克拉伦斯·埃弗特是组织委员会的成员。他们需要一个高个儿男子当山姆大叔，朱蒂告诉埃弗特太太他爷爷高得出奇。其实，按如今的标准，六英尺三的高度，在 NBA 里面只是个矮子。但是组委会有好几个成员，都是埃弗特先生的老前辈，所以从兔子安斯特朗上中学的辉煌岁月就记得他，因此热心得不得了，尽管哈利现在住在布鲁厄的另一边，宾园。他是佳济山长大的孩子，也算得上是当年的一位英雄。当我们国家的象征，他是胖了点儿，但他的白皮肤，浅蓝眼睛却正好合适，而且还有一副出色的军人派头。他又在朝鲜战争期间当过兵。他做过贡献。

那条喇叭裤上是宽宽的红条子，在肚子那个部位扣不上扣子，但既然由三色吊带吊着，一件上面有星星图案的浅蓝色马甲一直吊到皮带下面，因此也就没有多大关系了。四号以前的那一星期，哈利和詹妮丝大张旗鼓准备行头。他们还真的去买了一件礼仪衬衫，双袖口，燕子领，好与那软塌塌的红领结成龙配套，而且认定他那双翻皮轻软鞋与红条子裤搭配比那双他留着专门参加婚丧大事的正规黑皮鞋更加协调，看上去也更像靴子。那件毛料燕尾服，也是蓝颜色，但比马甲深，两边各有三颗不能扣的铜扣子，倒还合身，不过那顶箍带上有大银星星的毛茸茸的喇叭形高顶黑色大礼帽却悬乎乎地挑在他高高的脑袋上，由于戴了白色尼龙假发，有点儿紧，所以给人一种摇摇欲坠的感觉。

詹妮丝咬着舌尖儿沉吟。"你用得着戴假发吗？你的头发够白的了。"

"可是当山姆大叔就理得太短了。早知道我就让它一直长着去。"

"嘿，"她说，"干吗山姆大叔不能留现代的发型呢？他又没有死，对吧？"

他摘掉假发试了试礼帽说，"这样就感觉好一些了，真的。"

"说白了吧，哈利，你一戴假发还怪吓人的。它让你看上去像个大高个儿红脸女人。"

"你看，我是看在咱们小孙女的面子上才干这个的，何必糟践人呢。"

"不是糟践，是有趣。我以前从来没有看到你的女人味儿。我打赌你能做一个比你妈和米姆更好的女人。她们俩倒应当是男人，两个都是。"

从他头一次把詹妮丝从克劳尔商店带到家里起，妈妈就对她凶得很，米姆又一度把查利·斯塔夫洛斯从她身边偷走了，或者詹妮丝是这么认为的。"穿上这副行头我身上又热又痒，"哈利说。"咱们再试试那山羊胡子。"

山羊胡子还合适，詹妮丝说，"哟，不错。这就把你的脸拉长了。我挺纳闷儿你怎么从不长胡子。"她一说起他，这种微妙的过去时总是偷偷儿溜进她的话语中。"密斯特李斯特现在就长胡子了，这就使他的愁眉苦脸轻了点儿。他的下巴上的肉都吊下来了。"

"我不想听那个小爬虫的事。"他又补了一句，"我一说话，就觉得胡子没粘牢。"

“肯定粘牢了，这东西经过的游行可不算少了。”

“问题就在这里，你这呆子。有没有办法把胶换一换?”

“下巴别动得太凶就行了。我可以给多丽丝·埃伯哈特打个电话。她嫁给考夫曼以后，两个都大搞起业余戏剧演出来了。”

“别把那好出风头的婊子往我的事情上扯。说不定游行时有人带了多余的胶呢。”

游行队伍在佳济山中学操场集合，这是一件乱无头绪的工作。现在这里只是初中，而且决定拆除，因为校内到处都是石棉，还有木头地板的保险系数问题。哈利在这儿上学时，大家只有吸石棉的份儿，而且担着地板着火的风险。现在军乐队啊，老爷车啊，四健[①]彩车啊，穿着旧军装的退伍军人啊，全在停车场的柏油路面上和棒球外场的棕色草地上乱转，惟一的一点组织纪律性是由这样一些男男女女提供的，他们身穿绿色T恤，上面印的是**佳济山独立日委员会**字样，头戴前面是鸭舌、后面有网眼的塑料卡车司机帽。兔子左顾右盼，看有没有人告诉他该上哪儿去，他转悠的地方正是很久以前他溜达过的地方，当时他梳着湿唧唧的鸭尾头，穿着背部勒得紧巴巴的灯芯绒衬衫，袖子挽得高高的，在不打篮球的季节，一包香烟把衬衣口袋撑得方方的。他希望能碰上他昔日的女朋友玛丽·安，而且还像从前那样穿着鞍脊鞋、白短袜，啦啦队长的短百褶裙，裙子和短袜之间的腿肚子又直又光，肌肉圆溜溜的，脸上只有一面的腮帮子上有个酒窝儿，脑门子上有点粉刺，看见他，一认出来，顿时喜形于色。相反，长着迷惘的八十年代嘴脸的陌生人却一个劲儿地向他打听情况，因为他打扮成山姆大叔，理应知道。他只好连连告诉他们他什么都不知道。

这所老中学是二十年代用橙色砖修建的，后面是一堵高墙，没有窗户，

---

① 原文为4-H，指head(健脑)，heart(健心)，hand(健手)，health(健体)，系农业部提出的口号，旨在推进农村青少年的农牧业、家政等现代科学技术教育，以利于健康成长。

对面有一间用木板和油毛毡搭建的设备棚，早就拆掉了，现在这块黑糊糊的石子儿场地勾起他深远的联想，在它默不作声的砖头和与世隔绝的空地上有股力量，因为，在放学以后到暮色招你回家之前，城里更富有探索精神和行止奔放的孩子们，不仅有男孩，还有女孩，喜欢在这里聚集，留连，有的往安在毛坯砖墙（就像在金黄鹂中学体育馆里那样，篮环平插在墙上）上的篮环里投球，有的靠在设备棚扯破的油毛毡板子上，搂着脖子亲嘴（被男孩子们张开的臂膀搂住，女孩子们就像困在一排软笼子里），有逗笑的，有传递秘密的，有摸着走路的，有躲着不回家的。所以学校背后这片砂砾剩地充满了庄严的兴奋，也就是小年轻儿追求的能量。现在这块地，重铺过了，收拾干净了，棚子和篮板不见了，兔子碰上了朱蒂的童子军，有的穿着制服，有的化了装摆好姿势站在平板车上，一辆展示“自由女神”的彩车，那个最高最俊的女孩身披白床单，头戴带尖儿的王冠，举着一本青铜大书和镀金火炬，别的女孩们簇拥在她的纸板底座周围，涂成红、棕、黑、黄各种颜色，代表人类的各个种族，之所以抹脸，因为在佳济山没有印第安人、黑人或亚洲人的小女孩，至少没有参加童子军的。

平板车周围的女孩穿着戴徽章、吊穗子的卡其布制服，朱蒂就是她们当中的一个，她看到爷爷这身高超的打扮，惊奇得不得了，赶忙把他的手抓住，仿佛要把他绑到地上，绑到现实上似的。哈利好不容易弯了弯脑袋看见了她，生怕他的高顶大礼帽掉下来。仿佛在冲着棒球场远处的接球手说话似的，他问她，“这山羊胡子看上去怎么样？就是小胡子，朱蒂。”

“挺好，爷爷。一开始你还把我唬住了。我不知道你是谁呢？”

“我总觉得它随时都会掉下来。”

“不像。我喜欢这大条子裤。马甲勒不勒你的肚子？”

“这倒问题不大。朱蒂，听我说。你能不能帮我一个忙？我才刚想起来，他们现在制造一种苏格兰胶带，两面都能粘。我给你两块钱，你想能不能跑到中央大道对面的那家小店给我买一点来？”尽管岁月流逝，字号常换，经营手段屡屡改变，但学校对面总有家商店，给学生娃娃卖泡泡糖，卖糖果，卖玩具手枪，卖火药纸，卖便笺簿，卖香烟，卖黄色杂志，卖小年轻儿认为非有不可的别的东西。他挺着脑袋，怪费劲儿地把他那行头掏了一层又一层，总算掏腾到条子裤一只松塌塌的侧面口袋的钱包上，便把它举到脸跟前，掏出两张一元的票子。为了保险，又添了一张，如今的东西总比他想的要贵。

“假如过节不开门呢！”

“会开的。以前门总开着。”

“假如游行开始，我必须上车呢？”

“不，不会的，游行没有我是开始不了的。好了，朱蒂。想想我为你做的一切吧。想一想那次我在船上救你的情况吧。又是谁先把我拉到这该死的游行里来的？是你！”

他不敢向下看，生怕帽子掉了，但他可以从她的声音里听出她快哭了，她的头发在他的视线下面造成红红糊糊的一片。“好吧，我试一试，不过……”

“记着，”他说，由于告诫时下巴一硬，他觉得山羊胡子松了，“两面都能粘的。苏格兰公司造的。快跑，宝贝！”他的心也赛起跑来；他又在衣服里摸揣了一通，以确信他记着把那一小瓶硝酸甘油片儿带来了。他在那松塌塌的裤兜深处找到了那瓶救命宝。他把指头举到脸前，想把山羊胡子往紧压一压，却看见指头哆嗦着。如果他的山羊胡子粘不住，他就当不成山姆大叔，整个游行就会乱套；它就会永远堵在学校操场上。他迈着碎步转悠着，不去理会任何人，一心要让心脏平静下来。这真叫人气恼。

朱蒂终于回来了。跑得上气不接下气，她告诉他，“他们真笨。他们现在主要卖吃的。像杂拌儿那样乱七八糟的东西。他们只有一面粘的苏格兰胶带。反正我买了一点。行不？”

停车场鼓声隆隆，起初七零八落的，几个小鬼耐不住性子乱闹腾起来，随后一起发威，势不可挡。老爷车和彩车起动了，给节日的氛围充溢着蓝色的废气。“行，”哈利说。无法低头看看自己的孙女，生怕帽子掉下来，一边把胶带和从下面塞到他手里的找零装到口袋里。他觉得远离了自己盛装打扮的身体，像是踩在高跷上。一双脚小得难以置信。

“对不起，爷爷。我可尽力了。”朱蒂的轻声细气从他下面看不见的地方传来，战战兢兢，眼泪吧唧的，像水溅到了太阳地里。

“你做得棒极了，”他告诉她。

一个急疯了的矬墩子女人，穿件绿色的委员会T恤，戴顶卡车司机帽走过来，把他连推带搡，从彩车和鼓号队、A型福特车队、系领结的镇领导们和一辆白色大轿车旁边走过去，一直走到游行队伍的最前头。一辆佳济山巡逻车开道，蓝灯旋转，警笛悄然，然后隔一段距离就是哈利。仿佛他不知道路线似的，其实小时候他就常常参加游行，混在镇上的娃娃伙儿里骑着自行车。红、白、蓝三色的皱纹纸缠绕到辐条上。沿中央大道到市场街离422号公路只有一个街区，穿过又小又斜的闹市的中心，然后左拐上山，沿波特大道，穿过几个街区的在挡土墙后面的一台一台草坪上耸立的半独立式砖房，然后下山经过凯格赖斯巷，那是过去的叫法，现在叫凯格赖斯街了，街上原来有些小小的制袜厂和机械加工车间，现在更名为“林奈克斯”、“数据开发”、“商务逻辑系统”，再上去就是杰克逊路，最高点了，离他的老屋只有一个街区，然后下行到约瑟夫街，经过那座高大的浸礼会教堂，急转向右到了常春花街，经过邮局和形容枯槁的老秘密共济会会堂，走到镇政府大楼前临时搭建的观礼台结束，这里是个小公园，六十年代遍地都是吸大麻、弹吉他的小年轻儿，现在平时只有几个退休的老人和皮肤晒成千金难买的棕黄色的无家可归的流浪汉。那个绿胸脯女人，一起还有个戴着个纸板大徽章的司仪，是个斜眼、驼背的珠宝商，人们管他叫“西漠来奇”①——兔子上学时

① 原文Himmelreich，系德文，意思是“天富”。

比他爸爸低几级，人人都说他爸爸是犹太人——一定要他走慢些，好与开路车之间保持一定距离，这样山姆大叔看上去就不会与警察关系太近了。紧跟在后面的是那辆白色大轿车，拉着佳济山镇长和没有到波科诺斯湖和泽西海岸去度假的镇议员。再后面鼓号喧天，风笛悠扬，风笛手是从切斯特县雇来的，彩车上演奏的流行乐曲嘁嘁喳喳，都在宣扬自由女神，1776 精神，一个世界/UN MUNDO[①]和“健脑、健心、健手、健体”，队尾是一个当地的摇滚歌手，如醉如痴地模仿着普莱斯利、奥尔比森和伦农[②]，同时有一个一百万瓦的电风扇对着摞在平板车上的扩音设备吹得震天响。然而在队伍的前头，又是肃静得出奇。哈利终于把穿着翻皮轻软鞋的脚踏在镇里主干街黄色双线上开步走了，那是一种什么样莫测高深的怪异的感觉啊！他觉得头晕眼花，荒唐可笑，大得离奇。身后是那辆白色大轿车，一路呼呼响着慢速行进，所以他不能停下脚步，前面老远老远的地方，那辆警车闪了一下就拐了个弯儿不见了，但就在平日里车水马龙的中央大道上却空得叫人怵目惊心，只见电线上面一片七月的恍惚的蓝天。他成了惟一的行人车辆，他那孑然笔直的身体。静下来的街道有着它月球似的细部，它的麻脸，它的疤痕，它的老八辈子的铁盖子。他迈了几步，踏入这柏油的空无，心在颤，手在抖，这种颤抖变成一种崇高的舍生取义的感情，线路的这一头，边儿上看客寥寥，马路边上只有几个光身子，穿着短裤、球鞋、花衬衣。

他们向他喊叫。他们讽刺性地挥着手，冲着山姆大叔这个概念，这面走动的旗子，这个死不悔改的收税人，这个在国际上调皮捣蛋的家伙，喊“呀——伊”。他别无能耐，只好挥挥手，小心翼翼地点点头，以免撒掉了帽子或者摇松了山羊胡子。观众人一稠，越来越多的人喊起他的名字，“哈

---

① 西班牙文：一个世界。

② 埃尔维斯·普莱斯利(1935—1977)，罗伊·奥尔比森(1936—1988)和约翰·伦农(1940—1980)都是摇滚乐歌星。

利”，或者“兔子”——“嘿，兔子！嘿，神投手！”他们还记得他。他多少年都没有听到有人这么勤地喊他的老外号了；佛罗里达没人用它，他的孙子们听了会莫名其妙。但蓦然间，它又从路缘上来了，活泼，亲热。这帮人似乎是当年挤满老体育馆的那帮人拉长了的回收改造版，星期二和星期五的夜晚，篮球之夜，隆冬时节，用他们的身体营造出自己火热的夏天，一上场，汗水总是蜇得你的眼睛火辣辣的，从你的长发下面、耳根后面不断流下来，顺着脖子往下淌，一直流到锁骨中间的窝儿里。现在也开始冒汗了，在他的毛料燕尾服下面，在脊背上，肚子上，肚子还真如朱蒂说的，勒得慌，礼帽下面，尽管没戴假发；谢天谢地，詹妮丝免了他遭这份罪，她不见得永远都是个笨蛋。

人群扎成一堆一堆的，有在街旮旯儿上的，有在挪威枫树荫凉下的，有在砂岩挡土墙上的，有在一台一台的草坪上直到各家各户门廊的凉影子里的，他频频招手，越来越轻松，越来越急切，结果汗水泡松了他的山羊胡子，损坏了胶的黏性。他觉得胡子的一边已经轻轻地与下巴脱开了，没有打乱步子——山姆大叔走的是一种屈膝晃动的步子，不完全是哈利自己从容不迫的步子——他把苏格兰胶带从那松塌塌的口袋里掏出来，撕了一英寸，就是带红格子纸标签的那一头，它硬是要粘在他的指头上不下来；他越来越生气，弹了好儿下，它才飘到街上去了。于是他又撕了一截，把它压到自己的脸和合成纤维做的白胡子脱开的那边的沿儿上；胶带是粘住了，不过肯定在他的脸上造成了一个亮晃晃的长方条儿。看见他做这番临时修补的观众起了哄。他开始摘掉那顶又高又重的帽子，小心谨慎地左右鞠躬，这一下激起了更多的掌声和友好的致意。

他在挥手、微笑、粘胶闪亮中看到的人群使他惊诧不已。佳济山的人已经换上了夏装，表现出一种从哈利儿时起就从孩子悄然溜到老人身上的裸露。道牙旁，坐在铝制草坪躺椅里的白头发老奶奶打扮得像胖娃娃一样，又是花格，又是饰边，没有样子、青筋突暴的腿乐此不疲地伸得老远老远。中年男子把他们桶子似的大腿挤进了给孩子们准备的骑车短裤里。年轻的妈妈们从后院公开的游泳池里上来，穿的是比基尼和开衩很高的氨纶衬裙，把半个屁股和胸脯露在外面。她们撅起屁股，把身上只有尿布或橡胶裤的热得红扑扑的婴儿驮在上面。现在似乎成了年轻人的天下——宝宝们，小鬼们，自从他从这个镇子出生以来，一代接一代，像水冒泡儿似的。那会儿可满四处都是老人：他早晨走着上学去，一路上总看见有态度严厉、嘴里数数叨叨的女人从家里出来，摇晃着扫帚，穿着厚厚的深色长统袜和前襟上上下下都是扣子的便装。现在杰克逊路两侧是肉的快乐、天真的泡沫。光光的膝盖挤在一起像葡萄串儿，桶子似的棕色的裸肩赫然出现在路边斑驳的荫凉下。一面面粘在镀金的细棍儿上的美利坚国旗，气球，五彩缤纷的气球，甚至做成心形和枕头形的金属色的气球，不是拿在手里，就是拴在灌木上，拴在装着更多的宝宝的童车把儿上。他把游行队伍领向这些熟悉的斜坡街中心令人心惊的空寂中时，一种放纵的精神，一种齐心协力寻欢作乐的意向包围着支撑他的队伍。

哈利在山羊胡子的另一侧也粘了一些胶带，又从同一个口袋里摸出了他的小药瓶，颠出了一片硝酸甘油。这段上坡可把他考验了一番，现在下坡了，反而颠得他脚后跟和膝盖怪难受的。他一靠近前面的警车，一氧化碳就冲进了他的肺脏。后面杂乱的乐声又把他向前推：《美国巡逻兵》的间隙中填满了《昨天》的旋律。他全神贯注走在漆好的黄线上，到处都被刹车印儿弄得脏兮兮的，允许行人通过的地段又画成了点点，但大部分是双线，就像早就埋掉了，或者当废物拆除了的不容更改的老式有轨电车的轨道。照相机对着他咔嚓个没完。七嘴八舌的声音喊着他的几个不同的名字。他们认识他，他却没看见认识的脸，一张都没看见，就连普露的红头发心脏形的鬼脸，罗伊瞪大的黑眼睛或者詹妮丝棕色顽固的栗子似的小脸也看不着。他们说他们就在约瑟夫街和常春花街的拐角上，可是这里快到镇政府大厦了，人最拥挤的地段，夏日烤熟了的身体贴了四五层，他的亲人们已经被吞没了。

他原先熟知的整个城镇已经被吞没了，被这几十年的时光，取代它的是另一个城镇,更年轻、更裸露,恐惧少了,情况好了。可它依然爱他,不减当年他在一个主场给大家奉献四十二分时给他的那份情意。他是一个传奇,一朵行云。在他心里,一粒炸药炸开了他的血管,如同花瓣在太阳下绽放开来一样。他的眼睛被汗水或者什么容易引起过敏的东西蜇得火辣辣的,他的脑袋扣在高顶礼帽这口压力锅下生疼生疼的。温室效应,他想。臭氧层里的洞。南极的冰一旦融化,我们都要统统淹死。扫视着融为一片的人海,寻找一张熟悉的面孔的闪现,哈利看见的却是一罐儿啤酒被放肆地传来传去,一个近视眼孩子急切的眼镜、一个西班牙裔人模样的女孩耳垂上的一只银耳环,忽闪了一下。一路挺进,他在人群里注意到几张黑脸,跟别的脸一样兴高采烈,意气奋发,还有几张东方人的脸——一个被收养的越南孤儿,一个矮小壮实的菲律宾人老婆。后面老远的地方在依然不紧不慢的游行队伍里,风笛手们哀声吹奏着一首要命的苏格兰歌曲,摇滚模仿秀哭喊着"……想一想所有的人",靠前一点,在一盘发沙的磁带上通过一些充满破裂音的喇叭,凯特·史密斯[①]高唱,"上帝保佑美利坚"——"……直到飞沫雪白的海洋。"尽管她死了,被坏疽硬是拽进了坟墓。哈利的眼睛火辣辣的,这样一种印象也晕乎乎地——仿佛他被举起来在鸟瞰全人类的历史——使他的心脏扑腾得越来越凶,在脑海里浮现出来:总而言之,这是世界上有史以来最幸福的操蛋国家。

在做爱以后柔声细语、心神恬然的情况下,他一度可能与塞尔玛分享的是一种愚蠢的启示。塞尔玛猝然死了。死于肾衰竭,血小板减少和心内膜炎,临近七月末,又一个蓝灰色的大热天凉爽的黎明初露在布鲁厄圣约瑟医院对面的与屋顶平齐的装饰性砖工结构上的时候。可怜的塞尔玛,她的身体明摆着是被她长期的挣扎耗尽的。罗尼试图让她留在家里等到最后,但

① 凯特·史密斯(1907—1986),美国女歌唱家。

最后一个礼拜她太难对付了。生幻觉，说胡话，怒火中烧，出言刻薄。满腔怒气全都撒到罗尼身上，此人婚前是个小无赖，但婚后一直是个情笃意专的好丈夫。她只有五十五岁——比哈利小一岁，比詹妮丝大两岁。她死的那个星期，一架 DC-10 飞机将乘客从丹佛经芝加哥送往费城，结果在衣阿华的苏城坠毁，当时飞机试图以二百英里的时速降落，在没有控制装置的情况下只靠剩下的两个引擎的推力往前奔跑，接着在跑道上横转起来，腾起一个巨大的火球，机身便爆裂了，但居然有一百多号人幸免于难，有的倒挂在一截机舱里的安全带上，有的逃脱了，在跑道旁边的玉米地里感到失落绝望。兔子觉得那个夏天的头条新闻不是什么事件的二十周年纪念——如伍德斯托克①，曼森血案②，查帕奎迪克③，人类登月等等。电视新闻一直充斥着重放的连续镜头。

葬礼是在一个离箭谷一英里左右的没名堂的教堂里举行的。哈利和詹妮丝找来找去，结果迷了路，最后绕到处女泉的商场跟前，那里一家有六个放映厅的大电影院在它塞得满满当当的展览牌上做了一大堆广告 I **亲爱**

---

① 1969 年 8 月原计划在纽约州乌尔斯特县的伍德斯托克镇举办音乐节，然而该镇找不到一个合适的地址举办这种有近百万人参加的大型活动。于是地址被选到华尔基尔镇，但由于当地人反对，活动最终在伍德斯托克西南四十英里处的萨里文县的一块私人苜蓿地里举行。演出原计划有二十万人参加，但最后来了五十余万人，大多数人没有买票。结果造成了附近的交通阻塞，当时又逢下雨，参加者便一起分享食物、饮料、甚至毒品，当地居民也主动提供食物、毛毯，集会秩序基本井然。这次大型集会所表现的友好情谊与欢乐精神获得普遍赞赏，成了当代传奇，被称为“伍德斯托克精神”。此后这里每年 8 月一般要举办这种音乐节。

② 查尔斯·米尔斯·曼森(1934—　)为一惯犯，一生大部分时间在狱中度过，六十年代末，他成了一个名为“家庭”团伙的头头，策划了好几起凶杀案，其中最有名的要数 1969 年 8 月对女演员莎伦·泰特(当时怀孕已 8 个半月)的凶杀。此后曼森在大众文化中成了邪恶的象征。

③ 1969 年 6 月，参议员爱德华·肯尼迪参加完马省查帕奎迪克岛上的一次晚会开车离去，途中汽车冲出一座桥。虽然他本人未受重伤，但同车的罗伯特·肯尼迪的秘书、二十九岁的玛丽·约·科佩奇恩不幸身亡。由于爱德华·肯尼迪在出事八小时后才报警，因此被控离开事故现场。此事对他的声誉造成不良影响。

的，我把孩子缩小了·蝙蝠侠·捉鬼敢死队Ⅱ空手道小子Ⅲ死亡诗社·大火球。售票亭的懒姑娘不知道教堂在哪里，里面长着一脸小疙瘩的引座员也不知道，空荡荡的鲜红的休息厅里有股黄油爆米花和化了的M&M巧克力味儿。哈利生起自己的气来了：他多少次偷偷儿地溜到箭谷去看塞尔玛，现在竟然连她那个该死的教堂也找不到了。到了最后，又热又尴尬，又对彼此的无能火冒三丈，安斯特朗两口子总算把教堂找到了，这教堂原来是个简单粗糙的建筑，一个有窗户、有一个树桩似的电镀铝尖顶的仓库，建在一大片红土地上，没有树木，敷衍了事地种了一点毛毛小草，车辙倒是纵横交错。里面，墙是煤渣块儿砌的，从高高在上、畅通无阻的窗户里射进来的光白花花的刺目。折叠椅代替了长靠背椅，孩子气的毡旗子从头顶的铁梁上吊下来，上面画着十字架、号角、棘冠，与《圣经》的章节数码混杂在一起——马可福音15：32，启示录1：10，约翰福音19：2。牧师穿着一套棕色西装，打着领带，里面是普通领子的衬衫，一副毛手毛脚、上气不接下气的样子，活像个用具商店里有时候不得不出来搭把手搬重货箱的年轻的胖经理。橡木读经台上有个小叶杆儿似的麦克风，几乎看不见，把他的声音放大了。他说塞尔玛无论做主妇，做母亲，做教徒，做受苦受难者，都堪称楷模。这番描述空洞无物，就像一件没有穿到人身上的衣服。牧师对此也有所觉察，因为他接下来就提及她"特有的"幽默感，她独特的待人接物的方式，正是这种方式使她长期与病魔作斗争时始终表现得勇敢坚强。塞尔玛在医院里度过的最后一个悲惨的星期，牧师对她做了一次尽尽职责的探视，他悍然跟她探讨起这样一个永恒的神秘：为什么上帝让一些人受苦，另一些人享福，为什么能治好一些人的病，而让很多人总是病魔缠身。即便在神圣的福音书里，我们不要忘了，情况也是这样，那么多的麻风病人和污鬼缠住的灵魂恰巧没有被安置在耶稣的道上，也没有足够的闯劲自行赶到平原上，高山上，加入到在迦百农、在加利利往耶稣身边拥的茫茫人海中去，他们又怎么样呢？而塞尔玛是怎么回答的呢？就在那疼痛煎熬的医院的病床上，她说，她猜她跟别人一样命该如此。这个女人实在是个谦谦君子，从不怨天尤人。牧师声音加快了，这表明要谈轶闻趣事了。他回想起早些时候在一次压力较轻的场合，他到她一尘不染的家里去看她，她给他解释她的病痛，把它说成一场小小的误会，说成她的体系中几根细线搅到一起了。然后她又指出，表情娴雅风趣，这是我们在座的爱她的人都记忆犹新的——不过也带着一脸的悲戚——也许上帝只对我们能亲身经历、能亲眼看见的事情负责，却对任何微观层面上的东西不承担责任。

他抬头一望，对这番回顾达到的效果没有把握，这一小群吊唁者，要么也许从这番奇谈中听到了塞尔玛的声音，从而想象出她活着时的作风中的某种教书匠的冷嘲热讽、一丝不苟的东西，要么感觉到牧师需要从那种鬼缠身似的无端的苦难中解救出来，反正都嘻嘻地傻笑了一阵以示礼貌。于是这位身穿棕色西服的男子松了一口气，像个脱口秀主持人不能自已，滔滔滚滚地奔向含笑于九泉的老套，诸如《诗篇》关于青草地的篇什，《传道书》关于万事皆有定时的章节，那句白日已尽的圣歌之类。

詹妮丝穿着她那身警察服欷歔不已，坐在身旁的哈利想到的则是他所熟悉的轻狂淫荡、赤身裸体的塞尔玛，跟牧师描述的那个女人实在是天差地远；但说不定牧师说的塞尔玛跟哈利想的塞尔玛一样真实。女人是演员，观众想要什么她就能表演什么。她给他表演的角色就是爱慕他，让她的身体供他尽情享用，仿佛送给他了似的。她身体有病，肤色灰黄，里面装着死亡，就像一个丝绸裹着的黑匣子。她觉得无奈地囚禁到这种难以驾驭的爱的需求上了，在她的这种态度中有一种轻微的侮慢，一种屏弃。他不能像她爱他那样去爱她，在他的半心半意中有着一种令人满意的自我惩罚，一种她感到有滋有味的讽刺。然而不管他多么频繁地离她而去，她却从来都不想叫他离开。这会儿，当他站起来听牧师祝福时，她的表情严肃的鬼魂也起来靠在他身上，站着贴到他的胸口，带着酸奶般的气息恳求他不要走。詹妮丝又欷歔起来，但哈利把他自己对塞尔玛的悲伤紧紧压在他心头，知道詹妮丝也不想看见他的悲伤。

外面，在令人难堪的阳光下，韦布·穆尔科特，脸上那种笑眯眯的皱纹比以往更深了，一根烟卷儿仍然从他那驼吻似的长长的上嘴唇儿上吊下来，他忙不迭地从人伙儿中间穿梭，介绍他的新太太，一位羞答答的二十多岁的女孩，比纳尔逊年轻，比安娜贝尔也年轻，一个毛茸茸的娇小的金发女郎，穿的是深色褶边裙，模样儿像只海豹，也像个少年游泳冠军，没有明显的凸凹。韦布就喜欢丰乳肥臀的女人。哈利真替她难过，把她拽到这个宗教仓库里埋她丈夫的一个老高尔夫球友的太太。辛迪，韦布的前妻，哈利对她追慕也不是很多年前的往事，她也在这里，孤零零的一个，看上去胖墩墩的，气哼哼的，悬乎乎地挑在一双像凉鞋一样省料的黑色高跟鞋上，摆出一副姿势站在充当教堂停车场的红土地草长得密密匝匝的车辙上。詹妮丝还跟韦布和他的新娘粘在一起，辛迪站在那里，像块木头似的在热辣辣、雾蒙蒙的太阳下乜斜着眼睛瞅着，哈利拿出一派骑士风度走了过去。

“嗨，”他说，心里挺纳闷她怎么把自己弄成这副德性。她已经呈现出标准的玳瑀德县女人的体形——胸脯像个搁架，屁股像随身带着自己的板凳。她那张眉清目秀的小脸，当年简直像个谜，一副男孩子的调皮相，狮子鼻，两只眼睛离得老远，可现在框了一圈肥肉，还有双下巴垫底；她没有脖子，像那些一个窝在另一个里面的俄国娃娃。她原来剪得短短的头发已经蓬得高高的，烫成了时下年轻娘儿们垂青的大脑袋样式。这更增大了她的块头。

“哈利，你好?”她的声音有一种葬礼上特有的谨慎，说着就伸出一只软手，宽得像熊掌，等他来握；他把那只手用自己的接住，也用这种悲哀场合打掩护，弯下腰来，在她湿唧唧、胖乎乎的腮帮子上栽了一个吻。她那种气哼哼的木块样儿轻松了点儿。“塞尔玛不是挺惨的吗?”她问。

“是呀，”他表示同意。“不过这是迟早的事儿。她也明白。”他寻思，表明他知道这个已故女人的心事也没有什么不妥；他们互换的那个夜晚，辛迪就在加勒比海。他本来要的是辛迪，却跟塞尔玛缠到一起了。现在两个都无欲无求了。

“你知道,是吧?”辛迪说。“我是说,如果你病成那样,你就感觉到时候不远了。你什么都感觉得到。”兔子想起在她的喉咙窝儿上有个小十字,她穿上泳装时,你就看得见,而且,像她这一代的很多人一样,她是怎样迷上了鬼画符之类的东西——占星术,预兆之类——尽管还不像英格尔芬格老弟的女朋友瓦莱丽陷得那么深,那可是个真正的老派嬉皮士,六英尺高,挂着滴滴答答的珠子。

“也许女人比男人更敏感,”他对辛迪把话说得十分圆通。他又扭捏出了一点儿直率。“我最近身体有点儿问题,给我的感觉是,我在恍惚中走完了我这一辈子。”

这话对她来说太深沉,太具有忏悔意味了。在过去他和辛迪的关系中总隔着一堵墙,正好就在她那双明亮的黄油硬糖般的棕色眼睛后面,有一个信号叫停的障碍。傻兮兮的辛迪,塞尔玛是这样叫她的。

“有人告诉我,”他告诉她,“你在金黄鹂附近那个商场那面的一家时装店里干事。”

“我还真想辞掉呢。我的收入是从韦布的赡养费里扣的,我干吗还要费这个劲儿?你看得出那些福利妈妈们是怎样过的。”

“嗯,”他说,“有个事儿干你就能进入外面的世界。认识一些人。”认识上个男人,再结婚吧,这是他没说出口的想法。可是谁想拴那样一板牛肉呢?现在你要是跟她乘太阳鱼玩,坐一个就会压沉一个。

“我正想着当一个理疗医生。时装店还有一个女孩正在学整体按摩。”

“听起来挺好,”哈利说。“针对的是哪个隙儿呀?”

这话粗得够呛,所以她就大胆开口了,“你和塞尔玛——”但她又打住,眼睛瞅着地面。

“是吗?”那种老障碍使他没法儿鼓励她。她不是他要为之扮演塞尔玛的孤凄情人角色的观众。

“你会思念她的，我知道，”辛迪虚弱地说。

他装出一副天真的样子。“坦白地说，詹妮丝和我最近见哈里森两口子的次数也不是那么多——罗尼退出俱乐部了，他说太费钱，我呢，今年夏天简直就没有机会过去一趟。情况不同了，老一帮人全走了。大都是些愣头青儿。他们能把球打到一英里开外，周末赢个满堂红。我的儿媳妇带着孩子在那里的池子里游泳。”

“听说你又回摊场了。”

“是呀，”他说，说不定她知道情况了，“纳尔逊脑子犯潮。我也只不过守住摊儿就是了。”

他心里嘀咕自己是不是说得太多了，但她正从他身边望过去。“我得走了，哈利。瞅着韦布嬉弄他那个傻得可笑的小玩偶，我一秒钟都呆不住了。他都六十出头的人了！”

幸运鬼。他一直搞到了六十岁。就在她的气话强加在空气中的那一段小小的沉默中，一架飞机飞了过去，它的身后拖着高亢沉闷的吼声。他不十分友好地笑着告诉她，“你们大家把他养年轻了。”一个你忍受了那么凶的渴求咬啮弄不到手的女人，当疼痛过去了之后，你还是忍不住心生一点怨恚的。

有些人开始溜号儿了，哈利想他该过去跟罗尼说句话才是。他的老现世报正站在一个松散的人伙儿里，其中有他的三个儿子和他们的女人。阿历克斯，那个电脑通，留着短平头，一副近视眼的傻样儿。乔吉则是一头未来演员的放纵长发，为参加妈妈的葬礼特意穿的外套，打的领带，看上去像一套戏装。小罗尼有张最讨人喜欢的脸——塞尔玛的笑颜——一身户外干活的人特有的肌肉和棕黄的皮肤。跟他们一一握手时，使他们吃惊的是哈利居然叫得出他们的名字。当你跟一个女人发生性关系时，有些魔力就溅到她的子女的体内了，因为她也为他们叉开过双腿。

“纳尔逊怎么样？”小罗恩问他，从脸上的表情看，没有恶意。一定是这孩子，因为在布鲁厄到处跑，把纳尔逊的恶习告诉了塞尔玛。

哈利实打实地回答了他。“挺好，罗恩。他去接受了一个月的戒瘾治疗，现在他跟二十来个人一起住，他们叫什么来着，物质滥用者，住的地方他们叫‘概念住宅’，一座费城北的过渡疗养所。他在干义务工，在一个操场上帮教市内贫民区的孩子。”

“那就好，安斯特朗先生。纳尔逊是个挺好的人，从根本上说。”

“我再不去看他了，我就是受不了他们硬给你的那种家庭疗法。不过他妈和普露赌咒发誓说他喜欢这件工作，跟这些粗野的黑人小子一起干活儿。”

乔吉长得最漂亮，也是塞尔玛的心肝儿肉，由于无意中把这番谈话都听到了，便插了一杠子，“纳尔逊惟一的麻烦就是，他太敏感。他把什么事都搁在心上。在娱乐界，你就会学会背一甩把事儿撂开。你知道，操他娘的蛋，要不然，你就只好寻短见了。”他拍了拍后脑勺上的头发。

老大阿历克斯以他一本正经的傻样儿补充说，“我告诉你吧，加州的毒品让我也动了心，所以，这份费厄费克斯的工作到手时，我高兴极了。我是说人人都吸毒，整个周末他们都吸毒，在海滩上，在高速路上；人人都吸得恍恍惚惚。你怎么养活一家人，或者攒一点钱呢？”

她的孩子现在都是成人了，头上有了星星点点的花白头发，嘴周围也有了小小的智慧纹，有了老婆孩子，塞尔玛的孙子，瞅着他们的爸爸在这个野草纠结的世界寻求庇护。在哈利眼里，她的孩子比罗尼显得更加成熟，在罗尼身上，他总看见的是那个文里希巷子里出来的可憎的小兔崽子，中学时代更衣室里刺刺不休的牛皮大王。他一度爱过的人都悄然离去了，可罗尼总赖在那里，就像他自己臭烘烘的下体，就像天天脏的乔基三角裤。

罗尼可把伤心的鳏夫演到家了；他看上去像是从洗衣机里出来的，眼睫毛白花花地从眼泪泡红了的眼皮子底下奓出来，拳曲的黄铜色头发脱成了几绺灰丝，贴在耷拉着的耳朵的上方。兔子极力压制着他昔日的厌恶，捐弃他们的前嫌，于是把对方的手意味深长地捏了一把，嘴里说了声，“实在很难过。”

然而，满怀宿怨的恶鬼又在哈里森的脸上闪现出来，曾经还是一脸的横肉，现在显得憔悴，塌陷，青筋暴起。把儿子们撩了一眼，把脑袋朝那面一戳，他故意狠狠把哈利的胳膊一抓，将他领到别人听不见动静的地方，几步之外满是车辙的干泥地上。他用一种运动员抱成团儿急匆匆地说悄悄话的声音对他说，“你以为我不知道多少年来你一直在捶塞尔？”

“我——我从来没有多想你知道什么还是不知道什么，罗尼。”

“你这狗杂种。那天夜里我们在岛上互换只不过是个开头，对吧？你在这儿一直陪着她。”

“罗恩，我想你说过你知道。如果你觉得好奇，你应当问问她才是。”

“我不想惹她烦。她在挣扎着活命，我又爱她。到临了，我们谈过这事。”

“你这不是惹她烦？”

“她想洗刷洗刷，落个清白。你这狗杂种。还是老法师呢。我就从来没有见过你这样冷酷自私的王八蛋。”

“为什么？我怎么这么坏？也许她需要我，也许是互惠。”从罗尼的肩头望过去，哈利看见吊唁者在等着告别，神色犹豫，意识到了这番仓促谈话的激烈程度。哈里森已经面红耳赤，说不定兔子也好不到哪里。他说，“罗尼，人们看着呢。这不是说话的时候。”

“再没有时候了。只要我活着，就不想再见到你。你让我恶心。”

“是呀，你也让我恶心。你一直都是，罗恩。你只知道动家伙，不知道动脑筋。如果塞尔吃不消你那堆臭狗屎，时不时地给自己放一天假，谁能怪她呢？”

罗尼更是面红耳赤，而且眼里泪水盈眶了；他一直没有放开哈利的前臂，仿佛这一抓是他跟亡妻最后一次温暖的接触似的。他压低声音，情绪更加激动；哈利只有低下脑袋才能听见。“你捶她，我才不管这种屁事呢，要我的命的是你只干活，却屁事不管，她对你着了魔，可你只顾舔光吃净。你这个心里只有自己的嘲鸡巴的狗东西。她把自己白耗到你身上了。她违背了自己的一切信仰做事,你却无所谓,你不爱她,她心里清楚,她亲口告诉我的。她在医院里告诉我的,要求我的宽恕。”罗尼吸了口气,接着往下说,但泪水哽住了他的喉咙。

兔子自己的喉咙也痛起来,心里想着塞尔玛和罗尼最后的一幕,当她的身体里的爱消耗殆尽时却背叛了自己的情人。“罗尼,”他悄声说,“对她我可不是无所谓的。真的。她可是个让人销魂的女人。”

“你这嘲鸡巴的狗东西”成了罗尼的全部说辞,重复了一遍又一遍,然后他们俩都转过身去面对那些吊唁者,他们正在等着致过意就爬进车子,回去利用这个热辣辣、雾蒙蒙的星期六剩余的时间,因为玳璃德县到处是要修剪的草坪,要锄草的花园。詹妮丝和韦布也在这些瞪着眼睛等的人中间。他们一定猜到了这番谈话的内容,其实,这里的人大部分肯定都猜到了,即便是那三个儿子。尽管他每次到箭谷来,一直都小心谨慎,总是把他的丰田藏在她的车库里,而且从来没有被哪个生了病提前离校回家的孩子或者从一个未锁的门里进来的修理工在床上捉住,但这些事情总有法子泄露出去的。就像一个轮胎,跑气只需一个针眼儿。人们感觉得到。话已经传开了,或者现在会传开的。嘿,操他娘的蛋,就像乔吉说的。操他们大家的蛋,包括韦布的小丫头片子新娘,看样子她兴许怀上娃了。这个韦布,这个人物还真有两下子。

事情可巧了去了。罗尼和哈利,哈里森和安斯特朗,以一种排练过似的精准,来了个十字大交叉。尽管眼皮红滋滋儿的,喉咙生疼生疼的,两个人还是笑眯眯儿的,面对着这一小群眼巴巴儿地瞅着的人,干净利落地沿两条路交叉而过,朝各自的亲人走去,哈利走向穿着白边宽肩海军蓝套装的詹妮丝,罗尼回到儿子们身边和他的丧事的中心位置上去。一朝为队友,永远是队友。兔子,想起罗尼有次怎样在大西洋城把鲁丝戳捣了整整一个周末,然后还大言不惭地向他胡吹了一通,所以一点替他难过的感觉也没有。

我爱你为我做的贡献，丰田。这是公司发下来挂在大展览橱窗里的新纸旗上的话。有时候，站在橱窗前，当一朵饱含雨水的云遮暗天空，或者一辆闭合式卡车开上来经过紫杉树篱到服务部门前办事的时候，哈利突然看见玻璃窗中自己的映像，看到他是多么高大，在这个星球上占了多少空间，所以暗暗吃惊。上个月作为山姆大叔走在空荡荡的车道上，他已经感到自己高得出了格，仿佛他的脑袋是个巨大的气球在进行曲上空飘浮。尽管在内心深处，他觉得自己具有的是一种无害、消极的精神，一种平稳、渺小的声音，不想搞任何伤害，不想在任何地方落入圈套，也不想死，但从外面看见的这另一个自己，一个六英尺三的以前的运动员，体重至少也有二百三十磅，一个鬼魂，穿一身滑溜溜儿的夏装，全身像打过蜡似地闪光，一个大脑袋，上面蓬蓬松松、影影绰绰的头发是在“剪乐美发店”剪的（不分男女，起价十五块），正好压在耳朵上，一个怪可怕的大块头，有能看的眼睛，能抓的手，能咬的牙，一个身体，一顿吃的可让三个埃塞俄比亚人饱餐一天，一个汽油、电、报纸、碳氢化合物和碳水化合物的无耻消费者。一个老板，穿一身亮闪闪的西服。他近来的心脏病就像他忍受大疼痛出了大价钱镶了牙冠的大牙，已经成了他受人尊敬的完善装备的一部分。

哈利今天需要一个良好的自我形象，因为十一点丰田公司的一位代表，一位岛田夏目先生要来摊场视察，迄今为止，显现出的只是他的一笔仔细的签名，每个字母都是单开写的，签在加利福尼亚托兰斯美国丰田汽车销售公司总部的米色硬信笺上。在查利指点下由詹妮丝雇用的两名会计师剖析出的财务不规的说法已经过滤到上面去了，而且越来越高，因为先有马里兰格伦伯尼的中部大西洋丰田的一些书信，接着是巴尔的摩丰田汽车赊销公司各办公室的邮件，然后又是直接从托兰斯来的彬彬有礼、说一不二的公函，上面是岛田先生的签名，用的似乎是一支老式的笔尖粗短的自来水笔，天蓝色墨水。

“紧张吗?”艾尔薇拉问,穿着一身薄薄的泡泡纱套装踅摸过来。由于天气炎热,她把后面的头发剪短了,露出颈背上性感的黑色绒毛。纳尔逊是不是经常打她的牙祭?如果普露不供应,他只好打别人的牙祭了。除非可卡妞儿够泡,要么这小子是个暗处的“欢欢”。在他能够容忍思考儿子的性生活的范围内,艾尔薇拉似乎有点儿过于高雅,过于中性,不会轻易做这种事情。不过哈利也许在低估世界上的能量:既然他自己的情况日渐松懈,他容易这么想。

“还可以,”他回答。“我看上去怎么样?”

“威风八面。我喜欢这套新西装。”

“是种灰色金属纤维。他们搞月球航天器那会儿研制出的料子。”

外面的车场上,本尼正向一对年轻夫妻表演着一种开车门和合引擎盖的舞蹈,这小两口儿总是大眼瞪着小眼等着要对方拍板,一下子同声说起话来,然后又一起沉默下去,一块钱都不想叫人骗走,搞得神智都瘫痪了。八月份的销售方兴未艾,丰田提出给一千元的返还。从前你只是明码标价销售。不存在讨价还价的事儿,要买就提货,不买就走人,优质产品。他们原有的纯洁已被美国生意经败坏了。丰田已经甘心堕落,投身到这种混战中来。“你知道,”他告诉艾尔薇拉,“摊场这些年一直卖这些车,我倒是想不起有一个真正的日本人光顾过。我总以为他们都呆在丰田城里享受茶道呢。”

“还有艺伎,”艾尔薇拉狡黠地说。“就像那位宇野先生。①”

听了这一专门的影射,哈利笑了。这丫头——婆娘——锐气依然。“是呀,他这位娱冶首相好景不长久,是吧?”

她今天的耳坠就像寺庙的风铎串儿,又小又弯的暗银盖儿用金属丝串

---

① 指宇野宗佑(1922—),曾任日本首相。因与几名艺伎传通奸绯闻被迫下台,任期只有68天(1989年6月2日至1989年8月9日)。

成椭圆形，哆哆嗦嗦，每个有蝶茧那么大。它们颤抖着，带着些微的气愤，因为这时候她告诉他，“其实面对岛田先生的应当是纳尔逊和莱尔。”

他耸了耸肩。“你有什么法子呢？律师最后拨通了莱尔的电话，这家伙给他的只是一通嘲笑。说他下床上厕所都得吸氧，随时都有丧命的可能。还说这病已经扩散到大脑，他都搞不懂律师在说什么。又说他不得不卖掉电脑，一张盘也没留下。换句话说，他告诉律师去——去跳河好了。”把“操他娘的”这类话憋在心里也许是向艾尔薇拉献殷勤的一种方式，他不得而知。虽说上场晚了，但你总得试着一搏。他喜欢她这瘦骨伶仃的模样儿——相形之下，普露，甚至詹妮丝都显得粗壮——她身上有一种凉爽娴静的气息，他觉得十分惬意，就像你听不见说话，只看见闪亮的电视荧屏。“我也只有笑一笑了，”他说，指的是莱尔上次的交谈。“死也有它的好处。”

她在他身边问道，“纳尔逊过一个来礼拜会回家吗？”

“日程表是这么定的，”哈利说。“夏天过得飞快，是吧？傍晚你可以注意得到。天气依然暖和，但天黑得一天比一天早了。这是一件你年年都忘掉的事情，夏末的黑暗。蝉。晒透了的草坪的气味。除了今年夏天雨多得要命——在我的小园子里，天哪，杂草一个劲儿地长，莴苣和花菜秆儿细吱吱地高，快要翻倒了。豌豆蔓儿铺展开来像爬山虎，翻了篱墙都进邻居的院子了。”

“至少，不像往年夏天热得那么怕人，”艾尔薇拉说，“往年人人都不住点地谈什么温室效应。说不定就没有温室效应这回事呢。”

“噢，有的，”兔子告诉她，带着一种浑然不觉的确信。111号公路对面，在红礼帽形的“必胜客”屋顶上，一群已经南飞的椋鸟，点缀在几行电话线上，活像一小节五线乐谱。“我活不到那一天的，”他说，“可是你可以，还有我的孙子们。纽约，费城，它们的码头会淹到水底下，一旦南极开始融化。泽西海岸统统完了。”罗尼·哈里森和鲁丝；什么狗屁东西，那家伙。

“他怎么样，你常有他的信儿吗？纳尔逊。”

“他给我们寄过两张自由钟明信卡。听口气倒挺高兴。在某种程度上，这孩子总在寻找更多的结构，那是我们没法儿给他的，我想康复项目结构很大。他跟普露通过电话，但在这当口，他们不鼓励跟外界过多的接触。”

“普露对一切是怎么想的？”哈利想象得到吗？这里有种浓厚的兴趣锋芒，仿佛电视机一关有种声音唰地闪回了一下。

“很难知道普露是怎么想的，”他说。“我的印象是他把自己打发走之前，她正准备收拾摊儿离婚。她，詹妮丝和孩子们已经去波科诺斯湖了。”

“这一下你一个人挺孤单的，”艾尔薇拉·奥伦巴赫说。

这会不会是在投石问路？他是不是该请她过去？在窝里举杯对饮，摸摸她黑黑的颈背，看看在那间斜斜的闲置的卧室里，她的毛屄是否受用，在他们搬进去以后，所有的旧《花花公子》都藏到那里的壁橱里了——那个精瘦的年轻女性的身体在他身上设法满足它的欲望，这种想法就像想到雪崩一样令他震动。这会破坏他的日常生活。“到我这种年纪就无所谓了，”他说。“我可以看看想看的电视节目。《国家地理》呀，《迪斯尼》呀，《自然世界》呀。詹妮丝在家里总叫我们看那些家庭情景节目，上面人人都在起居室里胡闹。那个《罗莎娜》，我问她到底从中看出了什么鬼名堂，她告诉我，‘我喜欢她。她胖乎乎的，糟嗤嗤的，坏兮兮的，像美国的大多数女人。’我看得越来越少。我想办法喝上一罐啤酒，早早地上床睡觉。”

这位年轻的女子无声地表示要走了，回到她巴拉圭方向的隔间里去。但他喜欢她呆在身旁，于是冷不丁地问，“你知道我讨厌听到谁的情况？”

“谁？”

“皮特·罗斯。你最近在《旗帜报》上看没看到他以前怎样陷进了水深火热的境地？1980年他和费城队的其他一些人服安非他命时叫人抓住，俱乐部把迪兰·利奇，惟一承认的一个，卖了，其他几个厚着脸皮死不认账。”

“我撩了一眼。是个布鲁厄医生提供的方子。”

“对，我们自己的这个小镇子。正因为这样，他认为现在他可以蒙混过关了。谁也不想自作自受，人人都想事事得手。奥利·诺思，毒品贩子，大牢塞满，人人伤心欲绝又怎么样呢？无法无天，焚烧国旗，操他妈的谁管呢？”

“别自寻烦恼了，哈利，”她说，拿出她那副母亲样儿，打起了退堂鼓。“满世界都是骗子。”

“是呀，我们应当知道这一点。”

她已经背过了身，没有做任何反应。兴许她一直在玩纳尔逊的尿呢。

“反正我总认为他的球玩得够臭的了，”他觉得非说出来不可，指的是罗斯。“你要是全靠乱挤硬碰来玩球，那你就索性别玩。”

外面，酷暑天的户外，湿热的光与影的交替又闪回出他自己不祥的映像，哈利注意到那焕然一新的紫杉树篱——他让一家草坪服务公司把枯死的灌木换掉，重铺了树皮覆盖层——又聚集了一些从 111 号公路上刮进来的比萨包装蜡纸和聚苯乙烯泡沫塑料的咖啡杯。他不能让他们的日本客人看见这样一片乱糟糟的景象。他走出去，污染了的热空气，从柏油路上弹起来，使他透不过气来。他左边的肋骨一紧。他往舌头底下放了一片硝酸甘油，让它慢慢儿地融化着，才开始弯下腰来。废纸好像越捡越多——糖纸啊，烟盒上的玻璃纸啊，被雨水泡皱、被太阳晒黄的广告传单和整页整页的报纸啊，软饮料大杯子，还盖着塑料盖儿，插着吸管，融化了的冰形成的脏水还在晃荡。世界上的废物没完没了。他应当带一个垃圾袋出来才是，他两只手都占满了，当他把手指头展成扇形试图再捡一张又皱又粘的硬纸板时，感觉到他的脸都涨红了。就在哈利还在捡垃圾的当儿，一辆大轿车飕地一下开进了车场，他只好赶紧跑进去把烂纸统统塞进办公室的废纸篓里。嘴里喘着粗气，心脏怦怦直跳，他的金属纤维灰色西服上装纽扣绷得紧紧的，便急忙跑过展厅到入口处迎接岛田先生，跟他握手，用的是一只没有洗掉街上的砂砾、干糖和依然黏糊糊的比萨浇头的手。

岛田先生是个无可挑剔的精干男子，身高约五英尺六，拎一只薄得惊人的牛血红公文箱，穿一身烟青色西服，上面有种几乎看不见的细条子，协调地展现出身子为浅蓝色的衬衫上钉着金链扣的一截整齐的翻边袖口和又高又白的领子。他的样子密密实实，活像一个连旮旮旯旯儿都填满了大号铅弹的豆弹袋子，体态很好，尽管矮胖了点，他那张并非不友善的脸上闪着加利福尼亚太阳晒黑的亮光。“见到你大大的好，”他说。“地方最好。”他英语讲得很自如，但口音太重，哈利得反应秒把钟才能回答他。

“呃，严格地说，这一带并不算最好，”他答道，但转念一想，这样说不够策略，因为丰田干吗把自己的特许经销点安排在一个烂地方呢？“我的意思是，我们出名的是农业区，带六角符号的谷仓之类的东西。”他心里纳闷儿他是不是应当解释一下“六角符号”，但又认定划不来。“你想看看设施吗？看看安排吗？”以免“设施”人家听不懂。跟老外说话你还真得考虑考虑语言。

岛田先生慢腾腾地，硬橛橛地把脑袋和肩膀一起转过来，先转到这边，然后转到那边，看了看展厅。“我明白，”他笑了笑。“在托兰斯我也研究照片和露面布置肚。啊！格爱的侣士！”

艾尔薇拉已经离开了办公桌，大模大样地朝他们的客人走来，把腮帮子往里一咂，使自己更富有魅力。“奥岛小姐，我是说岛田先生”——哈利一直在练习这个名字，告诉自己前面与“戳捣”的“捣”相似，后面与“嘣舔”的“舔”接近，结果在紧要三关还是乱了套——“这位是奥伦巴赫小姐，我们最好的营销代理之一。代理人之一。”

岛田先生本能地双手贴腿先向她微微鞠了一躬。他们握手的时候，好像两个人都想用自己的笑脸把对方打倒。他们握的时间也太长了。“主意大大地好，让两个性别的人搞销溲，”他对哈利说。“越来越普通的事。”

“我不知道干吗用了这么长时间才想到这一点，”哈利承认。

“好主意耗时间，”对方说，有点儿敛容了，让一抹告诫的严厉把他丰厚而平展的嘴往下一拽。哈利从小就记得第二次世界大战中，日本人对他们巴丹的战俘是何等残暴。珍珠港事件后你首先听到的是他们小得可笑，驾着微型潜艇和所谓的"零式"飞机，然后，随着太平洋战事早期的失败滚滚而来，又听说他们疯狂地效忠自己的天皇，纯粹是些机器猴子，只有用火焰喷射器才能把他们从藏身的洞穴里烧出来。从此以后，我们走过多长的路啊。哈利感到涌动着一股悲天悯人之情，对一个并不需这种情感的世界的认同。岛田先生似乎在问艾尔薇拉是不是挞球。

"你是说打网球?"她反问。"打，实话实说。方便时就打。你是怎么知道的?"

他那张扁脸突然堆起灿烂的褶纹，然后，像猴子一样飞快地拍了一把她的手腕，在她太阳晒黑的皮肤上明显有一条较白的带子。"汗带，"他说，自豪之情溢于言表。

"好聪明，"艾尔薇拉说。"你在加利福尼亚一定也打。人人都打。"

"只要有空。五棋，在争取四棋。"

"妙极了，"她回应道，不过眼角向上撩了一眼哈利，在问她这个艺伎得当多久。

"好的接球，不用反手，"岛田先生告诉她，还做着示范。

"转身背朝球网，球拍往后压低，"艾尔薇拉告诉他，也做着示范。"把球从正面击出去，别让球打了你。"

"说话很专业，"岛田先生告诉她，粲然一笑。

毫无疑问，艾尔薇拉能给人留下深刻的印象。你看得出她在球场上会是怎样的纵横应对，动作敏捷。哈利开始放松了。这一堂虚拟网球课上完以后，他领着客人走马观花。先经过的是办公场所，然后穿过配件部搁架排成的隧道，配件部经理助理罗迪是个漂亮得邪乎的青年，一头平直的长发吊在脸上，他得不住点地往后捋，他满脸满手都沾着一层灰色的油腻，恶浊地白了他们一眼。哈利没有介绍，生怕给岛田先生沾上一点油污。他把客人领到震天动地、洞穴似的维修部的铜栅门前。这里的维修部经理原来是曼尼，是哈利十五年前从弗雷德·斯普林格手里接收过来的，现在已被阿诺德取代，此人是个胖乎乎的小伙子，有机械学校的高级学位，他在那里学会了穿可洗的工作服，这给他一种丘比特娃娃或雪人的模样儿。岛田先生在回声震天的维修部边上踟蹰良久——金属对金属的锤击声中穿插着男人的咒骂声——然后退了一步问，“库员宾行的好？”

这肯定是指“品行”。哈利想到这些机修工，想到他们牢骚不断，时不时地喝咖啡休息，要求越来越多的补贴，想到他们周一常常宿醉未醒，不能上班，周五又形迹可疑，提前溜号，不过还是嘴上说，“很好。一小时净挣二十二元，包括奖金和补贴。我十五岁初次干活时，一小时才挣三毛五。”

岛田先生不感兴趣。“褐人库员，有的？我看没有。”

“是呀，呃。我们倒是想雇几个，但很难找到合格的。两年前我们雇过一个男的，干得一手好活儿，人缘儿也好，可是我们最后还是把他放走了，因为他不是迟到，就是干脆不来。我们要他说说道理，他说他是按非洲裔美国人的规矩办事。”哈利不好意思告诉他那人的外号叫什么——黑鬼。至少我们不再像他们东京那样卖有黑鬼嘴唇儿的黑三宝洋娃娃了，他今年夏天还在《六十分钟》上看见过。

“丰田努力成为待遇公平的库主，”岛田先生说。“要成为你们脱元社会的好公民。在肯塔基乔治城的工强里，很多褐人干活。不光流水线，管理岗位。”

“我们会尽力的，”兔子向他许诺。“这是一个保守地区，不过情况正在改变。”

“很漂亮的地区。”

“对。”

回到展厅里，哈利觉得必须解释一番，“墙和木活的这些颜色是我儿子选的。我儿子纳尔逊。换了我，会选某些，唔，浅淡一些的颜色，但他一直是这里的实际经理，而我一年里有半载呆在佛罗里达。我太太喜欢那里的阳光。噢，对了，她也打网球。喜欢这项运动。”

岛田先生粲然一笑。他的嘴唇扁平得像是贴在玻璃上一样，他的眼镜，眼镜上有点儿方的金边儿，似乎跟眼睛贴得分外地紧。“我们知道纳尔逊·安斯特朗，”他说。这个姓里辅音很多他念起来有些麻烦，把它念成“安克一啊一痛”。“丰田公司一个最有名的人。”

哈利的胸又是一紧，皮带下面尿有些夹不住了，这就告诉他经过这么多客套后，已经到了正题了。“要不到我办公室坐坐？”

“十分讷意。”

“让哪个姑娘给你弄点什么？咖啡？茶？当然不像你们的茶。不过是一袋立顿茶。”

“没有也好。”他相当随便地进了哈利的办公室，坐在那把办公桌对面客户坐的塑料椅上，扶手镀了铬，还加了衬垫。他把那只薄得出奇的公文箱放在腿上，双手搭在上面轻轻地十指一交叉，合在一起，露出两截令人目眩的白袖口，他等哈利在办公桌后面坐定，然后开始做好像是准备好的一篇发言。“在日本，”他说，“我们总是崇拜美国。作为战领期间的一个孩子，对美国大兵十分庆仰，他们的快乐随片的样子。敌兵，但不是坏人。厉害人。我们天皇的顾问们引讨他走上不幸的路，所以麦克阿瑟将军，我们觉得他就像天皇，遥远，一流。我们努力按他的意千办事——重千烧毁的城市，学奇民主方式。日本人起初对美国毕恭毕敬。你知道丰田的故事。起初不很大，然后大了些，我们为巧人物的钱生产更好些的产品，是不？你们要的，我们有的，是不？”

“好口号，”哈利告诉他。“比起最近下达的一些，我更喜欢这一个。”

然而岛田先生不希望被人打断，哪怕是轻微的打断。他那双油亮油亮、指甲剪得整整齐齐的手坚定地压在那只薄薄的牛血红公文箱上，他上身前倾，使自己的声音听起来十分清晰。“然厄，战后这些年，日本人，男的女的，对美国大大尊敬。求像大哥哥一样。但是最近这个阶段大哥哥表现的求像巧弟弟，老系哭鼻子，发牢消。贸易上要很多的优惠，说日本人的不公平竞争。为什么不公平？做了一些东西，大大地便宜，即便加上关税和运费，人们起欢，人们买。旧时代美国的方式。但在新时代美国不做东西，只搞合并，搞获取，呛低税率，高举国债。不出，只入——外国货，外国资本。美国的什么都拿，什么也不给。求像大褐洞。”

岛田先生对这种时新的类比和他对英语无可辩驳的掌握洋洋得意。他自个儿笑了笑，然后吧嗒两下，把公文箱打开，像枪响一样吓人。他从里面拿出一张米色硬纸，上面稀稀拉拉地点缀着一些打印出来的数字。“按照这里的数字，从88年11月到89年5月，斯普林格汽车行缺报九辆丰田车的销售，按厂价从金额为一十三万七千四百元。这个数目掐上到这个日期为止的利息为一十四万五千八百元。”他鞠了一个本能的半克制的躬，便把这张纸从办公桌上递了过去。

哈利用他的一只大手把它按住，说道，“是呀，呃，不过这是我们雇的会计师们把这一切举报给你们的。并不是说作为一家公司的斯普林格车行想骗谁。这是一种操蛋的——一种异常的——情况，已经被发现，正在纠正当中。我儿子有吸毒问题，又雇了一个坏蛋当主任会计师，两个合起伙儿把我们大家都糊弄了。还有布鲁厄信贷银行陷进另一个骗局里——他们让一个死了的共同的朋友买车，你能相信吗？不过听我说，我太太和我——从严格的法律意义上讲，她是这儿的主儿——我们决意偿还我们欠的中部大西洋丰田的每一分钱。还有，什么时候我倒想看看你们是怎么算那笔利息的。”

岛田先生身子稍稍向后一靠，发表了他最简短的讲话。“多久？”

哈利孤注一掷了。“八月底。”还有三周。他们也许只有搞一笔银行贷款了，而布鲁厄信贷银行已经在调查他们的案子。得，让詹妮丝的会计师支招儿去吧，如果他们是那么聪明的话。

岛田先生的眼睛在嵌进他的扁脸里的镜片后面眨巴了两下，而且似乎同时点了两下头。“八月底。一分二的利息按标准的丰田汽车赊销公司贷款一月一期的复利计算。”他啪的一下把公文箱关上，把它立在座椅旁边。

他斜着眼睛凝视着哈利办公桌上镜框里的照片:詹妮丝,三四年前还留着刘海,穿着缀满了闪亮的金属片的长连衣裙,准备出门去参加瓦尔哈拉坞的除夕晚会,是一张闪光摄影彩印照片,是费恩·德雷奇塞尔用一架尼康自动相机拍的,那是伯尔尼刚刚送给她的修殿节①礼物,照片洗出来好得惊人,詹妮丝那张期待着晚会的脸看上去比实际年龄小许多,有点儿曝光过度,焦点没有对准,显得目光迷离;纳尔逊的中学毕业照,穿一件颜色鲜艳的运动服,打着领带,长得像女孩子那样的头发披在肩上;还有一张纳尔逊离任时留在桌子上、装在镜框里的黑白照,那是哈利上学时摆着姿势照的,穿着篮球运动衣,把球举在亮晃晃的右肩上好像是在瞄准投篮,留着小平头,一副睡眼惺忪的样子,背心上印着“佳山”字样。

岛田先生在椅子上的坐姿不是那么笔直了,这表明到了一个新的不那么正式的谈话层面。“现在的年轻人最有趣,”他决定说话了。“不像人类大部分历史上那样害怕饿死。不像不久以前那样害怕原子弹。但还是有害怕的东西——不快乐。在日本也一样。南牛仔裤、摇滚乐没有造成足够的快乐。从前,在日本,很简单的东西就叫人快乐。某个时刻鱼塘上的月亖。竹林里蟋蟀唱歌。很小的事情带来很大的情坎。日本一个巧岛国,必须用几乎没有的东西做事情。不呛没完没了的中国,不呛美国,没岫井,没大空间。我们只有我们的人民,他们的纪努。眼下在加泥福尼亚僧活了五年,使我失望,美国的人中撅乏纪努。很多好的品质,当然。好的网球,好的心肠。托托的开心。我有许多最亲爱的美国朋友。他们从是套歉,因为富兰克您·罗斯福时代给日本人搞了拘留营。我吃惊,从是对他们说,‘是战争!’战争中,人们需要纪努。不仅仅在战争中。和平也系一种战争。我们现在不打美国人、英国人,而打日产,本田,福特。丰田代理处必须是一个纪努的替

① 亦称光明节,犹太教节令。每年在犹太教历基色娄月(公历 11—12 月间)二十五日开始庆祝,连续 8 天,纪念马加比起义胜利后恢复对耶路撒冷圣殿的奉献。

方,一个秩序的替方。”

哈利觉得他必须打断一下,他不喜欢这种独白趋向。“我们认为这个代理处就是这样。销量今年夏天上升了八个百分点,一反全国的颓势。我总是对人说,‘丰田一直对我们好,我们也一直对丰田好。’”

“不会再有了,对不起,”岛田先生简捷地说,又重新开始:“在美国,我感到迷人的是秩序与自由之间的斗争。人人说自由,所有的报纸电似节目主持人每一个人。多多的乐爱和议论自由。踩滑板的要使用海滩木板路撞倒可怜的老年人的自由。拿收音机的褐人要用超高嘈音表现自我的自由。男人们要有枪和向公路上的其他人随便射击的自由。在加泥福尼亚,狗屎多的让我吃惊。到处狗屎,狗必须要有到处拉屎的重要自由。狗自由比干庆草地和水泥人行道更重要。在美国,丰田公司希望在自由的海洋里制造秩序的讨屿。希望在外部世界的需要和内部存在的需要中间,在日本我们叫的 giri 和 ninjō① 之间打造适当的并衡。”他身子往前一倾,又宽又白的袖口一闪,敲击着哈利办公桌上的那一页数字。“太多的混乱。太多的狗屎。八月底给钱,不起诉犯罪行为。但在辛格车行,丰田特许经销点不会再有了。”

“斯普林格,”哈利不假思索地说。“听着,”他抗辩道。“对我儿子崩溃谁也没有我难过。”

现在打断的却是岛田先生;他的演说,带着它以日本话在他脑海里形成的多少美丽的影子,已经把他煽起来了。“不光是儿子,”他说。“谁是那种儿子的父母?他们在哪儿?在佛罗泥达,享受阳光和网球,而小孩用车玩游示。纳尔逊·安克—啊—痛大大地小孩管不了丰田代销处。他给丰田公司羞脸。”这一声明把他扁平的嘴唇向下拉得老远,显得吹胡子瞪眼,怒容满面。

---

① 意为“理义”和“人情”。

哈利无望地争辩道,“你们要经销人员年轻化,为了吸引年轻客户。纳尔逊过两个月就三十三了。”他想就是向岛田先生解释这个年纪已经到了耶稣基督被钉上十字架救赎全人类,也不过是白费唇舌,说不定还有冒犯之嫌。他做了最后的抗辩:“你们会失去所有的善意。三十年来布鲁厄人已经知道到哪儿来买丰田。就在111号公路这儿。”

“再不会了,”岛田先生声明。“太多的狗屎安克—斯特朗先生。”他的第三次叫名字的努力几乎成功了。你还不得不佩服人家。“丰田不喜欢别人用它的斩品玩坏游示。”他捡起他的薄公文箱站起身来。“你把票据留着,还要来很多文件。最徐快而又遗憾的访问,对共同感兴趣的问题很好的交谈。也许你会好心跟大翘司机讨论讨论找到去422公路的最好的路。那里有克劳斯先生的代销点。”

“你要去看拉迪?他过去在这儿干活。他的所有知识都是我教的。”

岛田先生已经挺直了腰杆,一身暗条子烟青色西服。“好老师不总是好父母。”

“如果拉迪要当城里的独家丰田代理,他应当甩掉马自达。那种汪克尔发动机从来没有真正好使过。太像一只松鼠笼子了。”

哈利感到头重脚轻,因为已经一刀两断了。期待是最折磨人的,撒手倒也落得几分轻松。“噢对了,祝愿凌志交好运,”他说。“人们想丰田时没有豪华的概念,不过事情会变。”

“事情变,”岛田先生说。“是世界的可悲的秘密。”外面在展厅里,他问,“格爱的侣士呢?”艾尔薇拉咯噔着轻快的步子从展厅地板上走过来,她的耳环顺着两面的下巴尖儿表演着一种舞蹈。他们的客人问道,“景问能要名片以便将后联系?”她从套装口袋里掏腾出一张,岛田先生接过去,认真地研究了一番,双手贴腿鞠了一躬,然后,为了留下一种滑稽的美国式印象,模仿了一个反手击球的动作。

“你已经懂了,”她告诉他。“反手压低。”

他又鞠了一躬，然后转向哈利，咧着大嘴粲然一笑，脸上堆起的皱纹把镜框都顶起来了。“很多问棋都有考运。趁为时还不太反，应当按代销价买辆宁志。”这可能就是一个日本式的小小的玩笑吧。

哈利把那只指甲修剪得极为整齐的手用力紧捏了一下。“我想现在连辆花冠都买不起了，”他说，然后，为了反映一种善意，还真的想办法自己也鞠了一躬。他陪着客人出去走到大轿车前，那名黑人司机正靠在挡泥板上吃着一块比萨，一片云彩离开了太阳；一种无色无情的酷暑天的光辉使哈利不由得退缩了一下；一切玩笑都烟消云散了，他冷不丁地感到弱不禁风，嗒然若失。他无法想像没有了那又高又蓝的丰田招牌，没有了有点儿刺目的东方色彩、制作精良的汽车形成的那片闪闪发光的平静的湖，摊场会成什么样子。可怜的詹妮丝，她会惊厥不起的。她会感到她辜负了父亲的期望。

然而她并没有过于强烈的反应；这些日子她更感兴趣的是她的房地产课程。詹妮丝已经修完了两门为期十周的课程，又开始修另外两门了。她常常跟同学打电话长谈下次考试，或者他们的老师，那个留了一把有趣的新胡子的密斯特李斯特的迷人的性格。“我相信纳尔逊是有某种计划的，”她说。“如果没有，我们大家坐下来，好好合计一个出来。”

“合计！二十万元打了水漂了！而且你再也没有丰田车好卖了。”

“丰田车就那么了不得，哈利？纳尔逊恨都恨不过来呢。我们干吗不搞一个美国车特许经销点——底特律不是大有东山再起的势头吗？”

“势头再大也供不起纳尔逊·安斯特朗。”

她假装他是在开玩笑，所以说道，“你不会是吓唬人吧？”随后她看了一眼他的脸，她看见的是一幅让她惊心惨目的景象，于是从厨房里走过去抬起手摸了摸他的脸。“哈利，”她说。“你言重了。别这样，爸爸过去常说，‘有上就有下，有下就有上。’纳尔逊一周后就回家了，他不来我们实在什么也干不成。”飞蛾在厨房纱窗上一个劲儿地瞎撞着，外面八月初的傍晚具有这个季节特有的那种融和的色彩：光已经收敛，而夏日的温暖依旧。白昼一天天变短，一种枯草和鸣虫的干巴甚至已经潜入了这个大雨不断的夏天，在哈利的记忆中，这个夏天，玳瑀德县的雷雨和山洪是前所未有的。外面，在他们的院子里，他注意到已有几片垂樱上飘落的黄叶，几根逐渐枯死的紫罗兰花梗。在这种孤寂和困倦的心态下，他越来越拉近了与土地的距离，这位熟悉的母亲的裙子里，灌木丛下面的阴影里，仍然藏着他的婴年。

“操蛋！”他说，三个月前感到绝望的普露用这话宣布跟他睡觉，从此以后对他来说这一度成了一个充满魔力的字眼。“纳尔逊能有什么计划？他不进大牢就算洪福齐天了。”

“你不会因为偷自家的东西进大牢的。他还有个医疗问题，他有病，跟你有病一样，只不过那是毒瘾，不是心绞痛罢了。你们俩病情都在好转。”

他在她的言谈中，越来越多的听到的是别人的声音、见解和一种从远离他的地方搜集起来的道理。“你一直跟谁谈话来着？”他说。“你那口气听上去就像那个万事通多丽丝·考夫曼。”

“埃伯哈特。我已经有好多星期、好多星期没有跟她说过话了。不过倒是有几个上房地产课的女人，下课后我们去松树街的那个小地儿，环境不太粗野，至少直到最近，其中有一个，弗兰茜·阿尔瓦雷斯，说你得把任何上瘾的现象看成一种医疗状况，就像人们得了流感，要不你就会发疯，怪罪周围有毒瘾的人，好像他们能管得住自己似的。”

“那么你怎么认为纳尔逊的治疗会有效？就因为花了我们六千块，对这小子，这根本不算一回事。他进去只不过是想避避风头。有次你亲口告诉我他爱可卡胜于爱世界上别的一切。胜过爱你，胜过爱我，胜过爱他自己的孩子。”

“哎，人活一辈子，有时候你不得不放弃你的所爱。”

查利。莫非这就是她念念不忘的人，才使她的声音听起来如此真诚，如此聪明得可悲，坚定得聪明？在这八月的天光行将消亡的当儿，她的眼睛里有种阴暗，它在诱他进去分享她的女人生活教给她的一种聪明。她的手指头又摸了摸他的腮帮子，那种触摸就像你正想睡着时一只苍蝇总是落到你的脸上，薄薄的脸皮这里痒一痒，那里痒一痒。真烦人；他脑袋猛地一躲，想把她甩开。她把手抽了回去，但依然严肃地瞪视着他。“我发愁的是你，不是纳尔逊。是不是心绞痛复发了？喘不过气儿来？”

“时不时地疼一下，”他承认。“没有事儿，一片药就解决了。这只不过是我非认不可的一件事情罢了。”

“我纳闷儿你是不是早该做分流术了。”

“那个气球就够糟糕的了。有时候我觉得好像他们把它落在我身体里面了。”

“哈利，至少你应当多活动活动。你从摊场上一回来就在窝里看电视，然后就上床睡觉。你再也不打高尔夫了。”

“嘿，老一帮人走了，打它有啥意思。飞鹰那儿的小年轻儿可不想要一个老帮子配对儿。到佛罗里达，我会重新捡起来的。”

“这倒是我们该谈的另外一件事情。如果我们每年有半载呆在佛罗里达，那我拿到了营销资格证又有什么意义？我永远建立不起任何地方势力。”

“地方势力，你已经不少了。你是弗雷德·斯普林格的女儿，哈利·安斯特朗的老婆。现在又是个有名的可卡毒鬼的妈妈。”

“我说的是职业上的。这是密斯特李斯特的一个常用语。它的意思是人们知道你总在那里，不像某种不把工作当回事的人那样动不动就往佛罗里达跑。”

“原来是这样，”他说。“我当斯普林格车行经理的时候，为了不碍纳尔逊的事儿，佛罗里达就好得可以窝藏我了，现在你认为你是个打工女郎了，我们就可以把佛罗里达忘了。”

“唉，”詹妮丝承认，“我想着一个可能性，为了帮助公司还债，不妨把公寓卖掉。”

“卖掉？除非我挺了尸，”他说，与其在表达自己的心愿，不如说在欣赏他自己的嗓音，它怒气冲冲，活像一出电视情景喜剧中那些永远暴跳如雷的父亲，也像电影《父母之道》中满头银发的斯蒂夫·马丁①，他们最近有天晚上看过这部电影，因为詹妮丝的一个同学说它非常滑稽。“我的血太稀，北方的冬天挺不过去。”

听了这番话，詹妮丝看样子要哭了，她那双暗棕色的眼睛热乎乎的、呆兮兮的，绝像小罗伊放声嚎哭前的样子。“哈利，别搅得我心乱如麻，”她央求道。“不到十月份，我连资格考试都没参加，我就不相信你立马就要带我去佛罗里达，到了那里，资格证没有任何用处，只有你可以跟几个比你老、比你糟的老头子打高尔夫。他们次次把你打垮，拿走你二十块钱。”

“可当你四处招摇的时候，我该怎么办呐？摊场完蛋了，kaput 了，或者不管日本话怎么说，finito② 了，即便没有完，那小子治了个半拉子，你就要他回那儿去，他又受不了我在身边，我们彼此挤对，总看见对方不顺眼。”

“也许现在你不会这样了。也许纳尔逊只好容忍你，你也得容忍他了。”

哈利低三下四地告诉她，“我倒是愿意。”父与子齐心协力应对这个世界，从头开始重建摊场：这种景象一时间让他兴奋不已。跟本尼和艾尔薇拉一起吹牛皮，放大炮，而纳尔逊在外面那片车顶湖里漂来漂去，像卖烧饼一样卖着二手车。斯普林格车行回到了弗雷德搞丰田特许经销点以前的状态。不错，他们欠了几十万——政府欠的数以亿万计，才没人管呢。

她在他脸上看到了希望，便摸了摸他的腮帮子，这是第三回了。现在，哈利每晚至少要起一次夜，要是看电视不只喝了一罐啤酒，还得起两次，所

① 斯蒂夫·马丁(1945—)，美国演员。

② kaput 是德语，finito 是意大利语，都有“完蛋”的意思。

以学会了摸黑走过卧室，先摸着床头桌的玻璃面儿，再伸开一条胳膊瞎摸着走几步，够着了高高的梳妆台涂了清漆的光滑的边儿，再从那里摸向浴室门的把手。每一碰，他夜夜寻思，都留下了他指头尖儿皮肤上的一点儿汗渍和油渍，久而久之，就会使刷过清漆的梳妆台的边儿变暗，就像他的高尔夫球裤口袋的边子，由于年复一年，一轮又一轮，他把手伸进去掏球座掏球标，已经弄脏了一样；而他的触摸日积月累下来的那种污渍，他有时在平安无事地摸到浴室和它的发着冷光的灯的开关时想道，等他不在人世时，还会在那儿，在清漆上留下一块阴影，一星他的体油的微云。

“别逼我，亲爱的，”詹妮丝说，用的是难得一见的直截了当的恳求语气，这一下子复活了他做丈夫的情感，从而加快了他那颗又硬又老的心脏的跳速。“纳尔逊这件讨厌的事情其实一直是心里的一块石头，尽管我并不是经常流露。我是她妈，我感到丢人。到底会出现什么局面我心中无数。万事都像流水，捉摸不定。”

他的胸堵得慌；左肋笼一阵剧痛。他与纳尔逊并肩大干一场的景象飞逝了，犹如一场春梦。詹妮丝阴沉、直率得可怕、反常，他想用一个陈腐的笑话把她逗笑。“我老得流不动了，”他告诉她。

纳尔逊按日程安排从康复中心回来的同一天，两周内第二个美国国会议员，这回是个白人共和党人，在一次飞机失事中罹难。一个在埃塞俄比亚，一个在路易斯安那；一个是前黑豹党成员，这一个是前县治安官。你不能把当政治家看成在从事那种危险职业；不过它确实叫你飞。普露开车到费城北那个过渡疗养所接丈夫，詹妮丝在家看孩子。他们回来没过多久，詹妮丝便回到宾园的家中。“我认为他们应当彼此单独聚聚，他们一家四口，”她对哈利解释说。

“他看上去怎么样？”

她沉吟着用舌尖儿碰了碰上嘴唇儿。"他看上去……一本正经的。非常专注,平静。没有一点原来坐立不安的样子。我不知道普露告诉了他多少有关丰田撤销特许营销点和你答应这么快就要还的十四万五千元的事。我不想他一来就用这打他的脸。"

"那你说了些什么?"

"我说他气色好极了——他看样子胖了,这倒是真的——还告诉他你我都为他能坚持到底而骄傲。"

"呵,他问我了没有?我的身体?"

"确实没有,哈利——不过他知道,如果你还有什么毛病,我们或多或少会说一点的。他好像最关心孩子们。那种情景还真是非常动人——他把他们两个都领到妈妈过去养花种草的那间屋子,就是我们叫日光浴室的那间,向他们赔不是,说他这个爸爸没当好,并且向他们解释毒品的情况,他是怎么到一个地方去,人家教他怎样再也不要沾染毒品。"

"他有没有向你赔不是,说他这个儿子没当好?有没有向普露赔不是说他这个丈夫不像话?"

"我不知道他和普露彼此讲了些什么——他们在车上一起呆了几个小时,费城一带的交通状况越来越糟糕,原因是高速路上搞不完的工程。好像所有的道路桥梁一下子都崩塌了。"

"他干脆没有问起我?"

"问了,当然问了,亲爱的。咱们俩明儿晚上应当过去吃饭的。"

"噢,这样我就能欣赏欣赏那个没有毒的奇物了。好啊。"

"你千万不能这样说话。他需要我们大家的支持。回到你的环境里来是康复最艰难的部分。"

"环境,嗯?原来我们就是个环境。"

"人家就是这么叫的。他得远离在逍遥宫聚会的那伙吸毒的年轻人。所以他的家人必须努力填补这个空缺。"

“我的天哪，别念这种操蛋的道德经了，”他说，气已经不打一处来了。他气纳尔逊当了浪子反而要对他关爱有加。他气詹妮丝学了这些新名词儿，撇下他向外闯进了新天地。他气这个世界债台高筑，却没有人一定要还——墨西哥不还，巴西不还，松蛋包储蓄和借贷银行不还，纳尔逊不还。兔子从来就对老式的伦理道德不大受用，但它们的消解却咬啮着他的心。

那一夜和第二天过去了，在床上，在摊场上。他告诉本尼和艾尔薇拉，纳尔逊回来了，他妈妈觉得他胖了，但没有宣布任何计划。艾尔薇拉接到过拉迪·克劳斯打来的电话，问她想不想过来到422公路替他卖车。一个岛田先生对她评价很高。她还听说杰克要离开金黄鹂的沃尔沃旧车行到波茨敦创建一个凌志代销点。眼下她倒想先吊儿郎当地挂在这儿，看看纳尔逊心里有什么打算。本尼一直在别的代销点打听情况，因此也不太发愁。“是福不是祸，是祸躲不过，你知道我的意思吧？只要我有个好身体，好家庭就行——这才是我的重中之重。”哈利要求他们先不要告诉服务部的任何人关于岛田先生搞突然袭击的事。他觉得越来越超脱；当他走过展厅塑料贴面的地板时，他的脑袋浮在上面，高得晕乎乎的，就像那天游行他戴着高顶礼帽的脑袋高高浮在有麻点、画道道的柏油路上一样。他还在长。他开车回家，赶上看十频道布罗考主持的节目开头（他也许有点儿兔子嘴，但起码他不说“国于”），再等詹妮丝硬要跟她再坐赛利卡驶过布鲁厄到佳济山，他这一辈子这么做已经不知道有多少回了。

纳尔逊把他的小胡子剃掉了，把那只耳环也摘掉了。他的脸有种操场的棕黑，看上去的确富态了。他的上嘴唇，由于又暴露出来，显得长长的，肿泡泡的，向外鼓，活像斯普林格大妈过去那副德行。到头来他长得像了她，她的样子像根填满了馅儿、绷紧了皮儿的香肠，哈利看见这模样儿现在在纳尔逊身上显露出来了。这孩子的动作有种老太太的僵硬，仿佛康复训练从他身上挤掉的不仅是毒素和紧张，而且还有他天生的神经敏捷。破题儿第一遭他在爸爸眼里像个中年人了，而他日渐稀疏的头发暴露出来的斑斑点点的头皮似乎是他身上的组成部分，不仅仅是一种能够治愈的病。他使哈利想起一个牧师，一个有点儿油光发亮、肥肥胖胖的无名教派的代表，就像埋葬塞尔玛的那个呆瓜。一种习得的规矩延伸到他的衣着上，尽管这个季节晚上潮湿暖和，他还在穿的白衬衣上打了一条条纹领带，使哈利有种自己还年轻的虚假感觉，因为他穿的是那件带有飞鹰部徽的软领马球衫。

纳尔逊在门口迎接父母，拥抱过妈妈之后，试图给爸爸同样的礼遇，别别扭扭地用两条胳膊搂住这个高出许多的男人，并拉着他弯下腰跟他擦了个亲儿。哈利被搞得措手不及，所以不怎么高兴：这样搂搂抱抱给他的感觉是在做秀，显怪，勉为其难，就是电视上的福音传道者告诉你相互做的事情，然后就急匆匆地离开荧屏，找他们的秘书乱搞去了。纳尔逊的年纪达到两位数以后，他和这孩子就几乎没有身体上的接触了。无疑这中间有某种和解或赔罪的意向，但给哈利的感觉是这像儿子从别处学来的一种虚礼，它与做一名安斯特朗没有任何瓜葛。

普露突然有了一位牧师丈夫，反而显得手足无措，当哈利弯下腰期待她双唇在他的上面的温软推压时，得到的却是她干巴巴的腮帮子，而且快得可怕地闪开了。这一下可伤了他的心，但又无法相信他干过什么错事。自从他们在那个风狂雨骤的夜里发生过那一幕后，她那边的沉默表示想装成若无其事的样子，而他用他的沉默表示他也愿意，他再没有力气，没有过多的活力去风流一回了——它有危险，需要上佳表现，需要守住像金银细工一样加在你正常生活上的那种秘密，你对它总有种魂牵梦萦又撕心裂肺的挂念，它时时有败露、终结的危险。他不敢想纳尔逊知道后的局面，而罗尼知道他倒无所谓。他甚至还乐此不疲呢，就像在篮下狠狠捣了他一肘子似的。塞尔玛和他真可谓一丘之貉，各自都能测算出风险多大，好处多少，都能一起忙里偷闲，自在上一个小时，除了彼此，把一切都置之度外，在你自己的这一代里——唱的是同样的歌，打的是同样的仗，对打仗持有同样的态度，循的是同样的规矩，听的是同样的广播——什么可能，什么不可能，你都能测算出来。换了一代人，你等于在踩水，在玩火。所以他不喜欢感觉到普露温度的这种哪怕是非常微小的变化，感觉到这种责难似的冷淡。

孩子们跟他们一起吃饭，斯普林格的红木餐桌，摆得像过节一样，朱蒂和哈利坐在一边，詹妮丝和罗伊坐在另一边，普露和纳尔逊坐在两头。纳尔逊提议做饭前祷告；他叫大家牵起手，闭上眼，等他们难受得要尖叫起来时，他才一板一眼地给出说辞，"和平。健康。明达。关爱。"

"阿门，"普露说，听上去有点儿害怕。

朱蒂不住点地抬起头瞪一眼哈利，想看他怎么办。"好啊，"他告诉儿子。"这就是你从戒毒中心学来的东西？"

"不是戒毒中心，爸，是康复中心。"

"不管是什么中心，还不都是充满了宗教色彩吗？"

"你得承认你是无能为力的，所以得依靠一种高超的力量，那是'嗜酒者互戒协会'和'全国互戒协会'的基本原则。"

"我记得你过去是不大赞同什么高超力量这类东西的。"

"我过去不赞同，现在依然不赞同正统宗教用来表现自己的那种形式。你必须信仰一种比我们自己伟大的力量——我们所理解的上帝。"

一切听起来如此明确妥帖，哈利不得不克制住想争辩的诱惑。"对，很好，"他说。"任何让你熬过这一夜的东西都行，辛纳特拉就是这么说的。"米姆有次向他引用过这句话。今晚，在这幢斯普林格的老屋里，哈利感到与米姆、爸、妈，以及所有沉没了的、虔诚的杰克逊路三四十年代的世界有一种巨大而遗憾的距离。

"你过去对这类东西也相信得很呀，"纳尔逊告诉他。

"过去相信。现在依然相信，"兔子说，这种客套话，他知道，惹恼了孩子。但他只好加了一句："哈利路亚。他们把那导管戳进我的心脏的时候，我看到了光明。"

纳尔逊宣布，"在康复中心他们告诉你，会有人因为你改邪归正而嘲笑你的,但他们没有说其中一个会是你爸爸。”

“我什么也没有嘲笑。天哪。享受你要的所有和平,关爱和明达吧。我全力支持。我们大家都全力支持。对吧,罗伊?”

小男孩气呼呼地眼睛一瞪,因为冷不丁地把他给挑了出来。他的松塌塌、湿漉漉的下嘴唇儿开始哆嗦起来;他把脸转向妈妈那一边。普露告诉哈利,用的是一种温柔、有所针对的声音,他从中感觉出一种认可的轻雾,一种雨打纱窗的轻雾。“罗伊在重新适应纳尔逊的回来,所以一直很不安。”

“我知道他的感受,”哈利说。“我们大家都习惯了他不在家的生活。”

纳尔逊望着詹妮丝,目光里流露出抗议和恳求,于是她说,“纳尔逊,给我们讲讲你做的咨询服务工作,”用的是一种明知故问的假声调。

纳尔逊说话时,坐姿显得出奇地安静,哈利习惯了这孩子从小到大总是神经兮兮、躲躲闪闪的抽搐,这种动作却有某种满怀友好和希望的意味。“主要的一点是,”他说,“你只是听就是了,让他们通过自己的言词把答案找出来。你用不着说多少,只是表示你愿意等,愿意听。就是铁了心的街油子最终也会开口。偶尔你也得提醒他们,你也是过来人,所以他们打架斗殴的故事并不让你伤心。许多都是毒品贩子,当他们开始吹嘘他们赚的钱海了去了的时候,你只消问一句‘现在钱在哪儿?’他们没有钱,”纳尔逊告诉一桌的听众,他自己瞪着眼瞅着的孩子们。“他们吸光了。”

“说到吸光了的事——”哈利开口了。

纳尔逊用他声音平稳的布道将他压了下去。“你得想办法让他们明白他们是吸毒上瘾的人,明白他们不比任何人高明。这种认识必须来自他们自己,发自内心,这不是他们可以接受的你强加给他们的东西。你的任务就是听;主要是你的沉默引导他们跨过他们自己的陷阱。你一说话,他们就开始抵制。这需要耐心,也需要信心。相信功到自然成。果然就是这样。无一例外。看到有了成果,一次又一次的成果,真是喜出望外。人们需要帮助。他们知道出了毛病。”

哈利还是想说话，但詹妮丝打起了圆场，办法是告诉他，声音大得一桌听众都听得见。“关于摊场，纳尔逊有个主意，就是把它变成一个治疗中心。布鲁厄还没有一个它需要的类似机构来应对这个问题。吸毒问题。”

“这绝对是我听过的最馊的主意，”哈利立马表态。“这里头哪儿有钱？你接待的都是些囊空如洗的穷光蛋，他们把钱都吸了毒了。”

一激之下，纳尔逊听上去更有点儿依然故我了。他哀声说道，“有资助款，爸。联邦的。州上的。就连无所作为的布什也承认我们总得做点儿事情。”

“你在摊场上操鸡巴蛋还雇了二十号人呢，大多数都是拖家带口的。服务部的机修工怎么办？你的营销代理怎么办——可怜的小艾尔薇拉怎么办？”

“他们可以另找工作嘛。这又不是世界末日。人们不像你们提心吊胆的那一代人那样在一棵树上吊死。”

“是呀，提心吊胆——你们这一代人放荡不羁，叫我们怎么不提心吊胆呢？你怎么能把那里的那个水泥棚子变成医院？”

“那不是医院——”

“你已经给丰田公司挖了十五万的窟窿，而两周内就得填上。再别提你欠布鲁厄信贷的七万五了。”

“那些车是用斯利姆的名义买的，车从来没有离开过摊场，所以，其实没有——”

“再别提你卖旧车收现金，统统装进了你自己的腰包。”

“哈利，”詹妮丝说着朝他们的两个小听众一指，“这不是地方。”

“就没有一个我把这臭小子拉了稀的屁股能擦干净的地方！操他娘的二十多万块呢——到哪儿弄去？”他的胸肌下疼得直冒火星，他感到头晕目眩，一桌的脸漂浮着，好像是在一片恶心人的汤里。不良的感觉近来一直在恶化；自从那次血管成形术打开他的左前降后，已经三个多月了。布雷特医生警告过再次狭窄往往在三个月以后出现。

詹妮丝说,“但他已经学了这么多东西,哈利。他聪明多了。这就像我们掏钱送他上学念研究生。”

“上学,全是这种鬼学校!学校怎么一下子不得了啦?学校只不过是另一种盘剥。它给你教的无非是怎样盘剥还没有上过学的糊涂虫。”

“那我就不想再上学啦,”朱蒂尖声说道。“那里人人都尾巴翘得老高。人人都说四年级难得很。”

“我说的不是你的学校,宝贝。”兔子几乎喘不过气来了;他的胸有种憋满了不溶解的泡沫塑料块儿的感觉。他千万不能让自己生气。

纳尔逊从桌子那头辐射着平静与坚定。“爸,我过去是个有毒瘾的人,这我承认,”他说。“我用过强可,连着用是很花钱的。你害怕难受。所以每二十分钟就重新注射一次。要是你来上整整一宿,那就扔掉好几千块。但我偷的那笔钱并不全花到我的毒瘾上了。莱尔需要大笔钱购买某些实验物品,可是食品和药物管理局的蠢才们正在调查,所以得从欧洲和墨西哥走私进来。”

“莱尔,”哈利得意地说。“那个老电脑通怎么样?”

“眼下他似乎还挺得住。”

“他会死在我后头的,”哈利说,尽管在开玩笑,但其中真正的可能性却像个冰锥一样戳了他一下。“所以斯普林格车行,”他接着说,竭力把话头控制好,“就毁在可卡和一个‘反反’的药片上了。”瞅着他这个中年、发胖、康复了的儿子,他心里纳闷,这小子到底“反反”到什么程度了。普露对这个问题的回答从来没有令他十分满意。如果纳尔逊不是“反反”,她干吗会让哈利操她?看来老在打饥荒,那样子两次起兴。

纳尔逊告诉他,用的是那种令人平静、什么也打动不了我的腔调,“你太激动了,爸,在这年头,那其实算不上很大的一笔钱。你对钱还抱的是大萧条时期的概念。钱没有什么神圣之处。它只不过是个计量单位而已。”

“噢，多谢你这番解释。实在痛快。”

“至于丰田，这并不是个多大的损失。依我看，公司已经疲软了多年了，看看他们为凌志做的电视广告，要是跟日产为无限做的做一番比较，没有任何可比性。无限进入了化境，广告里没有了汽车的踪影，只见飞鸟树木，他们卖的是一种概念。丰田却是变着法儿卖一堆铁皮。别死心眼儿只认准了个丰田。斯普林格车行还在，”纳尔逊声明。“公司还有资产。妈和我正在想办法看怎么调用它们。”

“那就祝你们成功，”哈利说着把餐巾卷起，重新插进餐巾环里，那是一种孩子玩的环儿，是某种充满了五颜六色的小针的明净的材料做的。“我们结婚三十三年了，你妈连桌上一顿像样子的饭的原料都不会调用，不过兴许她能学会的。兴许密斯特李斯特会教她如何调用。普露，这顿饭可口极了。刚才的一番谈话，担待着点儿。你可真有一手做鱼的本领。格外爱吃那些像豌豆这样辣酥酥的味儿。”当他从他无论走到哪儿都带在身上的那个小瓶儿里抖出一粒硝酸甘油时，他看见自己的一双手哆嗦的样子从来都没有见过——不光是颤动，而是在跳动，仿佛它们有与他不同的自己的思想。

“刺山果，”普露温柔地说。

“哈利，纳尔逊明天就要回摊场去了，”詹妮丝说。

“好啊，又是件痛快事儿。”

“我刚才就想说，爸，谢谢你的顶替。夏天的报表看上去挺好，总的来说。”

“总的来说？我们在那里创造了个奇迹。那个艾尔薇拉是个轰动性人物。我估摸你也清楚。跟我们一刀两断了的那个小日本想把她挖到 422 公路上的拉迪那儿去。存货正在往他的车场上转移。”他转向詹妮丝说，“我难以相信你又要把这个败家子弄回去管事。”

詹妮丝说，用的是一种满桌人都在往会里学的平静的口气，仿佛在哄一个疯子，“他不是败家子。他是你儿子，现在他成了一个新人。我们不能不给他一个机会。”

普露用一种比詹妮丝的口气更像妻子的声音补充说，“他真的变了，哈利。”

“每一天，”纳尔逊背诵起来，“都有高超力量的帮助。你一旦接受了那种帮助，爸，令人惊诧的就是什么都把你扳不倒。这些年来，我认为我的情绪一直严重地低落：似乎一切都太厉害。现在我把一切都交到上帝的手里，打个滚儿，就睡着了。当然，你得把计划继续下去。当地还有聚会，一周得开车跑一趟费城去看看我的治疗专家，检查检查我原来咨询过的一些小年轻儿的情况。我热爱咨询工作。”他转向妈妈，笑了笑。“我爱它，它也爱我。”

哈利问他，“你打交道的这些吸毒的小年轻儿，他们都是黑人吗？”

“不全是。过上一个阶段，你都不会再去注意这个问题了。不管白人黑人，他们都有同样的基本问题。缺乏自尊。”

那种见识，那种诱导出的冷静、沉稳和德操，它使哈利有种幽闭恐怖征的感觉。他转向孙女，寻求一个开口，一丝闪光，一束未经调理过的光芒。他问她，“你对这一切是怎么看的，朱蒂？”

孩子满脸完美的光彩——完美周正的牙齿，完美匀整的睫毛，绿色的眼睛里，一缕缕头发上，都有细微的闪光。大自然在努力造就一个胜者。“我喜欢爸爸回来，”她说，“而且不是那么疯。他更有责任心了。”他又一次觉得这些话是背诵出来的，是在一次他未被邀请参加的排练中学会的。然而他除了希望这孩子得到她需要的爸爸之外，还能希望什么呢？

外面在路缘上，他叫詹妮丝开赛利卡，尽管这意味着要调节座位和各个后视镜。车子绕山往回开时，他问她，“你真不想让我回摊场去？”他低下头看着自己的手。跳动已经平息了，但这种动作仍令人上心。

“我想先这么着吧，哈利。咱们把空间留给纳尔逊。他非常努力。”

“他满口互戒会的屁话。”

“要是你需要它来过一种正常生活，那就不是屁话了。”

“他看上去不大正常。”

“你习惯了，他就正常了。”

“他让我想起了你妈。她总是独断专行。”

“人人都知道他样子像你。只是没有你高，他的眼睛像我的。”

公园，它的多荫的人行道，它的衰败的网球场，它的永远不会再发射炮火的纪念坦克。你开车的时候，是无法把这些东西看得这么清楚的。它们像撕掉了标签的博物馆的展览品一闪而过。他力图从他困顿、气愤的心绪中爬出来。“对不起，如果我吃饭时，在孙子面前说了难听的话。”

“我们已经做了更坏的准备，”她平静地说。

“我压根儿就没有打算提钱或者任何那种破事儿。但总有人得提。你可真是有麻烦了。”

“我知道，”詹妮丝说，任凭上韦泽街的一盏盏灯光冲刷着她——她顽强的、长着钝鼻子的侧影，她的紧抓着方向盘的小手，她从她妈手里继承下来的那枚蓝宝石钻戒。“不过你得有信心。你是这么教导我的。”

“是吗？”想到三十三年里他居然还教导过她什么，他倒是惊讶得开心。“对什么有信心？”

“对我们呀。对生活呀，”她说。“我想你现在应当离开摊场，还有一个原因，那就是你一直面有疲态。你的体重不是一直往下掉吗？”

“不就是两三磅嘛。难道不好？这不就是我应当拼命做的事儿吗？”

“那要看你怎么做了，”詹妮丝说，一肚子的新信息，新设想，着实恼人。她伸过手来在他的大腿根内侧捏了一把，正好捏在他们插过导管、他有可能流血身亡的地方。“我们会好起来的，”她撒了个谎。

八月中旬，湿热难耐，正在把夏天带向一种灿烂的精醇，一种最后的明朗。飞鹰俱乐部的高尔夫球道一年到这个时节通常都被晒干了，硬得像大车道一样，由于今年雨水充沛，要不是长着红棕色碱草的深草区和偶尔一株细长的枫树苗开始显黄，它们依然绿茸茸的。那些幼树首先发生变化——更柔弱了，更协调了。更胆怯了。

罗尼·哈里森挥起杆来依然像个铁匠：后挥短，难看的、截断了的随球动作，有时候，半中间还哼一声。摊场不再需要他，要是再去打高尔夫，又缺一个搭档，于是兔子就想起了塞尔玛说过，因为她看病花钱太多，他们就只好退出俱乐部了。在电话那边儿，罗尼似乎感到吃惊——哈利拨通时也让自己吃了一惊，这几个熟悉的数码已被那段故去的风流练进了指头里——令人吃惊的是，他居然同意了。他们，或许，那天对着塞尔玛的尸体在捐弃前嫌。或者在复苏一种友谊——不是友谊，是关系——友谊也好，关系也罢，他们从小就有了，那时候他们穿的还是灯笼短裤，高帮球鞋，一溜烟就穿过了佳济山石子儿铺路的小巷。这么多年以后，哈利回想起罗尼那张好斗的脸，厚厚的嘴唇，呆呆的眼睛，赫然出现在小学操场上，回想起罗尼在更衣室里得意扬扬地玩弄他那灰溜溜的大黄瓜似的鸡巴（割去了包皮，上面有点儿扁平），然后又回想起罗尼在布鲁厄一带打光棍的那些年向上爬、追女人的情景，原来他就是在兔子之前与鲁丝谈过恋爱的几个男人之一，那几年的罗尼一张嘴就是俏皮的议论，下流的故事，一个黏唧唧的滑头，然后又回想起罗尼与塞尔玛结婚，替斯库尔吉尔共同基金工作，还真是一种死心塌地的干将，硬冲硬撞，不屈不挠，巧舌如簧，大侃特侃“你的所爱”，在你“不知底细”的情况下，慢慢地变成了塞尔玛梳妆台相片上那个懒洋洋地笑着的秃顶男人，哈利觉得他眼睛向上盯着他的屁股，因此有一次，使塞尔玛感到好笑的是，他居然下了床把相片平扣在台面上，从此以后，在他下午来之前，她总把它转过去，随后又想到当了鳏夫的罗尼，脸成了一块晒白了的李子干，一条一条的皱纹看上去像是从眼睛上拉下来的，老头子的薄皮在颧骨上泛出一丝粉红，哈利觉得罗尼总和他在一起，一个他想躲也躲不开的存在，他过去不想面对的自己的一个方面,不过现在倒是可以面对了。那棒槌似的鸡巴,那黏兮兮的笑话,向上翻盯着他的屁股的蓝眼睛,有什么关系,我们都不过是人,是一些一头长着大脑别的地方只不过是管管道道的肉体。

第一轮球,由于是一对一单打,他们玩得够开心的了。所以又约了一轮,随后又约了第三轮。罗尼有他的老客户,但他不再在那儿的年轻丈夫里面开发新生意,所以提前打个招呼,就可以抽出一个下午。他们打球手又生,球路又不确定,所以比赛通常到最后一两洞才决出胜负。哈利漂亮自由的大挥杆会把球送进球道还是送进树林?罗尼会抬眼仰望打出去一个轻松的切削,把球送过果岭落入沙坑,还是把头低着,双手向前,把球击近球洞来保杆呢?两个人不大说话,省得双方的怨气浮现出来;看到对方陷入困境真是件大喜过望的事情,所以还要表示一点儿关爱。他们从来不提塞尔玛。

在第十七洞,一个长距离四杆洞,大约一百九十码开外有一条小溪,罗尼用四号铁杆狠命一击,击出个短球。“打得真臭,”哈利告诉他,然后拿着长杆走上前去。他全神贯注把飞起的右肘紧紧贴住身体,将球狠狠地击出去,飞到小溪那边三十码的地方。罗尼想将功补过,对下一击用心良苦:改用三号木杆,来了个大抡臂,击出一记大香蕉球,进了球道佩马奎德山一侧的松林里。兔子这下一块石头落了地,心想不着急,便用他的六号铁杆,喀嚓一声击出一个漂亮球,仿佛是一截水管似的垂直落到果岭的正中心,他离标准杆数还有一杆,所以输不了啦,下一洞只要打平就赢了。乘车前往第十八洞开球区时,他气壮如牛地对罗尼说,“旅行者二号怎么样?我看比把人送上月球的成就还大。我昨天看到《旗帜报》上有位科学家说,这就像一杆把球从纽约赶进洛杉矶的球洞里。”

罗尼哼了一声,高尔夫球手输了总要恨自己不争气,他陷进去的正是这种心境。

“海王星上的云,”兔子说,“海卫一上的火山,你认为它意味着什么?”

换上佛罗里达的一个犹太人搭档,他也许会就这些事实发表一通观点,可在这个德裔宾州人居住的地区,罗尼投给他一瞥冷漠怀疑的目光。"它干吗就意味着什么呢?阁下。"

兔子感到热脸遇了个冷屁股。你想对这家伙示好,他反而把你奚落了一顿。他就是个丑屌,从来如此,你让他想想外层太阳系的情况吧,他却来了个置之度外。他干脆用他的榆木疙瘩脑筋把它捣了个粉碎。哈利从那纺锤形的机器在亿万英里之外的微弱而真实的传送信息中感受到了美妙的极致,一种与这水晶般的夏末的白昼极度的美声应气求的恩典。他需要赞美。罗尼肯定也知道那种需要,要不他和塞尔玛就不会去那座仓库似的没名堂的教堂了。"那三个环以前没有人看见过,"哈利坚持说,"就像用一只铅笔画出来的一样,"模仿的是伯尔尼·德雷奇塞尔对火烈鸟的细腿表示敬畏的说法。

然而罗尼已经走开,到洗球器那边去了,装作没有听见。他由于从前打橄榄球受伤落下个残膝盖,所以一场球打到临了就开始一瘸一拐的。他恶狠狠地试了好几下杆,急于开杆,为上一轮的蹩脚表现报仇雪恨。兔子感到失望,心里又想着勇敢的"旅行者号",所以走了神儿,右肘向后挥杆到顶的时候一飘,便软软地砍到球中央,打出一个侧旋球,画出一个弧线,怪得像电脑设计出的一般,落进球道右边的长草障碍中间。第十八洞是一个与那条返回的小溪调情的五杆洞,不过保杆应当说是容易的;在他高尔夫运动的全盛期,不止一次打出过低标准杆数一杆的成绩。但他先得用一根楔形铁杆把球从旁边打过来,再用他的三号铁杆——不是他最好的球杆,但他需要打出距离——人又胖、用心又过于良苦,就像罗尼上一洞那样,结果把球打进小溪里,他的黄色"顶极"牌球最后是在一片水田芹下面找到的。球下水又白白浪费了一杆,所以他求胜心切,想用他的九号铁径直把球砸到球洞旗杆上,结果来了个大右曲,这样一来他的第五杆落到果岭左侧边缘的远处。罗尼一直慢慢往前磨着,用他铁匠抡铁锤似的挥杆动作击出难看的低球,但总是躲过了麻烦,或者说在前四杆都躲过了;所以兔子的惟一希望是切击入洞。那是个有草的位置，他毛毛草草拨了一下，像那种最蹩脚的弱智高尔夫胆小鬼似的，忘了轻击和随球动作，结果球大概挪动了两英尺，第六杆才打到不到果岭的“蛙毛”上，而罗尼只需稳稳地推两下就能来个六杆进洞，稀里糊涂地赢了。如果哈利有一件恨事，那就是连高于标准杆一杆的成绩都没达到。他把他的“顶极”球捡起来，胳膊猛地一甩，把球扔进了松林。他胸中有种东西不喜欢这种大动作，不过眼看着这折磨人的圆球在远方嗖嗖穿行，砰地一声消失，总叫人有种乐滋滋的感觉。比赛以平局收场了。

“嘿，没劲死了，”罗尼说，已经把他离洞十二英尺的球滚向一蹴而就的距离。

“挺好的比赛，”哈利咕哝道，决定不握手。他溃败的耻辱萦绕在心头。谁说宇宙没有浸泡在羞耻之中呢？

当他们把球、球座和汗水湿透的手套转移到各自的球袋里时，这下子该罗尼气壮如牛了，于是他主动开口，“你昨晚看彼得·詹宁斯①的节目了吗？最后，他们展示了光环和卫星离开的照片，然后又展示了一幅被投射到一个球上、旋转着的海王星的各种照片制作的合成，这样整个行星都在那里，好像一个玩具。难以置信，”罗尼承认，“他们用计算机制图能做出这样的东西来。”

旅行者拍了海王星的最后一些照片后就离开，驶进了永远的空无，这种意象使哈利有点儿恶心，你怎能相信存在着多少空无呢？

这里的体育用品商店旁边架子上的高尔夫球袋投下一道道长长的影子。白昼一天天变短了。哈利渴得慌，盼着坐在俱乐部院子里的一张桌子旁，要一罐啤酒，头上是绿白相间的大伞，旁边的游泳池里是在水里炮弹似地扑通的儿童和芙蓉出水的女郎，红日沉落到佩马奎山高高的山际线后面。

---

① 彼得·詹宁斯(1938—2005)，加拿大裔美国新闻工作者和新闻节目主持人，从1978到2005年主持ABC的“今晚世界新闻”。

在他们前去喝啤酒之前,两个男人的目光狭路相逢了。不幸的是兔子心血来潮,脱口问道,“你想她吗?”

罗尼乜斜了他一眼。他的眼皮在白花花的睫毛下显得红赤赤的。“你呢?”

遭到了这番伏击,兔子几乎装不出想她的样子了。他用过了塞尔玛,后来,她被用光了。“当然,”他说。

罗尼清了清他黏糊糊的嗓子,检查了一下他球袋上的拉链已经拉上,然后把袋子一背,朝车走去。“你当然想了,”他说。“想装出一副忠诚的口气。你连个鸡巴都不管呢。不,说错了。鸡巴才是你管的东西。”

哈利陷入了两难的境地——告诉他他是多么喜欢跟塞尔玛上床(罗尼笑眯眯的照片在盯着),还是声称他并不喜欢。他只是回答了一句,“塞尔玛是个可爱的女人。”

“对于我,”罗尼告诉他,扔下了他好斗的架势,扯起他鳏夫的长脸,“那就像世界的底儿掉了。没有了塞尔,我干脆是混一天算一天。”他的声音变得像蛙鸣似的,叫人讨厌。哈利请他到院子里去喝罐啤酒,他说,“不了,我还是回去的好。小罗尼和他最新的重要的另一口子要我过去吃饭。”哈利想定个时间再打一回,他说,“多谢了,老兔子,你是这里的会员。你是娶了富婆的男人。你知道飞鹰的规矩——你不能老请同一个客人。反正劳动节就要到了。我最好回去埋头工作,要不斯库尔吉尔会以为我死了呢。”

他开着自己石板灰的赛利卡回到宾园的家中,詹妮丝的佳美不在车道上,所以他想,家里电话铃响也许是她打来的。她几乎再也不沾家了——不是出去上课,就是过去在佳济山看孩子,再不就是在摊场上和纳尔逊商量事情,或者在布鲁厄跟她的律师和查利叫她雇的那些会计师在一起。他把钥匙往锁里插——真把人能气疯,钥匙刮来刮去一下子插不到锁孔里,这使他回想起回来的路上的一些事情，一些把他的肠胃挖空的不愉快的事情，但到底是什么事情呢？——然后用肩把门扛开，赶忙抓门厅里的电话，他知道这可能就是响最后一声了。“喂。”他几乎说不出这个字儿了。

“爸？怎么回事？”

“没事。怎么啦？”

“你听起来气喘得厉害。”

“我刚刚进来。我还以为是你妈呢。”

“妈来过这里。我还在摊场上，她要我给你打个电话。我有了这么一个好主意。”

“我听说了。你想开一个戒毒中心。”

“也许将来哪一天会的。但眼下我想我们应当照常经营摊场。对了，那些花里胡哨的小丰田不见了，摊场看起来蛮气派的。人们仍然来这里买二手车，他们想着我们一定在搞大减价，有两家公司对这个地点感兴趣——比方说，现代在海斯维尔那边有了这一大块新地方，但地点在一个四叶式立交桥后面，谁也想不到怎样到那里去，景观太多，他们喜欢在 111 公路上有个点——不过我打电话要说的这个主意是昨儿晚上想到的，我给妈妈细说了一遍，她说要跟你谈。”

“好，好，你把我还算一个人，真不错，”哈利说。

“昨儿晚上我到河上去了一趟，你知道吗，他们在那儿建了许多河边小屋，亮着彩灯，有门廊，台阶一直通到水里？”

“我不知道，真的，我从来没有到过那儿，不过往下说。”

“是这么回事，普露和我昨晚跟杰森和帕姆到那儿去了一趟，你也许听到我提到过他们。”

“有点儿印象。”这些等待确认的停顿，它们快把哈利磨疲了。这小子干吗不爽爽快快地说出来，难道他爸是那样一个吃人不吐骨头的妖怪不成？

“反正他们认识的这个家伙就拥有这么一座小屋，整洁漂亮，彩灯辉煌，收音机播放着音乐，河上河下，小船来来往往，人们在滑水，还有——”

“听起来蛮好。我希望杰森和帕姆不是莱尔——斯利姆那一伙儿的人。”

“他们认识，但他们是规矩人，爸。他们甚至想要个孩子呢。”

“要是你打算把可卡彻底戒掉，你就得离那帮可卡老伙计远远的。”

“我说了，他们是实实在在的规矩人。他们最要好的朋友之一就是木匠小罗恩·哈里森。”

这是什么意思？难道纳尔逊知道他和塞尔玛的事？“好了，好了，”哈利说。

“我们坐在那里的门廊上，这种奇妙的事情从眼前经过——一辆水上摩托车。他们给它起了各种各样的名字——水上自行车啊，冲浪喷气机啊，喷气滑板啊——”

“是呀，我在佛罗里达看见过，在海洋上。看上去很悬乎。”

“爸，我从来没有见过这么棒的东西——它像火箭一样一闪而过。只不过一路上嗡嗡作声而已。杰森说它叫做雅马哈浪上飞，用一种新原理运作，我不懂，它把水怎么一压缩，然后向后喷出去，他说这东西独家经营，地点在鞋匠村附近的一家漂亮的后院小店里，没有库存，不知道是怎么回事，他的兴趣并不大，他是个退休农民，干这事儿只当解闷而已。于是今儿一早我给纽约的雅马哈经销办公室打了电话，跟一个家伙谈了谈。我们要卖的不仅仅是浪上飞，当然，我们还要卖摩托，以及他们的雪地车和拖车，他们还制造许多小公司使用的发电机，和三轮、四轮车、全地形汽车，这些都是农民在他们的农场上离不了的，比高尔夫球场电动座车效率高得多。”

“纳尔逊，等等。别说得这么快。曼尼和维修部的那些伙计怎么办？”

“再不是曼尼了，爸。是阿诺德。”

“我说的就是阿诺德。那家伙样子活像一口穿睡衣的猪，扭扭捏捏，迈着碎步转来转去。我知道阿诺德是谁。我才不管他是谁呢，是男的还是女的，不管谁是那操蛋的服务部的头儿，他们弄惯了汽车，四个轱辘的大家伙，跑路靠的是汽油，而不是压缩水。”

“他们可以适应嘛。只要年龄不是太大，人都是可以适应的。再说了，妈和我对维修部已经做了精简。我们放走了三名机修工，正在登广告招聘检验人员。我们想鼓足劲儿在旧车上下工夫，有一段时间只卖旧车，情况就像斯普林格姥爷起步时那样，他常常告诉我他怎么把丰田放在后面不起眼的地方，人们对日本产品不信任。这种情况已经有所好转，人们就是没有多少钱，也不会被新车展厅和日元汇率之类东西吓跑——所以——？”

“所以什么？”

“你对这个雅马哈主意有什么意见？”

“行，现在要记住。你问了。我很欣赏你的提问。我很受感动。我觉得什么事你也不需要问我，你和你妈已经把摊场锁起来了。不过要是回答你的问题，我认为我再没听到过比这还馊的主意。喷气滑板是一阵风。明年又会是喷气轮滑了。卖一辆摩托车或雪地车之类的玩艺儿，上面的利润大概只有卖一辆实实在在的家用汽车的十分之一——你能卖出十倍的数量吗？别忘了，大萧条就要来了。”

“谁说的？”

“我说的；人人都在说！大家都说布什跟胡佛是一丘之貉。你太年轻，不记得胡佛。”

“当时那是一个膨胀的股票市场。现在的市场正相反，是低价出售。怎么会有大萧条呢？”

“因为我们没有规矩！我们就要淹死在债务里了！我们甚至不再拥有自己的国家了！我打个比方说吧，你坐在那座小屋的门廊上，这些彩灯忽而闪到这边，忽儿闪到那边，这玩艺儿嗡嗡叫着飞过去，于是你想，‘哇！得救了！’你眼看就三十三了。你还热中于玩具和时髦。你从那个解毒的地方回来，满脑子的好意向，现在你脑子又犯潮了。”

一阵停顿。从前的纳尔逊就会用孩子般的哀诉保卫自己，发起反击。然而线路那头的声音最后说话时，却流露出一丝牧师的严肃和自动化控制的平静，那是兔子在近几周前吃饭时已经注意到的，“关于一个消费者的社会，爸，你没有意识到的是，在某种意义上，它统统是时髦。人们之所以买东西，并不是因为需要。其实你的需要微乎其微。你买什么东西，恰恰是因为它超越了你的需要，那种东西能增加你的生活质量，而不仅仅是让它苦熬到底。”

“我怎么听着好像你在那个解毒的地方搞了太多秘教的默想。”

“你说解毒是存心糟踏我。那是治疗中心，然后又是过渡疗养所。解毒部分只用两三天。较长时间是用来把相关的毒素从身体内除掉。”

“你把我就是这么看的？相关的毒素？”在这番谈话的下面，遭受罗尼·哈里森的冷落的隐痛依然未消。不能仅仅因为你操过一个人的亡妻，他就应当怀恨在心。他这一辈子太了解罗尼了。

纳尔逊又一次沉默了。然后：“也许吧，但不仅仅这一点。我一直努力爱你，可你其实并不想要，你害怕，怕这样做会捆住你的手脚。你一辈子始终害怕被人捆住手脚。”

兔子说不出话来；他正在让一粒硝酸甘油在他的舌头下面溶化。它像一粒小糖丸一样，热辣辣的，引起一种飘飘然、胀膨膨的感觉，他觉得身高又增加了几英寸。这孩子如果想到这一点，会叫他大哭一场的。他说，“咱们先撇开心理学，还是脚踏实地吧。你和你妈到底打算怎么弄那十五万块钱？丰田月底非要不可，否则它就要起诉。”

“噢，”孩子轻快地说道，“妈妈没有告诉你？这已经解决了。钱已经还了。我们搞了一笔贷款。”

“一笔贷款。谁会相信你？”

“布鲁厄信贷银行。用摊场地产做二次抵押，它至少值五十万。十四万五千，他们把这笔钱与斯利姆的五辆车的七万五千信贷合并起来，这笔钱很大一部分将作为我们过去跟中部大西洋汽车公司维持的滚动存货返还给我们。他们一把我们的存货转移到拉迪的车场上，别忘了，他们就开始欠我们的钱了。”

“看来你打算靠卖水上踏板车来还布鲁厄信贷银行的账了。”

“你们用不着还贷款，他们不要你还贷；他们只要你按时支付分期付款中每一期所付的款项。与此同时，美元在贬值，你可以扣除所有的利息税。其实以前给我们提供的资金不足。”

“谢天谢地，你又上马了。你妈觉得那个雅马哈联运怎么样？”

“她喜欢，她不像你；她思想开放，愿意创新。爸，有些事情我想我们应当什么时候想办法处理处理。我和妈妈走进世界想办法学点新东西，你干吗总那么忿忿不平呢？”

“我没有忿忿不平。我尊敬都来不及呢。”

“你愤恨。你又嫉妒又羡慕。我满怀爱心才这么说的，爸。你有种束手待毙的感觉，所以你想让大家都跟你一起束手待毙。”

他试图还给这孩子一点儿自己的药，一种治疗性的沉默。他的硝酸甘油给他一种比较惬意的感觉，他的膨胀的血管把重量从他周围的世界上举了起来，使它显得纤弱而遥远，宛如海王星的光环。“把斯普林格车行搞得一败涂地的，”他终于说话了，“不是我。不过你想干什么就去干好了。你是斯普林格家的，我不是。”

他听得出后面有个声音，是女人的声音，然后又是话筒被手捂住的贝壳似的声音，当纳尔逊的声音回来时，已经变了味儿，仿佛在什么东西里面浸泡了一下似的，浸它的力量则是他和艾尔薇拉之间交换的话语。爱的汁液已经流起来了。也许这小子正常了。“艾尔薇拉有话要问你。你怎么看皮特·罗斯问题的解决？”

“告诉她，我认为那是对方能做的最好的结果。而且我认为根据数据，无论如何他应当进名人堂，但告诉她施密特按我的看法是最棒的球员。告诉她我想她。”

挂上电话，哈利勾画着展厅的情况，午后的斜阳照在橱窗的灰尘上，高达天际的橱窗所有的旗帜已经摘下，可是令人惊诧的是，乐子还在继续，就是没有了他。

在富兰克林路14½号他们的石灰石小屋后面的那一长溜草坪已经有了秋天的干吻：斑斑驳驳棕黄的草色和最初的几片落叶，委弃它们的有那棵垂樱，有他的邻居的那棵黑胡桃树，有那棵紧挨着房子、所以他能看见枝头松鼠们爬来爬去的甜樱桃树，还有空荡荡的水泥鱼塘上面的那棵柳树，鱼塘底部漆成了蓝颜色，边儿是用真贝壳镶的。这些树木好像依然青翠，好像还在长，但它们的黄叶开始在草地上聚积了。甚至靠近那座薄黄砖邻屋的铁杉，沿着把安斯特朗的院子和那座缸砖修的仿都铎式大厦隔开的栅栏上的杜鹃，以及它落下的针叶聚满了水泥鱼塘的乱蓬蓬的奥地利松树，尽管都是常青草木，也染上了残夏的色彩，灰蒙蒙的，干香干香的，就像那只老雪松木嫁妆箱里散发出的气味，妈妈在箱子里放的是备用的毯子和他们过感恩节和圣诞节用的高级刺绣亚麻桌布和两床伦宁格家传下来的旧百衲被。家里有这么一个传说，这两床被子价值连城，可是哈利十三四岁时，家里遇到了难关，他们想把被子卖掉，人家的最高出价是每床六十元。坐在瓷厨桌旁讨价还价了半天，他们还是接受了这个出价，如今像这样两条真正的旧被子，如果保存完好，可以卖好几千元。他想到从前那些年月，和他们当时认为非同小可的那笔钱，就有种上当受骗的感觉，那年头儿，当牛做马挣几个小钱勉强度日，吃的面包一毛一分钱一个。在杰克逊路，他们在经济上过的是暗无天日的生活，而且人人都是这样，所以把日子搞得更加悲惨。最近以来，一想起从前那些年月他就心绪黯然；这使他面对生活每况愈下的状态。夜里躺下，睡不着，害怕的不是他永远睡不着，就是永远睡不醒，他感觉到事物有一种令人窒息的无聊,一种原子衰变,珍贵闪光的现在,随着时钟的声声滴答,变成了历史陈迹。

在这个雨水充沛的夏天,连翘和猬实一直在放开手脚狂长,劳动节①周末的这个多云凉爽的星期四,哈利一直在埋头苦干,想把它们修剪成过冬的形状。对于连翘,你要把最老的茎从底部剪掉,使它一下子变得年轻,瘦削,更像女孩儿的模样,然后把冲天猛长的新芽和要在萱草中间重新扎根的下垂枝条剪短。干这活儿,心肠可软不得;现在你越是狠下心往短剪,开春时粗短的枝条上黄灿灿、乐呵呵的花儿就开得越繁。猬实则摆出一副对着干的硬骨头架势,团儿抱得更紧。若想顺着最高的花梗往下探源,准会在一窝交错的小枝中间乱了头绪,小小的主干底部更是盘根错节,密不透风,剪子、锯子就插不进去;连一把小刀的空隙都没有。在这个疏忽大意的季节,灌木长得太高了,他还真应当到车库里把那架铝梯子搬来。然而兔子实在不想面对车库里那种又脏又乱的景象,废轮胎呀,硬皮管呀,破花盆呀,锈工具呀,都是前面的房主扔下的,他们非但不清扫车库,而且无独有偶,也在楼上的一个壁橱里落下了一摞《花花公子》。十年工夫,他和詹妮丝又给车库增添了自己的东西,这样,年深日久,车库里连放一辆车的地儿都没有,更不要说两辆了;它已经成了一个推迟做出的决定的藏身洞,感情上难以割舍的破烂塞得满满当当,要是他想把梯子抽出来,好几个旧油漆罐子和丢了喷头的草坪喷洒器就会哐啷哐啷滚下来。所以他展开身子伸长胳膊去够猬实,最后胸又开始作痛起来,有种皮底下缝了一块布的感觉。他把硝酸甘油片落在他花格子高尔夫球裤的口袋里了,口袋边儿已经被油汗弄得脏兮兮的,昨天跟罗尼打完球不欢而散后,他独自个儿喝了一罐儿啤酒,吃了一点玉米片儿,晚上一个人老早上床睡觉了。

为了平息疼痛,他转而去给萱草和紫罗兰除草。只要有个缝儿让阳光

① 美国的劳动节在九月第一个星期一。

进来活化了沙土，卷耳和马唐便会长起来，空心红秆的马齿苋就会用圆圆的叶子弯弯曲曲、乱麻麻地把地面盖上。杂草也有各自的风格、各自的个性，跟懵懵懂懂干活儿的园丁顶牛。卷耳是一种好草，碰到手上软软的，跟蓟草和牛蒡迥然不同，所以拔起来得心应手。它知道什么时候没戏了，也就心甘情愿地出来了。野黄瓜有很多节，总是在某个节上扯断，禾草，红酸模和毒漆则在地下蔓延，就像治不好的缠绵的疾病。杂草并不知道自己就是杂草。垂樱树干旁边安安稳稳地长着一根蓝莴苣，已经长到八英尺，比他都高了。很久很久以前，他给史密斯太太当园丁，在她的杜鹃花丛中干活，那些日子只有一回他有种在一个工作中扎了根的感觉。漂亮壮实的小伙子，她用她的爪子把他紧紧抓住，最后这样叫他。

一个半街区之外，宾街上的车辆嗡嗡嗡、呲呲呲响个没完，它的鸣叫声偶尔被大卡车换挡的突然拖拉、摩擦声，或者被一声愤怒的喇叭声，或者送某个可怜鬼去医院的一辆救护车的呜呜呜的叫声破坏。你开车穿过一条小街时，时不时地看见这样的一些景象：人们用担架把某个形容枯槁的老太太抬下她的门廊台阶，像坐在慢动作的雪橇里，她蓬头散发，嘴里没有假牙，眼睛直愣愣地瞪着天空，仿佛跟身体脱离了关系；或者一个面红耳赤、命在旦夕的人被抬进双扇铁门，而他的被遗弃的伴侣身穿浴袍站在路缘上哭哭啼啼，他身体周围的护理人员像一群白鹭抢食似的。兔子在这种终结性街头造型中注意到了某种冷凝了的和平。一种大限已到的人的尊严，他或她的最后一刻终于来了；一种与众人隔离的终结就像一个聚光灯照射下的基督诞生塑像。你满以为人们会更加难过地面对这种场面。他们不呼天抢地，他们不怨天尤人。我们蜷缩进我们自己的体内了，他估计。我们变成了一捆捆麻木的耗尽了的神经。钩子上的蚯蚓。

河对面老远老远的地方，一声汽笛在布鲁厄中心悲鸣。上方，在一片为明天的雨聚集着鱼鳞云的天空，一架小飞机发出粗厉刺耳的声音，向老集市那面的机场滑去。当时哈利一眼就看上了这座屋子的僻静：离各种交通工具不太远，又有点儿不好找，在碎石路的尽头，跟它的分数门牌一起塞在宾园富户更加显赫的住宅中间。他过去总是怨恨这些自命不凡的主儿，现在却安安稳稳地住在他们中间。把车停到顶头的私人车道上时，回到他的花园里干点活儿时，在他装有菱形格子的颤动窗户的窝里看电视时，兔子有一种像钻在地洞里的安全感，世界上肆虐的饥饿大军永远也想不到在那里会找到他。

詹妮丝开着珍珠灰的佳美旅行车来了。她才从松树街的宾州大学分校上罢下午的"房地产数学——基本原理与应用"课回来。一套学生装束：凉鞋，小麦色太阳裙，一件针织白色开襟毛线衣披在双肩上，脑门上没有了玛米·艾森豪威尔刘海，她看上去活泼精干，光彩夺目，比实际年龄年轻。这些日子她穿的什么衣服都有肩部；就连她的开襟毛线衣也有肩部。她朝他走过来，跨过那四分之一英亩院子里显得漫长的一段距离，这块地产被已经变成一种相互陌生的感觉扩大了。一反常态的是，她扬起脸让他去亲。他觉得她的鼻子冷冰冰的，像一只健康的小狗的鼻子。"课上得怎么样？"他尽职尽责地问了一句。

"可怜的密斯特李斯特近来似乎愁眉苦脸，心事重重，"她说。"他的胡子都全白了。我们想他老婆要离开他了。她到课堂上来过一回，牛烘烘的，我们都认为。"

"你们都会成为一伙小人的。课不是快上完了吗？劳动节就要到了。"

"可怜的哈利，你是不是觉得今年夏天我把你抛弃了？你打算把剪下来的这一堆乱七八糟的东西怎么办？猬实看上去绝对糟践坏了。"

他承认，"我当时累了，做出了一些不好的决定。所以我就不干了。"

"瞧你干的好事，"她说。"除了桩子，什么都不剩了。我们就只好管它叫猬虚了。"

"你听听，我可没有看见你出来到这儿帮过忙。从来没有。"

"你管外面的，我管屋里的——我们不是这么干的？"

“我不知道我们再能怎么干点什么,你从来不到这里来。我回答你的问题吧,我早就计划把剪下来的东西码到鱼塘后面,晒干,来年春天我们从佛罗里达回来后把它烧掉。”

“你计划到1990年去了;这我算是服了你了。可那一年对我还渺茫得很呐。整个冬天院子不是难看得很吗?”

“不会难看的,倒是看上去很自然,反正我们又不会到这里来看它。”

她的舌头碰了一下上嘴唇儿,由于想事儿嘴巴已经张开了。不过她只说了一句“我想我们不会去看的,如果情况正常的话。”

“如果?”

她似乎没有听见,只是瞅着像篱墙一样高的一堆剪下来的枝条。

他说,“如果你管的是屋里的事,我们晚饭吃什么?”

“该死,”她说。“我原来打算在桥头的农家摊儿旁停下来买一点甜玉米,可当时心里想着很多别的事情,结果从旁经过却没有停车。我本来想吃玉米,还有星期二剩下的肉糕,还有面包盒里的正餐面包卷,省得把它放霉了。《旗帜报》上有条神奇的招儿,说怎样用微波炉把陈面包变新鲜,我忘了具体的做法了,好像用水来弄。冰箱的冷冻室里肯定还有冷冻蔬菜,我们可以用它代替甜玉米。”

“要么我们在冰块上撒些盐和糖,”他说。“我知道冰箱里有一样东西是冰块。”

“哈利,我心里一直想着去买东西,可是‘国食联’连锁店不顺路,火鸡山的价格又高得荒唐,宾街的便民店柜台后面恶声恶气的小伙们我想会在收款机上多打出一些数目来。”

“你买东西精得很,好了,”哈利告诉她。西南方的鱼鳞天正在形成一个坚实的灰架子;他们一起朝屋子里走,躲开正在来临的黑暗的阴影。

詹妮丝说,“就这样吧。”“就这样吧”是她最近从同学或老师那儿拾来的牙慧,开始达成一项交易时的说辞。“你还没有问我上次考试成绩怎么样呢。成绩出来了。”

“你考得怎么样?”

“漂亮,真的。密斯特李斯特给了我一个 B⁻,还说如果我能把思路理得更顺一点,拼写错误再少一点,会得 B⁺ 的。我知道有时候‘i’在前,‘e’在后,有时候又刚好倒过来,可到底那是哪时候呀?”

当她这样子跟他说话时,他很爱她,仿佛她胸有成竹似的。他把那长把儿剪刀靠在车库里的一个有凹陷的金属垃圾箱后面的墙上,然后把锯子挂到钉子上。她穿着太阳裙显得影影绰绰,在他前面走上后楼梯,厨房的灯光亮了起来。进厨房以后,她眉头紧锁,满脸困惑,咬着舌尖儿在冰箱里翻寻零七碎八可吃的东西。他过去碰了碰她穿着小麦色裙装的腰,当她弯下身子往里面看时,轻轻地掂着她的屁股。他温存地抱怨说:“你昨夜回来得太晚了。”

“你睡着了,可怜虫。我怕吵醒你,就在客房里睡了。”

“是呀,我突然觉得昏昏沉沉的。我一直想把那本关于美国革命的书看完,每次总把我搞得疲倦得不行。”

“我不应该给你送这么一个圣诞礼物。我以为你会喜欢它的。”

“当时是喜欢。现在还喜欢。昨天的日子不好过。先是跟罗尼打球,我眼看把那杂种打垮了,可最后一洞他又扳平了,接着我邀请他哪天再打,他给了个冷脸子。随后纳尔逊来了个电话,把水上摩托和雅马哈的什么疯子计划说了个天花乱坠。”

“我相信罗尼有他的道理,”詹妮丝说。“他居然跟你打球,我很惊讶。你觉得球芽甘蓝怎么样?”

“无所谓。”

“我觉得它总有一股坏了的味儿;但我们只有这个了。我保证明天去‘国食联’,为这个长周末把东西买足。”

“我们要把纳尔逊一家子叫过来吗?”

“我想大家可以在俱乐部聚一下。这个夏天我们几乎没有用过它呢。”

“他在电话上听起来亢奋得很——你认为他是不是老病复发了?”

“哈利,纳尔逊现在非常规矩。那地方还真的给了他信仰。不过,我同意,雅马哈还不是个办法。我们必须筹集资金,先给自己打个有偿付能力的基础,再开始争取特许经销权。我一直和一些考证的女人议论——”

“你讨论我们私人的财务问题了?”

“不是我们那样的问题,只不过作为一个个案研究。纯属假设性的。在房地产课上,我们总有很多个案研究。他们都认为我们还有别的资产的时候,我们把摊场每月抵押两千五百多元,真是离奇得很。”

兔子不喜欢这里的倾向。他指出:“不过这块地方已经做了抵押。我们缴多少? 一月七百。”

“这我知道,傻瓜。别忘了,现在我学的就是这个。”她已经把球芽甘蓝从蜡纸盒里取出来,把它们搁到塑料安全盘里,放进了微波炉。打出时间——哗哗哗三下,唧了一下,然后就是一声上扬的嗡嗡声。“我们十年前买这房子时,”她告诉他,“花了七万八,先付一万五的定钱,现在的净值多了十到十五倍,在投资回收的前半期积累并不快,他们告诉你有一条几何曲线,比方说现在还有五万的未付款;不管怎么说,自从1980年以来,这一带的房价一路攀升,现在已经平稳下来,但还没有下跌,尽管今冬有下跌的可能,你一开始可以要价二十二三万,比方说,宾园这样的位置,这种僻静屋子又是真正的石灰石墙,不仅仅是门面,它具有人们所谓的历史价值;最后成交价当然不会少于二十万,减去五万,还有十五万,这就会抵消我们欠布鲁厄信贷的三分之二!”

兔子很少听詹妮丝发表这样的长篇大论,要弄明白她说了些什么还得费他几秒钟的脑筋。“你要卖掉这房子?”

“哎,哈利,仅仅为了过个夏天把它留着,从根本上说实在太奢侈了,尤其妈妈的房子那面还有那个多余的房间。”

“我爱这个地方，”他告诉她。“这是惟一一个我住着像个家的地方，至少离开杰克逊路以后。这个地方有档次。它就是我们。”

“宝贝，我也一直爱这个地方，但我们必须实际一点，你一直就是这么告诉我的。我们不需要拥有四处房产，还有摊场。”

“那干吗不把那套公寓房卖掉呢？”

“我想过，可我们把当初买房的钱收回来就算运气了。在佛罗里达，地方就像汽车——人们喜欢全新的。新商场和所有的东西都在东边。”

“波科诺斯湖边的地方怎么样？”

“那也卖不出足够的钱。那是个没有取暖设施的小屋。我们需要二十万呐，亲爱的。”

“我们又没有向丰田滚一屁股的债——是纳尔逊滚的，纳尔逊和他乱搞同性恋的朋友。”

“嘿，话可以这么说，可他又还不上，他代表的是公司。”

“摊场怎么样？你干吗不能把摊场卖掉呢？111号公路上那么一大片临街地段可值老鼻子了。那是真正的闹市区，现在人们因为西班牙裔人，害怕进老闹市区了。”

一种痛苦的神情掠过詹妮丝的面庞，使她没遮拦的脑门起了浅浅的细纹；这一次，他算是意识到，他的思维比她的慢。“绝对不行，”她简慢地说。“摊场是我们的头号财产。我们要把它当作纳尔逊未来发展的基础，纳尔逊和你的孙子未来发展的基础。爸爸也会这么想的。我记得战后他买下它的时候，它只是个乡下加油站，旁边就是玉米田，战争时期没有汽车，它就关了门，他领着妈妈和我去看。我发现了后面这块垃圾场，就在你叫巴拉圭的长满荆棘的那一片地上，全是这些旧汽车零件和绿色的、棕色的汽水瓶子，我认为它们太值钱了，就像我发现埋在地下的财宝一样，我想，我把校服全弄脏了，要不是爸爸哈哈大笑，告诉妈妈看上去我对汽车生意倒有种缘分，她就会发火的。只要我活着，斯普林格车行就不会卖掉，哈利。再说了，”她接着往下讲，尽量拿出一种轻松一点的口气，“我对工业房地产一窍不通。卖这个地方妙就妙在我自己干得了，而且可以拿经纪人佣金经销员的那一半。我就不相信我们卖不到二十万；二十万的百分之六的一半是六千——全是我的！”

他还在拼命赶她的思路。“你要卖它——我是说，你亲自办理？”

“当然了，你这个大肉头，当一个房产经纪人。这可能就是我们所谓的我的入门生意。如果我能一下子带来这样的业绩，皮尔逊和施拉克，或者向日葵房地产怎么能不把我聘为销售代表呢？”

“等等。我们大部分时间要住在佛罗里达——”

“一部分时间，亲爱的。我不知道一开始我能离开多长时间，我需要确立自己的地位。老实说，佛罗里达不是有点儿惹人烦吗？那么平，我们认识的人都是老不中用。”

“那其余的时间我们就要住在妈的老屋里了？纳尔逊和普露到哪儿去？”

“他们还在那里呀，这不是明摆着的嘛。哈利，你好像有点儿迟钝。你该不是吃药太多了吧？就像我们和纳尔逊当年和爸妈一起住那样。那时并不怎么糟糕，对吧？其实，还挺好呢。纳尔逊和普露会有两个现成的保姆，我也不会一个人包揽家务了。”

“什么家务？”

“你注意不到，男人们从来都不注意，要维持两个分开的家，简单辛苦的杂活可海了去了。你也知道，你住在这面总担心那面被盗。这样的话，我们就可以住妈妈房子里的一间屋子，我是说纳尔逊房子里的——我相信他们会把我们的老屋子还给我们的——我们就再也不用担心了！”

一道道的紧箍，它们的边沿戳得人生疼，突然扎住了哈利的胸部。他说话都有些困难。“我们搬进去，纳尔逊和普露怎么想？”

“我还没有问呢。我想，我先给你吹吹风，今晚再问。我实在看不出他们怎么能说不,从法律上讲,这是我的房子。就这样吧:你是怎么想的?"她的眼睛,他总觉得,由于经常喝雪利酒和堪培利开胃酒显得朦朦胧胧,哈利已经习惯了它的昏暗和谨慎,这时由于想到她的第一次售房放起光来。

他说不准。曾经有一个阶段,他比较年轻的时候,每想到一种变化,哪怕一场灾难,也会因为有可能引起剧变,有可能让他的世界更新,而使他心花怒放。可现在,对于连根拔起,举家搬迁这样的主意,他心里主要感觉到的却是一种悸动、捆绑性的身体上的抵抗。"我讨厌这么做,第一个反应,"他告诉她。"我不想回去过做别人房客的日子。我们过了十年的房客日子,总算脱离了苦海。现在人再不几代人都挤在一起住了。"

"可人们恰恰就是这样住的,亲爱的——这是生活的一种趋势,因为房子太贵,世界太挤。"

"假如他们还要孩子的话呢。"

"不会的。"

"你怎么知道?"

"我就是知道。普露和我议论过这事。"

"跟婆婆住在一起,我挺纳闷儿,普露会不会感到拥挤呢?"

"我不知道怎么会有这种感觉。我们俩都心往一处想——一个快乐健康的纳尔逊。"

兔子耸了耸肩。让她引火烧身去吧,这个自命不凡的小蠢货。出去上了几天学,就认为万事通了。"你吃罢晚饭过去,看看人家对你的这个疯计划是怎么想的。我是死活都反对的,如果我的一票起作用的话。把摊场卖掉,叫孩子找个诚实的工作,这就是我的建议。"

詹妮丝不再瞅微波炉滴滴答答越来越小的数字,而是出乎意料地来到他身旁,又用那鬼一样的探索姿势摸了摸他的脸,把她的身子抵到他身上,使他想到她小得性感,她的小与他的大正好吻合,他们初次见面时是这样,现在还是这样。他闻见了她梳到后面的花白头发,看见了她黑眼睛有血丝的眼白。“当然你的一票起作用了，它的作用比哪一个的作用都大，亲爱的。”什么时候詹妮丝开始叫他亲爱的？是他们搬到佛罗里达跟南方人和犹太人厮混的时候。那里的犹太夫妇有这种安闲的心态，般配得如同一双旧鞋，男的接受他们的生活，仿佛这是他们惟一会得到的一样。知足常乐。这一定是一种伟大的宗教，兔子想，一旦你受了割礼。

吃饭的时候他和詹妮丝都闭口不提房子问题，觉得它是一个隐痛。他帮她收拾碗碟，他们在已经码在洗碟机里的盘子上又加上一些，等着放满了一起洗。由于只有他们俩，詹妮丝又常不在家，所以要好几天架子上才能放足洗一次的数量。她给纳尔逊打电话，看他们会不会在家，然后又穿上她的白色开襟毛线衫回到佳美车上，往佳济山开去。万能女人。兔子只看到了詹宁斯节目的尾巴，一组关于第二次世界大战抽动着的剪辑黑白片，从五十年前明天的入侵波兰开始，坦克对骑兵。希特勒在尖声怪叫，张伯伦愁容满面；然后他出去不顾暮色朦胧、群蚊乱飞，把已经枯萎的灌木在水泥池塘后面的旮旯儿里码整齐。池塘的蓝底逐渐褪色，裂缝不断变宽。他又回到屋里，正好可以看最后十分钟的《命运轮盘》。好一个万娜！她竟然能趾高气扬！她竟然在命运轮盘转动时拍起了巴掌！她竟然能把那些大字母转来转去！她使你为做一个两条腿的哺乳动物感到自豪。

《科斯比》夏季重播到了结尾，这一集里面有太多的西奥的戏，哈利感到瞌睡，詹妮丝卖房子的主意让他情绪消沉，但转念一想她永远不会兑现的，因此又得到了些许安慰。她也太爱胡思乱想了，她和这孩子只会像世界上的其他人一样越来越深地陷入债务的泥潭；只要摊场有价值，银行总愿意跟你合作。费城队去圣迭戈比赛了，无论如何还排名第六。他把电视的声音调低，随着那无声的图像的惬意颤动，他把脚往那块土耳其脚垫毯上一伸，那是他们搬家时从斯普林格大妈的房子里带过来的，然后跌坐到那把银粉色翼状靠背扶手椅里，那是十年前他和詹妮丝在沙科那家具店买的。他的两肩发疼，那是干那场修剪活儿累的。他想起了他那本历史书，但它放在楼上的床头上，菱形格窗户上有轻轻的滴答声：雨，就像初夏的那个晚上，他刚刚出院，窄窄的房间里搁着那个没有头的女装模特，另一个世界，梦幻世界。电话铃声把他惊醒了。他去门厅接电话时，撩了一眼那只恒温钟。9∶20。詹妮丝早到那里了。他希望那不是毒贩子的电话，他们现在还时不时打电话说欠了他们的钱，或者说新进了一批鲜“货”。你心里纳闷这些贩子怎么这么有钱，他们好像是一盘散沙，胡碰乱撞。他刚才在座椅上正做梦呐，一场紧张的战斗已经快收场了，莫名其妙，不见对手，却是在一个真真切切有圆顶的厅里进行的，它像一个昔日的铁路终点站，只是天花板低一些，灰一些，像一种小教堂，一个他魂牵梦绕的紧巴巴的地方，当他伸手拿墙上的话筒时，使他的手显得又老又怪——手背肿泡泡的，疙里疙瘩的，手指干巴巴的。

“哈利。”他从来没有听到詹妮丝的声音是这个样子，像石头似的，死气沉沉。

“喂，你在哪儿？我正担心你出事了呢。”

“哈利，我——”什么东西掐住了她的喉咙，不肯让她说话。

“怎么啦?”

现在她哭诉起来，时而吞声，时而饮泣，嗓子里堵得慌。“我把我的想法给纳尔逊和普露描述了一遍，我们都同意，先别操之过急，我们应当彻彻底底商量商量，他似乎比她愿意接受一点，也许是因为他明白财务问题的缘故吧——”

“是呀，是呀。嘿，眼下听起来问题不是太大。她已经养成习惯认为房子是她的了，哪个女人也不喜欢跟别人共用一个厨房。”

“她把孩子安顿上床以后，下来时，脸上带的正是这样的表情，还说如果我们大家要住在一起，那有些事纳尔逊和我应当知道一下。”

“是吗?”他自己的声音依然是漫不经心的，但他的瞌睡没有踪影儿了。他看得出将要到来的事情就像一部太空电影老远老远的一个小点，逐渐变成了一个火箭飞船。

詹妮丝的声音坚定起来，变得死僵僵的，又平又低，仿佛门外可能有人偷听似的。她可能在他们的老卧室里，坐在床沿上，朱蒂在墙隔壁睡，罗伊在对面墙后面睡。"她说你出院后住在这里的那天夜里你和她睡觉了。"

宇宙飞船扑面而来，连同他所有的铆钉和忽闪忽闪的灯光。"她说这话啦？"

"她就是这么说的。她说她不知道是怎么回事，不过你们俩之间一直有这么一点儿吸引力，那天夜里似乎都不顾一切了。"

一点儿吸引力。他估摸这么说还是公平的，尽管凶狠了点儿。他这一方面的感觉好像还不仅仅是这么回事呢。这给他一种他在一个四肢长、头发长的年轻左撇子女人身上看见了自己的镜中映像的感觉。

"喂？她说的是不是真话？"

"呃，亲爱的，叫我怎么说呢，我猜在某种意义上——"

一声大抽泣：他完全可以想象詹妮丝的脸，扭曲，无助，丑陋，突然显出了老态。

"——可在当时，"兔子接着往下说，"似乎是自然而然发生的，此后我再没干过任何事情，甚至连一句话也没说过。我们都装作若无其事的样子。"

"哈利啊。你怎么能这样呢？你自己的儿媳妇，纳尔逊的老婆。"

他觉得她开始背讲稿，念道德经了，并且向他震惊而羞耻的意识的密窖里引进一股厌烦。

"这可是你干过的最不像话的事情，太不像话了，"詹妮丝告诉他。"绝对的不像话。你那次跑了，然后又是佩吉，我最好的朋友，后来又是那个可怜的嬉皮士女孩，后来又是塞尔玛——别以为我一点儿也不知道塞尔玛的事——可现在你干出了实在难以宽恕的事情。"

"真的吗？"这话出口时还无意中带着一种满怀希望的腔调。

"我永远不会原谅你。永远不会，"詹妮丝说，又恢复了她那死死的平平的语气。

“别这么说嘛，”他央求说。“那只不过是一时发疯，又没有伤害谁。你干吗晚上把我和她安顿在一个房子里？你把我想成什么啦，已经死啦？”

“我非去上课不成，要考试，一般情况我是不会出去的，我深感愧疚。笑话。我反而感到愧疚，我现在才明白为什么他们要有枪支管制法。如果我有枪，我就一枪崩了你。我把你们俩都一枪崩了。”

“普露还说什么啦？”回答问题，他寻思，会把她的腾腾杀气压下一点来。

詹妮丝回答，“她什么话都没有多说。只是一些平平板板的事实，然后双手合在一起放在腿上，挑衅的目光一直盯着我和纳尔逊。她似乎并不悔恨，只是凶狠，明摆着的，不想让我在那房子里住。所以她才说了那事情。”

他感到自己被拉进了詹妮丝的攻守同盟，用夫妻共有的目光，睥睨着普露，他感到松了一口气，已经开始被宽恕了，可又有点儿怅然若失的感觉。

“她是凶狠，”他同意，意在安抚。“普露。可你要从一个阿克伦蒸汽管装修工的女儿身上指望什么呢？”他决定不告诉詹妮丝，至少现在不，在他们做爱时普露怎样两次达到高潮，他怎样有点儿被人巧妙利用了的感觉。

他的缓刑才刚刚开始。还要花几周，几个月乃至几年的时间去削弱。由于新近有了商业意识，詹妮丝不会随便放走任何东西的。“我们要你过来一趟，哈利，”她说。

“我？要干吗？天这么晚了，”他说。“我剪枝把我的四肢都剪瘫了。”

“别以为你置身事外，就可以装洋蒜了。这是件大丑事。我们谁也不会一模一样了。”

“我们本来就不一样嘛，”他夯起胆子说。

“想想纳尔逊是怎样的感受。”

这叫人痛心。他不想去考虑它。

她告诉他，“纳尔逊眼下非常镇静，而且在运用他们在治疗中心用过的所有好的心理做法。他说这需要很长的过程，我们必须马上开始。如果我们不立即着手，我们大家的处境就艰难了。”

兔子又想要个手腕,又引出一段符合妻子身份的描述。“是呀——到底孩子有什么反应?”

但她只是说,“我想他还在震惊阶段。他自己说他还没有开始接触自己的真实感情呢。”

哈利说,“他要了这么多年的鬼花招还摆什么臭架子,全布鲁厄的可卡婊子都玩遍了。要我说,摊场上的那个艾尔薇拉不仅仅是个花瓶。有她跟在屁股后面,他就乐得屁颠屁颠儿的。”

然而詹妮丝还是死不饶人。“你把纳尔逊可伤害到家了,”她说。“从现在起他无论干什么,你都没法儿说人家的不是了。我是说,哈利,你干出的正是那种报上登的乱伦的事儿。那是禽兽行为。”

“亲爱的——”

“别来什么‘亲爱的’。”

“这算什么‘乱伦’?我们没有一点血缘关系。那只像正常的一夜情。她需要,我已经到了死亡的大门口了。那也是她做护理的一种方式嘛。”

又是抽泣,他从来就不明白这是怎么引发起来的。“哈利,你不能老没个正经。”

“这有什么不正经的?”但他觉得受了责罚,口干舌燥,被打了屁股。

“你马上过来一趟,你这辈子总得帮着收拾一次你惹下的乱子。”说完她就把电话挂上,声音挺滑稽,活像她妈说“一次”时的那种劲头十足的口气。

人生一世,得到的启示寥寥无几,一旦有了启示,就必须按它办事。该怎么办,兔子可心知肚明。他当机立断,迅速行动。他上楼去打点行装。棕色帆布服装袋。又大又硬的黄色旅行箱,一个角儿上有个窝儿,那是机场搬运工甩箱子时磕的。乔基短裤,T 恤衫,袜子,颜色浅淡的马球衫,装在塑料封套里的礼服衬衫,高尔夫宽松裤,百慕大短裤。几条领带,尽管他从来就不喜欢领带。这些日子他所有的衣服都是夏装;毛料西服和毛线衣都在防虫口袋里等着秋天。十月到十一月,今年他遇不上这样的日子了。他带了四件轻薄运动衣和两套西装,一套是油灰色的,一套灰亮灰亮的,好像铠甲。万一要参加个婚礼或葬礼什么的。一件雨衣,两件毛衣。一双有鞋带的黑皮鞋塞进折叠式服装袋的两只口袋里,一双蓝白相间的耐克运动鞋塞进旅行箱两面的边儿上。他又该开始慢步跑了。他的牙刷和剃须用具。他的药,成桶成桶的。还有什么?噢,对了。他从床头上一把抓起《第一次敬礼》塞了进去,就是要了他的命他也要把它看完。他让楼上走廊里的灯亮着,以防夜盗,还让 14 ½号前门旁的照车灯也开着。他装车跑了两趟,他的胸部感受到了那些行李箱的重量了。他把门厅环顾了一遍。他走进了他的窝,双脚静悄悄地踩在顶到墙根的安纯地毯上,从菱形窗玻璃望出去,看着垂樱夜里的闪亮轮廓。他把他睡过觉的翼状靠背扶手椅上的枕头拍胖,把扶手护罩拉直,那一觉并不是很久以前的事,但有恍如隔世之感。睡着了的那个人是个旁人,一个悲惨的旁人。又到了前门上,他感到夜风拂面,听见那面宾街上车辆闷闷的奔驰声。他定好碰簧锁,一声轻响把门关上。詹妮丝有钥匙。他想到她在那幢斯普林格家的灰泥粉饰的大房子里。那房子总使他联想到一个被遗弃了的硕大的冰淇淋摊子。原谅我吧。

兔子上了赛利卡。在巨室里兜风:他们一直努力推出的新标语之一。你可以挂出的标语太多太多,他们开始往下撤了。引擎发动了;倒车挡把他稳稳地向后带去。我爱你放开我的时候,丰田。数字钟显示着 10∶07。宾街的车辆开始稀起来。小饭馆和加油站开始暗下来。他遇到闪烁的红灯就向右拐,然后又遇到布鲁厄旁道再向右,沿着跑马河往前开。在大象灰汽油罐附近,路一下子高出了树木,被避开的老城显出某种壮丽景象。它的十二层的县政大楼建于大萧条开始的时候,现在依然是最高的建筑,每一角的混凝土飞鹰在聚光灯下亮开了翅膀,而佳济山绵延的影子,被“极顶”酒店的星雨戴上一顶王冠,悬在每样东西的后面,像一个不动的潮波。街灯显示出的布鲁厄的砖的色调，活像一双红手掬着一根根火柴。然后，飞快地，城市和它拥有的一切都被从视野中抢走了。密密麻麻的草木半隐半现出沿河空空的工厂。一个人在美国可以在一条四车道分隔行驶公路的任何地方。

他和詹妮丝经常这样子开车去南方，所以知道怎样择路：他可以在222号公路处离开，径直向兰开斯特驶去，但得慢行穿过一串停车灯连连的布鲁厄郊区，他也可以在422号公路上再开几英里到176号上，再照直向南开，然后向西切向兰开斯特和约克。他第一次试着走这一条路是在三十年前，想起来就像今年春天，当时他犯了个错误，过早的朝南向威尔明顿和赤脚杜邦女郎的艳景开去。然而美国东部是向西斜的，现在的窍门就是向西一直开到83号公路上，可那时候还没有这条路呢，然后向南开进那个双头怪兽，巴尔的摩——华盛顿的肚子里。*禽兽行为*，她说。唉，你也可以这么说，活着就是禽兽行为。这些发疯的分子。统统靠它们自己？不可能。

他打开收音机，在叽里咕噜的摇滚乐和脱口秀中寻找甜蜜蜜的老歌曲，那些他长大的过程中百听不厌的歌曲。过去容易找，你只消拧拧那老调台旋钮就行了，而不用这些跳动的数字化扫描按钮：你摸得到你的路子。扫描突然碰上了黛娜·肖[①]和巴蒂·克拉克[②]丝一样的嗓音纠缠在《宝贝，外面冷飕飕》的二重唱中。刺激，把他的脊椎都化成了冰水，在这一切旋律逗笑的后面，要听懂每一个词很难很难，最后他们停了停，在合唱句中达到了和谐。外，面，冷——飕飕。还是这个老节目电台，车开到立交桥下面时声音微弱，当道路弯到太接近高压线时又劈里啪啦，随后献上了一支他完全忘了的轰动一时的歌，他怎么会忘了呢？——中学的舞会，打扮得漂漂亮亮的双双对对，随着懒洋洋的华尔兹舞曲脚步拖拖沓沓，纸飘带从篮网上拉下来，爸爸的普利茅思，仪表盘灯光把车里照得朦朦胧胧，生锈的加热器暖烘烘

① 黛娜·肖（1917—1994），美国女歌唱家。

② 巴蒂·克拉克（1911—1949），上世纪三四十年代的美国流行乐歌手。

的，那种活生生、暖洋洋、鬼鬼祟祟的气味，活像一种食物味道，太香，你必须先把它噎下去，从玛丽·安大腿间升起。Vaya con Dios[1]，我的宝贝。内裤潮兮兮的三角，当时女孩子们系的袜带。他们个个露珠般光滑，鲜嫩的身体汗津津地旋转在皱纸、彩灯下面。Vaya con Dios，我的爱。哎呀呀。心好疼。塞进这些语句里的感情埋在音乐节目主持人 78 转粗纹唱片落满灰尘的架子里，就像填在子弹中间的棉花衬垫，就像在某个金字塔里搁了千年又开始生芽的种子，尽管星球循环往复，重新创造需要的重原子，哈利却永远不再是那个人了，不再是与那个女孩在一起的那个男孩了，他的指尖蹭在她大腿柔软的内侧，几个原子搓掉了，几个分子搓掉了。

然后，是费兰吉·莱恩[2]的《驮骡队》，算不上莱恩的绝唱，但也够绝的了，接着是多丽丝·戴伊的《真疯魔》。从前的那些停顿：真疯一魔。他们知道怎么让你疼，那时候有两个棒球同盟，每一个才八个队，所有的球员你都能记住。那时候的人并不完全是软蛋，其实个个是硬汉，但他们更容易伤痛，尽管伤痛的地方要少一些。

他必须下 176 号公路上 23 号才能穿过阿门教徒聚集区，那是惟一的一条真正的地区性公路，不过天这么晚了，不应当有什么破车让他减速了。兔子想再次看看摩根城的一个地儿，一家五金店，外面有两个油泵，那里有一个身穿两件衬衫、鼻孔毛烘烘的粗壮的农民，曾经劝他去一个地方前先摸清那里的情况。好，现在他就是这么干的。他已经了解了路况，而且推断出了目的地。然而原先的乡下五金店现在已经改头换面，成了一家光鲜的小房地产事务所。当年油泵的位置，在月光下，新铺的黑色柏油路显现出对角停车区的刺目的黄道道。

不，那不是月光，他看明白了；那是彻夜折磨繁忙的铺筑过的地方的硫

---

① 西班牙文：上帝与你同在。

② 弗兰吉·莱恩（1913—2007），美国歌唱家。

黄色的光。尽管快十一点了,巨型卡车的车流还是颠簸起伏,喷着鼻息,呻吟哼唧着穿过这个昏昏欲睡的石头城镇;房产经纪处的大橱窗里充斥着待售房产的宝丽来一次成像快照,23 号公路,曾经是两条农耕谷地中间的山梁上的一条窄路,夜里黑得像粪肥一般,现在到处都是霓虹招牌,大放光彩。**必胜客**。**汉堡王**。“电影出租”。“火鸡山零碎市场”。“被子世界”。**荫枫斯堪的纳维亚式自助餐**。“乡村草药铺”。“乡间刀具”。房地产使他想起了詹妮丝,想象着她和纳尔逊、普露正等着他在斯普林格住宅露面,而且现在惶恐不安,可能以为他出了车祸,正拿着钥匙往那座被丢弃了的房子赶,一路心又慌,气又粗,想到这里,他的心往下一沉。也许他应当留个条子,就像她那次对待他那样。*哈利亲爱的——我必须离家几天好好想一想。*然而她说她永远不会原谅他,*把你们俩都一枪崩了*,她加押了赌注,让她引火烧身去吧,又回去上了两天学,就认为她一下子聪明绝顶了。纳尔逊也一样。如果他们想叫他去上由他的亲生儿子主持的什么家庭治疗班,他却把他的大个儿红头发老婆给操了,那才见鬼呢。回头一看,这是他一年干过的惟一的真正的好事情。如果他能面对那孩子,叫他满意,他由于受了这新的委屈而嘴脸刷白,那才见鬼呢,兔子不想让人提意见。

收音机播报十一点新闻。吉姆·巴克尔[①]在北卡罗来纳夏洛特出庭受审,被控有与他的丑闻不断的 PTL 电视部有牵连的二十四项诈骗罪,今天在法庭上倒下,暂时被裁定在联邦教养所进行不超过六十天的精神病评估。巴西尔·杰克逊医生,一位给巴克尔做过九个月治疗的精神病专家说,这名一度富有人格魅力的福音传道者一直有幻觉现象:星期三 PTL 前总裁斯蒂夫·纳尔逊倒在证人席上以后,巴克尔离开法庭时,把外面的人统统看成蓄意攻击他、伤害他的动物。巴克尔的妻子塔米在佛罗里达奥兰多自己的豪宅

---

① 詹姆斯·奥尔森·巴克尔(1939—),著名的福音传道者电视节目 PTL 俱乐部主持人。一次性丑闻使他声名扫地。

里说，从电话上听，巴克尔似乎一直在经受着一种可怕的情绪创伤，还说她跟他一起祈祷，他们都同意要相信主。洛杉矶消息，PTL 前任秘书杰茜卡·哈恩曾与巴克尔有过性关系，从而导致巴克尔于 1980 年倒台，她告诉记者，引用原话，我不是医生，但我确实了解吉姆·巴克尔。我相信吉姆·巴克尔是个高手。我想这是博取同情的花招，就像塔米一上电视，就哭哭啼啼，说他们如何遭到人们的诽谤，原话引用结束。华盛顿消息，能源部正在搜寻一些不翼而飞的氚，制造氢弹不可或缺的重氢同位素。还是华盛顿消息，《科学》杂志报导，一种简称为 TNA 的热中子分析的炸弹探测器，今天安装在纽约市的肯尼迪机场，锁定检测二点五磅重的塑料炸药，却不可能检测到在苏格兰洛克比上空炸落泛美 103 航班的那颗炸弹，因为据认为它仅含有一磅重的塞姆泰克斯炸药。多伦多消息，超级影星马龙·白兰度告诉记者他已经拍完他的最后一部电影。"糟糕透了，"他谈到那部题名为《大一新生》的电影片时说，"这将是一部水货，不过从此以后，我就要退休了。你想象不出我是多么的高兴。"西德波恩的消息，赫尔穆特·科尔总理打电话给波兰新总理塔德乌什·马佐维茨基，呼吁建立两国间更加良好的关系。正是五十年前的明天，其实考虑一下时差几乎就在这会儿，阿道夫·希特勒统治下的德国入侵波兰，突然发动了第二次世界大战，估计会有五千五百万人死亡。诸如此类，哇！体育方面，费城队在圣迭戈正在输球，匹兹堡轮空。至于天气，可能变好，可能变坏。一半对一半，我们没有说稀烂，但当心雷阵雨，你们兰开斯特县的夜猫子们。噢，对了，白兰度也把他新拍的最后一部片子称为"臭货"。对一个当初穿件破汗衫起家的人来说，才不会为此出一身汗呢。

兔子在这个悄声细语、向前奔驰的汽车洞穴里兀自笑了；这家伙肯定认为没人听，所以才这样子信口雌黄。孤零零地呆在播音室里，周围尽是纸咖啡杯和打孔的吸声砖。很难知道你正在营造的效果。很难相信上帝总在倾听着，从不厌烦。赛利卡仪表盘上的灯在他的视线下发亮，活像就要挨炸的一座城市的灯光。

高速公路跨过萨斯奎汉纳河，在约克接上了 83 号公路。哈利向南行驶，电台的频率在他后面弱了下去，路易斯·普里马[①]的《不过是个舞男》唱到了结尾，那种怪诞的合唱，因为合唱不断地唱着“不过是个舞男”，深情地模仿那种哮喘似的令人叫绝的声音：它使你的头皮高兴得生疼。兔子摸索着扫描按钮，但再也找不到一个老歌电台，只是一些脱口秀，醉鬼打电话进来，主持人的声音像拳击似的干脆有力，他那张嘴喋喋不休地讲着自动导向，人流，核废料，黑人男性青年的失业，中央情报局与艾滋病流行沆瀣一气，伯斯基[②]，米尔肯[③]，布什与诺思，诺列加，你不能给我讲这个——兔子把收音机关上，憎恨人的声音。害虫。我们是吵闹不休的害虫，就连空气里都挤得满满当当。还不如听轮胎的絮语，看绿色的路牌在灯光中隐现，以抛物面状扩大，然后又一下子扫出了视线，宛若魔术师的手帕。临近午夜了，但他想跑出这个州再停车。就连很久很久以前的那个破年月，他也能开到西弗吉尼亚呢。要跑出宾夕法尼亚，你非得爬一座没有名堂的山，在亨格福德那边。路牌灯光少了。寂寞的公路往上爬。高山湖泊，在云缝里射出的真正的月光下闪光。他下山进了马里兰州。有一种别样的感觉：修剪整齐的中心隔离带，替“随停随开”拉客的广告。文明。离开了乡下。他觉得眼皮发沙，心发慌，发闷。他驶离 83 号公路，开进巴尔的摩北面的一家“最佳西部”的地儿，想到世界上没有一个人，没有一个人，只有那个粗短冷漠的亚裔美国人服务台值勤知道他人在何处，便油然而生快意。那不翼而飞的氚又在何处，又在何处呢？

他喜欢汽车旅馆房间——租来的空间的那条冷森森、潮糊糊的长槽儿，那两张双人床，那台引诱你去买一盘 R 级电影录像的电视机，那条长绒地

---

① 路易斯·普里马(1911—1978)，美国歌唱家。

② 伊凡·弗雷德里克·伯斯基(1937—)，美国金融家。上世纪 80 年代中叶美国华尔街内部交易丑闻的主要参与者。

③ 迈克尔·罗伯特·米尔肯(1946—)，美国金融家，被称为“垃圾债券之王”。

毯，那些装在镜框里的大鸟照片，那些消毒毛巾，那种隐姓埋名的悄然，那种关在小屋子里昔日风流的余响。他睡得很香，仿佛他把身体连同它的麻烦都脱了下来，把它扔在另外那张双人床上似的。在梦里，他又回到摊场上，一个年轻女人好像在管事。她戴一顶白帽子和一副晃来晃去的耳坠子，但当他凑过去想做一番自我说明，传达一下他对企业不可或缺的作用时，与他可能从詹妮丝嘴里听到的反应相反，她把嘴一歪，她那张脸却带着一种看得见的尖叫溶化在他的眼睛下面了。

吃早饭时，他禁不住诱惑，吃了两个咸肉煎蛋，尽管蛋黄对你的动脉极其有害。兔子喜欢这种浓浓的美国风味的时刻，打点着自己的车子，睡眼惺忪、不言不语地与汽车旅馆的其他客人交往，有老夫老妻，有怪里怪气的一家子，他们从早餐室飘游出来，穿过拖着自己长长的乳白色影子的停车场。又上路了，收音机又打开了。新闻还跟昨天夜里一样，补充了棒球的最后得分(费城输了个一比五)和亚洲新闻，那里已经是下午，相关的是忙碌的日本货币投机商，不听话的中国学生，玩偶似的菲律宾妓女，胜利得不快乐的越南人，头角峥嵘虽说放纵的韩国人，举步维艰的缅甸社会主义者，战斗不休的柬埔寨各个派别，包括自希特勒和斯大林以来最残暴的国家领导人，那个臭名昭著的波尔布特的没有头脑的红色高棉的走卒们。诸如此类，哇！醒来吧，歌鸟们！音乐节目主持人不是昨夜的那位，但同样的疯狂忘情，播放某支兔子喜欢的乡村摇滚，唱的是纵情狂舞，“做一会儿爱，今夜纵情舞。”哈利突然想起他昨晚连手淫都没有来一下，尽管汽车旅馆房间通常都让他亢奋。乖乖，他还真的老态毕露了呢。

巴尔的摩近了，公寓楼越来越多，越来越密，满山遍谷不堪重负，浅淡俗艳的楼梯间装着看不见的人。83号公路在695路上严丝合缝地结束了，他跟系着领带乘公交车的上班族们一起无聊地绕环城路兜圈子，为自己在这个世界上争夺自己的空间，仿佛他还应当得到它似的。然后他上了95号公路，这将是一条他去佛罗里达回家的熟路。绕过华盛顿有两条路，他和詹妮丝都试着走过，那里公寓里的西尔伯斯坦夫妇之流闯南走北的老油子说，通向西北方向的495号公路实际上还要快些，但他想瞅一瞅那些纪念碑，那你只有沿95号一直向东，在一座宽阔的桥上跨过波托马克河进入亚里山德里亚。伟大古老的共和国冻结了的远方的心脏，白得像冰淇淋一样。

经过那些特大城市以后，弗吉尼亚给人的感觉是乡村田园般的空旷。田野看上去比宾夕法尼亚的大，山丘看上去更秀气，更开朗，草地、马群，空中轻雾缭绕，瑞气迎人，偶尔一座淡绿的小丘上出现一个有立柱的宅子，宛若一位奴隶主的老姑娘女儿在绣花样本上绣下的什么图案。一种军事色彩：贝尔沃堡工兵试验场，匡蒂科海军陆战队基地。哈利想起了他的军旅岁月，回想起的是一种抒情诗般的晒黑的皮肤，一种千人一面的男人们的半透明的微光，那种不做决定、唯命是从的奇异的和平。从很多方面讲，战争是一种解脱。没有冷战，当一个美国人有什么意义？后来我们依然跟他们保持距离。我们搅烂了那些怪胎。希特勒，斯大林，现在又是戈尔巴乔夫。历史将会记住我们的，如果不感谢的话。历史上感谢的事少之又少。狗咬狗。现在倒是很难找到一个不播放乡村音乐和宗教节目的电台了。"为困难和婚姻祈祷，"一位牧师说，他那颗粒清晰、蜜糖般棕色的声音，一直挖到他自己的心坎儿上，你都能勾画出他闭着双眼，鬓角上汗水淋漓的样子，"为压力沉重的基督徒丈夫们祈祷，为操心自己的男人的基督徒妻子们祈祷；为所有的人质们，为狱中的囚徒们，为少数民族聚集区的受害者们，为艾滋病患者们，祈祷。"兔子把这个台关上，决定停车吃午饭的时候给家里打个电话。

这里的河流好多哟！波特马克河之后，有阿科廷克河，有波希克河，有奥克匡河，有拉帕汉诺克河，有帕芒基河，有纳伊河，有波河，有马塔河，有南安娜河。而标出这些名字的桥只是公路上的一瞬间。只见其名不见其身的城镇：马萨波纳克斯，莱迪史密斯，雪松叉。里士满北面，一片一片密集的简陋小屋标志着真正的南方开始了，农业黑人地带开始了。哈利把车停到里士满郊外的一家霍华德·约翰逊旅馆。他耳朵嗡嗡直响,踩加速器的那只脚的脚脖子酸疼,脖子也硬了。自从今儿一早离开停车场,热度上了好几格。在有空调的餐馆里、拎着公文箱的推销员都在投币式公用电话上打电话。午饭他吃得太多,吃了一个淡而无味的汉堡包,在吃一起上的最后一根法式油炸土豆条时,就像孙子罗伊那样,用手指把上面的盐抹掉,然后他又要了份苹果馅饼,看看在弗吉尼亚是否有所不同。只是更甜一点,更黏一点;它没有宾夕法尼亚人在上面撒的桂皮粉。他付过账后一个电话空了出来,投了三块钱的两毛五的硬币后,他拨的号码不是富兰克林路那幢石灰石灰房子里的,而是他过去住的佳济山的斯普林格住宅里的。

一个小女孩接电话。接线员插进来,兔子又投了三分钟的两毛五的硬币。他说,"喂,朱蒂。是爷爷。"

"喂,爷爷,"她说,非常平静。也许昨晚揭露出的事尚未走漏到她耳朵里。也许这么大的孩子对大人扯不清的纠纷天真无知,所以什么也不会使他们惊讶。

"怎么样?"他问。

"挺好。"

"你是盼着下学期开学吧?"

"有这么点意思。夏天有点儿惹人烦了。"

"罗伊怎么样?他也被夏天惹烦了吗?"

"他是个大笨蛋,根本不知道什么是烦。他这会儿被安顿睡午觉去了,但仍然又哭又闹,妈妈气疯了。"哈利好像被噎住了,一时无法应对,她却主动接上说,"爸爸不在家,他到摊场上去了。"

"那好,其实我正想跟你妈妈说几句呢。你叫她来听电话好不好?朱蒂,"没等孩子离开电话,他又一时冲动,补充说。

"啊?"

"你现在要好好学习。别操那些拿大的孩子的闲心。你是个非常可爱的女孩，只要你等一等，一切都会来的。别硬来。别硬要往大长。一切都会好的。”

这番话道理太多，不好塞进她的头脑。她只有九岁。再等十年她才能像米姆那样到西部去闯荡。“我知道，”朱蒂说，带着一声叹息，也许她真知道。话筒在木头上咯噔一响，后面有说话的声音，脚步声急促地扩大了，然后普露来到电话旁，喘不过气来。

“哈利!”

“喂，特里莎。怎么样?”这种诱惑性的若无其事的语气，全不着调儿，可还是脱口冲了出来。

“不怎么样，”她说。“你到底在哪儿呀?”

“很远，一个人人需要我的地方。嘿。你说出来干吗呀?”

“哈利啊，我不得不说。”她哭了起来。“我不能让纳尔逊蒙在鼓里，他正努力做个规矩人。真够可怜的。他一直向我坦白这种可怕的事情，我连其中的一半都不能告诉你或者任何人，夜里，我们一起祈祷，跪在床边大声祈祷，他拼死拼活要彻底戒毒，当一个正派的父亲，正派的丈夫，做一个正常的人。”

“他是这样吗? 好啊，了不起。可你也用不着把我们的事兜出来呀，何况就是那么一次，再没有继续，其实，我以为你早忘了个一干二净呢。”

“你怎么认为我忘了呢? 你一定认为我是个地地道道的臭婊子。”

“呃，哪能呢，不过，你知道，你心里一直有很多事。至于我嘛，那简直就像做了一场梦。”他想说成一句恭维话。

但普露的声音变硬了。“嗯，对我来说，它的意思还要更多一点。”女人：你永远也不知道她们想往哪边儿跳。“那是对我丈夫的一次可怕的背叛，”她庄严宣告。

“好啊，”兔子说，“就我看，他一直就不是那么一个大丈夫。喂，朱蒂，是不是一直在听?”

"我用的是楼上的电话,我叫她把下面的挂了。"

"可她挂了吗?朱蒂!"哈利喊道。"我看见你在那儿!"

一声摸摸索索的轻响,线路上出现了一种新的清晰的声音。普露说。"操蛋。"

兔子安慰她了。"我忘了我们到底说了些什么,不过我怀疑她未必听懂多少。"

"她懂的比讲出来的多。女孩子都是这样。"

"算了,不管怎么说,"他说。"他坦白的除了和女人的事儿还有跟男人的事儿吗?纳尔逊。"

"我不可能回答你的这个问题,"她说,用的是一种又平又干、对他关门大吉的声音。另外一个女人的声音,更热乎一点,更礼貌一点,懒洋洋的,也许是个黑人的声音,插进来说,"先生,你的三分钟到——到了。你要继续讲,请再投一元一角钱。"

"也许我说完了,"他说,是冲着两个女人的。

普露在岌岌可危的连线那边喊道,"哈利,你在哪儿呀?"

"在路上!"他回喊道。他面前还有一摞零钱,于是塞了四个两毛五的和一个一毛的。当他们咣咣咣往下侃的时候,他还唱了一段刚刚从收音机里听到的歌,威利·纳尔逊[①]的信号曲:"又上路了……"

这一下搞得普露抽泣起来;这就和詹妮丝说话一样糟糕。"啊,别介,"她哭着说。"别拿我们大家开涮了,我们实在没有办法,我们都拴在这里了。"

他动了恻隐之心,回想起那天夜里她赤裸的鲜花似的美,在那间有股霉味的窄屋里,风狂雨骤。她被卡在那里,她在说话,跟活人在一起,"我也被拴住了,"他告诉她。"我被拴在我的尸骸上。"

---

① 威利·纳尔逊(1934—),美国歌唱家。

“我怎么跟詹妮丝说?”

“告诉她我在去公寓的路上。告诉她她什么时候想来,就到我这儿来。我只是不喜欢你们昨天晚上对我施加的挤轧。我老了老了,却得了幽闭恐怖症。”

“我绝对不该和你睡觉,只不过当时……”

“当时那是,”他说。“当时那是个呱呱叫的主意。告诉我——你认为我干得怎么样,回头看的话?对一个老帮子来说。”

她迟疑了片刻,然后说,“这正是,这正是麻烦所在。我没有把你看成老帮子,哈利,从来没有。”

好啦,他从她那里赢得了这一点。这种女人对男人的声音。谁还能有更多的要求呢?随她去吧。他说,“别想不开,普露。你是个极棒的妞儿。告诉纳尔逊要放松。正因为他戒了毒,他就不必变成比利·格雷厄姆[①]了。”或者吉姆·巴克尔。哈利把电话挂了,电话让他吃了一惊,因为哐啷哐啷两下,退出了那一角和四个两毛五的硬币。那个南方口音的接线员准是一直在听,并且喜欢上了他。

下午慢慢过去,快到北卡罗来纳的法耶特维尔了,那儿有一家“舒畅旅店”,他和詹妮丝几年前住过。在汽车收音机里听到了一件惊人的事情。他们中断了四十年代强节奏爵士乐经典,宣布棒球联盟总干事和耶鲁大学前校长巴特利特·贾马蒂今日傍晚在马萨诸塞州的玛莎葡萄园岛上因心脏病去世。皮特·罗斯回击了,兔子想。贾马蒂教授,才五十一岁,午饭后在埃德加敦他的夏季别墅里休息,三点钟被老婆儿子发现心脏完全停止了跳动。才五十一,兔子想。警察想把贾马蒂送到玛莎葡萄园医院,他被抢救了一个半小时,急救队好几次成功地恢复了心搏的电动机制,但贾马蒂最后还是被

① 比利·格雷厄姆(1918—),美国福音传道者,曾连续为 10 名美国总统做过祈祷,盖洛普 20 世纪受人崇敬的名人榜上列第七。

宣布死亡。那小小的电动抽搐:没有它,我们就是一堆烂肉。到佛罗里达他应该首先做的事情之一就是约见莫里斯医生,极力躲开那个鹰脸澳大利亚人奥尔曼大夫的手。死活要把他的刀子插到我身上。贾马蒂在耶鲁当过英文讲师,新闻说道,后来成为该校历史上最年轻的校长,任职十一年里,扭转了该校陷入赤字和学术平庸的倾向。作为全国棒球联盟主席,他由于乱改好球部位和假投的规则激起了一些球员的愤怒。作为总干事,他短暂的任职期为那起令人痛心的罗斯事件所左右,一周前这一事件得到解决,使贾马蒂显然处于强势地位。他块头大,烟瘾也大。至少我不抽烟。这时候播起了一支我们听众百听不厌的点播乐曲,《心情舒畅》。

法耶特维尔一度是个热闹的城镇,满城都是从布拉格堡来的士兵,兔子还记得他有次在《六十分钟》上看到过一段介绍。闹市区有几个街区的三X级电影院和低级旅馆,城市元老深感绝望,最后全部予以拆除,改建成了一座公园。晚饭吃的是油炸虾,洋葱圈儿和一面炸过的白面包,一种南方美味,他猜,在舒畅旅店——带有像小自助餐馆一样大的沙拉自助柜的餐厅之一,所以当你坐在那儿等女招待时,你心里纳闷是否会坐失良机——饭后,哈利开着那辆石板灰赛利卡,他的私人蝙蝠车,缓缓向邪恶的法耶特维尔中心区巡行。他能找到的热点是一条影影绰绰的大街,到处的门洞里有黑人闲荡,等待着什么消息,什么远处的事件。没有穿超短裤或氨纶紧身运动裤的妓女,只有一个红胡子的白人,穿着钉有饰扣的黑皮衣,一个劲儿地往快里踩着他那辆摩托车发动机的转速,拧着油门,发出巨大的噪音。黑人们连眼睛也不眨一下。他们只是等着。即便到了晚上,影影绰绰的空气依然炎热,他们从中走过,懒洋洋的像病鱼似的,一只手以黑人自己的方式斜拍着另一只手的手腕。

他回到了自己的长房间,地毯下面的水泥发散着水味儿,墙壁漆成一水儿的黄色,板条,管道,空调通风孔,电灯开关板,也都被滚成、喷成黄色,兔子想在账单上追加5.5美元,看看叫做《淫荡的家庭主妇》的东西,但还是免费看了《素昧平生》的一些片断（这搞得他好不自在，两个男人住在一起，哪怕其中一个是滑稽的俄国人），和海鹰队与49人队的橄榄球季前赛。旅馆闭路电视放的这些软性色情电影的麻烦在于，为了防止某个跟当律师的父母在一起的四岁儿童碰巧按了这个按钮，它们只显露出奶头和屁股，甚至一些阴毛，但没有真正的屄，没有鸡巴，不管是硬鸡巴还是软鸡巴，绝对没有。这太没劲了。原来鸡巴才是我们关注的东西，你非得看看不可。也许我们全都是“反反”，他这一辈子一直爱着罗尼·哈里森。好啊，今天，普露再次随口说出操蛋，然后又说别开涮的那种语气。那种平平的女人对男人的声音，仿佛他正搂着她似的，她的声音放松成了他们的基本关系，屌对屄，把纳尔逊蒙在鼓里。终于上了床，摸着黑搞起了手淫，想着自己与老法耶特维尔的一对咖啡色婊子在一起，以显示自己依然生机勃发。

早晨的新闻广播平淡无味。贾马蒂去世，重热了一遍。棒球界的哀悼。经济有所增长。贝鲁特基督徒和穆斯林之间的炮击更趋激烈。前住房和城市发展部助理说档案被毁。最高法院做出裁决，不允许橄榄球比赛前进行有组织的祈祷引起整个南方的愤慨。在蒙哥马利，埃莫里·福尔马市长扬长走到五十码线上，带领祈祷。他对有线广播系统的讲话把橄榄球和祈祷作为美国传统联系在一起。在亚拉巴马锡拉科加，当地牧师们在露天看台上起立，带领三千群众念主祷文。在佛罗里达彭萨科拉，拿着扩音喇叭的布道者带领观众祈祷。狂热分子，兔子自个儿说。南方人跟阿门派教徒一样可怕。

从这里南下到佛罗里达边界，95号公路像一条在高大的松树中间穿行的漫长的绿色隧道。不断有小屋在窥视。一块招牌上写着：“山核桃卷1元3个。大一些的招牌是拉美颜色：黑底橙黄相间的，酸橙绿的，泼洒张扬，连绵多少英里，开始给某种所谓“边界之南”的东西打广告。多爽一会儿吧。你永远不会憋满一个地方的！一个大篮球从广告牌上旋下来，玩一把。钻完了这么多英里的松树隧道，你最后到了那里，原来只不过是横在南卡罗来纳边界上的破娱乐场:一村的纪念品商店,一种偶极天线上戴了顶阔边帽。煎玉米卷儿,黏不唧儿的。南卡罗来纳是个狂野的州。第一个分离出去的。松树更高了,流露出一种悲情。到处出售**焰火**。土地更加岗峦起伏。装着大松树干的卡车下坡时停不住轰隆而过,上坡时几乎寸步难行。现在兔子意识到他的宾夕法尼亚车牌是北方的,神经有点儿紧张了。稍一偏线,他们就会把你扔进皮迪河。林奇斯河。波卡托利戈河。公路上的动物撞得太厉害,它们不是压扁了,而是碰炸了,不可能知道它们到底是什么了。负鼠呀。豪猪呀。某位亲爱的南方老太太的宝贝猫咪。化作爆炸的卡车轮胎的月牙形的碎片儿中间的毛皮烂污。想一想,他停下车吃午饭,情况就是这样。

詹妮丝肯定已经从普露嘴里得到信息了,她说不定正在公寓里等着他呐,是从费城飞过去的,然后在机场上租了一辆车,趁自由尚在,就好好享受吧。他碰上了一个黑人福音歌曲台,一个富有弹性的肥厚的声音喊道,“他会在那儿的,但你最后还是骂过他。”没完没了地重复着,带着出乎意料的节奏变化。“把那块石头滚开,你可知道那个故事?”一则商业广告最后打断了,你信吗,竟然是丰田。这些小日本一招也不肯错过,你非得交给他们不可。就在奴隶地区卖车。*你们的脱元社会*。哈利的脖子疼,因为把脑袋按一个姿势挺得时间过长。听着收音机,走在路上,他开始觉得飘飘然了。上帝的国度。他完全可以把它造得小些嘛,而且达到同样的目的。

他会在那儿的。可笑,哈利和宗教都是这样。六十年代,上帝在世界上没有一个朋友,他却无法放弃他,现在布道者都用扩音喇叭来祈祷,他却为他兴奋不起来。他就像一个朋友,交往太久,你反而忘记了你喜欢过他什么了。那次心脏惊恐后,你会想,在某种意义上,你离得越近,你想得倒是越少,好像你已经在他手里一样。就像你已经上了场,而不是坐在板凳上一口一口咽着紧张的唾液,努力回味着比赛的动作。

佩里·科莫[1]来了，唱着《因为》。唱到最后兔子的头皮像针扎，眼睛的皮像蜂蜇。因为——你——是——我……的！科莫顶呱呱，也许：克罗斯比[2]有点儿刁钻的爱尔兰腔，跟拉莫尔和霍普[3]一起胡闹，还有辛纳特拉——如果在哪里兔子跟人类步调不一的话，那就是辛纳特拉。他不喜欢他的唱法。他不喜欢那些追星女孩为这个站在顶尖舞台上的皮包骨头、双颊塌陷的家伙欢喜雀跃，狂热得连内裤掉了也不去管它，他不喜欢他一天比一天香，成了这么一个拉斯维加斯的肥猫，灌制这些月光曲唱片，你可以把它们推向全国：激情的海洋。白沫飞扬。在兔子的耳朵里，他的歌总唱得平平板板，像往出来磨似的。可现在，对于米姆，辛纳特拉就是一尊神，不过这更多的是因为生活方式，把夜晚变成了白天，跟歹徒、跟总裁都亲密无间，还有那副肩膀高耸的歹徒模样（查利·斯塔夫洛斯正是这样），交往的还有董事长，以及还没有最后戒毒的小萨米·戴维斯和迪恩·马丁，[4]如果这两个人真戒了的话，他们都有严重的健康问题，他在哪儿读到过，在詹妮丝从零碎市场带回家的那种荒唐的丑闻充斥的小报上。有时候哈利羡慕他猜米姆过的魅力无穷、岌岌可危的生活，他替她感到高兴，她总是锋芒毕露，追求速度，哪怕它要了她的命也在所不惜，即便它把她从他的老埃尔金车把上甩出去也无所谓。然而快车道也得有个规矩。他对自己过去的日子无怨无悔，尽管布鲁厄不是辛纳特拉以磨出来的方式唱的我这种城市纽约纽约或芝加哥。他过去最欣赏的，现在回想起来，当时并不知道，就是在展厅里站着，站在挂着旗子、蒙上灰尘的大橱窗后面，踮着脚蹦蹦跳跳以锻炼他的腿部肌肉，等着顾客上门，跟查利或

---

① 佩里·科莫(1912—2001)，美国歌唱家。

② 宾·克罗斯比(1903—1977)，美国歌唱家。

③ 多萝西·拉莫尔(1914—)，美国女歌唱家。鲍勃·霍普(1903—2003)，歌唱家，生于伦敦。

④ 小萨米·戴维斯(1925—1990)和迪恩·马丁(1917—1995)，都是美国歌唱家。

别人吹牛，赚着自己的一份工资，占着大场面上自己的位置，尽着自己的一份力气，得到一点儿承认。承认，这就是我们要从别人那里得到的一切。你在耗子抢食般的竞争中指定的位置。在部队里，你也有这种位置：你的编号，你的铺位，给你分配的任务，你在队列里的排序，你星期六晚上的休假证，在一家牧场主住宅里喝四罐啤酒，操一个妓女。宝贝，你可没付两次的钱呀。做人光有自己的一套是不够的。事实却是，兔子这辈子老了老了，才明白过来，除了别人告诉你的，你就压根儿没有自己的一套。先是你妈，和你可怜的爸，接着是那个路德派牧师，那个厉害的德国佬弗里茨·克鲁本巴赫老头，不过你还非得尊敬他不可，他说的是他信仰的东西，随后又是那些学校的老师，马尔蒂·托瑟罗等人，都想给你一个起步的角度，现在又是脱口秀主持人。你这一辈子有所取，也必须有所予。也许，如果你妈妈像安娜贝尔的妈妈那样上过快车道，你自然对异性就有所顾虑了。我们没有给孩子们树立良好的榜样。

现在松树有空隙了。一片一片的沼泽把天空展现出来，有搭在木杆上的小屋，有上面长毛球的树木，有挂在晾衣绳上的五颜六色的衣服。家里做的手写招牌。爸爸的正宗南方饭菜。拜一罗。一座长桥跨越马利恩湖，从哪里冒出这么一片浩淼的水域。公路分岔通往州府哥伦比亚，他从来没有到过那里，尽管他和詹妮丝有次绕道去过查尔斯顿，又从17号公路上返回。还有一回，他们辗转到了萨凡纳，并在一座经过改造的种植园住宅里过了一宿，房子的天花板是半圆形的，很高很高，窗户上有百叶板。他们还真干了一些开心的事情呐，他和詹。不过有关老婆的事情，而且他估计，别说是一个老公，几乎任何人在宽限之内都会做的。然而，你应当崇拜他们，直到死亡给你尽了本分。直到时光终了。阿什普河。若干年前还不是一条可笑的带子？

他在一片广阔的路侧停车带下了公路，这片荒原中的一块绿洲——几个油泵，一家餐馆，一家小百货店出售食品，啤酒，焰火，防晒霜。柜台边两个黑人小伙，热得乌黑闪亮，胳膊一直裸到肩头，一个还留着一撮难看的马尔科姆·艾克斯[1]式的小山羊胡子。他们在这里是一种威胁,他们的肤色异常触目,他们是一个人种,他们无处不在。然而那名年长的白人女服务员跟这两个黑人小伙打交道没有任何麻烦。他们三个说说笑笑,都是一口拖腔,嘴里吹出一股轻风。看见此情此景真是惬意。为了这个,南北战争。

为了测试一下他是否还能使用自己的声音,兔子便问柜台边隔着一个空凳子坐着的白人胖子,那人在沙拉自助台边为自己弄了一山的生菜呀,红甜菜呀,酸卷心菜丝呀,农家鲜干酪呀,四季豆呀,鹰嘴豆呀,"到佛罗里达边界线大概还有几个钟头?"他让自己的宾夕法尼亚口音拖长了点儿,希望考个及格分。

"四个,"那人笑着回答。"我刚从那儿过来。你到佛罗里达的什么地方去?"

"一直到顶头。德利昂。我和老婆在那里有一套公寓,我一个先开车过去,她随后就来。"

那人一个劲儿地笑着,边笑边嚼。"我知道德利昂。挺好的古镇。"

兔子从来没有多注意它古在哪里。"我们过去从阳台上就可以看见海,可现在他们在那里建起了房子。"

"现在海湾一侧房子可多啦,大西洋那边也相当满了。我今天是从萨拉索塔动身的。"

"真的?那可够远的。"

"所以我才像猪一样大吃一顿。今儿一早从五点钟到现在只吃了一块棒棒糖。过一会儿,你就得停下,你就开始看景致了。"

"什么景致?"

"我刚过来的这段路上,一片一片的低雾影响你。就像咖啡影响你的胃一样。"这人真有一套好作派,一边笑,一边吃,一边聊。他的嘴巴很宽,但没

---

① 马尔科姆·艾克斯(1925—1965),美国黑人领袖,最后遇刺身亡。

有嘴唇,活像一张提线木偶的嘴。他已经把他的前有鸭舌、后有网条的卡车司机帽放在盘子旁边;一头漂亮的华发,微微带点儿波浪,俨然像个富翁的头发,被帽边儿压出了一道永久的槽。

"你开着一辆大卡车?我不知道你们这些人是咋弄的。你要走多远?"

盘子里的沙拉已经一扫而光,笑容却更加宽展了。"波士顿。"

"波士顿!这么远?"兔子从来没有到过波士顿,对他来说,那可是海角天涯,掖在缅因州下面。人们住在那么远的北方,他觉得怪异得就像爱斯基摩人一样。

"今儿,明儿,随你怎么叫吧,我指望星期天下午把这家伙开到波士顿,从现在算起二十四小时。"

"可你什么时候睡觉?"

"噢,你把车开到路边,这里睡一个钟头,那里睡一个钟头呗。"

"真叫人吃惊。"

"干了十五年了。我早就退休了,但又回来了。在家里闲呆不住。电视上又没有好看的。你怎么样?"

"我?"在出逃。一个坏**小子**。他意识到了这个问题的用意,便回答说,"退休了,我想。"

"你再多加油,伙计。我受不了,"卡车司机说。"退了休费脑筋。"对两个黑人小伙十分友好的那名年长的女服务员给这个饿汉端来一只椭圆形的大盘子。里面是泡在一种油和血的混合汤水中的炸牛排,三种配菜分别搁在小圆碟子里,还有单另一盘焦黄的玉米饼。

哈利有点恋恋不舍地——他已经交了一个朋友——离开了柜台。"好了,你再多加油,"他说。

这个苍白肥胖的奇人,他到波士顿比一颗飞行的子弹还要快,他像托马斯·阿尔瓦·爱迪生只需时不时地打个盹儿就行,他那张提线木偶似的大嘴塞得满满当当说不成话,只能满面堆笑,频频点头,让一滴蛇一样的牛排汁顺着鹅蛋形的小下巴的远侧往下流。人无完人。我们只不过是人。看看吉姆·巴克尔。看巴特·贾马蒂。

哈利开着他的赛利卡跨过塔格里菲尼河。索尔基哈奇河。小康巴西河。库萨哈奇河。龟河。基卡普河，他想——不是阿什普河。《小艾纳》[1]里的"基克普快乐汁"。黑人音乐有了那种木板拍打地板的独特而刺激的新声，在它的激流中，他听见了阵阵广告，有厄普丘奇音乐公司的（"一种给将来几代人带来音乐欢乐的乐器"），还有一种叫做"微型猫"的除臭剂。除臭剂干吗叫"微型猫"呢？他跨过萨凡纳河终于离开了南卡罗来纳和它的焰火。因为他连续长途开车，头都开大了，于是在市区出口拐下公路，进了市中心，在一座宏伟的旧县政大楼旁边把车停下，在那里主街上的一家小三明治摊儿上买了一个热五香烟熏牛肉三明治。他坐着吃，尽量小心不让任何汁液从蜡纸里溅出来，给他的裤子弄上油点子，不要像几个钟头前午饭馆子里那个家伙一样嘴上淌下叫人恶心细流。萨凡纳的这片地儿，离河只隔一个街区，就像一套户外的房间被一座座有高高的台阶、有帘帷一样积满灰尘的树木的联立住宅圈在里面；白天的闷热仍然滞留着，尽管柔和古旧的房屋正面的影子越来越深，越来越浓，比布鲁厄的影子悲情更深，红意更浓。一群鸽子聚在板凳周围，好奇地看看他会不会饶一点面包或烤薯条。一个小瘪三，留着乔治·卡斯特[2]那样的黄色长发，长着一张你从无家可归的人身上看到的那种棕脸，从树背后的一条板凳上，好像它就在隔壁的房间里一样，给他投来一瞥闪亮、狂野的目光。高耸着一块纪念什么的方尖碑，无疑是纪念光荣的死者的。棕色的小鸟嘁嘁喳喳在树里树外扑腾着，好像在努

---

① 《小艾纳》是报纸上长期连载（1934—1977）的连环漫画名，作者为卡通画家阿尔·卡普（1909—1979）。主人公，笨拙、单纯、卑微的小艾纳在一个黑暗、悲观的世界上成了美德的典范。

② 乔治·卡斯特（1839—1876），美国骑兵军官，南北战争期间战功卓著，1876 年在小大角河对印第安人作战时率军贸然出击，战败身亡。

力确定白天是不是过去了。他还是往前赶路为妙。他把废纸和奶盒整整齐齐地包装在原来装三明治的袋子里，把它扔在一个公共垃圾筐中，就算他留给萨凡纳的一份礼物，他愿意留下这点踪迹，就像在家里梳妆台沿儿上那片手指潮气的云翳一样。鸽子们气愤失望交加，便咕咕叫着飞走了。瘪三则不声不响地走到他身后，问他是不是有根香烟，他没有什么特别的口音，却发出吸毒者的那种疲软的嚎叫。"没有，"兔子告诉他，"三十年没吸过烟了。"他还记得那一刻，他突然痛下决心把半包菲利普·莫里斯，非常漂亮的老烟草棕烟盒，扔进佳济山一条巷子里某人敞开的桶子里了。也留下了那种踪迹。

兔子的心狂跳着朝他的车走去，瘪三跟在后面，嘴里咕咕哝哝想要几个零钱。他摆弄着钥匙，上了车，砰地一声把门关上。赛利卡，谢天谢地，尽管跑了这么远的路，还不算太热，所以立即发动起来了，乔治·卡斯特，被锁在外面，眨了眨眼，把身子一转装出没留意的假相。哈利小心翼翼地驱车穿过这些户外房间，绕过那座高大的纪念碑，从萨凡纳往出走时却迷了路。他陷在没头没尾的黑人区里了，墙面板搭建的在慢慢垮塌的房子，最新的油漆还是马丁·路德·金时代刷的。他们议论着暗杀的种种阴谋，但那是一个哈利当时能相信的。现在他还是能相信它，不过他记不起他们因此而关进大牢的那个人的名字。一个包括三个名字的姓名。逃跑过一回，但他们还是把他抓住了。詹姆斯·厄尔什么。不说历史了。惊慌失措之中，他停在一家杂货店旁边，就是有踩成槽的木头地板上面露着亮晶晶的钉子头的那种，他小时候佳济山到处都是这类杂货店，只是这里面来的都是黑人罢了；一个瘦高个儿，肤色像个干豆荚，一听就乐了，便告诉他怎么回头去上高速路，并用一双在手腕上松垮垮地摆动着的长手比画着。

回到 95 号公路上以后，兔子驱车穿过佐治亚。天黑下来了，又下起雨来，由于老眼昏花，本来晚上就看不清楚灯光，雨又咄咄逼人。他连收音机都关上了，他有种被经历的乱弹砸得稀烂的感觉。他的身子老是一个姿势，所以觉得好像一直有人用沙袋捶它。他还是停车休息为妙。他在布兰斯维克那边找到了一家罗摩达旅店。他吃的是一种特色菜,煎鲶鱼,吃过五香烟熏牛肉后,吃这个并不合适,尤其吃糖山芋和山核桃馅饼;要是你吃不下山核桃馅饼,干吗要来佐治亚?回房间必须经过别的汽车旅馆屋门,头顶上是连通的阳台,走在下面的水泥地上,真有说不出的福气。雨淋不着。挺有感觉。他们抓不着我。然而他这种快乐惬意的时刻却使他回想起玳瑀德县的那些没遮蔽的不快乐的亲人们。愧疚掏腾着他的心,就像一根拇指挖一只半敏感的眼睛。

《金色女郎》看到半道里,似乎突然无聊起来,全是那种晚年风情,嘴不饶人的老奶奶,人们应当知道何时收梢。他换到教育频道看《活着的星球》关于极地生命的一段。他以前看过,但现在仍然令人惊异,大卫·阿滕伯勒[①]怎样在南极这片最荒凉的地方翻腾下面长着地衣的岩石,整个不见太阳的无底洞似的冬天,雄企鹅在连续不断的暴风雪中居然把蛋放在蹼足上到处走动。生命,真是难以置信,它正在把世界磨烂。同一频道的十点钟新闻讲的是他在收音机上听了一整天的旧事。可怜的贾马蒂。一只雌性小熊猫在华盛顿国家动物园出生。在山岩·哈德逊死以前里根认为艾滋病像麻疹一样是个轻病,他的前任医师陆军准将约翰·赫顿透露。又一个泄密者:海军司令大卫·R·威尔逊在本月的《美国海军学院学报》上声称美国船"樊尚号"混在其他舰船中间在波斯湾耀武扬威了至少一个月后,才击落了一架伊朗民航飞机,上面有二百七十多名男人、女人和儿童。可怜鬼,不管是不是伊朗人。小孩,戴头巾的妇女,倒栽进黑暗生硬的水里。日本新首脑访问华盛顿,巴拿马临时政府成立,东德乱民在匈牙利等待越境进入自由世界。可怜鬼,他们不知道自由世界也是强弩之末了。

---

① 大卫·弗雷德里克·阿滕伯勒爵士(1926 年生于伦敦),世界上最著名的播音员兼博物学家之一。被认为是自然评论员先驱。

兔子准备上床睡觉，穿着白天穿的内衣睡，竭力考虑着他身在何处，人是何人。这是他不见行止的最后一宿。明天，生活会把他又找回来。詹妮丝会来电话，戈尔德夫妇就在隔壁。脱离了布鲁厄，并不像他原先所想的那样轻松。你还是你。美国还是美国，靠信用卡和印第安名字拴在一起。哈利死沉死沉地躺在双人床上。迷失在地图上线路的网里，他像睡在妈妈的子宫里，又一个暂时的避风港。

清晨。雨只不过是阳光照射的柏油路上水坑儿的一种记忆。星期日。他去吃法式吐司和分节香肠串儿，心里估摸明早他又要回头吃陈燕麦麸了。他们走以前，詹妮丝从来不清理食橱。倒也省事，如果你不反对喂蚂蚁和蟑螂的话。他一个劲儿地尝着枫树糖浆和鸡蛋。尽管他过去并不喜欢。法式吐司绝对比不上妈妈打发他上主日学校给他做的东西那么好吃：烤得金黄的三角形面包片儿，从那个形状和油漆都像个圆木屋的罐子里倒出的糖浆，罐嘴儿就是木屋的烟囱。把行李箱往汽车后备厢里放时，他突然注意到，尽管不是头一回，怎么赛利卡的尾灯斜着，从后面看，给人一种斜眼儿的神态。

不出一个小时，他就跨过了圣玛利河，一块公路牌上写着**欢迎来佛罗里达**，收音机播放蓝十字会①、托牙固定液、肺病诊疗所的广告。路边成了沙地，车辆密集起来，亮光闪闪。杰克逊维尔突然隐现出来，一个蓝绿两色的摩天大楼的奥茨国②，一座松树隧道尽头的梦幻城市，闪光的玻璃匣子堆积在最高的一个，浸礼会医院，周围。你驱车上去过桥，圣约翰河在下面很远很远的地方，杰克逊维尔八面生辉，宛若在你手中翻转的一颗宝石，你缴了过桥费，可千万要当心，不要绕到绿湾泉或塔拉哈西方向上去。

---

① 美国一家非营利性的健康保险组织，会员或其家属可享受医院治疗保险。

② 奥茨国是美国作家弗兰克·鲍姆为十四本儿童故事所创造的背景，一片想象中的乐土，有奇怪的动物。

95 号公路现在只不过是很多高速公路中的一条，轿车变宽了，变胖了，卡车拉的是一卷一卷的新鲜草皮，而不是剥了皮的松树干。他周围像错位的船只一样浮动着的，全是白色的大野营车和运货车，温内贝戈车和斯塔克拉夫特车，探路者车和海豚车，车轮上的家，老公掌舵，胳膊肘子伸到窗外，老婆在他后面的家里整理床铺。这些大篷车从所有的州向佛罗里达涌来，甚至带着科罗拉多的青山轮廓和缅因的张牙舞爪的红龙虾。他注意到一种新的佛罗里达车牌，一种给挑战者号立的雾蒙蒙的三色纪念碑，不过很多车牌还是中间是个绿色的佛罗里达形的斑痕，好像什么东西溅到一条领带上似的。把那个可怜的新罕布什尔的学校老师而且又是鬈发的犹太女子送上去，再别提那些男人了，其中一个是黑人，还有一个是东方人，人人都像美国的某个好莱坞横绝一世的人物，一分钟后在电视上只看见炸成了碎片，这岂不是十年里的奇耻大辱？现在调查人员认为他们在向水里坠落时很可能还有意识，有两三分钟的意识。哈利更深入到佛罗里达了，很高兴又回到棕榈树、白屋顶和热带的纤细景象中间，云朵蓝的接着灰的，接着白的，又接着蓝的，仿佛伟大的造天主儿在这儿工作用的是轻型材料似的。

你走与东海岸平行的 95 号公路来到 4 号路上，再斜开过去，把迪斯尼乐园扫一遍，这正是可怜的小朱蒂想去的地方，下次他们来，他们一定会把它安排进去。公寓里有一些自封的旅行专家（他总是认为埃德·西尔伯斯坦是个万事通，甚至在他的儿子企图勾搭普露之前）建议，一直走 4 号再上 75 号，虽然多跑一点路，却节省了时间，或者至少走 17 号到夏洛特港，他倒喜欢走 27 号向南开，正好穿过本州炎热平坦的肚皮，穿过海恩斯城和威尔士湖，进入西米诺尔人居留地和奥基乔比湖西部的空旷地带，然后上 80 号路到德利昂。

在佛罗里达，在汽车收音机上找“老歌金曲”台并不困难。我们在这儿都是老曲儿啦。你的生活之歌，有些播音员喜欢这么叫，接二连三蹦进来。

帕蒂·佩吉[1]央求“永远不要放我走——，我爱你可是爱过了头——”，然后又轻快地唱起带着“哎依依”和西班牙骑士风的拉美小调，结尾是，“我终生都把你等待，给你献上我所有的爱，我的心永远属于你，”然后是托尼·贝内特[2]或者另外哪个哞哞牛叫似的意大利人唱《做我的爱人》，说到我所有的爱，然后是戈吉·格兰特[3]和《乱刮的风》，他都几辈子没想起过戈吉·格兰特了，这是一支很难不激起你的一些回忆细胞的歌，而车窗外的风景，压过空调的呼呼声，变得越来越嘈杂——跳蚤世界，活跃的成人生活，车 辆接一辆地过去，总有一只橙色加菲猫用做成吸杯的爪子贴在后车窗上。“你为何漫游，无人知道，”纳特·“天王”·科尔[4]唱着“漫游的玫瑰”，结尾如此轻柔，“我为何要你，无人知道，”你简直就能看见那聪明徐缓的笑颜了，然后是“泽娜，泽娜，”他也多少年没有听过了，这种音乐再也没有异族情调了，而“啊，我的爸爸，”倒是有点儿异族情调，而凯·斯塔尔[5]真正让她自己回到了“命运的轮盘”之中，这些急停，那些硬冲，“请——让它现在出现，”还有“啊—踢克，啊—踏克”，过去的时光真的又回来了，他和洛蒂·宾格曼一起走着上小学，与玛格丽特·舒尔科夫谈恋爱，还有普雷斯利的“爱我要温柔”，随你怎么损他都行，但在他最后发胖、有了毒瘾、死鬼缠身之前，他确实有一副真嗓子，亮嗓子，跟雾号似的辛纳特拉绝对不一样，然后是雷·查尔斯[6]，现在又是一副真嗓子，“我没法儿停止爱你”，“梦见了昨天——”拖着袅袅的余音，就像那，那个滑稽的盲人在摆头，然后是康妮·弗兰西斯[7]，“男孩们在哪里”，一种嗓音立马能把你的头皮冻僵，然而这些歌都是谁的生

---

① 帕蒂·佩吉(1927—)，美国女歌手。
② 托尼·贝内特(1926—)，美国歌唱家。
③ 戈吉·格兰特又名奥德丽·格兰特(1924—)，美国女歌手。
④ 纳特·“天王”·科尔(1919—1965)，美国歌唱家。
⑤ 凯·斯塔尔(1922—)，美国爵士乐和流行乐女歌手。
⑥ 雷·查尔斯(1930—)，美国歌唱家。
⑦ 康妮·弗兰西斯(1938—)，美国女歌唱家。

活呢？那是个海滩聚会的时代，他又是结婚，又是分居，又是和好，又在维里蒂印刷厂干活，那时候不再有他的聚会了。罗尼·哈里森和鲁丝整个周末都在泽西海岸边操：这事仍然让人痛心。

这个台声音弱下去了，想办法另找一个台时，他碰上了一个教会广播电台，是福音会的，一个男人喊道："耶稣知道！耶稣看透了你的心！耶稣看见死亡在你心里！"哈利接着往下找，碰上了约翰尼·雷[①]的"哭"，但太晚了，所有的哭泣都过去了，只听到"如果你的心上人送来一封告别信"，那正好在他必须参军离开玛丽·安的前后，他不知道那将是永别，他们争论过约翰尼·雷，兔子一口咬定那家伙那样子唱歌肯定是个怪物，后来到了得克萨斯，他才意识到这歌就正是为他唱的，他的心上人寄来了一封信。下一支歌，迪恩·马丁开始吊儿郎当地唱起了"那是爱"；这时候哈利已经复员，跟詹妮丝要好起来，克劳尔商店坚果柜台后面这个文静的女孩，她的矮小紧凑的身体，她迷惘的黑眼睛发出的挑战，他记得，因为他们常常在琳达·汉纳切尔借给他们使用的那间屋子里操过以后，他总是开玩笑，"那是爱"，从那间屋子可以看见河边鸽子灰的汽油罐。"只有孤独者"，已故的罗伊·奥比森用颤音轻唱。"我的宝贝走了，我的心儿走了，"用的是那种越来越高、令人惊异的声音，最后你以为它准会像水晶一样断裂，在某种意义上它的确断裂了；兔子当时估计他的死才是使这首歌成为"老歌金曲"的原因。

歌曲向前滚动，每半个小时被新闻摘要打断一次。在哥伦比亚，一次炸弹爆炸造成八十四人受伤，哥伦比亚的悲痛因咖啡价格下跌而雪上加霜，布什总统即将就全国毒品问题发表讲话引起华盛顿的猜测，他会不会扮演里根的角色？还在华盛顿，官员对新出生的熊猫宝宝的成活仍抱有希望，它在恒温箱里为活命拼搏。地方新闻，海牛继续活跃在卡卢萨哈奇湾，"海豚"昨日在迈阿密被费城"鹰"击败，二十比十。兔子喜欢这个比分，但那些老歌，

① 约翰尼·雷(1927—1990)，美国著名歌手，许多人认为他是摇滚乐的先驱。

全是那种爱的糖浆，爱呀爱，甜蜜蜜，娇滴滴，橱窗里的狗狗们，妈妈亲吻圣诞老人，林荫巷的不规矩的女士，想把你刺激得脱掉裤子的背景弦乐，拨奏过渡乐，渐强的铜管乐，可把他磨垮了：他怨气冲天，因为尽管如此之晚，他还是身不由己地认识到，他的生活之歌本来就像摇滚乐一样的蠢，现在竟然还是那些没有头脑的小年轻儿的家常便饭，或者纳尔逊曾狼吞虎咽过的那些六七十年代的劳什子——统统是为头脑空虚、荷尔蒙过热的家伙们设计的，一片白沫滔天的汪洋，现在听它就像他过去想办法吃那样子撕开一只两个连在一起的香蕉一样。全是一次性用品，炮制出来快赚一把了事。他们领着我们顺着花园小径走去，那些音乐制造商们，然后又回过头，稍稍变换一下味道又把下一代人领过去。

兔子有种上当了的感觉。他是在一个奇怪的不是战争而是变化的世界里长大的：这个世界一动不动地站着，好让你在里面长大。他知道什么时候底儿掉下来的。他们关掉克劳尔的时候，克劳尔在布鲁厄中心耸立了多少年，比一座教堂还要大，比县政大楼还要老，正好在韦泽广场的前头，每一个圣诞节，角窗真是别有洞天，陈列着环行火车，点头玩偶和闪烁的星星，仿佛上帝亲手把它们安置在那里照亮一年最黑暗的时光似的。小小年纪，他也说不清哪个是上帝做的，哪个是人做的；反正都是从上头来的。他还能记得，小时候大冷天他和妈妈站着向这个玩具的花花世界里张望，个个都像真的一样，寒气刺着他的面颊，救世军乞讨的铃声，那些年在韦泽广场卖的又热又软的椒盐卷饼的气味，周围大人们来去匆匆给他的感觉——裹得严严实实的身体直往克劳尔商店里挤，在那里你可以买到样样最好的东西，从褶帘到床，从玩具到锅，从瓷器到银器。当他回到那儿在发货部工作时，你看到的却是倒行逆施，雇人和裁员，朝令夕改的路线，风云突变的时尚，心惊肉跳、孤注一掷的销售规划。但总的来说，他还是相信这个地方，相信它的实力，相信它的诚信。所以一个夏天，该系统仅仅以闹市区白人感到害怕，顾客因此不再光顾为由，突然出面决定关闭克劳尔时，兔子才意识到这个世界并不牢靠友善，只是为了钱临时搭凑起来的破架子。你只不过走这么一回，他们按你的分量揩你的油，主要在你少不更事、容易上当的时候。如果克劳尔可以关，那县政大楼也可以关，银行也可以关。没有来钱的门路时，他们也可能把上帝他老人家也关掉。

在迪斯尼世界附近和以远数英里的地方，小型的娱乐和主题公园纷纷伸手想从涌动的游客中舀上一杯。蜡像馆。“湿又狂”，一家滑水道。海洋世界。马戏世界，不是带回萨拉索塔的那一家。多傻的字眼，傻得用起“伪”这个字了，你突然看见它比比皆是，伪毛皮呀，伪珠宝呀。他们的意思就是“假”。一个古老玩偶和玩具博物馆。古老，古老，他们现在当古董卖的东西还没有他老呢，又是诈骗。在27号公路往正南开，你就进入一片略有起伏的干灰干灰的农业区，地热得泛白，灰苍苍的牛群散落在广阔焦灼的田野上，一片片橘园则带着自己灌溉生成的墨绿。巨型水箱，形状宛若巨大的蘑菇，活像天外飞来的宇宙飞船。路边的用手工漆得歪歪扭扭的小招牌上写着**煮花生**，几个墨西哥小丫头片子看着摊子，与北边巨大的主题公园有点儿遥相呼应的是，一个动人的落满灰尘的娱乐公园，纺锤形的结构拼凑在一起就为了一分钟眩晕感觉，这会儿都闲置着，等待着晚上零星的玩客。

现在太阳已经老高，清晨破碎的灰云已经消散，当他在一家得克萨公司加油站从赛利卡里出来上厕所时，热得厉害，热得逼人，热得吓人，因为就没个地方好躲，就像南极的雪，热气甚至飘进了厕所，就像宾夕法尼亚的夏天一样湿热，但更加炙人，怒火更盛。路很宽，但还是有信号灯，而且有很多从白花花的农田里通过来的路；小城市一晃而过，威尔士湖，防霜镇，埃文园，西布林，于是他心里纳闷那里的人怎么过日子，远离海岸，远离公寓和捕鱼许可，他们就像布鲁厄的人一样，醒来了就去上班，只是一切都被太阳晒得扁塌塌的：他们是怎样来这里的？如此靠近世界的边沿？呆在这个沙坑上，由于大气里的二氧化碳造成南极消融，海平面上升就会被冲走。一柱浓烟在他的左边升起，在西米诺尔人居留地的方向，浓密有毒，一场灾难，一颗原子弹，正当他沉浸在音乐的回忆中时，已经宣战了；他指望碰上一次森林大火，然而什么也没有发生，烟柱又慢慢地在他左边消退了，他永远也不会知道是怎么回事。一堆垃圾的可能性很大。由于坐久了，哈利的身子抽起筋来，于是他含了一粒硝酸甘油，因为它给你那种小小的快感，那种内心的松弛，因为它给你那种痒抓抓的惬意。

这片土地居民越来越少，却更加崎岖不平。城镇的名字挺有意思，诸如静湖呀，维纳斯呀，老维纳斯呀，棕榈谷呀，等等；刚过棕榈谷，跨过食鱼溪，居然到了哈里斯堡，州府就在那里，但这里却什么也没有，你正好在 29 号路上，一条窄路，直如矢，平如砥，你可以望到数英里之外，卡车迎面开来，只见一片闪光把车轮挡住了，开着轻型货车的红脖子农民，在后视镜里往前推进，要超车，几乎不给任何信号，有种陷在沼泽里的感觉，离文明如此遥远，电台信号微弱，在完全消失之前它播放的你的最后一支生活之歌是某个叫做康妮·鲍斯威尔[①]唱的，远远早于兔子的时代，唱的“说情况不是这样”，悲声哀气的，带点儿大舌头，平静得好像只是在跟你说话，“你找到了什么新欢——”，后面的乐队轻声细气，就像从前在摆着盆栽棕榈的宾馆休息厅里演奏的那种乐队，一种二十年代的感觉，他们生活艰苦，没有抽烟、喝酒、胆固醇之虞，埋头苦干就是了，“说——情况不是这样——，”他几乎要哭了，她唱得如此真诚，如此真切地受到伤害。詹妮丝到底搞的什么鬼？他很快就会发现的。

你以为 29 号公路永远走不到头，只有它两边的泥水沟，只有它硬撅撅、灰溜溜的草木，但它最后还是在拉贝尔进了 80 号，在卡卢萨哈奇河南向西疾驰，你就快到家了，有指向佛罗里达西南区机场的路牌，飞机在头顶上吼叫着低飞过去，如果他是“樊尚号”，他就能透过挡风玻璃把它们击落。为了怀旧，为了回到佛罗里达的风情中来，他继续向前推进，经过 75 号州际公

① 康妮·鲍斯威尔（1907—1976），美国女歌手。

路，上了 41 号路。“斯塔文·马文”。“万民补牙”。“超级出纳”。**星光汽车旅馆**。那一回他和詹妮丝绕过来住的就是一家汽车旅馆；好像他们是一对露水夫妻，其实那时候他们已经结婚十三年了。不吉利的数字，但他们平平安安过来了。今年结婚已有三十三年了。从操第一次算起已经三十四年了。回到克劳尔的时候，他从来没有意识到她最终会继承钱财。她看上去只不过是个坚果柜台后面的可怜兮兮的小傻蛋，她的棕色工作服上缝着个“詹”字，她身上有种不可靠但又很性感的东西，一个像艾尔薇拉那样可靠独立的女人很可能对性不是那么入迷，但詹却是这样，当他像在汽车里经常对待玛丽·安那样骑在她身上时，她感到惊异，只不过这回是在床上。妈妈看不上詹；站在厨房里，两手都是肥皂沫子，她总说弗雷德·斯普林格是个倒旧车的大骗子。现在斯普林格车行是 kaput 了，finito 了。就像克劳尔一样完蛋了。没有什么神圣的东西。

哈利最后拐下 41 号路。羽状蒲苇，弯弯的街道两旁开花的灌木，一年的这个时段有点异样，更显得姹紫嫣红。从前，他从来没有在这个时段到过这里。它显得空一些，车道上车少一些，拉上的窗帘多一些，人行道上面走的人比以往少一些，即便在这种高峰期，车辆也稀一些，空气里带着那种向晚的薄暗，宛如银器上生的暗膜。他在品多棕榈大道上看不见一只压扁的犰狳。瓦尔哈拉坞的门卫，一个瘦瘦的、戴眼镜的黑人，哈利以前没有见过，所以不认识他，但在房客名单上发现了他的名字，于是挥手让他进去，连个笑脸也不给，绝对地高效，很可能上过大学，杀鸡用牛刀。

B 楼里门的密码不起作用。他这一辈子用过的数码太多了，兴许搞错了。但按过第三回还没有咔嚓一声放他进去以后，他估摸不是他的问题，是密码换了。由于右腿踩了三天多的加速器，变硬了、变跛了，于是，他一瘸一拐走过铺地毯的交通安全岛和柏油路，顶着叫人眩晕的灼热，穿过扑鼻的淡忘了的热带香味，木槿、九香葛、干棕榈片儿、松脆宽叶的圣奥古斯丁草，走到 C 楼的管理办公室去，要新密码。

他们说他们把通知发到他北方夏天的住址去了；他告诉他们，“我老婆肯定把它撕了，要么丢了，要么不知怎么弄了。”又跟人说话了，他的声音听上去古里怪气，粗得像老鸦，像是从他身外几英尺远的地方来的，活像汽车立体声系统上有时候吓你一跳的单向回声或合唱，从车里出来，他感到笨拙别扭，脆弱得不堪一击：一只没有壳的海螺。路过时他向第十九俱乐部里瞅了一眼，看见里里外外的桌子旁边一个人也没有，他深感惊讶，尽管有一对四人配对赛的球手在初打区等着，一年这个季节，他猜，你总不能在一天的中间时段打球吧。

电梯在滑入框里换了一种颜色不同的检查卡，桃红色的走廊里散发着一种气味不同的空气清新剂，具有一种淡淡的怀旧的柠檬味儿。他的两把钥匙刮擦进凹凸的槽孔，转了一下，413 号门就轻易地开了，没有蜘蛛网刷他的脸，没有毛烘烘的棕色大蜘蛛在地毯上仓皇逃窜。最近他想着各种各样的魑魅魍魉。公寓还是老样子，就像它自己的模型一样绝对地定格在那里——通透的搁架，詹妮丝用白色小贝壳做的花鸟，过去在斯普林格大妈的起居室里摆放的绿色大玻璃蛋，金黄色的大沙发，仿竹器桌子，绿灰绿灰的不通电的电视荧屏。谁都懒得动一下这块地儿，还谈什么偷盗，有点儿冷落。他把两个袋子拎进卧室，把通向阳台的滑门拉开。他的脚步声在这个地方的寂静中刻下了深深的凹痕。一种责怪的电荷悬在静止不动的空气里。公寓没有料到他会来，他来早了。经过长途跋涉之后才到这里，这使一切都有种放大了的样子，就像显微镜下面一根大头针的斑斑点点的针头。整套房子——它的家具，它的水绿色的橱柜和塑料贴面的工作台，它的严丝合缝的门框和护壁板的棱角——在兔子看来是一个仔细捶打在一起的严谨的结构，来盛齐沿满边儿的恐惧。

一台白色的电话坐等着铃响。他把话筒抓起。没有嗡嗡声。上帝占了线。为过夏季掐断了线。今天是星期天，明天是劳动节。一个家喻户晓的老谜语：没有了电话你怎样给电话公司打电话？

然而电话线接通以后仍然没有铃声响起。日子过得空落落的。戈尔德两口子回弗拉明厄姆去了。伯尔尼和费恩·德雷奇塞尔北上在两个女儿家来回奔波，一个在西切斯特县，一个还在皇后区，还要去普林斯顿他们儿子的家和他在马纳霍金的一座别墅。西尔伯斯坦夫妇在北卡罗来纳有一个去处，他们从四月到十一月就在那里住。有一回，哈利问埃德他们干吗不回托莱多，埃德自作聪明地乜斜着他问道："你去过托莱多吗？"瓦尔哈拉的餐厅成了鬼蜮——空空的桌子，一声银刀叉在瓷器上引起回声的丁当，宾果牌一周只玩一次。高尔夫球场闹闹嚷嚷的四人配对赛只在一大早进行，天上月亮还明晃晃的，就把哈利吵醒了——年轻人，德利昂本地的商界坯子，买的是淡季打折的会员证——然后球道从十点到四点左右就在九十五六度的炙热中烤着，要不是一只闲蹓的狗斜穿过去，或者几只猫在终打区沙坑里乱抓乱刨，整个球场等于被遗弃了。有天早晨，哈利打起精神想自个儿打一场，计划弄辆球车，他却发现体育用品商店把他的高尔夫鞋丢了。柜台边的小伙——商店老板和助理双双上北方乡村俱乐部去了，俱乐部直到十月末才关闭——说他肯定鞋在什么地方，只不过一年这个时段另有一套制度而已。

好像四楼另一个在家的人是402的疯婆子扎布里茨基太太，一个寡妇，奓着一头野咋咋的白发，用两把老龟壳梳子别着，反而更添了乱。戈尔德两口子告诉过他，她小时候蹲过集中营，有幸活下来了。她瞅着哈利，仿佛他来这里，也疯了似的。

有一天，他们在电梯上碰见了，她怪有意思地打量着他，他便给她做了一番解释，"我突然心血来潮今年这么早就来了。我老婆刚刚做房地产生意，我在家里呆烦了。"

扎布里茨基太太没有脖子的小脑袋在肩膀上扭成一个角度，仿佛她把一部看不见的电话支在耳朵上似的。她抬头怒目瞪视着他，暴露出她长长的假牙的两片嘴唇张成一个紧凑的椭圆，使他想起你今年夏天随处见到的蝙蝠侠商标。她的眼睛里布满了血丝，嵌在骷髅似的眼窝里，热辣辣的，圆嘟嘟的，具有莱尔的那种形销骨立的神态。"真要命，"这位小老太好像在说，嘴唇硬撅撅地动了动，极力想把牙堵进去。

"真要什么？说什么呀？"

"这天气，"她说。"你老婆——"她打住了，嘴唇儿还在动。

"我老婆怎么啦？"兔子想不顾她歪着脑袋的那副痛苦样子喊出来，但硬是忍住了，因为她的听力似乎并没有问题。

"是一个娇滴滴的小东西，"她把话说完，但说的时候怒容满面。她的头发一绺一绺爹起来，好像上油做发型做到半中间又拉倒了似的。

"她很快就来啦，"他几乎是喊着说的，被他的心里的秘密，他满怀希望的谎言，搞得怪尴尬的，同样也被她矮子般的遭到扭曲的疯劲儿弄得下不了台。这就是他最后撞上的那种女人，前有玛丽·安，后有詹妮丝，又有鲁丝的丝袋般的笨拙，佩吉·福斯纳希特撇成八字形的眼睛，吉尔的酥胸和神志恍惚的顺从，塞尔玛和她黑幽幽的百宝盒，普露在黑暗中发出朦胧的光，宛如一条繁花盛开的粗野的街道，更甭提得克萨斯那个声音里像有砂糖的疲倦的妓女了，还有另外那个他这一辈子掏钱租用过的货，一个你偶尔想起的女孩，有次维里蒂印刷厂在布鲁厄的波兰裔美国人俱乐部搞一次娱乐活动，她精瘦精瘦的，又患了感冒，戴着胸罩，穿着毛衣，就在那间偏向一侧的屋子里，她在一个垫子上等着，好像是一种囚犯，年轻，肚皮和大腿因为感冒而汗津津的，但清纯，苍白，在皮肤包住骨盆的地方有几根婴儿蓝血管，她的毛屄是一种老式的天然的深色蕨草一样的三角形，茂盛张扬，两侧没有像你在黄色杂志上看到的那样剃掉，以适应泳装。你给门外的那家伙交钱；十分钟十块，他最近没有剃须，兔子估计他是她哥，说不定是她爸呢。他之所以估计那女孩是波兰裔，是因为俱乐部的名字，她大概十八岁，扎布里茨基太太从集中营里出来后也许就是这个年纪,皮肤光滑,身体柔软,一名年轻的幸存者。时光给人做了些什么;她的脸破成了一道道犁沟,纵横交错,活像一副皮肤棋盘。

“她应当等等,”扎布里茨基太太说。

“我会把你这句话告诉她的,”他大声说,极力抗拒着把他吸引出这样一个未说出口的事实的磁力:她是一个女人,他是一个男人,两个都孤独而疯狂,在这条由于浮凸花纹的壁纸上和银线而闪闪发光、像一条桃红色的长长的滑槽似的走廊上,只有几个门之隔。他这一生似乎是一段向女人身体里钻的旅程,这一旅程干吗现在就该结束呢?要说战争结束时她十八岁,他十二岁,她才大他六岁。六十二。不咋坏,仍然可以产生汁液。比尤·戈尔德还要老,但依然性感。

他想看电视,但电视让他坐卧不安。夏季节目的最后重播夹杂着看上去大同小异的新节目预告:家庭,笑声声迹,笑料穿插,呈现出三面的起居室布景,楼梯在背景上通下来,跟《科斯比》里的情况一模一样,前门在右边,滑稽和蔼的爷爷奶奶从门里进来,拿着礼物,摆出问题。门在右是《科斯比》,门在左是《罗莎娜》。那个胖老公也会有他的心血管问题的。电视上的家庭和你自己的很难区分开来,惟一的区别是你的不会每隔六分钟就被商业广告打断,而他们的不会陷入这样一种空无状态:什么事也不发生,没有插科打诨,没有滑稽的不速之客,没有一阵阵迸发的笑声,什么也没有,有的只是无聊,和一种失落感,尤其当你早上起来,月明如水,人们对初打吵闹打赌的时候。

一开始,他认为在电话于星期四接通以前四天里,詹妮丝一直在千方百计跟他联系,最后对他们的老号码失去了信心。随后,他开始把她的沉默看作一种明确的声明接受下来。我永远不会原谅你。好啦,他要是给她打电话,他就不得好死。笨蛋。富有的母狗。还打工女郎呢。想想她跟查利给她安顿的那些会计师和律师们一道操她妈的急赤白脸地操纵大家的生命,他知道她如醉如痴，都脱不开身上厕所撒一泡尿呢。有那么不多几次，哈利心软下来，一时冲动，通常在四点钟左右，他无法忍受高尔夫比赛又开打的吵闹声，离吃晚饭还要几个钟头呢，宾园的那座小石灰石房子里的电话响了又响，就是没有人来接。他把电话挂上，提起的心又算放了下来。空无倒是有一种纯粹。就像奔跑。他给她显示过他的腿还能蹬踏两下子，现在她正在向他显示她仍然能够死心塌地。她的沉默让他害怕。他奋力驱赶她可能出事的种种意象：要么滑进了浴缸，要么把佳美开出了车道，要么不是在纳尔逊家里就是跟查利在哪个越南饭馆里喝多了，反正他又不知道。警方蛙人发现她淹死在后车座上，就像二十年前那个威尔克斯—巴里来的女孩那样。不过且慢，要是有个三长两短，人家会通知他的，总会有人给他打电话的，纳尔逊，查利，或者摊场上的本尼，如果摊场还在的话。在这里每过一天，宾夕法尼亚的事就好像更远一点。他这一辈子，当他在这些空荡荡的公寓房间里转悠，每一间都可以望过平行的球道，看见一片荒野似的西班牙瓦屋顶时，似乎一直都不是真的，或者不比电视节目上的人生真到哪里，而现在为时已晚，没法儿让它变真了，没法儿严肃认真了，没法儿深入地球的铁心儿里为他取出一个真实的人生了。

一年的这个时段，本地的空气里充斥着暴力，仿佛本地人只有在冬季才守规矩似的。飓风警报（加布里埃尔来势凶猛），车辆相撞，帕布里克斯的蒙面抢劫。劳动节后的那天，雷电击毙一名训练后离场的年轻的橄榄球球员；报道称佛罗里达雷击身亡的人数比其他任何州都多。在珊瑚角，一名西班牙裔警官被控用撬棍将其小猎犬打死。数以万计的海龟死在捕虾网中。一名叫珀蒂的杀人凶手，他母亲说他样子像查尔斯·曼森，被宣布精神正常，可以出庭受审。戴昂·桑德斯仍然占据迈尔斯堡《新闻报》头版：一天棒球比赛他为扬基队击出了四个跑垒得分，和一个本垒打，次日，他又签了数百万元的合同为亚特兰大鹰打橄榄球，第三天，他又遭到他去年圣诞节在商场里殴打过的那名辅警的起诉，星期天，他为鹰队漏接了一个踢回来的悬空球，但还是持球回跑完成了一个触地得分，人类历史上惟一的一个在同一周的职业球赛中击出一个本垒打又持球触地得分的人。

戴昂
有种

能乐就乐吧。他以“鼎盛年华”自况，总戴着太阳镜和金项链在电视新闻上亮相。兔子看见那个大孩子贝克尔在美国网球公开赛决赛中击败了伦德尔，因此情绪消沉下来，伦德尔似乎老了，累了，瘦了，尽管他才二十八。

他跟谁都不说话，只有扎布里茨基太太在门厅里遇见他时，他才说几句，他买食品、刮脸刀片和卫生纸时跟佛罗里达愣头青店员说几句，跟在瓦尔哈拉餐厅里别的一些觉得非寒暄几句不可的退休人员说几句；他们总要问起詹妮丝，所以谈话变得尴尬，他便越来越多地只是热一些冷冻食品，呆在公寓里，在有线频道上搜索一些值得消磨时间的东西。孤独落寞之时，心脏成了他的伴当。他听它的声音，试图解读它的信息。它的节奏因一天时间的变更而变更，早晨是一种扑通扑通有点滞缓的水下的节拍，快到晚上，当机体变得又疲惫，又兴奋时，是一种更加轻佻的怦怦声，起跳时带着重音，随即又追加了装饰音，时不时地轻跳几下，停顿片刻。他起床时，它猛疼一阵，躺下时又疼一阵，而且由于让自己这么漂泊，每当他苦苦思索自己的处境时，也要发疼。那个晚上他是可以过去承担自己行为的后果的，可一个男人应当承担多少后果呢？他和普露的确操过，就一回。我们被安顿到这里首先是为了什么呢？这些女人抱怨男人看女人时看见的无非是奶头和屁股，可我们应当看见什么呢？我们就是计划给奶头和屁股的。除了斯利姆和莱尔之流，因为奶头从他们的计划中遗漏掉了。有一件事他心里明白，那就是，如果他非得把自己生活中的某些部分归还，他最不肯归还的就是操女人，即便是波兰裔美国人俱乐部里的那个鼻子呼哧呼哧的女孩，她几乎没说两句话,他骑上去时,她只是用一条手绢擦鼻子,但还是亮给他一点东西,一簇茂盛的毛草,把他放了进去,那里才是关键的地方。你应当感激的很多这种另外的东西并不是关键的地方。他从那把深深的籐椅里站起来,满腔的怒火——他受不了《干杯》,因为雪莉·朗[1]已经走了,那个眉头像克罗马农人[2]的家伙他从来就没有喜欢过——然后到厨房里又盛了一碗“拱顶石”玉米片,这东西不是这里所有的商店都有的,但你在品多棕榈大道的温·迪克西商店能买到,这时候哈利的心脏托付给他一种娇气、微小的奔腾,就是老强节奏爵士鼓手们过去敲的那种花边连复段,不仅敲鼓皮,而且敲鼓边儿,最后踩钹丁咚一下,戛然而止,他生命的音乐。这种情况发生的时候,他胸中有一种兴奋、急促、憋胀的感觉。疼倒是不疼,但感觉总在那儿,闷在他身上他想都不爱想的那团乱麻里,绝像他从来就不喜欢的那种太嫩的烤牛肉,就是按111号公路对面那家流动饮食车外卖订单上买来的那种。后来那里变成了“必胜客”。现在只要突然一动,他就感到一阵血流奔涌,脑袋一惊一乍,觉得天旋地转,一时间有种一条腿长、一条腿短的感觉。至于疼痛嘛,兴许他在想象吧,只不过是肋骨周围的箍在往紧收,有种从里面缝什么东西的感觉,似乎捅得更加深入,更加火烧火燎的,仿佛用来缝补丁的线正在变粗,而且赤热赤热的。夜里熄灯以后,他不喜欢脑袋跌进一个枕头里的那种感觉,那时候,他的脑袋似乎掉进了一个洞里,严格地说,并不是因为他没法儿呼吸,他只是感到如果脑袋枕在两个枕头上,脸朝天花板躺着,更加舒服一些,不那么憋胀而已。他可以侧着身子睡,但他那种睡觉的老办法,平趴着脚吊到床沿上,已经不可能了;有一窝紫巍巍、滑溜溜、半死不活的思想他不忍面对。有整整一群恶鬼,事实证明,詹妮丝温暖紧凑的小身体尽管有时候

① 雪莉·朗(1949—),美国女演员,她在电视剧《干杯》演酒吧女招待最为出名。

② 欧洲晚期智人阶段的人类化石。1868年发现于法国南部克罗马农岩棚里,这种人前额饱满、眉弓粗壮。

打呼噜、放臭屁，却保护他使它们无法靠近。她不在的时候，他就陪着心脏睡觉，当他的休息受到干扰的时候，当爬过围栏的孩子们在空荡荡的月光如水的高尔夫球场上喊叫的时候，当汽笛在德利昂闹市区什么地方悲鸣的时候，当北方的一架大喷气机飞进来，尤其低空滑向佛罗里达西南区机场，搅动着空气的时候，他就倾听着心脏奔驰、跳跃。他在淡紫色的光线中醒来，然后又让他的心脏徐缓的搏动把他拖回梦乡。

他的梦有滋有味，就像禁食的糖果——昔日情景五光十色、拥挤不堪的重新布置，储藏在他的脑细胞里，一个个房间活像新月街26号的小起居室，那里的壁炉他们从来没有用过，灯的底座是漂流木做的，或者像杰克逊路303号的老厨房，那里有木头冰箱，蓝色火苗像乳头似的煤气炉，上面磨得斑斑点点的瓷桌，斜斜的，新新的，挤满了一桌年龄错位了的人，是米姆，眼睛周围涂了大量的绿光化妆品，是他们小时候妈妈的那种年纪，要么是纳尔逊，一个小不点儿，从斯普林格车行油迹斑斑的服务部里的一辆车底下滑出来，一张脏脸，看上去悲戚戚、病恹恹的，要么是马尔蒂·托瑟罗和鲁丝，甚至那个糊涂虫玛格丽特·考斯科，三十年他都没想到她的名字了，但她还在他的脑细胞里，带着一副营养不良的城里人的苍白，就像那天夜里她在中国餐馆雅座间里那样清晰，鲁丝坐在他旁边，玛格丽特坐在托瑟罗先生旁边，他的脑袋看上去歪向一边，灰不溜秋的，活像一头垂死的犀牛的脑袋，他们四个这会儿正在瓦尔哈拉餐厅里吃饭，那里有歪曲了的北欧海盗浅浮雕和奢华的沙拉台，台上塑料防喷嚏护罩下面的菜肴像宝石一样鲜亮、多样，排序如同彩虹，就像克雷约拉盒子里的彩色蜡笔。在给他林林总总的二月生日礼物中间，装在一个个克雷约拉盒子里的彩色蜡笔，在透过一挂挂冰锥和又长了一岁的懵怔的意识照进窗户的二月的亮光下，总是一座挤满蜡味四溢的尖脑袋的微型体育场。哈利从这些梦里醒来感到恋恋不舍，仿佛它们缩影式的景象是一种他的营养不可或缺的物质，或者是一台他需要把自己重新安插进去的呼呼飞转的装配精当的机器，就像可怜的塞尔玛和她的透析机。他醒来时总是趴着，只有当他的头脑清楚，确定他在软百叶帘弯弯的帘条后面看见的一条条毡灰色的平行线就是曙光，他脸上持续不断的压力就是从他留开的滑门缝隙里吹进来的海湾凉风，从而重新创建现在时间的时候，他的孤独落寞又开始咬啮起来，他的心脏又开始跟他说起话来。有时候，它似乎是一个极小的生灵，一个婴儿，在他体内恳求关注，恳求救助，有时候，它又像一个阴险的入侵者，一个念叨着暗号的叛徒，一个什么也驱除不了的外来的寄生虫。疼痛，一旦发生，似乎来者不善，处心积虑，就是一股势如破竹的敌人的一把把尖刀。

他约了一下莫里斯医生。他竟然这么快就能见人，真令人惊讶不已，后天。这些医生都争先恐后地赶来，多如牛毛，太多的采矿者投入淘金的热潮中来，因为一年的这个时段，那些老弱病残的流动人口还在北方悬着呢。诊所是 41 号公路边上那些低矮的灰泥粉饰的诊所里的一个。候诊室里放着令人宽慰的音乐，跟外面车辆的冲浪声交织在一起。上次见面以后，这位医生老了。他弯腰躬背，步履拖拉，指关节患有关节炎。他萎缩的下巴看上去刮得不太干净；他的鼻孔塞满了黑毛。他的儿子，年轻的汤姆，四十五六，粉嘟嘟的，油光光的，在门厅里向哈利伸出一只有雀斑的胖手，鲜绿的高尔夫球裤上套了一件诊所的白大褂。他被安置在隔壁的诊所里，准备接管全部业务。但眼下这位老医生还是坚持给自己的病人看病。哈利努力描述自己的复杂感受。莫里斯医生，把他患关节炎的手不耐烦地一扬，把他挥向检查室。他把哈利剥得只剩下一条乔基短裤，给他称了称体重，嘴里啧啧不休。他让他坐到检查台上，通过听诊器听他的胸，用一种抚慰性的小球般的触击敲打他的光脊背，一脸的严肃，不声不响地抓起哈利的双手。他仔细研究他的指甲，又翻过来研究他的手掌，咕哝了一声。总是守口如瓶，他只释放出一位老者悲哀的、皮革似的霉味儿。

“哎，”哈利问，“你认为怎么样呀？”

“你锻炼得怎么样呀？”

“不怎么样。来这里以后，就不锻炼了。在北方我务务园子。高尔夫——不过可以说我没有搭档。”

莫里斯医生透过他的无边眼镜打量着他。他的眼睛，曾经是种刺目的蓝，现在虹膜却有一副无色的枯态。他的眉毛纯粹是一簇簇白色和红棕色相杂、纠结不清的乱草，他的脑门和腮帮子上小点子和小疙瘩密密麻麻。他的突出的眉毛往上一提，像回转炮塔在瞄准目标。“你应当走走。”

“走？”

“快走。一天走好几英里。吃些什么？”

“噢——你可以热着吃的东西。电视便餐之类的东西。我老婆还在北方，但就是在这里也不常做饭。现在——我的儿媳妇——”

“你常吃袋装的这种咸东西吗？”

“呃——偶尔吃一点。”

“你应当注意钠的摄入量。如果你想吃点零嘴，就吃新鲜蔬菜好了。看看标签。远离盐和动物脂肪。我想我们把这一切都交待清楚了，在你住院的时候”——他把前臂一抬，查看了一下病历——“九个月以前。”

“是呀，我照办过一阵子，现在还在这么做，只不过日复一日不间断，就容易——”

“毒害你自己。别。别在这事儿上偷懒。你应当减少四十磅。如果你的伙食中没有盐，两周后就是保留水分你也能减掉十磅。我给你一份饮食单子，如果你把我以前给你的那份丢了的话。你可以穿上衣服了。”

自从哈里上次来过这里以后，医生的个头变小了，要不就是他的办公桌变大了。穿上衣服后，他坐到桌前开始说，“疼痛——”

“只要保健，疼痛就会缓解的。你的心脏不喜欢你给它喂的东西。最近你是不是经受过什么特别的压力？”

“倒没有什么。不过是些正常炮火而已。两三个家庭问题，不过好像就要雨过天晴了。”

医生在他的处方笺上写着。“我要你在社区总院查查血，做个心电图。然后我想跟奥尔曼大夫商量一下。取决于检查结果，说不定又该做一次导管插入术了。”

“天哪。再别做啦。”

乱麻麻的眉毛又提了上去，端正干巴的嘴唇嘬了进去。不是一张聪明豁达的犹太嘴。到了不耐烦的边缘，思维谈话的方式具有易怒的苏格兰人的经济，因为他这辈子已经见过太多的恶化得无望的病人。“你当时不喜欢什么？潮热疼吗？”

“倒有种可笑的感觉，”哈利告诉他，“那该死的东西放在体内的时候。那是它的意念。”

“呃，那你喜欢你的威胁生命的冠状动脉再狭窄的意念吗？咱们瞧瞧，你做过血管成形术快六个月了，是在”——他费劲地念着病历——“宾夕法尼亚布鲁厄的圣约瑟医院。”

“他们让我看着，”哈利告诉他。“我能在电视上看见我那该死的心脏，满四处是锅巴一样的东西。”

一抹淡淡的苏格兰式的笑容，干得像根蓟。“有那么糟糕？”

“就是”——他搜索着合适的字眼儿——“叫人难堪。”其实你一细想，从这儿起，他这一辈子是容易叫人难堪的。起搏器、双拐、轮椅。阳痿。有次在瓦尔哈拉的更衣室里，一个很老的高个儿——哪个人的客人，他再也没有见过他——从淋浴间出来，他的一身的肉萎缩得那么厉害，从后面看，他的大腿跟屁股蛋子完全混为一体了，所以他的屁股眼儿似乎流下来，在两腿间形成一条长长的缝儿。他的屁股就没有屁股蛋子，哈利忍不住瞪视着那条肉沟。

莫里斯医生用一只从容颤抖的手记着笔记，加到他的文件夹上。他没有抬眼，只是说，“现在有许多检查仪器不带导管。用锝 99 静脉注射扫描可以敏锐地识别损伤的心肌。还有超声波心动描记术。我们不会贸然行事。

咱们看看有了健康一些的饮食起居习惯,你靠自己的力量能做些什么。”

“好极了。”

“我想四周以后再看看你。这是你的血检和心电图单子,还有利尿药方和晚上的松弛药方。别忘了饮食单子。走一走,不要太猛,但要用力,一天两三英里。”

“好的,”兔子说着就从椅子上抬起了屁股,轻松得像个孩子,本来被叫到校长办公室,可不痛不痒地数落了几句,就被放走了。

然而莫里斯医生仍然用那双咂出来的蓝色老眼球盯着他说,“有工作吗?按照上次这里的信息,你主管着一个汽车代销点。”

“那是陈年旧事了。我儿子接管了,老婆要我不要挡孩子的道。代销点是她爸创建的。他们很可能最终得把它卖掉。”

“有什么爱好吗?”

“哎,我读了好多历史。也算是个爱好吧,你说呢?”

“这还不够。男人需要一个职业。他需要事情干。对身体而言,最好的事情就是对生活的健康兴趣。对你自身以外的东西有了兴趣,你的心就不会再跟你说话了。”

忠告的气味总使兔子想朝相反的路上跑。他又一次从椅子上抬起屁股,把莫里斯医生的许多纸片儿拿上,走进酷热中去。停车场上另外的几个人似乎就是从他们的影子里冒起的青烟,简直就不存在。赛利卡的收音机里怨声载道,有的对戴昂·桑德斯大发牢骚,有的对科克[①]在纽约民主党初选中败给一名黑人愤愤不平,有的对李县学业能力倾向测验成绩下滑表示不满,有的对布什总统昨天发表电视讲话向美国中小学生发出呼吁说三道四。“此人不干事!”一个打电话的人吼道。

对,兔子想,不干事适用于布什,干吗就不适用于他呢?他旁边的车座

① 爱德华·科克是当时的纽约市市长。

上放着莫里斯医生的处方、医疗检查单和复印的饮食单，被空调的风掀起吹散。在另一个台上，他听见昨晚费城队击败了大都会队，二比一。迪基·索恩在第九场比赛中击出一个本垒打，还有一次触杀，使季前赛的夺标热门队落后一度平庸的芝加哥幼崽队五个半场。哈利想关心关心，但总有麻烦。自从施米特退役以后。劝告是要有兴趣，但事实上你有兴趣的东西越来越少。这是自然规律。

但他确实开始走路了。他甚至把车开到蒲葵棕榈商业城买了一双耐克步行鞋，带一个特别的高科技气泡，使每只鞋跟更加软和。每天早晨，九十点之间，吃过早饭扼要地看过《新闻报》以后，他就出发，四五点之间再走一趟，回来以后先打个盹儿再吃晚饭，再看电视，最后看上一两页书就沉沉地睡上一觉，还真得归功于走路呢。他走遍了德利昂。起初，他沿着瓦尔哈拉坞方圆一英里弯弯的街道走，两边是低低的灰泥粉饰的房屋，前院没有护栏，长着高高的硬草，半隐半现着星星点点的干棕榈叶子，这里头体现出一种佛罗里达的神韵，一种惬意的凋零的佛罗里达味儿。要是碰上一个高级人物发表演讲或者一只吠叫的小狗——一只扁脸北京巴巴儿，丝一样的长毛用缎带扎着——那就像在火星上发现了生命。后来，越来越喜爱他的耐克鞋（脚跟上的气泡，他起初还以为是变个样儿糊弄人呢，说不定还真有增强弹性的作用呢），他便一直往闹市区走，往河边走，这个城镇就是从河这儿开始的，西米诺尔人战争时期是一座城堡，后来是牛和棉花的一个装运点。

在离海滩区和绿色玻璃酒店几个街区的地方，他发现了一些老居民区，阴影婆娑、辛辣妩媚的大树，弗吉尼亚栎树，胶树，偶尔还有一棵铺天盖地由自己的拐杖支撑的榕树，都悬在木头房子上面，房子本来都漆成白色，但天长日久油漆纷纷剥落，成了灰苍苍、光秃秃的模样，窗户是百叶窗，屋顶是瓦楞铁皮屋顶。从这些房屋里升起阵阵音乐，有聒耳的收音机音乐，有七嘴八舌的争长道短，有叽叽咕咕的欢声笑语，无意中听到的生活中的亮豁片断。人行道没有铺路面，像猫走出的那样的小路在树木之间斜穿而过，在私家院落中进进出出，已经被踩得一塌糊涂了，一块一块烤焦的草地，包起来的污物与豆荚和坚果乱扔在一起。这种景象使哈利想起了他糊里糊涂闯进去又千方百计要逃出来的萨凡纳的那些居民区，还想起他儿时居住的小镇，大萧条时期和远方打仗时期的佳济山，那时候人们还坐在自己的前门门廊里，有一些空地和奇形怪状的玉米田，男人们晚上从工厂下班回来常常给草坪浇水，离开农场不久的人还在后院的围栏里养鸡，卖几个鸡蛋换几个零钱。鸡咯咯地叫着，啄食着，突然声音粗厉起来：他四十年都没有听见那种声音了，现在才恍然大悟自己一直缺失着什么。因为到处充塞的鸡舍点缀着他发现的这个睡意浓浓的居民区。

这里的白天，在晚夏暴虐的太阳下，很少有人走动，只有女人带着学龄前儿童从汽车里进进出出。砰砰的关车门的声音沿着弗吉尼亚栎树下面笔直的虚土街道传得很远。在一些街口有杂货食品店，也卖啤酒和葡萄酒，以南方许可的方式，漆得颜色浅淡的酒吧门开着，里面黑洞洞的，录像带出租店的橱窗陈列着恐怖片和功夫片带子，盒子的颜色快被太阳晒白了。有一天，他经过一家老式杂货店，在一座装有护墙楔形板的一层建筑物里，摆着各种各样合法无害的东西——安装套件呀，飞机模型配件呀，中国象棋棋盘呀，玻璃弹儿呀等等——他不知道这些东西还有卖的。他差点儿走了进去，但又没敢进。他太白了。

向晚时分，他当天第二次走路时，这个居民区开始有气儿了，一种敏捷形成了风气，老少爷儿们回来了，兔子走得更快了，他大步流星，表明他是出来锻炼的，仅仅是路过，不是偷看什么的。这些街区都是黑人，有好几英里长，是从德利昂南部的过去遗留下来的一大片停滞的经济沼泽地，给酒店、公寓提供劳动力，提供服务员、保安和女清洁工。哈利的德利昂一直是个老年寓公的花花世界，对他来说，这些街区好像一个天大的秘密，当树下的影子拉长、鸡儿咯咯了一整天静下来的时候，他的意识拓宽了，能够更好地把握这个秘密了，就像那时候他穿着窸窣作响的短裤，个头还没有女贞树篱高，神不知鬼不觉地穿过佳济山，力图从亮着灯的窗户里、从神秘潮湿得像丛林一样的院子里透过来的厨房吵闹声里把握不可言传的成年人的意思一样。一个看不见的孩子会哭，一只狗会叫，他会兴奋得屁颠屁颠儿的，因为此时此地，有无数的世界要了解，有永久的时光要生活，他仅仅是他自己，哈罗德·C·安斯特朗，在那些永不复回的日子里，人们叫他哈西。他把走路延长了，在这个陌生的城市他终于开始不仅仅作为一个来客而存在了，因此感到身体更为强壮，心情更为舒畅；然而，当天色快黑，闪光的帘条遮挡的窗户里透出的音乐变激烈的时候，他开始感到更显眼了，他的白色开始闪光了，于是他回头开始向车子那里走。他喜欢把车停在一处停车场或闹市区计时停车位上，作为他日渐拓宽的探险的基地。

有一天，他六点半左右回到家里，刚赶上冲个澡，再趁电视快餐在炉子上热着的当儿看看新闻，这时电话响了，着实让他吃了一惊。他已经不像那孤独的第一周那样耳朵奓着等电话了。电话真响起来时，也不过是一段录音（“喂，我是桑德拉”）不是卖健康保险，就是卖无修饰的埋葬方案，或者打折投资服务，用电脑打通所有的电话号码，你心里纳闷它是怎么付费的，哈利总是一听就挂断，想象不出谁会听，还会签约购买这种货色。但这一回打电话的是纳尔逊，他儿子。

“爸？”

“是，”他说，振作起他长期不用的声音，挖空心思想象你能对一个其老婆被你操过的儿子说些什么。“纳利，”他说，“大家都好吗？”

远方的声音是小心翼翼、怯声怯气的，而且拿不准说什么才好。“我们都好，很好。”

“你一直还干净吧？”他本来无意发动这么凌厉的攻势；对方的声音，由于距离远，显得很虚弱，一时间又被打哑了。

“你说的是毒品吧。那还用问。我对可卡想都没想过，除了在戒毒会上。就像他们说的，你把生命交给一种高超的力量了。你应该试试，爸。”

“我正在做呢。听着,不是开玩笑,我就是在做。我为你感到骄傲,纳尔逊。天天坚持,这人人都能做到。”

再次,这孩子似乎一时语塞了。也许这话听起来说教意味太浓。他要说教谁呢?狗屁,他只不过在设法分担,就像你应当做的那样。哈利把嘴闭上了。

“这里一直事情很多,”纳尔逊告诉他,“我确实没有多想自己。我的不少问题,我想,就是无所事事。成天悬在摊场上等商机,等顾客上门,真把你的自信耗光了。我是说,你控制不了局面。这种情况叫人掉价丢分儿。”

“我干过,十五年我就是这么干过来的,天天如此。”

“是呀,可你的脾气不一样。你更是个乐天派。”

“蠢,你的意思。”

“嘿,爸,我打电话来不是吵架的,对我来说这实在不是个开心的事儿,所以我一直拖着没有打。不过我有些事情要说。”

“好,那就说吧。”这样做解决不了什么问题。他不想走这条路,他正在把他对詹妮丝的气往孩子身上撒。她的沉默已经伤了他的心。他还是忍不住,接上说,“你倒是,不紧不慢地要说事儿,可我到这里光杆儿一条已经呆了两个星期了。我看过老莫里斯医生,他认为我情况太糟,应当禁食才是。”

“好啊,”纳尔逊回嘴说,“如果你是这么急赤白脸地想说话,那天晚上你就应当过来,而不是钻进汽车跑得不见影儿了。我们又不打算杀你,我们只是想把事情说透,想明白发生了什么,真的,从家庭动态着眼。普露等于承认那是一种跟她的亲爸爸接触的方式。”

“跟厚嘴巴鲁贝尔?告诉她多谢了。”然而听到纳尔逊口气更加坚决,他并没有感到不高兴。在这个世界上,你胜不了自己的父亲就算不上一个男子汉。他自己的情况,倒是容易一些,制度已经把老爸彻底打垮了。“那天晚上过去就像个冤大头了,”他向纳尔逊解释。

“嘿,妈妈认为如果那是你打算要的草鸡把戏,我们哪一个都不应该和你联系。你给普露打电话了，却没有给她打，她也不大高兴。”

“我一直拨我们的号码，可她从来都不沾家。”

“唉，不管是怎么回事吧。她让我告诉你两件事情。一，有人给房子出价了，不像她希望的那么多，十八万五，不过眼下市场清淡得很，她认为我们应当接受。这就会把布鲁厄信贷的债务减少到我们有办法还的范围内。”

“让我把事情弄明白。你说的是宾园的房子吗？就是我一直心爱的那幢灰颜色的石头小房子？”

“你想还能有什么房子？我们总不能卖佳济山的房子——我们都往哪儿住呀？”

“告诉我，纳尔逊，我只是好奇而已。抽强可把你父母的房子抽光了感觉如何？”

这孩子说起话来开始便像他自己了。他哀声说道，“我总是告诉你，我从来对强可没有那么上瘾。强可只是临了才吸上的。它比加热吸的可卡方便许多。我好后悔，天哪。我去了康复中心，我发了誓，我努力像他们说的那样改邪归正。你还抓住我的事情不放算什么人呀？”

真算什么人呀？“好啦，”兔子说。“对不起提起了这件事儿。你妈还叫你告诉我什么？”

“现代对摊场感兴趣，地点正是他们求之不得的。就像我一直想做的那样，他们要把房子向后扩。”再见了，巴拉圭，兔子想。“他们要把服务人员留下来，再培训一下，还有几个销售人员，艾尔薇拉也许要到422号公路上拉迪的店里去。现代给出了留她的价码。但他们不要我，没商量。闲话，我猜，已经在这些东方人的公司里传开了。”

“我猜，”哈利说。ninjõ 太多，giri[①] 不足。“很遗憾。”

“别遗憾了，爸。它反而把我解放了。我正想着做个社会福利工作

---

① 日文：ninjõ，人情；giri，理义。

者呢。”

“社会福利工作者？”

“当然，何乐而不为呢？换个活法，帮助别人，而不是自己。宾州大学分校两年的课程，十月份我还赶得上。”

“当然，何乐而不为呢，想一想吧，”兔子附和着说。他开始讨厌自己，这样好说话，总想蝇营狗苟，讨得大家欢心。

“我和律师都认为，如果行得通，我们应当出租给现代，而不是出售；如果我们把宾园的房子卖了，我们就再不用资本了，只把摊场作为一项投资留着就是了，妈说到 2000 年，那要值几百万呢。”

“哇，”哈利热情不高地说。“你们母子俩真不愧是一条籐儿，还有什么能轰击我的东西？”

“呃，这件事也许与你无关，但普露认为还是有关的。我们想怀个孩子。”

“我们？”

“我们想要第三个孩子。凡此种种都使我们意识到我们一直对自己的婚姻是怎样地漠不关心，在让它运转的过程中，我们真的投过多少资。不仅为朱蒂和罗伊，而且为我们自己。我们相亲相爱，爸。”

也许这应当让他感到妒嫉，有种疼痛，正好就在右心室下面。然而兔子的基本情绪是一种轻松，再不用在普露的圣坛前点任何长明灯了。祝她福星高照，她和她的贫民窟的饥渴。“好啊，”他告诉这孩子。他又忍不住加了一句，“不过我不太有把握社会福利工作者能挣足够的钱养活三个孩子。”而且，由于怒火攻心，感到受了人的挤轧，他接着说，“告诉你妈我不一定会签字放弃我们的房子。它可不像摊场，它是我们的共同财产，所以她需要我在售房协议上签名，如果我们拆伙，我的签名可就值大钱了，告诉她。”

“拆伙？”听声音孩子害怕了。“谁说拆伙的话来着？”

“嘿，”哈利说，“我们眼下就跟拆伙一样。至少我在这里见不着她，除非她藏在床底下。不过你别为这个犯愁,纳尔逊。你以前就经过这种事,我也感到窝囊,你过你自己的日子吧。听上去你过得挺自在。我为你感到骄傲。我不是说过这话吗?”

“不过一切都可以说取决于卖宾园的房子。”

“告诉她我要考虑考虑。告诉朱蒂和罗伊,哪天我要给他们打个电话。”

“可是,爸——”

“纳尔逊,我炉子上热着低卡冷冻餐呢,嗡嗡声停了五分钟了。告诉你妈,要是她想谈这件事,什么时候都可以给我打电话。必须赶紧去看了。跟你谈话好痛快啊。真的。”他把电话挂了。

他一直在买低卡冷冻餐,像白菜胡萝卜之类的生蔬菜,再不吃含钠很多的小吃了,一大早拉过屎后如果光着身子在厕所称上一称,已经掉了三磅。晚上,为了不看电视,不碰厨房里的面包盒和冰箱里的啤酒,他就上床去看圣诞节詹妮丝送给他那本书。它的作者已经在彼岸与罗伊·奥比森和巴特·贾马蒂相会了,在那里有些名流诸如埃尔维斯和玛丽莲[1]像气球似的膨胀,成了神灵,但绝大多数干缩成日渐发黄的讣告,比哈利将来在布鲁厄《旗帜报》上的讣告大不了多少。在《新闻报》上,他连一英寸也指望不上。他在作者的讣告上看到,她是罗斯福的财政部长小亨利·摩根索的侄女。哈利还记得摩根索:那个尖鼻子家伙一个劲儿地怂恿他和他的同学们用零花钱买战争邮票。从某种意义上说,世界真小,人生好长。

他已经读到该书激动人心的部分,经过多年的挫折、饥饿和未来的美国同胞的稀松支持,华盛顿有望与一支从加勒比海驶来的法国舰队联合把康华利和他驻扎在约克的军队困在切萨皮克湾。这似乎不可能实现。后勤需要完善的配合,联系需要几周的时间,因为船只要靠岸、返航。再说,战争对法国有什么好处呢?他们没有得到一个积极进取的盟邦,而是把自己拴在

---

① 即歌唱家埃尔维斯·普莱斯利和女影星玛丽莲·梦露。

一个处处依赖他人的救济对象上，它无力建立一个强大的政府，倒是需要别人不断出兵送钱来维持它的战事活力。这场战争与所有的战事如出一辙，正在给波旁家族证明这比原计划费钱得多。战争对士兵有什么好处呢？美利坚军队，长期以来都是战争的孤儿，缺食少衣，囊空如洗，而议员则乘坚策肥，花天酒地，所以士兵没有军饷决不前进一步。战争对华盛顿有什么好处呢？他万万没有料到他的尊容将会印到钞票上。然而他锲而不舍，又是拼凑，又是乞求，又是争夺，他惟一的资本就是英国司令官们的猪脑瓜，个个都是患痛风病的贵人，一心想安安稳稳呆在自己的城堡里，而且事实正像在越南的那样，当地人基本上很不友好。华盛顿领军渡过哈得逊河，而克林顿龟缩在纽约采取守势。德格拉斯指挥舰队北上，因为舰队司令罗德尼行动谨慎，宁可守卫巴巴多斯而不愿进行追击。然而，部队和军舰同时到达切萨皮克湾，康华利依然在约克镇，是只坐以待毙的鸭子，这种可能实属乖谬。所有的运输工具，所有的士兵，艰难地跋涉，马匹奔驰在新世界沙土遍地、树木丛生的道路上，在森林里绕来绕去，经过荒僻的林间空地，到处是熊、狼、金花鼠、印第安人和旅鸽，想到这种情势，哈利不由得瞌睡来。一团乱麻，让人心烦。他一个晚上读了十页；他的进展极其缓慢。

他为健康走路，并不总是一头扎在德利昂的黑人区；他发现并探索他做梦也没想到会存在的那些时髦的街道，与海滩平行的长长的路，让路人瞥一眼那些面朝海洋的住宅的背面，木头的后楼梯和晒台，路面铺着碎海贝的车道尽头的三车并放的车库，栽种木槿和黄檀的花圃，栅栏围着的游泳池里传来的溅泼声，淹没在退进不止的冲浪声中的空调的呼呼声。扑唏，咻唏。有些人主使着干的；他们用来偷走你从阳台上看见的海湾风景的公寓并不是为自己建的。无论你多么努力地向上爬，你上面总有富人，人家不用吹灰之力就到了那种位置。幸运儿，总把你压在下面，让你不满现状，于是你就再买电视上广告的那些劳什子。

偶尔在这种海滨豪宅的缝隙里可以瞥见海湾景象，它的条纹帆和向前猛冲的喷气滑水板，它的正被汽艇拖着的降落伞，它的静止不动的灰色货船。穿着泳装骑着自行车的人们呼的一声从他身旁经过，一个粗壮如牛的年轻邮递员穿着配套的蓝灰短裤和短袜，推着他们现在用的胶轮上的一个邮袋，就像一辆婴儿车。我们正在变成软蛋。一国窝在沙发上看电视的懒虫。那个给杰克逊路送邮件的汉子，他忘了他的名儿了，一头的硬发像铁丝，脸虽英俊，但不快乐，妈妈说他老婆撇下他走了，他总是挎着那个磨损了的皮邮袋，身子斜到一侧抵抗着它的拉力：尤其是星期五给家家户户送杂志的时候，《生活》，《邮报》。阿本多斯先生。这就是他的名字。被老婆抛弃了：哈利小时候总是挖空心思，他到底出了什么破事，一辈子搞得抬不起头来。

他的耐克鞋，鞋跟上有气泡，带着他顺着碎海贝人行道走着，烈日高照，路白花花的刺得眼睛发疼。他穿过一片插进珊瑚壳里的小艇停靠区，一条条切到外面的整洁笔直的水街，排满了拴得服服帖帖、空空荡荡的汽艇，汽艇的防擦护木轻轻碰撞着切开的珊瑚，阳光轻轻地踢着、舔着，映在静水外面上下跳动的条带里，弯弯的船舷似乎在阳光里颤悠，抽动。嗒卜。啦卜。不得擅自进入的警示牌比比皆是，但对于他，一个外表体面、已过中年的白人来说，意义不大。一条船用的钱跟从前一幢房子值的钱相当，而且很多无疑都牵涉到可卡因走私，月落夜深之际，小艇噗噗发动出海，犯罪与海洋总是联手，有了船就有了海盗，离开了陆地就无法无天，人在海上什么也不是，沉到没头没脑的浪涛下面，只泛起几个气泡而已：正因为如此，哈利总是害怕水。他热爱自由，但一片草地足以了却他的心愿。这里的人对船痴迷到癫狂的地步，但他不。给他一片实地吧。他从水边走开，走了几英里的普通的居民区，都是些战后建起的经过美化的小屋，提供给没有多少资本却想分享华盛顿为他们赢得的一片阳光的人，要么就是土生土长的本地人，这片奇异浅薄的度假胜地是他们天生的家园，他们的房屋脱油漆就像日光浴者脱衣服一样，房子周围不是小檗和矮紫杉，而是在炙热中长肥的长而尖的仙人掌。美国太热太干，欧洲文明难以深深扎根。

然后宽展的黑人区把他拉了回来，他不大明白个中缘由，是因为他在行使他来去随意的国民权利，还是因为德利昂这一无人问津的区域有点儿熟悉，在他生命变得太软之前，他曾经到过那里。一个黑人的美好周末——一位黑人姑娘当选了美国小姐，兰德尔·坎宁安把鹰队从二十比零一败涂地输给红皮肤人队的绝境中拉了回来——星期一，兔子贸然走过好几个街区，比他以往走的都要远，走过了一所大概跟布鲁厄中学同时期建成的但已被废弃了的中学，碰到了一座赭色砖砌成的大建筑物，高高的格栅窗户，大门上有一块水泥做的拉丁文牌子，一个活动娱乐场地——一片宽阔的棕色的空旷地带，烈日暴晒着，远端有一个棒球场和本垒后的挡网，外场上立着一对足球门，离街较近的一边有两个坑坑洼洼的硬地网球场，周围的铁丝网因为反复遭受击打而变松变弯了，还有一块灰白灰白、夯得十分瓷实的地，是一块篮球场。两端各有一块篮板和没有网子的篮环支在管子腿上。几个黑人男孩正在一个篮周围争球。腿脚纷乱，喊声连连。由于脚在使劲，时停时动，所以就搞得尘土飞扬。几条长凳摆在水泥人行道旁边的一条没有剪过又结了籽儿的白苍苍的杂草带上。长凳没有靠背，所以你坐着时既可以面朝街道，也可以面朝操场。兔子坐在一条长凳的头儿上，两面都不看，这样他可以看篮球，而好像又在干别的，只不过路过时歇口气儿，什么也不看，只想自己的心事。

这帮孩子总共六个，穿的都是短裤、背心，有高有矮，有胖有瘦，但都有那种他喜欢看见的不慌不忙的神态，球投进了，投偏了，把球回传出去，然后穿插跑动，做掩护，运球，仿佛要强攻篮下，却来了个急停，滑稽地背后一抛把球传了出去，模仿他们在电视上看见的那种花哨动作，全程如行云流水，浑然一体，谁也不拼死拼活，这是一段漫长的人生，漫长的下午。他们奔跑的腿上蒙了一层从黏泥地上掀起的粉红色的尘土，一直蒙到膝盖上面，他们的腿肚子一片混茫，除了有汗水流成的黑糊糊的小渠，他们的球鞋结结实实地涂了一层红土色。这里起了一股微风，那是由延伸到棒球挡网的空地上刮起来的。兔子一看表,四点了,放学了,然而这座砖房中学已被废弃,真正的热闹在别的地方,在某个现代、低矮的玻璃房中学,你坐公共汽车才能到那儿,在本市推土机铲平的边缘地带。兔子寻思,这个世界还没有拥挤到连这么几块未充分利用的巴掌大的土地也不剩的地步,心里感到些许欣慰。草,他注意到,已经爬到土场地上了,在中央,那是蹬踹旋扭的脚很少来到的地方。在球场的两端,篮下已被踩成了半圆形的浅槽。

尽管他坐得挺远——一次果断的切击,或者一次楔形铁头杆轻击的距离——打球的总时不时地撩他一眼。他们打球只图自个儿痛快,不是给某个不该到这里来转悠的、又肥又老的白猪做表演。他的车在哪儿?感到他们乜斜的目光火辣辣的,不想把这微妙的关系搞僵,哈利便长叹一声,使出劲儿从长凳上站起身来,从原路返回,同时留心着街上的标志,以便以后再次找到这个平静的地方。如果他天天来,他们就会打成一片。黑人并没有白人的那种种族主义的东西,总想使街坊邻里都是清一色。由于他们的第三名美国小姐刚刚当选,他们这些日子不会太生气。有趣的是,决赛裁判小组里面有两个名人他觉得他认识,很上心,实际上很爱:菲丽西娅·拉沙德,按他的观点,她是《考斯比秀》中真正的明星,腿长得漂亮,有一副甜美、随意的笑容,另一个是迈克·施米特,他有风度,一旦不行了,立马就卷铺盖。可以说死后反而有长生。施米特裁判。斯基特永生。上上个周末,一名年轻的黑人姑娘击败了克丽茜·埃弗特①,这是埃弗特要打的最后一场美国公开赛。她也卷铺盖了。总有这么一天的。

现在《新闻报》的通栏大标题跟踪飓风雨果——致命的飓风一路呼啸冲进列岛,雨果猛扑波多黎各。星期二,他走到昂贵的滨海区,细瞅着天空寻找飓风的迹象,寻找上帝的手指可能画出的云彩,什么也没有看到。那天晚

① 克丽茜·埃弗特(1954—),女子网球名将,曾六获美国网球公开赛冠军,三获温布尔登网球赛冠军。

上在门厅里，扎布里茨基太太碰巧和他一起站着等电梯，她把那双布满血丝的突出的眼睛从她的骷髅脸上往上一转盯着他，宣布，“事情真可怕。”

“什么事情？”

“就要来的事情，”她说，她的白发已经有种大风刮过的样子，从脑壳上乱奓起来。

“噢，它绝对不会到这里来的，”哈利给她打保票说。“全是媒体炒作。你知道，炒作，虚张声势。每天晚上，他们总得从哪里制造点新闻出来。”

“是吗？”扎布里茨基太太说，故作娇态。她的脖子往耸起的双肩里一扭，这种动作使她的脑袋卖弄风情似的歪了一下，也许没有这个意思。但后来又歪了一下，也许就有点意思了。他不是从某个电视节目中听到即便在纳粹死亡集中营里也有罗曼司吗？这条没有窗户的走廊贴着桃红银白相间的壁纸，是一种令人恐怖的地窖似的地方，他总是急于从中脱身。半月形的大理石桌上的大花瓶，绿釉子快变成金黄色了，可能装着什么人的骨灰呢。可是电梯就是不来。他的女伴清了清嗓子主动表态，“明天有周三自助餐。我格外喜欢自助餐。”

“我也是，”他告诉她。“除非我不能挑选，而且我最后总是拿得太多，又吃了个净光。”她在暗示什么呢？难道是他们一起去？难道是他们来一次约会？他已经不再告诉她詹妮丝要来的话了。

“你吃不吃犹太教的洁净食品？”

“我不知道。那些用腊肉包的扇贝，它们是不是？”

她眼睛瞪着他，仿佛他是个疯子似的，眼睛瞪得那么凶，眼珠子好像有把它们紧紧拴在眼窝子里的血丝子绷断的危险。随后，她准是认定他是在开玩笑，因为一抹谨慎而生硬的微笑慢慢地在她的下半边脸上展开，笑容又与皱纹交错，活像一床用小方块皮肤衲成的被子。他想到了波兰裔美国人俱乐部那个鼻子呼哧呼哧的小婊子，她腰肢以下毛衣底下的丝一样的皮肤，于是感到对詹妮丝有一腔的怨气，因为在他这把年纪时还撇下他受女人们的摆布。他一个人在自己的桌边吃饭，但还是对扎布里茨基太太对他献媚心神不宁，所以只好服了两片硝酸甘油来稳一稳心脏。

吃过晚饭，躺在床上，1781年9月1日，法国军队在费城市民心目中留下了光彩夺目的印象。法国人穿着白亮的军服，戴着雪亮的羽饰走过去接受检阅，对于这种令人眼花缭乱的壮观景象，人们以欣喜若狂的掌声表示欢迎。五颜六色的大翻领，粉红的，绿的，紫的或蓝的领子代表着不同的团，他们是欧洲装备最靓丽的士兵。宾夕法尼亚州州长约瑟夫·里德正式设宴为法国军官接风，这场筵席的主菜是一只九十磅的大龟，汤也是用龟壳盛的。谈到胆固醇。似乎他们并不担心，可是，这些可怜鬼到底能活多大？不到五十六，大部分。部队不敢向南挺进，因为惧怕疟疾。罗尚博[1]说服了华盛顿不去进攻纽约，而且在这一点上，似乎成了革命的主脑。他想在切萨皮克湾头上与德·格拉斯会合。德·格拉斯沿着那条巴哈马与古巴之间的僻背航线航行，躲过了胡德[2]。那永远不能实现。

雨果向美国袭来，第二天一大早的《新闻报》标题如是说。现在吃早饭，哈利放下糖霜玉米片，转而吃纳比斯科脆麦片条，尽管他忘了到底为什么，大概事关纤维和大便吧。他倒真希望他永远也不要走到成天考虑拉屎的地步。斯普林格大妈，临了儿总如数家珍似地说她的大便。晚间新闻插播的广告，一半是兜售轻泻药的，一半是推销痔疮膏的，仿佛看新闻的只是屁眼儿似的。更衣室里的那具行尸。早饭后哈利走了一趟品多棕榈大道，从温·迪克西买来了一大袋食品，放弃了拱顶石玉米片，买了大量的低卡冷冻餐。预报当天有阵雨，中午果然下起来了，不到三点就雨过天晴，在一种恍惚状态中，兔子把车开到德利昂闹市区，停到两小时计时停车位上，然后走了一英里来到他星期一发现的那个操场上。今天土场地上有两拨儿男孩

---

① 罗尚博(1725—1807)，法国陆军元帅，1780年率法军支援美国独立战争。

② 胡德(1724—1816)，英国海军将领。

子，各占一个篮。一拨儿劲头十足地玩二打二，但另一拨儿只有仨孩子，乱玩他从前叫做“马儿走”的玩法。你投一次篮，如果球进了，下一个必须照投一次，如果球没进，他就是个“马”，或“马一儿”，一旦他成了一个“马儿走”，他就出局。兔子在离这帮孩子一个切击距离的那条长凳上坐下，正大光明地看起来——这总归是一个自由国家吧？

这三个顶多也就是十三四岁，看见这个不速之客在一旁观看，不知道如何是好。是吸食过强可的一个老白猪还是一个黑人小孩的密探？他们懒洋洋的动作变硬了，他们彼此扛扛肩膀，丢丢眼色，搞得大家咯咯地笑声不断。其中一个很可能故意让球脱手，朝哈利这边蹦过来。他身子从板凳头儿上向外一斜，用左手把球停住，这一手不算最拿手，但它还有记忆。确实有记忆。那种紧绷绷的有碎石花纹的浑圆，中间光溜溜的接缝，那用来插气针的小圆孔。一个想飞开的有碎石花纹的大球。他把它抛了回去，有点儿笨，因为他是坐着的，但仍然有点儿意思，表明他以前也是个玩家。这哥儿仨倒还满意，便重新玩起了“马儿走”，试着高空钩手投，篮下单手上篮，后仰跳投，疯子似的即兴低手投，侧身投，时不时都有进球，不是冒碰的，就是神差鬼使的。一个野抛，球从篮边儿上像火箭似地弹开，直奔兔子而来。这一回他捡起球站起来，拿着朝孩子们走了过去。他感到自己很大，太阳在后面一照。俨然是个庞然大物。他的影子落在最近的一个男孩的脸上。这孩子戴着一顶脱线的五色毛线帽子。另一个孩子背心上印着 8 号。“玩些什么呀？”哈利问他们。“你们管它叫‘马儿走’吗？”

“我们管它叫‘三下’。”毛线帽子怪不情愿地回答。“三下投不进，就出局。”他伸手去拿球，但兔子把球一举，他够不着。

“让我投一下，行吗？”

孩子们递眼色商量了片刻，他们估摸这倒是个把球要回来的办法。“投吧，”毛线帽子说。

哈利出去走到兴许二十英尺左边的一个角度上，当他的膝盖微微向下一弯，右臂抬起时，他感到了岁月的沉重，自从最后一次打球以来，时光压上了层层毯子。一个擦板球。他瞄准篮板上的那个点，但球没有完全飞出那个距离，没有擦板进篮，而是堵到篮板和篮环中间弹回来，落到8号手里。

“好家伙，”第三个，就是最像西班牙后裔、脸色最阴沉的那个，挖苦说，“你是个老古董吧！”

“我是生了锈了，”兔子承认。“这里的空气跟我习惯的也不一样了。”

“你想看别人进球吗？”8号，也就是最高的那个，问他。他站到哈利刚才站的地方，张开嘴巴，让粉红的舌头像迈克尔·乔丹那样耷拉着。他轻轻地把脑门上方的空气一刨，球便从那只又长又松的棕色手里飞了出去。但他也没投中，球打在篮环右沿儿上。这反而打破了一点坚冰。兔子一动不动，等着看他们怎么对付他。

那个孩子戴一顶圈圈套圈圈的帽子，一顶黑人穆斯林帽子，他把篮板球接住说，“让我投进他妈的，”他还真地投了进去，尽管这孩子可以说是撂进去的，而且，跟8号不一样，他永远当不了迈克尔·乔丹。

机会难得。哈利问，“嘿，我来玩一盘怎么样，你们叫什么来着，‘三下’？快玩快走。我只不过是出来走走，活动活动。”

那个脸色阴沉的西班牙裔模样的孩子对别的两个说，“你们干吗让这个人挤进来？这事可不对我的劲，”说罢便走开坐到板凳上去了。但另外两个寻思，也许这个白人只是冰山的尖儿，碰到麻烦最快捷的路就是穿过去，照顾这位不速之客，让他玩就是了。他连投两下都没有进——8号越过一群假想的防守者的手完成了一个游动双泵式进球，毛线帽子砰的一声来了一个左手空心球，和8号拉平——可是后来兔子找着了一丝昔日的感觉，开始占了上风。要是吸上一口气，眼睛盯着篮环的前沿，那就容易了。你的手和篮环的距离越来越小。你和篮环，离地十英尺，高高在上。他甚至给他们要了个在佳济山砾石巷子里练到家的绝技，双手背向原地投篮，看见的篮是倒着的，脑袋是向后仰的。

倒着看，多云的天空显得蓝处蓝汪汪的，灰处灰塌塌的——一个深渊，一个有吞举能力的大地！他的背向原地投篮进了，三个孩子大笑起来。这几个小鬼从来不搞双手原地投，那不是黑人的风格，站在五步之外，不做别的任何动作，兔子满可以推他们一个光头。但既然他们有良好的运动风范，让他入伙，他就单手投了几个臭球，于是8号重新控制了场面。

“给你看一个卡雷姆①天钩，”那孩子说，果然在右边六英尺开外处投进了一个钩手球。

“我小的时候，”兔子告诉他们，“一个名叫鲍勃·佩蒂的家伙，给圣路易队打球，专投这种球。”几乎是故意地，他没有投中。“我这就三下了，我出局。谢谢让我参加这场比赛，先生们。”

听了这种告别，他们像蜂儿一样念念无词，对于出于抗议坐在板凳上的那个孩子，他说，“你们玩吧，朋友。”哈利怕再次下雨，将一把高尔夫伞收起来随身带着，他弯下腰取伞的时候，看见他的耐克步行鞋也像这几个黑人孩子的球鞋一样蒙上一层棕色的灰土，不禁哑然失笑。

他步行回到计时停车位的车旁边时，有种轻松净化了的感觉，就像水合碳酸镁牛奶广告上镜头模糊、穿着浴袍转悠的那些人，由于变得“正常”而欣喜若狂。玩了两把篮球让他感到洋洋得意。回瓦尔哈拉坞的路上他在快乐食品店停下，买了一大袋洋葱味薯条和一份冷冻卤汁面条，打算在炉子上热了吃，而不下楼吃自助餐，冒碰上扎布里茨基太太的风险。他开始想他欠了点什么，因为她在门厅里陪过他，因为她也是一个孤独的寓公。

公寓里，电话静悄悄的。晚间新闻全是雨果，造成大破坏后仍在圣克罗伊和圣托马斯肆虐，华盛顿对一项保健计划灾难性的撤消在此地引起轩然大波，因为这里是老人世界，据报道，一架法国航班从乍得飞往巴黎的途中失踪。残骸已经找到，散落在撒哈拉沙漠的一大片地区。由于残片散落面

---

① 卡雷姆·阿卜杜-贾巴尔（1947— ），NBA得分王，以高效精准的“天钩”投篮闻名。

积广阔，似乎是炸弹所为。绝像洛克比上空的那架飞机，兔子想。他的得意退潮了。每一架飞机肚子里都有一颗炸弹不断嘀嗒。我们随时都可能爆炸。

这些日子他一个人住在这里，公寓里的房间和家具具有了一个不想动的活人的紧张和威压。夜里，他能感到房间在呼吸，在思考。它们思考的就是他。空白的电视，金黄的沙发，白色的小贝壳做的鸟儿，新年期间纳尔逊和普露呆过的那间屋子的紧紧的床罩，厨房里水绿色的橱柜，一漆成好像就给人过于紧张的感觉，现在依然如此，还有那死活都不肯响的电话，凡此种种，都有一种力量，那种比他还要耐久的能力。他是血肉之躯，它们却是没生命的东西。十七天以前欢迎他到来的这个封闭严密的空间现在却充满了恐惧，充满着一种神经质的期待：电视的叽叽呱呱，报纸的标题新闻，炉子嘀嗒作响的加温，定时板上嘀嗒流逝的分分秒秒，甚至他自己身体活动的轻微的擦刷声，都难以为继；但这些小小的骚动一过去，便恢复了寂静，便成了不存在的存在，成了围绕他的沙沙作响的热血躯干无法回答的问题。卤汁面条黏糊糊的，舌头一碰像凝固汽油，但他还是吃光了，两个人吃的一份，一边吃一边换频道，在詹宁斯和布罗考之间寻找飓风破坏的最佳镜头，风，带雨的狂风呼啸着穿过跟这间屋子一样的房间，把整扇整扇的玻璃滑门捣出去，吹得它们像馅饼盘子似地飘来飘去。一切都在乱飞，世界在崩溃，生活中没有任何可以固定下来的东西。可怕。

他突然需要，就像一个服了利尿药的人突然需要小便一样，需要和孙子们说说话儿。他是爷爷，他们总不能不让他做这件事吧。他还得从仿竹几上放的通讯录里查纳尔逊的号码，是去年冬天换的，他已经忘了，你的头脑到了哈利这把年纪什么都会溜掉的。他找见了那个本子，是詹妮丝的一笔半吊子小学生字记的，各式各样的斜体。他拨了号，但头一次立即挂了，因为他可能想的是9，拨的是8。普露来接电话。她的声音随便，轻松，凶狠，他差点儿又挂了。

“喂，”他说。“是我。”

“哈利，你确实不应该——”

“我就是不。我不想跟你说话。我想跟我的孙子说话。不是快到罗伊的生日了吗？”

“下个月。”

“简直想不到。他就要四岁了。”

“他已经四岁了。就要五岁了。”

“该上幼儿园了，”哈利说。“难以置信呀。我理解你和小纳利准备要第三个。太好了。”

“哎，我们正在看情况呢。”

“再没用避孕套吧，嗯？他怎么样，还有艾滋病的情况？”

“哈利，行啦。这不关你的事。不过他查过了，要是你非知道不可的话，而且 HIV 阴性。”

“太好了。又去掉了我的一块心病。这孩子是规矩人，而且孩子干干净净。普露，我想我在这儿都快疯啦。我的梦——都像恶作剧的连环漫画。”

他可以想象听了这话后她狞笑的样子，嘴巴耷拉到一边，那只空着的手用两根指头把几缕胡萝卜色的头发从脑门上往后一拨。性感；但给她什么好处呢？老公是个未来的社会福利工作者，住在另一个女人的房里，前景就是干枯燥的杂活，对着镜子里看自己年老色衰，他听见她的声音就像潜望镜对水上世界扫视，被咸水浪花搞得模模糊糊。她在上面那儿，他在下面这儿。

她口气在变，向友好降了下去。一旦你操过她们，她们的声音总要保持这种温暖的痕迹。“哈利，你在那里拿什么开心啊？”

“噢，我到处走走，对这个城镇有所了解了。挺好的一个老镇，德利昂。告诉詹妮丝，如果你见到她的话，一个有钱的犹太寡妇在给我送秋波呢。”

“她就在这儿吃晚饭呢。我们正在庆贺她卖了一座房子。不是你们的房子,你不同意她卖不了,而是房地产公司的一座房子,皮尔逊—施拉克公司的。她每到周末就给他们展销房子,直到拿到证书。”

“那太棒了!叫她过来接电话,我要祝贺祝贺她。”

普露犹豫不决。“我得问问她看她想不想跟你说话。”

他的肚子突然空了,胆怯了。“你就算了吧。我打电话是想跟孩子们聊聊,老实说。”

“我让朱蒂来接,她就在我的身边呢,对飓风兴奋得不得了。你可要保重自己噢,哈利。”

“那还用说。你了解我。当心。”

“我了解你,”她说。“疯子一个。”一口德国腔,她说话的那种亲切稳重的样子。她正在被同化。又是一个布鲁厄中年娘儿们。

咯噔一声,在说悄悄话,朱蒂这时才拿起电话喊道,“爷爷啊,我好担心你啊,还有飓风!”

他说,“都是谁担心来着?朱蒂可别担心。她把我弄上那条破太阳鱼后就再不用担心了。电视上说雨果要袭击卡罗来纳。那是六百英里以外的事呢。今天这里是个晴天,大部分时间。我跟几个孩子打了一会儿篮球,比你大不了多少。”

“这里下雨了。一整天。”

“你们今晚在请奶奶吃饭,”他告诉她。

朱蒂说,“她说她不想跟你说话。你干什么啦,惹她生这么大的气?”

“啊,我说不上。兴许是我频道冲浪搞得太多了吧。嘿,朱蒂,知道什么事吗?我开车来的时候正好路过迪斯尼乐园,我心里许愿下次你们来这儿,我们大家一起去。”

“你就不必了。学校里许多孩子都去过了,他们说那里挺烦人的。”

“学上得怎么样啊?”

“我喜欢老师和别的一切,可我看不惯别的孩子。他们都是臭屁眼儿。”

“可别这么说。这种话要不得。怎么回事,他们不搭理你?”

“我还巴不得呢。他们笑话我的雀斑。他们管我叫胡萝卜头儿。”她小小的声音中断了。

“嗯,好了。他们喜欢你。他们认为你很棒。只是别涂太多的唇膏,等到十五岁以后再说。还记得上次咱们说话时我告诉你的事吧?”

“你说别硬来。”

“对。别硬来,顺其自然。听爸爸妈妈的话。他们很爱你。”

她疲倦地叹息一声,“我知道。”

“你是他们生命的光。你以前听过这句话吗,‘他们生命的光’?”

“没有。”

“那好,你又学到了一点东西。现在干你的事情去,宝贝。你叫罗伊接电话好吗?”

“他太笨,不会说话。”

“他不笨。叫他来。告诉他爷爷想给他教几句聪明话。”

电话咯噔一声放下了,背后有一种吃脆麦片条儿似的全家人的吵闹声——他想他甚至听见了詹妮丝的声音,像斯普林格大妈那样说话果断。脚步从他了如指掌的起居室走过来——那把巴卡躺椅,拉上窗帘的观景窗,边沿像馅饼皮一样的摆设桌,尽管过去摆在那里的那颗里面有一滴空泪的绿玻璃蛋现在就在这里的架子上,离他的眼睛只有几英尺。普露的声音说,“詹妮丝说她不想跟你说话,哈利,不过罗伊在这里。”

“喂,罗伊,”哈利说。

沉默。上帝又占线了。

“那边情况怎么样?我听说下了一天雨。”

还是沉默。

“你在做个好孩子吗?”

沉默,但里面有一丝儿呼吸声。

“你知道，”哈利说，“现在也许你感到没有什么，可这几年非常重要啊。”

“喂，爷爷，”孩子终于发声了。

“喂，”哈利只好做出回应，尽管这使他又得从头开始。“我在这里很想你，”他说。

沉默。

“一只小鸟每天早晨飞到阳台上问，‘罗伊在哪儿呀？罗伊在哪儿呀？’”

沉默，这就是谎话应得的反应。可是随后孩子说了几句不沾边的话，也许是别人教他说的：“我爱你，爷爷。”

“好啊，我爱你，罗伊、生日快乐，对了，下个月。五岁啦！简直想不到。”

“生日快乐，”孩子的声音重复了一遍，用的是有时候出现的深沉得出奇的大男人的声音。

哈利发现自己等着下文，但随即意识到没有下文了。“好啦，”他说，“我想这就行啦，罗伊，我一直爱跟你说话。告诉大家我爱他们。挂了吧。你可以挂了。”

沉默，然后是一声笨拙轻微的咯噔声，接着是挂断了的嗡嗡声。奇怪，兔子想，把自己的听筒也挂上，他非得让孩子先挂不可。自杀合约中的草鸡。

独自一人，他对在这些房间里度过整整一个晚上的前景感到恐惧。七点半，还有的是时间去吃自助餐，尽管他的嘴巴觉得一碰就疼，因为刚吃了热卤汁面条和那袋边沿尖利、盐味很重的洋葱薯条。他只是想下去从自助餐桌上挑选几样低卡食品。跟家里人谈话使他兴奋异常；他觉得他们离开了他倒都很平安。没有冲澡，他就穿上衬衫、外套，打上领带。扎布里茨基太太不在电梯旁。在半空的米德厅里，在巨大的陶瓷壁画上的北欧海盗怒目瞪视下，他大大方方为自己选了一份腊肉包扇贝。两种质地混在一起，又脆又弯的腊肉和橡皮一样柔的扇贝，一到他敏感的嘴里，觉得如此美味可口，他的胃顿时就成了无底洞。他又回去再拿了一些，还添了一些奶油芦笋和土豆煎饼，可突然之间，觉得太饱，连心脏都有了挤轧感。他服了一片硝酸甘油，把甜点和咖啡，哪怕脱咖啡因咖啡都省掉了。小心翼翼地，他踩过那片具有异国肌理的佛罗里达草地和铺地毯的交通安全岛，顶着布满星斗的温暖的穹庐，如果我们倒着看，其实是一个深盆，今儿下午他倒着原地投篮时就看见过这种景象，我们紧紧贴在地球上，就像贴在天花板上的苍蝇。他感到塞得太满，头昏眼花，空气太浓，银河刚能看见，就像长在某些女人肚皮中央的一条淡淡的金色汗毛线。

他回到公寓，刚好赶上看最后十五分钟的《成长的烦恼》，惟一的一部上面的一家大小都令人反感的电视节目，如果你认为罗莎娜的好老弟丈夫并不令人反感的话。然后他在 20 频道的《莫测高深》和 36 频道的一部阿博特与科斯特洛[①]的老片中间拨来拨去，这部片子刚推出的时候一定更有意思，正好就是他中学毕业的那年。科斯特洛的尖叫声显得机械而恼人，阿博特老气横秋，他掴他的胖哥儿们的耳光时那么心狠手辣。那时候人们动不动相互打骂，就像动物一样。也许六十年代还是做了一些好事。不断穿插进去的商业广告中有日产无限的，只见蟋蟀和睡莲池，不见汽车，只有纯粹的自命不凡的自然。他看见的凌志广告几乎一样的含糊——一条田园风光的路，闪着雨光。二者都绕开了这样一个问题：日本人能树立起豪华形象吗？或者那些把三万五千美元付之一炬的人喜欢买欧洲车吗？谢天谢地。哈利再不用管它了。让阿猫阿狗到破城烂镇去管吧，反正哈利不管了。

他刷牙，留心用“白丽得”漱口水剔牙、漱口。这里没有了詹妮丝，他更是积习难改了，又一个死硬的老光棍，成天操心自己的管道和鼻毛。鼻毛：他才不愿意像莫里斯医生那副熊样儿呢。他的双份晚饭在胃里火烧火燎的，但坐在马桶上又不出货。菲利普的水合碳酸镁奶，他应当弄一点。他们

---

① 美国演员巴德·阿博特(1895—1974)和路·科斯特洛(1906—1959)一瘦一胖搭档在四十年代拍了一系列喜剧片。

的另一则广告上有一个黑人议论“妈妈”，不幸得很，他的肤色使屎太真切了。床上，向约克镇挺进时，联军在威廉斯堡周围碰上了英国暴行。德·格拉斯的瑞典副官卡尔·古斯塔夫·特恩奎斯特，一名当今的北欧海盗，在他的日记里写道：在一个美丽的庄园里，发现有一名孕妇被好几刺刀捅死在床上；野蛮人剖开了她的乳房，并在床篷上写道：“你永远生不下一个反贼。”另一个房间，又是一番骇人的景象——五颗人头摆在食橱上面，原来的几个石膏像在地板上摔得粉碎。哑巴动物同样也不饶。牧场里到处是死马死牛。哈利想办法罩住被这些形象引起的激动入睡。他总以为独立战争是一场君子战争，没有越南的那种场景。他开始有了那些难以把握的半真半幻的景象，醒梦，回想起来，又没意义。他看见一个女人的圆肚子，上面有光溜溜的缝儿，还有一条亮晃晃的中心绒毛，一剖开，出来了好多码好多码的红绳子，像一只棒球的芯儿。然后他躺在一个身体旁边，一个矮个子男人，一袭黑衣，一个软塌塌的没有肌肉的身体，一个口技艺人的人体模型，还戴着太阳镜呢。他醒来时黑糊糊的，天还早呢，不是剪草机响的时候，不是南美杉上沉闷的棕色鸟儿啁啾的时候，不是年轻商人黎明时四人配对赛球伴唠嗑的时候。他摸到卫生间里，周围是一动不动的光油油的形体和斜斜的幽光——蓝色的烤箱定时器的数字，高尔夫球场护栏上昏暗的警戒灯。他坐下小便，像个娘儿们似的，然后又回到床上。他总是在床上他老睡的一侧睡觉，仿佛詹妮丝仍然在他身边似的。现在他梦见了那个有圆顶大门，但这一回一推就开，合页既无声息也无阻力，里面亮晃晃的。怎么是斯普林格大妈的楼下，只有你一个人走下去，原来是一种地下室，比她的房子任何时候都亮，有五光十色的狂欢节的艳景，像拉丁美洲的什么玩艺，像他们在新闻中间不断插播的游船广告，挤满了欢迎的人群，他几乎都不认识，也几乎都没记得：扎布里茨基太太像个苗条少女，尽管脖子上仍有她诱人的探询的痛性痉挛，还穿着一条活泼的加缘饰的短裙，就像六十年代女孩子穿的那样，马尔蒂·托瑟罗背着一个邮件袋，跟他的歪脸刚好相映成趣，爸妈正是豆蔻年华，穿着礼拜日的盛装，看上去身高腿长，从医院抱回一个女婴，用一条粉红毯子包着，只露出婴儿翘起的小鼻子和一只眼皮合着的小眼睛，一个高个儿目光冷静的黑眼睛男子头发漆黑，像一个克里姆老广告，跟他握了一下男子汉的手，而他身边的詹妮丝咬着耳朵对他说，这当然是罗伊了，罗伊长大成人了，和他一样高。醒来后，兔子仍然能感到他手上的压力，一抹打招呼的笑容正从他脸上消失。

雨果瞄准东南海岸。美国航空公司喷气机坠入纽约河中。炸弹很可能造成法国 DC－10 飞机坠毁。在海牛保护区减慢船速，哈利吃着燕麦片，消化着《新闻报》。圣克罗伊一片混乱，警察与国民警卫队员加入手持大砍刀的暴民在雨果后的抢劫狂潮。游客乞求登陆该岛的记者带他们离开。操他妈一帮又哭又闹的娃娃。他突然想到他的梦兴许与这些加勒比新闻有关，与周末前他们在各家休闲酒店搞聚会，欢迎新客，让人人高兴，投入一个大熔锅有关。他出去走到他那条窄溜溜的阳台上捕捉这一天。报上说，尽管有雨果，今天是个大晴天，果然如此。远处蓝绿色的摩天楼把朝阳的光点反投向他的背后。海湾是看不见的，但他能闻见它在那里。他极力回忆参加聚会的都是谁，但就是想不起来；梦中人不会使肚子撑得慌。纽约的飞机滑出跑道末端，两人死亡。只有俩。撒哈拉死了一百七十一个。一个人从伦敦打电话说他完全相信安拉。哈利对这一次不像对洛克比泛美炸弹那么上心。就像新闻上的别的一切一样，你烦了，灾难变得像条花絮，如同橄榄球比赛中电视转播的暂停。

当别的年轻人在帘子遮住的滑门后面的高尔夫球场上又喊又笑时，哈利则整整床，扫扫厨房的地，给洗碗机又添上他的橙汁杯子和燕麦片碗，摆放整齐，等着攒够洗一次的数量。还差一大截呢。等詹妮丝最后露面时，他想让这地方的状况能给她上一堂直观持家教学课。

十点，他出去走上午的一圈。他瞅了瞅东北的天空，找要冷落佛罗里达的飓风，却对云彩感触颇深，它们都是多么复杂，烂糟糟的，灰白蓝，一层压一层,有倾斜的一片一片的鱼鳞云,有一长排一长排的云,底下乱麻麻的,但顶上却圆团团的,仿佛是湍激的流水冲圆的一样,犹如海潮留下的一道一道节奏分明的沙楞。一股清风从阳光中吹过。空气里有什么东西使呼吸有点儿困难。臭氧不足?还是臭氧太多?也许是他的想象,然而天上似乎没有飞机的踪影。通常,你能看见它们慢慢地倾斜着分层盘旋,最后在佛罗里达西南区机场着陆。飞机都被撵出天空了。太阳下,一条条公路一样的烟霭退向东北的地平线,宛如月亮在平静的海洋里堆积起来的反光。

一时心血来潮,他决定开上赛利卡到闹市区去,停在第一联邦银行附近的一个计时车位上,再走到黑人区去。今儿下午,他想,他也许想试着打几洞高尔夫。体育用品店几天前来过一个电话,说他们把他的鞋找着了。

在空荡荡的赭石色中学那边的那片活动场地上,一个孤零零的高个儿男孩穿着毛边牛仔短裤在一个人投篮。他的背心是一种刺眼的青绿色,上面印着一个咆哮的虎头——橙白相间的毛皮,黄眼仁儿,舌头和鼻头却是一种与实际不符的紫色。不过,穿在这孩子身上,这副行头还算得体,具有精选的制服的威严。他比昨天那几个孩子大,起码有十八岁,他在蓄意做一番表演,做出的动作好看,认真,经济,往里运球,研究场地,盯准篮环,双手持球估量如何投,最后才用下面的左手将球投出去。他穿着一双高帮黑球鞋,没穿袜子,发式是脑壳顶上一个松饼团儿,沿着剃光的部分开始的头侧和脑后则有一连串儿的X。兔子坐在长凳的一头,另一头是一个红色小背包,显然是这孩子放在那里的,他把他瞅了好一阵子,太阳照着,清风吹着,流云把土场地和周围的框架房子浸泡在阴影里。房子颜色像晒掉了色的洗过的衣物,显得遥远,沉寂。你看不见有人进进出出。

为了改变他的姿势,哈利仰起他的白脸好像在晒太阳,给他的视野蒙上一层红光,让光度透过他半透明的眼皮燃烧。有一回,他睁开眼睛时,那孩子就站在跟前比一块云还要黑。他不仅黑,而且暗,高高的颧骨,薄薄的嘴唇,暗示出一种印第安人血统。

“你想要啥子东西吗?”他的声音又轻,又平,没有一丝笑意。它好像是从那只老虎咆哮的紫嘴里冒出来的。

“不,不要任何东西,”兔子说。“我坐在这里打扰你了吗?”

“你不来两口?”一只手把篮球夹在屁股上,另一只手做了一个最轻微不过的鸣鞭动作。兔子瞄了一眼背包,赶快回眼盯着老虎嘴。

“不,谢谢,”他说。“从不碰它。来一会儿一打一怎么样?既然你这儿好像没有个伴儿。”

“我听说昨儿有个奶油蛋糕到这儿鬼混来着。”

“就是鬼混,我现在就干这个。我退休了。”

“你怎么跑到这里混来了?鬼混的地儿在你们德利昂头儿上有的是。”他用本地口音把德利昂念成“哆俩因”。

“那儿挺无聊的,”哈利告诉他。“我喜欢这里,不是那种花花世界。你介意吗?”

孩子一下子慌了神儿,考虑如何回答,兔子的双手猛地一伸,搭到篮球上,比昨儿那几个小孩玩的还要破旧,没有皮子的颜色,只是被蹭得红一块,白一块,蓝一块的。它那有的地方粗糙有的地方光滑的表面摸上去热乎乎的。“来呀,”他央求道,那个“呀”字是吼出来的。“把球给我。”

老虎的表情没有变化。然而球却松了。拿到了球,哈利大步流星朝夯实的土场走去。他觉得高到了危险的地步,就像今年夏天他一个人在碎石街道上行走时一样。他今儿早晨还穿了一条百慕大短裤,以便必要时玩玩。尘土和反射上来的阳光抚摸着他光光的腿肚子,他的白粉笔似的老汉的腿肚子本来就没有多少毛,现在几乎一根也不剩了——实际上就是一根没有,因为袜子已经磨了五十多年了。

他老远就来了一个跳投,还真的冒碰了进去。他和老虎轮流投着,注意不要相撞,彼此传球用反弹的办法。“你从前打过,”高个儿男孩说。

“很久以前。上中学的时候。从来没有上过大学。那时候的风格跟你们现在的不一样。如果你想练练你的一打一动作,我倒愿意。打二十一个球。信用制——犯规自己判。"

老虎眼睛一瞪,似乎含着一种沉重的悲伤,但还是点了点头,随后就把弹给他的球接住。他大而化之,萎靡不振地走着——双肩耷拉下来,屁股撅了出来——向用鞋后跟在土地上刮出的半场线走去。从后面看,这孩子一身都是骨头和筋,被汗擦亮了,但又不是很亮,溜肩膀在青绿色的背心吊带下显得异常昏暗。

"等等,"哈利说。"我最好先吃一片药。别介意。"

硝酸甘油在他的舌头底下火烧火燎的。老虎已经逼近,封堵住了他的上篮,兔子把球带出去,在二十英尺的地方投篮未进,这时候,药劲儿已经到了他的另一端。起初,他觉得轻松,手脚放得很开。老虎做出了一些很好的猛突急停的动作,只要他想,就可以冲撞一下这个笨重的老人,不过他浪费了不少投篮的机会。这种急停就投的打法使你没有充分的时间对准目标,而且老虎的弧度不高。球平着出手,把篮环变成了一个槽口。而且他比哈利矮一两英寸;兔子在孩子的指尖上举起球来几次近距离跳投——软软的,高高的,一投一中,恰到好处,空心球径直穿过没有网子的篮环,一个结痂起斑的橙色圆圈儿,歪着弯了下来,因为太多的人都想露一手模仿达里尔·道金斯[①]练习扣篮,然后,还要手抓篮环吊上一会儿——于是老虎开始更凶地贴身紧逼,引诱他只要能找到空当便就近转身投球,或突破上篮。老虎的胳膊肘子和尖锐的膝盖蹭着他的身体,有了这种昔日的感觉,推挤、压迫,他忍不住笑出声来。他感到自己的肚子被这种动作颠得七上八下,感到水一样的疲惫进入了他的膝部,但激奋与怀旧情绪占了上风。老虎开始利用对手的迟钝,心更狠,手更辣,过人时连滑带切,兔子铆足劲儿想占上风,感到呼吸困难起来,气路狭窄起来。但阳光依然宜人,毛孔涌出的汗水好像在唤醒

① 达里尔·道金斯,美国 NBA 球员,上世纪八九十年代在费城 76 人队效力。

粒粒种子萌生。这番努力的性质就是把他与天地融为一体:地,一遍又一遍地印着他的耐克鞋的扇形杠杠和老虎黑球鞋的笼子似的格栅的厚厚的棕红闪亮的虚土,运球时出现在他的视野边沿踩实的地;天,当他抬头看自己或对方投篮时,白茫茫一片的天。云在炫目的太阳周围聚集成一个激动的银色角斗场,一个蓝色斗牛场。兔子在一次奋力向上转体中偶然逼视了太阳一眼,一时间无法抹去它闪烁的红月般的余像。他的胸憋得满满的,他的头晕晕乎乎的;脉搏在耳朵里沙沙地响,肩胛骨中间那片湿透的地方有一种拉锯似的疼痛。老虎抢回自己的篮板球,用他那种潇洒的姿势把球按在屁股上,故意瞪了哈利一眼。他的皮肤像块细黑砂磨石。他的耳朵小小的,平贴在脑袋上,他的一绺儿X上面的头发纠结在一起,紧得达到了天工的极致;阳光从每一个圆点上闪烁着。

“喂,老兄,没事儿吧?”

“没事儿。挺好。”

“你气喘得挺厉害。”

“你等着。等你到了我这把年纪。”

“歇了咋样?不是什么大不了的事情。”

这真是与人为善,透过他眉毛上的汗水和他血液的涌动,兔子看得明白。他觉得好像他的静脉和动脉的树上开满了很大很大的粉嘟嘟的花。不是什么大不了的事情。不是什么大不了的事情,你也为这个失态。不是什么大不了的事情,你连个小小的一打一也玩不转。他的汗开始在腿上跟土结成块块。他害怕自己会失去节奏,失去舞姿,失去随便什么东西,气势,风度。他问,“你不是。挺开心吗?”他乐得用自己的大红脸,用自己起伏的奶油饼块头,用自己疯狂冰冷的蓝眼睛把老虎唬住。

老虎说,“当然,老兄。一般般的开心。”他终于笑了。神奇匀整的牙齿,淡紫色的牙床。即便少数民族贫民区的孩子现在也享受过正牙术了。

“咱们信守约定好了。打到二十一个球。就像我们说的。十八个了,对吧?”

“对。”两个球手都没有犯规。

“开始。你的球,老虎。”哈利的背疼在扩散,像一对笨拙的翅膀。这个年轻的黑人突然绕过他来了个快速上篮。哈利把球带出去,突然在半场线里面一步的地方来了个急停,在无人防守的情况下,飞出一个老式的双手原地投。球一出手他就知道会进;一道完胜形的辙引导它落了下来。

“老兄,”老虎拍手叫起绝来,“真是邪门儿了,”说完,他试图模仿着来一个单手远投,球碰到环边上直蹦回来,弧度太低。兔子抢到篮板,拿着球却动不了,他的身子有一吨重,他的脚跟脑袋失去了联系,老虎切进来插在他和篮之间,一只紫色的咆哮老虎正好靠在他的脸上,随即往后松了一点儿,于是兔子感到有隙可乘,对方有片刻的松懈,于是来了个急转身;他猛地运了一下球,把敌手像一袋鼓鼓的煤似的扛到身边,然后跳起瞄准。篮环充满了他的视力圈,它降下来要亲他的嘴,他不会投不中的。

他腾身而起,一路向朵朵云彩直冲而去。他的躯干被一阵剧痛撕开,从肘子到肘子。他从体肉爆开了;他觉得有个庞然大物不依不饶地摸弄他,随后就掉到地上不省人事了。老虎接住从篮筐里落下的球,觉得一个身体撞在他身上,好像故意犯规似的。然后他看见那个大个儿白老头样子像气憋住了,脸上有一种瞌睡的神色,不声不响地瘫在那里,像一个掉下来的布娃娃。老虎站着,愣在那里低头看着这个倒下的身体,花格子的百慕大短裤,新崭崭的耐克步行鞋,蓝幽幽的高尔夫衬衫,上面有两个 V 字交织在一起的徽标。黏性很大的细黏土沾在没有知觉的泛红的半边脸上,像一个影子,像半边小丑的油漆面具。孩子愣着,重复着,“真是邪门儿了。”

脑袋抽空了,没有了任何实用的想法,这时一走了之的冲动流遍了他的全身。他不想跟任何人搀和在一起。他从板凳头儿上把背包拎起来,就是每个小男童子军在一宿野营旅行中常背的那种,拿着背包,胸前抱着球,不紧不慢地走了。走到街区半中间他撒腿跑了起来,头上是高远激动的天。

一架飞机从上空飞过，慢慢地斜向下降。

从上面看下来，哈利的四肢叉开，弯曲。他趴在球场上孤零零的，就像天空的太阳处在乱云围成的角斗场里一样。时光在流逝。后来，社会的网抽动了一下；与偏僻的活动场地毗邻的房子里，有个人一直透过挂帘子的窗户看着，他打了911。几分钟后，好几个可怜巴巴地安顿在隔开的房间里避险的老人，仅有的电视就是朋友，这时他们把越来越近的警笛声误认为是飓风警报，以为风暴已经从南卡罗来纳回头向他们刮来了呢。

“梗塞看样子是透壁的，”奥尔曼大夫告诉詹妮丝，又进一步往清楚解释：“完全穿透了该死的壁。”他试着用他的拳头的皮肤和肌肉向她演示这种情况和一种你可以活命的心内膜下的梗塞之间的区别。“夫人。整个左心室都崩溃了，”他说。“我的猜测是从四月份他在北方做的程序以来，就有一种完全的心瓣再狭窄。”他的长脸，连同脸上太阳晒红的鹰钩鼻子和突出的澳大利亚式的下巴，对没有睡觉和悲情满怀的詹妮丝发起猛攻，使她乱了方寸。医生的双手的所有活动，仿佛想办法要把哈利的内脏为她翻腾出来，现在已经为时太晚。“做分流术来不及了，”奥尔曼大夫几乎哼着鼻子说，竭力把他的声音驯进学得的南方人的温柔。“哪怕奇迹出现，夫人，他也就是拖过当前这种创伤，你我有健康伸缩自如的肌肉的地方，他有的仅仅是一块瘢痕组织。你可以置换动脉和瓣膜，但还没有活的心肌的替代物。”他把压制已久的怒火释放出来，就像一名高尔夫球手一连三个短推都未进洞一样。他太年轻，詹妮丝昏昏沉沉地想，他责怪人就因为他们要死了。他认为他们这么做就增加了他的工作难度。

她昨晚见过宾园警察（他们看上去也是多么地年轻，多么害怕传达不祥的消息；德利昂医院之所以最后给他们打电话，是因为无论拨公寓号码，还是他们从信息库查到的驾照地址的号码，都没人接，她正好出去领着一对年轻夫妇看房子，一处是布鲁厄高地的一座错层式住宅，一座是金黄鹂附近的一座老沙石农舍；她刚到家，警察就进了她的车道，他们旋转的蓝色灯光舔着石灰石墙壁，四邻五舍肯定会万分惊诧），然后打电话找米姆，她的电话也没人接，随后又打电话为她和纳尔逊订飞往佛罗里达的夜间航班机票，由于东方航空仍处于基本罢工状态；而出入亚特兰大的所有航班因为飓风不是取消就是延误，就只好开车到南费城再去机场，开过数英里正在翻修的斯库尔基尔高速路，在所有令人晕头转向的装有反射带的圆筒中间穿行过后，纳尔逊一拐弯，他们最后到了独立堂旁边的市中心——这似乎是一眨眼工夫发生的——随后就是几个钟头的等待，无所事事，只有安慰安慰纳尔逊，看看人们扔在塑料椅子上的报纸，回想回想哈利，从她在中学走廊里第一次看见他的那一天一直想过来，他打篮球的那副样子，在球场上，无限风光，头发金黄，俨然是一个大理石刻成的小伙子，然后是空荡荡的公寓，整整齐齐，只有一摞一摞的旧报纸他死活不肯扔掉，还有籐椅上那种垃圾食品的渣儿，但卧室里没有别的女人的痕迹，只有她去年圣诞节送给他的那本书，护封上是一条帆船，而纳尔逊就在她身边，遇到什么事都一惊一乍的，所以她倒希望自己一个人来反而省事——过了一阵子，你的那颗妈妈心就像他估摸的心肌一样死了——几个小时的破碎觉老早就结束了，小伙子们开始剪草，男人们开始打球，纳尔逊又唠唠叨叨说没有一点糖霜玉米片，只有这些麦麸片，味道像马料，经过这一番折腾之后，詹妮丝觉得绝像她丈夫劳动节周末长途开车来以后出现的感觉，仿佛她全身都被沙袋捶过似的。在门厅里，今天送到门上的报纸像最近几天一样登着：

雨果横扫

南卡罗来纳

莫里斯医生，老的一个，哈利的医生，肯定听到她在医院里；他来到心脏病人特护区的等候室里，自己看样子也不太好，斑斑点点，胡子巴茬的，穿一套没有熨的棕色西装。他拉住她的手，透过无边眼镜直愣愣地盯着她的眼睛告诉她，“有时候就到时候了，”这话对他合适，因为快八十岁了，起码七十五过了。“有些天以前他来找过我，我不喜欢我在他胸腔里听到的声音。但有了像他这样的毛病，一个人能活两星期还是二十年，那就不好说了。这是个态度问题。他似乎变得有点儿病态。我们都同意他应当有点事儿做，他退休还太年轻。”

自从蓝色警灯出现过后，詹妮丝的眼里泪水就没有断过，这一席话和老头儿聪明和善的态度，更使她泪水涟涟。在哈利临终时，莫里斯医生比她更密切地关注着他。自从撩过几眼他在篮球场上闪光的形象以来，在某种程度上，她已经慢慢地看不见他了，他变成了个隐身人。“他提到过我吗？”她问，心里纳闷哈利是不是暴露过他们疏离的情况。

老医生锐利的苏格兰目光一时间把她看透了。“非常关爱，”他告诉她。

早晨的这个时段，九点刚过，吃过早餐的脏盘子仍然在走廊里用小车推着，心脏病人特护区的等候室里没有别人，纳尔逊如坐针毡，不住点地往外面跑，不是给普露打电话，就是上厕所，再不就是到他在另一个房间发现的自助餐馆里喝杯咖啡，吃点糖霜玉米片。等候室很小，一扇窗户朝着停车场，车场的边沿被昨夜的草坪洒水器喷湿了。室内有一张矮桌，上面放的大多是宗教杂志，有一张黑色的硬长靠椅和几把椅子，弯管做的落地灯，塑料灯罩，他们不想让你太舒服，他们一心想把病人的事全由他们自己处理。一个人呆在这座地狱的边缘上，詹妮丝认为她应当为哈利的康复，一个奇迹，祈祷，但当她闭上眼睛做这件事情的时候，她碰上的是一堵死墙。按照奥尔曼大夫的说法，他永远不会再有他原来那样的活法了，按照莫里斯医生的说法，有时候就到时候了。他的花开得太早，到她在克劳尔认识他的时候，他已经开始走下坡路了，尽管摊场上来的钱开始归他们所有时，事情还真有过起色。他一走，她就可以卖掉宾园的房子了。亲爱的上帝，亲爱的上帝，她祈祷着。做你认为最好的事吧。

一位年轻的黑人护士出现在开着的门口，极其轻柔地说，脸上还带着一抹美丽的微笑，“他醒了，”说完就领着她进了特护区，这个地方她从去年十二月就记在心里了——中心的圆桌活像一个机场的控制塔，摆满了电视机，以跳跃的橙色线条显示每个病人的心跳，三面是一排排窄溜溜的单人卧室，前墙都是玻璃的。她看见她的哈利躺在其中的一间里，白得像他的床单一样，管管线线在身上进进出出，在玻璃墙后面躺着，一股强烈的情绪从身后袭击着她，一时间她怕她会呕吐出来，一股悲哀和将会失去一切的可怕意识的崩天裂地般的浪头压下来，除了她意外地淹死了自己的宝贝女儿的那次，她一生从来没有经历过。她从来没有打算永远不会原谅他，她一直想着哪一天给他打个电话，然而日子都溜过去了；屏声息气已经成了一种瘾。她怎么能铁下心来对抗这个男人，他无论好歹把他的一生和她的一起摆在了圣坛前？其实问题不在哈利，而在普露，男人能抗拒什么呢，她、普露和纳尔逊已经把问题分析到心力交瘁的地步。她感到满意的是，事情不会再发生了，她有了一种过得去的日子。现在竟然这样。恰恰碰到这种当口。他说她笨，她确实比他迟钝，就是取得属于自己的东西也来得慢，然而他开始敬重她了，要他敬重一个女人，真是难如登天，这是他妈造成的，那个可恨的女人。尽管他们在克劳尔谈恋爱时，双方的父母都还活着，可她和哈利实际上成了孤儿，他的情况比她还糟。他在她身上看见了点什么，可以把他紧紧拴住几天。她想让他回来，从他正在陷进去的这种境地回来，她如此地迫不及待，所以很有呕吐的可能。他躺在那里到了如此无助、如此不可挽救的地步，他的出逃，普露、塞尔玛和别的一切，都被这一恢宏的气势冲刷得一干二净。

护士把门滑开。在他的婴儿蓝输氧鼻管的上面，他的蓝眼睛睁着，但他似乎没有听觉。他看见了她，看见他老婆就在身边，个儿小小的，皮肤黑黑的，脑门和嘴巴一副不依不饶的样子，声泪俱下，像一片瀑布，唠叨着原谅。“我原谅你,”她不停地说着,而他却记不起原谅什么。他躺在那里漂游在一片神奇的境地,一张快乐床上,对时不时戳进来针一样的疼痛浑然不觉。他听着詹妮丝哭诉,奇怪她坐在他们给她的那把软垫轮椅上,变得多么小,小得像一个水晶雪球里面的什么东西,但要精细一些,精细得像个蜘蛛网,她脸上的每个皱纹和起皱的灰色女营销员套装都是这样。她原谅了他,他感谢了她,或者认为他感谢了她。他相信她抓住了他的手。他的意识来也匆匆,去也匆匆,他感到惊奇的是,就在这来去的间隙中,世界还在受人关照,就像他出世前多少个世纪它受人关照一样。他的嗓子干得可怕,但他知道这种感觉会过去的,医生们会想办法的。詹妮丝似乎是他梦中的闪亮身影儿中间的一个,就是他们举行的那次聚会中的一个人。他想起要告诉她关于老虎的事儿,还有我赢了,但这一冲动转瞬即逝。他累得美滋滋的。他闭上了眼睛。他本以为只有一个前门出口的那个红洞原来还有一个后门。

他老婆熟悉可爱的身影儿被纳尔逊的取代了,他也不高兴。“你没有跟她说话,爸,”孩子抱怨起来。“你不应该眼睛干瞪着她就是不说话。”

好啦,他想,我还做错什么啦?他又因为他给孩子说的这番话感到悔恨,可他现在是给他办好事呢,尽管纳尔逊似乎并不知情。

“你就不能说点什么吗?跟我说说话呀,爸!”孩子喊起来,或者尽量不要喊,他由于铆足了劲儿嘴脸都煞白了,某个问不出口的问题拧着他的一道眉毛,结果让根根眉毛乱爹起来。他想解除这孩子的困苦。纳尔逊,他想说,你有个妹妹。

可他说这话了吗?他儿子焦急紧张的表情没有变。不过他随后说的话表明他也许听明白“妹妹”这个词儿了。“我们给米姆姑姑打电话了,爸,她会尽快赶来的,她在堪萨斯城要转机!”

从他的表情和嗓门看,这孩子正冲着一股从他爸爸的方向吹来的刺骨的风在大喊。“别死,爸,别介!”他喊道,然后坐了回去,那个问题仍然印在脸上,他的又黑又湿的眼睛像星星一样闪亮。哈利不应当让这个问题这样子悬着,这孩子还得靠他。

“好了,纳尔逊,”他说,“我能告诉你的是事情并不是这么糟。”兔子想,他也许还该再说几句,孩子一脸疯狂的期待,可是够了。也许。够了。

附一

哈利家世小说人物小传 （按姓氏英语首字母顺序排列）

哈利·安斯特朗(Harry Angstrom)：又名哈罗德(Harold)，绰号“兔子”，本书最重要的主人公。生于1933年2月，1956年2月和詹妮丝结婚，死于1989年9月。

詹妮丝·安斯特朗(Janice Angstrom)：哈利之妻，娘家姓斯普林格(Springer)，四部书中主人公之一。生于1935年，1956年2月和哈利结婚，四部曲结束之际她仍健在。

朱蒂丝(朱蒂)·安斯特朗(Judith [Judy] Angstrom)：哈利的孙女，纳尔逊和普露所生之女，生于1980年1月14日。在第3、4部书中出现。

米丽亚姆(米姆)·安斯特朗(Miriam [Mim] Angstrom)：哈利之妹，长期在美国西海岸当地下妓女，年老色衰后开了家美容店，有时回老家，个性坚强，对家庭有重要影响。在四部书中都有出现。

纳尔逊·弗雷德里克·安斯特朗(Nelson Fredrick Angstrom)：哈利和詹妮丝所生之子，生于1956年11月。1979年9月和普露(Pru)结婚。为四部曲中主人公之一。

普露·安斯特朗(Pru Angstrom)：纳尔逊之妻，生于1958年，娘家姓鲁贝尔(Lubell)。1980年1月14日生下女儿朱蒂(Judy)，1984年秋天生下儿子罗伊(Harold Roy)。为第3、4部书中主人公之一。

哈罗德·罗伊·安斯特朗(Harold Roy Angstrom)：纳尔逊和普露所生之子，生于1984年秋天，只在本书中出现。

安格斯·巴菲尔德(Angus Barnfield)：又名斯利姆(Slim)，纳尔逊最好的朋友，1988年圣诞节前死于艾滋病。在第3、4部书中出现。

阿诺德(Arnold)：接替曼尼担任斯普林格车行的维修部经理。

布雷特医生(Dr Breit)：布鲁厄圣约瑟医院的心脏病专家，只在本书中出现。

安娜贝尔·拜尔(Annabelle Byer)：鲁丝之女，在圣约瑟医院当护士。如鲁丝对哈利所说生于1961年，这可能是有意说谎。在第3、4部书中出现。

鲁丝·拜尔(Ruth Byer):原名鲁丝·伦纳德(Ruth Leonard),原为妓女,哈利的情人。早已结婚生子,为哈利终生思念之人。在第1、3、4部书中出现。

伯尔尼·德雷奇塞尔(Bernie Drechel):犹太人,哈利在佛罗里达州的高尔夫球球友。

克拉伦斯·埃弗特(Clarence Eifert):朱蒂(Judy)所属的女童子军领队的丈夫。

多丽丝·考夫曼(Doris Kaufmann):詹妮丝的网球球友。和唐·埃伯哈特(Don Eberhardt)结婚后改名为多丽丝·埃伯哈特(Doris Eberhardt)。在第3、4部书中出现。

乔·戈尔德(Joe Gold):哈利在佛罗里达州的犹太裔邻居及高尔夫球球友,其妻比尤拉(比尤)·哥尔德(Beulah [Beu] Gold)。均只在本书中出现。

罗尼·哈里森(Ronnie Harrison):哈利中学时的篮球队队友,昵称罗恩(Ron)。和哈利终生有交往,在第1、3、4部书中出现。其妻塞尔玛·哈里森(Thelma Harrison),哈利的情人之一,在第3、4部书中出现。其长子叫阿历克斯(Alex),次子叫乔吉(Georgie),三子跟父亲同名,叫罗恩(Ron)。

杰里米(Jeremy):斯普林格车行的小车推销员,只在本书中出现。

珍妮弗(Jennifer):哈利和查利一道用餐的"沙拉乐园"的女招待。

拉迪·克劳斯(Rudy Krauss):原斯普林格的小车推销员,后自立门户。在斯普林格车行失去丰田车专营权时,此权利由他夺得。在第3、4部书中出现。

米尔里德·克劳斯特(Mildred Kroust):自1939年以来一直就任斯普林格车行的记账员,纳尔逊接管车行后其职位为莱尔(Lyle)取代。在第2、3、4部书中出现。

本尼迪克特(本尼)·利欧尼(Benedict [Benny] Leone):斯普林格车行的小车推销员,只在本书中出现。

李斯特先生(Mr. Lister):詹妮丝在房地产课程的老师,只在本书中出现。

弗兰克·鲁贝尔(Frank Lubell):普露(Pru)之父。在第3部中叫弗兰克(Frank),但在第4部中叫罗伊(Roy)。在第3、4部书中出现。

莱尔(Lyle):斯利姆(Slim)的同性恋伴侣,先在"理财通"(Fiscal Alternatives)工作,后接替米尔里德成为斯普林格车行的会计师,感染艾滋病。在第3、4部书中出现。

玛西娅(Marcia):"理财通"(Fiscal Alternatives)的接待员,后自杀。在第3、4部书中出现。

莫里斯医生(Dr. Morris):哈利在佛罗里达州的专任医生,只在本书中出现。

韦布·穆尔科特(Webb Murkett):哈利和詹妮丝的朋友,在第4部已经与其第三任妻子辛迪(Cindy)离了婚,又娶了第四位年轻太太。韦布与辛迪均在第3、4部书中出现。

艾尔薇拉·奥伦巴赫(Elvira Ollenbach):斯普林格车行女推销员,只在本书中出现。

奥尔曼医生(Dr. Olman):佛罗里达州的澳籍心脏病主治医生,只在本书中出现。

雷蒙德医生(Dr. Raymond):布鲁厄城的外科医生,只在本书中出现。

罗迪(Roddy):斯普林格车行配件部经理助理。

玛格丽特·舒尔科夫(Margaret Schoelkopf):哈利中学时的第一个女朋友。

岛田夏目(Natsume Shimada):位于加州托兰斯(Torrance)的美国丰田汽车销售公司的代表,只在本书中出现。

埃德·西尔伯斯坦(Ed Silberstein):犹太人,哈利在佛罗里达州的高尔夫球球友。其子名叫格雷格·西尔弗斯(Gregg Silvers),均只在本书中出现。

查利·斯塔夫洛斯(Charlie Stavros):斯普林格车行的高级销售代表,曾是詹妮丝的情人,生于1923年10月。在第2、3、4部书中出现。

扎布里茨基夫人(Mrs. Zabritski):哈利独居加州公寓楼时碰到过几次的邻居,只在本书中出现。

附二

哈利家族成员生卒年统计表

关系	姓名	生年	卒年	结婚年
父	厄尔	1905年	1976年	——
母	玛丽	1904年	1974年	——
	哈利	1933年	1989年	1956年
妹	米姆	1939年	——	——
妻	詹妮丝	1935年	——	1956年
儿	纳尔逊	1956年	——	1979年
女	瑞贝卡	1959年	1959年	——
儿媳	普露	1958年	——	1979年
孙女	朱蒂	1980年	——	——
孙子	罗伊	1984年	——	——
岳父	斯普林格	——	1974年	——
岳母	瑞贝卡	——	1982年	——

附三

与哈利、詹妮丝关系密切者的生卒年统计表

关 系	姓 名	生 年	卒 年
哈利的情人	鲁丝	约1933年前	——
哈利的情人	佩吉	约1933年	1981年
哈利的情人	吉尔	1951年	1969年
詹妮丝的情人	查利	1923年	——
黑人朋友	斯基特	约1944年	1979年
私生女？ 鲁丝之女	安娜贝尔	约1960年 约1961年	——
鲁丝之子	斯科特	1960年	——
鲁丝之子	莫里斯	1966年6月6日	——
教练	托瑟罗	——	1969年前

附一、附二和附三由译者罗长斌辑。

ISBN 978-7-5327-7522-4